大把式

杨剑茹◎著

中国華僑出版社
·北京·

图书在版编目（CIP）数据

大把式 / 杨剑茹著. — 北京：中国华侨出版社，2020. 1

ISBN 978-7-5113-8128-6

Ⅰ. ①大… Ⅱ. ①杨… Ⅲ. ①传记文学－中国－当代
Ⅳ. ①I25

中国版本图书馆CIP数据核字（2019）第 272967 号

●大把式

著　　者 / 杨剑茹
责任编辑 / 王　委
封面设计 / 大燃图艺
经　　销 / 新华书店
开　　本 / 710毫米 × 1000 毫米　1/16　印张/28　字数/448 千字
印　　刷 / 河北鸿祥信彩印刷有限公司
版　　次 / 2020 年 4 月第 1 版　2020 年 4 月第 1 次印刷
书　　号 / ISBN 978-7-5113-8128-6
定　　价 / 68. 00元

中国华侨出版社　北京市朝阳区西坝河东里77号楼底商5号　邮编：100028
法律顾问：陈鹰律师事务所
发 行 部：（010）64443051　传　真：（010）64439708
网　址：www.oveaschin.com　E-mail：oveaschin@sina.com

内容简介

这是一个记录杂技艺术民族瑰宝，多视角反映杂技艺人走江湖的故事。

这是一幅给世人带来视觉盛宴，被时代风雨冲刷刀刻的杂技艺人群雕。

1949 年深秋，张富忱在北京开完第一次中华全国文学艺术工作者代表大会（第一届文代会），作为全国戏曲改革委员会领导成员，他按照周恩来副主席指示精神，尽快成立中华杂技团，出访苏联等社会主义国家。他翻开全国各地艺术家名录，在璀璨群星中，一个熟悉的身影出现在眼底，她就是被杂技界誉为大把式的凌红玉。一个孤儿，喜欢念书，能把《三字经》《千字文》和几百首唐诗倒背如流，却被迫流落江湖，被马戏班主残酷虐待，几经生死几番抗争，念书的梦想在残酷现实中破灭，心爱的人在皖南事变中壮烈牺牲。经历半个世纪的艰苦岁月，成长为名震京津冀鲁的著名杂技表演艺术家，成为新中国中华杂技团一员，跟随出访苏联及欧洲各国，参加抗美援朝前线慰问团，为祖国杂技文化事业奉献毕生精力。她的成长史和国家民族兴衰史紧密连在一起。

（本故事纯属虚构，如有雷同，纯属巧合。）

目录

CONTENTS

第一章

1949年北京的深秋，这座有着三千年历史的六朝古都，迎来了新的主人。阵阵凉风刮过行人面，吹乱女人秀发，刮走男人们深嵌在额头皱褶里的哀愁，就连那悬挂在屋檐下的灯笼，也不停地在风中摇曳，洒落在地上的灯影，一个劲儿地变换着方向。城中的百万居民，沉浸在一片节日喜庆气氛里。烙印在人们脑海里，最明显的三个字：解放了！一夜之间把“解放前”三个字永久地埋在记忆里，“解放”二字，是昨天和今天鲜明的分水岭。

东郊一座四合院，从北房窗户透露出灯光，一个身影时而闪过窗口，时而伫立在窗前。把镜头推进房间。年过不惑、身材魁伟的张富忱，在房间里踱步，每每转到桌前，便做短暂停留，注视一下桌上翻开的笔记本，不知已经转了多少圈，也不记得注视过多少次笔记本。把镜头推向笔记本，定格：为建设人民文艺而努力，张富忱同志。周恩来。（原件保存于中央档案馆）三行苍劲有力的钢笔字跃然纸上。

张富忱今年七月，作为冀鲁豫边区文艺界代表，出席全国第一届文代会，与会期间，周恩来副主席为他写下题词。他和周恩来的交往，要追溯到1919年五四运动时期。此时此刻，他激情昂扬，双肩沉甸甸，他肩负着周副主席的重托。作为中华全国戏曲改革委员会（后更名为文化部戏曲改进局，局长田汉）成员，他的首要任务是，马上组建中华杂技团（中国杂技团前身），出访苏联，去庆祝苏共第十九次代表大会，随后访问东欧社会主义国家，去展现中华民族绚丽多彩的传统文化，并进行相关的文化交流。

上午和田汉局长谈了自己具体的想法，田局长作了两条指示，第一，抓紧时间，刻不容缓。第二，必须保证聚集举国之精华。在走廊下又碰上部领导周扬，周扬简单听完张富忱的汇报说，周副主席非常关心中华杂技团一事，这是我国政府首次派文艺团体出访社会主义国家，希望张富忱认真考察团体组成人员，高质量地完成上级交给的任务。

张富忱深感肩上担子的沉重，下午找相关人员座谈，一个成熟的方案已经形成。他要组建一个阵容庞大、代表中华民族传统文化精髓、反映灿烂多姿民族文化的文艺团体。要让世界各国人民欣赏到世界上最美丽、最炫技的中华民族杂技艺术。他必须努力践行周恩来副主席对自己的信赖，全力为建设人民文艺而努力。

他来到桌前坐下，从周恩来题词上收回目光，落在办公室送过来的全国文艺人员名册上，这是一本涵盖全国文艺界著名艺术家的名册，一个个含金量很高、响当当的名字出现在眼底：连阔如、侯宝林、常宝堃、梅兰芳、周信芳……凌红玉？她是杂技界大把式！张富忱的目光停留在这个熟悉的名字上。目光下，“凌红玉”三个字，慢慢变成一个人影，站在张富忱面前。这是一个熟悉得不能再熟悉的身影，和熟悉对方的身影一样，张富忱还熟悉对方那曲折的人生经历、跌宕起伏的坎坷命运。在张富忱心目中，中华杂技团若没有她，将黯然失色。她来自杂技的发源地之一，宁津县南北八寨的野竹李村。鲁西北四女寺减河两岸的南北八寨，曾经走出过无数杂技界顶尖级人物，因而，南北八寨声名鹊起。

张富忱收回思绪，拿起钢笔在“凌红玉”三个字上画圈，然后，点燃一支香烟，吸一口，一张嘴，一股浓浓的灰白烟雾向空中散去，烟雾中仿佛出现了许多人影，有男有女，有老有幼，有胖有瘦，有河流，有村寨，有古道，有战火，有硝烟……

第二章

红玉真的是生不逢时，光绪二十六年（1900）在中国历史上绝对是一个屈辱的年份。即便是那八国联军把光绪皇帝赶到西安城，还有后来的庚子赔款（辛丑条约）四亿五千万两白银，摊到她这个娃娃头上的那份，恐也不是父母不能承担。但这还真就不是钱的问题，是命运捉弄这个娃娃。庚子年的深秋，她呱呱坠地的那个夜晚，灾难便找上门来，一夜之间，抗敌英雄变成朝廷通缉犯。

起因是，红玉的父亲凌聚财参加义和团。凌聚财幼年师从京津道上有名的八截门老拳师铁掌凌，铁掌凌练就一身横练功夫，擅长金钟罩铁布衫，以至于其高徒凌聚财也能单掌开碑，手掌切砖头犹如切黄瓜菜一般。铁掌凌在江湖上口碑很好，为人正直，仗义疏财，其门下的两个徒弟功夫精湛，行事却一白一黑、南北相向。八国联军进攻京城前，铁掌凌正带领徒弟来到天津卫师弟的武馆做客。独生女凌红飞即将临产，行动不便，没跟随父亲前往，在家中待产。

铁掌凌听说七八个国家的洋毛子成群结伙，扑向天津卫，不由怒火中烧，武林中人义字当先，路不平得有人踩，事不平更得有人管，咱不能丢了民族气节，外国这些洋毛子骑到咱头上拉屎，当缩头乌龟没脸见列祖列宗，一运气，咯嘣一声，把四寸宽牛皮板带上的铜扣子绷掉。带上弟子凌聚财和吉三奎等人，跟随师弟参加义和团抗敌。在城外同洋毛子混战中，师徒几个被打散，铁掌凌一把单刀上下翻飞，接连砍翻七八个洋毛子，最终，一身横练功夫没能挡得住子弹的穿透力，倒在城墙下。吉三奎以一敌三，脸蛋上被敌人划一刀，深见骨骼，混战中被炮弹震昏过去，逃得一劫。凌聚财一把单刀左劈右砍，肩膀被子弹打穿，趁乱冲出天津卫。

这是一个充满血腥的夜晚。时至深夜，四女寺减河东岸野竹李村，西部一个小院里，北屋窗户上透露着微弱的灯光。一个年轻女子躺在土炕上，脸上露出痛苦的表情，时而唉声叹气，时而紧咬牙关。一阵阵剧烈腹痛传遍全身，隆起的肚里阵阵翻腾，不一会儿便憋得她面红耳赤、呼吸困难。突然，她感觉下体哗啦一下，一股液体流出体外，疼得她咬破嘴唇。她要崩溃了，近于晕厥，她知道，要命的时刻来到了，不管是孩子想要她的命，还是老天爷想要她的命，她都不想把命轻易丢掉。用力运气，丹田之气根本无法聚集，罢了，睁大双眼，望着房顶上那几根被烟熏黑的檩条，挥起右手掌往腹部拍去，噗嗤一下，肚子瘪下去，犹如泄气的皮球，本应换来一身轻松，她却四肢无力地长出一口气，欠起身，抱起孩子，拿匕首割断脐带，用红布包裹起来。这时，从孩子喉咙里传出哇哇哭声。她在孩子小脸蛋上亲吻，喃喃地说，妞子，你来得不是时候啊。

就在这时，房门咣当一声敞开，一阵凉风刮进来，她本能地护住孩子，瞪大眼睛望去，一个血糊糊的人站在土炕前，左半个身子被鲜血染红，额头上的血迹流到下巴上。二人注目片刻，双方抢着张开嘴。

师兄你这是怎么啦?

师妹你这是怎么啦?

你有女儿了!

我有女儿了?

女人是凌红飞，男人是凌聚财，孩子是两人爱的结晶。二人经历一番生死，劫后余生，说没有喜悦是不现实的，但这喜悦来得快、去得也急，两人仔细商议之后，赶紧打点行囊，在黎明之前，骑上两匹快马奔出村子，沿着减河东岸向北奔去。这个结果是凌红飞和凌聚财夫妇如何也想不到的，拼命之后又要逃命，何处是安身立命之所?一代宗师铁掌凌一门就此散伙，没命的没命，亡命的亡命。

凌聚财夫妇离开野竹李不到半个时辰，一队官兵冲进村里，面对人去房空的小院子，一把火将其化为灰烬。

红玉就是在这种情况下来到这个世界上的，不是一个简单的生不逢时，而是差一点带走爹娘的性命。再看她这名字是怎么来的，当东方泛起鱼肚白，野竹李被远远甩在几十里之外。两匹快马奔到一个破砖瓦窑前，凌聚财夫妇抱着刚刚经历一场劫难的孩子，钻进破瓦窑内。凌红飞仰望淡淡的天空，凌聚财环顾荒凉的四周，发生了一场简单的对话。

师兄，给娃取个名字吧。凌红飞望着脸色惨白的女儿，哽咽道。

凌宝田怎样?凌聚财张口就来。

咱房无一间地无一垄，咋个宝田法?

那就叫凌富贵吧。凌聚财延续老爹那一套。

穷得只剩下一具皮囊，指望啥富贵，能不能来个响亮的。

这年头啥响亮?凌聚财心说，你爹的名号够不够响亮，如不名震京津，咱怎能亡命天涯。无奈地说：祈福后代儿孙别像咱俩这样东躲西藏，我知道你的心思，叫红玉怎样，够不够响亮?

凌红飞眉头舒展开来，这个名字符合自己的心情，三个字中保留自己最喜欢的红字。她知道师哥起这个名的意思，更知道自己崇拜宋朝抗金名将梁红玉。其实，叫啥也就是个代号，如果名字能改变命运的话，自己早就不是现在这个状况，爹给自己取的这个红飞，难道不是想让自己把日子过得红红火火、飞飞腾腾吗。

凌聚财对先拼命、后逃命再亡命的结果非常不理解，对于自己想当英雄的初衷突然变成通缉犯的现实更是不能接受。朝廷翻脸比翻书还快，这样的官府不败才怪。原本对慈禧太后和光绪皇帝被洋毛子赶出京城，还愤愤不平，现在倒能释然，九五之尊，竟出昏招，焉能不败。

转年冬天来临，凌聚财和凌红飞带着女儿走进陕西境内，这一日来到一个县城。经过一年马不停蹄的辗转奔波，二人飘忽不定，来去匆匆，终没能选择到一个中意的落脚点，尽管一直在寻找。他时刻没有忘记自己背有罪案，虽然是朝廷的欲加之罪。每每走进一座县城，主要目的是为给凌红飞增加一点营养，能给女儿多吃几口奶水。一年前奔出野竹李时的那两匹快马，早已变卖掉变成盘缠。

二人在县城南大街一家客栈住下来，挂着客栈的幌子，其实是一家大车店，善于经营的店老板，把一溜大通铺隔成几个小单间，隔壁墙是木板做的，隔间打呼噜，邻间都能听见。门外寒风呼啸，房间内放置一个火盆，凌红飞怀抱红玉坐在火盆旁取暖，凌聚财推门走进来，从街上小铺里买回几个窝头和一包萝卜咸菜，还有一个馒头和一个煮鸡蛋。凌红飞把鸡蛋捏碎，抿在女儿嘴里，不停地哄，好孩子，乖呀、快吃，吃下去好长个子。红玉很听话，不一会儿把一个鸡蛋吃下去。

凌红飞叹气：啥时候是个头儿啊？

凌聚财劝道：到西安城，希望能在那里站住脚。

西安城？希望能在西安城安顿下来，老这样可不成，咱们倒没啥，孩子受不了。凌红飞心疼女儿，同时在自责。

凌聚财说：我再出去一趟，你好生待着。我一会儿就回来。

蔫着点吧（忍着点），溜着翅上的（躲着衙门的人），咱再也招祸不起。凌红飞叮嘱丈夫。

晃点子露八分（忽悠人），我知道深浅，不用吊着（提溜心眼），隔壁是赶海轮子（赶大车）的。凌聚财推门走出去。

凌聚财回来的路上，注意一下周围情况，没发现有什么异常，这才返回房间里，听到隔壁传进来阵阵呼噜声，还一个劲儿地咯吱咯吱咬牙齿，这倒让他心里踏实许多。隔壁连吃带喝忙活得热闹，没把心思放在自己这边，说明对方不是官府的贼眼珠子。这也是一年多来，每到一地必须做的功课。

其实，他和师妹在城镇客栈里歇息，远没有在乡下农舍里睡得踏实。午夜时分，他到院里茅坑小解，同时观察一下周围动静，返回房间里，凌红飞醒来，看到丈夫浑身一激灵，问道：外面摆金，还是摆银（下雨还是下雪）？

凌聚财脱下裤子，钻到被窝里回答：摆银，西北上扒口子了（下雪，不过西北方向已见亮）。

这时，隔壁的呼噜声停止。

凌聚财小声对妻子说：再睡会儿吧。

天还没亮，隔壁的车老板，便爬起来查看自己的骡马挂大车，发现那匹心爱的白马没了踪影，忙在院内四周撒达（扫视），发现院墙西北角上有一个大豁口。马上联想到夜里，隔壁房间里两个人的窃窃私语，其中的摆银和西北上扒口子。怀疑是这二人将自己的白马盗走。一大早便奔县衙而来，由于心急，忽略击鼓升堂等步骤，被值守衙役踹了两脚。

张姓县太爷睡眼惺忪，慢悠悠坐在大堂上，正正官帽，抻抻朝服，看一眼下面跪着的人，你这个倒霉催的，一大清早就来触青天大老爷的霉头，如果你说得不属实，看我怎么治你罪，本大老爷得对得起背后这四个大字：清正廉明。

车老板心系自己那匹白马，那可是自己讨生活的本钱，讨不回来，自己怎能拉着大车做生计？赶紧把所见所闻，禀报给县太爷。

张县太爷眯缝着眼，耐心听完车老板的话，然后对两个衙役说道：去，把那二人给老爷带来。

不一会儿，凌聚财和凌红飞抱着红玉，莫名其妙地跟着衙役走进大堂。一路上二人用眼神进行交流，这是怎么啦，露馅了？不能够啊，捎子紧着呢（已很注意），从进城开始便小心翼翼，没发现有什么问题。顺其自然吧，凌聚财给妻子递眼色，只能听天由命。凌红飞会意地点头。

张县太爷对衙役一摆手，两人退到一旁，对凌聚财凌红飞训斥道：什么金不金、银不银，守着空子乱团春，不是翅上朵儿清，鞭你个留月汪再中。叩瓢，扯滑着（什么雨不雨、雪不雪的，守着行外人乱讲春典[1]，要不是本官心里明白，定打不饶，磕头，走着）！

两人一听心里立刻踏实许多，马上磕头，起身抱拳行礼，道声：辛苦。转身走出去。出了衙门，寻人一打听，方知道这张姓县太爷祖籍宁津，也是门里人（自己人）。

车老板一看，县太爷把祸主放走了，忙大喊冤枉，县太爷大声训斥对方，盗马另有其人，并责令捕快跟随车老板去现场勘查。

一场虚惊过去，凌聚财凌红飞带着红玉没敢再回大车店，直接奔出城门，在城外望着城门楼子，不停感念这老乡县太爷能理解。若碰上一个昏庸的县官大老爷，新账旧账来个一起算，难免有一场牢狱之灾，甚至上断头台都说不定。

第三章

光绪三十一年（1905）夏天，古城西安。

凌聚财和凌红飞带着小红玉，隐姓埋名，长途跋涉奔关外而来，在奉天待一年多后，又辗转来到古城西安，一晃两年多过去。日子过得虽不宽裕，但还算安定。凌聚财在财主朱员外家找到一份保镖的活计，刚开始和十几个家丁一起看家护院，半年后给朱员外当贴身保镖。凌红飞也在朱员外家后厨帮忙，干些杂活，无非是洗菜、刷盘子洗碗、倒泔水，外加打扫院落等活计，工钱不多，倒也能混个一日三餐，小红玉也能带在身边。

说起朱员外，此人家大业大，买卖做到京城和上海，但其不是此道中人，积攒下这万贯家财的功劳，都得记在结发妻子薛氏头上。其他三房太

① 杂技艺人使用的隐语，又称唇典。

太都是娶回来装门面的，用薛氏的话说，买一搭三，自己才是正头香主。薛氏膝下两儿一女，大儿子朱成虎，小儿子朱成龙，老三是女儿朱成凤，比红玉大五岁，喜欢和红玉一起玩耍。

朱员外和薛氏脾气性格不投，前者急性子，后者慢性子，一个火上房不着急，一个是点火就着。点火就着的朱员外出身书香门第，第及秀才，满腹经纶，出口成章，但别惹急他，一旦点着了，可就是言不由衷。在朱家，他只管花钱不管挣钱。凌红飞曾和师哥说，朱员外是漏勺，薛老太太是篼子。

辛亥革命之后，朱家不知何故招来灭门之灾，老员外夫妇及十几口家人一夜间全部遇害。大儿子朱成虎参加同盟会，公干广州幸免于难。小女儿朱成凤被二哥朱成龙和老管家用力扔出院墙外，捡了一条性命，十几年之后找到红玉。这是后话。

朱府坐落在城内西大街东半部，这里居住的多是达官贵人、有钱的主儿，高大宅院建造得颇具汉唐风格，别致漂亮。距离西安府衙、按察使署不远。整条大街用石板铺砌，当然，西安城内有上百条街巷，仍有一些土路。

朱员外毫不避讳，自称是明太祖朱元璋的嫡亲，薛氏曾不止一次提醒他，显摆的时候，尽量把朱元璋放牛、要饭、落草等忽略掉。朱员外不以为然，当着凌聚财说，英雄不问出处，聚财和红飞定不是一般人，在朱府做下人屈才也。只是大家不便说破，老夫知道，朱某留不住你们。

朱员外确实对凌聚财很欣赏，每每外出，常带上他这个保镖。生意做大后，难免不被人惦记，自己安全就是朱家安全。马夫是张老大，车马是他的命根子，别人休想摸碰，小孩子一靠近便被大声呵斥跑。此车是美观大气的箱式马车，车厢用考究结实的木板做成，沿用了唐代风格。刚开始时，朱员外坐在车厢内，张老大赶马车，凌聚财跟在车后走。有一次在外遭遇大雨，张老大戴上斗笠，凌聚财被浇成落汤鸡。朱员外心生怜悯之意，从此之后，便让凌聚财也坐进车厢内，说朱员外是体恤随从，却也救了他自己一命。

夏末的傍晚，繁华的西安城，大街两侧店铺林立，生意兴隆，行人熙攘，车马如流。凌聚财和凌红飞领着女儿从钟楼转到鼓楼，然后又去小吃街给女儿买甜点。路过西安府藩台衙门时，红玉想到近前去看看，被凌红飞一把拽住，说道：千万不敢，一到近前，鬼就会露脸，咬人呢。

红玉倔强地一挣扎，叫嚷着：爹，谁是鬼？

凌聚财抱起女儿说：鬼也怕恶人，咱们走。一家三口跟着人流向大街南部走去。

一个面色晃白的青年人，左手拎着一个鸟笼子，右手攥着两只核桃，身后跟着几个随从，迈着八字步，一摇三晃，一人占去三人的道。

一个瘦子凑上前来问：黄公子，要不要弄几口？

黄公子没搭理对方，一眼瞥见驼在凌聚财背上的小孩，瞪着一对小眼睛盯住自己手里的鸟笼。黄公子一挤眼儿，做一个鬼脸，把鸟笼子送到红玉脸前，一声坏笑，幸灾乐祸地一咧嘴，身后几个随从也一阵大笑。等着看那只凶猛的啄木鸟如何把小孩鼻子啄成烂桃。

笼子里那只披着黑白羽衣，戴着红帽子的啄木鸟，猛地往前一蹿，脖子伸出鸟笼，尖嘴奔红玉鼻头而来。红玉一缩脖子，左手捂住鼻子，右手伸过去将插在公子后脖领里的纸折扇抄在手上，折扇沉甸甸差点脱手。红玉这一举动吓对方一跳。黄公子暗自一惊，小兔崽子还是个练家子，大意失荆州，看走了眼。平时也有不少人惦记自己这把折扇，但都没能从自己脖领里拿走，今天却栽在一个尿裤裆的娃娃手上，实在汗颜，若被江湖同道晓得，还如何在江湖上混。此念一闪，黄公子手里的鸟笼子闪电般飞向红玉，那只凶猛的啄木鸟破笼而出，冲向红玉面部。黄公子此举是虚中有实、实中有虚，扔出去鸟笼子和放了啄木鸟是假，夺回折扇是真。

鸟笼子一出手，他打眼一看，那小孩不见了，他忙四周扫视，小孩被移花接木到一个女人手上。黄公子身后的瘦子知道遇上硬茬子了，大喊道：并肩子，上啊。几个随从一拥而上，把凌聚财和凌红飞围在中间。

红玉趴在娘的怀里说：娘，我怕。

凌红飞拍拍女儿小脸蛋安慰，红玉不怕，有爹娘哩。

黄公子冷笑道：在小爷的地盘上，是虎你得卧着，是龙你得盘着。

凌聚财不屑道：本人没这个习惯，遇到刺儿拔刺儿，遇上疖子挤脓。

黄公子猛一甩手，两只铁核桃直奔凌聚财而去，认穴很准确，一只奔太阳穴，一只奔喉结，速度快、力道大，无疑黄公子想一击中的，至对方于死地。他用眼角一扫那个抱孩子的女人，冷笑中流露出几分坏意，你马上就要当寡妇啦，这可怨不得本公子，是你们撞到刀口上，认命吧。对方淡淡一笑，令黄公子颇感不解，都死到临头，咋还这么淡定。

凌聚财轻描淡写一挥手，两枚铁核桃收入掌中，一攥手掌，瞬间，从指缝里流出一些粉末，铁核桃被他攥成碎面。几个随从不由得向后退去，黄公子终于看清对方的来路，指点着凌聚财的脑袋说：有初一就不愁十五，你等着。

凌聚财不动声色地一抱拳：在下随时恭候。

黄公子身后的瘦子对众人一挥手：碰上硬把子了，扎手，扯呼。几个人蜂拥着黄公子向北而去。

凌聚财望着黄公子等人的背影，打开纸扇观看，一幅精美仕女图出现在眼前，他啊了一声。凌红飞惊呼：前朝四大才子唐伯虎画的。

凌聚财表情凝重起来，小声说：铁扇门，快走。从师妹手里接过女儿，两人快步向朱府走去。

第四章

西大街南部有一个客栈，名为兴隆客栈，一个幌子高高挑起，大门两旁悬挂着两只灯笼，最显眼的要数门楣上方那块牌匾，四个隶书大字苍劲有力，颇显书法功底，落款小字说明此牌匾的出处，题字者是前朝翰林张坤元。若在村镇乡野，能有此等物件，可是值老鼻子钱，在这古城西安，却也算不得什么稀罕物件儿。几条主要大街，从这头走到那头，各类店铺上的牌匾，出自各朝各代名人雅士，甚至皇上的亲赐手书，并不罕见。

兴隆客栈张掌柜是山东宁津人氏，中等身材，腹部隆起，四方大脸上皱纹里都是笑意，此刻正站在门外对几个乡亲热情礼让。抱拳道：吉师傅，辛苦、辛苦，等诸位耍完，请到里面喝茶歇息，美不美家乡水，亲不亲故乡人嘛。

客栈门前空场地上，五六个人在忙碌着。一个壮汉，黑粗的辫子盘在黑黝黝的脖子上，和别人不同的是，额前一堆散发也没能遮住脸蛋上那条月牙刀疤，此刻正抱拳还礼：张掌柜，彼此、彼此，前来叨扰还请海涵。

这时，二三十个人围上来，眼珠都盯在几个人身上。

一个瘦高个儿、尖嘴巴、左腿短几寸的年轻人，左手拎着铜锣，右手拿着鼓槌，一拐一拐地在往外礼让看客，边转圈边扯白口儿（开场白）：各位大爷大娘，各位叔叔婶婶，各位兄弟姐妹，俺们是山东宁津野竹李人氏，今天来到贵宝地，撂地卖艺，为的是讨口饭吃。只因家乡夏旱秋涝，颗粒不收，不得不流浪江湖。常言道，在家靠父母，在外靠朋友；无君子不养艺人，无善家不养僧道。请各位父老乡亲多多捧场，有钱的捧个钱场，没钱的捧个人场，看着好你赏几个铜子儿；看着不好，你扭头就走……

一个二十多岁的男子，两只坐地虎牙撑出上嘴唇，来到场子中间，拿起一块青砖，举到眼前说道：老话说，没有金刚钻，甭揽瓷器活儿，咱有金刚钻，这活儿……请各位上眼。两手抓住青砖，猛一用力，那块长条青砖被掰成两块，然后，把左右手里的两块半截砖往一起碰，咔咔咔几声，表示青砖是经过烧制的。围观的人有叫好的，有瞪大眼的，还有撇嘴的。

站在人群中的凌聚财对师妹说：咱那边的，过来撂地儿的（摆地摊卖艺）。凌红飞一扬下巴，把目光投向那两位年轻人，一个穿着肥大的黑布大褂子，说，扦子活（变戏法）。

那跛子反端着铜锣，围着场子转圈，边拐边喊：各位大爷大娘，各位兄弟姐妹，在外讨口饭吃也不容易，您老省一口，松松手，小的感激不尽……

凌红飞掏出两个铜子儿塞到女儿手里说：这是头道啃儿（第一遍收钱）。红玉扬手把铜子儿扔进铜锣里，传来叮当声。

凌聚财叹气道：走挑子（挑着挑子卖艺）不容易，又塞给红玉俩铜子儿。

场子中的年轻人又开始耍把起来，举起半截青砖说道：各位看官，刚才那只不过是蚂蚱尥蹶小踢打，现在咱来点硬呼的，请上眼啦。说着伸出右手食指在眼前一晃，深呼吸，做气沉丹田的样子，鼓起腮帮，瞪大眼睛盯住手里的半截青砖，食指顶住砖面不停拧动，只见那根钉耙齿粗的手指头，渐渐钻进砖块内，砖头粉末被挤出来。大家目光都聚集在那块青砖头上，一缕烟雾冉冉升起，片刻，年轻人的食指便把青砖钻透气儿。

那跛子又拐着脚开始转圈要钱：各位大爷大娘，叔叔婶婶，兄弟姐妹们请赏口饭吃，没多有少，没少叫声好……

围观的人群里传出叫好声，好功夫，这哪是肉手指，简直就是铁钻头，那大青砖多硬实，一眨眼被他钻个透心凉，这要是钻在人身上……给你个棒槌你就当针，那是障眼法。夜壶不济好嘴子，那两片薄嘴唇幸亏是肉的，要是瓦片的，早就呱嗒碎了。要看你就好生看，不看就滚蛋，人家卖那么大力气，手指磨得冒烟。

凌聚财低声对师妹说：走吧，回去得好好合计合计，铁扇门不是省油的灯。凌红飞点头，是得好好琢磨琢磨，对女儿说：红玉不看了，回家。

红玉不愿走，搂着娘脖子嘟囔：娘，我想看，再看一会儿嘛。

凌红飞说：有啥好看的，那是腥活儿。

红玉不懂腥活儿啥意思，见爹爹要走，满嘴哭腔：看腥活儿，看腥活儿嘛。这几句话引来众看客回头。场子中的年轻人脸色难看，扔下半头砖，冲凌聚财横气道：想踢场子是吧，那得看看你玩意儿咋样。

凌聚财没有怪女儿失口，毕竟几岁的孩子，衡量对错没有意义，孩子惹事自然有大人担着，只是感到此人太不谦虚，玩意儿被人看破，你就该明白是自己学艺不精，不求你道歉，但也不应该口出狂言。既然你不承认玩意儿不济，那我就给你来点真格的，右脚使劲一跺地面，一块青砖飞起来，左脚踢在青砖上，那块完整的长条青砖向年轻人飞过去。对方剜了红玉两眼，你个小兔崽子，这么点个玩意儿就能看破，真想摔死你。

凌聚财朗声说道：你再试试这块青砖如何？

年轻人盯住那块向自己飞过来的大青砖，一阵惊诧，知道麻烦来了，多年来行走江湖，还真未碰到过这样的功夫，一跺脚便能让镶嵌在地面上的青砖飞起来，更何况自己也没本事把那大青砖钻透气儿。就在他接也不是、不接也不是时，刀疤脸闪身上来，一把接住飞过来的大青砖。

凌红飞对师哥低声说：救场子的来了，当心点儿。

围观的人哄声一片，兴隆客栈的张掌柜把目光投向凌聚财，他不希望在自己门前被砸场子，何况打把式卖艺的还是自己的乡亲，他在揣摩着对方的底细，怎奈西安城太大，藏龙卧虎，冒出一个来就够你受的。

刀疤脸左手举起大青砖，望着凌聚财沉声说道：是门里的（自己人）请掌眼，放水行船（走你的）。要想架梁子（结仇），在下奉陪。说罢，使劲一晃头，从那遮住脸蛋的散发和盘在脖子上的辫子上散落下一片灰尘。然后右手化掌为刀，往青砖上切去，那大青砖被一块块切成鸡蛋大小，散落在地上。

凌聚财暗自一惊，这可不是什么腥活儿，是真玩意儿，听对方口音耳熟，看对方那张恶心人的半个脸蛋子，又想不起在哪里见过。凌红飞从对方的功夫上看出门道，低声问：门里的？

凌聚财回答：一试便知。上前一步抱拳问道，冲天一鹤？

刀疤脸抬起头望着对面的大个子，心想，这是大水冲了龙王庙，忙抱拳回答：落地蛟龙。

是老三！凌聚财惊呼道。

凌红飞也走上来望着刀疤脸。

师兄、师姐，是你们啊！吉三奎扔掉手中的半截砖头，冲上去抱住凌聚财，挤出几滴泪珠。凌聚财心疼地撩起对方那遮住半边脸蛋的头发，一条半尺长的刀痕，几乎从额头划到下巴，彻底毁了五年前那个俊秀的吉三郎。忙问：三弟，你这是咋啦？

客栈张掌柜一看，原来是吉师傅巧遇师兄师姐，忙说道：进来聊、都进来聊。大家都散了吧，今儿不耍啦，走吧、走吧。赶紧都进来，看茶。

吉三奎拉住师哥的手走进客栈，边走边说：师兄，一言难尽。

红玉把脸蛋贴在母亲的胸前，紧闭眼睛。凌红飞拍拍女儿后背说：别怕，有娘在不怕。心里一直嘀咕，吉师弟怎么变成这般模样，半人不鬼的，确实令人难打眼，难怪用一缕散发遮住半边脸，原来那个清秀俊俏的少年郎已不见，是何缘故？

走进客栈，张掌柜打开一大间客房，把众位乡亲让进去落座，又上茶，又准备饭菜，热情招待千里之外的家乡乡亲。

第五章

众人落座，话题一样，都是询问分手之后，各自所经历的苦难。吉三奎把另外几人叫过来，给师哥师姐磕头，并一一做介绍，铁猴擅长吞宝剑，吞铁球，拍砖块钻砖头。跛子嘴皮子溜活，拉场子扯白口，有时也变个戏法啥的。老大金枝，擅长柔术，叼花等活儿；老二银枝，人送外号跟头王。

我说老三，你是咋把他们弄到一块儿的？为何不回去找我？凌聚财不解地问。

吉三奎扫一眼大伙儿，摆摆手让他们站到一边去，这才苦笑道：捡来的，都是从大街上捡来的，一群要饭花子，不过他们都有点小本事。

他又瞥一眼对方，把目光落在师姐脸上，低声说：我哪敢回去，你们不也逃出来了，让六扇门的人惦记上，还能有个好儿。

凌聚财望着对方脸蛋上那条疤痕，愤愤不平：朝廷昏庸无能，任凭洋毛子横冲撒野，这么多八旗御林军都保护不了江山社稷，咱们举义旗誓死浴血，竟换来多年东躲西藏，天理何在？

我爹爹至今不能还乡，当年凭一腔热血，一身功夫尸卧沙场，朝廷不但不给抚恤，还扣上乱民帽子，大清又何以为清？简直是昏暗至极。凌红飞一想到爹爹的尸骨不知在天津卫何处，就悲愤交加。

铁猴望着三位武林中人，不由得敬重有加，这些人都是和洋毛子真刀真枪拼命的人，忙抱拳拱手施礼：三位大哥大姐，请受铁猴一拜，各位的忠诚义举，令小弟敬佩，今后愿牵马坠镫，跟随左右。凌聚财凌红飞在他心目中何止是高大，乃真英雄也。

凌聚财忙还礼：铁猴兄弟不必多礼，以后咱们是自家人，理当相互照应。

师弟莫不是后悔了？凌红飞看一眼对方脸上那道疤痕问。

吉三奎摸着脸蛋说：师姐，后悔那不是师弟的性格，男子汉大丈夫，敢作敢当，即便有一天被朝廷抓进大牢，我也敢对九泉之下的师父说，弟子无怨无悔。

吉三奎的这些经历，跛子等众人还是第一次知道，铁猴扫一眼大家，又把目光落在凌聚财脸上，严肃地说：今天咱们看到的听到的，都得烂在肚里，谁透露出半个字，别怪我手下无情，三位大哥大姐是我铁猴敬重的真英雄。

凌红飞忙缓解房间里的气氛：各位兄弟妹妹，不必如此拘谨，来来，都坐下，坐下。

吉三奎看到师哥师姐已有后代，不由一阵酸楚，站起身来把手伸向坐在凌红飞腿上的红玉，一咧嘴挤出一点笑容，那道疤痕向后一拽，整个脸蛋变形。红玉一扭头，双手紧紧搂住娘的腰，脸蛋贴在娘胸前。他尴尬地缩回手，坐回去，此刻不只酸楚，一股醋劲儿涌上心头。

凌红飞是何等聪明之人，怎看不出对方的心思，忙道：师弟，莫怪孩子怕你，你现在的模样，连我都认不出来。本来是想给对方一个台阶下，没想到对方不买账。吉三奎揶揄道：我也没认出你们来，看看师兄这脸络腮胡须，师姐你本来是圆圆脸，现在变成长乎脸，头上再包个红头巾。

凌聚财知道对方想说什么，真说出来恐怕三人心里都不是滋味，忙打岔：老三，今后作何打算？

吉三奎望着师兄师姐，看样子在这西安城里混得不错，不像自己这样满天地地流浪，撂地儿卖艺，求奶奶告爷爷，吃别人剩下的残汤剩饭。大家同出一门，为何差距这么大？当初如果自己和师姐成亲，那现在可就大不一样，现实就这么残酷，只有结果没有如果。

当年从师学艺，铁掌凌很欣赏吉三奎的聪明劲儿，学东西肯用功，学得快。不像凌聚财，几招几式得琢磨好多天，只能像铁掌凌说的那样，你得笨鸟先飞，要不就跟不上趟。久而久之，吉三奎凭借眼力见儿，自然便讨得师父的欢心。他能说会道，自感比师兄这个闷葫芦强许多，铁掌凌私底下便把心爱的女儿许给了吉三奎。开始，凌聚财并不知道，直到有一天凌红飞说破此事，他也没有太多的想法，师妹是师父的心头肉，许配给谁是师父老人家的事，尽管自己也喜欢师妹，但只是一厢情愿而已。师徒如父子，师父的话就是爹娘的话，焉有不遵之理。眼看着板上钉钉的事儿，突然间却有了转机。

这天上午，铁掌凌带领几个弟子去河间府，其中包括爱徒吉三奎。凌红飞找到凌聚财，二人彻夜未眠，倾诉衷肠。原来凌红飞喜欢的不是师弟，而是师兄，这令凌聚财欣喜万分，自己并非一厢情愿，是两情两愿，这如何是好？二人对着月亮婆婆苦思冥想，怎么才能走到一块儿，问天问地问神仙。两人怎能不知父命难违的道理，不听父母的话就是不孝，何况铁掌凌家不是普通人家，在江湖上那也是有名号的，武林中谁不伸大拇指。凌红飞是铁掌凌的掌上明珠，是凌家千顷地里一根独苗，凌红飞的母亲于三年前过世，父亲的话就是圣旨。

二人在草地上坐到黎明，凌红飞依偎在师哥身上，享受着短暂的温馨幸福。这天上午，爹爹就将返回来，就要棒打鸳鸯两分离。她仰脸问师哥：怎么办？快想辙啊。

凌聚财叹气道：能有啥好办法，一哭二闹三上吊，那不是咱武林人所为；比武招亲也不是师父的性格，他老人家是个软硬不吃的脾气，还能咋办？凌聚财几乎绝望，无奈地说道：俗话说，命里没有甭强求。

凌红飞猛地坐直身子，倔强地盯住师哥的眼睛：啥叫命里没有？难道说他吉三奎的命里就有我吗？不行，咱不能就这么认命，既然你没法子，那就听我的，我还就不信，活人能让尿憋死。红飞这贱命虽不值钱，但也不想掌握在别人手里，爹娘也不成。红飞这一辈子过的好坏，得自个儿说了算，也包括你。走，咱去找老祖宗。

凌聚财一惊，你说孙二娘？话一出口，忙用手捂住嘴巴，这要是被人听到，祸端便找上门来。凌红飞一乐：瞧你吓得样子，她有那么可怕吗？伸手拉起师哥，二人直奔四十里外的黄家镇而去。

孙二娘何许人也，和铁掌凌有何瓜葛？这话得从十五年前说起。同治十三年（1874）九月初，一年一度历时一个月的黄家镇庙会如期举行，各路杂耍艺人从天南地北赶到黄河故道，即四女寺减河东岸的黄家镇一展身手。黄家镇九月盛会，有千台戏之美誉。在京津之南数千平方公里地面上，那是享有盛誉的。这天是庙会逢五排十的集日，铁掌凌和妻子带着六岁的女儿红飞逛庙会，一家人逛得兴致正浓，突然本门一个师弟跑过来说，周师弟当街被人打，快去救他，对方是个硬把子，招子很亮。一行四人立马赶到李家杂货铺前，只见周师弟嘴角流血，站在当街被一女子训斥：老妇不管你是谁的门下，不管你平日里怎么跋扈，如老妇没看见，便也罢了，既然让老妇碰上，算你倒霉，今天替你师父教训你，长记性也是对他好。

围观的人群里有人说，有热闹看了，孙二娘收拾谢老怪的徒弟。铁掌凌瞥一眼孙二娘，眼生，看相貌五旬上下，自称老妇也不为过，但伤害我八截门人那可就是过。在这南北八寨，我铁掌凌也算一号人物，你教训周师弟就是和师父他老人家过不去，我焉能袖手旁观？铁掌凌上前把周师弟往后一扒拉，朗声道：前辈差矣，即便他有什么不对，也轮不到一个外人说三道四，既然你出面把横，那就得给我一个说法，不然——

不然怎样？孙二娘冷笑着把马缰绳甩给侍女，原来她手里牵着一匹枣红马，只见她中等身材，眉毛上挑，嘴角下拉，冷脸蛋，不怒自威，一身紧身衣裤，短打扮，红巾罩头，腰间束一根红丝带，旁边站着两位相同装束的二八少女。

铁掌凌对妻子说：你带孩子先走，我一会儿便追上你。

妻子抱住小红飞，一摇头不想独自离去。

那孙二娘竟然走上前来，轻轻摸一下小红飞的脸蛋，笑道：莫怕、莫怕，奶奶不会伤害无辜之人。转头对铁掌凌说：小辈，既然你敢出头，那老妇就让你两掌，若知进退，算你识相，不然，老妇便给你的名头添点腌臜。

铁掌凌自打出道以来，哪里受过此等委屈，何况对方又是一介女流，怎肯低头？对方口出狂言，理应教训一下为妥。一抱拳：我八截门的名头不是白给的，既然前辈划下道儿来，那在下就不恭了。说罢挥掌而上，当右手掌送到对方眼前时，被对方一招解甲归田卸去功力。他顺势递出左手掌，向对方脖颈切过去。这是八截门的精髓连环掌法，不但有一有二，更重要的是三掌四掌。对方用翻转乾坤躲开铁掌凌的第二掌。按孙二娘先前所言，此时已打完两掌的铁掌凌，就该见好就收，但他见对方轻描淡写就把自己的看家本领化解掉，怎肯甘心，又聚全身之功力，打出第三掌，直奔对方要害处。

这下惹怒了孙二娘，她原本想给八截门谢老怪留点面子，没想到这老家伙的弟子，德行一个不如一个。冲铁掌凌一拉脸蛋，上八字眉，变成倒八字眉，冷哼一声：长点记性就这么难吗？猛然出手迎上去，耳轮中砰一声，立刻见分晓，孙二娘原地未动，铁掌凌噔噔倒退五步，被师弟扶住，勉强稳住脚跟。胸中一阵涌动，忙紧咬牙关，不敢张嘴，黄豆粒大的汗珠流下来。

妻子知道紧慢，忙凑上来问丈夫：孩子他爹要紧不？

孙二娘一脸轻松说：不打紧、不打紧，将养几日即可。回去告诉谢老怪，老妇不想多事，让他别再给老妇添事。

铁掌凌栽在黄家镇，自然不敢再多言语。

孙二娘来到小红飞前，又摸一下对方小脸蛋，送上一个慈祥的笑容，转身离去，和先前判若两人，一个凶神恶煞瞬间变成和蔼可亲的老奶奶。这样一个充满谜团的人，怎能令铁掌凌吃睡踏实？他没有直接回家，而是奔八截门老掌门而去。

老掌门年过七旬，江湖人称谢老怪，脾气暴躁，行事怪异，眼里容不下半粒沙子。他犀利的目光从徒弟脸上扫过去，便一目了然，对跪在地上的铁掌凌说：起来吧，这就是江湖，你命中该有此一劫，怨不得谁，也阻止不了，这就是命。

铁掌凌没听懂师父的话，问道：弟子不明，黄家镇上何时多出一个老妖婆？

住嘴！老妖婆是你叫的？即便为师也不敢如此放肆。你得感谢她，她给足你面子，能让你走着回来，这还得说是看在老夫薄面上，不然，你早就躺在棺材里。

难道您老对她的功夫也奈何不得？铁掌凌听罢起一身鸡皮疙瘩，想起刚才那一幕，对方竟然一掌破掉自己修炼二十多年的金钟罩，不由得寒心。

铁面判官谢老怪，望着一脸无知的大徒弟，就凭你这两下子，在她面前连三招也走不下来。是该告诉他了，不过也仅限于大徒弟知晓，一旦被孙二娘得知，自己可就真没好日子过了。这才对大徒弟说：听师父慢慢道来，此事你听后，须给我烂在肚子里，若传将出去，我一掌废掉你功力。

铁掌凌一惊，忙道：师父，徒儿谨遵教诲，烂在肚子里。

第六章

坐下听师父给你慢慢讲。铁掌凌坐在师父斜对面的凳子上，一坐下又感觉有一股气流从心口往上翻腾。谢老怪拿起一个小瓷瓶说：喝两口，压下去。铁掌凌接过去喝了两口，顿时感觉好许多。

今天这事也不能全怪你，让你赶上了，谁碰上也难免不是这个结果。孙二娘此名是江湖上所赐，少有人知道她的真实姓名，为师也是在一个特殊环境下，知晓她的真名实姓的。她叫孙飞鸿，祖籍保定府，其父是当地有名的郎中，母亲是当朝一位武状元之女，膝下育有一双儿女。孙飞鸿是幼女，在其满地乱爬时，父母应约前往广西桂林会友，不知何故这一去竟然乐不思蜀，孙姓郎中夫妇放弃家乡优裕生活，选择在广西桂林这山清水秀之地定居下来。他这位李姓好友是咱黄家镇人氏，少年时曾考取功名，李姓好友入京殿试，中榜三甲进士，经过上通下疏，被放到广西桂林任一小官吏，官职不高实惠不少。两家还给子女定下娃娃亲。孙飞鸿和李家公子秉性相配，从小一起玩耍读书，一起舞枪弄棒，令两家大人甚是欣慰，做一对省心的儿女亲家，也不失为人生一段佳话。怎奈事与愿违，长大后两人便变了模样，竟干些不让大人省心的事，并差点给两家惹来满门抄斩之灾祸。

咸丰元年（1851）冬天，洪秀全、杨秀清等人在广西金田起事，李家公子和孙家小姐一拍即合，偷偷参加太平军，跟随杨秀清逐鹿疆场，成为东王的近身侍卫。好日子没过几年，咸丰六年（1856）秋天的天京（南京），东王杨秀清惹怒天王洪秀全，洪秀全急招北王韦昌辉奉旨进京勤王。太平天国一场血腥的窝里斗开始了。韦昌辉和秦日纲杀死东王杨秀清部下及其家属数千人。东王部下奋起反抗，历经血战两月余，双方数万人死于非命。混战中，李侍卫身负重伤，孙飞鸿在几位好姐妹掩护下，连夜闯出天京城，抢得一辆马车，拉着重伤的夫君，没敢回广西，直奔山东而来，偷偷逃回黄家镇。这就是传说中的太平天国“天京事变”。

李氏已无近亲，人们只知道是在外做官的李家后人返回家乡。孙飞鸿将李家那破败的祖屋收拾一下，二人暂时居住下来，因李侍卫伤势过重，熬过初一没能躲过十五。孙飞鸿掩埋下丈夫，为躲避朝廷追杀，便隐姓埋名江湖漂泊多年，后来在黄家镇住下来，因李公子行二，街坊邻里都叫她二娘。孙二娘不愧为将门之后，有一身好武功，尤其擅长马术功夫。有一年夏天，因一件鸡毛蒜皮之事，为师和孙二娘动手过招儿，当然，不是为师打她不过，贵为一派之掌门，和一介女流争高下，实为不妥。谢老怪说道到这里，仍感没有表达完整，又加一句，伯仲之间。

铁掌凌跟随师父二十多年，怎能不了解师父的脾气秉性，这一句伯仲之间，已经说明师父是败在对方手下。此人甚是了得，以后须多加注意。

谢老怪又提醒徒弟：在咱这地面上惹谁都无大碍，就是不能惹这个孙二娘，别怪师父没提醒与你，俗话说有再一再二、没有再三再四，但在孙二娘面前，连这再二都不能有，记下了吗？铁掌凌已经尝到孙二娘的苦头，怎能不记下师父的提醒，忙回答：徒儿记下。

人世间奇事不少，怪事更多。这孙二娘母夜叉一般的人物，见到铁掌凌就不烦别人，却很喜欢对方女儿小红飞，不知是两人投脾气还是其他，反正一见面就像老熟人。在以后多年里，不管是黄家镇庙会，还是平时的集日上，只要见面就是一股子亲热劲。后来，干脆就把小红飞认作干孙女，当然，这只是她们两人之间的事，与铁掌凌没有半毛钱关系。当铁掌凌知道后，气个眼儿蓝，对方无形中给自己降一辈，但也颇感无奈，出身武林之家的儿女，本就和出身书香门第的孩子不一样，只能睁一只眼闭一只眼，顺其自然。谢老怪却不这么看，至于是什么原因，别人不得而知。

凌红飞跟孙二娘常来常往，像走亲戚一般，隔三岔五就跑一趟黄家镇，孙二娘好吃好喝好待承，还把自己的马术绝技传授给凌红飞。至于八卦掌的功夫，却没有教给孙女。不是凌红飞不想学，是孙二娘一再解释，那不是养家糊口的玩意儿，不学也罢。

话付前言，凌聚财和凌红飞无奈之下，来到黄家镇孙二娘家，一五一十把两人的事情抖落个底朝天，她又把父亲将自己许配给吉三奎的事说出来。凌红飞委屈得泪水涟涟，说自己死活看不上师弟吉三儿，就喜欢师兄凌聚财，非他不嫁，惹急眼两人浪迹天涯。孙二娘一看孙女，更加顺眼了，这不就是自己当年的翻版嘛！忙安慰二人：看看，多大点儿事，哭天抹泪的，这世上哪里的黄土不埋人，哪里的井水不解渴，哪里的饭食不养人，罢了，奶奶我成全你们就是。

凌红飞一听心里踏实许多，忙说：奶奶您去俺家做媒提亲如何？

孙二娘一瞪眼睛：什么话，让你爹到我这儿来提亲，老妇是长辈，我上门，你那破庙就甭想再住人。就明天上午，你回去就这么说，一个字都不能差。

凌聚财一听又担心起来，这老太太怎么这么横气，小声嘀咕：这能成吗？

成不成你甭管，三天后奶奶我给你们成亲。孙二娘语气坚定。

凌红飞回家跟老爹爹一说，铁掌凌真想一巴掌拍死这疯丫头，既心疼又气恼，怎奈她母亲已经过世，不想让孩子再伤心。左思右想之后，只能按着孙二娘挖的坑子往下跳，不然，这老家伙真就敢给你来个四不像了，到那时丢人现眼的还是自己。

世上哪有这样提亲的，老媒婆坐在家里，等正头香主上门说亲事，还得一切按照她划下的道儿来，憋气还无处说理去。关键是还有一头子没摁下来，还有一个要死要活的吉三奎。在江湖上吐口唾沫能砸个坑的铁掌凌，许亲这么大的事，说不成就不成，以后还怎么在江湖上混。不管铁掌凌有多大委屈、多少不满，只能往肚子里咽，必须按照孙二娘的铺排往下进行。

成亲那天，孙二娘来到凌家坐镇，当起太上皇，亲手把孙女送出门。从此凌聚财和凌红飞过起自己的小日子。吉三奎则在心底埋下一粒永远都无法化解的怨恨种子。当然，大面还是要顾的，毕竟大家都出自同门。只不过，当他一眼看到师兄师姐一家三口时，难免心底不泛起阵阵醋劲儿。

当吉三奎听到师兄问今后作何打算时，便心不在焉地说：能有啥打算？行走江湖呗，撂地卖艺，给兄弟们弄几口残汤剩饭。意思很明白，不像你们两口子过得这么滋润，看看穿戴打扮就能明白。

凌聚财听罢陷入沉思，联想到刚才遇到的铁扇门里的人，把目光投向师妹，正和凌红飞的目光碰撞在一起，她点点头。凌聚财这才说道：老三，就凭你们几人，撂地打把式卖艺成不了啥气候，必须搭成一个功夫技艺过硬的班子，像每年黄家镇九月庙会上，那些天南海北赶过来的杂耍马戏班一样。像你们这几个人这样撂地儿，能否混个半饱都不好说。大家要想过上好日子，就必须走我说的这条道儿，如果你赞成，咱马上回老家，搭班子闯江湖。

吉三奎听罢略作沉思，立马反应过来，不由得一阵欣喜，机会终于来到，自己等得好苦，师兄师姐出现得正是时候。说道：师弟焉有不赞同之理，听师哥师姐的，你们咋说就咋办，不过，现在回去成吗，前几年咱们打洋毛子那事，官府还会不会追究？

一晃六年过去，官府记不记得咱不晓得，可咱也不能老这么东躲西藏，先回去探探风头再说。凌红飞说。

树高千丈、叶落归根，那里有咱们的祖屋。凌聚财说。

吉三奎心想，走一步算一步，师爷谢老怪已经作古，师父铁掌凌也已西去，但还有孙二娘那疯老太太，应该是奔八十的人，难道还活得硬朗？真就应了那句话，好人不长寿、歹人活千年，当年就是这老家伙坏掉自己的好事，令自己恨得牙根疼，恨不得一刀插死她才解恨。多年来这种想法只能是想想而已，就凭自己这点能耐，刚一出手就被对方拍死。俗话说，君子报仇十年不晚，熬也能把她熬死，老话说，是你的就是你的，不是你的你惦记也白搭，白搭归白搭，自己总不能干看着，既然不是自己的，那也不能让你们好过。吉三奎就是在这种心态驱使下，去经营自己的大半生的，可见结果能怎样。

凌聚财没有看透师弟的心思，凌红飞却看出问题，以后事事须提防着对方。

兴隆客栈张掌柜，给众人安排一顿丰盛的晚饭，算是招待远道来的众乡亲。饭后，凌聚财和凌红飞带着女儿返回朱府，对朱员外撒谎，说老家捎信来，老父亲病重，得马上赶回去孝敬老爹。凌红飞有些不忍，来时走时都撒谎，觉得对不住照顾自己一家的朱老夫妇。凌聚财提醒妻子，千万不能土命人心实，咱这是逃难，不是逛大街串亲戚，不言明，也是为朱员外好，以免人家受到牵连，遭受株连之灾祸。凌聚财一番好意，并没给朱员外来带来好运，武昌首义之后，朱员外突然遭到一伙不明身份之人的灭门灾祸。

朱员外自然舍不得凌聚财离去，又挽留不下，只好送上纹银五十两，作为凌聚财一家返乡的盘缠，这笔钱省着用，还能剩下几个给老父亲治病。薛老太太平时喜欢小红玉，常带在身边玩耍，这次红玉远行，不忍心让孩子用小脚板丈量这几千里路程，便将一匹枣红马送于红玉当坐骑，反正也不是一去不回。第二天一早，凌聚财夫妇千谢万谢，告别送出朱府大门的老员外和薛氏，向北走去。在大街上转一大圈儿，才转回西大街南侧的兴隆客栈。

兴隆客栈张掌柜是宁津保店人，保店距野竹李不到四十里路程，他拜托凌聚财给老家带些东西，这些年在外也积攒下一些钱财，让这几个人带钱财自然是放心不下，故买下一些日用物品带回去，幸亏有朱员外那匹枣红马，不然，张掌柜这些东西可就累苦了众位兄弟。吉三奎对凌红飞说，难怪我一到这里，这张老爷子便如此客套，原来也是个无利不起早的货色。凌聚财说，行走江湖啥事遇不上，见怪不怪的好，出门在外，奉行的是多一事不如少一事，好事孬事都得兜着。

有那匹枣红马，大家都轻松许多。薛氏本意是心疼红玉，但此刻驮在马背上的东西不知比红玉要重几倍。凌红飞坐在马鞍桥上揽着女儿，马背上搭载着张掌柜给老家捎的杂货，还有吉三奎几个人混饭吃的破烂道具，破凳子、缺口坛子、瘪拉铜盆、豁牙单刀、空竹、夹层茶壶、棒槌，等等，挂得滴里嘟噜。凌红飞真想把这些破烂撇掉，啥破玩意儿，非得给要饭的做幌子吗，回去一定得正儿八经搭个班子。

吉三奎紧紧抓住这些道具：师姐别别、别扔，这可是俺们混饭吃的本钱，说不定这一路上还指望它哩。

凌聚财过来打圆场：好好，带着你这些家伙什，别像剜你心头肉似的，到地头再说。凌红飞无奈地摇头，幸亏早就把你看透，看你这点脓水，能成啥大气候。

一行人走出西安城，出陕西地界奔山西运城，过邯郸走邢台，来到德州地界，不日便到达宁津。一路上也没有用上驮在马背上混饭吃的家什，日出而行、日落而息，月初上路，月底到家。

第七章

入秋后的一个深夜，一行人走进鲁西北宁津野竹李村。人们直接来到村后底的一个老旧宅院前，打开院门悄悄走进去，然后关门闭户，像什么都没有发生一样。不知谁家的老狗，有气无力地汪汪几声，蛐蛐根本没理睬周围发生什么，继续高调唱歌。夜幕下，有两双明亮的眸子盯着这些人走进凌家大门，然后消失在黑夜中。若在其他村寨，这时分大家都已进入梦乡，在野竹李不成，起五更睡半夜不是新鲜事。不过，你别想歪，野竹李从来不招鸡鸣狗盗之辈，即便是梁山一百单八将中的时迁路过，他也得考虑考虑该不该在此落脚。

野竹李过去叫野猪林，宋代这里是荒芜的盐碱地，再往前推就是退海地，芦荡荒滩、野林丛生、人烟稀少，是朝廷将罪犯充军发配之地。南北八寨位于沧州南百余里外，也是被充军发配的犯军，逃跑藏身的理想之处。明朝李自成起义军的一位将领张鳌，起义失败后，为躲避官府缉拿，一路逃到宁津一带落脚生跟，张鳌村因此而得名。

据说北宋年间，林冲发配沧州途经宁津野猪林，便是指此地。明朝中期，一李姓人家迁徙来此定居，改称野猪李，后来村里有人忌讳“猪”字，便将村名改为野竹李，延续至今。

林冲发配沧州路过野猪林与否，已无从考证，野竹李人打把式卖艺却闻名齐鲁燕赵。野竹李村家不过百户、人不足八百，但在四女寺减河两岸南北八寨中，却是挑大梁的村寨。黄河故道两岸的南北八寨，是华夏杂耍发源地之一，如果说这里是一座金字塔，野竹李就是塔尖上那颗明珠。

打把式卖艺走江湖，也不是野竹李人的初衷，怎奈这片曾经的野猪林，就不是一片沃土，这片瘠薄的土地，从土里冒出一片一片的白色碱鳞，干旱季节，盐碱地里裂开一道道大缝子，雨季便涝洼一片。乡亲们只能看老天爷的脸色过日子，收成好也难以维系日常生活所需，一旦颗粒无收，大伙儿只能另想他辙。是不是北宋朝廷八十万禁军教头林冲途经这里留下行武之风气不得而知，但从野竹李形成规模之后，打把式卖艺走江湖就从这里开始了。村里流传这样几句话，“上至九十九，下至刚会走，要说变戏法，人人会一手。”这不是一句狂话，凌聚财夫妇带领大家从西安城返回野竹李时，不足百户的村寨，能称为大把式的有不下七八十人。

爹爹，什么是大把式？红玉问。凌聚财抚摸着女儿的头说，你还小，不需要懂这些，长大就明白啦。

凌红飞不满意丈夫的回答，告诉孩子何妨，说道，大把式就是杂耍行当里的全活，跑马上杆子，刀门子地（钻）圈，样样做得精通，能被称作大把式的人，都是这行当里的人尖子，没有十几二十几年的历练，达不到那种境界。

大把式跟大把式也不一样。凌聚财忍不住插话，这又没什么硬性的标准，做得了这四样活计的人不少，但要把这四样做到精湛的人不多。

吉三奎叹气道：这四样我能做，有人说我是大把式吗？就说享誉京城和天津卫，以及保定府的南北八寨，杂耍门派中扛鼎的，李家班、齐家班、石家板、高家班都出自咱野竹李，咱这儿才是马戏耍技的正根儿。说到这里停顿一下，把目光落在师兄脸上，然后又转移到师姐面孔上，继续说道：我看是时候了，抓紧把班子戳起来，来年黄家镇庙会上咱也显摆一把，到那时，再也不用为五斗米发愁。

凌聚财望着师弟问：你真是这么想的？我听他们说，先前你不是想去跑单帮吗?

吉三奎一怔，心想，这俩棒槌，狗肚子盛不下四两酥油，这样的话也敢往外吐露，看我怎么收拾你们！他忙解释：别听他们胡咧咧，跑啥单帮，有师兄师姐在，我咋能那样干。咱还是把班子戳起来吧，都是自家兄弟，有咱仨人这等功夫身手，班子一定能在黄家镇庙会上开个震天雷，到那时，过黄河、下江南、闯关东，那还不是脚面水平蹚。

凌聚财被师弟说得心里痒痒，自从回到野竹李，半个多月过去，几个人进进出出，也没有引起什么人的注意，邻村有人在衙门里当差，东头的张三，见到自己和师妹还算热情，看来六年前的那阵风已经刮过去，这让他多少踏实些。既然没有阵乎，大家就不能在家里坐吃等死，老三这个想法也不算不现实，大家有一身功夫，拉班子打把式卖艺不是啥难事。忙道：老三说得有道理，你说呢？他问师妹。

凌红飞略作沉思，吉三奎想法不错，可这未必是他的真心话，三个人一起练功十几年，各自的性格秉性都不是秘密，凭自己对他的了解，小聪明往往要得不算高明。她知道，师哥直率坦诚，是个正人君子，但师弟未必。就目前情势，这条路未必不是一条可行之路，暂且把班子戳起来，打把式卖艺走江湖。这才慢慢说道：南北八寨门派班子，各自有各自的长处，刘家班擅长挂子活儿，穆家班是北派魔术中的老大，齐家班的大气功和驯兽表演叫响了黄家镇。这就是乡亲们说的“南立子，北扦子，不南不北是挂子”。咱的班子要想在这行里站住脚跟，就必须有自己的绝活儿。凌红飞说到这里，扫视两个男子汉，那意思是，你们有绝活儿吗？没有等于白说。

凌聚财看着吉三奎，然后两人把目光落在凌红飞脸上，开始一脸沉重的吉三奎，突然露出笑容，对师姐说：我们没有，你有啊！你的马趟子功可是得自孙二娘的真传，就那两招“燕子三抄水”和“八步赶蝉”谁人能比。

凌聚财也说道：是啊，一般马趟子手，表演一下镫里藏身、就地拾金钱、金鸡独立，顶多再来个倒立。我还从未看过你的“单人跨双马”，只听孙二娘说过。

吉三奎听罢，目光中流露出怀疑的神色：师姐，你还有压箱底儿的玩意儿没抖落，啥时也让师弟开开眼。就是说，两匹快马齐头并进奔跑着，你两只脚站在两匹马的马背上，真够悬乎。

别瞎琢磨。凌红飞打断对方的话：你们的头开石板，掌切砖头，单掌开碑还有上刀山等也能挡一阵子。既然咱们想把班子拉起来，就正儿八经地招兵买马，准备家伙什，添置行头，别整得跟要饭花子一般。打明儿开始，就练起来，名不正言不顺，咱就叫凌家班。

吉三奎忙说：对对，叫凌家班。心想，你们二位一个姓，我行三，不叫凌家班，难道还叫吉家班不成，这个念头一闪而过，却在脑海里留下不可磨灭的痕迹。

凌聚财点点头，作为师兄，深感责任重大，叫凌家班名正言顺，自己担当此重任责无旁贷，他没有吉三奎想得这么复杂。

凌红飞说：我明儿一早去一趟黄家镇，家里的事你俩操扯吧。

要不要我跟你一起去？凌聚财问。

凌红飞扫一眼吉三奎说：不用，你和师弟操扯拉班子的事，先把大架支起来，我的意思是别在咱村招人，明白我的意思吗？南北八寨耍把式的多得是。

吉三奎质疑道：舍近求远干啥，咱村“走挑子”的不下六七十起，出门一划拉就满筐子。

凌聚财能理解妻子的想法，忙对师弟说：你师姐说得对，就按她说的办吧。

吉三奎不解地走出房间，回屋歇息。

凌红飞望着吉三奎走出去的背影，陷入沉思中。

第八章

第二天早饭后，凌红飞一身紧身衣裤，束一根红腰带，身披红斗篷，满头秀发被红围巾包住，在额前系一个蝴蝶结。腰带上挂一把宝剑，来到枣红马前，要把女儿抱上马背，红玉嚷嚷着：不用娘管，自己上。

凌聚财看着女儿，这小妞子还真有自己小时候的犟劲儿，且看她个地瓜蛋如何上马。红玉双手抓住马镫子打提溜，忙活得满头是汗。凌红飞伸手拎起她，红玉把小脚掌插进马镫里，享受一会儿之后，被母亲拎到马背上。只见，凌红飞一跺脚飞上马鞍桥，这个上马的姿势，看得吉三奎一阵心悸，一般人上马都是先把一只脚掌插进马镫里，用力一骗，这叫飞身上马。师姐这个上马动作实在太过独特，甭说自己做不到，师兄也未必行，羡慕的同时产生忌妒，转而还有几分记恨。

野竹李距离黄家镇有几十里路程，凌红飞用斗篷罩住红玉，不敢跑太快，半头晌午时，溜达进黄家镇。

刚刚入冬，冷风拂面，丰茂的树帽子已被秋风扫落叶，光秃秃的支棱着树枝子，大地里已无任何遮拦，闻名九州十八府的黄家镇庙会，虽然赶了一个月，但看街道上村落里，没有留下任何可追寻的踪迹。数十丈高的土山上面，那根高大旗杆依然如旧。一晃六年过去，一切犹如昨天。

她来到村北头，在一座大院前下马，红玉依然坐在马背上。她来到院门前叩动门环，不一会儿大门被拉开，从里面走出一位姑娘。

红姐是你？快进来。玉儿惊喜道。

玉儿，孙奶奶还好吗？凌红飞把缰绳递给玉儿。

好，师父好着呢！哟，这上边还有一个小千金啊？玉儿伸手去抱红玉。

红玉嚷嚷着：自己下、自己下，不用姑姑抱。

玉儿一撇嘴：哟，看把你能的，好好，自己下，姑姑不管你。

红玉双手抓住马鞍子，两条腿往下出溜，玉儿忙伸手托住两只小脚掌，运到马镫上，就这样一步步把红玉接下马来。

玉儿喜欢得直亲吻红玉的脸蛋，这下把红玉惹急眼，抱住对方的脸蛋啃起来，口水沾满玉儿的皮肤。

红飞抱起女儿训斥道：不许这样，要懂规矩。

红玉爱撒娇，却惧怕娘亲那嘴角下拉的表情，赶紧闭嘴不言语。

玉儿笑个不停：哎哟，小千金，给姑姑做干女儿如何？

院里的吵闹声，引起北屋里人的注意，宝儿推开房门走出来，一眼看到红飞，忙转头冲里说：红姐回来了。

坐在北墙下太师椅上看书的孙二娘，把书搁在八仙桌上，站起身向门口走过去。红飞抱着女儿走进北屋厅堂，望着富态的孙奶奶，七十好几的人，腰不弯背不驼，面色红润，尤其那两只大眼睛，依然炯炯有神，不时放射出犀利的目光，看这精神头儿和身板儿，功夫一定没撂下。

孙女，这是老身的重孙女？孙二娘弯腰将红玉抱起来，满脸皱纹都开了花。

红飞忙说：奶奶快放下、放下，别闪了腰。

孙二娘一瞪眼：闪开，重孙女还有外面那把关公刀沉吗？

玉儿往后一拉凌红飞：那把混铁关公刀一百零八斤重。

一般情况下，红玉不喜欢生面孔，刚才对玉儿抗拒，却不反感孙二娘的老皮厚肉，两只小手抱住孙二娘的老脸嚷嚷：奶奶、奶奶，我知道你是谁。

叫老奶奶，我是你娘的奶奶，乱辈分啦。孙二娘乐道。

就叫奶奶。就不叫老奶奶，就不叫。红玉噘嘴嘟囔。

好好，叫奶奶，就叫奶奶好啦。你们听着，不管啥事都得依着俺孙女。孙二娘乐昏了头。

红飞无奈地冲玉儿宝儿直摇头，见过老人惯孩子的，没见过这样惯的，这孙二娘的古怪果真名不虚传。玉儿给她使眼色，顺其自然吧，老太太就这脾气。

孙女，你怎么知道奶奶是谁呢？说给奶奶听听。

红玉鼓起腮帮认真地说：你是孙二娘奶奶，梁山好汉开店的奶奶，专吃坏人的肉哩。孙二娘笑得颤颤悠悠，抱着红玉坐回到太师椅上。红玉一把抓起桌上那本线装书翻：奶奶，你教红玉识字好不好？好不好吗？红玉要念书。

孙二娘这下笑不出来，虎着脸问：红玉真要念书？

要念、要念嘛，长大还要进学堂呢。红玉一副认真的模样。

孙二娘沉重的表情又舒展开来，抚摩着红玉的脑袋：好孩子，红玉是好孩子，奶奶教给你识字写字诵唐诗宋词，长大后做学问。

奶奶不许反悔，拉钩上吊。红玉伸出小手指比画着。

孙二娘笑道：好好，奶奶和孙女拉钩。上吊就算了吧，还不到时候呢。两个人的小拇指勾在一起。

午饭后，玉儿带着红玉去街上玩耍，红飞把这几年漂泊流浪的经历给孙二娘做详尽的诉说，并和老人家商议，想拉班子走江湖。

孙二娘从头至尾认真听着，不曾插话，待对方说完之后，这才表态，出乎对方意料之外，开始训斥起来。

走什么江湖，江湖是什么？你说！放着好好的日子不过，西安不要再去，知道老妇为何不赞成你拉班子吗，就是不想让你步我和你爹的后尘。

奶奶，我们都是习武之人，咱这地儿上走挑子背包袱的很多，还不照样常来常往，您老甭担心。红飞忙解释。

我知道你和聚财都是武林中人，那又怎样，武林之后就一定要在绿林道上混吗？不行，我说不行就不行。看看红玉多好的孩子啊，这么一捏年纪，就想着念书识字，你为何不能给她一个念书的环境，把她培养成一代贤达，即便不能考取功名，也可在乡野教书育人。

奶奶，这个……我还真没认真想过。凌红飞一时不知如何是好。

孙二娘振振有词：念书，去念圣贤书，念书不一定就非得学而优则仕，不做官不为吏，多懂点知识也好。我父亲也曾中举，后来却选择行医，成为不错的郎中。而我公爹入京殿试，中榜三甲进士，下场却不及我爹娘。我父亲常说，东汉时长沙太守，医圣张仲景毅然辞官回乡，他有一句名言：进则救世，退则救民；不能为良相，亦当为良医。我和你爹，不管将来身后如何评价，我们是为这个国家做了事情的，太平天国运动也曾红遍大半个国家，义和团抗击八国联军也会永驻史册。为此，我们都付出惨重的代价。但我们不后悔，绝不。记住奶奶这句话，穷则独善其身，达则兼济天下，当然，这不是奶奶说的。

奶奶，还有一事，在西安，我们碰到了铁扇门的人，有点不愉快。

说来听听，越详细越好。孙二娘不动声色。

红飞一五一十，把整个经过说出来。孙二娘听罢站起身来，在房间里来回走了两趟，仿佛在追寻失去的记忆。少顷，坐回到太师椅上，端起茶碗抿一口，说道：铁扇门，这是很久以前的事了，近来老妇听说，黄家镇上也出现了他们的影子。

奶奶，你知道他们的底细？红飞盯住对方。

孙二娘点点头：岂止是知道，梁子架得还挺深，这话得从几十年前说起，听奶奶给你慢慢道来。

红飞给对方斟上茶水：奶奶，不急，您老慢慢讲。

突然，孙二娘眉毛一挑喝道：外面何人？一扬手，一枚大枣穿窗而出。宝儿嗖一下蹿出去，一个黑影翻墙而过逃出去。待红飞和宝儿追赶出去时，已踪影皆无。

终于找上门来，鼠辈，不敢拜山门，竟干些翻墙越脊的勾当，是该了断啦，若带进棺材，阎王爷恐也不好断案。孙二娘不屑地说。

红飞和宝儿站在老人家面前，有些莫名其妙。

坐下，没事了，谅他也不敢再造次，这是冲你来的。孙二娘对凌红飞说。

冲我？铁扇门的人。红飞醒悟过来。

坐下吧，孩子没事，有奶奶在这里坐着，他们休想伤到你。我了解他们，暗的不行，要来明的，老身就在这恭候。两人没能听懂奶奶的话。

孙二娘摆摆手，二人这才坐下来，听奶奶讲述很久以前的往事。

铁扇门掌门人，人称铁扇公子，这个铁扇公子的年龄和老妇相仿。至于姓甚名谁，不清楚，当年老妇和他交过几次手，都是带血留疤的。铁扇公子是北王（韦昌辉）的近身侍卫，武功高强，为人孤傲，一般人不放在眼里。四十多年前的天京事变中，北王诛杀东王（杨秀清）全家及部下数万人，还杀害翼王（石达开）全家人，这位铁扇公子全程参与，是心狠手辣的刽子手。为保护东王，我和相公拼命厮杀，几度和这厮过招儿，功夫在伯仲之间，我在姐妹们的掩护下，背着只剩下半条命的相公返回家乡。听说北王帮助天王（洪秀全）清除异己之后，也被天王灭了。没想到这铁扇公子竟然逃过一劫，天朝覆灭之后，他拉起什么铁扇门，活跃在江南一带。一般情况下，很少到江北活动。

孙二娘说到这里停顿一下，看一眼凌红飞继续说，铁扇公子暴虐成性，杀人不眨眼，奉行有仇必报、从不留后账的原则，一般不会招惹别人，一旦架梁子，就必须有个了结，当然，必须他沾光才行。没想到，这老家伙的爪子，竟敢伸到黄家镇，你说这不是找死吗！听说县衙的捕快也到村里来过，一有气味都贴上来，这不是什么好兆头。有热闹看啦，等着瞧吧，老妇要老账新账一起算，孩子，近日不要出门，静观其变。

奶奶，这怎么成，我们？红飞怎能不急。

怎么不成？老实待着你的，别瞎搅和，有老妇在，还轮不到你出头。

突然房门推开，玉儿步履沉重走进来，面色惨白，紧闭嘴巴，目光晦暗地来到大家面前，扑通一下跪在地上，哇一声一口鲜血喷出来，血柱蹿出几尺远。

红飞上前一把扶住对方惊诧道：玉儿这是怎么啦？红玉呢？

见此情景，孙二娘的八字眉又变成了倒八字，嘴角下拉，该来的终于来了。沉声问：玉儿，到底发生什么事，快快说来。

玉儿提起一口气，简单地述说事情的经过。她带着红玉在大街上玩耍，突然被几个年轻人拦住，双方交手，一个叫黄公子的人将其打伤，抢走红玉，并留下话，十六日晚子时，让凌姓夫妻到黄家镇土山上见面，了结一段旧账，过时不候。

好啊你个老不死的，老太太我这就灭了你。孙二娘怒火中烧。

奶奶，快去救红玉啊，这帮人都是畜生，再晚就来不及了。红飞焦急万分。

莫慌，他们找的不是孩子，是你们俩，红玉暂时不会有事，老妇知道轻重，这样办——三个人凑到孙二娘身边。

第九章

孙二娘给玉儿检查伤势，胸前一掌，印在乳峰之间，伤势不重，将养几日即可恢复，这是铁扇门黄公子故意调戏羞辱玉儿姑娘，对方完全有能力一掌毙命。黄公子这种轻狂和傲慢激怒了孙二娘，老妇岂能容你，若不重手拍死你，实在是愧对先人。孙二娘让玉儿吃下治疗内伤的药丸，回房间歇息。

奶奶，我得马上赶回野竹李，傍晚再回来。凌红飞沉重地说。这事太大，必须和师哥师弟商议一下。

你别动地儿，就在这里待着。宝儿，速去把你姐夫找来，落日前必须赶回来。八十来里路，用不着快马加鞭，去吧。

宝儿提着宝剑走出房间，飞身上马，向野竹李奔去。

孙二娘望着焦虑的孙女说：大风大浪老妇见得多啦，十六日晚上老妇去会会铁扇门，倒要看看他们能玩出啥新花样来。

新花样倒是没有，铁扇门一向特立独行，遵行有仇必报、有怨必了、从不欠账的原则，这次来到宁津也不例外。铁扇公子一行六人住在县城里，其弟子黄公子四人来到黄家镇，作案之后，返回保店一家客栈。保店在黄家镇和宁津县城之间，便于明早汇合掌门人，一起去黄家镇找凌聚财做一了断。

屁大点事儿，原本用不着掌门人亲自出马，但他得到消息，北王贴身侍卫孙二娘夫妻祖籍是宁津县，便来了兴趣。本来，和铁扇门结梁子的陈年旧账早已结完，发生的都是近几年的新账，没想到这儿还有一笔较早的账目需要结。一件不起眼的小事，竟勾出一场四十多年前的血案，怎能不兴奋。

其实，铁扇公子心里明白，已过去半个世纪，什么北王、东王、翼王的还有什么用，骨头都快烂没了，只是感觉好玩、好笑，也算个乐子吧，已过古稀之年，还能亲手灭掉半个世纪前的孙二娘，在江湖上传开来，那又是怎样一种荣耀，以后看谁能撼动我铁扇门。

保店一家客栈内。黄公子一行四人围坐在桌旁，叫上一桌丰盛的饭菜，连吃带喝很是惬意。黄公子一抹嘴巴：保店驴肉确实好吃，再来三斤，塞吧，管够。

一个三十多岁一脸横肉的胖子说：那是、那是，给皇上进贡的东西焉能不好吃，这一趟算是来着啦。

一个穿一身绿、短打扮、瓜子脸的姑娘拿起一个馒头和一块驴肉说：我去看看那孩子，饿死的话这笔买卖就瞎了。

蝎女，吃你的，三天两日不吃喝饿不死。黄公子摆手阻止对方。

冤有头债有主，她还是个几岁的娃娃。蝎女起身走出去。

一个细长脖子的年轻人，伸长脖子冲对方背影说：啥时蝎女也这么仁慈啦，要是对我这么好那该多好。

竹、竿，你、真想、让她对你这么好？胖子嘴里嚼着驴肉问。

黄公子瞥一眼竹竿，哼一声：找死，被蜇死的滋味肯定也不怎么好受。

竹竿忙说：玩笑、纯属玩笑，哪说哪了，千万别当真。

你是怕蝎女当真吧。黄公子瞥一眼对方。

吃完饭后大家回到客房内。

蝎女在不停劝说红玉吃饭，红玉一直嚷嚷着找娘亲、找奶奶，不吃不喝不玩耍。

竹竿牵进来一只大狼狗，狼狗张开血盆大口，撕扯一个小孩子，咬得血乎撩烂很是瘆人。蝎女反感地呵斥对方：竹竿你这是干啥，弄出去！

竹竿一脸坏笑：娘的，吓死你个兔崽子，再让你叫唤，一会儿把你也喂狼狗。

红玉躲在蝎女怀里大声说：腥活儿，大腥活儿。

蝎女等人愣住，这孩子怎么懂得这个，太不可思议。

胖子上来骂道：小兔崽子，活够啦，老子这就卸你一只胳膊，让你看看这是不是腥活儿。

黄公子沉着脸没言语，就是默许。胖子上来拽红玉。

蝎女将对方一把推开，护住红玉说：一人做事一人当，迁怒一个娃娃算什么本事，不要坏了绿林道上的规矩。

父债子还，也不算不对吧。竹竿对黄公子说。

放屁，你说这话不觉得丢人吗？竹竿，赶明儿你见了她爹娘再说这些。

黄公子一摆手，三个人回自己的房间。

蝎女把馒头塞到红玉手里，继续哄着：听姑姑话，不吃饭就不让你回家，不回家就见不到你娘，就没人要你啦。

红玉眼巴巴盯住对方：姑姑，吃了就能见到娘吗？

能，姑姑向你保证，吃完饭，睡一觉就能见到娘。

嗯嗯，我吃、我吃。红玉大口吃起来。

蝎女叹气，她从来没有做过这样的事情，江湖恩怨把一个几岁的娃娃牵连进来，这不作孽吗？自己就是八岁时，一场仇杀失去了父母和家园，从此流落江湖。二十多年过去，她看惯了血腥的江湖，也厌倦了这颠沛流离。

十六日晚子时初交，月亮足够圆足够大，月光照射在黄家镇东西大街以北、奶奶庙北边那座数十丈高土山上。这其实也算不上什么山，就是一座大土堆，传说是经年累月，被天南地北赶庙会的人，从各地带来的家乡那一捧土堆砌而就。山包上各类树木乱杂，茅草丛生，猫、狗、獾、刺猬、老鼠等在山包上乱串游。

山包上有一块不大的空地，平时冷清的山包上，今夜有所不同，那块空地上人影晃动。

年逾七十的铁扇门掌门人，三绺须髯长得颇有特点，成三角形，嘴角下各一撮，下巴上还有一撮，稀疏白发披肩，白眉毛，臃肿的身躯堆随在一把罗圈椅里，撑得红木椅咔咔作响。右手拿着一把黄折扇，眯缝着眼睛，望着下面。左右站立两个拿折扇的男子。地上放着一个大木箱，蝎女拿一把绿折扇站在木箱旁。黄公子拿一把蓝折扇走上来禀报：师父，来了。

哼！铁扇公子早已从声音辨别出，债主找上门来。黄公子退到一旁。少顷，八个人从土山下走上来，在距离铁扇公子十来丈处站定。宝儿把一把椅子放在地上，孙二娘缓缓坐下来，凌聚财、凌红飞站左边，宝儿玉儿站右边。吉三奎、铁猴等三人站在后边。

凌聚财一扬下巴：看那黄折扇。

凌红飞早已洞察：铁扇门等级森严，折扇颜色决定他们的地位和身份。

突然，铁扇公子站起身抱拳，口中传来一阵娘娘腔：南天一柱。

孙二娘也站起身双手抱拳，粗声粗气回答：功擎华夏。

安天固国。铁扇公子向前迈出一步。

众享太平。孙二娘没动地儿。

凌红飞小声问师哥：春典？

不，是他们门里暗语。凌聚财回答。

江湖黑话，什么意思？凌红飞不解。

凌聚财说：好像说的是太平天国。

孙二娘抱拳向东方拱手：月出东方耀南国。

铁扇公子抱拳向北一挥：七星北首我为遵。

凌红飞晓得这句话，这是两人在自报家门，一个是东王的人，一个北王的人。

凌聚财低声对师妹说，江湖太过凶险，他们比青帮、丐帮、洪门等更甚，句句都拿国家说事。

铁扇公子坐回原处，提高嗓门说：孙二娘，一别五十载，别来无恙乎？

铁老大，若不是尔等前来骚扰，老妇还就忘了江湖上还有你这一号。孙二娘没好气地回答。

原本本公子对这等小事不感兴趣，但听说你还能喘气，若不前来问候几声，岂不枉了五十年前天京血夜一别。

有账不怕算，何况还是陈年旧账。不过，你我先把后辈事做一了结，如何？

好，强龙不压地头蛇，客随主便，划下道儿来吧。铁扇公子没把孙二娘放眼里。

孙二娘不卑不亢：铁老大，江湖上你也算一号人物，听说铁扇门做的是正道上的买卖，没想到也干这种下三烂的绑票勾当，莫怪老妇瞧不起你，从今往后，绿林道上的英雄好汉也不会正眼相看。绑票绑到老娘这儿来，胆儿够肥的。赶紧把我孙女放了，若让老妇动手那就麻烦啦。

哈哈，老夫是被吓大的吗？若是不放呢？铁扇公子一挥手，唰一下将折扇抖开，一阵寒风刮向对面，顿时尘土飞扬。

孙二娘抬手挥掌向对面罩过去，尘土顿失：我孙女少一根汗毛，这里就是你们的葬身之地！俗话说，哪里的黄土不埋人，你有这些徒子徒孙陪葬，知足吧。

铁扇公子一惊，立马明白对方的意思，绿林道上都说自己心狠手辣，可和这臭婆子相比，还是逊色许多。自己的屁股坐在炸药上，真晦气，怎么就没想到对方会来这一手。忙对蝎女一摆手：弃点子（放人）。

师父，这恐不妥。黄公子忙说。

你们若不想被埋在土山下，马上放人，这就是江湖，以后你会明白。铁扇公子不容置疑。

蝎女忙打开木箱，将红玉抱起来，一拍孩子的睡穴，放在地上说：红玉，快找你娘去吧。

红玉迷迷糊糊看不清对面人模样，拉住蝎女手嘟囔：蝎子姑姑，你送我过去。

蝎女无奈地说：好好，姑姑送你过去。她抱起红玉来到距离孙二娘一丈左右处，放下红玉，转身返回原地。

红玉扑进弯下腰的凌红飞怀里，哇哇大哭。心疼得凌红飞不知如何是好。凌聚财说道：别哭啦，等完事回家哭去。

孙二娘看到红玉安全回来，提着的心放下来，好悬，若不是提前在土包下埋好炸药，能不能降得住这铁扇公子都难说。这么大的阵仗，老太太还没忘记和孙女亲热，从凌红飞手里接过孙女说：让奶奶看看伤着没有啊？少一根汗毛，奶奶去拔那铁扇老孙子一根手指头。

红玉依偎在孙二娘怀里说：红玉没掉汗毛，蝎子姑姑给我好吃的，就是那竹竿子，放狼狗吃小孩，腥活儿，大腥活儿。

好好，奶奶知道啦，这就给孙女个讨公道。冲对面朗声说道：恶有恶果、善有善缘，铁老大，先了结西安城那一段，让两个当事人一较高下，死伤无过。

好，痛快，绿林道上解决恩仇靠的就是身手。铁扇公子对黄公子一摆手。

凌红飞对师哥说：小心，留意黑青子（暗器）。

去吧，别留后手，有老妇罩着。孙二娘又对宝儿说：那小子若敢使脚绊子就废了他。

宝儿回答：是，师父。右手攥住一枚飞镖。

吉三奎低声说：师兄，那折扇上一十六档扇骨，既是利刃又是暗器，一定要小心应付。

孙二娘有些反感这吉三奎，老铁的徒弟良莠不齐：铁掌凌一身横练功夫，你等学到了几成？他不是说金钟罩铁布衫刀枪不入吗，怎么惧怕几根骨刺？他们擅长扇子功，你就不能让他抖开折扇，必须先发制人，听到没有？

知道了奶奶，我用幻影掌制服他。凌聚财底气十足地回答。

这就对嘛，去吧，好戏还在后头。孙二娘唱的压轴戏，生死劫。

凌聚财和黄公子从两头向中间走去，走到相距一丈远近时停住脚步。凌聚财右掌伸出去，左掌在下面，这是铁掌凌的幻影掌起式，说道：姓黄的，西安之事因你而起，不知思过竟追杀到此，绑架我女儿，是可忍孰不可忍。

黄公子一副满不在乎的样子，用折扇指点着对方：在西安是你女儿拔下本公子的折扇，犯下大忌，本公子前来讨个公道有何不公？

你若不用啄木鸟吓唬她，她怎能拔你的折扇？凌聚财反驳道。

黄公子没再接话茬，沿着自己的思路说下去：铁扇门的规矩你不知，告诉你无妨，我门中人，掌门人将折扇传于弟子后，这把折扇便不能离身，谁丢了折扇，要受门规严厉惩戒，何况我那把折扇始终在你手上，今晚必做了断，你我二人，只有一人能从这里活着出去。

凌聚财这才清楚，为何对方千里迢迢追到自己家门口的原因。

铁扇公子不耐烦，咳嗽两声，提醒黄公子快动手。

孙二娘见两人磨磨叽叽打嘴仗，喊道，你们俩是天桥的把式？

凌聚财突然发力，右掌闪电般向对方胸口推过去。黄公子一闪身，躲开对方的掌风，右手铁扇子向对方脖颈插去。几招过后两人势均力敌，谁也占不到便宜。黄公子一侧身，右手铁扇子唰一下抖开了，横在胸前抵挡对方打过来的幻影掌。是黄公子大意还是低估对方功力，凌聚财右掌直接按在对方铁扇子上，一股巨大冲击力被黄公子挡住。突然，凌聚财左掌跟上来，又打在对方铁扇子上，这股力量更大于前边，耳轮中砰一声，黄公子飞出去两丈多远，摔倒在地上，一股鲜血冲出口，身体瘫软下来。

凌聚财朗声说道：上天有好生之德，本人也不想杀生，暂且留你一条性命。

黄公子哇哇又吐两大口血，发出嘶哑的声音：君子报仇、十年不晚。

铁扇公子一闭眼，真是个五心烦躁、丢人现眼，这让老夫的颜面往哪儿搁？铁扇功被破掉，二十几年功力就这样糟蹋了。蝎女和竹竿跑过去把黄公子抬回去。

凌聚财回到孙二娘身边，她满意地点头，冲对面说道：铁老大，你看这一阵是否公平？

铁扇公子脸色昏暗，底气远没有刚才足：孙二娘，该咱俩算算旧账啦。站起身向前走去。

孙二娘见状也站起身来：铁老大，老妇等这一天等得太久。

凌聚财忙说：奶奶，还是我上吧。

凌红飞也说：奶奶，您老坐着，我去收拾这老怪。

宝儿、吉三奎、铁猴等人没敢说话。

孙二娘没回头，飘过来一句话：你们都白给。径直走过去。两位古稀老人相对而立，两头白发迎风飘动，两伙人从后面跟上来，两位老人的一番对话，听得大家毛骨悚然。

孙二娘站定，冷冷道：铁老大，想你混到现在，一世英名也不容易，老妇送给你两个字，放下，放下屠刀，滚回去，至于能不能立地成佛，那得看你的造化。

铁扇公子冷冷一哼道：孙二娘，老夫也送你两个字：回头，苦海无边、回头是岸，若不回头，这月光为你作证，你的寿限就到头了。

老妇从不宅心仁厚。意思是收拾你没得商量。

老夫也不怜悯众生。意思是即便土包子爆炸，大家一起上路。

孙二娘挥掌向对方拍过去，铁扇公子举手掌硬硬接住，砰一声，站在两人身后的众人被二人掌风推出去几丈远，两位老人却没动地儿。铁老大一惊，自己用八成功力，一是想试探对方这些年功夫撂下多少，二是想吓退老太婆，没想到老太婆功力比五十年前更加精纯深厚，接下来必须给对方致命一击。

孙二娘望着对方，心想，看来这老东西几十年来没闲着，功力有增无减。若不将其制服，后患无穷，恐以后没有机会，忙运起十分功力奋力一搏。两人的想法是一致的，都想将对方打趴下，令其臣服。铁扇公子先发制人，唰一下抖开铁扇子向孙二娘挥过去。

凌聚财惊呼：龙门解甲，奶奶小心。

凌红飞喊道：奶奶快闪开。

黄公子不屑地说：老夫打出道以来，还未曾有人能避开此招数，你认命吧。

孙二娘并没有躲避，双方众人都瞪大眼睛盯着两位老人。就连铁扇公子也疑惑不解，这老太太真想命丧铁扇之下？这也不是自己的初衷，把老太婆打残了就行。

孙二娘见对方抖开铁扇，便放弃刚才的想法，聚起十二分功力，她清楚这种打法，即便赢下对方，自己也难免不受内伤。顾不了许多，只想尽快了结这段旧账。孙二娘一掌打在铁扇子上，哗啦一下，扇面破碎，纸屑如雪花般飞向空中。铁扇公子再也把持不住，噔噔噔后退三大步，勉强站住，一股暖流冲上喉咙，他用内功强压下去。

孙二娘身子晃两晃，没动地方。

胜负已分，铁扇公子知道再打下去的结果是什么，他可不想真把性命扔在这黄土堆上。一抱拳：老姐姐，在下得罪，还望海涵。态度来个一百八十度大转弯，由大爷变成孙子。

铁老大，承让，五十年已过去，感谢你还能惦记着老妇。

铁扇公子一抖手中扇骨，哗啦一下，十几根扇骨均匀地插在两人之间地上，那间距的均匀程度不差半寸，这手功夫是铁扇门的上乘，一般弟子不能做到。接着沉声说道：从此我铁扇门和老姐姐的过节一笔勾销，有你在，绝不踏入山东半步。话虽如此，还是给自己留条后路，你若死翘之后，这话可就得另说另论。

孙二娘怎能听不出来：铁老大，武林中人讲的是一个义字，四海之内皆兄弟也，就此别过。

铁扇公子一听，对方这是放自己一马，赶紧回答：以后，只要是老姐姐的人，拿着这些扇骨，行走江南任何地方，无人敢生半点事非。对身后的竹竿喝道：还不过去给孙奶奶谢罪。

竹竿目睹了打斗的全过程，浑身颤抖跪在地上磕头请罪：请孙奶奶惩罚。

惩罚个屁，起来滚蛋，冤冤相报何时了，以后别仗势欺人就是。孙二娘训诫道。竹竿感激不尽：谢奶奶不打之恩，小的谨遵教诲。转身跑下土山。

铁扇公子抱拳施礼：老姐姐，在下告辞。

孙二娘抱拳还礼：铁老大，不送。

眨眼间，铁扇门一行人消失在夜幕下。

玉儿从地上拔起铁扇骨说：师父，铁扇公子的话当真？

真假都有。好生收着，说不定啥时候能派上用场。孙二娘说着让凌聚财凌红飞各取一根。

凌红飞不解地问：奶奶，刚才为何不就势将其打伤？对方已出现败势。

奶奶，您再打一掌，那铁扇公子必定输没另半条命，让他的徒子徒孙们抬着回江南岂不更好。凌聚财也说。

这就是江湖。孙二娘冷冷说道，江湖上有自己的规矩，有些事可以不遵守规矩，有些事必须遵守规矩，为何有的人久立江湖而不倒？有的却如昙花一现，奶奶我这是见好就收，与人方便、自己也方便，难道你们希望看到两败俱伤？好好到江湖中去历练吧，打道回府。

凌聚财和凌红飞对视一下，似懂非懂却又不敢再问，跟孙二娘回到家中。

第十章

黄家镇孙宅。几个人坐在孙二娘周围，红玉依偎在娘怀里，囫囵半片地讲述着这两天的经过。撅起小嘴说：蝎子姑姑可好啦，看看她给我的小蚂蚱。边说边从脖领里掏出一个铜挂件。蝎子姑姑说，戴着它辟邪，能保护我。娘，辟邪是啥？能吃吗？

凌红飞接过铜挂件：你就认吃，一个馍馍吃下去，还饿啊。翻过来调过去看那铜挂件，这哪是蚂蚱，是蝎子。

孙二娘一听忙说：给我看看。

凌红飞忙往下摘铜挂件，红玉紧紧抓住不放：俺不、俺不嘛。挣脱母亲的手，跳下来钻到孙二娘怀里，举着那铜挂件显摆：奶奶，好看不？多好看啊，蝎子姑姑给的，能辟邪哩。

好看、好看，让奶奶好好看看，看这蝎子打磨得，和真的一般，栩栩如生，只不过这根绳子不好看，来，奶奶给你换一根好看的，我孙女戴着才漂亮是吧。孙二娘说着轻轻拽断铜蝎子挂绳，把自己的银鹰饰件从脖子上摘下来，将其绳子换在铜蝎子上。凌聚财等人静静看着孙二娘的动作，疑惑不解，这铜蝎子定有什么秘密。

凌聚财不解地问：奶奶，是不是这小东西又惹祸端？如不是她也惹不来铁扇门的人，真不是省油的灯，欠揍。

瞎说啥？我孙女才脱下沙土裤子，能惹什么祸？即便惹啥事，也是你们大人的不是。当时你们干啥去啦，往刚不尿裤的娃娃身上扣屎盆子，瞧你们几个大老爷们儿，哼！孙二娘训斥凌聚财几句，又把那铜蝎子挂回红玉脖上。

不管孙二娘说得怎样轻松，凌聚财和凌红飞还是从老太太表情上，看出端倪。

蝎子门？孙二娘心一沉，怎么越弄越复杂，没想到铁扇门和蝎子门还有瓜葛，这是蝎子门的信物，蝎女怎会轻易送人？谜一个接一个出现，不能不令孙二娘陷入沉思。

果不其然，被凌聚财言中，只见孙二娘揽着红玉，对凌聚财说：你们马上去追赶铁老大，无论如何也要把蝎女追回来，就说我要见她，那铁老大已受内伤，不可能马上离开宁津城。

他若不应允怎么办？凌聚财有些担心完不成任务。

孙二娘一瞪眼：老东西现在还在我的地盘上，不会愚蠢到连老命都不顾的地步，快去吧。

城内有很多家客栈，一时恐难以寻到他们。凌红飞有些为难。

这不用我教你们吧？这么多人住店，能没有点动静？孙二娘回答。

二人来到院子里，飞身上马奔宁津城而去。

蝎女站在孙二娘面前忐忑不安，知道麻烦来自红玉，却又不能埋怨小孩子，谁让自己这么喜欢她，这就叫周瑜打黄盖，一个愿打一个愿挨，低头等着挨弹。

孙二娘目光如放电，逼得对方睁不开眼，本来一双漂亮的大眼睛，现在眯缝成一条缝隙。凌红飞和凌聚财从未看到过孙二娘如此犀利目光，不由也感觉到浑身不舒服。

老妇问你三句话，最好如实回答，否则，让你血溅三步，你最好不要怀疑老妇的能耐，除非你比铁老大还结实。孙二娘的话，冷得能结冰。

蝎女听罢一哆嗦，眼前这个老太太的底细，自己一点也不清楚，从未听铁扇门和本派门人提过，在自己这里是名不见经传，但刚才看到她一掌震伤铁扇公子，这等功力足以让自己一命归西。想到此，怎敢大意：晚辈定言无不尽。

如此最好，老身已很久没开杀戒，你最好不要让老身开这个头。

蝎女身子又一颤抖，忙说：前辈有话请讲。

这一，你为何将本门信物送给一个不相识的孩童？

蝎女回答：小女喜欢她，不想让她受伤害，红玉是我遇到的最聪明的孩子，本门信物可保她暂无生命之忧。

第二，你既是蝎子门的人，为何又委身于铁扇门下，据说这两门派素无往来。

蝎女略作沉思后回答：小女既不是蝎子门的人，也不是铁扇门的人，是同盟会的人。

同盟会？这在孙二娘的记忆里埋得很深，身旁的几位年轻人都不知道。她盯着蝎女，等待对方进一步解释。

前辈可否知道兴中会？

孙二娘点头：总舵在香港，十多年前拉竿子聚首，分舵办到海外，老身没说错吧？

前辈说得对，兴中会就是同盟会的前身。

这三，你以三重身份现身江湖，意欲为何？

蝎女犹豫片刻，慢慢回答：在下能不说吗？这和前辈没有关系吧？

凌红飞等人汗毛立刻竖起来，想到刚才孙二娘那番狠话，这蝎女是在犯上，这是要出人命，神经绷得很紧张，目光都落在孙二娘脸上。

好吧，老身不难为你，你可以走了。孙二娘的脸色舒缓很多。

大家没想到会是这种结果，都松一口气。

蝎女一抱拳：恕晚辈失礼，打搅前辈。

兴中会的掌舵人老妇熟识，此人乃人中龙凤，非我辈能比，他不同于一般江湖门派。以后若有难处，不必见外，看在你对我孙女好的份上，当然，也看在同盟会的面上。

蝎女听罢张大嘴巴看着对方，太莫名其妙，太过费解，这孙二娘到底是什么来头？她被老人家的真诚所感动，忙解释：前辈，小女在铁扇门暂避一时，铁扇公子此次前来还有一件大事要办，去济南府了结一桩旧案，在下不敢耽搁，还请前辈见谅。

对方把这些信息传递给孙二娘，她满意地开了脸，一挥手：宝儿，快马送姑娘回宁津城。

蝎女谢过孙二娘，转身向门口走去。嗖一声，一阵疾风奔后脑勺而来，蝎女猛一侧身，扬手接住来物，张手一看，是一块银牌，上面刻着孙二娘三字。好险，若不是自己反应够快，后脑勺必定开瓢，这老太太够狠。

耳边飘来一阵话语：姑娘，蝎子门许掌门和铁扇门铁扇公子若难为你，你拿出老身的信物，他们便知道进退，去吧。

蝎女这才明白，老太太是在保护自己，不过，这孙二娘赠送信物的方式也太过凶险。忙屈身行大礼，单腿下跪，抱拳举过头顶：谢前辈赐信牌。然后起身离去。

送走蝎女，大家回到孙二娘身边。这些天发生很多事情，凌聚财和凌红飞思路全被打乱，几个人都沉默不语。孙二娘没搭理大家，一直在哄孩子，和红玉逗着玩，一会儿交给红玉一个简单的魔术，一枚铜子儿在手掌中，翻来覆去演变；一会儿又给对方讲一个笑话，逗得红玉眉开眼笑。祖孙二人玩得开心，却急坏一旁的凌聚财和师妹。

过一会儿，孙二娘转头对红飞说：既然拜过吕祖师爷，便是门中人，奶奶不再阻拦你们，你俩回去吧，拉班子准备玩意儿（节目），这些也不是轻巧活儿。出穴揽储主要靠掌穴的，掌穴的要朵儿清，人要做派，活要细妥，找个钢钢的开边的和里外把式，最好是父子海或是情义海，带几个小抄牌儿，小抄牌儿牌要亮，记住老格家规矩，逢相不插火，遇相不插春，相人不团谎点纲，小心那些蔓儿念柞的灰码子。

孙二娘意思是说，演出挣钱主要靠班主，班主必须明白，做人要正派，处事要细致稳妥，选好外掌柜的和男女把式，最好是经师坐过科的或是随父母前辈学过的艺人。带几个小徒弟，模样要漂亮……小心那些心术不正、名声不好的坏人。

奶奶，我们记下了，有要紧的事，再过来请教您老。红飞说。

过来不过来是你们的事，反正别把走江湖看得太简单，红玉暂时跟我吧，我调教调教她。

凌红飞听罢一怔，忙碰一下师哥：奶奶，红玉在这儿闹哄您老不好吧，还是跟我回去的好。孩子还小，当娘的怎么舍得了手。

信不过我？别怪我没提醒你们，最近你们招惹的不是一般是非，孩子在我这儿，比在你们身边牢靠，等明年九月庙会一过，你们立马把红玉领走，想留下都不成。孙二娘的目光从二人脸上扫过，落在红玉脸上，威严冷酷的表情，一下子变成慈眉善目：红玉，想不想跟奶奶学写字啊？

想、想着哩，奶奶，现在就写、就写嘛。红玉使劲摇晃孙二娘的手指头。

好好，就写、这就写，玉儿，取纸笔，研墨。孙二娘对红玉说：拉奶奶起来，咱写字去。

红玉拽住孙二娘的手使劲拉：奶奶，起来啊，写字去喽。祖孙二人开心地来到大书案前，孙二娘把红玉抱到凳子上。

玉儿拿来一方长方形砚台，用小铜勺滴了两滴清水，食指放在墨的顶端，拇指和中指夹在墨条的两侧，轻轻地在砚台里转圈研磨，给人的感觉像绣花一般。玉儿把宣纸铺好，将一支中楷狼毫搁在笔架上。

凌聚财不以为然，这老太太真有闲工夫，哄孩子的方法也够特别的，惯着孩子折腾，真好心气儿。对孙二娘也越来越捉摸不透，这老太太凶起来可杀人放火，绝不眨眼睛，现在看着，就是一个书香门第里慈眉善目的老奶奶。

凌红飞可是识货的主儿，一眼就看出来，那块长方形的砚台，是广东端溪紫端砚，和安徽歙县的歙砚、甘肃卓尼的洮河砚、山西新绛县的澄泥砚，并称四大名砚。笔架上那支关中狼毫也价值不菲。这孙二娘不但功夫精湛，还喜爱文房四宝，自己还从来未见过孙二娘的墨宝，忙凑上前去。

孙二娘拿起狼毫毛笔，在砚台里运运笔，左手拿起镇纸在宣纸上推一下，右手执笔写下三个隶书大字：凌红玉。

凌红飞称赞道：奶奶，好字，起笔行云流水，落笔如云烟，一气呵成，朴实无华而笔下有乾坤，方圆相济、轻重有致……

打住，马屁拍过劲儿了。孙二娘冲对方一句，哄哄孩子吧。然后把狼毫塞到红玉手中：孙女哎，这样握笔，使劲握住别掉地上，照这三个字写，写好了奶奶带你去抓兔子。

真的吗奶奶？红玉兴奋地问。

奶奶可从来不打诳语，孙女要星星，奶奶给你摘月亮哩。

红玉把毛笔扔在桌上，小手搂住孙二娘的脖子嚷嚷着：奶奶、奶奶，红玉要你打诳语嘛、打诳语嘛。

孙二娘笑道：好好，孙女哎，奶奶打诳语、打诳语。又把毛笔拿起来塞到红玉手里。

红玉这才握住毛笔在宣纸上画起来，一旁直看得凌聚财凌红飞冒汗珠子，这哪里是在写字，简直是鬼画符。红玉瞪大眼睛，写一笔，看一眼奶奶写的字，照葫芦画瓢，总算写下三个歪歪扭扭的大字，笔画一笔不少。写完对孙二娘说：奶奶，我写得好不好啊？快说嘛。

高兴得孙二娘闭不上嘴，抱起红玉直嘬脸蛋：好好、写得太好啦，奶奶真没想到哩，孙女哎，你真有天赋啊，明儿奶奶就教给你写字。

红玉高兴得手舞足蹈：奶奶、奶奶，写啥字呢？

写三字经。

啥是三字经?

孙二娘耐心地解释：人之初，性本善。性相近，习相远。苟不教，性乃迁。教之道，贵以专。昔孟母，择邻处。子不学，断机杼。

奶奶你慢点说嘛，慢点嘛。银子出，醒笨蛋，吃吃妈妈（吃奶）再来念。

哎哟我的孙女啊，你太有才啦。孙二娘把眼泪笑出来。

玉儿笑弯了腰，直抹眼泪。凌红飞一阵苦笑，这孩子真愁死个人。

孙二娘高兴地单掌把红玉托起来：好好，奶奶一句一句教给你。

红玉一句一句跟孙二娘学起来。看得一旁的凌聚财直揪心，没想到这孩子如此爱读书写字，看那认真劲头，简直就是一个小读书郎。

突然，红玉想起什么，抓住孙二娘的手摇晃着：奶奶，咱还没抓兔子呢。

好好，先给我孙女抓兔子去，看奶奶这记性。一扭头看到凌聚财凌红飞，拉下脸来：你们还没走?戳着的秫秸值钱咋的?赶紧走，要想在江湖上扬名立万，就得过九月庙会这一关，这还用我教你们?明年九月庙会，我给你们捧场子。

凌红飞没想到孙二娘给自己下逐客令，忙说：奶奶，红玉真搁您这儿啊?她是真舍不得放下孩子，这些年来红玉一直黏在自己身边。凌聚财也不放心女儿在老太太这儿，对方给自己的印象，喜怒无常。

孙二娘是什么人，怎能看不透二人的心思，冷着脸蛋说：放心回去干你们的事，甭担心红玉，在我这儿只能享福不会受屈。我不妨直接告诉你们，我不希望她步你们的后尘，江湖是个什么东西，你们心里最清楚，险恶无度，充满不测，无法预知，不知有多少能人异士葬身于此，难道你们也希望红玉将来过这种生活吗?难道咱们所经历的还不够吗?

奶奶，您是想让她通过科举走上仕途?凌聚财问。

仕途?狗屁。老太太不屑一顾，我只想让她过上普通人的生活，安安稳稳过一辈子，足矣。你们以为熟读四书五经，就一定要出人头地吗?错啦！读书只是一种手段，可以令人看透这个世界，明白自己想要的生活，去追求一个更高的境界。好啦，老妇不唠叨了，回去干你们的事情。孙二娘摆摆手。

二人退出房间，玉儿送出门外。凌红飞忙说：师妹，红玉就拜托你了，这孩子有时任性调皮，你得管束着她点儿，别让奶奶生气。

玉儿忙道：红姐，你就放心吧，还看不出师父的态度，捧在手上怕摔着，含在嘴里怕化掉，想孩子时，便过来看看，几十里的脚程不远。

凌聚财二人别过玉儿，飞身上马，奔野竹李而去。

第十一章

凌聚财和师妹回到野竹李。晚饭后，二人坐在炕沿上，每人手上捧着一碗开水，边暖和手边商议摺地的事情。炕上的小饭桌上，放着一盏油灯，从门缝和窗户缝隙里刮进来的寒风，使黄豆大的灯头忽而变长、忽而趴下。二人呼出的气息，如一团团白雾，裹挟着两人身体里积攒下的暖和气，在房间里转几圈后，顺着门缝和窗户缝钻出去。

凌聚财放下水碗，来到房门前，用力关一下房门，顿感房间里的冷空气变少，不一会儿，那扇破门又回归原位，寒风依然从小拇指宽的门缝隙钻进来。

算啦，明儿用破布条把门缝塞一下，这老宅子空闲多年，不遮风不挡雨，能住人已不错。凌红飞无奈地说。

今年这大雪来得早。凌聚财用力搓手掌。

老天爷也欺负穷苦人，腊七腊八冻死俩仨。凌红飞紧皱眉头。

昏暗的天空中，呼啸的北风夹着大雪花，纷纷扬扬飘落下来，大街小巷变成一片银白世界。院子里，那棵老杨树下落满枯叶，令人感到一种植物腐败和死亡的气息。寒夜漫长而凄楚，写满寂寥和忧伤，万木在这个季节枯毙，只剩下满目苍凉。胡同中，一条骨头架子般的黑狗，在雪花中由南向北窜过去，路面上留下一溜狗蹄印。角门洞子里的一只花猫受到惊吓，猛地蹿起来，一头撞向破木门，啪嚓一下摔在地上。

一个黑影走到角门洞子下，拍打着身上的雪花，抬脚将昏迷的花猫踢到一边。右手伸向门板，手掌伸到门板两寸处时停下来，把耳朵贴在木门上，片刻后，四下里扫视，后退两步，转身向黑狗跑去的方向走去。

凌聚财给两只水碗倒上热水，二人又捧在手上。我现在不只担心那件事，还有咱红玉，就这么待在孙奶奶家成吗？忧虑写在凌红飞脸上。

不成能咋样，你敢去接回来？算啦，看孙二娘那模样，对孩子差不了，叫我说你就别找不自在，还是想想眼前的事吧。凌聚财回答。

没有省心的事，我还是那个想法，宁可走挑子，也不轰（赶）大车。先干上一阵子，垫起点家底儿来，再轰大车不迟。多大的瓢费，十几张嘴嚼么，那可是往十多个口袋里填东西，还有一个张口物（马），操心受累不说，还得把杵头子挂起来（存钱）不是，你不能光顾眼前吧。

凌聚财望着对方，心想，南北八寨流行这样一句话，宁吴二县，鸡毛变蛋，出门不捎盘缠。野竹李每年走出去这么多背包袱、走挑子的，大多数人回乡时都兜里鼓囊着，师妹有点过虑，说道：不是有这么句话么，饿着南京和北京，饿不着宁（津）吴（桥）东（光）。

你拉的这是裂瓢的呱。凌红飞看一眼对方，撇嘴道：南京是六朝古都，北京那是天子脚下，能饿着吗？啥朝代饿着的也是老百姓，不信你就扳开脚指头数数，还是想想走挑子的事情吧。

师妹，不是我说你，放着现成的家什不用，竟整裂瓢儿的事。朱员外给咱的银子还有一多半儿，咱置办一辆大车，把棚底（杂耍道具）拉上，一路走一路撂地儿，还能饿着不成，有你我和三奎顶着，你就把心放肚里吧。凌聚财信心满满地说：这些都不是事儿，我就怕老三有想法。

他能有啥想法，你是正点子（掌穴的），文活（魔术）武活（杂耍）你门儿清，拿得起、撂得开。再说，起班子的棚底是咱的，即便他有想法也得给我憋着。不过咱得把兰头子（钱）尽量分均匀，不能让大家心里不舒服。凌红飞不以为然，吉三奎再能搅和也翻不出圈去。

行吧，那咱就先抹杆子（空场地上散演），等以后干火了再靠圈棚（看客在布圈内观看）。扦子活（杂耍）挂子活（武术）兼顾着。你的马趟子（马术）也得到孙二娘的真传，指定是上马喊声不断，下马震倒一片。

行啦师哥，你就别晃典子（忽悠），我知道自己几斤几两。拉了这半晌，就算定下赶山计，明儿立马动手，赶早不赶晚。

就这么着，师父不在，咱不能让他老人家在天上，还得惦记着咱吃不上喝不上。凌聚财和师妹聊到半夜才躺下，二人钻到被窝里，把棉衣裤搭在身上御寒，紧紧挨在一起，总算在黎明前睡一会儿。

吉三奎在师哥家角门前停留片刻，终于把快按到门板上的手缩回去，悄悄返回家中，推开西偏房，看见躺在大炕上一拉溜的脑袋瓜子，立马就后悔了，一个劲儿地埋怨自己不知搭错哪根筋，为啥想好的计划，一到凌红飞家门口就变卦，直骂自己怂货，见不了大阵仗。虽然你心里不服气，但在凌红飞面前，你就是不如凌聚财。他回到自己房间里，躺下来苦思冥想，还是卧薪尝胆吧，机会是给有准备的人留的。

他不知，还有一双眼睛在黑暗中盯着他。铁猴这些天来一直在琢磨吉三奎，几年来一直看不透这个人。他知道，吉三奎不是一个甘于寂寞的人，心机颇重，心眼儿也不大。铁猴给对方做总结，老话说得好，宁得罪君子，不得罪小人。和这样的人交往，远了不行，近了更不行，但是，眼下自己还就真得和这个人套套近乎。有一点两人一样，都记恨人，记仇。铁猴怎么能忘记去年在西安兴隆客栈门前那一幕，自己在耍拧方子（手指钻砖头），是凌聚财的女儿红玉让自己在大庭广众之下出丑。是吉三奎救的场，耍开方子（掌切砖头）。铁猴断定，吉三奎可能要搞什么小动作。

吉三奎心里不平衡，躺在土炕上，盯着房顶数檩条子。逍遥的日子以后不会再有，原来自己是掌穴的（头儿），进项多少自个儿说了算，现在头顶上出来两个婆婆，班主落不到自己头上，指定是师兄的，起家的棚底都是他们两人的，自己手下那些破烂玩意儿（道具）也算不上啥棚底，根本吃不着账。凭自己这身本事，师兄怎么也得给记一个账（十分一个账），铁猴凑合着也能记一个账，像跛子记个六分账就不错了，其他人就甭说了。

以后，化来的银子都得流进师兄师姐的口袋里。俗话说，宁做鸡头，不做凤尾，自己现在却只能是落地的凤凰不如鸡，论本事自己无法和师哥师姐比，论棚底那就更别说。吉三奎越想越窝囊，绳子疙瘩越系越紧，只能把怨气憋在心里，使劲地压抑着，心字头上一把刀，只能忍，等机会，这个班子早晚姓吉。看看，大车班还没拉起来，吉三奎就惦记着换班主，这个隐患，凌聚财和凌红飞全然不知，等二人明白过来，可惜，到死也没能明白。吉三奎就差一句话没说，君子报仇十年不晚。他给自己找到一种说得过去的解释，懒汉子爬山，爬到山顶回头看，这是被逼上来的。

光绪三十二年（1906）春天，野竹李凌家班拉起来。因为这个班名，师兄妹三人曾经各执一词，凌红飞说叫凌家马戏班，吉三奎说应该叫凌家杂耍班，凌聚财愿意用凌家班这个名字，不挂零碎。三人一时间统一不起来。最后，凌聚财依师弟，叫杂耍班，开始凌红飞很难接受，自己的马趟子是班里的绝活儿，名正言顺，对师哥的妥协很反感，道理讲一大通，怎奈是个二比一，只好依师哥师弟。

吉三奎对自己叫板成功很得意，其实这个班子叫啥名并不重要，叫啥名也是人凌家的，自己不过就是一个扛活的，争个脸红脖子粗没啥意思。但从另一个角度讲，这件事情可以给自己争份子，做给大家看。铁猴、跛子、金枝、银枝等人过去都是跟着自己混饭吃的，他要给他们看看，自己说话还是占地方的。别一换头儿你们就闪了我吉老三，你还别说，他这一折腾，还真起到了效果，其他人不好说，起码铁猴对其另眼相看。

我吉三奎就是给大伙儿传递一个信息，我说句话还好使，看见没？掌班的决定，愣是让咱给扭过来。

两个月后，凌聚财选一个黄道吉日出行，当然，这不是他找人看的，是他自己的想法，农历三月二十日。早上，大家早早就聚拢到凌聚财大门外，吉三奎在套马车，把枣红马马腚缩进大车车辕内，将马鞍放在马背上，搭上大肚带，然后把小肚带从马肚子下面穿过来，在车辕上转一圈，打一个活绳结。一抬头看到凌红飞正在招呼大伙儿整理道具等一应物件，他又弯腰解开绳子，咬着牙使劲勒两下，重新把绳子系在车辕上。冲枣红马说，畜生，老实干活儿，别让老子收拾你。

凌红飞说：跛子你把刀叉、棍棒、小梯子和花枪，在车厢里顺好，别让重物件压坏，坛子罐子大缸搁在一侧，固定好别丢了，少一件也拉不开场子。

跛子把大缸倒过来放在车辕子后面，铁猴用大绳拦腰拴住，金枝把空竹、花瓶、扦子盘子放在缸里，银枝拿着一把伞走过来，插在大缸里。

凌聚财对跛子说：天桥的把式可不成，干咱这行的，俯得下身子、吃得了苦、受得了罪，遇上好时候，老鸹（银子）来得也顺当。别说你不懂，甭说你不会，要么就别在这行里混。

是是、对对，跛子明白、明白，还望班主提携。跛子嘴上如实说，心里不舒服，在班里咱好歹也算一号，就给记个六分账，当然不舒服，心想，骑驴看账本，走着瞧。

吉三奎看在眼里，师哥你也太托大，我的人是那么好摆弄的吗？到要关节目上，整不好就掉链子，到时还得咱来收拾场子，好看的戏在后头。

大家装好车，凌红飞走到马头前，爱惜地拍拍马脸，心疼地说：我还得指望你出菜，好好的，金枝银枝上车，其他人脚步量吧。

吉三奎老大不高兴，有马车不坐，宁可累着大家，也不能累着牲口，这是什么人。无奈，自己这赶马车的车把式，也只能牵着走。凌红飞不上车，谁敢坐。

凌聚财走上来对吉三奎说：老三，奔黄家镇，然后走凌家桥。

过河去范家屯？吉三奎问。

不去范家屯，走安陵，奔景州。

凌家班上路了。吉三奎赶着马车走在前边，凌聚财和凌红飞跟在马车后边，铁猴和跛子二人落后十几丈远，二人低声说着什么。只有十多岁的银枝，高兴地举着一根扎枪晃悠，红缨子随风飘荡。比她大几岁的金枝，看着班主在下边走着有点忐忑不安，大声问：红婶儿，俺也下车走吧。

坐着别动，听话。以后红婶说啥就是啥，谁也不能违反。国有国法、家有家规，咱凌家班也有凌家班的规矩，我先把丑话说前头，谁要是不听招呼，可别怪我没提前提醒你。凌红飞词严语冷。

铁猴小声嘀咕：到底谁是班主？

跛子碰一下对方：你省省吧，祸从口出。

吉三奎回头明知故问：凌班主，到黄家镇停下不？

凌聚财回答：停，停一会儿。

凌红飞瞥一眼吉三奎的后脑勺，冷哼一声。

黄家镇。中午时分，一辆马车停在前街上。凌聚财和凌红飞向村里走去，不一会儿来到孙二娘家院前，两人愣住，大门紧闭，一把铁将军挂在虎头铁门环上。凌聚财一跺脚，单臂挂住院墙头，把头伸向院内，看到院北面的北屋门紧闭，门上也挂着一把锁头。

从孙二娘北邻居家院门内走出一老大爷喊道：哎哎，干啥呢，探头巴脑的？

凌聚财忙落回原处：噢，敢问大爷，孙奶奶去哪儿啦？

她去哪我怎么知道，我又不是她家看门狗。老大爷敌意十足。

凌红飞一拉凌聚财：走吧，回来再说。

哟，不走空啊，还想再回来？看好这是谁家，幸好她不在家，让你们捡着啦。老大爷咣当一下关上大门。

凌聚财和凌红飞对视一下，转身离去。

第十二章

光绪三十二年（1906）的黄家镇九月庙会即将来临。对凌家班来说，尤为重要，凌聚财和师妹要在这著名的千台戏上，展示凌家班的实力，令二人欣慰的是还有老祖宗孙二娘助阵，只有成功的份儿，决不可失败。只要这一炮打响，凌家班便在杂耍江湖中有立足之地。故此，凌家班对黄家镇九月庙会做好了充分的准备。

凌聚财和凌红飞，为何如此看重黄家镇九月庙会？这要从黄家镇的由来说起。黄家镇，先名高范二牌，又名黄义庄，后名黄家镇。明永乐二年（1404），高姓人家和范姓人家，结伴从山东即墨迁到此处，前后修建了两排房屋，两姓人各居一排，这便是高范二牌村名的由来。明嘉靖元年（1522），从江苏徐州又迁来黄氏一族，明万历年间又更名为黄义庄，自万历更名之后，黄义庄规模逐渐加大，庄字便改成了镇，黄家镇一名便延续至今。

黄家镇地处杂耍发源地南北八寨之中心位置，东临千年古镇保店，西邻黄河故道之四女寺减河，一条大路从河东大堤顺坡而下，村东一条官道横贯南北，北去沧津，南达德济，东接宁乐，西通吴景。过了黄河故道不远，便是京杭大运河，四通八达，交通便利，这也是黄家镇庙会能持续近三百年而不衰的基础。

黄家镇千台戏庙会始于明景泰年间，这也是中国杂耍史上第一个行业盛会，会期历时一个月，从农历九月初五开始，逢五排十集日，每五天一个高潮，十五日前后是最盛时期。盛会盛况用语言表述难以达意，黄家镇前有一座数十丈高的土山，原来是一大片平地，传说是从全国各地赶来参加杂耍盛会的艺人，尊奉杂耍始祖吕洞宾之倡导，每逢参加盛会演出，均要携带家乡之土至此，这正应了那句话，没有土壤泰山不能成其大。久而久之，杂耍艺人的家乡之土，成就宁津黄家镇前这座数十丈高的土山。可见盛会历久而不衰。

盛会期间，天南地北的杂耍艺人，不远千里赶过来，高手云集，观摩切磋，插伙组班，相互交流，有云南、四川卖猴卖蟒的，有东北卖虎卖熊的，还有内蒙古卖马的。有的是踩着时间点儿赶过来的，有的则是边撂地、边赶路的。盛会期间，来自全国各地的艺人竞相在此摆摊献艺，热闹非凡。形形色色的小商贩，五花八门的可口小吃，活灵活现的杂耍表演，每天有两三万人聚集在黄家镇。虽然东西大街上有十几家茶馆，但仍难提供给赶会的人足够的饮水，客栈和饭庄就更是捉襟见肘。很多艺人便住在南北八寨，或者三里五村百姓家中。

黄家镇庙会还是一个演出设施及各类道具，规模宏大的交易场所。杂耍道具，小到弹丸彩豆，大到几丈高的刀山架子；各类活物更是全乎，小到什么鼠、狗、猫、蛇，大到羊、马、虎、熊、蟒；杂耍器械摆在刀枪架子上，或者搁置在地上，刀枪剑戟，鞭锏锤抓，钩杆绳索，还有各式各样的棚圈，影身，网子等，在东西大街上，摆了个一拉溜的一字长蛇阵，两头伸出村子数百丈。

整个庙会现场，就是一幅美丽的“清明上河图”。在村头、路口、街面、茶馆、酒肆、店铺外、客栈前，到处都看到行家里手在切磋技艺，相互探讨如何掐活（装道具），怎么护托（掩护道具机关），怎样更好地规范儿（掌握要领），把罩（掌握平衡）更恰到好处，等等。

九月庙会一年一度，行里人谁也不愿意错过，经过一个月的切磋交流提高之后，他们便背包袱，走挑子，赶大车上京城，下天津卫，闯关东，走西口，下江南，进川陕，撂地谋生去。还有人组班团走出国门。

杂耍这门艺术，不但走进乡村小镇、县城等，还有人走进广州，甚至上海、南京、天津等大都市。上海外滩，南京的夫子庙，济南大观园，天津的三不管，北京的天桥，都会出现杂耍艺人撂地的身影。

当地有这样一句话，在黄家镇，从地上拾起一个土坷垃，都是故事。信不信由你，反正我信。

闻名九州十八府的黄家镇庙会，使得黄家镇在南北八寨这一杂耍发源地真正起到了龙头老大的地位。这里流传着很多古老的传说。如吕洞宾在奶奶庙题诗：戏动八音牵九瀛，逢会即徒附麟凤。西坎东艮风云汇，龙吟虎啸尤兴腾。

黄家镇庙会，自然少不了野竹李的大把式们，不光是那百十副挑子和众多背包袱的，更有实力雄厚的石家板、高家班、张家班、马家班、栗家班，今年还有凌聚财凌红飞的凌家班。在这些大把式来看，黄家镇庙会只不过是给大家提供一个演艺较技的场所，真玩意儿还在自个这儿。南北八寨地面上不缺杂耍大把式，每个班子都有自己拿得出手的绝活儿。何为绝活儿？就是我能做到极致而你做不到。如果大家都能做到，也就没有什么绝不绝的活计。

值得野竹李杂耍艺人们自豪的是，论杂耍，无人能在南北八寨中出其右。慈禧太后老佛爷曾颁发十二道懿旨，昭告天下各方杂耍艺人进京表演技艺，名曰“七十二道皇会”这七十二道即代表七十二行当，第一道就选中野竹李村张家班的大把式，张大把式，肩扛六丈余高的竹竿，竿顶挂着大锦旗，气起于丹田，运抵于四肢，挺腰沉肩，借助惯性冲过数丈宽的城门而竹竿不倒，随着富具弹性的节奏，在各种动作的表演中，沿台阶拾级而上。来到城门楼上，按照顺序做“十字大秧歌”“苏秦背剑”“张飞骗马”“大小背花”“童子拜佛”“旱地拔葱”“鲤鱼打挺”等。竹竿悬空，竿底忽而在额头上，忽而砸在脚尖上，忽而又用大拇指尖托住。只见那中幡锦旗上下翻飞，呼呼作响，把个慈禧太后看得瞠目结舌。因而，野竹李的张大把式的“顶着竹竿过城门”震惊了京城上下。

凌聚财的凌家班，没能赶上慈禧太后的十二道懿旨，奉召进京，但为野竹李骄傲的同时，今年的九月庙会上，必定要一展风采。凌聚财很自信，师妹的马趟子也是一门绝活儿，相信在庙会上，定能一展风采，独占鳌头。他这份自信主要还是来自孙二娘。此时的凌红飞，似乎少了几分自信，若在往时，她不会有这种感觉，因为九月会期时，她腹中的胎儿已经长到五个月大，在马背上做一般动作，这对她来说不是难事，但若做高难度动作，比如孙二娘的绝技，二马平行，在一匹马背上倒立，然后借力空翻到另一匹马背上，还有燕子三抄水、八步赶蝉等，危险程度高，成功率会打折扣。

但是，在这人才聚集、能人辈出的九月庙会上，不拿出两手绝活儿，恐怕说不过去。

九月庙会开始的第一个集日的头一天，也就是九月初四的下午，黄家镇孙二娘宅院里，跛子、铁猴、金枝、银枝等人在院里整理各自的道具。北房厅堂中，孙二娘坐在北墙下桌旁的罗圈椅上，红玉依偎在孙二娘身旁。凌红飞和宝儿、玉儿坐在左侧，凌聚财和吉三奎坐在右侧。

你那些翻囊子（变鸡蛋）、亮瓷（变红豆）、半截山（空碗变水），还有铁猴的拧方子、开方子（手指钻砖砸砖），这些玩意儿打个过场子还成，你们没有张家班的大执事（中幡）小执事（耍花坛子）。所以说，还得靠我孙女的马趟子撑门面。孙二娘一语中吉三奎的死穴。

吉三奎有点不服气，话里软中带硬：码活儿跟头会（大小武术）不能算小活儿吧。

孙二娘瞥一眼对方，不屑地回答：咋的，不服气，你能比得过洪家班洪老大的尖挂子（得过真传的武术）？不是老妇瞧不上你，你这点玩意儿也就算个黑挂子（盗贼学的武术），就是你师父在这儿，老妇也敢这么说。

凌聚财不愿听这话，毕竟自己也是铁掌凌的弟子，忙小声说：是明挂子（行侠仗义之人练得武术）。

凌红飞忙给师哥递眼色，这个时候不是得罪老祖宗的时候，她老人家说啥是啥，认这个真有什么用。

孙二娘提高声音：不管黑褂子白褂子，都是破褂子。要想在这九月会上扬名立万，还得靠我孙女的马趟子。不信你们掰开脚指数数，码活儿你们比不过洪老大；苗子活（手彩戏法）在张班主面前，你们那点玩意儿拿不出手；立子活（魔术）是人家老马家的拿手好戏。刀门子（钻刀圈门）地圈（钻地圈）你们还不上道儿。吉三儿，你就是啲打木子（啄木鸟）掉到水瓮里，毛湿嘴硬。

凌聚财忙解释：奶奶，我不是那个意思。

行啦，没听说过吗，打死犟嘴的，淹死会水的，跑死快腿的。你们要想在这九月会上混个起来倒下，那老妇就不奉陪了，老人家我懒得看那些水蛋尿裤的玩意儿，没劲。

吉三奎刚张开嘴想反驳，见师姐瞪着自己，赶紧把嘴闭上，他不能理解，师哥师姐干吗这么迁就这疯老婆子，这是黄家镇庙会，不是孙二娘的黑店，看她那个狂劲儿，简直就是武大郎开店。他没想到事情还没有到此结束，一番更不中听的话从对方那张老嘴里飘出来。

凌聚财，不是老身瞧不起你们，看看你养的这帮人，干啥啥不行、吃啥啥没够，站着不够高、躺着不够长，不是瞎耽搁材料是啥？老身不想管你们的闲事，累人。红玉呀，来，给奶奶背诵一段王沂孙的一襟余恨宫魂断，奶奶爱听这段。

红玉高兴地站在孙二娘面前，认真背诵起来：一襟余恨宫魂断，年年翠阴庭树。乍咽凉柯，还移暗叶，重把离愁深诉。西窗过雨。怪瑶佩流空，玉筝调柱。镜暗妆残，为谁娇鬓尚如许。

凌聚财听了个囫囵白菜，吉三奎坠入云雾中。只有凌红飞，一会儿看看女儿那张合的小嘴，一会儿瞅瞅孙二娘阴沉的表情，她知道这是南宋王沂孙的名作，此人和周密、张炎、蒋捷并称宋末词坛四大家。孙二娘仿佛沉浸在词中那凄楚哀婉的格调，清淡幽雅的意境里。

奶奶，为何如此伤感？凌红飞疑惑不解。

孙二娘把红玉揽在怀中：希望她将来不要像我一样，现在的江山社稷和王沂孙所处的时代没什么两样。

凌红飞立马反应过来：奶奶，你是说现在的朝廷，已经走到南宋末年国家沦亡的地步？

吉三奎流露出几丝冷笑，老太太这不是看戏掉眼泪，替古人担忧吗？什么南宋北宋，好几百年前的破事搬出来干啥，眼下的事情都摆不平。

孙二娘瞥一眼吉三奎，心想，凭老太太我阅人无数，此人心胸狭窄，定不是善与之辈，说道：你们连我这几岁的孙女都不如，好啦，准备去吧，明早去拉场子。红飞，将你的马伺弄好，明儿奶奶给你撑场子。

大家见孙二娘心情不佳，且下了逐客令，都站起身，凌红飞走上来想抱一下红玉，红玉刚伸出小手，孙二娘虎着脸说：你还有闲工夫看孩子？铆足劲，准备过场子吧。

凌红飞有些不舍地看着红玉，凌聚财忙说：走吧，让奶奶歇歇，咱们回去做准备。吉三奎悻悻地看着师哥师姐，转身走出去。大家走到胡同里，玉儿宝儿送出门来，听见吉三奎说，这老菜帮子还真拿自个儿当一盘菜，都快活散架子了。

凌聚财碰一下他：小心她割下你的舌头。

凌红飞白了吉三奎一眼，肉皮子紧巴，想让老太太松松筋骨，你这点筋骨禁不住她一巴掌，一下拍成你个柿饼子。

玉儿对宝儿说：师妹，吉三儿想整事，告诉师姐，提防着点。

宝儿哼一声：就他，恐怕还嫩点儿。

第十三章

黄家镇西头一个小院子，这是孙二娘的另一处宅院，平日没人住，这次凌聚财带班子来到九月庙会上，小院子又派起用场。三间北屋，中间是厅房，凌聚财凌红飞住东间，金枝银枝住西屋。吉三奎和铁猴、跛子等人住进偏房。

时至深夜，凌聚财和凌红飞依然没有睡意，二人本应早些歇息，明天肯定是忙碌劳累的一天。

我替女儿担心。凌红飞叹气道，分开年把之后，她不能不承认，女儿在孙二娘那里受到很好的管教，认识一些字和诗词，并且掌握一点毛笔字的基本功。在这样的环境下成长，对她以后的人生发展是有好处的。但有一点令人担忧，和父母渐渐疏远，看下午的样子，女儿是愿意跟自己回来的，却遭到孙二娘反对。孙奶奶是啥意思？

啥意思？谁知道。凌聚财也猜不透这老太太心里想的啥。

不会是想让咱闺女给她当亲孙女吧，那可就苦咱啦。孩子若是常年陪在她身边，那还有咱的事吗，她可是我身上掉下来的肉。

凌聚财紧皱眉头，看一眼师妹那布满忧郁的表情，安慰道：不会吧，哪有这么损的人，拆散人家的亲骨肉，拽到自己身边把持着。不会的，孙二娘不应该是那种人。

啥叫应该不应该，这老太太做事情，从来不按规矩来，你看看在她这儿，还有怕的事吗？先不说我爹，就是谢老掌门，她放在眼里吗？再看那铁扇门的铁扇公子，在她面前也不敢造次，你不觉得这很恐怖？凌红飞一筹莫展。

凌聚财和师妹一样纠结着，他毕竟是男子汉，先不说这心比对方大多少，但从担当一面来说，也不得不劝慰妻子：好啦，别想这么多。孙奶奶应该是一番好意，她是不想让红玉走咱们这条路，多读点书，多懂点礼数，做个知书达理的淑女没什么不好。

又是应该，就没有不应该？凌红飞还是解不开这个疙瘩，在担心女儿的前途命运，倒不是怀疑孙二娘对自己的善良，总有一种说不出来的滋味，到底是什么呢？

凌聚财不想让师妹陷入对女儿的牵挂思念中，这不利于明天的开场，忙转移话题：咱还是在班子上多下点儿功夫吧，这二十来个人，能拿得出门子的不多，不怪孙二娘多话。

凌红飞真就把思绪转到这些人身上：十个手指都不一般齐，何况这些拼西凑到一块儿的人，跛子也就那样了，铁猴这人还成，虽然没跟咱交过底，看路数是武当出来的，为人还算诚实，也能干，不怕你不愿听，比咱师弟强。

铁猴这人不错，是个干家子，等闯出去后，还得给他加个账。师弟那个毛病不好改，总爱琢磨事，小肚鸡肠。有啥法子？他是老三，咱俩尽力拉把着他吧，要是有师父在，咱不用操这份心。凌聚财说。

你呀，总是这么心大，不说了。凌红飞不想说得太透彻，怕影响师兄弟之间的关系，只要把持着不出大事就行。两人唠叨着迷迷糊糊睡去。

有两个人早已进入梦乡，因为她们这些年来，很少住这么好的房子。有两个人没睡着，简直是彻夜未眠，黎明时才迷糊一会儿。跛子和吉三奎入夜时坐在桌旁喝水、抽烟，午夜时仍没睡意，斜倚在大炕的北墙上聊天，下半夜才钻进被窝，依然精神头不减。

三哥，不是我说你，原来咱们多自在，钱不在多少，花着自由就成。看看你现在，头上一个班主不说，还有一个母老虎。

吉三奎嘘一声：小声点儿，隔墙有耳，小心她把你舌头割下来喂狗，有个窝住就不错了，别挑肥拣瘦的。

跛子一撇嘴：你还挺知足，班主住正房东屋这没得说，那两个小妮子却住进正房西屋，西屋可是主人家儿女歇息的地方，这偏房是下人蜗居之处。下人，咱俩在班主眼里那就是下人，还赶不上那两个被你从大街上捡来的讨饭花子。我说这些为了啥，为你不平，我算啥，就一凭两片嘴皮子吃饭的瘸子。你不同，你是他们的同门师弟，应该和他们平起平坐，给你住西房都看低你了，竟然让你和咱住偏房，你在人家的眼里就是这个。跛子伸出小拇指在对方脸前一晃。

吉三奎听罢对方一番话，越琢磨越觉得有道理，对呀，自己怎么能和这卖狗皮膏药的睡一个炕上，噌一下坐起来，猛地掀开被子，见跛子正冲自己坏笑，哧溜一下又钻进被窝里，这小子不是好饼，又在戏耍自己。已深更半夜，自己能去哪儿趴窝，好啊，凌聚财凌红飞，既然你们不拿咱当一壶，那就别怪咱不放好屁。他两手裹紧被子，对着跛子说：哼，他们也别得意，看今儿孙二娘那模样，愣是没让他们把红玉领走，这会指不定还在哭鼻子哩。

为啥？不应该呀，红玉是你师哥师姐的孩子，她摁下来有啥用？再说，班主的功夫，那可得到铁掌凌的真传，怎惧一个七八十岁的老婆子。

你知道个啥。吉三奎张嘴喷了对方一脸唾沫星子：师父是老太太手下败将，见了她也得俯首称臣，何况一个区区凌聚财。老太太为何将红玉揽在身边不让他们见，这可不好说、不好说，兴许还有啥见不得人的事吧。

两人你一言我一语唠得正兴，大炕另一头的铁猴怎能入睡，他眯缝着一双小眼睛装睡，支棱起耳朵听二人掐架。边听边分析，这俩人是一对臭狗屎，就说这吉三奎，你还想独立山头拉绺子，做梦去吧，就凭你那两下子，跟师哥师姐差得不是一星半点儿，你也太把自己当盘菜。若还能知趣，你就应该明白，人在屋檐下，你得低低头，常言道，惹不起你得躲得起，别等人家弄你个鼻子不是鼻子、脸不是脸的，这么大个人，连个台阶下都没有，到那时可就惨了。毕竟你们三人是同门师兄弟，一起练功十几年，总该能搅和出点儿情分来，再说，人家是老大老二，你也就是个猪无能。跛子你个四六不通的玩意儿，你瞎掺和有啥好果子吃，人家再不好那是一家人，一个师父的徒弟，你算哪门子葱！你就作吧，等陷进去后，你就知道马王爷是三只眼。想到此，铁猴倒为班主担心起来。

九月初五早上，晴朗的天空中飘移着零散棉絮般白云，那有点深色的蓝天略带羞涩，像刚醒来的姑娘，睡意尚未退干净。黄家镇大街上开始热闹起来。

东西大街西门连接着通往四女寺减河西岸的通德大桥。北侧不远是大车店，南侧有一座土地庙，过了大车店不远就是一个小十字街，小街南头伸向一片洼地，即猴市弯，大街中部有一棵千年的老槐树，茂盛时，树帽子能遮住五间大北房，老槐树对面是黄氏宗祠，再往里走是关帝庙、奶奶庙，庙北边不远就是远近闻名的数十丈高的土山，山上长满槐树、枣树、杨树、柳树等植物和各种花草，并且常伴有獾、蛇、刺猬、野猫、狐狸等动物出没。

高大宏伟的黄氏宗祠右前方，有一口古井，古井旁有一棵远近闻名的老槐树，人称杨抱槐。顾名思义，就是杨树抱着槐树长，在春夏时节，杨树和槐树那茂盛的枝叶，形成一个巨大的树帽子，那景色甚是壮观。此等千年奇观也给黄家镇带来很大的知名度。

土山对面有一片和尚坟。左侧就是占地几百亩的杂耍场，也就是延续几百年的杂耍场地，这个杂耍场子也不光是打把式卖艺的在此演出，还有一些唱戏的、说大鼓书的、拉洋片的、弹评词的夹杂其中。

东西大街上就更加热闹，摆地摊的，拎着现货叫卖的，提着兜子吆喝的，五行八作应有尽有，变戏法的，还有算卦的，相面的，看风水的，拔牙的，剃头的，点痣的，修脚的，拉洋片的，兜售狗皮膏药的，卖大力丸的。地方虽然狭小，看似虽然杂乱，生意却红火，大都能按照江湖规矩走，少有惹是生非的人。

猴市弯里不只卖猴子，还聚集了很多狗、羊、鼠、蛇、蟒、马、虎、豹、熊以及八哥、孔雀、鹦鹉等五花八门的虫鸟等。这时，两个中年人正在交易一只灰毛猴子。那只不安分的猴子东张西望，脖子上拴一根绳子，绳子另一头拴在一根铁橛上，铁橛插在土里。

黑脸汉子和红脸汉子各自把右手插进对方袖口里，两只手指在不停地变换着形状，红黑脸上的表情也在随着手指的变换而变化着。

黑脸汉子说：开个价吧？

红脸汉子说：这个数怎样？

黑脸汉子摸着对方的手指头：不成、不成。

红脸汉子回答：兴你漫天要价，也兴咱破地还钱，这个价怎样？

黑脸汉子摸着对方的手指说：再涨涨、再涨涨，你不能让我白跑一趟吧，这连盘缠都赔进去啦。

红脸汉子又变化一次手指头：行啦，这个数吧，就这数，再涨可没劲啦。

黑脸汉子还不死心，又变化一次手指头：这个数，最后一次，买卖不成仁义在。故意松开对方的手，使个欲擒故纵。

红脸汉子咬咬牙，做出割肉的样子说：成交，老哥你真会做买卖，我算服你啦。

黑脸汉子收了对方一块银子，从地上拔出铁橛，还装作很无奈的样子，待对方走远，这才露出满意的笑容，牵着猴子走去。

茶馆的伙计已将烧开的水灌在茶壶中，饭馆的小二已将桌凳搬出来，摆在自家门前。酒肆门前挂着幌子，老远就能闻到一股老酒的醇香味。道具店铺前已经熙熙攘攘，西门外的大车店生意红火。

太阳升起一杠子高，东西大街上行人不再稀稀拉拉。挑挑子的，背包袱的，推独轮车的，扛着刀枪把子的，赶着马车的，牵着马的，汇成一股人流，从河西岸涌上木桥，向黄家镇东西大街涌过来。

只有两百来户人家、千八百人的黄家镇，一下子涌进来两三万人。

孙二娘拉着红玉的手，望着川流不息的杂耍艺人，对身边的几个人说：咱们先溜溜，心里好有个底儿，千万别拿老经验办事，耍把式这行当，年年有新玩意儿。

凌聚财说：这么点地方，快挤炸锅了。

凌红飞说：九月庙会要的就是这种场面。

一行人来到杂耍场子，不远处，吉三奎和铁猴正在拉绳围圈，布置场子。

有的班子已经开始耍上，有的还在圈棚，有的在喊白口儿，有的则已经喊了影身（介绍阵容）。

孙二娘指着站在大棚门口的王班主说：王把式不但玩意儿过硬，喊影身也是高手，不管是翅上的（当官的）、老家格（跑马戏的），还是靠扇的（乞丐），一过眼便知，很会看人下菜碟，听听这几句。

红玉问：奶奶，咱进去看吗？在外面听得见看不见。

孙女听话，进去让毛猴子挠花脸，那可就不好看啦。孙二娘吓唬红玉。

红玉赶紧抓紧奶奶的手。

一张一丈高、两丈宽的大布，上面画着大小武术等人物架子图案，整个影身，也就是挂在圈棚门口的宣传图，把王家班的大棚大门遮住。从大棚内传来阵阵哗哗悦耳铜铃声，一匹马尥蹄子在马道上嗒嗒地跑着，当马跑到圈棚门前时，王班主瞅准时机撩开影身喊几句，几个把式和卖口的念锣歌，大棚内配合得很是默契。

王班主喊道：里场的众把式们！

棚里的一个把式立马答应：噢！

王班主喊:（表演马术）咱这人来多了，马腿溜开了，马腰抻开了，请看我这第二趟快马。先看镫里藏身。王班主忽然伸手把影身撩开，站在棚口处的一些人，刚把头伸过去瞪大眼睛往里瞅，王老板一松手，那影身哗啦落了下来，晃了看客的眼球。王班主继续喊道：哎，从这边看是见人不见马，从那边看是见马不见人。还有那海底捞沙、就地拾金钱。突然又把影身撩起来，一个白马影子一闪而过。那影身唰一下又落下来。下边就是两人骑一匹马，这就叫一马双跨。

王班主提高嗓门：下边看谁的了？

棚里的把式回道：看女把式的了！

王班主回答：好，那男把式歇着，女把式接着，叫我们看什么？

一个卖口的在棚里念起锣歌:（蹬梯子）下面就是小刀山，小刀山也叫小云梯。小小云梯七根台，能工巧匠做起来，今天落在我们手里，放在脚上蹬起来。各位，这个手扔脚接还不算……

奶奶，咱在这光听吆喝啊，好看的都在帘子后头呢。红玉着急了。

孙二娘忙说：走走，咱到那边看张家班。

凌聚财不服气，说一句：夜壶不济好嘴子。

凌红飞碰一下对方，当着孙二娘怎能乱说。

孙二娘不但没反感，反而乐了：孙子哎，不服气是好事，那你就争口气。

奶奶，红玉没不服气啊。红玉撅起小嘴拉拽孙二娘手。

奶奶没说孙女你，是说你爹那个孙子。孙二娘说，拉紧奶奶，别挤丢啊。庙会上人多，马猴子也不少。

红玉不解地看看爹，又瞅瞅孙二娘：奶奶你快看啊，那杆子上的胡子老长哩。

好好，宝贝儿，跟奶奶进去看看胡子。孙二娘等人走过去。

杂耍场子东侧，张家班正在表演古老中幡。孙二娘等人走过去。张家班有人认识老太太，一个人搬着凳子跑上来，老太太客气两句便坐下来看玩意儿。

孙二娘对凌聚财说：张班主的古老中幡吃功夫，在咱这一带，甚至京津，老妇还未见有人出其右。

张班主中等身材，一身短打扮，宽额寸头四方脸，一根几丈高的竹竿上挂着大锦旗，先是手掌托住竹竿底部，绕身转圈，然后把竹竿扔起来，再用肩膀接住，只见他轻轻一耸肩膀，竹竿落在额头上，两只胳膊伸平，做着前走后退的动作，晃晃悠悠找平衡。一点头那只竹竿从额头上落下来，眼看就要落地上，突然一只脚伸过去，竹竿落在脚面上。张班主不慌不忙一抬腿，几丈高的竹竿飞起来又落在肩膀上。引来看客阵阵叫好声。

孙二娘瞥一眼二人说：好戏在后头。

沉重的中幡在张班主手上，就像孙猴子手里的那根金箍棒，从左手扔到右手，又从手上扔在肩膀上，只听一声大喊，起！竹竿呼一下直直飞向空中，足有两丈多高。看客的眼睛紧紧盯住空中的中幡。那竹竿垂直向张班主头顶落下来，这根几十斤重的竹竿，要是砸在张班主头上，重力加速度，还不把这张大把式头砸瘪。看客们张大嘴巴，瞪大眼睛，盯着那根几丈高往下落的竹竿，只见张班主一个大转身，伸出胳膊，一摆手来一个潇洒的海底捞月，就在竹竿底部距离地面还有三寸时，一把捞住竹竿，一个猛然翻身，竹竿脱手，轻巧地落在右肩膀上。

凌聚财赞赏道：好功夫。

孙二娘站起身：走吧，该咱们的。

奶奶，你也要爬杆子吗？红玉天真地问。

奶奶倒是想爬，可爬不动啦，还是留给你爹你娘去爬吧。孙二娘领着红玉向凌家班的场子走过去。

第十四章

孙二娘等人路过洪家班的场子。凌聚财说：洪家班的爬刀山，活儿硬实，听说那侯把式是用重金雇来的。

场内竖立着一个几丈高的刀山架子，架子上横挂着十几口铡刀，刀刃朝上，在阳光照射下闪光耀眼，这种用绳索拴住的铡刀，踏在上面，如果找不好平衡会摇晃，增加耍的难度。把式要从一侧，脚底板踩着铡刀刃，一蹬一蹬爬上去，然后做一个空中飞人的姿势，从另一侧下来。

一个中年男子拎着一把铡刀片来到众人面前，右手攥着一个歪脖子南瓜脖颈，往刀刃上磕过去，瞬间，那南瓜大头被削掉一半，一下接一下，南瓜被切成碎片，看得出，刀口很整齐，表示刀刃很锋利。然后走回去把铡刀挂在绳索上，开始耍上刀山。

红玉吓得双手捂住眼睛，嘟囔着：怕，奶奶我怕。

孙二娘忙哄她：好孙女，别怕，那个人是铁脚板，拉不破。看看，没事吧，那人的脚底板没流血。

红玉这才睁开眼睛望过去，果然，那人已经上到顶端：奶奶，腥活儿。

这可不是腥活儿，记着奶奶的话，以后不兴这么说。大家都是果木行的人，混口饭吃不容易，帮不上人家，咱也不兴拆人家的台。孙二娘说到这里停住，跟个小娃娃说这些没大用，她听不懂。

果然，红玉反问：奶奶，啥叫果木行？啥是不容易？

宝贝孙女啊，今儿咱光看戏，回家奶奶再给你讲好不好？

红玉撅起小嘴不言语。

孙二娘问凌聚财、凌红飞：看出门道儿没有？

凌红飞说：比别人刀架子上多挂两把铡刀。

这样一反一正，比别人多上四把铡刀，难度增大不少。凌聚财说。

孙二娘一撇嘴：和你一样，看客们都会这么认为，这就叫真功夫？

凌红飞一听不对劲儿，分明是孙二娘话里有话：奶奶，难道说这里面还什么说道不成？

我只想让你们明白，干这一行水有多深。孙二娘说：孙子，和你理解的正相反，一边多两把铡刀，正是为了减少危险，上刀山的人会相对安全，琢磨琢磨去吧。

凌聚财恍然大悟，这孙老太果然了得，一语点醒梦中人。上刀山的还未见过两百多斤的胖子耍。体重是很大关键，单腿弯曲度，关系到所承受的身体重量的大小，大腿和小腿的弯曲度越大，脚底板所承受的重量越大。

多加两把铡刀，缩短上下铡刀的间距，可以减少小腿的弯曲度，减少压力。

当然，上刀山的人，还需要有足够的臂力和胆量，有轻功和硬功基础的人，更适合爬刀山。杂耍嘛，大多玩的是技巧活儿，也有力气活儿，如重蹬技，那可来不得半点马虎，一个人躺在地上，双脚蹬起大车轱辘，上面站上十个八个人，那才叫真功夫。孙二娘边走边说，来到凌家班场子边上，宝儿赶紧搬来一只凳子，孙二娘坐下来，对凌聚财、凌红飞一摆手：去吧，注意范儿（动作要领），别让老太太失望。

放心吧奶奶，这又不是大姑娘上轿子。凌红飞回答，上来拍拍女儿的小脸蛋，转身离去。

红玉眼巴巴地望着娘的背影，一副恋恋不舍的样子。孙二娘见状对宝儿说：你领着红玉去转转，别磕碰着她。

宝儿上来牵着红玉的手：知道啦师父，让玉儿陪着您老观看，我一会儿就回。

她拉着红玉向前走去。

跛子拎着铜锣转场子，伶牙俐齿扯白口。铁猴曾说他，一天能把一年的话都白话完。跛子反驳对方，若不是自己这面破锣和这张破嘴，在看客那里收来的钱，这伙子人都得饿挺尸。

凌红飞在收拾行头，凌聚财帮她束紧板带，尽量不让人看出她已有身孕，此时她已经开始显怀。凌红飞是一位身材苗条、模样俊俏、洒脱开朗的女子，生活在武林之家的女孩，生就一种大胆泼辣，敢作敢当的性格：扎紧点。

这样就行啦。凌聚财怕勒了胎儿：当心点儿，大动作不行就别上。

凌红飞把散落在额前的秀发梳拢好，用红丝带在额前打一个蝴蝶结，身穿红色衣裤，衣襟上钉一溜芝麻盘扣，手腕上戴着羊皮护腕，护腕上的几颗铁扣子在阳光下闪光刺眼，脚蹬软底练功鞋，对凌聚财说：师哥不必担心，我有数，都是老套数，待咱打下这九月庙会，就下江南。

好，你先上，然后我来挂子活（武术），让孙奶奶好好看看咱的本事。

凌红飞点头，冲铁猴一摆手，铁猴牵着一匹马走过来，马脖子上系着一串响铃，把缰绳递给凌红飞。

圆形的场子外，围着很多看客，沿马道外圈拉起一根三尺来高的麻绳，意在禁止看客闯进马道，发生危险。看客要真想窜进马道，那根细麻绳是管不住的，所以，这根麻绳就是一个提醒。

凌红飞牵马走上马道，一个漂亮的飞身上马，稳坐在马鞍桥上，左手拉紧缰绳，右手高举，做一个飞扬的动作，两腿一夹马肚子，喊一声：驾！白马驮着红衣女子，风驰电掣般绕马道狂奔起来。

凌红飞将马缰绳挂在马鞍桥上，在马背上熟练地做着各种动作，忽而从马左侧越过马背，跳到马右侧，忽而失去踪影，隐藏在马肚子另一侧，这个动作叫镫里藏身。只见她突然一扬手，一串算盘珠大的紫檀木珠子向前飞去，落在十几丈外。她飞身下马冲过去，弯腰捡起紫檀珠。这时，那匹白马已经冲过去几丈远。凌红飞就像踏上风火轮一般，冲到马跟前，右手一搭马鞍桥，一个蜻蜓点水，飞上马背，右手摇动着那串紫檀珠，飞马前行。

看得孙二娘直点头，脸上露出笑容，这才是老婆子的徒弟，这等功夫，划拉遍这庙会，你都找不到。这是一个高难度的八步赶蝉，说赶鞍更确切些，耍的人若功力不济的话，早就被那奔驰的快马落你个大半圈子。

凌聚财刚才那颗提着的心放下来，他倒没先想到孙二娘，想的是铁掌凌的女儿不白给，这身轻功煞是洒脱俊秀，自己也做不来。

吉三奎望着师姐的马趟子功夫，这等本事，确实厉害，今后哪里还有自己显摆的地儿。他用眼角扫视孙二娘那一脸得意之色和凌聚财那欣慰的表情，一股醋意袭上心头，很不甘心，想起庞瞎子评书里说的那句话，既生瑜何生亮。让你们凌家把持着班子，我姓吉的何时能有出头之日。胡思乱想中，一侧头看到宝儿领着红玉在不远处观看，不由向前凑过去。

凌红飞坐在马鞍桥上，不知何时手上多出一支弓箭，噌一下站在马背上，先来一个苏秦背剑，然后拉满箭弓，一松手，一支红箭，带着呼啸声飞向竖立在场中间的那根几丈高的竹竿。那支红箭带着几百看客的眼球，飞向挂在竹竿上的那只葫芦，眨眼间，红箭插在葫芦上。

引来场外一阵阵叫好声。跛子的敲锣声被掩盖住，其实此刻他也顾不上这些，只顾弯腰往铜锣里捡铜子儿。

吉三奎来到宝儿身后，冲红玉剜了两眼，望着飞驰过来的白马，凌红飞在做最后一个动作，也是压轴绝活儿，等白马再转回来便可结束，下场跟师哥和女儿分享成功的欢喜去。她站在奔驰的马背上，目光扫过站在场地一侧的凌聚财，又看到稳坐在那边的孙二娘。其实，这时她最想看到的是女儿红玉，她想让女儿一睹母亲的风采，目光急扫处，没有发现女儿的身影，不由失望。

凌红飞站在疾驰的马背上，先做一个金鸡独立，又抬起左腿做一个朝天蹬，动作潇洒漂亮。

吉三奎心里骂着，看你嘚瑟的，在马背上玩这些花活，摔死你！不，摔残你就行，我要看着你是怎么痛苦地看着我活着的。

凌红飞尽最大努力把身体舒展开来，自信地做最后一个动作，单手倒立，右手抓住马鞍桥，左手伸展开，一身红衣随着白马奔驰，迎风飘荡。突然，一个绿衣小孩闯进她的视野，她的第一个反应就是女儿红玉，女儿迎着白马奔过来。

眼看一场马踏肉泥的惨祸即将发生，凌红飞右手抓住马鞍桥，身体还悬在空中，伸左手抓住马缰绳，在身体回落过程中，双手拼命拉紧缰绳。马头被高高拉起，拧着长长的脖子猛然回头，前蹄高高扬起，马身失去重心，重重摔倒在地上。凌红飞被惯性甩出去，身体着地的一刹那，她用右臂撑地缓冲一下，这是练武者的本能自救。白马倒地的惯性并没有结束，继续向一侧翻滚过去，凌红飞躲避不及，白马沉重的身子从她身体上滚过去。

这似乎也在她的意料之中，耍马趟子本身，就充满各种未知的危险，要随时准备应付各类突发事件。她从地上慢慢站起身，这时，凌聚财、铁猴、吉三奎等人跑过来。凌聚财担心地问：师妹怎么样？伤着哪儿没有？

凌红飞弯腰去抱女儿，顿感双手用不上力，从身体多处传来阵阵钻心的刺疼。

娘、娘你怎么啦？我怕！红玉抱住凌红飞的大腿，殷红的鲜血染红红玉的手臂。

孙二娘来到跟前一看，大喊：快、把红飞背回去，快啊。

众人虽不明就里，但孙二娘的话就是圣旨，没人敢不遵。

奶奶，我没事，您老甭担心。凌红飞还在硬撑着。

闭嘴，老实待着，你真要了我的老命，赶紧回去。孙二娘急了，带头急急向孙宅走去。凌聚财背起凌红飞紧紧跟在后头。

宝儿背起哭着的红玉说：好玉儿，别哭、别哭，一哭你娘就不高兴啦。

娘、娘流血，我怕啊。红玉阵阵哭泣。一行人急匆匆回到孙二娘家中。

吉三奎那张着急麻花的脸，送走孙二娘、凌聚财等人，立马轻松下来，对铁猴和跛子说：卖切糕的撩抹布，抄摊子吧。

铁猴不解地看着对方：这就起棚?

你啥眼神，没看见班主受伤吗？赶紧的，收摊子。吉三奎不耐烦地摆手。

大家七手八脚收拾家什，吉三奎独自向大街走去，他要找个酒肆，好好地喝上几盅，这可不是庆祝，咱不干那事，是给自个儿压压惊，对，是压惊。

铁猴怎能看不出他的心思，琢磨着，这就是个小人，以后还真的小心点儿，别着对方的道儿。

第十五章

黄家镇孙宅。北房内大炕上，躺着身体虚弱的凌红飞，脸色惨白，眼角挂着泪痕，气短无力地说：奶奶，我怕不行了。

凌聚财、宝儿等人站在大炕前，惊恐地望着凌红飞。红玉盯住娘的脸不敢作声。

别说话，聚住内气，有奶奶在，甭担心。孙二娘三根手指把住对方的左手腕，不一会儿换在右手腕上。片刻之后，孙二娘站起身来，面色凝重，人仿佛一下子老了许多，本就是已过古稀的人，此刻却像个百岁老妇，晃动一下身子，像要被一阵风刮跑一般，步履蹒跚地走出去，无人敢阻拦，无人敢问话，直接走进自己的卧房，传来一声咣当的关门声。

凌红飞身下的褥子已被鲜血湿透，尽管她尽量收住体内那点元气，但能感觉到下身在不停地往外流液体，她已从孙二娘的表情上看到自己的人生结局，生命最后的时刻正在逼近。孙二娘是什么人，她老人家就是一个不挂幌子、不坐堂的老郎中。从对方那悲戚无助的眼神中，凌红飞已经明白，自己被对方判了死刑。

红玉的小手抚摸着娘亲的脸蛋，那由热变凉的脸蛋，由红扑扑变得惨白的脸蛋，喃喃地说：娘，你怎么啦？我好怕。

玉儿，别怕，来，娘跟你说几句话。红玉哇一声大哭起来，扑到娘身上，小手臂紧紧搂住娘的脖子。

凌聚财忙俯下身子，眼眶里滚动着眼珠，刚才他追出门去，想问孙二娘一个究竟，被对方摔门堵在门外，从房间里传出几声悲戚的大喊，老天爷啊，你为何如此不公，把我好端端的孙女拽走！凌聚财已经明白，老天爷留给师妹的时间已不多。

这时，玉儿正带着周郎中赶往孙宅。刚才她急匆匆闯进周家药铺，找本地小有名气的周郎中，给凌红飞看病。大堂中，七八个人在等待诊病。玉儿说明来意，周郎中忙从病人手腕上抬起手，连连摆动，不成、不成，绝对不成，你家老太君是此道中高手，老朽怎敢前去班门弄斧。

玉儿一挑眉毛：你若再敢推辞，本姑娘便拆了你这茅草铺，你是怀疑本姑娘没有这个能耐？

周郎中听罢忙站起身：不不，怎敢怀疑，就走、就走。对旁边等待的病人说：诸位，对不住了，愿意等的便等，不愿意等的去西大街。拎着药匣子跟在玉儿身后走出周家药铺。

凌红飞攥住女儿的小手，几滴泪珠滚下面颊，哽咽道：玉儿，以后要听爹的话，不可使性子，娘对不住你，记住娘的模样吧。

红玉哭泣着：娘，红玉听话，红玉乖，不让娘生气，娘不哭。用小手指抹去娘脸上的泪痕：娘，红玉要跟娘在一起。

玉儿带着周郎中走进来。宝儿一把抱起红玉退到一边。周郎中一抖衣袖，伸出手腕，三根手指按在凌红飞的手腕上，凌聚财又升起一线希望，周郎中毕竟是本地坐堂的大夫。

周郎中把过凌红飞的脉后，站起身来就往外走，玉儿上前拦住对方：哎哎，我说周大夫，你就这样走啦？

周郎中反感地说：我说不来吧，你非让老朽白跑一趟。

玉儿急了，一把拽住对方：快说，别让本姑娘费事，到底咋样？

快准备后事吧，即便是华佗来也枉然。

房间内的凌红飞，没有理会周郎中的诊病，而是艰难地对抱住红玉的宝儿说：宝儿妹妹，姐知道你喜欢红玉，你就认下她做干女儿吧。姐姐也不敢有太多的想法，日后有时间替姐照顾她一下，也不枉咱姐妹一场。她又冲女儿说：快，给宝儿干娘磕头。

宝儿早已泪水涟涟，放下红玉，摁住对方小脑袋，给自己磕头。

这一幕正好被赶回来的玉儿碰上，她一怔问道：宝儿，你这是干啥？啊？

闭嘴！红姐要见师父，快去。宝儿喝道。

凌红飞拉住师哥的手，吃力地说：师哥，对不起，师妹不能再陪着你往前走，感谢你十几年来的陪伴，照顾好女儿，别让她干咱这一行，去念书吧。

师妹，你放心，我答应你。凌聚财难过地回答。

门被推开，孙二娘颤颤巍巍走进来，沉痛地走到大炕前，孙二娘的目光和凌红飞的目光碰撞在一起。

凌红飞瞪着对方吃力地说：孙、飞、鸿——头一歪死去。

孙二娘颤抖的手指着对方：你、你——扑通一下倒地上。

玉儿姑娘赶紧抱住孙二娘，宝儿紧紧搂住大哭的小红玉，凌聚财扑上去抱住师妹呼唤。房间里乱作一团。

黄家镇东西大街东半截，有一家小酒馆，门前挂着幌子，酒馆内摆着几张桌子，就是四根木头棍，支撑起一块木板，靠北墙桌旁坐在一个黑刀疤脸汉子，桌上摆着四碟小菜，两凉两热，两荤两素，一壶老酒，自斟自饮，很是惬意。

这时，一个年轻人一瘸一拐出现在门口，向里探头探脑。跑堂的小二肩上搭着黑不溜秋的羊肚子手巾，把对方堵在门口：哎哎，站住、站住，别耽搁咱做买卖，外边等会儿，我给你去拿个窝头。心说，今儿这是咋啦，都第六个了。

年轻人一扒拉小二，挤进门去：你真把爷当靠扇（乞丐）的啦，爷是火点子（有钱人）。小二盯着对方那一身破烂衣衫，疑惑不定，这真是位大爷？

年轻人冲刀疤脸打招呼：哎呀，这不是三哥吗？

跛子是你？刀疤脸一摆手。

跛子一屁股坐在刀疤脸对面：我说三哥，这寡酒难饮不？跛子对小二一摆手：去，添双筷子。

小二赶紧喊道：好嘞您老，稍等。旋风般把一双筷子和酒杯搁在跛子面前，嘴甜得像抹蜜：您老还缺啥尽管吱声。

跛子哼一声，狗眼看人低。

吉三奎望着对方那贪婪的目光，舔舔干裂的嘴唇说：寡酒未必就是寡人，你懂个屁。

跛子被对方噎一口，仍不死心，继续往对方心窝里插杠子：三哥，从今往后，这凌家班是黄瓜打驴，去一多半子啦。

来，走一个。吉三奎端起酒盅一扬脖。

跛子继续试探对方：剩下的那半截也是起皱褶的倭瓜，蔫蔫啦。

吉三奎依然没有跟话，筷子伸到菜盘里，往嘴里捯菜。

三哥，有一天你说了算时，可别忘记咱小兄弟啊。

哪能？打虎还得亲兄弟。吉三奎终于开口：只要你别歪歪心眼就成。

哪能、哪能呢？我就是三哥的跟屁虫。跛子一脸诚意。

去，到孙宅瞟一眼啥情况，回来再喝。

非死即伤呗！这就去。跛子手上的筷子，胡乱在几个盘子里捯几大口菜，这才一瘸一拐地走出酒馆，奔孙宅而去。

铁猴带领几个人在场子上收拾道具。从凌红飞一上场，他就盯住对方，当时倒不是担心对方会出现什么状况，只是想着多学点东西，艺多不压身。

他知道，自己这点玩意儿和班主差得不是一星半点儿，要想站稳脚，就必须有自己的看家本事。在这个世道上，要想活得好，必须有过人的本领。因此，他目睹了凌红飞马趟子的全过程。他看到红玉冲进马道，却没有发现这孩子是怎么冲进来的，事后分析，这事有些蹊跷，一个七八岁的孩子怎么可能迎着快马奔跑？谁借给她的胆子？这里面一定有什么缘故。

金枝和银枝边收拾东西，嘴也没闲着。铁猴过来催促道：麻利点，别光白话，把那几样家什装箱里，刀枪把子捆结实，溜走一件就麻烦了，掇饬完咱赶紧去孙家大院。

红班主不会被那白马压个好歹的吧？银枝问铁猴。

乌鸦嘴！红班主是大把式，这点玩意儿能难住她？铁猴嘴上这么说，心里却忐忑着，那白马少说也有七八百斤重，压在身上是啥滋味，他不知道，不解的是：红玉怎么会跑上马道？

银枝看一眼金枝说：我看见……

别磨叽啦，赶紧地。金枝打一下自己的嘴，示意对方闭嘴。银枝立马闭上嘴，低头去收拾东西。

铁猴走后，金枝拉住银枝低声说：你不要命啦，祸从口出，弄死你就和踩死一只蚂蚁一样。银枝愣住，她亲眼看到吉三奎在红玉耳边说话，又推一把，红玉哭喊着迎着白马跑上马道。

以后不管谁问起这事，都说不知道，明白吗？金枝叮嘱道。

嗯，知道啦，金枝姐。

银枝妹妹，咱俩这命苦的掰开饼子掉渣渣，今天能有口饭吃不容易，班主对咱不孬，千万别生事。

俺知道，打死俺也不说。银枝恐惧地四周撒达一下。

凌红飞死了，孙二娘病了，凌聚财苦闷了，吉三奎得意了。

此时此刻，凌聚财心情很复杂，是五味杂陈，悲伤、愤怒、痛苦、埋怨、无助。一起练功、生活近二十年的师妹、爱妻，就这样走了，走得这么匆忙，把一个七八岁的孩子扔给了自己。今后要独自面对未知的日子，很可能还是艰辛的道路。那孙二娘老人家，极力怂恿师妹耍这等高难度的玩意儿，出事后她也束手无策，没有金刚钻你揽啥瓷器活，弄得我家破人亡。还有这熊孩子，被老人家惯得顽皮戏耍，奔上马道，害死了两条人命，两个亲人，真是个丧门星。

吉三奎得到跛子的报信，急火火地跑进孙宅，进屋后站在大炕前，对着凌红飞尸体大喊大叫：师姐啊，你咋就这么走啦，让我跟师父咋个交代啊！他老人家临走前一再叮嘱我，照顾好你，我对不起他老人家啊！都是那孙老太太从中挑拨作梗，耍啥马趟子，你咋就这么狠心丢下我啊，师弟不甘心啊！吉三奎一把鼻涕一把泪数落着。

凌聚财闻到对方一身酒气，反感之心尤甚，都什么时候了，你还有心去灌猫尿，竟还前来哭号？若不是不想打搅师妹最后的安静，非收拾你一顿不可。

这时，铁猴等人也闯进屋里，他拉一把宝儿。

宝儿上前喝道：行啦，别号丧了，让红姐安静一会儿吧。

凌聚财上前抱起凌红飞，对铁猴喊道：前头引路。

铁猴忙紧走几步，赶到前头，凌聚财抱着师妹说：师妹，师哥带你回家。铁猴拨开众人说：大家让一让，送凌班主回家喽。

跛子提前把一床棉褥子铺在大车车厢里，凌聚财把师妹轻轻放在车厢内。宝儿抱着红玉说：红玉，先跟爹爹回家，待干娘忙完这阵子就去看你，乖玉儿，听爹的话。宝儿把红玉送到凌聚财手上。铁猴赶着马车，吉三奎等人跟在车后，向野竹李走去。

从凌红飞走后，孙二娘一病不起，且每况愈下，圆圆脸变成了尖下巴，茶饭不思，夜不能寐。宝儿把周郎中找来看过几次，后来再去找他，他说啥也不来了，最后撂下几句话：恕老朽无能，姑娘另请高明吧。宝儿拦住对方的去路：不说明白休想离开。

周郎中颇感无奈，摇摇头说：老朽能治愈重疾之人，却治不了想死之人，还请姑娘放过老朽。

宝儿听罢一怔，周郎中趁机溜走。三天之后，孙二娘命宝儿玉儿两人，收拾细软，打理马车，孙二娘躺在轿车箱内，宝儿在一旁陪伴，玉儿骑马跟在大车后面，车夫挥动马鞭，向保定府走去。孙二娘这些天来一直不说话，宝儿和玉儿很是担心，却也无法理解老人家的真实想法。是不是老人家太过伤心，想回老家去将养一阵子，然后再回转？有一点二人的猜测是对的，孙二娘失去了心爱的孙女凌红飞，受到沉重打击，这太出乎她的意料。从几十年前那个风雨夜，一路风尘，一身血迹，打马返回丈夫的家乡黄家镇，多少年来相安无事，没想到在人生步入黄昏的时候，给她来了个沉重打击，她不能不认为这里是是非之地，离开是唯一的选择。

孙二娘突然睁大眼睛瞪着宝儿，吓对方一跳。从凌红飞离开之后，老人家那双明亮的大眼睛就再也没有睁大过。宝儿赶紧问：师父，有何吩咐？

孙二娘直勾勾地盯着对方：我那心肝宝贝有难，送我回到家后，你立马返回野竹李，从此不必再惦记为师，有玉儿在，你要保护好红玉，让老妇瞑目。

宝儿又没听懂师父的话，红玉在凌聚财身边，人家是亲父女，孩子能有啥危险，看来老家人是真受了刺激，便答应下来：好好，师父您老放心，送到地头弟子就回转，您好好养病，我把红玉带过去看您。

听到这里，孙二娘才闭上眼睛，长叹一口气。仿佛呼出积压很久的晦气一般睡去。宝儿，年方二八，宁津东北乡人，三岁时，家乡遭遇洪水泛滥，孙二娘路过时，发现她坐在一个大木盆里哭泣，那木盆漂泊在一片汪洋之中，孙二娘脚踏一块门板，手撑一根竹竿，划到木盆旁救起宝儿。孙二娘望着水面上漂泊的遇难尸体不计其数。一手撑竹竿，一手抱着孩子，划到一处高坡上，深深感慨，这才给娃娃起了名字，叫宝儿。

玉儿的身世和宝儿截然不同，她出身商贾之家，祖籍县城，父亲在天津卫做买卖，深知江湖道上的凶险，通过一位好友把女儿送到孙二娘身边学武艺。玉儿的性格和宝儿不同，宝儿内向，沉着冷静，不多言多语。

孙二娘很疼爱这两个孩子，把她俩当成自己孩子一般照顾。却不允许二人改口叫自己奶奶，对内对外，两人都是孙二娘的弟子。她明白，这两个孩子不是一路人，将来的结局定会各异。玉儿家境富足，常会给孙二娘带来一些土特产，年节时还会捎来一些银两。宝儿则不同，只能白吃白喝白住在师父家，把孙家当成自己的归宿地。孙二娘是明白人，怎能看不出这些。

在练功方面，孙二娘对宝儿特别严格。刚开始，宝儿心里很不舒服，一样的徒弟不一样待承，让她很难接受。时间久了，慢慢能理解师父的用意，只有严师才能出高徒。就人生而言，自己没有退路，早晚要独自一剑闯江湖。玉儿不同，可以回到家里和父母团聚，衣食无忧。

这天下午，孙二娘的马车，走进保定府地界。

第十六章

野竹李村凌聚财家。他守着师妹的遗体，想起多年前从天津回到家的那个血腥夜晚，师妹一身血，自己一身血，女儿被一双鲜血淋漓的手抱住，那个场面令人战栗。

红玉趴在娘亲身上，小手摸着已经冰冷的脸蛋，不停抽泣，喃喃地说，娘，你醒醒啊，玉儿不调皮，玉儿听话。

凌聚财烦躁地对女儿怒吼：过来，站好，你个丧门星，说，为啥跑上马道?

哇哇！红玉大哭起来。

再哭、再哭打死你。凌聚财挥动手掌。

红玉立马由大哭变成抽泣：不、不知道，爹、爹别打红玉。孩子吓傻了，哪里还能记得那天发生啥情况。

在墙根儿站好，想不起来不准吃饭，丧门星。凌聚财骂道。

红玉慢慢走到墙根，惊恐的双腿打哆嗦，眼睛却始终盯着娘亲的脸。

凌聚财让吉三奎卖掉那匹白马，去买棺材。吉三奎有些舍不得，白马虽然把师姐压死，但那也不是白马的错，是人为造成的，怎么能怪在白马身上。自己是始作俑者，却不能说出来，只好忍痛来到集市上，急于出手的货物，只能卖个白菜价，发丧是等不得的。

吉三奎用卖马的钱到棺材铺买来一口棺材，剩下的钱装进自己兜里。

回到凌家，众人手托着凌红飞放进棺椁。吉三奎建议凌聚财，把师姐的新衣服穿上，干干净净、板板整整地入殓。凌聚财坚持让师妹穿着一身表演服下葬，他说，这身衣服是师妹最喜欢的，平时舍不得穿。吉三奎又从凌红飞的包袱里，翻出两身八成新的衣服，塞进棺材里，说，西去的路上寒冷，让师姐穿缓和些，并挤出几滴眼泪。

吉三奎招呼大家，赶紧在院里搭个灵棚，不能让师姐睡在露天地里，这是对逝者的不敬，到什么时候也是死者为大。凌聚财一摆手阻止大家，说，棺材抬进北屋厅堂，自己要守着师妹说夜话，把以后几十年的话都说给她听。

吉三奎疑惑地看着师哥，这家伙疯了，棺材怎么能过得去北屋门框。他伸展开双臂在北屋门框一比画。

凌聚财瞪着猩红的眼睛，上前把两扇门板卸下来扔在一边，招呼大家往里抬棺材，当棺材的大头抬到门框前时，进不去，差两寸多。凌聚财转身拿来一把镐头，对着门框猛砸下去，哐哐几下，一根边框被砸坏。

吉三奎、铁猴等人这才把棺材抬进房间，放在北墙下。原本睡在西房里的金枝银枝，抱着被窝跑出来，进了偏房。

安顿好一切，凌聚财围着凌红飞的棺材开始转圈儿，红玉跟在爹爹屁股后头。铁猴、跛子等人躲到一边，吉三奎站在门口望着转圈儿的爷儿俩，师哥真疯了？都这个时候，还傻转悠个啥，忙凑上去截住师哥说：师兄，你就别逛圈子啦，得赶紧让师姐入土为安啊，打算往哪儿埋？

现成的地儿，往凌家祖坟埋。凌聚财不加思索张嘴就来。

那咱也得先去踩踩点，再说，祖坟墓地进人，这是大事，你得先和族长商议商议，别到时把事情弄砸，你脸上也不好看。吉三奎耐心地提醒对方。

商议啥，俺爹娘都埋在里面，不过，是得看看地方，不能随便找块地儿，那也是我的归处。二人走出院子，奔祖坟墓地而去。两人围着墓地转一圈儿，凌聚财指着爷爷奶奶、父亲母亲、二叔二婶的坟头说，这都是俺家的。

吉三奎装模作样地站在北边，向南看看，又转到南边向北望望，说：讲究，规矩，这指定让风水先生把过脉，看看，坐向，东南西北，不，东北西南，北边高、南边洼。他走到二叔坟头下方，这里还有三间房大小的空地，说：这就是给师姐的留的，多好的风水啊，上上局，我看这片墓地就这儿合适，守着爹娘，师姐到那边也就近照顾老人家。师哥，这事成了。暗想，师姐能埋在这里，当然最好不过，可凌家族长未必答应，按照当地风俗，师姐不能先于凌聚财进祖宗墓地。就是师哥，也轮不到这么好的地方。之所以这块地儿还空着，那时因为凌姓长辈们还未过世，如果有一人故去，指定就掩埋在此处，看来又有热闹看了。

凌聚财被对方说得心服口服，看来这小子没白在外面闯荡这些年，长进不小。二人回到家中，凌聚财走在前边，吉三奎抱起红玉跟在后头，不一会儿来到凌家长辈四大爷家院门前。吉三奎说：师哥，我不便陪你进去，就在门外等，说话注意点儿，现在是咱求着人家，能把事办成就行，人在屋檐下，低低头不算啥。

前边的话，凌聚财听着受用，后边的话听着别扭，啥叫求人家，这是在自个儿家，那块地闲着不也是闲着吗，咱用上怎么啦？咱家里死了亲人，乡里乡亲的都来帮衬才是，再谈什么谁求谁，这不把事情倒过来了吗？在自己家门口低三下四，那我还是铁掌凌的弟子吗？本来没啥的心情，被吉三奎无意中点起火，这把火竟还烧掉一条活生生的生命。

凌聚财带着气推开院门走进去，吉三奎抱着红玉跟进来，望着师哥走进北屋，把红玉放在地上，站在房门外等候消息。

凌氏家族的几位长辈，都聚集在四大爷家厅堂里。四大爷一听聚财侄子的媳妇走了，这可不是小事，忙把其他几位同辈老人找来。论起来，凌聚财辈分也不低，他上边健在的只有一辈，就是四大爷他们几个人。凌聚财站在几位长辈面前，施过礼后，便向各位说明来意，通报自己的想法。

三叔、四大爷，我给红玉他娘看中一块地儿，明天一早就去打坟窝子。凌聚财口气生硬，不是来和你们商量的，这事就这么定了，只是碍着面子才来告诉你们一声。

哪块地儿？三叔一愣，从嘴里抽出烟袋望着对方。

四大爷还没反应过来，摆摆手：慢慢说。在他眼里，这个财娃子，从小就是个不争气的人，名字起得挺好，可没给家里挣来几分钱财，爹娘死得早，他自己也差点把小命扔在天津卫。七八年前惹上官司，这刚刚消停没几天，媳妇不知咋的又走了。他不认为对方是命苦，在他看来这都是作的。

俺爹娘坟东南角那块空地。凌聚财耐着性子说。他不想在这里多耽搁工夫，妻子还躺在家里，此时此刻，他愿意多陪陪妻子，不想和他们多废话。

四大爷听明白了，三叔也听清楚了。

那是空地吗？四大爷质问对方。那块地老哥儿仨早就号过了，连排序都定出来，谁在前头，谁在后头，谁夹在中间。当然，哥儿仨都活着，他说了算，身后的事，得另说另论，现在不是都活着吗。

凌聚财听罢很反感，一拧脑袋问道：地上种粮食了吗？地下埋死翘了吗？没有吧，不叫空地叫啥？闲着也是闲着，我用了咋个不对？他不知道这块地早就被长辈们号了去。

四大爷气得手哆嗦，嘴舌也不加力：你、你、你这是……

三叔气哼哼地说：财娃子，你是真不知道，还是装不知道？

我就知道得赶紧让孩子他娘入土为安。凌聚财呛了对方一句，噎得三叔翻白眼。

吉三奎站在北屋门外，把这一切都听进耳朵里，他闻到一股火药味，看来不用点捻子，火铳子自己就能崩响。

四大爷缓过一口气来，口气变得强硬起来：这祖上传下的规矩不能破，几百年留下的习俗不能改，国有国法，族有族规，不能说你看上就归你。

对，是这么个理儿。三叔赶紧帮腔，怕四大爷断流，再让凌聚财抢去话头：当家主事（男人）的只要还健在，烧火做饭的（女人）就不能进祖坟。再说，你家里的（女人）这个岁数走了，这算少亡，也是暴毙，这个就更不能进祖坟。

凌聚财听着两位长辈你一言我一语，一股怒火从心头升起，什么做饭的、烧火的、家里的、暴毙、少亡，等等，没有一句中听的话。敢情不是你们家死了亲人，站着说话不嫌腰疼，这习俗那规矩，都是害人的玩意儿，今儿我非给你们翻过来不行。

这不是不讲道理吗，闲着地方不让用，是不是非要把人逼上绝路才行？

没人逼你，谁逼你，你先在村周边找块闲散地儿，把人葬下，不也成吗？

我就是想让孩子他娘离俺爹娘近点儿，到那边好有个照应，咋就说不通呢。

这事没得商量、没得商量。四大爷语气坚决。

我要非把人搁在那块地上呢？凌聚财火气直往上蹿。

今儿咱就把话撂这儿，谁家娃子烧火的没了，也不能占这块地儿。四大爷一抖三绺胡须，瞪对方一眼，那意思是在咱凌家，我就是天，这块地儿根本就不是给你们这辈人用的，磨半晌牙，连这个还听不明白。

凌聚财知道今天不能善了，不拿出点强硬态度，这事还真就过不去。

请问二位长辈，我凌聚财死了能不能进祖坟？你们说能不能？他打断四大爷和三叔的话。

这、这个自然能进。四大爷没想到财娃子能说出这样的话来，他再有威严也不敢不让凌家的后生进祖坟，说道：你也是老凌家的根苗。

这也得等你挺尸了再说。三叔说话更绝情。

老三，你进来做个见证。凌聚财冲门外大喊一声。

吉三奎抱起红玉，立马走进门来，站在师哥身后说：师哥，我在，有话你就说，不用憋着，这是在自个儿家的一亩三分地上，腰杆子挺直了说话不丢人。吉三奎这几句，看似给对方打气鼓劲，却再一次助燃了凌聚财胸中的火气。他一指四大爷的脑壳说：我凌聚财也是响当当汉子，三刀六洞不眨眼，那块地我占定啦，我现在就去占，你们说话若反悔，我做鬼也不放过你们。

难不成要让师姐成孤魂野鬼，这是要逼上梁山啊。吉三奎还嫌火苗子窜得不高，赶忙添油加醋。

师弟，大哥拜托你照顾孩子。凌聚财说罢挥起右掌，猛拍向自己头顶百会穴，啪一声拍在脑壳上，顿感天旋地转，扑通一下倒在地上，吉三奎放开红玉，孩子扑到爹爹身上号啕大哭。四大爷家乱成一团，老头子捶胸顿足，唉声叹气，这是怎么说的，怎么弄成这个样子，这财娃子也太过刚烈，几句话不投机就寻了短见，这可如何是好，如何是好？三叔也双手掌不停搓动，一副六神无主的样子。

吉三奎趴在凌聚财耳边大声呼喊：师哥、师哥你可不能死啊。

凌聚财瞪大眼睛，吃力地从牙缝里挤出几个字：把红玉送给宝儿去、念、书。说罢头一歪咽气，带着诸多遗憾去追赶师妹，到死也没弄明白，女儿为何跑上马道，迎着娘亲冲过去，让凌红飞送命。到那边他一定要亲口问问师妹，这到底是怎么回事。但是，阴阳毕竟是两个世界，即便弄明白，也没办法再回到阳间来惩戒肇事之人。这或许就是那句话，死无对证，令一些人胆大妄为的缘故吧。

吉三奎不由恼怒地冲几位长辈大声说：一笔写不出俩凌字来，非得闹出人命来吗，好端端一个大活人，刚才还活蹦乱跳的，这一下子就没了，这不是作孽吗？不就一块门板大的地儿嘛，不长粮食不长菜的，争个啥？看看，撂下这么个刚脱开裆裤的娃娃，你们说咋办？这是缺德啊。

三叔等人一看这情景，站起来就往外走，几个人急匆匆走出厅堂，把个四大爷晾在一边。

吉三奎嘴上这么说，心里想的是什么，他这是在骂谁？骂四大爷三叔等人？还是骂师哥凌聚财，更像是在骂他自己。

四大爷表情木讷，精神萎靡，不知说什么好，一个劲儿地直摆手。

吉三奎怎能不明白对方的意思，这是下逐客令。撵我走？没那么容易，你这是请神容易送神难，何况你送的还是“死神”。他抱起红玉说：我这就去喊人，先让师哥在你这儿歇会儿，你爷儿俩接着唠，待会儿就没机会了。吉三奎边外走边嘟囔，这是图个啥，何必呢？四大爷你这是何苦，不知道你是真精明还是真傻，刚才师哥想给师姐寻一个安静的地方，也就占你一个门板大小的地儿，你竟然不依不饶。现在可好，占你一个大炕的地儿，你亏不亏，活到这份儿上，咋这个账都算不过来。

四大爷望着吉三奎背影，把目光落在凌聚财脸上，跌坐在椅子上，现在说啥都晚了，一下又老了很多岁，右手伸到桌上去端茶碗，端两下没端起来。

吉三奎把班里的人喊到一起，把班主的不幸告诉大伙，现在大家都必须听他指挥，谁不愿意，立马滚蛋，绝不挽留。铁猴脸色铁青，跛子有些吃惊，金枝银枝不出声流眼泪，其他几个人都看吉三奎脸色行事。

吉三奎开始发号施令，对铁猴说，去，用大车再换口棺材。这不用我教你怎么做吧，你若连这点事儿都干不了，立马滚蛋。

铁猴心想，班主刚走，你就蹬着鼻子上脸，看来往后没自己好日子过，心里反感，还不能露在脸上，忙说：好好的一副骡马挂，给三副棺材板也不换。

单蹦着卖，只能是这个价儿。跛子迎合吉三奎：老话说，一辈子不抽烟，省下个柏木棺，你当那棺材板是几个大子儿就能弄回来的，很多穷苦人，还不是一张草席卷起来，挖个坑一埋完事，让我看，俩人装一个里头算了。

扯淡，装得下吗？再说，我们三人是同门师兄弟，那是亲兄弟，你哪来这么多废话！赶紧地，误事别怪我不讲情面。吉三奎虎着脸对铁猴说。

铁猴和跛子赶紧走出去。

凌聚财在村里没有什么近门的人，铁掌凌一门到凌红飞这儿，也没有亲人。送葬队伍主要是由凌家班的人组成。稀稀拉拉，就那么十几个人。但白事的程序还是那些，该走的一样不少，抬棺材的、打幡的、擎杆的、撒冥币的、抱瓦片的、没有雇吹鼓打子，杂耍班里有两个人能吹唢呐，凑合着吹也能成哀调子。

吉三奎成为送葬队伍里的主角，腰系白布带子，扯一块白布披身上，哭丧着脸走在前头，他故意压着步子，走走停停，落日后下葬就行。他边走边嘟囔，师哥师姐，你们咋就这么走了，这也太不讲究了吧？这是个啥年龄啊，二十几岁就照顾爹娘去，倒是显得你们孝顺，扔下红玉这娃咋办？你们这不是给师弟添堵吗，咱仨辛辛苦苦、忙忙活活，刚把凌家班大旗竖起来，好事没过十二晌，你们就撒手不管了，这不公啊。看来师弟就是这劳碌的命，接过班子继续弄下去，你们在那边好好看着吧，师弟绝不让你们失望，将来在黄家镇庙会上，定会有吉三奎的一席之地。

吉三奎想来，自己也算对得起师哥师姐，马和车都卖掉，换来两口棺材，体体面面下葬。自己手里不说分文皆无，那也是掏空兜底子。其实，他本来就没搭一分钱，用的都是凌聚财积攒下的。师哥师姐在天堂里享福去吧，师弟还得在地狱里苦熬。

突然，吉三奎的脸阴转晴，嘴角流露出几丝不易察觉的笑意，我这也是替你们着想，本来是咱们三个人干的事，现在都压在我一个人身上，你们这是害我。每年的清明节，我一定回来给你们烧纸送钱。我这也是被逼上梁山，谁让咱们是兄弟，我就挺直腰板，把班子拉起来。不过，咱得张斋念经，翻过这一篇子。凌家班你们就带到那边耍去吧，接下来得叫吉家班。

铁猴从吉三奎的表情变化，看出端倪，这些年来，二人一起跑江湖，没少拌嘴拧脸子。他慢慢看出来，吉三奎和凌聚财虽师出同门，但二人的行事风格截然不同，如果用两条线来比喻，凌聚财在上线上，吉三奎在下线上，说明白点，一个是君子，一个是小人。铁猴的家庭经历过祸难，遭遇过生死，因此，有一种神鬼不惧的劲头儿。有一点令他不解，凌聚财走前没有半点前兆，值得怀疑。凌红飞走的那天，班主和自己说的那几句话，细细想来却包含着深意。凌聚财说，人在江湖，道为底，义为先，不管以后发生什么，你都要守住江湖人的底线，咱凌家班中，我最看好的就是你，不要让我失望。铁猴沉思一下说，班主放心，铁猴谨遵教诲。他本想把自己的身世告诉对方，但老天爷没给自己机会。凌聚财、凌红飞对铁猴寄予厚望，铁猴未能当面报二人知遇之恩，终成憾事。

第十七章

红玉身穿孝衣，头戴孝帽，鞋面上绷着白布，金枝和银枝一左一右，两人搀着成了孤儿的班主女儿向前走。红玉两眼红肿，精神萎靡，脏兮兮的脸颊上挂满泪痕，沙哑的嗓子已哭不出声来，瞪着惊恐的小眼睛，生怕眼泪掉下来砸在地上，再发生什么灾祸。她也不知道，接下来还能发生什么、还会发生什么。没有两天，爹娘都离开自己，这种打击，对一个幼小的孩子来说，不能用沉重来形容，那就是天塌地陷。

她走几步回头望一眼那两只大木箱，抬箱子的叔叔大爷们好像抬得很吃力，爹娘真有这么沉吗，一步一步往前挪动。她知道，爹娘就躺在那两只箱子里，那里边一定很黑，进不去一丝阳光，爹娘是在黑灯影里待着，多别扭。为啥三叔不用马车拉着爹娘？自己也好坐在爹娘身边，多看上几眼。

她不知道爹娘为什么非要扔下自己，就这么走了，走得这么匆忙，冷酷无情。爹和娘，临死前都说过同样的话，让自己去找干娘宝儿，铁猴叔叔也是这么说的。可三叔却没有说，这是为啥？她当然想不明白，更猜不透。一个几岁娃娃的大脑，怎能装下这么多东西。

说到小，她还不认头。这几年，从懂事开始，她经历过很多事情，很多其他孩子所没有经历过的事情。尤其是几度来到孙二娘身边，学识字、长见识，就连性格都跟着孙二娘转变，这孙老太太没少在红玉身上花费心思。宝儿玉儿很疼她，经常带她出去玩耍。金枝银枝虽然大她几岁，但有些道理，未必有红玉透彻明白，这就是孩童的智力，看如何开发、谁来开发。

她知道，装着爹娘的那两只大木箱，是运到坟地里掩埋的。就像宝儿干娘带自己去和尚坟地玩耍，那里有高大的土丘子，爹娘也会躺在那大土堆下面，再也出不来。

红玉不时瞅一眼走在前面的三叔，她害怕对方那种眼神，那种目光令她不舒服，不由自主躲闪开来，她不敢正视，那是一种让她胆怯的目光，不知从何时起，她开始厌烦三叔，一刻也不想见到他。她已经看出来，这里的人都怕三叔，就是爹娘不怕，还被装进大木箱里。

她想跑，但迈不开步，被金枝银枝拖拉着，她想跑去找宝儿干娘，爹娘被关在大木箱里出不来，只有宝儿干娘能管自己。

一高一矮的两个人吹着唢呐，呜哩哇啦……呜哩哇啦……吹得实在难听，反正出殡发丧本就不是啥高兴的事，吹成这样子也能对付过去。铁猴听着很闹心，在他心里，凌聚财凌红飞都是值得敬重之人，江湖上的硬把子，要本事有本事，要人品有人品，不像吉三奎。就说这事，找个像样的吹鼓打子能花几个铜子儿。越想越别扭，越听越来气，几步蹿到大个子跟前，猛一脚踢在对方屁股上，骂道：吹得啥鬼玩意儿，跟老鼠拉鸡一样，闹心不拉的，没一声在调门上。

跛子忙拉住铁猴：看不出来吗，为省几个铜子儿，秃子当和尚、凑合事，忍忍、忍忍吧，到地头就完了。

大个子从嘴里拔出唢呐，往铁猴眼前一送，没好气地说：我这是瘦驴拉硬屎，看着不行你鼓几声？

吉三奎返身回来骂道：出个殡也逗闷子，不嫌晦气，当心把棺材里的人惹毛钻出来，拍你们个铁砂掌，拍成肉饼子更省心。人家能用命换来一块祖宗坟地，你们只能被扔在乱坟岗子上野喂狗。

几个人被吉三奎这一顿臭损，立马像被浇了一盆冷水，都打蔫了。

赶紧地，溜达着，晚了让你们几个在坟茔地里吃晚饭。吉三奎又顶上一句。

送葬的队伍，半过晌出村，磨磨蹭蹭，落日头才到坟地，原本只打了一个坟窝子，没有凌聚财的份，现在他又来凑热闹，自然要把坟坑扩大一倍。这倒不是吉三奎心思不够用，是他实在没有诸葛亮能掐会算那两下子。铁猴和跛子等人赶紧跳下坟坑，把个铁锨耍得上下翻飞，两人配合得相当默契，你一锨我一锨交叉着往上扔土，两只铁锨竟然从没碰在一起过。

太阳落西山，大地慢慢变得灰暗起来，坟坑周围只见黄土往上飞扬，见不着人影。若说还有什么动静的话，就是吉三奎那不停的催促声，赶紧地，快点，别磨蹭，再宽点，别往南挖，长下里早就已够尺寸。别上来，再挖几锨，要是两只棺木搁不下，我就让你俩用手抠。

累得铁猴和跛子满头大汗，浑身湿透，头上脸上脖子里满是尘土，二人好不容易达到吉三奎的要求，这才筋疲力尽地爬上来，坐在地上喘粗气。

吉三奎没搭理二人，忙操持着下葬，待棺材下到坟坑底，他见周围没有动静，忙大喊：哭啊，都赶紧哭啊，号丧号丧，不号怎么发丧，红玉你得大哭，送你爹娘一程，哭不出来？你个没良心的玩意儿，他们可是你亲爹娘啊。

哭干了眼泪、哭哑了嗓子的红玉，还有金枝银枝等人，嗓子也冒了烟，只能伸长脖子干号，听得铁猴浑身起鸡皮疙瘩，他踹一脚跛子，二人这才边念叨边哭起来。

吉三奎扔过来两把铁锹，赶紧地，填土。两人站起身来参与到掩埋的人群里。铁猴心疼红玉，这孩子命真苦，苦得令人肝颤。起了一个不大的坟头之后，大家开始散去，天黑下来，墓地里阴森森的。铁猴左一锨右一锨，独自一人培坟头，红玉坐在坟前呆呆地看着坟包子发傻。

铁猴叨念着，二位班主慢走啊，一路奔西南，捎上给你们的纸钱，别舍不得花，没了阳间还有阴间，顺顺当当到那边，起码能和爹娘团圆，撂下江湖上这些个破事吧，别再挂念……兄弟我也没啥本钱，只能给你们多添几锨房顶土，遮风挡雨别住水帘洞。兄弟这一走，还不知啥时再回来把你们看。

吉三奎走出去几十步，又折回来喊道：别瞎撩拉了，行啦，你啥眼神，没看到前边的坟头子吗。他用手一指凌聚财爹娘的坟头：武大郎开店——突然感觉这个比喻不恰当，又改嘴说：子女的坟头，不能高过长辈的坟头，你连这都不懂，真是个棒槌，快别挖挠了。

铁猴又赶紧给坟头培几锨土，这才拎着铁锨，背起红玉追上来，对吉三奎应付着：现在看着一样高，几场大雨下来，就得辙下去半截子。

咸吃萝卜淡操心，这是你能管得了的事，赶紧回去。吉三奎有些反感。

铁猴看着对方那阴沉的表情，也很反感，嘟囔着：老话没有错，好人不长寿，歹人活千年。

铁猴虽然声音低，前面的吉三奎还是听个明白，不由得对号入了座，这小子是在骂我，早就看这铁猴子不顺眼，老子给你记着账，现在还不能收拾你，班子里还指望你出菜，日子不比树叶子长，咱慢慢往前熬，看谁能熬过谁，我吉老三就是这么个爱记仇的人。

铁猴，师哥师姐的丧事也忙活完了，接下来该想想咱们自己的事，你也琢磨琢磨，下一步咱往哪儿走。吉三奎试探对方。

三哥，现在你是老大，你看着办吧，你看咱是不是先把红玉送到保定府，把她搁到宝儿那里，咱就一门心思走挑子，等赚下钱再赶大车，兄弟一定捧你的场。

吉三奎没有答话，仔细琢磨对方话里的意思。去保定府？这是师哥师姐临终前说的话，把红玉送到保定府，交给宝儿去念书。按道理自己应该完成师哥师姐这一心愿，于情于理自己都没有理由不这样做。但是，啥是情，啥又是理？师哥师姐都一闭眼走了，扔下这么大一摊子，先得领着大伙儿混口饭吃才行。

铁猴见对方阴沉着脸蛋不言语，知道对方有想法，赶紧又接上一句：有些事是做给活人看的，可那死人也不一定不知晓。俗话说，人在做、天在看，你说呢？

行啦，别唠叨了，回去赶紧把红玉送去保定府，然后咱们再奔长安城。吉三奎清楚，在这杂耍班里，铁猴不光玩意儿拿人，人缘也不错，说话还是占地方的。

晚饭吃到十点多，铁猴说，这才叫晚饭，饿得前心贴后背、两头聚一头，棒子面窝头就萝卜咸菜，用白开水顺下去，几分钟完事。几个人挤到一铺大炕上，疲惫加烦恼，没有一个人能马上入睡，想得最多的都是一个问题，以后怎么办。

跛子说，卖了大车走挑子，这不是卖了秫秸买黄草，越捣鼓越短吗？

谁说不是，老鸹抱窝，一窝不如一窝。铁猴接上话茬。

放屁！吉三奎躺在大炕东头，喷跛子一脸唾沫星子：凌家班那是昨天的事，从现在开始是吉家班，愿意跟着我干的，老实卧着；想单挑的，立马走人，吉某绝不拦着。等明天把红玉送到保定府，咱们就大干一场，我不敢说能赚他个盆满钵满，起码得混个起来倒下。

跛子连连说是，那是得跟着三哥干，等咱挣下钱，也长长脸，下馆子、逛窑子、进赌场耍两把，那才叫没白活一回。

瞧你这点德行，赶紧卧着吧。吉三奎见自己几句话就把大家唬住，得意地哼哼两声，闭上眼睛。

铁猴睁着眼睛数顶棚上的檩条子，心说，你就忽悠吧，盆满钵满和起来倒下，差个十万八千里，鬼才信。以后自己得多长几个心眼，吉老三心机很重，歪歪心眼也不少，啥事都能做得出来。红玉为何跑上马道？班主是个心底豁亮的人，怎么就挥掌拍死自个儿？谜底或许和他有关。忙活一天大家都很累，但都感到这一夜很漫长。

好不容易熬到黎明，吉三奎忙把大家招呼起来，收拾东西，准备早饭后起程。铁猴爬起来跑出去，不一会儿从外面推进来一辆双梁车子，他不忍心让红玉走这么远的路，这辆小推车，一个木轮子上放一个平板，少半个轮子突出木板，在木轮子两侧竖起两块木板，把木轮子包在里面，这叫双梁车子。两边放两个柳条编筐，左边筐里装各种撂地用的道具，右边筐里坐着红玉。自己能帮凌班主做点什么就做点什么，人家生前对自己不薄，舍下这个大头孩子挺可怜。

跛子收拾各种道具，打成包袱，瞥一眼铁猴说：从哪儿顺来的？当心还没出村就被人家逮住，做梁上的活计也得看火候。

你以为都像你一样，专干黑灯影里的买卖。铁猴用锤子敲打着车帮，把整个车子紧把一遍，以免路上出毛病。

跛子心想，大清早串门子，指定没好事，瞒得住别人，糊弄不了咱，但他也不想和对方作对，铁猴的拳头够硬，就是吉老三，也不一定能治得住他。

吃罢早饭，太阳还未拱出地面，这时离开正是吉三奎想要的效果，不敲鼓不打锣，鸟悄地，一行十几人，推着小车，挑着挑子，奔四女寺减河，过河是范家屯，到安陵再奔景州。

红玉坐在大筐里，东瞅西望，知道这是要送自己去保定府找宝儿干娘，心情好了许多，爹娘没了，干娘也是娘，总比什么娘都没有的金枝银枝姐姐要好。

想着见到宝儿干娘就能念书，红玉脸上开始变晴天。一想到念书，嘴里便念叨起来，人之初，性本善，性相近，习相远，苟不教，性乃迁，教之道，贵以专，昔孟母，择邻处，子不学，断机杼，窦燕山，有义方，教五子，名俱扬，养不教，父之过，教不严，师之惰……

红玉，念叨啥呢，大声点儿，让猴叔也听听。铁猴见红玉嘴唇动，使劲把双梁车子推过一个洼坑，尽量少些颠簸摇晃，左右两只大筐里装的重量不一样，有时车轮子碾压在土坷垃块上，难免不颠打几下。

猴叔，俺念的是三字经，孙奶奶教给俺的，可好听呢，人之初，性本善，性相近，习相远。

是好听，小嘴叭叭叭地可人爱，到保定府，跟着宝儿干娘好好念书，长大后嫁给一个状元郎，别再挨饿挨冻灌不饱肚子，到那时早就把猴叔忘了。铁猴想到这里鼻子一酸。

猴叔，俺就想跟宝儿干娘念书，念书可好呢，还有写字，红玉忘不了猴叔，等我念来一个大马车给你，你就不用推小车了。红玉说到大马车，马上想起爹娘的那辆白马车，忙问：猴叔，咱那白马和大车呢？咱们都坐上去，你赶马车多省劲。

铁猴不知应该怎样回答对方，面对凌班主的女儿，他还真就一言难尽。

让她下来踮一阵子，跑拉稀了就没这么多废话。吉三奎走过来说。

不、不用，再推一会儿，这段路疙瘩溜秋的，硌脚底板子，不好走。铁猴忙说。小车吱吱扭扭唱着刺耳的小调，跛子说：快把个车轴子磨着火了，咋就不知告点油。

铁猴回答：咸菜里都见不着半滴油星子，哪来油上车轴子。

跛子凑上来，拧一把红玉的脸蛋，一脸坏笑，瞧瞧这娃娃，和她娘是一个模子扣出来的：那辆白马车你是坐不上了，留给你爹娘到那边去坐啦，你就等着坐轿子吧。

红玉看着铁猴问：跛叔说的是真的吗？

别听他胡咧咧，他是蝼蛄的耳朵、乌鸦的嘴，蛤蟆的眼睛、蝈蝈的腿，叭儿狗的鼻子……铁猴忙岔开话题，他知道跛子想的是啥。

去去，你个石头缝儿里蹦出来的野猴子，是不是想认她当干女儿？我看你是看上她干娘了吧，小心宝儿把你的金星子（生殖器）捏碎，你当谁的豆腐都能吃？

铁猴听罢停顿一下，两眼冒出煞气，片刻又向前推去，撂下一句横话：臭瘸子你听好，你糟践我几句没啥，要是敢糟践凌班主的孩子，老子打断你另一条狗腿，让你这辈子爬着走，干咱这行的规矩你懂，大家都是果木行的人，别怪我没提醒你。

跛子听罢脖颈子凉飕飕的，他听吉三奎说过几句，铁猴过去曾经拜过山门，蹚火墙、滚钉板都没含糊，在柳门子（梨园戏班）里混过些日子，还能哼哼几句京戏。他知趣地放慢脚步，和金枝银枝瞎聊去了。

吉三奎催促道：大家紧赶几步，到前边树林里歇歇脚。

铁猴望着远处那片树林子，心想，你们都挺着个肉条子，迈开两根叉子走起来不费劲，我这推着小车，能跟上趟儿就不错，慢慢落在后面。

红玉，猴叔会变戏法，可推着车子腾不出手来，愿意听戏不？

愿意听，宝儿干娘会唱《窦娥冤》，她说那窦娥可苦呢，可冤呢，可惨呢，我还记得那戏词呢。

好啊，给叔叔念几句，我喜欢听戏词。铁猴逗红玉高兴。

红玉抬起小手，梳拢一下脏兮兮的散发，认真地念起来：没来由遭刑宪受此大难，看起来世间人不辨愚贤。良善家为什么反遭天谴？作恶的为什么反增永年？法场上一个个泪流满面。俺忘记啦。

铁猴忙称赞：好、好嘛，红玉真聪明，猴叔给你唱一段《空城计》怎样。

是诸葛亮的空城计吗？孙奶奶讲过，那诸葛老先生摇着一把扇子，城中只有一个琴童、两个扫大街的老头，他摇动扇子，扇乎几下子，就把司马懿的十万大军扇乎跑了，他还能掐会算、知生死晓未来，比那铁扇公子可厉害得多。

哎呀，咱红玉知道得可不少啊。可惜，铁猴的这一拖声叫板，红玉听不懂，他只好自顾自唱起来：我本是卧龙岗散淡的人，论阴阳如反掌保定乾坤。先帝爷下南阳御驾三请，联东吴灭曹威鼎足三分。官封到武乡侯执掌帅印，东西征南北剿博古通今。周文王访姜尚周室大振，汉诸葛……

唱得有板有眼，可惜你是编草席的睡土炕，卖盐巴的喝淡汤，有那个心没那个命。跛子走上来挤兑铁猴：哼巴几句暖暖心窝子得啦，我这眼皮子老是跳，不是好兆头。

铁猴反感地瞥一眼对方：我看也是，你印堂发暗，颧骨塌陷，双目无神，两脚拌蒜，是要出阵乎，你这荞懵眼皮跳就是前兆，赶紧留下几句话，你没爹没娘没姊妹，你这身破大褂也值不了几个大子，你就直说吧，想让我把你这死翘扔到哪个乱坟岗子上?

跛子被对方贬损得差点七窍生烟,赶紧放慢脚步,让过对方的小推车,直骂臭嘴臭腚臭不要脸。铁猴看着筐子里的娃娃,心想,孩子,这里不是你待的地方,赶紧找到你干娘,我也了却这头子心事。

吉三奎一路上没开脸,一门心思赶路,大家看他整日的阴天,也没人敢凑过去搭拉话,就连平日里爱在他面前献殷勤的跛子,也知趣地躲着走,这个节骨眼上,挨顿臭骂不值得。

一路上急急往前赶,每天吃两顿饭,一擦黑就歇息,绕过城镇,专住村寨农户家,第二天清晨便上路,走武强,过饶阳,经高阳走进保定地界。

第十八章

数百里的路程,紧赶慢赶还走了十来天。这天上午,吉三奎带着大家来到保定府南十二里外的孙家庄。进村一打听孙二娘,无人知道,一提孙郎中,无人不晓。铁猴说,看看,开店的不如开药铺的。跛子答话,杀人越货的,和治病救人的正好反调盆。孙二娘人家那是除暴安良。铁猴瞪一眼跛子。

吉三奎顺着一位老大爷指的路,脚步轻盈起来,带头走在前头,不停地说赶紧地、赶紧地,终于找到正头香主,扔下这拖油瓶子,干咱的正事去,坐吃山空怎成,明天就得喝稀粥。

一行人来到孙家老宅,高大的门楼挺气派,青砖大瓦房,一拉溜五间,大门左右两侧坐着两个半大石狮子,两扇黑漆大门上镶嵌着两只虎头门环,一把大铁锁挂在铁门栓上。吉三奎上前,使劲按动虎头门环,砰砰砰,响声传到百丈外胡同口,接连敲打几十下,里面没动静。

铁猴撇嘴,心想,你这不二姑娘梳头多一抿子,明明上边挂着锁头,你还没命地敲,真够彪的。

吉三奎倒也没白敲,把孙郎中的后邻居砸了出来,从门里面走出一个白发老爷子,拎着拐棍气哼哼地站在吉三奎面前,拐棍一抬指着吉三奎说:

你有病吧，砸烂你赔得起吗？

吉三奎脸色铁青，嘴角直往上翘。跛子忙走上来挡在吉三奎面前，点头哈腰赔笑脸：爷爷、好爷爷哎，您老别生气，气坏身子咱担待不起，小的打听点事，还请您老多费心。

这几句话老爷子爱听，立马长脸变成圆脸，问道：小子说吧，你想知道啥？

您老可知孙郎中仙驾何方？咱给他送东西来，还请您老方便则个。

老爷子上下打量一下面前的拐子，穿得跟个讨饭花子似的，还臭拽文言，什么仙驾还何方，一土鳖郎中，不就出去走街串卖药方子去，冷言道：这可说不上，大半年前这院子就空了，送啥东西？不怕摔顺院墙撇进去，他家人回来我告诉他一声。

这可不成，这是活物，扔不得、扔不得。铁猴忙说。

既然是活物不能扔，你们就带回去喂着吧，也是，摔死可惜，别再敲，震得老夫心扑腾，好好的一个回笼觉，让你们给搅黄了。老爷子说罢气哼哼走进自家大门。

跛子冲班主摇头，不知孙二娘和前后邻居是怎么处的，显得这么生分。

都说远亲不如近邻，看这孙二娘的邻居还不如个外人。铁猴摇头。

吉三奎一看这情景也没辙，这叫个什么局，这倒霉的孩子撂不下可咋办，带着她走江湖混饭吃，那可是多大的麻烦。不由又埋怨起凌聚财和凌红飞，师哥师姐你们倒是省心，两眼一闭团圆去，把个不省事的娃子扔给我，我该你们的还是欠你们的，杂耍班子里，一个萝卜一个坑，哪有闲钱养张闲嘴。窝火加闹心，一时也没了主意。看看愣在胡同里的大家说：走吧，卖不了的秫秸，戳在这儿算哪门子事，赶紧地，到前街去撂地，弄顿晚饭。

铁猴望着高高的日头，知道来了麻烦，吉大班主根本就没打算吃午饭，红玉咋整，孩子可撑不到时候。

十几个人来到前街一棵大树下，那棵秃得只剩下树杈子的大树上，挂着一个水桶大的铁钟，一根铁链子绕过树杈，勾在铁钟的腚门上，离地面两丈多高。

今天大家可别留后手，使劲耍把。吉三奎对大伙儿说：挣不够饭钱，就只能挨饿，早知道是这样，咱溜达这一趟干屁，跛子，赶紧敲锣吆喝，你是等着天上掉铜子儿吗？

铁猴放下车子，把红玉抱下来叮嘱：坐在这儿别动，当心坏人把你抱跑，听到没有？

红玉眨乎着一对小眼睛说：猴叔，俺不动。

铁猴瞥一眼吉三奎，边收拾道具边嘟囔，早知道尿炕，你就不睡觉，放这马后屁有啥用，我看你就没安好心。

大家各自准备各自的，走大绳的，搭架子拉大绳，表演武术的，把刀枪剑棍棒检查一遍。还有蹬技用的大小坛子，油布雨伞，小凳子，小梯子。变戏法的收拾自个的包袱。

吉三奎转一圈，见大家收拾停当，只等上来人就拉场子。扫视周围，大街上没几个人，有两三个拎着马扎子的老头儿老太太，还有一个牵着狼狗的小少爷和一个用人。跛子卖力地敲着锣，哐哐、哐哐，大有砸漏的劲头。

吆喝啊，你是瘸子不是哑巴。吉三奎骂道。

跛子对付着：吆喝给谁听啊，连个人毛都没有。

那几个拎着马扎的老人来到大树下，坐下来望着这帮人，显然这是看热闹的，压根就没打算往铜锣里扔铜子儿。那位十几岁的牵狗少爷，把狗绳子甩给用人，两条腿左右一劈骑在大狼狗背上，向大街东头走去。

这种场面令吉三奎失望，这么大的村子，咋就没人出来看玩意儿，是锣声太小听不到？他急中生智，抄起一根扎枪，使劲抡起来，只见那铁扎枪头往大铁钟上砸过去，当当当当……这声音够响亮，传到村里各个角落。

那骑狼狗的少爷听到钟声，马上跳下来往家中奔去。用人牵着狼狗紧紧跟在后头。铁猴听到洪亮的钟声，感觉不好，村前挂着的这口大铁钟，不可能是个摆设。果然，坐在大树下的几位老人，忙站起来大呼小叫，别砸、别砸啦，这是能瞎砸的吗？赶紧停下，你闯大祸啦、闯大祸啦，赶紧跑吧。

吉三奎扭头一看，从胡同里窜出二三十个人，拎着大刀、长枪、棍棒，向村前奔来。铁猴一把抱起红玉大喊：风紧，扯呼！带头向村外跑去。十几个人随手抓起地上的东西，像刮风一般，卷出村庄。孙家庄那伙人，撵出二里多地才折回去。吉三奎跌坐在地上喘粗气，歇会儿、歇会儿，没事了。

大家赶紧检查各自的东西，还不错，基本上没少啥玩意儿，都明白，扔掉混饭吃的家伙什，便没本钱在班子里待下去。铁猴的双梁车子没来得及带出来，扔在大树下。红玉没有车子坐了，想到此，不由埋怨起来：三哥，你也忒急性子，那口大铁钟是谁都能敲的吗？幸亏咱腿脚利落，若被人家抓住一个俩的，可就得砸锅。

吉三奎不屑地看一眼对方说：站着说话不腰疼，这十几张嘴咋办？还不得老子去想辙，都起来，到前边村里踅摸踅摸，都精神着点儿。

跛子情绪低落，刚才那一幕着实凶险，他已经做好挨揍的准备，就自己这腿脚，怎么能跟得上这些人。吉老三差点把自己害死，戳了马蜂窝，他一抬腿蹽了，这干得是人事吗？这人真不咋的，以后得小心点。

大家走进一个叫王家铺的村子，村子不大，院落修建得稀稀拉拉，铁猴凭经验看出，这是一个杂姓村，顶多不过二三百口人。吉三奎带着大伙儿从村北穿过，来到村南，东拐西拐，没见到一条像样的街道，只好在村头一块空地上停下来。

跛子从包袱里取出铜锣和鼓槌，先试着砸了两下，真有点一朝被蛇咬，十年怕井绳。

瞧你个怂样，像吃了烟袋油子。吉三奎骂道。

跛子一翻白眼，你吃了豹子胆，还不是溜的比谁都快。哐哐哐哐，锣声很快传遍整个村子。这次跛子没白费劲儿，从胡同里走出七八个老人，领着娃娃，抱着孩子，拎着马扎，走上前来。

铁猴一看心又凉了，这些人是看热闹的，看这穿戴打扮，就是喝稀粥就咸菜的主儿，跛子你又白忙活。铁猴拉着红玉，连包袱都没打开，今儿没戏。

跛子有气无力地扯着白口儿：各位叔叔大爷、婶子大娘，俺们是山东宁津野竹李人氏，来到贵宝地，还请大伙赏个仨瓜俩枣。这人过留名雁过留声，人不留名，不知道张三李四；雁不留声，不知道春夏秋冬。只因为老家夏旱秋涝，没收成，不得不流落江湖，撂地卖艺讨口饭吃。

吉三奎用眼剜着对方，颠三倒四的，像个蔫蔫萝卜，怎能拉得住看客。果然，那几个抱孩子、领娃娃的人，向四下散去。剩下两个坐在马扎上的老人欠起屁股，也要走人。

吉三奎望着散去的人，抬头看看天空，大太阳已经向西落下去，兜里没有半个铜子儿，赶紧招呼大家收拾东西走人。

红玉伸出舌头，舔舔干裂的嘴唇，小手抚摩着瘪瘪的肚皮，小声说：猴叔，俺饿。

铁猴蹲下来背起对方说：红玉乖，听话，到前边村里猴叔给玉儿找吃的，不由一阵酸楚，想起了凌班主。从孙家庄跑出来后，吉三奎再也没有搭理红玉，不知道他是怎么想的，这毕竟是你师哥师姐的孩子，再往近里说，是你师父铁掌凌的外孙女。一日为师终身为父，你跟师父学艺十几年，就凭你刚才独自逃命，红玉今后便没好日子过。

吉三奎怎么想的，铁猴确实不知道，跛子心里明白，他走到铁猴近前，手指拨弄一下红玉的脸蛋，嬉皮笑脸地问，饿不饿，听到你肚子里的蝈蝈咕咕叫啦。

坏蛋，大坏蛋。红玉冲对方说。

铁猴厌恶地说：跛子不是我说你，连吃屎的孩子都骂你不是东西，你这是咋混的人缘，找个地缝儿钻进去得了。

小东西，别嘚瑟，我看，你好日子到头了，等着瞧吧。跛子一瘸一拐地超过铁猴，回头冲红玉做一个鬼脸。

铁猴两手倒背着往上托托红玉，一颗心沉下去，预感不好，这是要出事。

吉三奎走在大家前头，把大家带到一个小镇前。此镇叫白马坡，镇头百丈处有个木头牌坊，名字镌刻在那块大牌匾上，三个隶书大字苍劲有力。吉三奎等十几人在牌坊前停住，十几双眼睛盯着牌匾上的三个字，在相面，无人能解释出道道来。吉三奎跟着师父铁掌凌，也算认识一箩筐大字，看得他直摇头，前后左右一马平川，坡在何处？

铁猴读过几年私塾，班子里无人知道他的底细，父亲是一镖局镖师，十三岁那年的三十晚上，一家三口在家中歇息，午夜时分一伙人冲进家门，挥刀一顿胡砍乱剁，父亲用功力震塌大炕，掀起炕席把铁猴塞进炕洞，夫妻二人死于非命，保住儿子一条小命。铁猴从此流落江湖，时刻没有忘记报杀父之仇，多年来多方查找，均无果。白马坡这地方他从未听说过，凭直觉这不是好去处，起码不是自己这伙人应该进去的地方，忙劝阻：三哥，你看，左边有一个村子，要不咱去那儿看看，兴许能有活儿。

跛子一路上颠得够呛，不想再跑路，冲着铁猴嚷嚷道：眼前就是地儿，干吗舍近求远，你这不脱裤子放屁吗？你想累死大伙啊，你问问谁还愿走，金枝你愿意走，银枝你还想走？

几个人连连摇头。跛子接着损铁猴：你个石头缝里蹦出来的石猴子，驮着个石碑都不累，真牛逼。

铁猴本不愿意在这节骨眼上发火，对方这句话着实不中听，骂自己几句也就算了，还把凌班主的女儿捎带上，看来不弄他两下难以消气。背上虽然驮着红玉，但没影响他的功夫，就地一个急转身，飞起一脚踢向跛子的下巴。跛子吓得大喊大叫，还是慢半拍，扑通一下倒在地上，嘴唇咬破，疼的呜哩哇啦直叫唤。

吉三奎大喝一声，行啦，赶紧进镇子。带头向镇里走去，大伙都跟上去，铁猴冲跛子吐一口唾沫，找死！往上颠一下红玉，快步跟上去。跛子从地上爬起来，衣袖抹一把嘴唇，气哼哼地向前走去，啥玩意儿，三句话不顺心就踢蹬猴腿，走着瞧！

白马坡只有一条东西大街，大街两侧是杂货铺、茶馆、酒肆、客栈、大车店等。大街有一里多地长。镇子南北也不算厚，有些胡同南北通透。吉三奎从东头走进去时，就感觉出哪儿不对劲儿，给人一种越走越往上的感觉，也看不出有斜坡，但就是感觉在上坡。铁猴背上背着孩子，脚步自然沉重些，上坡的感觉比一般人强烈。奇怪，在镇外面看不出什么，怎么走进来会是这样子？

跛子从后边拐上来，冲铁猴一龇牙：猴子，你不是窜过巾门子（占卦看风水）吗？瞧瞧这里有啥门道，我看够邪乎。

铁猴扫视四周，大街上行人稀少，说道：看来你不止腿瘸，心眼儿也瘸，嘴下留点德吧，小心敲掉你的门牙。

跛子一咧嘴：噢，是我记错，你走过柳门子（梨园戏班）。

不知吉三奎在说谁：英雄也不能问出处，巾皮彩挂，都得有拿人的地方才行，要么别在江湖上混。

当大家走到大街中部时，一个酒馆出现在面前，红玉兴奋地指着门前挂的幌子大声说：孙奶奶在这里。

吉三奎铁猴跛子等人的目光，也落在一根竹竿高挑的幌子上：孙二娘酒馆。吉三奎不由一怔，真是踏破铁鞋都找不到，正主竟然就在眼前，我把孩子给你送来了，不说千里迢迢，那也是三五百里，你总得管一顿饱饭吧。

眼看日落西山，一天来水米未进，大伙儿的肚里早已咕咕叫。跛子从包袱里掏出铜锣，准备拉场子、吆喝人。

吉三奎忙摆手：得得，别咋呼，有人管饭。

就这儿？跛子产生疑问：三哥，我总觉得蹊跷，孙二娘怎会把酒馆开在这里？这不会是那个、那个？他想说黑店，这白马坡令人起疑。

铁猴有同感，既然开得是酒馆，咋看不到小二接客？

管他黑白，填饱肚子再说，走，进去。吉三奎边说边往里走。

红玉挥动小手嚷嚷着，奶奶，宝儿干娘，红玉来啦。铁猴把她放下来，跟在红玉后边走进酒馆。

酒馆不大，里面放着四张桌，每张桌周围摆放四条长板凳。桌子中间放一只茶壶，茶壶周围扣着四只茶碗。一个中年妇女站在柜台后边，面无表情地看着进来的人。

红玉跑到柜台前大声问：奶奶呢？宝儿干娘呢？红玉来了。

中年妇女送给红玉一个冷脸蛋：回你家找去，这儿只有我孙二娘。

我奶奶就是孙二娘，你不是孙二娘。红玉拉着哭腔说。

从后厨走出一个中年汉子，腰间扎着黑乎乎的围裙，两只手在围裙上抹擦着大声说：喂喂，看好孩子，谁是掌作的，想吃啥？

铁猴一直不动声色地注视这周围，四张桌，四条凳，四只茶壶，四只茶碗，这是啥意思？四和死是谐音。从后门走进来两个年轻人，来到柜台前和中年妇女说几句，便坐在靠墙的桌旁。这酒馆四个人。

吉三奎等人分坐两张桌周围。铁猴走过去抱起红玉，回到桌旁说，先吃饭，吃饱再找奶奶去。红玉一头雾水。试想，连大人们都弄不明白的事，她一个娃娃怎能弄懂？只好眼巴巴地望着柜台里那个凶巴巴的女人。

吉三奎闯荡江湖多年，不缺乏江湖经验，一进门便明白这酒馆绝不是黄家镇上孙二娘开的，说白了不过就是个重名。看样子，此孙二娘不比彼孙二娘差哪儿去，看那一脸横肉，割下来能炒一盘大菜。再看看自己这些人，一个个都饿得绿眼珠子，哪里还有劲儿去撂地，平时能翻十个跟头，现在恐怕翻上两个就得趴架，先填饱肚子再说。

他对中年汉子说：先上两屉包子，每人两碗热面汤。又对大家说，包子管够，别留肚子，吃饱好干活。

中年汉子看一眼中年妇女，喊道：好嘞，两屉包子，每人两碗热面汤，稍等。中年妇女没动地儿，站在柜台里面像个泥人一般，对那两个年轻人一摆手。两个人走进后厨，很快，端出两屉包子，放在两个桌上。

还没等把热面汤上齐，笼屉里的包子已吃掉一大半，再看大家那个吃相，简直就是狼吞虎咽，每人都是左右开弓，一手抓一个就算是给对方留面子。跛子左手往嘴里塞，右手抓住三个包子。

铁猴右手也抓了三个，他是怕红玉吃不饱。红玉饿坏了，一气吃下去三个包子。柜台后面那中年女人，冷冷地望着这一群吃客，穿着破衣烂衫，看搁在墙边那些家伙什，是一伙打把式卖艺的，再看这吃相，八辈子没见米面似的。

不一会儿，两屉包子被大家装进肚子里。吉三奎又喊道：再来两屉包子，刚才是塞塞牙缝。

中年汉子扫一眼桌上的空笼屉，赶紧上来端走：再来两屉包子，开店不怕大肚子汉。

金枝对银枝小声说：别吃撑着，跑不动。抓起两个包子塞进衣袋里。银枝也抓起两包子往衣袋里装。

不到一袋烟的工夫，十几个人吃光笼屉上的包子，喝光碗里的热面汤。吉三奎站起身来对大家说，吃饱喝足，赶紧去干活，跛子，别怕把铜锣砸裂，动静弄大点。

大伙儿听班主这么一说，站起身往外走。跛子像怕染上瘟疫一样，瘸着腿挤出门框。铁猴忙把红玉抱起来，吉三奎上来一把夺过去，右手拎着红玉的肩膀来到柜台前，去找你奶奶！拎起来墩在柜台上，对中年妇女说：不用找零头。转身就往外跑。

中年妇女大喊：想吃白食，你来错地方，连老娘的店也敢忽悠，活腻歪啦，大狗二狗抄家伙，一个也别让他们跑出镇子。

两个年轻人抄起棍棒追出去，中年男子也拎着两把菜刀冲出来。中年妇女右手拎着红玉的衣领子，来到门口，望着冲向大街的十几个人冷笑。

红玉哇哇大哭起来，猴叔救我啊！猴叔你不管红玉啦。

吉三奎边跑边喊，扯呼、扯呼！大家顺着来路窜出镇子。铁猴是最后一个跑出来的，不是跑不过大家，是在犹豫不定中跑出门的，他想把红玉带出来，但又怕被对方抓住，如果当了吉三奎的替罪羊，那可不值得，只好跟着大家先躲过这一劫再说。

中年汉子身子重，脚步慢，两个年轻人把吉三奎、铁猴等人撵个前后脚，眼看就冲出镇子，吉三奎对铁猴说，看来不动点真格的，还真不成。脚步一慢，身子一晃把一个年轻人闪一下，飞脚踹在对方肚子上，年轻人立马蹲在地上。铁猴伸手抓住另一个年轻人的齐眉棍，一个漂亮的猴子爬杆，身子飞转大半圈，两条腿夹住对方的脖子用力一拧，对方摔倒在地。然后，两个人去追赶大家。

第十九章

白马坡，孙二娘酒馆，在这镇上开了一百多年，几代人经营酒馆，赚不下大钱，发不成大财，吃喝用还是够的。孙二，就是掌管后厨的中年人，二十多年前娶下大街对过开茶馆掌柜的女儿，有氏无名，爹娘管她叫二丫头，后来嫁给孙二，街坊邻居叫她孙二嫂；随着年龄增长，顺口被大家叫成孙二娘。二人年过不惑，膝下无子女。孙二有个嗜好，爱划拉几把（赌牌），经常晚上不着家，一擦黑就开溜，天放亮才回来。孙二娘性格内向孤僻，长时间独守空房，炼成好酒量，一壶老白干下肚，不耽搁干事情。两人急眼就掐，动手是家常便饭。那些拼凑的桌子面，接绑的凳子腿，豁牙露齿的盘子碗，就是两人吵闹的见证。

两个人都这德行，这是那两个年轻人的原话，属狗的，翻脸比翻书都快。话不投机，便大打出手，拳头巴掌是小菜儿，摔砸打是家常便饭。有时两人好得像一对鸳鸯，形影不离不说，还干出一些不入眼的事情来，不管是厨房卧房，不管地上炕上，不管后园子菜地，还是在院墙下，舒心了就干，好在二人不怎么咋呼。有一次两个年轻人议论这事，被孙二和孙二娘着实地抽了一顿。从此二人只要一看见孙二两口子压摞，就赶紧躲一边去。

这两个年轻人也不是外人，一个是孙二的侄子孙虎，一个是孙二娘的外甥许六，两人二十出头，经常来店里帮衬，混顿饭吃，孙二两口子也不给工钱。

三个男人累得气喘吁吁，返回酒馆。孙二娘望着两张桌上，乱七八糟的碟子碗筷，大骂：臭不要脸的溜子，竟敢吃老娘的白食，让老娘逮着你们，非剁下你们的脑袋来喂狗。说着一把拉过红玉，伸手就是一耳光，红玉脸蛋上立马出现五个手印。哇哇，红玉大哭起来：奶奶啊、孙二娘是我奶奶。

啪，又一耳光，孙二娘大骂：老娘有这么老吗？连儿子都没，哪里来的你这野种孙女。

孙二双手在围裙上擦擦，劝道：别扇、别扇，拍死她这顿饭钱谁来还，他们不是用这个小杂种抵饭钱吗？那就让她干活，咱这不白捡一个小工子嘛。

孙二娘呸一声：真是个棒槌，怪不得牌局上您老点炮，这点账都算不过来。他们这四屉包子，二十四碗热面汤不是石头缝里蹦出来的，就让这小兔崽子抵债，待几年后长出模样来，卖到窑子去，到那时才是赚的。

对对，还是娘子账上明白。孙二立马对红玉呵斥道：过去，把桌子收拾好，桌面抹干净，然后把碗筷刷完，再把泔水桶倒掉，再把——

红玉听得迷迷糊糊，哪里干过这些活计？望着两个凶神恶煞般的大人，目光里流露出胆怯和极度的陌生感。猴叔跑了，不要红玉，爹娘装在大木箱里，埋在大土坑中，没人再能管自己。她虽然没弄明白，为什么大家吃饱饭就跑没影儿，但还是从孙二娘的话音里听出点眉目来，大家吃的这顿饭没给钱，要拿自己来抵饭钱。自己值这么多钱？看来是不值，要不怎么孙二娘打骂自己，还说以后要把自己卖到窑子里去，能卖个好价钱，窑子是啥地方？自己能卖多少钱？

天黑下来，柜台上放着一盏油灯，灯头绿豆大小，像鬼火一样上下跳动，左右摇摆。白马坡安静下来，酒馆里已无食客，大门敞着，孙二娘和孙二，孙虎和许六坐在桌前吃饭，饭桌上摆着两碟咸菜、四碗热粥，吃的是中午蒸的包子。

红玉蜷缩在黑灯影里，瞪着惊恐的眼睛，盯着四个人那一张一合的嘴，蓝花小褂已经被泔水汤污染脏，舌头舔着干裂的嘴唇，小声说：孙奶奶，俺饿。接连说几遍。

混蛋！孙二娘骂一声：再告诉你一遍，我不是孙奶奶，是孙二娘，再乱叫割下你舌头喂狗。

消停一会儿，等我们吃完，你再塞饭。孙二打着饱嗝说。

孙虎和许六吃得快，一抹嘴巴，站起身来走出去，两人对视一下，这倒是省了事。孙虎说：以后不用咱俩收拾饭桌子。

许六答话：好倒是好，但愿这孩子别被这俩人整死。

这倒也是，你说这伙人也真够缺德的，吃霸王饭，拿一个屁大点儿孩子抵饭钱，真够损的，这孩子指定他们捡来的，要不怎能这么狠心。

孙二娘夫妇吃罢晚饭，把碗筷一推，对红玉说：过来吃吧，把这半块包子吃了，把黏粥碗舔干净，省点儿水。

红玉等二人离开饭桌后，慢慢凑到饭桌前，饭桌上，剩下半块包子，两筷头子咸菜。她抓起半块包子塞进嘴里，使劲咀嚼着咽下去。饭桌上再也没有干粮，她把四只空黏粥碗，一个一个地往一只碗里倒，怎奈到了深秋季节，房间里凉飕飕的，即便有点碗底子，此时也僵住。她只好按照孙二娘说的，用舌头去舔粥碗，小舌头就像一把小刷子，舔完一只再舔另一只，黏粥粘在小脸蛋上、鼻头上。费劲巴拉把四只饭碗舔干净，倒也能搜刮下几口黏粥吃。

肠子还闲着大半截，没办法，再也没有可以吃的东西，这才把饭碗端到后厨房的大盆里，先把桌凳收拾好，抹干净，再回过头来刷碗，然后还得把泔水，一瓢一瓢舀到泔水桶里。她使劲拎两下没拎动，又把泔水舀回到大木盆里，剩下一半泔水，这才一点点挪动到门外，倒进另一只大桶里，来回折腾三次，总算把后厨房里的泔水倒完。

睡觉的地方很简单，孙二娘夫妇住在北屋东间，外间是锅台连着大炕，每天傍晚时分，孙二娘都要往锅灶下面添几把柴火，暖暖大炕。红玉来了，这活计就交给她干。锅台周围暖和些，红玉就睡在锅台一侧，孙二娘倒也有几分怜悯之心，从橱柜底下掏出一床破褥子，还有一个破棉袄，这棉袄有些年头，前胸和后背上，都有一个海碗大的圆圈，圈里面写着一个大字：狱。无从考证这是哪个年代的玩意儿。这两件东西，成为红玉的救命稻草，没有它们，这个冬天没法过，冻死都没得商量。

红玉连着几个晚上都是在惊恐中度过的。

孙二娘两口子睡觉不老实，哼哼哇哇乱叫不说，扑扑楞楞还闹动静。这天晚上九点多，孙二喊，打烊！孙虎赶紧关门上板，然后对红玉说，该你了。

这时，孙二已不知去向，镇子上的赌窝子有好几个，后院的后门从来不插门，是给孙二留的。红玉赶紧凑到桌前，开始胡乱往嘴里扒拉饭食，有时倒也能在残汤剩饭里，捯几口可口的饭菜，也许是饿的时间太长，吃啥都香。孙二娘骂道：撑死你个小兔崽子，赶紧收拾，弄完死觉去。

红玉不敢怠慢，动作却也不敢太快，上次打碎一个盘子，被孙二娘狠狠收拾一顿，现在屁股上还留着炉钩子抽的血印子。孙二娘坐在柜台里，一壶老白干，一碟花生米，自斟自饮。这是她的最爱，她就喜欢一个人坐那喝酒，喝到兴致处，还能唱几句，听得红玉起鸡皮疙瘩，那调子很特别，从来没听过，戏词也随口就来。

这时，她右手食指和拇指，捏着小酒盅子喝一口，左手从盘子里抓起几粒花生米塞进嘴里，立马上来兴致，一阵粗犷的声音从喉咙里喷出来，吓红玉一跳。

老娘打马奔那西天，半路上遇见个孙二蛋，屁股不大玩意儿不小，熬干那个灯油黎明还。

红玉噗嗤笑出声来，这是啥玩意儿，京戏不是京戏，梆子不是梆子，有点像大街上的拉破头（讹人）的。

笑声引起孙二娘的注意，大声问：好听不?

好听、好听。红玉哪敢说难听。

过来，老娘赏给你花生吃。孙二娘得意地说，有人捧场，自然是高兴不已。平日里自己唱时，孙虎和许六那两个小子，不是走开就是瞎嘀咕。

红玉提心吊胆地走上来，伸出两个手指，从盘子里捏起两粒花生米，立刻倒退回去。平日里对方给她的黑脸和拳脚太多，她不想身体再增加疼痛，那滋味真不好受。她不能理解，也无法解释，两个孙二娘不但年龄相差甚大，脾气性格也相去甚远。她希望两个孙二娘能碰到一起，老孙二娘指定能把小孙二娘打趴下。想到此又泪水涟涟，奶奶啊，你快来救救玉儿啊。

等孙二娘吃喝完后，红玉才敢到北屋锅台旁歇息。一个时辰前，她已经把孙二娘的大炕烧暖和。孙二娘躺在大炕上，借着酒劲进入梦乡，刚说了一会梦话，就开始打呼噜，那呼噜打得是超有水平，一会儿吼吼叫唤，一会儿噗噗吹气，红玉从未见过这样睡觉的，一口气上不来，岂不憋回去，太吓人。

死鬼，上来！突然从里屋传来一声大喊。

红玉赶紧将破褥子蒙在头上。咣当一声房门被踹开，一个黑影晃悠进来，撩开门帘走进去，嘿嘿两声，说道：就来、就来，就上来。孙二在门外就听到孙二娘说梦话。今天手气不好，输光赶紧往回赶，憋一肚子的火气得撒出来，孙二娘就是撒气桶子。

一阵冷风刮进来，把外间屋那点有限的暖和气都放出去，本来两扇门板就不严实，透风撒气。红玉赶紧爬起来把房门关好。里间屋里已经开始折腾上，扑通扑通声传出来，不知道是谁把谁压倒，谁又翻过身来。不时传来打骂声，噼噼啪啪，弄死你个骚狐狸精！死鬼你有那能耐吗？今晚老子又扔了，得从你这找回来。水蛋尿裤的玩意儿，在哪儿你都得扔。

月光透过门缝钻进来。这是要出人命啊，红玉浑身哆嗦着，颤巍巍爬到里屋门口，轻轻撩起门帘一角，向里张望，朦胧的月光下，两个黑影在大炕上翻滚、较劲，骂声不断。这是干啥啊，一家人用得着这么拼命吗？打死一个，另一个不孤单啊？红玉实在是想不通，如果自己再大点的话，兴许还敢进去劝劝架，这要是打出来个好歹，血糊糊地躺在大炕上，自己还咋睡觉。

两人折腾好大一会儿，总算停息下来，一个说，臭婆子，灌了不少猫尿。另一个说，死鬼，歇菜吧，就这点尿性。呼一声，一团黑乎乎的东西飞过来，吓得红玉一缩头，啪嚓一声，那东西摔在门帘子上，若不是自己躲得快，那团东西便砸在自己脸上。

红玉忙钻到破褥子底下，很快，从里面传来呼噜声，刚才是一个人打呼噜，现在变成两人打呼噜，红玉在刺耳的呼噜声中，慢慢睡去。

第二天清晨，孙二爬起来走进后厨。孙二娘先在大炕上伸懒腰，然后穿衣下炕。红玉赶紧把破褥子和大棉袄塞进墙角里，小心翼翼地撩开门帘子，去拎那只瓦罐子，两人能吃能喝，尿了半罐子。

孙二娘指着地上那团东西说：拿去洗干净，凉在竹竿上。

红玉忙伸手去抓起来，黏黏糊糊地粘手，像抓住一块油抹布，她好奇地凑到鼻子前，一股难闻的气味呛得她一嗝，长大以后才明白，当年给孙二娘经常洗的那块油抹布，是孙二两口子擦屁股用的。

春节前后，寒风刺骨，门外飘着雪花。红玉在孙二娘酒馆已待一年多时间，虽然每日吃的是残汤剩饭，却能弄个七八分饱肚子，个子长高半头。手掌上裂开无数道口子，脸蛋皴得像蔫苹果皮一样。若不是熟悉的人，很难认出她是那个天真烂漫的小姑娘。这期间，她跑过几次，都被孙二和孙虎等人抓回来，少不了一顿狠揍。他们说，什么时候那伙人来领你，还上那两桌饭钱，你就跟他们走。孙二娘再也不提拿她抵那顿饭钱的事情。

从此，红玉日夜盼望着能有人来领自己。孙奶奶，宝儿干娘，猴叔，有时甚至还想到三叔也会来领自己。时常在梦里梦见，爹娘在那个大木箱里和自己说话。她坐在酒馆的后院里，望着天上飘的铜子儿大的雪花，念叨着，冬天快快过去吧，太难熬啦。她使劲裹着那个带着狱字的破棉袄，在漫长的岁月里，她等待着那渺茫的希望出现，一天又一天，一月又一月，在希望中等待，是因为希望还在她心底。

第二十章

时至光绪三十四年（1908）二月底，还未过十五，年味便已经远去。

白马坡的冬天和其他地方不一样，下在地上的雪一般情况下不隔夜，放眼周围田野里，还是白雪皑皑。这天晚上，孙二娘依旧坐在柜台里喝酒，还是老三样：一壶老酒，一碟花生米，唱着戏词。那壶老酒已喝下去一大半，她又来兴致。红玉知道，那令人难受的时刻就要到来，得小心伺候着。

老娘打马奔那西山，一声那个闷雷劈开天，小娘子一把抱住那个野汉——咣当一声传进来，一个黑影摔在门板上。孙二娘没有理会发生了什么，自顾自地唱下去：扯扯拉拉地进那房间。

寒风差点把油灯头刮灭，孙二娘伸出左手护住油灯头，这才抬眼望去，孙二那坨子赘肉从地上爬起来，嘴里往外冒血，踉踉跄跄走几步，总算站稳脚跟。

二指半站在门口指着孙二大骂：你个孙子，赶紧的，别怪我不给脸子，惹恼老子，拆掉你这王八窝子。

孙二娘这下坐不住了，二指半是白马坡有名的赌棍，因为欠赌债，让人家剁下两根半手指。看来当家的这关不好过，忙走出柜台赔笑脸：啥大事啊，惹二爷不高兴，来来，坐下喝两盅，我给你压压惊。说着往酒盅里斟酒。

滚一边去，臭娘们，还压惊，压你老子都没工夫。二指半冲着孙二横道：磨蹭啥，赶紧拿钱。

孙二为难地看着孙二娘，从对方目光里找到答案，无意中瞥一眼躲在角落里的红玉，上前一把拉过来，使劲往二指半面前推：这够吧，老账新账一起结。

二指半真就动了心，蒲扇般的大手，抓住红玉的脑袋，用力一拧，红玉不由自主地在原地转一圈，这娃子能干点活儿。再看孙二娘，是出名的不出血，这才说道：凑合着吧，当个牲口使唤还行。

孙二娘松口气，不知孙二又欠二指半多少赌债，这是拿这小妮子去填窟窿，只要不把我抵出去就行。冲红玉说：把棉袄脱下来。

红玉本来就冻得瑟瑟发抖，这破棉袄虽然不怎么暖和，但还能挡挡风雪，她用哀求的目光望着对方，希望能给自己留下这点东西，外面可是三九严寒。

孙二娘上前狠命将棉袄扒下来，说道：换东家了，快滚吧。

二指半一把夺过破棉袄摔在地上，谁愿意要这破玩意儿，孙二当年那些肮脏事，是不是想让老子给抖搂抖搂？老子没工夫。说完拉着红玉走出酒馆。

二指半拉着红玉往家奔，她紧赶慢赶也跟不上对方的脚步，被对方拉扯着，不时有腾空的感觉。她虽然不知自己为何被这个男人领走，但从三个人的对话和表情上，能咂摸出点滋味来，自己是被孙二和这个缺手指的男人做了买卖。从镇子中部一直走到镇子另一头，她被二指半拖进一个院子，推进北屋。油灯下坐着一个中年女人，在缝补衣裳。

红玉穿着一件小褂，紧绷在身上，这还是娘亲几年前给她做的碎花布衫，冻得脸发青，嘴唇发紫，站在房屋当中打哆嗦，说不出话来，两只大眼睛空洞无物。

二指半进门就开骂：孙二这个孙子，欠十两银子，竟然拿这么个玩意儿来糊弄老子，我一看见那臭婆娘就想吐，哪天我指定把她办了，办死她！

你最好别去招惹她，说不定她能办死你。中年妇女不屑地说。

二指半姓张，他老婆姓万,四十有六，身体虚弱，属于那种干瘦体型。她目光落在红玉身上那一刻，伸手把对方拉到大炕上，抖开一床棉被捂到对方身上，不停地嘟囔，作孽啊、作孽啊，看把娃冻得，你们还有点人味儿吗？孩子别怕，从现在起，跟着大娘过生活吧。

二指半瞥一眼老婆，说：这娃穿着棉袄，被那个母夜叉硬扒下来，就是那件在保定府大狱里穿的号衣。

张万氏从柜子里拿出一件旧棉袄，拍打两下放在炕上，对丈夫说：你死觉吧，反正我的话你不愿意听，剁你几根手指你不心疼，早晚让人家砍了脑袋去。我这辈子算倒了大霉，俺爹怎么就看上你这么个混子。

行行，别唠叨啦，耳朵里都起茧子了，天天唠叨这点破事，烦不烦？

我早就烦啦，但咱俩不还睡在一个炕上吗？真不知好歹。

看样子二指半有点怕张万氏，把头钻到被子里面去。

红玉在被窝里焐了好一会儿才缓过劲来。张万氏这才让她试试棉袄，穿上稍微大点，比那件带狱字的破棉袄好多了，这件蓝碎花棉袄是件正经玩意儿，穿上显得有个人样。张万氏端来一盆热水，把手巾涮一把，拧干后递给红玉：孩子，擦一把脸，然后跟大娘唠唠嗑儿。

红玉自打走出野竹李，何时有过这种待遇，眼睛里露出怯意，接过手巾，慢慢擦脸蛋。

张万氏是白马坡北六里地外万家铺人氏，娘家开着铁匠铺，万铁匠在十里八乡有些名气，不是因为他铁匠手艺好，是这万老头有一身好功夫，人缘也好，谁家有个大事小情，他都会出手帮助。在大家眼里他很仗义，这也是二指半怵头张万氏的地方，他惹得起老婆，惹不起老丈人。

张万氏靠种地为生，在镇北有两亩薄田，每年这点收成尚能填饱肚子，但却没有啥结余。若依二指半的性格，早就把这两亩地输光，他能把十六岁的儿子输给别人扛三年活，最后失去音讯。这二亩地他不敢动，怕被那万铁匠砸碎脑壳。

张万氏喜欢眼前这个女娃，自己的儿子生死不知，有个孩子伴在身边，也少了许多冷清。两人钻进一个被窝里，她把红玉揽在怀里：给大娘说说你是怎么来到这儿的？

红玉眨眨眼睛，在寻思是不是能把自己走过来的这些事，告诉给这位陌生的大娘。看着对方那善良的面孔，熟悉又陌生的眼神，像娘亲，又不是娘亲。张万氏抚摩着红玉的脸蛋，投过去亲切和信赖的目光，孩子说吧，大娘想听听你的事情。

红玉这才低声说：大娘，俺叫红玉，俺家在野竹李。

是黄家镇那边的野竹李村？张万氏一怔。

嗯，就是那儿。红玉不知自己说错什么，不敢再提野竹李三个字。

哎呀孩子，咱娘儿俩有缘，大娘老家在景州，景州到黄家镇也就是六七十里路，你们村到黄家镇不远吧？

俺不知道，会走小半天吧。红玉说：俺爹娘都被装进大木箱里，埋在那片大坟地里。俺爹娘都说让俺去找宝儿干娘念书，到保定府没找到俺奶奶，这不来到这白马坡吃饭，孙二娘赶走铁猴叔他们，把俺留下干活抵饭钱，晚上，孙二娘的男人，又把俺抵给短手指的人。说到这儿忙捂住小嘴。

唉，苦命的孩子，遭的这是啥罪。张万氏紧皱眉头：从今往后，你就跟着大娘过活吧，咱家有那二亩地，饿不死，你跟大娘种地咋样？等你长大后，大娘再给你找个好人家。

红玉连连点头，虽然她还不明白找个好人家是啥意思。大娘，俺能干活，俺也想念书，找宝儿干娘去念书。

好吧孩子，等开了春，大娘带你去找你宝儿干娘，保定府大娘去过哩。

红玉在张万氏家，好日子没过多久，二指半就出了大事。这天晚上，红玉和张万氏早早歇息。午夜刚过，二指半就被几个人架着，扔在房门口。门外的动静把张万氏惊醒，赶紧穿衣下炕打开房门，然后大喊，红玉快过来。

张万氏抱住丈夫的上身，红玉使劲抱住二指半的两只脚，二指半的屁股拖在地上，二人把他抬进房间。二指半胸口上有三个血窟窿，咕嘟咕嘟往外冒血，人已没气息。张万氏干号几声，昏了过去。红玉吓破了胆，不知干什么好，一会儿用小手给对方按摩胸口，一会儿使劲掐对方人中，折腾小半晌，张万氏终于醒过来，长出一口气，抹一把泪水，哭泣道：你个死鬼啊，就是不听劝，被人剁下三根手指，记吃不记打。这不，自个把路走到头，作死了，舍下我这孤老婆子，这日子可咋过啊？

红玉轻轻给对方擦眼泪，喃喃地说：大娘，还有红玉呢，俺能伺候你。

唉，咱娘俩是一根藤上的苦瓜啊，苦的比黄连还苦。

第二天，张万氏找来几个邻居帮忙，买来一口薄棺材，把丈夫掩埋。悲伤劲儿还未过去，债主又找上门来，五六个凶巴巴的汉子，手里拎着家伙，横气地踹开房门，把一张纸递到张万氏面前。

张万氏接过来看两眼，直摇头，她不认字。一个大头中年人一把夺过去，一抖落，大声说：你家镇北那二亩地归我啦，这是二指半按的手印，还有他的签名画押。

张万氏大脑嗡地一下，差点跌倒在地，红玉一把扶住她。她放声大哭，这个挨千刀的啊，咋不给俺留条活路啊，你死还要把俺带去啊。

大头中年人呵斥道：别号丧啦，要怪你就到阴间去怪你爷们儿吧，是他把这块地输给咱的，咱们走。几个人像一阵风般刮走了。

红玉不知如何是好，她经历过失去爹娘的疼痛，也经历过被人毒打的身体之痛，还经历过各种被扔掉被抵债的惊恐，却不知道用什么法子去劝慰大娘，只能任她大放悲声。好一会儿过去，张万氏哭累了，把心底的怨恨发泄出来，事情来得太过突然，让她不能不毛脚丫子，男人和二亩地一下子都没了，就是天塌了下来，让谁也受不了。男人是女人的依靠，土地是一家人的饭碗，依靠和饭碗都没了，她一下失去活下去的勇气，伸手从针线笸箩里抓起剪子，往自己胸口扎去。

红玉蹿上去使劲抱住对方手腕，剪刀一歪改变方向，刺中红玉的胳膊，鲜血顺着手腕流下来。她依然紧紧抱住张万氏的手腕喊着：大娘、大娘，别、别寻死啊，你死了红玉咋办啊？

是呀，自己死了，这孩子咋办？几声哭喊震醒对方。一低头，看到红玉手腕的鲜血，再看那滴血的剪子尖，赶紧扔掉剪刀，撸开红玉的衣袖，一道寸许的口子在往外冒血。忙转身到外间屋，从锅台底下掏出一把锅底灰，按在红玉伤口上，找出一块棉花套子敷在上面，然后用破布条缠上伤口。

嘴里不停地念叨着，傻孩子，你这是干啥啊？大娘活着也是受罪，莫不如一闭眼就去了。大娘，你一闭眼省劲儿了，红玉咋办啊，俺还等你领着去找宝儿干娘呢。张万氏一把将红玉揽在怀里，不由得又泪流满面，大娘也舍不得你，这里咱待不下去了，明早大娘带着你去保定府，找你干娘宝儿。善良的张万氏，抚摩着孩子的小脸蛋阵阵酸楚，这孩子真灵透，要不是刚才她死拉硬拽，自己可能已进了鬼门关，让孩子挨了一剪刀，很是心疼。

第二天清晨，张万氏把家里仅剩的一点粮食做成干粮，带在路上吃。饭后，领着红玉上路了。一路上，红玉跟大娘说个不停，就像很快就能见到亲人宝儿干娘一样，一会又说到金枝银枝姐姐，说到铁猴叔，却不提吉三奎半个字。

第二十一章

吉三奎、铁猴、跛子等人，一阵风般刮出白马坡，往南奔出十来里路才停住脚步。蹿得大家浑身是汗，十几人坐在地上呼呼直喘，好一会儿才歇息过来，跛子见几个行人走过来，忙上前打听道。

吉三奎等人在白马坡吃了一顿饱饭，把红玉扔下抵饭钱，一举两得：一得，填满瘪了许多天的肚皮；二得，甩掉一个烦人的包袱，郁闷了多天的心情一下好起来。

前边二十里外是祁州地界。跛子指着西南方向对吉三奎说。

祁州，我知道，那里有很多药行，做草药材买卖，很多人发草药的财，是个好去处。以后，兔子不拉屎的地方尽量别去。吉三奎招呼大家赶路，边走边和跛子铁猴说：从老家出来后，就一直不顺，都是那个死妮子拖累的，这次咱一定要好好干一票，把大车班再弄起来。

干一票？铁猴重复着对方的话。

这还不明白，就是干一把。跛子解释，但是，他也不清楚三哥是咋想的，只是这张嘴顺杆爬成了习惯。

铁猴听着不对劲，这不是春典，撂地是打把式卖艺耍玩意儿，不是一票子买卖，凭本事吃饭，看来吉三奎要动歪心思，得提防着点。

晌午歪后，一行人走进祁州。

祁州，是著名的草药材集散地，该地因草药而富庶。十几人扛着刀枪把子，背着包袱，慢悠悠走在大街上。街道两旁，生药行、熟药行、片子棚、成药行、客栈、酒肆、茶馆、大车店，还有钱庄、银号。用吉三奎的话说，这儿啥都不缺，此刻，他就缺一个挣大钱的法子。

跛子问：三哥，要不要寻地拉场子？

不急，先让大伙儿找个地儿歇歇，咱俩去转转。吉三奎对铁猴说：别进茶馆，咱可没茶钱。

铁猴忙说：早点回来，两顿没吃了，前心贴了后背。

吉三奎没再搭理铁猴，和跛子向前走去。

铁猴招呼大伙儿在一个客栈前的拐角处，放下东西，坐在地上歇息，等待吉三奎回来。这不是班主的性格，每到一地都是先拉场子，跛子不停地砸打（敲锣）吆喝。他俩这是转悠啥？

转悠啥只有吉三奎自己知道。二人走到大街中部，前边一家生药行门前挺热闹，不少人拎着东西往里走，前边的人穿戴阔绰，后边随从拎着礼物。从药行后院传出阵阵锣鼓声。跛子对这声音敏感，忙说：那家在办喜事。

喜事好啊，过去看看。吉三奎精神一振：一大早就看到那喜鹊在枝头上叫喳喳，好兆头。两人来到药行门前一打听，是药行张掌柜的老娘亲过六十大寿，亲朋好友前来祝寿。后院里请来梨园戏班，在唱折子戏《龙凤呈祥》。

管家老刘在门口迎接客人，老刘忙对一位中年人拱手施礼，韩掌柜里面请，我家掌柜正陪着老夫人说话。送进去一位客人，忙又对一老者施礼：范掌柜，失迎、失迎，请跟我来。对方身后，两位仆人抬着一个大盒子。

吉三奎对跛子挤眼睛，那意思跛子能理解，买卖来了。不一会儿刘管家走出来，吉三奎忙凑上前去套近乎，他刚才从对方话语中，听出此人有乡音。二人你来我往几句话过后，便认了老乡。刘管家是恩城人。吉三奎得知，这药行张掌柜祖籍德县，竟然和自己是连庄地土的老乡亲，此刻，他不敢再提野竹李，得拿黄家镇出来说事，在方圆数百里名气大，能人多。

吉三奎那拱着的手，始终保持原样，嘴上抹了蜜：刘管家，您老可能不知道咱吉家班，但您老指定知道黄家镇。

知道、知道，咱那一块哪有不知道的，黄家镇九月庙会，天南地北杂耍艺人，成帮结伙都来赶庙会，我去过不知多少次。

那您老能否给咱老乡一个机会，让咱也给老寿星耍个堂会，给老夫人的大寿助助兴，沾沾老夫人的喜庆，自然少不了管家您的好处。吉三奎满脸堆笑。

啥好处不好处的，见外了不是，老乡见老乡，两眼泪汪汪，再说，从黄家镇走出来的杂耍班子，我信得过。吉班主，这事我得禀报张掌柜，家有千口、主事一人，你稍等。说罢转身走进去。

吉三奎和跛子退到大门一侧，跛子把两人的对话听进心里，小声说：三哥，这么做好吗？俗话说，兔子不吃窝边草，朋友妻不可欺，这个……老乡骗老乡，没脸回家乡。

打住、赶紧打住，别嚼口条子，什么乱七八糟的玩意儿，光剩下一条破麻袋片子了，你还能有脸回家乡？穷得连丐帮都不收你，还装什么大头蒜，听我的。

那好吧，笼店码子（小偷）咱做不来。跛子不想把小命撂这里。

谁让你下手？把场子围拢好就成。吉三奎给对方吃定心丸：这事就咱仨知道，别抖落。

告诉铁猴？跛子问。

啥事能瞒得过这猴精。吉三奎一努嘴，刘管家走出门来。

吉三奎忙迎上去。刘管家一脸春风，笑着说：成了，老夫人听说家乡来了杂耍班子，甭提有多高兴，吉班主，赶紧跟我去见老夫人吧。

吉三奎一听脸上挂满笑意，忙说：初来乍到，也没给老夫人备点祝寿礼，多不得劲儿，看这事饥馑的，我还是先去备点礼物。

刘管家说：吉班主甭客气，只要你把本事使出来，让咱家老夫人高兴，比啥都强。

吉三奎本来也没打算去买东西，只不过就这么一让，做个样子罢了。忙借坡下驴，嘴里直倒赔，这多不好意思、不好意思。对跛子一摆手，跟刘管家走进院子。

跛子在白马坡受到惊吓，望着吉三奎的背影，不由得又肝颤，吉老三真不安分，又想走大绳，千万别出啥阵乎，自己宁可把嗓子喊哑，把手腕子敲麻，也不想让人撵得跟丧家犬似的。他回去把铁猴拉到一边，说出吉三奎的意思。其实，铁猴早已看出来，吉三奎是想走偏门子（歪门邪道），他明白翻门子掏窟窿（溜门撬锁）吉老三在行。他是班主，自己能说啥，收成好，跟着沾光；出娄子，跟着沾包，自己就是这种贱命。

老夫人坐在太师椅上，正在看京剧《龙凤呈祥》。刘管家把吉三奎带到老夫人面前。吉三奎一张嘴，便拉近和老夫人的距离。

哎哟，看看，这地方真小，能碰上连庄地土的老乡亲，俺德县离你黄家镇几步道，俺在家时，经常到黄家镇去赶集，尤其是到九月庙会那阵子，俺去就得待两天，俺表大娘她三姨就是那村的，猴市弯、杂耍场、和尚坟、奶奶庙，还有那个好吃的长官包子大柳面，俺最爱吃长官的包子。说到此，老人家竟吧嗒吧嗒嘴。

吉三奎心说，这老人家熟悉黄家镇不比自己差，今儿得万分小心，一句话不搭茬，可能就得砸锅。忙说：老夫人，你看咱耍几场，三场成不?

成、成，咋不成，来到咱这儿我说了算。包吃喝，不管住，每场这个数。老太太伸出三个手指一比画。

老太太是个明白人，够大方，这倒让吉三奎有点不落忍，他倒希望对方对自己苛刻一些：成成，就按老夫人说的，明儿上午开场，咱不碍人家戏班子的事吧?

这有啥，各耍各的，越热闹越好，图的就是个喜庆、周全、圆满。老夫人一高兴，伸左手从右衣袖里摸出一块银子递过去：拿着，喝酒去吧，大老远来看我，见面有份，明儿使劲耍吧，别砸黄家镇的招牌。

吉三奎赶紧接过来，就像接住一块烫山芋，心里多少有些不是滋味，还没咋地就拿了人家的赏钱。他恨不得立马奔出祁州城，再也不想见到这位老夫人一家子。他不停施礼感谢，退后几步，转身离开张记药行。

晚上，吉三奎让大家住进一家大车店。他用老太太送的那块银子，买来一些窝窝头和萝卜咸菜，喝着大车店不花钱的白开水，解决了晚饭的问题，还剩下一点银子，准备解决明日早饭，早饭吃不饱可不成，大家要用劲折腾一上午。他对大伙儿说，早歇息，明天要可着劲地卖力气，谁也不能给我跑范儿，弄二乎范儿（动作要领），咱初来乍到，可不能给吉家班丢脸，一炮打响后，接下来就好说了。跛子，你得好好卖卖力气，那把硬轰子（锣）生锈了吧。铁猴，你查活（编排）仔细点儿，先武活后文活，压轴子上气功。

金枝低声说：吃个半饱，咋干活儿？

银枝也说：走一天，半个窝头到哪儿。

吉三奎安抚大家：睡觉用不着多大力气，赶明儿一定让大家把瘪拉肚皮撑起来，我说话你们还不信？

铁猴真就不信，等大家躺下后，他歪着脑袋问吉三奎：三哥，和那家药行掌柜的没拉走板吧，啥价码？

这个数，成不？吉三奎伸出三根手指。

成！咱是挠一把就溜，还是多整几日？

吉三奎低声说：明天上午，大家玩命地耍把，傍晚时这样……

铁猴听罢一惊，原来吉三奎团拢这么大一个雪球子，自己就像走在大绳上边，一旦踩空，便摔个半死不活，忙提醒对方：三哥，你可得团拢好，别出岔子，咱这么多人。他立刻想起白马坡。

放心，你三哥啥时丢过份子。好生歇着，咱虽不是诸葛孔明，但这点小计谋还是有的。等过去这个坎儿，你们就跟着吉大车班，进西安城，咱得去兴隆客栈的张掌柜那儿讨个回执（送货费）。

第二十二章

第二天早晨，不用吉三奎吆喝，十几个人都主动爬起来，梳洗打扮，这可是近一段时间里重要的活计，很久没有接这样的活，大家心里都憋着一股子劲。从在孙家庄碰壁，到王家铺子被撵，再到白马坡被追打，这一路走过来总是在水里泥里扑腾，没个顺茬儿。今天好不容易寻个显摆的场，上堂会可是满兜赚的买卖，大家想的是多少能分两个，起码能润润舌头、荤荤肠子。

早饭，自然还是窝窝头就萝卜咸菜，喝白开水，不过要比昨晚好些，能填饱肚子。吉三奎叮嘱大家：今儿这头一炮一定要砸响，张记药行后院里不光咱自己，还有一出京戏，人家也是有名气的戏班子，咱的气势可别让人家砸下去。

那是，这个两虎相争，必有那个……

得得，不会说话就掖着臭嘴。铁猴打断跛子：这叫争奇斗艳，懂吗？

对对，铁猴说得在理，就是这个意思，两个台子一东一西，哪边好看，看客自然就往哪边跑，若是咱这边的看客都跑到人家哪边去，那这合子（包银）可就打折扣了。

大家听到此，七嘴八舌大声说起来。请好吧班主，现在不使劲啥时使劲，指定把对方比下去。班主你就放心吧，小河沟子翻不了船，咱又不是头一回。上京城、下天津卫，那都是脚面水，平蹚。

行了，别吹啦，不怕吹破砸脚面子。吉三奎见大家越说越离谱，赶紧打住，啥上京城下天津卫，你们谁去过？甭在关公面前耍大刀，我还不知道你们那两下子，赶紧地，收拾家伙什，丑话说前头，谁耍砸了，我让他立马滚蛋。

大家大眼瞪小眼望着吉三奎，班主翻脸比翻书都快。

吉三奎一看把大家闷住，得意地走起锣鼓点，锵嘁锵嘁、锵嘁锵嘁，突然来一个小翻，然后起身向前走去。

张记药行后院，宽阔约有一亩地，两边偏房是草药材仓库。东边搭建起一个戏台，西侧并没像吉三奎说的那样也有戏台，只是把空地平整一下，后边拉起一大块帷帐，前边摆放一些小板凳。算是老夫人给老家来的杂耍班子准备的耍把场地。老夫人身旁摆着一张小桌，身后站在用人，另一侧坐着他儿子张掌柜。

跛子这次不像往常，拎着铜锣使劲砸打，怕惊扰着老夫人，站在前场扯白口，都是些换汤不换药的玩意儿，不知每日要重复多少遍：

各位大爷大娘，各位叔叔婶婶，各位兄弟姐妹，俺们是宁津黄家镇人氏，今天来到贵宝地，为的是讨口饭吃。只因家乡夏旱秋涝，颗粒不收，不得不流浪江湖。常言道，在家靠父母，在外靠朋友；无君子不养艺人，无善家不养僧道。请各位父老乡亲多多捧场，有钱的捧个钱场，没钱的捧个人场。看着好了你赏几个铜子儿……

刘管家一听不高兴，咋的，你还想拿双份的？不是我们家老夫人包场吗？走上前去指点着跛子质问。

跛子赶忙改口，是小的不是，说走嘴，各位父老乡亲，今儿你站在这儿，就是捧场啦，就是给面子。

张老夫人对刘管家一摆手说，行啦行啦，他想说啥就说啥，俺有些年头没听这样的白话了，听着就亲，你说，继续白话。跛子怎能不明白对方的心思，这位老太太乡情观念很重，今天不就是耍给她看的嘛，想到这里马上又张嘴溜话起来，只是有点替吉三奎脸红。

光说不练嘴把式，光练不说傻把式，连说带练真把式，说得好，练得精，才对得住众位的火眼金睛。下面让铁猴师傅给咱耍一趟泼风刀。众位看客的眼球被吸引过去，猴子耍大刀，很多人没看到过，一定是很精彩。

跛子退到一边，铁猴两手握住两柄单刀，连滚带爬地上了场，嗖嗖嗖，挂动风声，只见刀光影，不见其人，刀光把人罩住，闪亮的单刀片在阳光照射下刺眼。张老夫人连连点头，她是见过世面的人，过去在黄家镇看过不少武术表演。那团刀光影，一会儿从东滚到西，一会儿蹿起几尺高。擅长表演飞叉的小北风，端着一盆棒瓤子走上来，冲着那团刀光影泼上去，突然，无数棒瓤子，向四下里飞去，很多棒瓤子被锋利的刀刃砍碎。

好！张老夫人带头叫好。瞬间叫好声一片。

突然，那团刀光影不见了，一个手持双刀的后生站在大家面前。铁猴手握刀柄，刀尖朝下，抱拳给大家施礼。

随后上场的是小北风，他耍飞叉有一手绝活儿，就是可以把飞叉甩起两丈高，待落下来，离地面三尺高时，他可以飞身站到飞叉上面，尽管是片刻，一眨眼的工夫，江湖上也很少有人能做到。

刘管家低声对老夫人说，这个没啥，前几天咱街上，来过两个打把式卖艺的，练得就是这玩意儿，没啥两样。

张老夫人没吱声。

小北风把一柄飞叉耍得呼呼转，哗哗响，那飞叉就像黏在他身上一般，怎么甩也甩不掉，哗哗响着飞起两丈高，又落在小北风后背上，依然围着身体呼呼转，那哗哗响声悦耳动听。

突然，那柄飞叉又腾空飞起，依旧朝着小北风头顶落下来，只见小北风一侧身，又一拧腰，蹭一下跳起几尺高，双脚踩在那根平落下的飞叉杆子上，飞叉平悬在半空中，人踏在飞叉上，就像腾云驾雾一般。这下看客们瞪直眼睛，紧紧盯着悬在空中的小北风。大伙何曾见过这样的功夫。待小北风双手握住飞叉，抱拳施礼时，一阵叫好声响起，有人大喊，再来一遍、再来一遍。

张老夫人问刘管家：你看和大街上卖艺的有何差别？

刘管家忙回答：想不到，这等功夫从未见过。

跛子忙上前来替小北风挡驾：各位看官、各位看官，好戏不能一次看完，好功夫也不能一下子耍完，好饭更不能一口吃完，接下来还有更精彩的玩意儿等着大家，接下来请出我们的金枝姑娘。

半头晌时，吉三奎不见了。铁猴光顾忙碌场上的事，没注意对方是啥时离开的，不由绷紧心弦，白马坡的教训怎能忘记，得随时准备着逃命，一旦吉三奎失手，自己得先招呼金枝银枝两位姑娘逃出这祁州城，至于吉三奎和跛子，自己拉的屎，自己吃吧。

他望一眼坐在下面的张老夫人和一旁的刘管家，老夫人刚来不久，每天中午她要小睡一会儿，她端起小桌上的茶碗，左手端茶碗，右手拿起茶碗盖，拨弄一下漂在水面上茶叶梗，抿一口热茶，对刘管家说：你到那边去看看，别冷落人家戏班子。刘管家答应着，向那边走去。

张记药行的大院里，两台大戏演的红火，都不想被对方压住，有些年轻人，一会儿到这边看几眼，一会儿又跑到那边站一会儿，哪边叫好声高，人就往哪边流动。能暂时搁下手里事的伙计们，也赶忙跑出来瞅几眼。

吉三奎悄悄来到北房这边，一闪身进了房门，在房间里转一圈，一双鹰眼不停地踅摸，很快把目光落在东墙上那幅杨柳青年画上，一个喜人的胖娃娃双手捧着一个大鲤鱼，眉开眼笑。他上前轻轻触摸年画，不是完整贴在墙壁上，只把年画顶端粘贴住。他小心把年画掀起来，一个四方墙洞出现在眼前，洞子里放着几本线装书，他拿起来翻看，是带插图的普通草药典集。他伸手向下摸去，然后双手端出一个精致的小木盒，掂掂分量，慢慢放在桌上，又返身走到房门口，侧耳倾听，外面没有动静，这才返回来。

大漆木盒很漂亮，那盒盖子镂空雕花，四壁有各种人物图案，一个铜质元宝锁挂在盒子前壁锁鼻子上。他掏出一个铁钉子，插进元宝锁的屁眼里，轻拨弄几下，啪嗒一声，元宝锁上的横锁梃子一动，左手抽锁梃子，右手接住锁身，放在桌上。慢慢掀开盒盖，贪婪的目光被盒子里的物件吸引过去。好家伙，老太太真存过货（值钱东西），半盒金银首饰，还有翡翠玉首饰。他可没工夫仔细欣赏把玩，掏出一块蓝花布，把东西倒在上面，包起来，系一个十字花疙瘩。又从怀里掏出一个布兜，打开后，捧出黄土放在盒里，又拿起几块碎砖头放里面，然后端起盒子掂掂，又放下来，再往里面添几块碎砖头，这才住手。把双手擦干净，盖上盒盖，挂上元宝锁，用衣袖擦拭一遍盒子，这才把它放进墙洞里，把那几本线装书放在上面，恢复原样。做完这一切，他又竖立耳朵倾听，戏班正唱《龙凤呈祥》折子戏，从院里传来呜哩哇啦的唢呐声，甘露寺内的老太后，看来是要摆驾回宫，他松一口气，抬腿悄悄溜出房门。

无意间摸一下腋下那包东西，一阵欣喜的同时，又有点内疚：老乡啊老乡，不是咱故意腌臜你，实在是揭不开锅，才出此下策，就是下策，我先借你点银子花花，待来年发了财，再还给你。再说，你这儿家大业大，也不在乎这点玩意儿，过不了多久你便又能积攒一盒子。这些东西对您老来说可能不算啥，对我吉三奎可就是救命的钱，我能鸟铳子换炮，您老就当是行善积德吧，多积攒几年的寿限，从这儿说你还得感激我。我祝您老活他个寿比南山，将来不认得我了，咱再来认亲。

我为啥不动你柜上的银子？就是不想打搅你家的生意，咱不能干那种缺德事，江湖道上讲究的是义字在先、和气生财。其实，吉三奎也不敢贸然向柜上伸手，一旦玩漏，十几个人就陷进去。他明白，这儿不是白马坡。

吉三奎就是吉三奎，偷人家的东西，还得让人家感激他，为自己的龌龊，找一个说得过去的理由，这又是他性格的另一面。

太阳向西边落下去，戏班子这边锣鼓点紧急，杂耍班子这边银枝刚耍完叼花。铁猴把一块大青砖拿在手里，准备进场子。突然吉三奎冒出来，从对方手里夺过大青砖。

跛子赶紧走上去团黏子口儿（耍前招揽看客）：各位看官，这光说不练嘴把式，光练不说傻把式，连说带练才是真把式，下面让我们吉班主耍几套真玩意儿，这可是班主的绝活儿，请大家上眼。

吉三奎左手平端几斤重的大青砖，围着场子转圈，然后扬起右手掌，往前推出去，又收回来，接连几个来回，给人感觉是在运气、聚力，大喊一声：开！手掌落在青砖上，大青砖被砍成两半。随后将食指中指并拢，在那块半截砖头上，像切瓜菜一样，来回切着，鸡蛋大小的砖头落在地上。有一个好事的，走上来捡起另半块砖头，掂掂大声说：这可是真功夫。

铁猴又给吉三奎拿过来一块三寸厚的石板，有两块青砖大。吉三奎从那好事人手里夺过那块半头砖，使劲在石板上敲打，声音传进周围看客的耳朵里。

铁猴觉得吉三奎有些反常，平日场上很难见到他的影子，不知为何今天这么卖力气，他是那种能歇会儿绝不出力的人，能躺会儿绝不站起来的主儿。

吉三奎心里是怎么想的？

张老夫人这个连庄地土的实在老乡亲，从第一次见面就乡情浓重，对吉三奎热情周到。从吉三奎抄了张老夫人的首饰盒子之后，心里总有那么一点点不舒服的感觉。本来场上没有他什么事，当他来到院子里后，发现张老夫人坐在那儿，不是叫好就是拍巴掌，还让用人往场子里扔赏钱，那个高兴劲甭提了。吉三奎更加有些不自在，这才临时决定亲自给老夫人耍场自己的看家本事。

铁猴拿来的那块石板，本来是块压脚石，压在后面这个帷帐上。吉三奎瞪一眼对方，你真有眼力见儿，这么厚的青石板，自己多年没使唤了，这不是考验我吉老三的功力么。接过来，自然就没有再撂下的道理，他拿着青石板围着场子转一圈，来到场子中间。跛子也担心，看来三哥是豁出去了。卖老也没有这么个卖法的，这万一玩漏了，这脸可丢大啦，以后你还咋在江湖上混。

吉三奎心里也没底，这么厚的青石板砸开过，但那是很多年前师父活着时，可以说功夫在炉火纯青时。多年来，虽说也经常踢打，但不能说半点也没撂下。他不敢再托大，让铁猴搬上一个凳子，双手抓住凳子晃晃，又使劲按按，这才把青石板搁在凳子上，大半放在凳面上，三分之一悬空。他伸出右手臂，开始伸出去缩回来，往复几次，气沉丹田，运气到手臂上，再传导到手腕手掌上，大喝一声：开！咔嚓，悬空的半截石板断裂掉在地上。

众看客齐声叫好，好功夫啊，真玩意儿呀，过瘾哪！张老夫人也竖起大拇指，眉开眼笑，她就喜欢这种气氛，这种高喊的叫好声最提气，这些看客都是冲着自己来的，也让四邻八舍看看我张老太太，两场大戏对比着较劲，你们谁行？

铁猴从吉三奎的表情上看出问题，心想，就这一下子，恐怕快伤元气了，忙走上来要搬走凳子，被吉三奎一把摁住。他又把那大半块青石板往前挪挪，一半留在凳面上，一半悬空。铁猴低声说：三哥，见好就收吧。

滚开！吉三奎不高兴地说：赶紧起棚。吉三奎左手摁住凳面上的那半块石板，抡起右手掌往悬空的石板上砍下去。大家的眼球都被吸引在他的手掌上。片刻之后，大家失望，手掌狠狠砸在石板上，石板还是石板，在凳子上平放着。吉三奎继续抡起手掌砍下去，石板依然没砸开。他大喝一声，再次抡起手掌砍在青石板上，咔嚓一下，石板断开。这次的叫好声没有刚才高，吉三奎的手掌却钻心地疼痛。虽然三次才砸开青石板，但是，存留在他内心深处的那点点内疚已经被抛到九霄云外，他觉得自己和张老太太已扯平，赶紧鸣金收兵，拔营起寨，这地方不能再待。

张老夫人吩咐下去，好吃好喝好待承，明儿继续看，好饭不怕晚，越是压轴的玩意儿越好看。她哪里知道，明儿什么也看不到了。

第二十三章

张老夫人有个习惯，每天晚上睡前，都要欣赏欣赏自己那个金银细软盒子，今儿也不例外，撩开那张杨柳青年画，拿出那个精致的盒子，在手上掂掂，还是那么重，又晃晃，里面还有动静，可能是接连看两天戏，老胳膊老腿老腰板，有点累了，这才没有像往常那样，打开元宝锁，细看自己的那些个宝贝疙瘩，又把盒子放回原处。

晚饭后，吉三奎带领大伙，没直接回大车店，而是从相反的方向，出祁州城东门，急匆匆离开。除铁猴和跛子，其他人都被蒙在鼓里，大家赶路时不停议论着。擅长玩立子（魔术）的漂子问，刮风的，班主啥意思？耍得好好的，咋就蹿了？小北风看一眼走在前面的吉三奎说，你问我，我问谁去？听喝吧。

跛子一瘸一拐走上来，见两人嘟囔着，便说：蔫着（忍着）点，别半开眼（一知半解）瞎乓乓，正点子（班主）招子（眼睛）亮着哩。

小北风和漂子闭嘴，目送对方向前边拐去。

跛子比他二人早来几年，话里话外压对方一把。铁猴看不惯跛子这种装大头蒜的样子，用肩膀撞跛子一下，跛子一栽歪差点摔倒：等你当上掌穴的再牛逼吧，砸个硬轰子（锣）是班主看得起你。

半月后，吉三奎带领大家走过三个县城，走进武邑地界，这一日上午来到乔家庄。吉三奎对跛子说，你带大伙在这里撂地，我和铁猴进城去一趟，傍晚就回来。跛子一副不情愿的样子，平日里都是他跟在班主身边，这次不知班主为何要和铁猴进城。铁猴对他一挤眼儿，瘸子，等我给你捎点好吃的回来。得了吧你个死猴子，有好吃的你能留到回来，早变成猴粪。

跛子等人来到村前大树下，他把铜锣砸得哐哐响，小北风说，拐哥，别砸漏啊，你还指着它混饭吃。漂子也凑热闹，砸漏了可就兜不住铜子儿啦。

乔家庄有几百口人，不算富裕，有两家大财主。不一会儿锣声引来不少大人孩子。经过跛子、小北风和漂子等人一上午卖力气，中午饭钱挣了出来。大家分头来到三家乡亲们家里，窝窝头就萝卜咸菜，尚能填饱肚皮。

傍晚，一辆马车出现在村东头，铁猴坐在车辕子上赶车，吉三奎坐在车帮上，车厢里坐着一个小孩。铁猴挥动鞭子吆喝着，驾驾，喔喔，大车拐进胡同，来到一个大院前，铁猴勒住缰绳，喊着，驭——马车停下来。刚刚收场的吉家班，听到铁猴的声音，几个人走出院子。吉三奎脸上皱纹里都是笑容，大伙儿看到一辆半新的马车，立马明白怎么回事，人们都出来围着马车转悠，看看这儿、瞅瞅那儿，那种欣喜惊奇的表情，令吉三奎很受用，只有自己才有这个本事，当年把大车卖掉给师哥师姐置办棺材，一是被逼无奈，二是想在大家心目中树立形象和威信，目的达到了。现在又把大车买回来，这还是自己的能耐，大家以后不用再肩挑背扛，年龄小的还可以坐大车赶路。

小北风、漂子、金枝等人不停赞口，班主，咱又抖起来啦，吉家班是大车班了。三哥，你就是大把式，咱这是鸟铳子换炮啦。只有跛子和铁猴明白其中的缘故，没有凑热闹。这不是跛子的性格，若在平时，这种场合怎会离得开他那张臭嘴。

吉三奎也感觉到这点，见跛子在一边不答话，上前踢对方一脚，不怕当哑巴卖了你。跛子这才勉强一咧嘴，嘴皮子立马溜活起来，各位、各位，看看、看看，这车架子、这车帮子、这车辕子，再看这车轮子，就是一个结实、佳杠。这黑骡子，膘肥实不？我没看走眼的话，是三岁口。

你什么巧蒙眼，这是骡子吗？这是黑马。铁猴冲对方一句，看他心不在肝上的样子，就知道还惦记着吉三奎那包金银细软。

铁猴，把吃的东西拿下来，放到锅里热热，今晚让大家尝尝荤腥儿，这些日子熬渴坏了，今后只要大家跟着我吉三奎，肯卖力气，能出活儿，吃喝不愁，不说十天八日来顿荤的，起码一个集日能让大伙儿见油星子。

铁猴暗自撇嘴，真够黑的，你自个在酒馆里一斤猪头肉，一壶老白干，扔给我几个包子，不稀得说就是。

金枝和银枝从人群后面挤进来。银枝说：大姐，你看？指着车厢里坐的女孩问。金枝望着小女孩，脏兮兮的脸蛋上有几道泪痕，蓬乱的头发上沾满草沫子，一个黑乎乎破对襟大褂罩在身上，惊恐的目光望着大家，流露出几分敌意。眼熟，不知在哪儿见过。

突然小女孩张开嘴，喏喏地问：金枝姐，是你吗？

金枝一下醒过盹儿来，上去把对方抱下来，还未张嘴，眼泪先流出来，一阵哭腔：红玉妹子，你回来啦，在外能吃饱吗？银枝也上去抱住二人，三个大头孩子抱在一起，哭出声来。

红玉哭着说：大姐二姐，我想你们啊。

吉三奎见状，刚想发火，凶巴巴的目光和铁猴那犀利的目光碰撞在一起，又把嘴闭上。他知道铁猴早就对自己产生怨恨，暂时还不想把对方惹毛，吉家班还指望他扛大梁，一旦踅摸着比他强的人，再和他算账不迟。

红玉和金枝银枝二位姐姐哭诉着离开大家之后的事情。

那一日，张万氏带着红玉离开白马坡，踏上去景州的道路。这天傍晚来到武邑县城，连日来赶路，使得张万氏身体颇感疲惫，也因丈夫死于非命，伤心过度，再就是多年来替丈夫提心吊胆，落下个心疼的病根，本就虚弱的身子，难以承受这么大的压力。晚上躺在大车店里草棚中，一阵阵心慌气短，心里就像揣着一个小兔子，她似乎已明白自己的处境。

让红玉把自己扶起来，靠在草垛上，心里好受些，无力地抬起胳膊，红玉一把抓住她的手：大娘，你怎么啦？是病了吗？我去找郎中。

傻孩子，咱哪请得起郎中，咱娘俩在这遮风不挡雨的草棚子里凑合一宿，也是喂马的万大爷心软，怕咱娘儿俩冻死在大街上，来，躺在大娘这儿，挤着点暖和。

大娘，我给你去要碗热水喝，暖暖身子。红玉说。

孩子，别去了，太晚人家会不高兴，和大娘说会话吧，大娘怕熬不过今晚。张万氏又感到心口窝一阵憋闷疼痛。

大娘，你得活着啊，要不俺咋活啊。红玉眼泪又流出来。

孩子，这就是命，人咋能和命斗，斗不过，你快十岁了吧？

嗯。红玉点头。

这是个啥年纪啊，就剩下孤单一个，孩子，记住，不要怨恨爹娘，不是他们的错，都是命闹的，你就这命，看看大娘这命，不也苦不溜丢的吗？

大娘，俺不懂啥命不命，俺爹娘都想让俺去念书，跟宝儿干娘念书，俺一定要找到宝儿干娘。红玉倔强地说。

张万氏那无助的眼神，看红玉一眼，然后望着那黑暗的天空，咋连一个星星也没有。过一会儿对红玉说：孩子，大娘快挺不住了，最后托付给你一件事，大娘知道这不公平，可不跟你说又跟谁说？

大娘你说，红玉听着。红玉依偎在张万氏身边。

大娘死后，你若有机会，到白马坡北六里地外万家铺，找一个叫万景明的人，把大娘的事告诉他，他自有安排。

大娘，红玉能记住。红玉接连念叨几遍。

孩子，大娘难为你啦。她知道，把这么重要的事情托付给一个孩子，很不妥当，但此刻的她，还能有什么办法。

张万氏艰难地熬到黎明，就在东方发白的时候，死神终于降临到她头上，她知道自己就要离开这个世界，心口像被一块大石头压住，她极力地挣扎着伸胳膊往下脱棉袄，从牙缝里挤出几个字，快、把、大、娘、棉袄脱下来、穿上。才脱下一半，身体一下歪倒在草垛上，咽了气。张万氏想让红玉多穿一层，怕把她冻坏，自己死了穿啥也没用。可是，她没能完成这件事，遗憾地闭上眼睛。红玉见状大哭起来，把大娘的棉袄重新穿好，系上盘扣，抱住大娘的脸，悲痛地哗哗流泪。

哭声惊动大车店东家，找来喂马的万师傅臭骂一顿，这不没事找事吗，即便是一笔写不出俩万字，你也不能把个快死的老婆子收留进来，这多么不吉利，你自己作下的，自己收拾吧。万师傅从张万氏的包袱里，抖落出三个铜子儿，两个棒子面饼子。气哼哼地对红玉说：这不是好心办了坏事，你想不想让你大娘入土为安？

想、想啊！红玉喊得撕肝裂肺：你帮帮俺大娘吧。

还能有啥好办法，只能你自个把自个儿卖了，让人家帮你埋葬你大娘，兴许还能弄副薄棺材，总比草席子一卷强。

红玉直点头，只要能葬了大娘，度过眼前这一关，接下来怎样，那是以后的事，她管不了这么多。从离开老家之后，什么拿她抵饭钱，抵赌债，被扔掉，这又被卖掉，爱咋地咋地，大娘说得对，咱就这命。

万师傅拉着红玉来到大街上，用脚底板搓搓地上的雪，让她跪在地上，抓来几根草插在她脖领上。大声说，别老低着头，让人家看清你啥模样，兴许能有好心人收留你。记着，有人搭茬，你赶紧进去招呼我，不能让一个死人老躺在草棚子里。

俺知道，万大爷。红玉答应着。

这一跪就是一上午，过往的行人不少，搭眼的没几个，在这灾荒年景，这样的事情不稀奇。红玉抬着头，瞪着大眼睛看着行人，她多么希望能有人买下自己，给大娘下葬，像爹娘那样，装进大木箱里，风不着雨不着，她多么希望能在过往的行人当中，发现宝儿干娘，还有孙奶奶，你们去哪儿啦？真不要红玉啦。现在自己成了一块破抹布，被扔来扔去，一会儿去抵饭钱，一会儿又要去抵赌债，现在还得自个卖自个儿，这到底是怎么啦，谁能告诉我啊。

眼看日头西斜，一辆马车从北边赶过来，吉三奎喝得红脸秃噜的，心情格外地好，该办的事都已办成，今后就要大干一场，凌家班，走挑子，背包袱，赶大车，那都是昨天的事。现在是吉家班，大车班。

铁猴瞥一眼吉三奎，心里老大不舒服，这反感不是一天两天，对自己老大方，对别人抠抠唆唆，我不管你是大车班还是走挑子，惹恼老子，伸胳膊蹬腿走人。都是铁掌凌的弟子，怎么和凌聚财凌红飞差距这么大。

突然一个熟悉的面孔出现在眼底，铁猴忙拉缰绳，驭一声，马车停下来。吉三奎一晃身子，不快地问：咋啦，捡着金元宝了，天黑前得赶回去。

铁猴跳下车辕子，来到红玉面前，仔细辨认，然后一把将对方脖领子上那几根草拔掉，想把对方搀起来，红玉腿脚刚一用力，立刻堆下去，铁猴忙将对方抱住。性如钢铁的他禁不住眼眶潮湿，大声问：红玉，告诉猴叔，你这是咋啦？

红玉又见到亲人，眼泪哗哗往下流淌，一句话也说不出来。

吉三奎也认出红玉，反感地骂道：真是个丧门星，咋到哪儿都有你，你这是想干啥，头上插几根黄草想把自己卖掉？

红玉缓一下，这才把发生的事情告诉二人。那位大车店喂马的老万头儿，一大早就挨掌柜一顿臭骂，老是担心自己因这事把饭碗砸了，一上午不知出来多少趟，一是担心那女娃子跑掉，再是躺在草棚子的死人扎他的心窝子。在门口一巴头，瞧见有辆大车停在女娃面前，一个男人抱住女娃，一颗石头落地，回到草棚子里一伸手捞起张万氏搁在肩上，快步走出院子来到大车前，一松手把张万氏扔在车厢里，又返回去抱来两捆黄草扔车上，对铁猴说：这事就算结了，这娃子你们立马领走，原本就和我没啥关系，好心收留她母女，也是怕她们冻死在大街上，哪承想这老太太一口气没上来，咳。老万头儿两手一拍，转身走回大车店。

吉三奎怎能咽下这口气，何况那壶老白干在身上乱窜，热乎燎燥，上去就要把死人从大车上扔下来。红玉哇哇大哭起来，拽着吉三奎的胳膊不撒手。铁猴用力把吉三奎拉到一旁，低声说：三哥，咱不能这样做，再怎么说红玉也是你侄女，你师哥师姐的孩子，你看看这孩子出落的，往后就能顶事了，留在班里，兴许还能成气候。她爹娘可都是咱这行里一等一的大把式，难道说她骨子里就没这个天分？我看还是留下来，你这样做，大家也对你也另眼相看，说明你是有情有义之人。其实，这事和我没半点儿关系，我是瞎操心，都是为你好。

吉三奎被对方一席话说动心，眼看这娃子就能顶事，再说自己帮她“卖身葬母”，她得感激自己，这也是做了一大善事，想到此，忙摆摆手，就算是刘备摔孩子，招买人心吧。

铁猴心里踏实些，好说歹说总算把事情摁住，只要能把凌班主的孩子留下来，多费点唾沫星子不算啥。吉三奎让铁猴去买来一扇破门板和一张草席，把张万氏拉到一个乱坟岗子，挖一个深坑，用草席裹住张万氏，又捆两道草绳，放入坑内，盖上那张破门板，二人把坟坑填死，培起一个坟头，铁猴把铁锹递给红玉说：给你大娘上几铁锹房顶土，下雨别漏房，你大娘待你不薄。

吉三奎扭头回到大车上，躺在车厢里去抽关东烟。

猴叔，得给俺大娘做个记号，将来俺还得去白马坡北万家铺送信。

好孩子，知恩图报，猴叔会帮你的，这次你跟叔回去，留在班子吧，哪儿也别去了，世道凶险，你若再走丢，我可没法跟凌班主交代。

俺不，俺得去找宝儿干娘念书，三叔不待见俺，俺知道。红玉撅起小嘴。

不是还有猴叔吗？猴叔罩着你，看谁敢欺负你，你还小，等长大点儿再去找你宝儿干娘，到时猴叔也帮你去找。孩子，叔说一句你不懂的话，江湖，不是你这大点儿娃子能闯的，听话，以后有啥事先跟叔说，叔替你拿主意，叔这也是替你爹娘拿主意。

红玉听着心里热乎乎的：好吧，猴叔，俺就听你的。

咱爷儿俩有缘，还记得几年前在西安城里的事吗？铁猴问。

啥事啊猴叔？红玉现在想的是躺在坟坑里的万大娘，没有被装进大木箱里，晚上会不会自个儿跑出来，大娘见不到自己，会不会着急。

咱俩第一次见面，你就砸猴叔的场子，猴叔在场子里耍钻砖头，你就喊，腥活儿，大腥活儿，不记得啦？

记得、记得，猴叔，俺也不明白啥是腥活儿，啥是砸场子，俺听娘说后才说的。红玉红着脸说。

没啥、这没啥，猴叔不怪你，那时你才多大点儿，说明咱爷儿俩有缘分，你爹昨晚给我托梦，说把你托付给你三叔错了，让我看着你、罩着你，我要对得起你爹娘的信任，不能让你再出啥阵乎。铁猴极力想保护凌班主的孩子，也明白吉三奎是个心机很重的人，他若想干的事情，班里还无人敢阻拦，对方能给自己几分面子，也是想利用自己给他卖命挣钱，一旦两人闹掰，是啥结果不能预测。

红玉听得懵懂，点点头，她不知道接下来会发生什么，只能像万大娘说的那样，认命，听天由命。

第二十四章

光绪三十四年（1908）春天来临。在吉三奎看来，春天是给自己准备的，一年之计在于春，老天爷开眼，让自己的人生冒“青烟”，吉家班由走挑子变成大车班。自打从武邑出来之后，一切都顺风顺水，即便是又捡回来师哥师姐的孩子，也不是啥坏事，就她这个年龄，开始练功还来得及，狠狠调教调教，说不定将来还真能成气候。她是想找宝儿干娘去念书，师哥师姐也这么嘱托自己，可那都是过去的事，现在得另论另说。你们的骨头都烂没魂了，还扯那些干啥，现在是吉家班，不是凌家班。

吉家班自从置办马车之后，一般小村庄路过而不停，专找大一点的村镇撂地拉场子。还有一个明显的变化，吉三奎不再同大家一起睡大炕，而是单住一间房。当然，大车店还是要住的，便宜又方便。即便是住在村镇的老乡家里，他也要独自住一间，大家认为，这就是班主的待遇吧。

铁猴不这么想，他这是在提防别人偷他的那包东西，别人也不是外人，就是自己和跛子。江湖就是江湖，你能惦记上别人家的东西，就兴别人惦记你的东西。铁猴慢慢发现，自己想得太简单，原来吉三奎还有另外一层意思。

跛子比铁猴想得更多一些，你吉老三防着我俩倒也没啥，人心本就隔肚皮，可你不该独吞这么多东西，哪怕给咱一只手镯、一个坠子，也算兄弟们搭伙一场，可见此人视财如命，不可深交。

还有两人更想不到的，就在这天晚上发生了，气得跛子第一次当着这么多人大骂班主。铁猴则拔出刀子去拼命，红玉蹿过去抱住他的大腿，这才停住。

兜里有了硬实玩意儿，吉三奎的吃喝住便发生了变化。晚间，常独自出去到酒馆喝几两老酒，解解乏，然后再哼着小曲晃悠回来，往大炕上这么一躺，挺舒坦，但好像还缺点啥，缺啥呢？浑身热乎燎燥，半斤老酒下肚，很多想法便开始发酵，将来挣下大钱，发了大财，买房置地那都是小事，弄上几房太太伺候着，那就更舒服。有人说，这人要是光想好事时，就容易发现自己的长处，去挖掘自己的优点。想得多了难免憋得难受，他突然坐起来，想去镇里找家窑子乐乐。穿鞋下地，披上衣服走出房间，无意中瞥一眼对面房间，从里面传出女孩子的说话声。

吉三奎一拍脑壳，立马骂自己蠢蛋，这不舍近求远吗，这不脱了裤子放屁吗？再说，玩耍的时候开心，扔钱给老鸨子却有点心疼，逛窑子也不是常法，有窑子的地方你能去逛，没窑子的地方逛啥？常法就在身边，咋这么眼拙。

他走过去推开房门，对着里面喊道：金枝，你过来一下。没等对方回答便返回自己房间。

金枝已经脱下衣服钻进被窝，过去走挑子时，能住大车店就已不错，很多时候都住在老乡家，一铺大炕能睡十多个人，不分男女老少，挤在一个炕上。只有那些有实力的班子，才住得起客栈。她听到班主叫自己，忙起身穿衣服，躺在旁边的银枝说：都这么晚了，啥事不能明儿说。

挨着银枝的红玉也说：大姐，快去快回，俺还想听你讲故事。

金枝比红玉大五岁，比两个大头孩子成熟一些，用跛子的话说，该鼓的鼓了，该凸的凸了，该撅的撅了，长成有模有样的大姑娘。铁猴对跛子说：啥事还背人，三哥怕是喝多了。跛子回答：歇着吧，明儿还得干事，操这份闲心干啥。

金枝推开房门走出去。红玉和银枝叽叽喳喳还在说悄悄话，铁猴支棱耳朵，总感觉不对劲儿。突然，从北房间传出一阵吵嚷声，夹杂着撕扯的声音。红玉和银枝大声说：是大姐的声音，她咋啦？

又传来一阵撕裂般的号叫声，吓得红玉和银枝把头钻进被子里。哭声由大变小，渐渐停息下来。传来吉三奎的叫骂，伺候伺候老子是你的福分，别人老子还不稀着瞅哩。别回去啦，以后你就跟老子住，吃喝不愁你的，瞧瞧，这多好看，戴上、戴上。

铁猴一下明白过来，吉三奎这是在糟蹋金枝的身子，人家孩子在你这儿干活，一分账都不给记，还破人家的身子，什么东西，越想越气，噌一下窜下炕，拔出刀子就往外冲。红玉爬起来奔过去，使劲抱住对方的大腿，她怕动刀子伤着铁猴。跛子大骂道，兔子还不吃窝边草，真他娘是个畜生。

这一晚金枝没回来，从此后，她便跟吉三奎睡在一起。第二天大家看到她红肿的眼睛，也看到她脖子上挂的金链子，她见到银枝和红玉像啥事都没发生一般，还像姐妹一样亲。

吉家班又开始上路，吉三奎坐在车帮上，金枝银枝红玉坐在车厢里的道具箱上，跛子赶着大车，铁猴和小北风、漂子等人跟在大车后边，奔运城方向。吉三奎想返回西安城，俗话说，在哪儿跌倒的，就在哪儿爬起来，几年前在西安城，他认为自个儿栽了，是走麦城。西安城兴隆客栈张掌柜，拜托自己带的东西已经安全送达。

这天傍晚，吉家班来到运城以东四十里外一个叫赵家铺的村庄，赵家铺有三百来户人家，村庄修建得也很有格局，村里有一位在京城做官的人，还有几位大财主，拥有村周围良田千顷。吉三奎想在此地歇息一晚，明日继续赶路。通过进村一溜达，立马改变主意，马上找一户富裕宽敞的人家住下来，准备明日撂地拉场子，再挣几个盘缠。要在这里待几日，他对自己的眼光很自信，一般情况下看不走眼。

铁猴更相信直觉，此地不是好去处，好像要发生什么事情，便提高警惕。跛子和他们不同，是吃一口是一口的人，好坏由天定，不想操那份闲心，想多了累得慌。

晚饭，吉三奎让跛子出去弄回两个小菜，自个喝几盅，半斤老酒下肚，脸又变成猪肝模样。对金枝说：走，去大屋看看。

铁猴和跛子等人吃完饭，想出去溜达一圈儿，见班主走进来，喝得脸红脖子粗，大家把目光投向班主。吉三奎右手抹一把嘴巴，来到红玉跟前，红玉往后退一步，靠在银枝身上。吉三奎一把将其拉过来，开始动手脚，训斥道，咱这不是三宫六院，养不起闲人，一边说一边捋把红玉的胳膊腿。从明早开始给老子练功。红玉颤抖着嘟囔，俺想找宝儿干娘念书。吉三奎使劲捏着对方的腰板说，做梦去吧，你就这命，得认头，不干活就得挨饿，饿死你个兔羔子。亏你还识几个大字，干咱们这行，吃得苦中苦，才能多挣几个大子儿，咱们是凭本事吃饭，谁的玩意儿硬实，谁就拿得多。不过我把话说明白，只有你们几个能记账。他指着铁猴跛子小北风等人，那意思是，别人都是白忙活。

红玉不懂记账啥意思，银枝明白，自己还得继续给班主白扛活。吉三奎捋把完又说，今晚三更天，起来靠顶（倒立），干咱行，胳膊没劲不成，双手得有支撑力，先从这开始。

跛子开玩笑道：三哥，人家都是起五更睡半夜，你这起三更能歇几炷香。

吉三奎一咧嘴骂道：去去，死瘸子，哪儿凉快哪儿待着去。

铁猴看不下去，沉声说：阴来阴去阴场雨，病来病去病死人。

老鸹嘴。吉三奎骂着走出去。

金枝对银枝说：看好她，跑了班主弄死你。

银枝反感地顶嘴：你咋不看，跟班主睡就不认姐妹。

金枝又说：我是为你好。

红玉跑到铁猴跟前，拉住他的手说：猴叔咋办啊？

铁猴抚摸着对方的头顶，摇摇头：红玉，忍一忍吧。人家房檐下，得暂时低低头，走一步看一步。

红玉没全听懂，她不想练功，就想去念书，不由念叨起来：人之初，性本善，性相近，习相远，苟不教，性乃迁……

走，猴叔领你出去转转。铁猴领着红玉走出去。银枝躺在大炕上，拉过被子蒙在头上。跛子对小北风说：有好戏看喽。漂子不屑：猫有猫道，鼠有鼠路。然后从小包袱里抓起一把东西塞进怀里，紧走几步赶上铁猴。

铁猴不知怎么和红玉说好，凌聚财和凌红飞如果活着，肯定不会再让孩子干这行，他们想让红玉去念书。现在情形大变，自己是外姓人，非亲非故插不上手。可以这么说，红玉是吉三奎砧板上的肉，想怎么切就怎么切。但是，让自己看着不管，这不是自己的性格，从踏入江湖那天起，侠义二字就定格在自己的性格中。

红玉，猴叔告诉你，练功和念书是一码事，你孙奶奶，你宝儿干娘，还有你爹娘，他们能耐不？都是通过苦练功夫，才会有那么大能耐的。这么说吧，你要忍住疼，忍住打骂，要挺住，等功夫练成后，你就什么都不怕了。

真的练成后就啥也不怕吗？其实铁猴心里也没底，只是不知怎么劝说对方。

猴叔，你不管红玉啦？红玉不由失望。

管、管，猴叔怎能不管红玉，你记住，不管啥时，猴叔都在你旁边，只是有时叔不能说话，眼睛在看着你练功。

红玉没听明白。漂子说：猴哥，我看那吉老三就没安好心，梢着点吧。

上半夜，银枝哄着红玉，想让她早歇息。但是，红玉瞪着大眼睛没半点睡意。午夜时分，银枝熬不住了，闭上眼睛做梦去。红玉还在等待那个未知的三更天到来。铁猴也没睡着，他不知这孩子会怎样挺过去第一次练功。跛子打起呼噜，还说梦话，翻过身来说，啥二更天三更天，忙活完吃喝忙压摞，哪儿还顾得上小妮子练功。

当他一泡尿憋到半宿时，爬起来去解手，发现北屋里还在折腾，他迷瞪瞪地把耳朵贴在窗户纸上。只听吉三奎骂道，谁的肉球子贴呼在窗户上啦，当心老子一泡尿嗤瞎你的招子。

跛子赶紧蹲下去，真他娘晦气，下边忙活着，上边还挺灵光，真得小心对方那双贼眼珠子。

时整三更，吉三奎爬起来，来到大屋里，把红玉提溜起来，来到北房门前，开始练功。他把房门敞开，躺在大炕上便能看到门外红玉练功。先练靠顶。红玉胆怯地问：三叔，啥叫靠顶？

就是打墙戳，双手掌撑地，头朝下，脚朝上，这样做。他把对方的双腿拎起来，按在墙壁上，又往前摁摁屁股说：别撅着，跟驴似的，挺直。听好，我啥时让你下来你再下来，这玩意儿可不大好受。他把一根猪尾巴（皮鞭子）扔在地上，回屋躺在大炕上，眯缝起眼睛。

头朝下，脚朝上，还得挺直身子。刚开始她还能坚持，不一会儿就感到肚子里的东西开始往胸口拥挤，眼泪鼻涕加哈喇子开始往下流淌，汗珠就不用说了，很快浑身湿透。不知过多久，她实在挺不住，扑通一下摔在地上，爬起来瞅一眼北屋大炕，赶紧又打上去。

吉三奎一下睁大眼睛，骂道：真是个废物，屁大点儿工夫就出溜下来，打上去。

金枝不高兴地说：是她练还是你练，真是的。

我练？那得咱俩练，说着又把对方压在身下。

红玉头朝下看不到二人在干啥，能听到两人在大土炕上闹动静，心说，你们折腾着还能顾得上我，赶紧歇会儿，忙收回双腿，坐在墙根下，支棱起耳朵听动静。好一会儿过去，房间里传来阵阵沉重喘息声。红玉赶紧打上墙戳。

在赵家铺这些天里，红玉每晚起三更，练功靠顶，练了一段时间后，不用再打墙戳，可以不用靠墙壁，便能挺个直棍子。一路走一路练，吉三奎不断给她加码，白天没有红玉的事情，白天吉三奎靠不上，只能在凌晨照顾她练功。她想不到的是，练功太苦，苦得让她几乎无法忍受，但她还得坚持下去，只要不被折腾死就有希望。吊顶、叉顶、蔫顶、踹顶、一个比一个难度大。

这天下午，吉三奎带领大家走进山西运城。

第二十五章

吉三奎让大家在一个大车店住下来，自己来到运城内大街上转悠，把城内的环境情况记在心里，府衙在何处，哪里有窑子赌坊、客栈酒馆，还有最大的广货店。他认为记住这些对自己有好处，说不定什么时候便能用上，总会有一些无意插柳柳成行的事情发生。他不相信天上能掉馅饼，有时顺手牵一把的事情还是可能的。吉三奎穿过大街，向关帝庙走过去，他出身武行，虽没名过三山五岳，但师父铁掌凌在江湖上也是响当当的一号人物，每走一地，只要是有关二爷的栖息地，他都要前去祭拜一下。运城的关帝庙在西关，是一座较大的武庙，北靠盐池。

铁猴领着红玉、银枝、跛子、小北风、漂子等人来到大街上溜达。对于大家来说，运城算不上最大的地方，这些人是走过古城西安的人。小北风指着一片雕梁画栋的房屋说，这不是宋江的地盘吗？就着天还早，咱去劫皇纲的地方看看怎样？

红玉立马纠正对方：北风叔叔，梁山好汉的郓城在俺们山东，不在山西，孙奶奶说，那一百单八将里还有孙二娘奶奶她自个儿呢。

铁猴噗嗤一笑，对小北风说：瞧你这一百多斤的坨子，还赶不上个娃娃，将驴尾巴安在马腚上，这个运城不出英雄好汉，出盐巴，过去这儿叫河东，这里的盐池名扬天下。

漂子问：运城、盐池，不会是为往外运盐，才起的这个名字吧？

银枝一指不远处的一个摆摊的老人家说：那位老大爷兴许知道。

小北风一咧嘴尴尬地说：山西一个运城，山东一个郓城，这事整的，就隔着一座山，还弄出两个运城来。

不是隔着一座山。红玉又截住对方的话头：是隔着一条河，黄河，孙奶奶说。

铁猴一拍小北风的肩膀，对方一下蹲在地上：红玉说得没错，是隔着一条黄河，俗话说，有理不在声高，知道多少不在个子大小，以后别再嘿唬红玉，小心我拔下你这几根毛。

小北风脸红，不好意思地挠挠头问漂子：你看啥？

看笑话。对方一挤眼。

第二天上午，吉三奎找到一个人多热闹的地方，开始撂地拉场子。吉三奎忙活完后，叫铁猴盯着，看到红玉闲着没事干，走过来管着她练功。红玉起三更练功，晚上熬得难受，累得腰腿疼，白天多时是在打瞌睡，小孩子觉多，一到白天便没了精神。吉三奎忙时便让她去看大家耍玩意儿，不忙时便摁住她练功，但红玉不管是站着还是坐着，总是在打盹儿。本来从心里就反感练功，她时刻想去念书，所以，只要三叔不在场，她就打盹儿，即便不困也不多看一眼别人耍，从内心里压根就没想干这行。

吉三奎却有另一番心思，这小家伙身上流着师哥师姐的血，师哥的种子在师姐的地儿发芽生根，长出来的庄稼能不饱满成实吗？就凭他二人那个能耐，说不定将来红玉也能成个大材料。故此，他一门心思想把红玉锤炼成大把式，到那时，她就是一个赚大钱的摇钱树，自己坐地数钱就行了。两人各自有各自的小算盘，便开始较劲起来，一个拼命往前拽，一个得空就倒退两步。红玉是被打急了便一声不吭，骂急了就软磨蔫抗。吉三奎盯得再紧，也防不住她逃跑，抓回来还得继续练。

红玉彻底没有了安全感，从爹娘被装进大木箱子开始，原来能依靠的金枝姐姐，从那晚和三叔睡在一个炕上之后，就再也不给好脸子，大姐不再是大姐。银枝姐比自己大两岁，自己一挨打她就吓得哆嗦。猴叔对自己好，有时能罩着自己，但是他太忙，三叔多给他几分账，让他帮忙管着这些不着调的人。

红玉一听到跛子那扯白口的沙哑声就闹心，每天就那些玩意儿，数来数去不嫌烦，做梦都在数狗骡子。她独自坐在一旁打盹儿，磕头像鸡啄米。吉三奎走过来一把拎住她的小辫子，呵斥道：起来、起来，你个瞌睡虫。

跛子嬉笑着说：春困秋乏夏打盹儿，睡不醒的冬三月。

那还不得迷糊一辈子。金枝添油加醋。

红玉顺势站起来，头皮快给拽离骨，脸上呈现出痛苦的表情：三叔，还练靠顶?

不靠顶，练压腿。吉三奎让红玉靠在竹竿上，双手搬起对方右腿用力向上扬：身子骨要柔软，你现在的胳膊腿是直杠子，怎么上活儿。看到你银枝姐叨花没有，那个腰下的。

啊——疼！红玉流出眼泪。

不疼能炼成吗？吃的了苦才能成材料。吉三奎扳住右腿使劲往上推。

红玉看到对方那狠狠的样子，知道没了指望，便不再作声，默默念叨三字经，转移注意力，这办法有时管用。吉三奎听到那边有人叫自己，这才松开手说：好生练着，我一会儿就回来，再打瞌睡我把你绑在杆子上。

红玉见三叔往左拐去，才把腿放下来，一屁股坐在地上，揉着大腿，你不就是看着俺没爹娘吗，若俺爹娘在，俺奶奶在，俺宝儿干娘在，不打死你个三孙子才怪。想着想着又睡着了。突然被一声怒吼惊醒。

起来！你个瞌睡虫。头皮一阵钻心疼痛，吉三奎又拎着小辫子使劲往上拽，把红玉拽到那根木桩前：我让你不听说，看来不用点手段不成。说着搬起红玉右腿使劲扬上去，抽下系在腰间的那根布带，把红玉大腿和身子绑在柱子上。红玉的左脚勉强能够着地面，疼得她五官变了形。

吉三奎对刚下场子的小北风说：看住她，我不回来不能给她解开，这小妮子不听说。小北风说：班主你去吧，我盯着。

半个时辰过去，上午散了场子，吉三奎也没有回来，小北风几次走上来看看红玉，也没敢给解下来。铁猴走过来问：这是咋啦？上前把红玉放下来，捋把着她的大腿。红玉含着泪不说话。

铁猴转身飞起一脚，把小北风踢翻在地：你找抽是不？

是班主、班主不让。小北风爬起来跑了。

此刻吉三奎在哪里？在对面大街的酒馆里，两个小菜一壶酒，自斟自饮，喝得正兴，哪里还记得红玉的事。他在盘算着另一件事。

红玉拉着腿，一步一拐，走路都变样子。铁猴搀着她不停地安慰。

跛子笑着走过来：吆喝，你这是学瘸子叔啊，像，太像啦，你往左拐，跛子叔往右拐。故意走在前头，走一步一侧肩膀往下一沉，加重拐子脚步。

红玉笑了，笑得很勉强：跛叔，你小时候练功也这么疼吗？你爹娘不心疼啊？

跛子脸色一变：跛叔没练过这些破玩意儿，没练过。径直朝前拐去。

铁猴望着跛子的背影，对红玉说：他从小不知道爹娘是谁，吃百家饭长大的。

红玉一撅小嘴问：他爹娘呢？

小北风也凑过来听：猴哥，咋没听说过哩？

想听吗？铁猴吊两人胃口。

想听、想听。红玉和小北风齐声说。

铁猴打开话匣子。跛子没爹没娘的事，班子里少有人知道，即便是跛子那张哗啦臭嘴，也从没往外抖落。他这腿是怎么瘸的，只有铁猴一人知道。那是在一个年三十晚上，两人蜷缩在一个黑漆漆的大门洞里，冻得瑟瑟发抖，害怕睡过去再也醒不过来，两人你一段、我一段讲故事。在班子里，只有他们二人了解对方的身世，就连吉三奎也不知。

懂事以前的事情，跛子一概不知，不知道自己出生在什么地方，不知道亲爹娘长得啥模样，不知道是吃谁家饭长大的，更不知道自己姓甚名谁。

懂事后，慢慢知道自己住在柳家铺子，东家串西家转，好心善良的乡亲们，你一口我一口省下来喂活这个孩子。等他脑袋里能装下一些东西时，便多方打听爹娘的下落，村里竟没人知道。不知是大伙儿故意瞒着他，还是真就不知道他的来历。这一年夏天，三个打把式卖艺的人走进村子，一个红脸掌穴的相中了他，竟然大摇大摆地领着他离开柳家铺子，村里无一人阻拦，或许都认为是人家给了这孩子一条活路。

三个人领着他走了几天，来到冀中平原上，在一个野地的破窑场里，给他做了一次改变人生的大手术，两人摁住他，红脸汉子捡起一块半头砖，硬生生把他一条胳膊和一条腿砸断。从此，三个人身边多了一只半大猴子，一个断胳膊腿的残疾小孩。这一年，这个说他九岁，那个说他八岁，就是从这一年开始，他才开始计算自己年龄的。

三人每到一地，都要耍猴戏，一个断胳膊腿的孩子，被一只半大猴子撵得到处乱窜，那猴子的两只锋利爪子，抓得小孩破衣烂衫，头上脸上身上划出道道血痕，满地滚爬，抱头鼠窜，来满足一些看客的眼球，也令一些人怜悯，不管是哪种人，都会扔下一些铜子儿。后来他慢慢长大，断胳膊长好后像一根镰刀把，那条腿却短了一截。在一个暴风雨的午夜里，三个人放松了对他的看管，他便偷偷奔进暴雨中，迎着头顶上一颗颗炸雷，奔出去十几里路。

在讨饭过程中认识几个老者，大家谁也不嫌弃谁，都是苦命人，这几个老者都有一些混饭吃的本事，就是什么巾、皮、彩、挂之类。

红玉打断铁猴的话：啥是巾皮彩挂？没听奶奶说过。

巾皮彩挂，是江湖中本门的行话，巾，指的是算卦相面的；皮，说的是卖药的；彩，一般是指变戏法的；挂，就是打把式卖艺的。铁猴解释道：扦子活，挂子活他都干不了，身子骨被糟蹋坏，只能干点立子活，是以手彩戏法为主的小魔术啥的。为弥补自己的不足，他还跟其中的一位老人学练嘴皮子，后来这也成为立足江湖的本钱。你可别小看跛子的溜活嘴皮子，那位老者确实是此道中的高人，乌七八糟的玩意儿可不少，天文地理、前朝后代、三国西游、那简直就是一个玩意儿篓子。再后来他就遇到了吉班主。

小北风心情沉重：想不到跛子哥也是苦命人。

是的，大家都挤在一挂破车上，以后相互照应着点。铁猴拉紧红玉的小手。

猴叔，俺听话。红玉产生一种不安全感。

猴叔知道红玉懂事，咱吃饭去。铁猴等人回到大车店。

跛子早已吃完，躺在大炕上，瞟一眼铁猴的表情，心想，是不是把我那点破玩意儿卖给孩子们啦，破猴子就是这么个哗啦子德行，屁大的心眼儿，存不住玩意儿，却不敢说什么。在班子里，他谁都不惧，甚至连班主也敢对付几句，唯独对铁猴，他惧怕三分。在他看来，这人着实捉摸不透，就说他那身绝活儿，连吉三奎都畏惧三分。班主是铁掌凌的弟子，那身横练功夫够可以吧，虽然没有凌聚财的金钟罩铁布衫厉害，可也算得上是上上签，在铁猴的内功面前，却也不敢张狂。就这么说吧，吉三奎可以用手指敲碎石块，铁猴能五步打灯，那还是在铁猴刚来时，和吉三奎第一次较劲，自己亲眼所见。跛子知道自己有几斤几两，从不和铁猴较劲。

第二十六章

晚上，跛子把一天的进项（收入）交给吉三奎，吉三奎从那些铜子里抓起几个掂掂，丢在跛子手心里：去吧，别让他们看着，我知道你辛苦。

跛子点头哈腰退出房间，扭头瞪一眼那扇房门，骂道，抠搜得像个娘们儿，还不够吃俩烧饼、一碗老豆腐的。

吉三奎在里面骂道：喂不熟的狗。

金枝慢悠悠地说：行啦，都是自家兄弟，能悠着点就悠着点。三哥，我看这些天红玉练得还成，你也别逼得太紧，剜到筐里的菜，还能飞了咋的。她表面上对红玉冷淡，内心里还在念及小姐妹的那份感情。

不成，得盯紧点儿，过些日子我就给她上吊功，我看她比银枝和绿柳有出息，说不定是盘大菜。吉三奎有的是办法整治红玉，得空就逼红玉练功，三更天有夜间的办法，白天有白天的办法。

第二天上午刚拉开场子，吉三奎就让红玉站直身子，头顶摞上两块砖，练顶功：好生练着，这是顶功最基本的。

红玉使劲挺着脖子回答：是，三叔，啥时能放下来？

还没吃饭就想着拉屎，真是废物，啥时让你放下来，就啥时放，一会儿我就回来，别偷懒，小心抽你。吉三奎转身向场子那边走去。

红玉冲其背后一努嘴，你啥时回来谁知道，上次你说一会儿就回来，还不是喝酒喝到晌午歪，把我给忘了。这次吉三奎倒没食言，不一会儿就转悠回来。红玉见状高兴，这次还成，不过，头被青砖压得难受，脖子快要挺不住。

挺直！吉三奎走到跟前大声说：小心青砖掉下来砸断你脚趾。他弯腰从地上又拿起两块青砖，摞在红玉头顶的青砖上。红玉脖子往下一沉，四块青砖差点掉下来，忙说：三叔，太重，顶不住。

顶不住也得顶，啥叫练功，这就是练功，不吃苦能炼成好功夫？不遭罪能学得本事？别光想着偷懒，掉下一块砖抽你十鞭子。吉三奎说完转身离去。

四块青砖，重量增加一倍，红玉的脖子在经受更大的考验，她极力往上挺脖子，往前挺身子。她知道三叔的脾气，说到做到，她可不想挨鞭子，那皮鞭抽在身上，抽一下起一条檩子，多少天下不去，一碰钻心疼。她默默念叨着猴叔的话，现在不需要眼泪，需要毅力和决心，眼泪已经哭干，再流出来的可能就是血水。

时至中午，大家开始吃饭。吉三奎这才转悠回来，这次他没去酒馆，还真就惦记着红玉的练功。他来到红玉跟前，见对方的脑袋在不停地颤抖，那四块青砖也随之抖动，第一次露出满意的表情。却没去取下青砖，而是又从地上拿起一块青砖，摞在那四块青砖上面。红玉露出惊恐的表情，不管她使多大劲，再怎么挺也挺不住脖子，头一歪，青砖落向地面，一屁股跌坐在地上。

吉三奎飞脚将几块青砖扫到一旁，总算没砸在红玉的脚面上。他倒不是担心砸坏红玉，而是不想让自己的杰作被破坏掉，心血不能白费。他瞪一眼地上的红玉：塞饭去。转身离去。

银枝过来伸手把红玉拉起来，提醒道：多悬啊，那大砖头砸在脚面上，骨头就折了，以后可得小心点儿，听到没？

咋小心啊？红玉哭腔：三叔硬往上摞。

铁猴和跛子走过来。跛子说：这没啥窍门，吃苦的活计，慢慢熬吧。

这还算是人话。铁猴说：红玉，记住，一旦挺不住，就往后撤身子，别伤着自个。红玉不知道点头好还是摇头好，那么重的几块青砖，一旦从头上掉下来，自己能管得住吗，她现在有一种听天由命的心理。

吉家班在运城待了半个月，比吉三奎预料的时间要长，主要是他喜欢那家小酒馆，喜欢柜台后面站着的那位老板娘，颇有些姿色，三十几岁的年纪，一张娃娃脸，一笑挤出俩酒窝，逢人便送上热情的笑容。他边喝酒边欣赏美人，很惬意，老板娘有时过来唠几句，更加增添了他的食欲。每每这时都需要银子说话，多上一个好菜是要付出代价的。当然，这些事情班子里的人不知道，却瞒不过跛子的眼睛。吉三奎离开运城以后，脑海里还经常出现那个小酒馆的一切，那不是幻觉，是他真实的记忆。

三天后，吉家班走进一座古城。这座古城有千年历史，人口万余，只有一条东西大街，规模不大很富足，古城坐落在东进西去的官道旁，大多数商贾走到古城前时，习惯于穿城而过，放弃走古城前的官道，在城内小歇片刻，以缓解车马劳顿，不失为一种好的选择。吉三奎不会路过而不进，现在的他，此时非彼时，兜里鼓囊起来，安排好班子里的事情，剩下的事情便不再管，溜达到一处酒馆内，享受那短暂的舒坦去了。

吉家班进城后，在大街西头一家大车店住下来。吉三奎还是老套路，自个儿溜达进去，每到一地都是这样，先熟悉地形环境，怎么进来的不用说，怎么出去是关键，这也是他为何选择在城门内不远处落脚的理由。

时光走进光绪三十四年（1908）初冬，小北风刮进脖子里，冷飕飕的。若在平原上，这或许不算什么。这里是半丘陵地带，一阵冷风从土丘背后刮过来，不但是寒冷的问题，还会有一阵尘土拂面。古城就坐落在一大片土丘子上面。

吉三奎溜达到大街中部，一座高大宽阔的衙门，坐北朝南出现在眼前，那对高约三尺、昂首踞坐在一尺高底座上的上石狮子，分坐在大门两侧的东西山墙前。漆黑的大门框前，左右两侧，各有一齐肩高的石鼓，东山墙边木架子上的大鼓，鼓槌是给击鼓喊冤的准备的。可惜的是，那大鼓早已不知何时被何人砸了个大窟窿。吉三奎看到那面大鼓皮中间部位，已经被鼓槌子敲打、摩擦得变了颜色，是大鼓年代太过久远，还是这个地方击鼓喊冤的人太多，只有包在那面大鼓架上的破鼓皮自己清楚。

他走过县衙，继续向前走去，茶馆、酒肆、客栈，广货铺前边是一座庙宇。

铁猴和跛子忙操扯着撂地。太阳还有一竿子高，还能再忙活一会儿，兴许能给晚上这顿饭，增加点像样的咸菜什么的。跑江湖就是这样，不知道哪块云彩能下雨。铁猴一指前边说道：那儿店铺进出人多，地儿宽敞。

小北风和漂子扛着刀枪把子，银枝和红玉抬着包袱，跛子拎着铜锣，一瘸一拐走在前边。几个人刚撂下东西，跛子便哐哐哐地敲起来，张开那对薄嘴皮子，扯开喉咙喊起来，各位大爷大娘，叔叔婶子，兄弟姐妹……

突然从县衙门里跑出几个人来，拎着单刀，边跑边咋呼。一个胖头捕快大声说，还真有不怕死的。瘦高个儿捕快回答，汪头儿，告示早上已贴出去，这不往刀刃上撞吗？一个公鸭嗓子捕快说，树林子大啥鸟没有，这就叫腚眼拔罐子，作死。

红玉发现有一伙人冲过来，忙拉住银枝的手说：姐你看。

银枝见来人都拎着家伙，赶紧拽住红玉躲进店铺里。

汪头儿等人咋呼着围上来，铁猴一看要出事，忙抱拳拱手问：各位官爷，我们初来贵宝地，还请照顾则个。

公鸭嗓子大声说：老子就是来照顾你们的。

瘦高个大声问：知道为啥抓你们吗？

跛子不知就里忙回答：不知道啊，各位官爷，我们就是撂地讨口饭吃。

知道不知道一个前程，弄进去再说。汪头儿儿不耐烦地一挥手。

捕快们麻利地给铁猴、跛子、小北风和漂子等人上绑绳，推推搡搡关进牢房。汪头儿没有直接去禀报县太爷，而是来到他远房表哥钱师爷这里。

吉三奎走到大街西头，看完两座庙宇，原路返回去，走到一家店铺前时，看到几个人在小声嘀咕，他不是好事的人，却有时好奇，忙凑上去问：

各位老大，出啥事啦？

一老者问：你是外地人吧，听口音像四女寺减河套子的。

吉三奎回答：您老说得没错，小的是黄家镇人氏。

这么说刚才被抓走的是你一伙的，你摊上大事啦，戳了马蜂窝，赶紧走吧，再不走下一个抓进去的就是你。

吉三奎懵了，忙问：大爷你说啥？谁被抓进大牢？

几个后生刚被衙门里的人抓进大牢里，你们是打把式卖艺的，知道现在是啥节骨眼不？老人家看看周围说低声说：皇上驾崩啦，你们还敢在大街上要把式，这不自个找麻烦吗？

另一个老者说：是被汪头儿抓走的，我给你透个信，赶紧带着这个去找钱师爷，这事兴许还有一缓。说着双手一收拢，意思是让吉三奎送银子。

吉三奎大吃一惊，这是跛子敲锣，铁猴等人摞场子了，脊梁背一阵冰凉。凭江湖经验，他知道这可不是闹着玩儿的事，忙问：大爷，可否借一步说话？

老者把他拉进自己的店铺里，吉三奎问：大爷，晚辈初来乍到，确实不知道皇上驾崩一事，你能否告诉小的，那县太爷喜好哪一口儿？在下将感激不尽。

老者把嘴凑到对方耳朵边小声说：今早贴出来的告示，那时你们兴许还在路上，怎能知道？梁县太爷专有一好，看到俊俏女人便那个啥的，钱师爷就甭说了，看看他这个姓氏，你就能明白。我刚才一听口音就知道你是哪里人，不瞒你说，老夫曾经在济南府待过多年，咱们也算得上是半个老乡，所以我才跟你说这么多，这话要是传到那帮人耳朵里，老夫便遭殃。

您老放心便是，我感激您还来不及。吉三奎忙拱手感谢。

这事说大便大、说小便小，赶紧想辙去吧，晚了恐怕就——老者用手掌在自个脖子前一拉。

吉三奎听罢，一脑门子官司走出店铺，来到大街上，顺着老者指的方向，看到了那张告示。他明白这是闯了祸，而且还不是小祸，往重里说，那就是砍头的罪过。他很少会认为自己能做错什么，有错也是别人的错，他不管这叫固执，是自信。这光绪皇帝死得也不是个时候，老太后更是有点邪乎，皇上一死，她立马跟去，到阴曹地府去争夺谁说了算，这是在阳间还没折腾够。你们死就死吧，还折腾咱老百姓，咱就靠这点玩意儿吃饭，不敲打折腾咋个活命。

过去师父常说，不要和六扇门打交道，那里不是好人去的地方，可现在自个儿却落到这些人手里，真够憋气。

清代流行这样一句谚语：无幕不成衙。钱师爷就是梁县太爷的心腹，帮助县太爷出谋划策，断案打理官司，可以说是本地一人之下、众人之上的人物，说话很占地方。

吉三奎搞不清楚这钱师爷是哪个品级上的人物，是县丞，还是主簿、县尉，是否管着那三班六房。其实这汪头儿就是三班衙役的头儿。可别小看这汪头儿，他手下的皂壮快三班衙役，是县衙门的御林军，跛子、小北风等人就是被他抓进大牢中。

吉三奎快步回到大车店。银枝和红玉正躲在房间里瑟瑟发抖。吉三奎瞪着大眼问究竟，银枝磕巴着把事情的来龙去脉说出来。他听罢，直骂混蛋、笨蛋、蠢蛋。

这时，哐当一声，房门被踢开，汪头儿带领几个手下，气势汹汹闯进来。刚才他被钱师爷训斥一顿，正寻撒气筒。汪头儿没想到，手下刚贴出去告示，买卖就上门来，这可是开张的买卖，赚头一定不少，把跛子等人送进大牢后，赶紧来给钱师爷报信。钱师爷耐心听对方说完，一捋山羊胡子说：你把他们都抓进来干啥？管吃管住你还得养着他们，这棒子面窝窝头是白来的吗？喝凉水也得有人去挑。放了、放了，留下那个砸打（敲锣）的就行。你去和他们领头的说，拿钱来赎人，接下来该怎么做你明白。

汪头儿忙回答：明白、明白，就是咱绑票，让他们拿钱来赎人。

咱这是大清县衙，不是你占的山头。钱师爷生气地说：说话动动脑子。

汪头儿瞪着虎眼大声问吉三奎：你就是掌班的？

是是，小的姓凌名三奎，我那些兄弟们？

汪头儿一摆手打断对方的话：知道犯的啥罪过不？

不、不知道，官爷，还请您老明示，高抬贵手、贵手高抬。吉三奎满嘴软话。

耍嘴皮子，那是你们的拿手活儿，在我这儿不好使。整稀的涝的没用，得来干的。

是是，来干的、来干的，官爷，你看我这全部家当也不值仨瓜俩枣啊。吉三奎抖落包袱、翻褡裢。

汪头儿瞥一眼银枝，这女娃倒有几分姿色，说：白的粉的都行，你看着办，你那些兄弟的小命，就攥在你手里。撂下这句话，像风一样刮走了。

吉三奎是老江湖，怎能不知道这白的粉的啥意思。他一屁股坐在炕沿上，心情很复杂，明摆着衙门里的人是让自己出血，难不成还得卖大车？不成，自个儿往后还指望着它走南闯北。往远里扯呼？也不成，跛子是班子里的葱花，还指望着它炝锅出味哩。吉三奎左思右想，把目光落在银枝红玉身上，看来只能这样了，很多时候，舍不得孩子逮不着狼。既然那梁县太爷好这一口，自己只能投其所好，不就伺候几晚上吗，又能咋地，女娃子早晚得走这一步。现在这事就赶上了早，可不是吗，人家早上贴出来告示，太阳才上三竿子，自己的人立马就撞到县衙大墙上，这不是该着是啥？

想到此，他立马奔县衙而来，在县衙门口遇到汪头儿，向对方说明来意，汪头儿便带他去见钱师爷。吉三奎把自个儿说成讨饭花子一般可怜。钱师爷捋着山羊胡须打断对方，你甭在我这哭穷，没用，我这不是赈灾放粮、舍粥的棚子。

吉三奎说：官爷，我那有一个丫头，看能不能在你这干点儿啥？她可是没开苞的娃，模样够俊俏。

钱师爷不动声色：此话当真？

千真万确，小的哪敢糊弄您老。

好，跟聪明人打交道就是不一样，你带过来我立马放人。

吉三奎千恩万谢，回到大车店里，关上房门和金枝商议，开始金枝反对，说你这不是缺德吗？把这么小的孩子送过去给老头子糟蹋，你就不怕走夜道遇见鬼？吉三奎骂她头发长见识短，用一个啥也干不了的娃子，去换一个班子离不开的把式，哪头轻哪头重你称称？再说，等那老家伙玩够之后，这人不还是咱的。

话说到这份上，金枝也说不出什么来，两人商量好，先瞒着红玉，等送过去就是对方的事了。

第二十七章

县衙大牢内，汪头儿对铁猴、小北风、漂子说：你们几个赶紧滚蛋，这儿不是大车店，他留下。一指跛子。

跛子忙点头哈腰说：官爷、官爷哎，您老留下我这半拉人有啥用？让咱和他们一块儿走吧。

你走？去哪儿？去阎王殿还早点，老实待着。汪头儿不耐烦。

跛子哪能死心：官爷，你看我这瘸不拉叽的，啥也干不来，你就当我是个屁，哧溜一下放掉得了，这屁又不值钱。

你甭说，老子还就乐意憋着，不值钱可它置气。汪头儿也是个杠子头，几句话差点把跛子噎死。他眼睁睁看着铁猴等人走出牢房，不由心沉下去，看来这道坎难过，吉三奎是个抠唆鬼，他会拿钱来赎自己吗，让自个儿一人给整个班子顶杠，这是不是有点缺德。若是被砍下头，就啥也甭说了，只能到阎王爷那儿告状去。若是能活着出去，这笔账一定给他吉老三记上，记他个祖宗八代。

吉三奎让金枝给红玉捯饬，把那蓬乱的头发洗把干净，又给脏兮兮的小脸蛋擦上粉子，小脸蛋这么一收拾，还真就变了模样，粉扑扑的挺中看。金枝一边收拾，一边暗自叹气，还不到十岁的孩子，能禁得住一个大老爷们折腾吗？这不是往火坑里送是啥？吉三奎呀吉三奎，你就等着给孩子收尸吧，一晚上就得把孩子作弄死。平日里挺利索的双手，竟不由颤抖起来。

红玉不解地问：金枝姐，我去衙门里干啥活？

不累，给县太爷夫人端个茶倒个水，保准你能干得来，到时挣下银子可别忘了姐啊。本来说的是喜庆话，可听来悲戚戚的。

姐，你们可别再丢下俺啊！俺想和你们在一块儿，俺不想一个人待在衙门里。

好好，姐记住啦，不丢下你。金枝眼眶里滚动着泪珠，把自己那件八成新的衣服给红玉穿上。吉三奎拿进来一双厚底靴子，在原本三寸厚的鞋底上，又钉上两寸木板，红玉穿上后，个头儿竟然比银枝都高。穿上金枝八成新的衣服，也合适。

红玉在房间里走几步说：姐，咋这么别扭，俺不穿这鞋。

不行，一定要穿。吉三奎虎着脸蛋说：到县衙里得听老夫人的话，要倔要挨揍，过几天我就去接你。

银枝在外面把几个人的对话听个明白，心里一阵难过，这是要拿红玉去换跛子，把红玉打扮得这么漂亮，指定是送过去当苦果（妓女），咱可是子孙窑（良家女子）啊。从班主霸占金枝姐后，她看他就像个游混码子（地痞流氓）。但是，自己也是一个苦孩子，怎么能去救红玉妹妹，她期盼着铁猴回来拿个主意。

金枝把红玉送出门来，吉三奎说：我去去就回，大家回来该干啥还干啥。

银枝上前拉住红玉的手，眼泪汪汪：妹子，好好的啊。

红玉不明就里，点点头：银枝姐，赶明儿俺就回来。

就在这时，铁猴、小北风、漂子等人，风风火火跑过来。

这是干啥去？铁猴瞪大眼睛问。

去换跛子。吉三奎横气地回答。

不行！铁猴闪身挡在吉三奎面前，正色道：翅上卯了（衙门扣人）咱想办法收水（救人），不能拿红玉顶杠，她还是个孩子。

滚开，你是班主还是我是？没有葱姜蒜，你能烩出像样的锅子吗？吉三奎不容分说，拉着红玉就走。

班主你行行好，这么大点儿的孩子受不住啊。小北风哀求道。

跛子在里面收把（坐牢），咱这买卖还干不干？你再甩圈子（作揖）也没用。吉三奎拉着红玉向前走去。

小北风望着吉三奎的背影骂道：操你姥姥，早晚遭报应。

金枝一听赶紧转回屋去，吉三奎做的确实不是人事，难怪大家对他不满。

银枝哇一声哭起来，这事你们可不能不管啊，红玉妹妹过去就回不来啦，呜呜呜。

铁猴猛然一跺脚，大声说，都他娘的过来，咱们合计合计，活人还能让尿憋死不成，不行今晚就下家伙，得手咱就尥蹄子。

不到一顿饭工夫，吉三奎和跛子说着话走进大车店。吉三奎回自己的房间。跛子推开门，得意地哼唱京戏，过了一关又一关——

砰！胸脯子挨一脚，被铁猴飞脚踢倒在地，小北风和漂子上前，把跛子从地上拎起来骂道：你他娘挺滋啊，先揍瘪你，看你还怎么当花椒大料。铁猴抽出尖刀，耍一个腕花：现在我就阉了你。

哎哎，慢着、慢着，各位老大，这是咋啦？你们先回来，我后脚回来，又出啥阵乎啦？就是死也得让咱死个明白啊。跛子见大家愤怒不已，知道这其中定有缘故。

让你狗日的死个明白。铁猴愤怒地说：你这条贱命是用红玉换回来的，她被吉老三送进县衙，明白了吧。

跛子吃一惊，原来如此，难怪自己回来得这么顺利，赶紧说：那还不赶紧想辙救人，阉了我也没用啊，真是的，哥儿几个让驴踢脑蛋，咋这么不开窍，赶紧、赶紧想辙。

铁猴一听也是，摆摆手，小北风和漂子这才松开手。

你要是救不出红玉，非弄死你不可。铁猴气愤地说。

跛子一个劲儿点头作揖：哎哟我的猴子老哥，咱得一起想辙，靠我自个儿哪成，三个臭皮匠，能顶诸葛亮，咱不能红玉没救出来，把咱们也搭里头吧。

小北风冲跛子屁股踹一脚：红玉要是有啥好歹，我就把你搁里头去。

猛然间又听到哐一声，房门大开，吉三奎冲里面大声说：该干啥干啥去，别瞎呛呛，没有张屠夫还能吃带毛的猪，一个小毛孩子也顶不上啥事，让她自求多福吧。说完转身走出去。

铁猴冲到门前，一摆腿，哐一声把房门踢上。他知道刚才班主在门口听个一清二楚，忙一拢手，几个脑袋瓜凑在一起，嘀咕起来。小北风说，干脆咱去衙门里抢人，把红玉抢出来咱就猛尥一个点儿。漂子说不成，劫大牢那可是死罪，衙门是啥地方，能少得了看家护院的？看看那些捕快，一个个像饿狼似的，弄不好咱们都得折进去。铁猴说，硬的不行咱来软的，前门进不去咱走旁门，你们看咋样？

跛子听罢受到启发，伸手从怀里摸出一个小瓷瓶，一晃悠：猴哥说得在理，你们听我说说咋样，这叫上工治未病。

铁猴一咧嘴道：得得，扣皮挂码子你在行。

小北风讥讽道：这就叫武大郎捉夜猫子，什么人玩什么鸟。

别说风凉话，我这不也是被逼出来的，只要能救出小红玉，使点阴招损招算啥，那钱师爷也不是什么好鸟。跛子把小瓷瓶揣进怀里说。

夜长梦就多，咱得赶紧的，入夜前必须把这老家伙弄住。铁猴叮嘱跛子。

那是、那是，我让这老东西一滴尿汤子也流不出来。跛子又把小瓷瓶掏出来一晃说：猴哥，你得给我在县衙外把风，万一失手，你好接应咱一下，咱这腿脚可不好使。

最好别失手，县衙大牢你是蹲过的。铁猴回答。

跛子站起身来，从破包袱里抖落出一件黑色长衫换上，抓过一顶破帽子扣在头上，拾起一根棍子拄着，对大伙说：各位老大，瘸子先去踩踩点儿。转头对铁猴说：猴哥，别忘了和班主斗斗气儿，最好把他气进酒馆，喝他个烂醉，咱这事就好干了。

快去吧，小心点儿，我自有分寸。铁猴把跛子送出门来。

吉三奎把红玉送到县衙，少不了在钱师爷面前一番倒赔。钱师爷一副得理不饶人的样子说，自本城开埠以来，还未出过这等事，你给开先河。

吉三奎低着头让对方使劲弹，以至于对方摆两次手辞客，他都没看见。他退出来后，像躲避瘟疫一般逃掉。

钱师爷望着模样俊俏的小姑娘，一脸猥琐表情，伸出骨瘦如柴的手去摸对方脸蛋，红玉忙躲闪开说：爷爷，俺是来干活儿的，让俺干啥活儿？干完俺就回。

钱师爷干笑着说：干活儿，不忙、不忙，活计嘛，有的你干，还要使劲干才行，回去也不忙，等把活儿干好后自然就放你回去。

到这时，红玉还不知道是来干啥的，只巴望早点干完活儿回去，心里有一种小孩子离开爹娘呵护后的不安全感，她怎能知道这是一帮大人给一个小孩设计的陷阱。

钱师爷让人叫来夫人，把红玉领进另一处宅内，只等晚上给梁县太爷进贡。

梁县太爷除好色之外，还有另外两个嗜好，喝茶下棋。喝茶，当然是喝上好的铁观音。象棋下得也确实不错，方圆百里没有对手，很多道中高手知道他象棋下得好，却很少有人前来过招儿，因为大伙都知道，这父母官有一个规矩，输棋是要付出代价的。看看吧，他赢过一处宅院，赢过良田百亩，至于把谁家的俊俏姑娘赢来睡几夜更不在话下。奇妙的是，他断案有时也和嫌疑人过手。有一次，一个黄氏乡亲家的黄牛被邻村刘氏偷走，黄氏将刘氏告上衙门，梁县太爷刚睡醒，懒洋洋地坐在大堂之上，好歹算听明白案情。说道，你们二人别争了，你俩和老爷我下盘棋，咱三人谁赢了，黄牛便归谁，你俩也可联手和我下，老爷我是不是很公平？

黄刘二人怎能不知父母官下得一手好棋，两人也略通棋艺，知道单凭一人根本就没有胜算，此刻，原本是一对冤家，却不得不往一个壶里尿，联起手来和父母官对弈。意思很明显，先把黄牛赢过来再说，哪怕宰了一人一半。

结果不说大家也明白，父母官赢下那头老黄牛。黄刘二人立马垂头丧气，二人也不再争斗。梁县太爷拍案而起，大声说，本官公明断案，你等服不服？

服、服。二人赶紧回答：敢问清官大老爷，这头黄牛可否卖与小的们？

父母官马上变脸色：本官准了，若你二人合伙买此黄牛，纹银二十两；若一人买，本官只收取五成。

那刘氏一听泄气，不敢再抬头。黄氏拿出十两银子，买回来本就属于自己的黄牛，一桩公案就此断完。刘氏偷了黄氏的黄牛，没有受到任何惩罚，黄氏却非常郁闷，总感觉偷牛的不是刘氏，是梁县太爷。

吃完晚饭，钱师爷把红玉领到梁县太爷的书房中。老用人摆上棋盘，把红玉领下去。梁钱二人坐下来，父母官端起香喷喷的铁观音，抿一小口放回原处说：老规矩，红先黑后。伸手拿起大炮架在河岸边。

钱师爷忙支起羊角士，护住老将，对用人说：茶泡浓点，老爷今晚夜战马超。

是。女用答应着，双手端着茶壶退下去，把茶壶放在后房桌上，掀开茶壶盖，又加上一捏茶叶，添满水盖上盖子。转身到里屋，低声和红玉说话。这时，一个黑影一闪，来到桌前摆弄几下茶壶，然后消失在屋外。

老用人抹一下眼角，拍拍红玉的小手，走出来，端起茶壶走进老爷的书房。不一会老用人转回来，把一个药丸子塞到红玉手心：孩子，奶奶救不了你，只能让你少受点罪，到时把这个吞下去，这是麻人丸。

奶奶，这是干啥儿活啊，还遭罪？红玉不解地问。

孩子别问了，听奶奶的话，作孽啊、作孽，姓钱的你不得好死。老用人咬牙切齿地骂着：早晚遭报应。

梁县太爷棋兴正浓，一连和钱师爷下了三盘，盘盘皆赢，这感觉太爽了，望着对方不停擦拭着额头上的汗珠，这天气还能出汗，指定是燥汗，老东西我让你输个掉底精光。二人边下棋边喝茶，不到一个时辰，已喝下三壶浓茶。钱师爷出去小解三次，浑身像散架子一般。梁县太爷却相反，那精神头浓着哩，越喝茶越神清气爽。泄了元气一般的钱师爷不得不起身告辞，走路像拌菜馅子。梁县太爷见状一阵耻笑，又端起茶碗喝两口，这才回到内室。

用人把红玉领进来，迟疑一下退了出去。梁县太爷回身把房门插好，端着架子冲对方轻咳一声，在显示自己的绝对权威，在这间房里，不，在县衙门里，在全县，都是我说了算。他两眼瞪着对方，这是一个还未成熟的果子，咬一口可能还不怎么流水，或者说有点苦涩，只要是个还没有扒皮的玉米，就成。全身热火燎燥起来，此时此刻，多穿一件衣服都是多余的，恨不得把身上这层肉皮也扒下来。

红玉惊恐地往后退，退到大炕前，她实在想不明白，眼前这个光腚溜子老爷爷要做什么，自己又能帮他做什么，她恐惧得说不出话来。县太爷是没工夫说话的，他认为那都是多余的，只想立马做成好事，折腾一晚上才好，以往他经常这样干。红玉在房间里转圈儿躲闪，梁县太爷东抓西扑，红玉吓得大哭起来。

外面有三个人在不同角落里，汪头儿一脸得意之色，成了，成啦，等着明天到钱师爷那儿领赏钱。一个黑影趴在房檐上，倾听着房内的一切，他听到一个熟悉的哭声，只要听不到那被锥子扎得撕肝裂肺的声音，就踏实了。一个老太婆躲在墙角里抹眼泪，不停地念叨，作孽啊作孽。

梁县太爷不由感到奇怪，自己虽然也很亢奋，但和平时感觉不一样，身体没有任何变化，忙活得浑身大汗，累得气喘吁吁，像只泄气的皮球，很快两只眼皮开始打架。

红玉躲在墙角里，两眼紧紧盯着那堆肉丘子，三叔就是让自己来干这活儿？不一会从那堆肉丘子上发出阵阵呼噜声。红玉不敢睡觉，就这么呆呆地坐着。半夜时分，梁县太爷爬起来，刚刚坐直身子，便扑通一下倒在炕上，虚脱得不能自已，晚上连小解都在大炕上解决。

第二天上午，汪头儿饭后来到县衙里，见钱师爷还未“上朝”，这不是他的性格，一年三百六十五天，他都是早早来到衙门里，东瞅瞅西看看，一天捡不着东西，就像丢了东西一样难受。他直奔钱师爷家。

再说钱师爷，昨晚回去之后，躺在炕上像烙烧饼，翻来覆去睡不着，浑身出虚汗，本就干瘪的身子，熬这么一夜，还真有点受不住。第二天竟然赖在炕上不起，夫人边做饭边嘟囔，这是太阳从西边出来。

梁县太爷折腾半夜，虽然入睡，可老是做噩梦，身子虚脱得不行，连说话的力气都没有，天一放亮红玉就打开门跑出来。

女用人一夜起来多次，在远处偷看偷听这边的动静，见那女孩跑出来，忙迈动一双小脚，赶过来接住红玉，拉到自己房间里，扒开对方两条小腿查看，没见一丝血迹，凭经验她知道，这孩子没遭罪，忙紧紧抱在怀里，老泪纵横。不停念叨，老天有眼，万幸、万幸啊。赶紧打开后窗户，小声说，孩子快逃命去吧，趁天还早，跑出城就钻树林子，过河就是别的地界。塞给红玉两个棒子面饼子。红玉马上跪下磕头，说，奶奶我忘不了您的好。

孩子，快逃命去，跑得越远越好。老用人催促。

红玉也是这个心思，赶紧逃出这个鬼地方，太可怕。双手扒住窗沿，老用人一托她的屁股，红玉一纵身钻出窗户，往下跳去，没想到有一双手把她接住。

跛子叔是你！红玉有点吃惊。

不是我还能是谁，要不把你救出来，他们还不吃了我，快走。刚拐过街口，小北风等人跑过来。铁猴一把背起红玉，向大车店奔去。吉三奎和金枝，已经让人把家伙什收拾停当。银枝见到红玉，一把搂在怀里，二人坐在车上。吉三奎装作看不见，金枝也别着脸，一行人走向古城门。

第二十八章

红玉把昨晚的经过讲给银枝听，银枝听过之后，疑惑不解，怎么会这样，那衙门里的男人都凶巴巴的，吃人肉的心思都有，怎会把红玉就这么放回来。

跛子望着走在前边的铁猴，知道自己的脑袋就拴在这几个人的裤腰带上，有一个人给县衙里报信，自己脑袋就不会安稳地长在脖子上。转念一想，也没必要太过担忧，江湖上讲的是义字当先，自己也是为救红玉才对县太爷下手，谁敢放气，铁猴第一个不答应，只要不出问题，两三天便能走进陕西地界。

此刻，铁猴的心思不在跛子身上，他还在冲着吉三奎喘粗气。吉三奎有些不解，红玉回来之后并没有哭哭啼啼，看样子也不像遭受多大委屈，难不成这县太爷不像传说中那样，还是能怜香惜玉的，几年之后，他才明白事情的原委。

小北风、漂子和跛子并肩往前走着。吉家班走出古城，吉三奎心里还是不踏实，回过头来冲大家说：这下咱和官府架梁子啦，我早就跟你们说，这年头跟谁做对也不能和官府过不去，你们就是不听。

跛子忙打圆场：咱这不是磕头磕到蛋上，碰巧嘛，衙门放人，我正好去接，就这么巧。

其实，吉三奎也能咂摸出点味儿来，那黑心的钱师爷和好色的县太爷，怎会这么轻易放过红玉，其中必有缘故，可到底发生了什么，他一时还弄不明白。不管发生了什么，扯呼，这是对的。如果让公门里的人追上来，那只能怪红玉没这个命。跑江湖、跑江湖，只能走一步说一步，谁能有前后眼。

慢慢地，铁猴等人被马车落下几十丈远，几个人又吹起牛来，胡侃乱聊，这也是大家赶路时的小插曲，为不寂寞。铁猴回头看一眼说：后脑勺上长个眼睛，别让六扇门的人抄后抱腰。

那帮吃干饭拉稀屎的玩意儿，就是欺负老百姓的能耐。小北风愤愤地说：听说那两个老家伙，昨晚喝下好几壶浓茶，都喝趴架子。

哼，这就叫报应。跛子得意地说：老东西，下半辈子只能当老公（太监）。

人在做、天在看，出来混早晚要还。铁猴右手抽出单刀，耍一个腕花。

猴哥说得对，就算咱不下家伙，早晚也有人整治他们，至于上天堂还是下地狱，那得老天爷说了算，是不是？跛子回答。

铁猴大声说：以后谁再敢欺负红玉，别怪老子不客气，这孩子爹娘死得早，咱不照顾谁照顾，凌班主待咱们不薄，人心都是肉长的。

跛子感到这个话题有些沉重，忙转移话题：要我说这事都是赶出来的，这大冷的天，咱们刚想找个地儿扎几天、缓缓神，却差一点儿把吃饭的家伙弄丢，你说这不倒霉催的吗？

谁知道皇上哪一天崩驾，一下子黄瓜塌架了，整得还挺吓人倒怪，弄个动静都犯忌讳。小北风说。

瞧你那个瘪拉嘴巴，还塌架，那叫驾崩，不懂别瞎乓乓，没人把你当哑巴卖掉。跛子耻笑对方：学着点儿，听我的书不花银子。皇上死了那叫驾崩。刚说完死字，忙左右看看，现在这个字可是最忌讳。

铁猴撇嘴：瞧你吓得怂样，瘸不拉叽的没人拿你去换银子。

隔墙有耳。跛子继续白话：皇帝死了那叫驾崩，老和尚死了那叫圆寂，道士死了叫登仙，英雄死了那得叫捐躯。咱们死了，就只能叫翘辫子啦。

可不是咋的。小北风赞同：喝一碗少一碗、吃一顿没一顿的，不知啥时候眼皮一翻腿一蹬，吹灯拔蜡拆戏台，扯别的没用。

谁说不是，挺尸后能有个三长两短（棺材板）就是烧高香，多时还不是光腚溜子草席一卷，扒窝子一埋了事。漂子使劲吐一口唾沫。

铁猴插话：从现在起到明年开春，都消停点儿吧，皇上和老太后骑着毛驴往西去了，官府都毛了，这几个月别整动静，蔫不溜丢干点小活儿，能填个半截肠子就成。

皇上驾崩，官府那毛病多了去啦，百日内不准作乐，七七四十九天内不准杀生，三十天内不准嫁娶。我看咱也甭去啥大地方，瞄准犄角旮旯的小去处，班主自然会明白，咱是瞎操心。跛子越说越没底气。

大车上，银枝揽着红玉坐车后，吉三奎和金枝坐车厢里，一路上很少说话，和平日里赶路不一样。银枝因为红玉的事，对班主和金枝的做法很反感，红玉自然是恨死三叔和金枝。吉三奎对红玉多少有点内疚，一个十来岁的孩子，被自己送进县衙门顶杠，到啥时候也是个话把儿。金枝心里也有点别扭，吉三奎这事做得有点过分，不知哪天，说不定也会把自己送给哪个半截老头子顶杠，你想，他连师哥师姐的娃娃都敢这样做，何况自己一个孤儿。虽然相处几年，但仍然捉摸不透他这个人。

吉家班一路急赶，一直到入夜掌灯，才停在一个小村庄的大街前。吉三奎心里多少踏实了些，把古城甩在五六十里路之外，县衙里的人没有追上来，是还没醒过盹儿来，还是不想为个娃娃较真，他不知道。

铁猴和跛子走进胡同里敲门借宿，一连敲开三个院门，都被对方拒绝，不是这原因就是那借口，反正就是不让外人借住。有一位好心的老大娘给指条明路，村东头有一座庙堂，不大，住个仨俩人还成。

大家望着班主，是接着往前走还是停下来，等对方拿主意。吉三奎望着黑乎乎的天空，一个星星也看不到，冷风嗖嗖往脖子里钻，他掩紧衣襟说：走，去那庙堂看看，下半夜更冷。

大家来到村东头小庙前，一座孤零零的小庙坐落在一片空地上，没有院墙，没有门窗，前面墙上有一大两小三个黑窟窿。铁猴围着小庙转一圈儿，对班主说：大伙挤进去避避风头还成，总比在露天地儿过夜强。

吉三奎没搭理对方，独自走进庙内，天黑看不清北墙下高台子上，坐着的是哪路神仙，供桌上什么也没有。他冲外面说：金枝进来吧，进不来的在大车旁支个篷布，凑合一宿。金枝走进去，然后，银枝和红玉也走进去。铁猴走进去一看，又退了出来，拿起一床破被子送给红玉和银枝，让俩孩子躲避在墙角里，围上破被子，然后拍拍红玉的头，走出来。

跛子解开大包袱，把被褥给班主送进去，又拿干粮和水送进去，来回跑了几趟。小北风和漂子把大车推到北墙下，把马拴在树上，给马喂上草料，这才将唯一的篷布借着大车扯起来，然后几个人钻进去。等跛子忙活完班主两口子，刚弯下腰往里钻，砰一脚被里面的人踹出来。他赶紧扯白口，各位兄弟行行好，有钱大家赚，有福大家享，有难大家当，给兄弟挪个立锥之地。说着又往里钻，砰砰两脚，他扑通一下跌坐在地上。

他叹口气，心里明白，不用多说啥，此处无声胜有声。他只好围着小庙转起来，开始是走，不一会变成小跑，慢慢身上有了点缓和气。然后来到大车前，慢慢掀开篷布一角，小心地钻进去，铁猴见状侧身给他腾块小地儿。跛子坐在地上，扫一眼躺着的其他人，几对眼珠子冒着冷飕飕的寒光。铁猴为缓解气氛说道：这事儿也不能都怪跛子，这些事儿总是要有人做的，不过话说回来，拍马屁也得看火候，拍过头，难免不被马蹄子尥着。

知道、知道，我这也是为大家好。跛子有点委屈。

好不好你心里明白，以后把掖起来的铜子儿拿出来给兄弟们弄点吃的，别饿狼吃独食，你落难时也好有人搭把手。小北风冷冷地说。

看看，又拉走板了不是，咱是那样的人吗，除非一阵北风刮得遍地是钱。跛子辩解道。

小北风哼一声：那北风刮的不是铜子儿，是雹子，砸死你这马屁精。

第二天一早，吉三奎起来后，围着小村庄转一圈儿，大街上没人走动，家家户户也没有炊烟，给他的感觉不好，像鬼村一般。回到破庙，招呼大伙赶紧套车赶路，一路上走走停停，二十多天后的落日前，一大片村落出现在眼底。

马车停在一个几丈高的牌坊前，吉三奎望着半里地外一大片村落，在思考进退。漂子抬头看着高大的牌坊说：好家伙，这大门框子够气派，竖在这前不着村后不着店的地方，有点可惜，若是竖在谁家的大门外，那有多排场。

每到关键时候，跛子总会摆出一副老江湖的样子：你啥眼神，你家门框几丈高，这是牌坊好不好？他抬头使劲瞅牌坊上三个大字，对方认识他，他不认识对方，忙把红玉从车上抱下来低声问，红玉把小嘴贴到对方耳朵上嘀咕一下。跛子立马神气地走到大家面前，指着那三个大字说：飞云渡，这名字多响亮，此地绝非非凡处。

怎么个非凡法？难不成像白马坡一样。小北风问。

吉三奎反感地瞪一眼小北风：别老把走麦城挂嘴头子上，能不能整点儿过五关斩六将？

跛子故作姿态，摇头晃脑，宽班主的心：凭我多年的经验，这个村庄没有五百也有三百户人家，定有那良田千顷、瓦房百间的大财主。

铁猴不屑地说：看你这能掐会算、摇头尾巴晃的样子，我问你，这周围一马平川，一望无遮拦，既无江河，又没有桥船，怎么个飞云法？又如何“渡”？

这个、这个嘛，进村问问便知。跛子搪塞对方。

吉三奎大声说：走，进去看看。

不过有一点跛子猜得对，飞云渡确实有三百多户人家，在方圆几十里是大村庄，这一带土地还算肥沃，村庄不似古城一带稀疏。进村后吉家班寻到一个大户人家住下，东家万富才年近六旬，有良田百顷，几十间房屋连成前后六个院落，在城里还有两家店铺，由两个儿子经管着。万老爷子虽家大业大，却是个节俭之人，做事认真，为人小气，虽然不是那种靠盘剥克扣佃户起家，但也从不随便多给长工一个铜子儿。自认为在庄里，他是最讲公道的。你说他小气抠唆，有时也会大方一把，这要看他的心情而定。两个儿子和乡亲们的看法一致，老爹的心情最重要。

这不，见到吉家班，他的心情着实好了一把。正月十六是他的六十寿辰，他一口答应吉三奎，你就踏实地住在我这儿，账还是得算清楚，管住不管吃，喝水自个儿去街前大井挑，水桶白使唤，生火做饭烧柴禾最后一块儿算，不能白烧，兴许你耍把得让我满意，也就两抵。两个多月后，也就是正月十六，给我耍上三天玩意儿，这就是你们给我交的房钱，当然，这三天的饭食我管。

两个精明人，把各自的小算盘，扒拉得噼啪响。

万东家西院，是一个占地一亩的院子，靠南墙一拉溜五间杂草房，外加一个大车棚，满住得下这些打把式卖艺的人，闲着也是闲着，也下不了崽子。若请这么个杂耍班子给自己祝寿三天，那得花费多少担粮食？

吉三奎也会精打细算，这寒冬腊月天，再往前走村庄更稀疏，能有这么个地方猫冬也好，住的问题能解决，就等于去一大半心思，虽然兜里有几个大子儿，但也不能坐吃山空，每天让大家到周围村子转转，能撂地当然好，不能撂场子就串门子。谁不知道打把式卖艺都是这个路数，棚前的买卖和棚后的活计都得照顾到。

万家庄属于三县交界处，是个三不管的地方。距离最近的县城也有一百六十里脚程。村里有几家铺子，都在东西大街上，茶馆、杂货铺、酒馆、豆腐坊、药铺，还有几家暗门子，当然不是城里挂招牌的那种，做得好的要数赖寡妇家。

万家西院偏房，吉三奎自然独居一室，其余人住在杂草房里，地上铺一层柴草，打地铺，把木格子窗户用秫秸堵死，铁猴和跛子用木棍和秫秸扎成一扇门，晚上睡觉时再用干草把呜吱漏缝的门缝子塞住，大风便刮不进来，至于小风随便吧。大伙儿把脑袋往破被子里一钻，什么气味已不重要，不冻挺尸就行。

吉三奎是个闲不住的人，倒不是他喜欢干活，在他看来，喝酒赌牌睡女人也是干活，都得出力，出大力，不是动脑子就是出力气。现在他有充足的时间来照顾红玉，给她制定一个练功计划，三年之内一定要把她打造成像样的把式，拿得出门子，上得了场子，弄他个三两手绝活儿，这样，钱袋子鼓起来得就快了。

这天晚上，他从小酒馆喝了半斤老酒，出得门来，浑身燥热的他，被冷风一抽浑身一激灵，哼着小曲回到住处。杂草房里的人都已躺下，把被子裹严实，有的人在说话，有的人在抹眼泪。红玉和银枝钻进一个被窝，两人抱在一块攒暖和气。

吉三奎推开房门，见金枝在油灯下做针线活，回手带上房门。本就喝得满脸通红，浑身燥热，他一把夺过对方手里的衣衫扔在一边，抱起金枝，一甩手扔在大炕上，接下来就是老许套子，三下两下扒光对方身子，金枝扯过棉被裹在身上，推诿道：人家有啦，你轻点成不。

满脑子就一个事的他，哪里听得进对方说什么，猛一蹿把对方压在下面，阵阵热血沸腾，金枝不由哀叹，这可是你的种啊，每每此时，碍于对方的淫威，她不敢多言。完事后吉三奎发现身下一片血水，酒醒大半，忙问对方咋回事。金枝忍痛告诉对方，自己怀上孩子了，让他刚才这一折腾，恐怕这孩子难以保住。

吉三奎这才感到问题的严重性，第二天一早，就把药铺里的郎中请来给金枝把脉，郎中给开了五服草药，说，能不能保得住孩子，得看天意，他说了不算。

前边说过，他爱干的活是喝酒耍牌睡女人，却不喜欢自己动手照顾人，这照顾金枝的活计就落在红玉头上，从此，红玉不但要练功，还要照顾班主两口子。

第二十九章

又是一个寒冷的夜晚，吉三奎喝酒回来，由于金枝的身体状况，他不再折磨对方，躺在炕上不一会儿便打起呼噜。红玉把瓦罐拎进来放在大炕前，和金枝道过晚安，这才回到杂草房里去睡觉。时近三更天，咚一声，杂草房的破草门被踢开，一阵寒风刮进去，铁猴抄起单刀蹿起来，大骂：哪来的海魂点子（亡命徒）。那柄单刀在空中划过一道弧线奔来人的脑袋砍去。

慢着，你个棒槌，睡癔症啦。吉三奎闪身躲开对方的单刀大声喊。

铁猴这才放下单刀，气哼哼地说：深更半夜，我还以为是鬼上门，啥事这么饥馑，不能等天亮再说。

吉三奎没搭理对方，冲地上大喊，红玉起来练功去。说完转身走出去。

跛子睡觉都睁着一只眼，他怎能不明白铁猴的用意，要说他不知道进来的是谁，鬼才信，他那就是想给班主一个下马威。班主也是，这大冷的天，你咚一脚把房门踢开，这不等于迎风解开大家怀嘛，搁谁谁不气？大伙不敢招惹班主，只有铁猴敢作这个妖。

刚才那一幕着实吓吉三奎一跳，若不是他躲闪得快，脑袋恐怕就已不在脖子上墩着。从此他不让红玉睡在杂草房里，在自个儿房间地上搭个地铺，他可不想被铁猴一刀劈两半。再者，红玉照顾金枝更方便些，晚上起来小解都得把她叫醒搀扶。

吉三奎在大屋里受到惊吓，回到自己房间里，把气撒在红玉身上，这倒也是，如不是去叫她，也不至于被铁猴那把单刀招呼一下。吃饱喝足，想闲事归想闲事，正事还是要做一点，这几个月不在奔波，正好可打磨打磨红玉这块生铁坯子。现在红玉不再打墙戳，在地上凳子上靠空顶。

此刻他又躺回到大炕上，脑袋一沾枕头，呼噜响起来，金枝已习惯他的呼噜声，若不打呼噜还睡不踏实，红玉心说，没动静不合眼，真是个贱皮子。

别人睡觉，自个儿练功，红玉心里不平衡。啥事嘛，大家都在睡觉，晚上就是睡觉的时候，为何不能白天练。心里别扭，练功便带着情绪，心神不集中，不知啥时，肩膀一松，手臂一软，挺不住就掉下来一回，好不容易熬到天亮。金枝要起床，红玉赶紧过去把尿罐拎出去，把洗脸水端上来，刚要回身去拿毛巾，吉三奎大眼瞪得像鹌鹑蛋，问：掉下来几回？

红玉心想，三叔呼噜声不断，掉下来几次他怎晓得，还是少说几次吧，照实说指不定又怎么整治自己：六回。

吉三奎噌一下爬起来，趿拉着鞋走上来，拿起鞭子呵斥道：趴地上。

红玉不知就里，赶紧趴在地上。吉三奎抡起鞭子抽在红玉屁股上，边打边骂，让你狗日的撒谎，你当老子耳背是吧，明明二十五回，偏偏说六回，那老子就多抽你十九回。疼啊！一阵阵钻心的疼痛，刚开始红玉还哭喊几声，却没有缓解疼痛，也未能阻止对方的惩罚，便不再叫喊，嘴里念叨起来。

吉三奎听不到红玉的哭喊声，想着不会连这几下子都挺不住吧，停住手后，听到对方在念，人之初，性本善，性相近，习相远，苟不教，性乃迁。吉三奎啪一下把皮鞭摔在地上，哭笑不得，这个倔驴，真是她娘身上掉下来的肉，一个德行，转身上炕躺下来睡回笼觉。

铁猴推门走进来，把红玉扶起来，回到杂草房里，从包袱里掏出一个瓶子说：这是猴叔祖传的疗伤药膏，抹到屁股上，管用。银枝接过去，轻轻扒下红玉裤子，一条条鞭印子出现在眼前，她已经习惯了，自己也没少挨抽，慢慢给红玉抹药膏。

铁猴说：傻孩子，怎能少说呢，以后要是记不准就多说，他认为你撒谎，打得就更厉害。

疼！红玉咬牙道。

妹子，这才哪儿到哪儿，老鼠拉木锨，大头还在后头，还有腿功，腰功，跟头，吃功夫不说，受罪还多，一关一关慢慢过吧。

红玉一阵心凉，啥时是个头啊，这儿待不得了，再待下去就得被吉三奎整死。从这一刻起，红玉就在心底里盘算着怎么才能跑掉。

晚上，吉三奎喝完酒回来，还是老一套，外甥打灯笼，照旧（舅）。这些日子金枝吃草药保胎，他也不敢折腾她，为子孙后代，只能忍一阵子。剩下来的时间便都照顾在红玉身上。红玉想不到，光是靠顶这一样，练个一年半载也练不完，名堂太多，什么吊顶、叉顶、蔫顶、踹顶、拉顶、抖顶、蹦顶、单把顶、木砖顶，还有拐子顶，这一走神儿，身子又塌了下来。

吉三奎咚一声把茶壶墩在桌上，吓金枝一跳。他上前抬脚把红玉踹倒，骂道：你这是练的什么玩意儿，塌腰子顶，重新来。

红玉赶紧把双手按在凳子上，把腰腿吊直，练了一个时辰，吉三奎才说：睡去吧，明天接着练。

第二天傍晚，大家吃罢晚饭，红玉便来到班主房间里躺下来，得抓紧睡觉，到三更没多少时间，拉过破被子蒙在头上，尽量隔绝一切外来的杂声，更希望金枝半夜别起来小解。她刚睡着没多久便被喊声惊醒：瞌睡虫，起来练功。

她感觉没睡多一会儿，咋这么快就到了三更天，小孩子本来觉多觉实，她迷迷糊糊爬起来，头重脚轻，勉强睁开眼睛，用手背抹擦着眼眶子，双手按在凳上，刚一弯腰撅屁股，双腿还没吊直，骨碌一下摔下来。引来金枝一顿臭骂，臭丫头片子你诈尸啊，再弄动静饿你三天。

红玉抹一把眼泪，没敢言语，从水缸里舀上一瓢凉水，双手捧起来扑在脸上，全身的神经都被惊醒，这可是三九天。她小心地把双腿吊上去，刚上去不一会儿，扑通一下又掉下来。吉三奎不由大骂：要死呀，连个空顶都靠不住，是不是肉皮子痒了？

不不，三叔俺肉皮子不痒。红玉哆嗦着重新靠顶，勉强竖直身子，她自个儿也说不上咋回事，胳膊腿有点不听使唤。平时感觉撑不住时，顶多也就一耷拉腿，双脚先着地，没这么大动静，现在可好，胳膊一软直接就摔倒在地。从三更折腾到五更天，就连一沾枕头就着的吉三奎也没睡好，更别提已经显怀的金枝。

红玉胆怯地问：三叔，天亮了。那意思是想歇会儿。

吉三奎厉声呵斥：趴地上。

吉三奎穿好衣服下炕，趿拉着鞋，望着长条凳上摆的几样东西，皮鞭子（猪尾巴），皮条（过水面），藤子棍。拿起皮条在水盆里蘸蘸，拎起来滴答水珠。朝红玉屁股上抽去，每抽一下红玉都往上一提身子，抽一下屁股上鼓起一条檩子。她条件反射般双手反抱住屁股，为的是减少疼痛，那根皮条抽在她手背上。吉三奎见状喝道：去，抱住那两块青砖。

红玉不知就里，赶紧弯腰从地上抱起那两块大青砖。这时，那根皮条继续抽打在她屁股上，她赶紧用双手去护住屁股，那青砖一脱手掉下来，尽管她反应够快，还是被一块青砖砸中左脚面，疼得她双手抱住左脚，单腿乱蹦。她这才明白三叔让自己抱住青砖的意思，是让自己的双手无法再去保护屁股。

惩罚继续，她双手抱住青砖，嘴里念叨着，人之初，性本善，性相近，习相远，苟不教，性乃迁，教之道。一股热流从下体流出，拉尿了，尿液顺着裤腿流到地面上，一股难闻的气味向四下蔓延。

吉三奎气愤地啪一下摔掉皮条，骂一句：怂货，就这点尿性。躺倒大炕上睡回笼觉去。

红玉爬起来，一瘸一拐地来到大屋里，银枝上来抱住她，红玉的眼泪像断线的珠子。银枝用手抹着去对方脸蛋上的泪珠，劝道：妹子，再挺挺吧，会过去的。

吃罢早饭，吉三奎的气儿还未消，再加上金枝煽风点火，他气呼呼来到杂草房，铁猴跛子等人还未出去撂地。他冲红玉大声训斥着：干咱们这行的，每个人都得有一手拿手的，也就是绝活儿，要不你咋活？尤其是这些飘活（技巧），都得从小开始练起，得把底座（基本功）打好，有个三年五载，就差不多了。然后才能练成手活儿（节目）。为啥要让你练腰腿顶功？你胳膊腿腰像个硬树干，咋上场耍玩意儿？怕吃苦不成，怕受罪更不成，不是有这么一句话，吃得苦中苦、才能成人上人。

三叔，俺不想做人上人，俺和银枝姐一样高就行。有铁猴撑腰，红玉大胆地说。

哼，贴不上墙的烂泥巴，现在不是你想不想，是我想咋样就咋样，不好好练就抽你，一直抽到你想练、好好练。吉三奎扔下一句横话走出去。

场上一分钟，场下三年功。跛子过来安抚红玉：你三叔说得没错，将来才能成大气候。

铁猴伸手把跛子拨拉一边，拉过红玉说：跛子说得不错，但这不是说给你听的，铁猴冲门口一摆头，说对方是在拍班主的马屁。

红玉的精神世界快要崩塌，快要坚持不下去。在她看来，皮肉的疼痛已不算啥，比这更加痛苦的是内心的压力，还有无法摆脱班主那随时都能把自己抵给别人的恐惧感。

银枝的手掌抚摸在红玉脸蛋上，感觉发烫，忙问：你这是咋啦，这么烫？

铁猴忙把手掌按在红玉额头上，烫手：咋这么烫，是发热了，赶紧去药铺找郎中瞧瞧。说着背起红玉去了药铺，不一会儿三人返回来，铁猴对跛子说，你们走吧，今儿我不去了，给红玉熬药。

你不去能成一席吗？跛子说：有这么严重，还喝上药汤子啦。

赶紧滚蛋，老子今儿腮帮子冷。铁猴使劲一攥拳头，咯嘣响。

跛子见状忙打住：好好，您老歇着、歇着，我瘸子就当一回班主。带领大伙儿走出去。

跛子等人刚离开，吉三奎走进来，阴沉着脸说：小孩子摔打摔打没啥，死不了。

铁猴替红玉打抱不平，冷冷道：三哥，不是兄弟爱管闲事，老话说得好，得饶人处且饶人，差不多就行了，让别人念你的好，总比恨着你强。

铁猴，我知道你重情重义，是好事也是坏事，太重情义，做事情便会下不了决心。楚霸王项羽放走刘备刘皇叔，结果丢掉了江山。吉三奎话里有话。

铁猴没再答话，扯淡你都扯不匀和，你就是这么个玩意儿，用着靠前、用不着靠后。自称是老江湖，在绿林道上是这么行走的吗？将来有一天你摊上大事，恐怕没人会为你两肋插刀，那才叫活该，俗话说，脚上的燎泡，是你自己走出来的。

第三十章

红玉病倒后，躺在地铺上，脸通红，迷迷糊糊说胡话，一会儿喊爹娘，一会儿叫宝儿干娘，一会儿又喊猴叔。一旁守候的铁猴心里很不是滋味。他在门口用砖头支起药锅子熬药，北风把浓浓的草药味刮散，房间里的金枝一阵咳嗽干呕，推开房门骂起来：死就死吧，有啥了不起的，大不了再捡一个，这难闻的气味呛得老娘上不来气。抬脚冲药锅子踢去。

铁猴正在给红玉掖被子，听到门外的骂声，快步蹿出去，伸手抓住金枝那伸到药锅前的腿腕说：别怪我没提醒你，做事别太过分，有班主给你撑腰就不知道自个儿姓啥，铁猴眼里不揉沙子。松开对方脚腕，目光刺得对方不敢直视，哼一声，转身回屋去。

红玉一连烧了三天，迷迷糊糊老睡觉，到第四天头上才见好转。吉三奎对铁猴不出去撂地很不高兴，但又碍于铁猴的能耐，虽不直说啥，过来过去老甩脸子。铁猴怎能看不见，为红玉只好先忍住。第五天上午，红玉爬了起来，吉三奎对铁猴说，你领着大伙儿去二十里铺转转，那是个大庄子，兴许能赚两个。铁猴在家待了几天，不好再说什么，只好答应：就去。

他回到杂草房跟红玉说，要去外头撂地，红玉拉着他的手，眼泪巴巴的令铁猴心酸，他说：猴叔带你去撂地怎样？好玩着哩。他实在不放心扔下红玉自己在家，吉三奎金枝不是什么好饼，一转悠一个主意。

红玉高兴地说：俺去，猴叔，咱坐大车吗？

不坐，叔背着你行不行？铁猴心说，吉三奎不出去，那辆大车谁也不能动，那是他的心肝宝贝，别人碰一下他都心疼。

不用背，俺能走。红玉蹦跶几下给对方看。

走累了猴叔就背你，他招呼大家上路，奔二十里铺而去。村名叫二十里铺，但脚程不是从飞云渡开始量起的，从出家门到二十里铺，也就十一二里路。八个人外加小红玉，背包袱的背包袱，挑担子的挑担子，又回归到几年前走挑子的光景里。红玉问铁猴：猴叔，咱过去不是有那个双梁车子吗，木头轮子的小推车。

是呀，还记得叔叔推着你吧，一边一个柳条筐，你坐在一个筐里，另一个筐里盛着家什，从刚出太阳，走到落日头，这就是走江湖，那个小推车跑丢了，大车只有班主发话才敢动。

半头晌，大家赶到二十里铺。看那片村庄不小，东西狭长，南北不厚，像一条长板凳摆在那里。没有一条像样的街道，都是七拐八拐的小胡同，村前是一片水湾子，白花花的冰层上，支棱起一些干枯的芦苇。铁猴领着大伙儿从东头走到西头，也没找到一块大点的空地儿。北风刮得呼呼叫，土粒子打在脸蛋上生疼，胡同里很少有人出来，即便有一两个老人出来，见到几个打把式卖艺的，也不当回事，爱答不理地走过去。

用跛子的话说是，天时地利人和都不沾边。不能咋呼，不能说笑，不能敲锣打鼓，再加上天寒地冻，谁不知卧在热炕头上舒服，只能闷头吃大碗，这活干得别提有多别扭。总不能挨家挨户敲门传声，我们是打把式卖艺的，请你们出来赏赏脸，上上眼，然后给口饭吃，这和沿街乞讨有啥区别。

大伙儿来到村前那几棵光秃秃的大树干下，有人来回走动，有人原地跺脚，小北风接连打几个小翻，漂子直搓手掌，然后也来几个提信，随后又拧几个旋子。

跛子无奈咧嘴道：瞧瞧，一个个冻得怂样，瘸子踢毽站不住脚。

铁猴瞪一眼对方：自个儿骂自个儿，挺好玩是吧，以后别当着两个孩子满嘴喷粪，小心我抽歪你嘴。

好在头顶上还有个太阳，若再刮起雪花，可真够受的，眼看那太阳走到头顶上，还是没见有人聚集过来。铁猴盘算，到哪儿弄午饭吃？

这时，从一条胡同里走出来一个人，身穿长袍，头上扣着瓜皮帽，帽子上耷拉下两个耳扇，把两只耳朵捂住，双手缩进袖口里，快步向大家走过来。铁猴和跛子对视一下，小北风和漂子赶紧靠近包袱挑子，一旦发现苗头不对，接下来就是蹿杆子，谁跑得慢，说不定就得挨上几下。

瓜皮帽走到大家跟前，表情沉重，压低嗓门问：谁是管事的？

铁猴看清对方有五十来岁年纪，目光里露出警觉的神色，看样子像大户人家的管家。回答：有啥事冲我说。

可否借一步说话？瓜皮帽问。

铁猴点头：成，这边来。他带头向前走出去十几丈。

跛子小声对小北风等人说：背人没好话，准备扯呼。

银枝拉住红玉的手，躲在小北风身后。

姐，这是咋啦？红玉担心。

别怕，没事。银枝安慰对方，自己却提溜着心眼，跑江湖的啥事摊不上，不管好事坏事都得兜着。

瓜皮帽和铁猴在小声说话。

铁老大，我家老爷今年整七十三，活着时就爱看打把式卖艺耍玩意儿的，他自个儿也能比画几下子，这不，昨天晌午头，一口气没上来——临走前连口热乎饭都没吃上。东家一大家子人，甭提有多难过，这可是老丧（喜丧），人过七十古来稀，却赶在这么个茬口上，不敢哭不敢叫。刚才听说前街上有一伙耍玩意儿的，我就赶紧过来跟铁老大商量，看你们能不能到家里去给老爷耍上一场，也算是替两个少爷尽尽孝。不过这事可不能声张，咱得瞒着四舍五邻，万一走漏风声，让六扇门的人找上门来，那可砸锅了。

铁猴陷入沉思，走南闯北这么多年，都是给活人耍玩意儿，看客看到兴头上扔上几个铜子儿，还从来没给死人耍过玩意儿，这事听起来挺别扭，瘆得慌。可是人家找上门来，这是主动来请咱，拒绝总得有个说得过去的理由。说道：包银怎么算？

这个数成不成？瓜皮帽伸出五根手指：咱不能亏着大伙儿，大冷的天出来耍把式不容易。他见对方不言语，忙又加码：东家随手赏的不做内，午饭有菜有肉，开水白喝，窝头管够。

铁猴不再沉默，这个管家能做到这点实属不易，一般情况下，给包银便不再打赏：好吧，这活我接，不过咱丑话说前头，在你家院子里，出啥事与我没关系，咱这是先君子后小人，天一擦黑我们就走。他提醒对方，皇上这一驾崩，麻烦事就多了，现在虽然有民不告官不究这一说，但若你村里出来个好事的，一切后果你得承担。

瓜皮帽一拍胸脯打下保票：铁老大，你尽管放心地耍把，我说没事你心里不踏实，这万一，我说的是万一，我们洪家在这方圆百里，那也是有一号的，谁若敢扎毛扎刺，那是他自找不痛快，跟我走吧。

说一天就一天。铁猴重复着刚才的话：不是咱不想挣钱，谁跟银子有仇，眼下这干这活儿实在是凶险。

按咱这里的风俗，老丧都得请吹鼓打子（吹鼓手），请戏班唱大戏三日，风俗归风俗，你还能杠得过官府，咱就偷摸着耍一天，也当是给老爷送行，顺便挡挡活人眼目，一点动静都没有，老夫人也不高兴啊。看看，这管家也真够难干的。

铁猴招呼大伙，跟在瓜皮帽后面，来到洪家大院。洪家大院够气派，院内约有半亩地的空场地，高大门楼子，院墙有两丈多高。一拉溜五间大瓦房，中间是厅堂，门外那两根明柱上贴着一副挽联：雄笔卷苍茫丹青都带风云气，双溪流日夜猿鹤犹闻呜咽声。

看来，这宽大的厅堂就是老爷子的灵堂。跛子小声对铁猴说。

红玉望着那副对联说：猴叔，死的人是一位能书能画的老先生哩。

记住，在这里不能说死字。铁猴提醒：尤其咱们耍把式的人。

厅堂的双开门，大敞四开，一个黑漆柏木棺停放在正堂内。灵堂外十几丈的空场地，就是给铁猴等人准备耍把式的场子。寒风呼啸，卷起地上飘落的纸钱等杂物，看来守灵期间不打扫院子也是这儿的风俗。跛子对大家说，入乡随俗，只要给钱，其他都不是事。

今天是老爷子去世的第二天，偌大的门户，却很少有人前来吊亡，即便有三两个人，也是哭丧着脸，到灵堂内转一圈儿，来得快、去得急，没有住脚的意思，听不到丧主家人的趴灵哭声，更没有人把在寒风里耍把的人放在眼里。场子上的人，越耍越没劲，一个叫好声也听不到，更没有耍到劲处时，跛子那恰到好处的锣歌子声。

银枝一下场，小北风赶紧砸毽子，接着是小翻，又来一个提信，脚刚沾地又是一个拧个提，这一连串的动作潇洒漂亮。跛子刚张嘴想说什么，立马又闭上，心想，这是耍给寒风看，耍给房屋看，耍给棺材里的死人看，都是不出声的玩意儿，场子上的人如何能耍得上劲。

红玉问铁猴：耍给谁看啊?

有人给钱咱就耍，管他有没有人看。铁猴只能这么说。

跛子走过来逗红玉：要不你也被窝里伸脚指头，上去露一手。

铁猴反感地说：小心有人抽你。转脸对红玉说：你上去耍几手咋样，没人看你也甭紧张，和在家练功一样。

猴叔，俺上去靠顶成不?

行行，就靠顶，猴叔在下边看着你，把你平时练的本事都拿出来，说不定还真有人撂俩赏钱。他鼓励红玉轻松上场，刚才发现，北屋的东间房里，有一扇窗户斜开一条缝，这大冷的天怎么能随便开窗户，一定是有人在向外观看。在这守灵的时候，一般人是不敢这样做的，指定是这家人的长辈。他猜得没错，是那死者的老伴儿，老夫人坐在窗前，向外观看场地上耍的玩意儿。

铁猴拉过红玉小声问：能不能上你的蹦顶?你把这一手耍好就成。

红玉心里没底，病了几天，刚才在路上腿有点打摆：俺能耍好吗?

能、你能，提住气，把劲儿全使到手臂手腕上，猴叔给你把场子。

那行，俺上。红玉鼓足勇气回答。

小北风下场，漂子把三条板凳搬到场子上，这三条板凳，每条之间相差四块砖的落差。

银枝帮着小红玉收拾一下衣裤，重新把小辫子扎巴一下，一根朝天椒。叮嘱对方：起范要稳，呼吸要匀称，别紧张。

红玉答应着走上场。铁猴无意间瞥一眼那扇斜缝窗户扇，此刻已成半开状态。红玉来到凳子前，弯腰双手按地，慢慢把腰腿吊起来，又把左手扬起来，做一个漂亮的飞燕式。银枝不住点头，这个单手顶做得不错。

红玉身体猛地往起一提，从地面蹦到最低的凳面上，然后又一提身子，蹦到中间的凳子上，还剩下最高的那条凳子。这时她感到手臂有点发抖，手腕的力量在减弱，赶紧鼓足气力，用力提身体，稳稳落在最高的凳子上。她却不敢再做其他动作，本来打算再做个叉顶，现在只能放弃，把气力攒足双手使劲按住凳面，一抖双腿，翻下凳，然后她双手抱拳，还做了一个规矩的谢场。

铁猴满意地点头，这孩子能成。银枝说，红玉妹子若不是病刚好，指定还能有更好的表现。大家的注意力都在红玉这边，不知从哪里跑过来一个穿孝衣的人，跛子条件反射般，端着铜锣迎上去，冲对方点头哈腰直道谢。他就爱听铜子儿砸到铜锣底上的叮当声，那是一种能给人带来快感的美妙音乐。有时他还故意把铜锣摇得哗哗响，他喜欢看那些铜子儿在铜锣底上旋转的情景，一个变俩、俩变仨，三十四个变六十八。突然一个女孩把一块银元扔在铜锣里，这个动静比铜子儿大得多，他伸出两根手指，夹起来一晃丢进自己兜里，快得不亚于变戏法的漂子。

这个动作晃过他面前所有人，却没逃过他背后的一双眼睛。红玉发现跛子不止一次捂储（偷钱）。

铁猴上前抱起小红玉，漂子赶紧走上去，右手一扬，五根手指夹住五张扑克牌，左手如法炮制，左右开弓，顿时场地上空飞起无数扑克牌，看得窗户里的那双老眼，眼花缭乱。不一会儿一个脑袋伸出窗户，是什么稀奇的玩意儿能吸引她，死了老头子还能这么专注？原来是那些被甩出去的扑克牌，神奇般在空中转一圈儿，又飞回到漂子手中。

铁猴把手伸到跛子面前，跛子不情愿地把铜锣里的铜子交给对方：猴子，咱吃一顿饱饭咋样？

别说我没看见，你这可不是头一回，班主在，你爱咋地咋地，咱管不着，现在是我铁猴当家，希望别有下次。

跛子无奈地掏出那块光洋递给对方，啥大不了的，不就顺手牵个羊嘛。

牵羊你到别处去牵，在我这儿不行。铁猴又对大家说：今儿咱就开开荤。

一擦黑，铁猴招呼大伙收场子，瓜皮帽走过来，身后跟着两个用人，他将一串铜子递给铁猴，一根细麻绳上穿着的一串铜钱。然后一摆手，两个用人端着一簸箩馒头：这是老夫人赏你们的，拿着吧。小北风忙接过去倒进布袋里。

谢老夫人。铁猴说：管家，我们也去吊亡一下老爷吧，逝者为大，这也是咱这行的规矩。

行，铁老大很会做人，老夫人一定高兴。刚说完高兴两字，忙改口：她老人家很满意。

铁猴带领大家来到灵堂前，鞠躬吊亡，非亲非故这就算是大礼。瓜皮帽把铁猴一行人送出大门，然后小声对铁猴说：铁老大，待过了五七，你能否再来给老夫人耍一场？

这不好吧？铁猴说：今儿俺们都提留着心眼儿，万一被不怀好意的人盯上，这可是砍头的罪过。这事以后再说吧，这几个月我们还在这一带转悠。铁猴给瓜皮帽留下一个活话。

跛子把大伙儿领到一个饭馆里，要六个像样的热菜，有两个菜是荤的，每人两碗热面汤，小北风把那半袋馒头拿出来，这是大半年来大家吃的最好的饭食，也许是熬渴得太久，不到一盏茶的工夫，便盆干碗净。铁猴结算饭钱，大家走出饭馆，铁猴停住脚步说：小北风，把剩下的馒头藏好，别让老鼠啃了。

好嘞猴哥，放心就是。小北风回答，班子里最大的老鼠就是班主和金枝，一旦被发现麻烦就来了，凭吉三奎的脾气，少不了要折腾一顿。

我提醒你们，今儿这事得烂在肚里，谁敢声张出去别怪我不客气，以后也甭想再吃好东西。大伙儿七嘴八舌回答，放心吧猴哥，谁这么傻？说走嘴不就等于亏着嘴吗，明白着哩。

铁猴瞪一眼跛子，两人心照不宣。这种事，按规矩是犯忌讳的，不管谁当老大带着大伙儿出来撂地，所有的收入都得交给班主，不能藏着掖着。凌聚财当班主时，大家没人行这个心，因为凌聚财和凌红飞待大家很好，公平透明，没亲没疏。自从吉三奎当上班主后，情况便开始发生了变化。

铁猴对红玉说：回去别和金枝说你上场的事。

嗯，俺知道。红玉回答。

你知道啥，鬼精灵。铁猴刮一下对方的小鼻子。

俺就是知道嘛。红玉一挺胸脯。

铁猴领着大伙回到飞云渡，多数人家已熄灯歇息。吉三奎没出屋，隔着窗户喊了一句：早歇着吧，有事明儿说。

铁猴应了一声，心想，本就没想和你说啥，你围着金枝转吧，惦记着她肚子里的娃娃，急得只想用爪子抠出来。

第三十一章

第二天一大早，太阳还未爬出地平线，寒风已找上门来。吉三奎推开杂草房的破草门，一阵冷风裹挟着灰尘粒子刮进屋里，银枝赶紧用被子裹住红玉的脖子。铁猴和跛子已穿好衣服，在蹬鞋子。小北风推一把还在迷糊的漂子，两人赶紧往身上披衣服。

昨天二十里铺咋样？吉三奎是来要钱的，那可是个大庄子，听人说是远近闻名的富裕村，村里有几家大财主，他们这一趟指定不白跑，他望着一脸阴沉的铁猴，心想，跟我逗闷子耍诈，不好使。

咋的，没开胡？他冷冷地盯住跛子那不停眨乎的眼睛。

咱就是想点炮也白瞎，没人敢胡。跛子搭腔：那庄子倒是不小，人哄哄的，就连那老财主家掌门人升天，本应发老丧出大殡，愣没敢吭声，准是村里有在衙门里当差的。

吉三奎琢磨对方是不是在忽悠自己：那咋还回来的昏天黑地的？

依着我早就尥回来了，可猴哥不死心，这不，又转一个村子，漂子费劲巴力地拾几个落地果，大伙儿才到老乡家中，糊弄一肚子稀的，回来的路上，大伙儿都腿打摆，怎能回得不黑灯瞎火？

跛子说得严丝合缝，吉三奎找不到半点破绽，扔下一句：今儿去南边转转。

一晃到了年三十，偌大的庄子，从外表上看没有一丝年味，院门外，店铺门前没有挂灯笼的，大门明柱和门框上，没有人贴对联，往年这时，各类戏班子早已进村，撂地打把式卖艺。有钱人家已经闹动静，鞭炮两响能接上溜，现在可好，一片死气沉沉。有一样没变，三十晚上烙火烧，初一早上吃饺子，还是不碍朝廷啥事的，大家闷头在家吃便是。

傍晚，吉三奎和金枝商量，怎样才能让大家吃上一顿饺子。金枝说，去万东家要点白菜帮子回来，再赊点混合面，咱自个儿动手包顿饺子吧，大伙儿熬渴了一年不容易，最好能弄点荤腥来，没肉沫子，没油珠子，干吧拉渣的咋往下咽。

跛子和小北风正在做饭，下边是一锅水煮白菜，篦子上热一层窝窝头，漂子边往灶里添柴禾边嘟囔，过得啥年，折腾一年也没见几个大子儿，这人哪，命就是不一样，该吃好的人家吃好的，该饿肚皮的还饿肚皮。

发昏脱不了死，你就是喝菜汤的命，别瞎琢磨。跛子说。

万富才的管家瓜皮帽，端着一个干粮簸箩走进来。铁猴忙迎上去：管家你这是？

老爷说啦，这是给两个女娃的，这么丁点儿就离开爹娘，够可怜的，三十晚上烙火烧，不就是想让大家翻翻身嘛。

那我就谢过万老爷，看看，还得让您老跑一趟。铁猴接过柳编簸箩，里面有六个火烧。红玉耸耸鼻子，闻到火烧的香味，拉着银枝的手走上来。

瓜皮帽走到门口和吉三奎撞个对面，二人拱手施礼，吉三奎走进杂草房，几步窜到铁猴跟前，一把夺过小簸箩，骂道：让臭妮子吃可惜了。转身就走。铁猴一晃拦在吉三奎面前，飞快递出右手，闪电般从小簸箩里抓起两个火烧，说：谁吃都香，人家是给俩孩子送来的。

这不是犯上吗？猴子越来越不像话，吉三奎右手端着小簸箩，左手化掌为刀向对方右臂砍去。铁猴没想到班主会动真格的，赶紧使出看家本领，用绝绵掌法化掉对方的功力。吉三奎暗自吃惊，铁猴深藏不露，以后还真得小心点儿，难怪他敢经常和自己顶对，原来是有上乘功夫撑着。

跛子看出名堂，望着班主的背影说：猴哥，你这两下子不糠，吉老三以后得提防着你。

那是他的事，与我何干？铁猴把火烧分给银枝和红玉：吃吧，猴叔没本事，垫补垫补。

红玉将火烧掰开，把一半送到铁猴面前：猴叔，你也尝尝，香着哩。

铁猴忙推开：红玉自个儿吃，猴叔不饿。

不嘛，你吃一口红玉再吃。红玉举着火烧。

好好，猴叔吃一口。铁猴一阵心酸，张开大嘴咬下一小口，使劲咀嚼着：好吃、好吃，红玉快吃。不由恨起吉三奎两口子，真不是玩意儿，和吃屎的孩子争奶吃，什么东西！

瓜皮帽去而又回，身后跟着两个用人，推门进来对铁猴说：我家老爷是十里八村有名的大善人，这不，惦记你们出门在外，吃喝不便，把明早的饺子馅和面送过来，晚上，你们边聊天边动手包饺子。

还未等铁猴回话，跛子高兴地上来接过盛饺子馅的大盆，小北风接过小面袋子，铁猴等人感谢不尽，把三人送出门，在人家身后不停地作揖。跛子那对薄嘴皮子不停地吧嗒，谢了、谢了，好人哪，这年头还是好人多啊！大善人、真是大善人，有福之人不用忙，这是咱们开年的好兆头，你爱信不信，反正我信。

行啦，别捣蒜了，你们谁爱信谁信，反正我不信。铁猴转身回到大屋，红玉和银枝盯着大盆里的饺子馅，不停地抽鼻子，香，真香。

吉三奎和金枝闻风走进来，刚才两人还愁得没辙，这下行了，两人吃下去四个火烧，明早的饺子也有了着落。他对大家说：晚上闲着没事，别竟想蹬被子的事，动手把饺子包出来，明天早起，咱也吃饺子，过年就得有个过年的样子。铁猴没搭理他，跛子敷衍着：是啊，又过年了，真快啊，转眼又一年。

小北风瞥一眼跛子，这是没话奁拉话，驴唇不对马嘴，还没吃饭就撑得够呛。

金枝不愿听跛子瞎白话，对红玉一瞪眼：晚上过去睡。说罢和吉三奎走出去。

红玉从发烧那天开始，就没再去吉三奎屋里住，和银枝钻一个被窝，一听还要过去睡，老大不高兴，撅起小嘴，拉着银枝的手说：姐，俺不想去，三叔和金枝可凶呢。

银枝望着铁猴，希望他能想办法留下红玉。铁猴摸摸红玉的头说：别怕，有猴叔哩。跛子说：大家凑过来包饺子，别冻坏饺子馅。

没有串盘，包好搁哪儿？我看还是明早起包，随包随煮随吃。漂子说。

小北风赞成：也成，不就早起会儿吗？反正大年初一也没啥事，在家时还能串门子拜个年，在这里两眼一抹黑，谁也不认识谁，吃饱只能死觉。

铁猴对跛子说：这盆饺子馅就交给你了，冻成冰碴子大伙儿找你算账。

这啥事啊，行吧，赶会儿我搁在被窝里的脚头上捂着。跛子叹气道。

银枝赶紧阻止对方：你那臭脚丫子，脱下鞋子能臭十里，和饺子馅在一起闷一宿，这饺子还能吃吗？不变成臭饺子才怪，还是我经管着吧，实在不行就用柴禾燎燎盆子底。

跛子的目的已达到，忙说：好好，还是让咱们银枝经管。

大家你一言我一语，正聊在兴头上，从吉三奎房间传来喊叫声，铁猴不想在大年下把事情弄得太僵，对红玉说：过去吧，他们若欺负你就喊我，等金枝把崽子生下来，你便会轻松些。红玉不情愿地站起身走出杂草房，来到墙后提起那个瓦罐子，走进吉三奎的房间，刚把尿罐放在大炕前，金枝便开骂：死妮子，磨磨蹭蹭想找抽，不知道我要尿尿吗？红玉赶紧上前搀扶，金枝蹲在尿罐上，一只手抓住红玉手腕，突然一阵反胃，一股酸水冲出喉咙，喷向红玉，污秽物喷到红玉的眼眶里，她顿感眼睛发烫刺疼，忙用手去揉，越揉搓疼得越厉害，右眼不停流泪。

金枝连尿带吐，折腾好一阵子，这才对红玉说：挺尸呀，赶紧把罐子倒掉，把屋地收拾干净，要不咋睡，酸吧拉臭的。她自己都嫌房间里气味难闻。红玉刚拎起尿罐，对方又说话了：别玩省事的，倒完用水涮涮罐子。

红玉答应着出来倒尿罐，然后回到杂草房，银枝望着泪流满面的她，忙过来安慰，铁猴跛子也凑过来。红玉把眼眶里喷进金枝的呕吐物告诉大家，银枝忙把油灯举到红玉脸前，跛子说赶紧用清水冲洗，已红肿。小北风端来一碗冷水递到跛子手里，跛子说：别怕凉，忍一会儿，把金枝拉出来的脏东西冲干净就好了。他把凉水喝到嘴里，鼓起腮帮子，撅着嘴唇，凑到红玉额头前。银枝不解地大声问：你干啥？你那臭嘴干净吗？

跛子没搭理对方，用手扒开红玉的眼皮，猛地将一口水喷进去，红玉疼得一哆嗦，跛子接连喷了三口水，那扒着对方眼皮的手没松开，待对方眼眶里的水流出来后，这才松手：好啦，大侄女，你碰上我是万幸，这中工治已病，老夫不敢说有起死回生之术，那也是手到病除。

大家不服不行，跛子那瘪拉脑袋瓜里，装的玩意比别人多，江湖上杂七杂八的东西，看到的听到的，自个儿揣摩出来的，都装在脑袋里，不知啥时，拿出来都有用处，漂子对其很是佩服。

行啦，自家人面前，别卖狗皮膏药。铁猴看着眼睛红肿的红玉，心疼地说：以后干事离她远点儿，她是个疯子。

金枝现在咋变成这样子，过去她不这样。银枝不解。

现在和过去能一样吗？人家现在是班主老婆，狗尿苔变成仙人草。小北风讥讽道：哼，别得意，十年河东十年河西，等她落难，看谁理她。

红玉越想越难过，抱住银枝哇哇大哭，念叨着，俺想娘，想奶奶，想宝儿干娘。哭得铁猴心里发紧，小北风直咬牙，跛子唉声叹气，哭得大伙闹心，尤其在这大年三十晚上，看看这些人，哪个没有一肚子苦水和磨难。

臭妮子死哪儿去啦？从吉三奎房间里传来金枝的叫骂声、干呕声。你挖坟窝子还是在趴灵？赶紧滚回来。吉三奎满嘴脏话。

红玉赶紧抹两把眼泪，走出杂草房，拎着罐子走进班主房间。金枝正趴在炕沿上呕吐，红玉歪着头，把尿罐搁在炕沿下。吉三奎伸手从炕沿下捞起布鞋往红玉头上砸去，她没有一丝防备，那厚实的鞋底猛拍在她头顶上，她眼前一黑一阵眩晕，差点摔倒在地，忙扶住炕沿，待眼前看清东西后，飞脚踢在尿罐上，顿时碎瓦片飞到大炕上，大哭着奔出房间，向大街上跑去。她一刻也不想在这间屋子多待，这间房子的人都是魔鬼，随时都能把自个儿吃掉。

吉三奎大骂，有本事你死去，永远别回来，你还长能耐啦，要不是我养着你，早饿成干儿了。金枝也在叫骂，你个臭妮子，回来让她跪三天三夜。

铁猴听到班主两口子不停叫骂，一脚把跛子踹起来，胡乱穿上衣服，奔出杂草房，见吉三奎房间门四敞大开，知道出事了，飞脚踹在门板上，咣当一声巨响，震得金枝耳膜疼。铁猴转身冲向大街，跛子和银枝跟在后边，小北风和漂子随后也跑出来。

吉三奎知道惹动众怒没好处，这才自个儿下地收拾地上呕吐的脏污，又将洗脸盆拿过来给金枝接着，关好房门，上得炕来，自言自语道，算啦，大过年的，别计较啦，以后有的是机会拾掇这小妮子。

铁猴等人分成两伙，一伙人围着村庄转，一伙人在胡同里转，等两伙人在大街前会合时，竟没见着红玉的影子。铁猴很是担心：漂子，你们不是光撒丫子吧，瞅仔细没有？

看你说的，这么大一孩子，咋能看不着，就是一条猫狗，也糊弄不过咱的眼睛。漂子说：她能跑哪儿去？黑灯瞎火的。

黑灯瞎——灯下黑，对，赶紧往回折，大家瞅仔细那些角门洞子、房厦子、草棚子、猪圈窝啥的，我估摸她可能就卧在这些地方。跛子说着带头向胡同里拐去。在众人没辙时，跛子的话往往能提个醒，大家跟着向前奔去。

红玉跑到大街上，向西奔下去，一直跑到大街西头，一大片黑乎乎的旷野出现在眼前，她站在村头四处张望，前面仿佛是一张已经张开的老虎嘴，饿极了正在捕食，她又返身往回折去，就像屁股后面有老虎追赶一般。就这样又跑到大街东头，结果还是一样。一种绝望的心情已经支撑不住两条小腿，她极力地用右腿拖拉着左腿，一步步往前迈，一个高大门洞子出现在前面，她像饿了很久之后，突然抓住一个窝头，几步窜进门洞里。

她蜷缩在漆黑的门洞里一角，浑身打冷战，一对小眼睛惊恐地望着外面，不由想起孙二娘的话，你要记住奶奶的话，就一句，可能你还不懂，等长大后就懂了，一个能成大事之人，一定能承受得住别人所不能承受的压力，吃别人所不能吃的苦。孙二娘临走时的表情，她看不懂，奶奶是不是说，让自己受苦？受大苦？奶奶你好狠心，为啥要让玉儿受罪。宝儿干娘，你怎么还不来领我？若再不来就见不到红玉啦。她不知道下一刻会发生什么，三叔要是把自己抓回去，会不会打死自己？那只饿极了的大老虎，会不会跑过来把自己吃掉？

突然，从她身后传来一阵汪汪的狗叫声，伴随着利爪挠门板的刺耳声，她一下趴在地上，发现声音是从大门里传出来的，一只大狼狗把门板撞得咚咚响。她不明白自己在门外躲着，怎么能惹着门里那只狼狗，难道在这三十晚上，连一条狗也欺负自己，不给自己一个挡风雪的地方？她趴在地上不敢动，连大气都不敢喘。那狗折腾了一会儿，听到大门外没动静，这才慢慢静下来，它没有离开，忠于职守地蹲坐在大门前。

铁猴等人沿着大街从西向东搜，一直到大街东头，也没发现红玉。他认为这样寻找还是有疏忽，每个门洞都必须进去看看。他说得没错，红玉若像开始那样蜷缩在门洞里，他指定是找到了，现在她趴在地上，双手抱住头，屏蔽一切视线和听力。

当铁猴站在门洞前往里张望时，发现地上有一黑乎乎的东西，忙叫，是红玉吗？

红玉听到熟悉的声音，这才抬起头来，铁猴赶紧上前抱起对方，又从门里传来狂犬声，小北风飞脚踹向大门，一阵震耳的咚咚响声，那只狼狗狂叫得更加厉害，跛子来到门前，从喉咙里发出几声怪叫，那声音怪异瘆人，那狼狗顿时蔫了。大伙儿回到住处，铁猴把红玉放下来，银枝把她揽在怀里，不管大家怎么问，红玉是徐庶进曹营，一会儿瞪大眼睛，一会儿紧闭双眼，一会儿张开嘴，总之，就是不说话。

铁猴说，别问了，孩子受了惊吓，让她歇会儿。跛子说，他们也忒那个了吧，大过年的整这嗑干啥？这样折腾别人，你自个儿就好受？小北风也说，这孩子命苦，凌班主两口子那是多好的人，待人接物没得挑，我敢说待咱们每个人都不薄，说没就都没了，我总感这事蹊跷。漂子接对方话茬，红班主是被白马压坏五脏六腑，没得救，但凌班主这么壮实的人，这么有主意的人，怎能说走就走呢？猜不透。

大家都过来，咱们边聊边忙活，我看大家今晚也睡不着，干脆包饺子，包完咱就煮饺子，吃完拉倒。铁猴端过来饺子馅，跛子拿过来小半袋混合面，小北风把板凳擦擦，道具权当面板子。大伙围在一起，有和面的，有拌饺子馅的，有抱柴禾收拾锅灶的。

铁猴说：包够一个人吃的就溜饺子，攒多了也没处放，我孙大圣给各位英雄排个座次，女侠客红玉、银枝吃第一锅，第二位是铁拐李（跛子），第三位是江湖骗子（漂子），第四位是知贼星柳（小北风），第五位是——最后是关中刀客铁猴。

跛子讥讽道：说了半天就你一个好人。

红玉第一次露出笑容，银枝暗自叹气。

第三十二章

这边吉三奎夫妻睡得正酣，那边已开始动手准备大年初一的早饭。

铁猴严肃地说：大伙儿手脚轻点，别惊扰着班主两口子的好梦，该吃吃该喝喝，吃完喝完咱就睡回笼觉。

这就叫闷头吃大碗。跛子点着脚擀饺子皮。

记住，吃喝完都收拾干净，连汤水也别剩下。铁猴叮嘱大家。

红玉学着捏饺子：不给班主留吗？金枝姐可凶呢，不给她吃，她不过来砸铁锅拆灶台啊。她可领教了班主两口子的厉害，那简直就不是人，想怎么折腾你就怎么折腾，把自己当成他们养的一条狗，有时还不如狗。

红玉，别怕，有猴叔在，打今往后你就跟着我们。铁猴安慰对方。

甚好、甚好，他们有的是银子，自个儿下馆子去，班主不就爱喝一口吗，尿鳖子一捏，便成神仙。小北风说。

按照铁猴排的顺序，红玉、银枝吃了第一锅，然后二人当火头军，接下来也是两人一锅吃饺子，待大家吃饱喝足，已过午夜。铁猴等人抓紧把锅碗瓢盆洗刷完，大家围坐在地铺上，铁猴坐在中央，银枝揽住红玉，由铁猴开始，大家拉开话匣子。当然，主持人是铁猴，多年来，在风雨飘摇、颠沛流离中，他不知不觉在大伙儿心目中成为主心骨。除了跛子，没人知道他仙乡何处，为何流落江湖。

这是一个悲催的年夜，这些来自四面八方的苦命人聚集在一块儿，在这个透风撒气的草棚子里，身上披着破棉被，围坐在一起，没有半点光亮，相互看不清对方面目表情，却是一群彼此再熟悉不过的伙伴。

猴叔，我想回家，不想死在这里。红玉惊恐地说。

铁猴心一沉，没想到第一个拉开话匣子的是年龄最小的红玉，而且在那几个字眼里，包含着大家久埋在心底里的一致愿望，回家。

家在哪儿？跛子感慨地问。

哪儿是家？漂子惆怅地问。

红玉，你没有家了，你的亲人都没了，野竹李那个家已经装不下你。铁猴话里夹杂着伤感：以后你就跟着我们，像你银枝姐一样，她和你一样也没有家，猴叔不敢说，在座的都是你的亲人，起码我是，银枝姐是。

跛子不愿听这话，铁猴你什么意思，这不是骂我们哥儿几个吗？这话不中听，我们咋就不是红玉的亲人？在古城，要不是我舍死救她——

是她先救的你好不好？铁猴打断对方的话：她要不去大牢里换你，恐怕你现在还蹲在古城大牢里，吃饺子？喝西北风去吧，你还好意思说。

跛子被对方呛住，细想人家说得没错，立马不言语。

小北风插话解围：谁救谁不应该吗？都在一个锅里耍马勺，多了谁你可能没啥感觉，一旦少了谁你试试。那个俗话说啥来着，烂韭菜就是不能破捆，一旦把那根草绳子拽断，看看那些烂韭菜还能吃不。

是这个理儿。漂子说：你们记得不，金枝被班主糟蹋的那晚，我这心就像被针扎一样。

去去，不会说话就坐着你的嘴，那能叫糟蹋吗？铁猴反驳对方：人家那叫一好加一好，合起来是两好，看看现在人家小日子过得，连种子都下上了。

这倒是一句实话，漂子你这话要是让班主听到，不打断你狗腿才怪。跛子说道，这就是那句老话，周瑜打黄盖，一个愿打一个愿挨。

我看不一定，鞋子穿在自个儿脚上，合适不合适自个儿知道，受罪也得认，兴许是哑巴吃黄连呢，也说不定。银枝多少能理解金枝的心情，毕竟二人相处多年，即便像铁猴说得那样，人也是会变的。

在黄家镇时，金枝姐多好啊，愿意和我玩，现在她见到我就烦，咋一下变得俺不认识了呢。红玉委屈地说。

铁猴哼一声，心想，你太小不懂这些，坏种是姓吉的：鱼找鱼虾找虾，乌龟专找鳖亲家。

红玉从对方话音里听出什么，问：是不是孙奶奶说的那样，近朱者赤、近墨者黑？

对对，就是这个意思，跟着啥人学啥人，这不奇怪。跛子说。

猴叔，俺回不了家，也找不到宝儿干娘，今后咋办啊？俺不想练功，俺想念书。红玉那美好的梦想还未破灭，她多么希望那一刻马上到来。

过去铁猴不愿在红玉面前说令她失望的话，但是，眼前这一切距离她的理想太遥远，应该让她明白如何去面对现实。这可能让她很痛苦，甚至一时无法接受，可毕竟该来的总要来，不去面对不行，她在一天天长大。说道：红玉，猴叔也念过两年书，算不上是出身书香门第，爹娘也识文断字，做人的道理也学过不少，你愿意听猴叔的话吗？

红玉眨巴着一对小眼睛，不知对方啥意思，只好点头。

那好，猴叔告诉你，过去的事就让它过去吧，就当没这回事好不？也就是说，你可能一辈子也找不到你宝儿干娘，猴叔希望你塌下心来学点本事。

不、俺不嘛，你说得不对，宝儿干娘就是在等着俺呢。说着两只小手不停地抹眼泪。银枝赶紧哄她：看看，都哭成三花脸啦，别哭了，大年三十晚上不兴这样哭鼻子，好啦，别哭了。

大年初一好不好。小北风纠正对方：现在起码是三更天。

跛子冲铁猴一摆手：大年下你说点啥不好，惹孩子着急干啥。

铁猴没搭理对方，看一眼红玉继续说下去：自古以来，凡成大事者，都不拘小节，刘备就是一卖草鞋的，后来却能争得天下三分地盘；韩信是一勇武的大将军，关键时候，能钻人家裤裆。红玉，你要学会忍受，把一切先搁在心里，等你练成功夫，有了本事，不说是那个技压群芳，也得出类拔萃，到那时，你想干啥就自个儿说了算。

猴叔，俺就想自个儿说了算，俺得等到啥时候？红玉又看到了希望。

也许几年，也许十几年，慢慢来，只要你心里有这个信念，就总会等到那一天。别灰心，别丧气，不是还有我吗？

还有我。银枝说。

还有我。跛子也说。

我也陪着你。小北风说。

红玉一看有这么多人陪着自己，至于能走多远，她一个小孩子也想不了那么多，压抑的心情缓解许多。

大伙儿尽情地聊大天，侃大山，东南西北海吹，天上地下神聊，铁猴瞅一眼那原本黑漆的窗户纸变得发灰，忙压低声音说：赶紧死觉，待会班主进来谁也不能出声，他爱咋折腾咋折腾，谁要应声，那他指定这一年不顺通。

大伙儿听罢，都躺下来，有的蒙住头，有的向里侧着身，红玉和银枝钻一个被窝里，脸对脸闭上眼睛。

跛子和铁猴挨着，二人睡在地铺靠外一侧。

班主知道咱们吃了个盆干碗净，还不气炸肺？跛子幸灾乐祸。

那是他喝上水喝惯了，喝点呛水也不错。铁猴冷冷地说。

这一夜吉三奎睡得挺舒服，喝下半斤老酒，又吃了两个火烧，躺下便进入梦乡。金枝正相反，一夜没怎么合眼，杂草房里有声音，听不清在干啥，一直延续到天快放亮。等吉三奎醒来，天已大亮，他慢悠悠穿好衣服，金枝已经坐在炕沿上，用那个木头梳子梳头。

走，吃饺子去，看看这些家伙是咋作弄的，不会下一锅馄饨汤吧。吉三奎说。

哪能？铁猴跛子又不是小孩，能连个饺子都不会溜。金枝回答。

两人推开房门，一阵寒风扑面而来，土粒子打在脸蛋上生疼，金枝赶紧拉紧棉袄领子，吉三奎骂着，这是什么鬼天气，今年出奇地冷，这帮小子咋没个动静？咚一脚将杂草房门踹开，寒风裹挟着土粒子，大团灰尘刮进屋内，铁猴赶紧将棉被蒙在头上，跛子往下一出溜，钻得连头发也看不见。

金枝一看这情形，一把抓住锅盖，冰凉梆硬，掀开一看，锅里啥玩意儿也没有，整个锅灶没半点温和气，昨晚那个盛着满满饺子馅的大盆，搁在破桌上，空空如也，那只小面袋里倒还有几把混合面。金枝立马醒悟过来，他们闹一夜动静，原来是提前吃了初一的饺子。你们也该给班主和我剩下几碗，怎能吃独食，转念一想，人家做得也不算过分，你吉三奎动不动就下馆子，自顾自地好吃好喝，啥时候想到过这帮穷兄弟们，自己若把昨晚的事直接告诉他，说不定会闹出啥乱子来，铁猴小北风都不是善茬子，只好把到嘴边的话又咽回去。

吉三奎嘴里不干不净地骂着，踢一脚破桌子，扒拉一下盆子，不管他怎么闹动静，躺在地铺上那一溜脑袋瓜子，没一个出声音的，自个儿养了一群白眼狼，对金枝说：走，下馆子去。

金枝跟在后面走出杂草房，去哪儿下馆子？大年初一谁家做生意？看来开年这顿早饭要泡汤，这可不是啥好兆头。两个人来到大街上，从东走到西，各店铺都闭门谢客。吉三奎越寻思越有气，对金枝说：回去找这帮小子算账，不给他们点颜色看看，他们怎知道马王爷有三只眼。

行啦，别折腾了。叫我说这也没啥，别怪兄弟们，那万家就给那么一点玩意儿，还不够他们塞牙缝的。大年初一，大家能吃顿饱饭，这一年兴许会顺当点儿。

吉三奎感到憋屈、窝心，这叫什么事，忙活一年，连大年初一的饺子都没吃上，这话好说不好听，不，也不好说。两人磨磨蹭蹭往回走，路过万家老宅，瓜皮帽正好走出来，手里拎着一个食盒，看到吉三奎二人忙露笑脸：看看，想啥来啥。老夫先给二位拜年啦，放下食盒，拱手施礼。

吉三奎赶紧把插在袖子里的双手抽出来，抱拳还礼：管家过年好。

瓜皮帽又把食盒提起来说：遇见吉班主老夫倒也省几步道，这是刚溜出来的饺子，三种馅的，老爷让我送给二位尝尝。

吉三奎不由一喜，真是有福之人不用忙，好饭不怕晚，忙伸手接过来，一个劲儿道谢：这多不好意思、不好意思，还让万老爷惦记着我，这让我不知说啥好啦，你给万老爷捎句话，说我吉三奎给他老人家拜年，祝他寿比南山。

瓜皮帽望着二人的背影，看对方那样子，像得了啥金元宝似的，不就几碗饺子吗，至于这么感恩戴德？看他平时常下酒馆，也不像缺钱花的人。瓜皮帽摇摇头转身往回走去。

吉三奎和金枝快步返回住处，把几碗饺子端出来搁到桌上，还冒着热气。二人坐下来，金枝用筷子夹一个饺子送到嘴里慢慢嚼着，味道不错，心情也好起来，吱呜着说：嗯，好吃，就是缺点忌讳（醋）。

吉三奎冲门外大喊：红玉，去万老爷家借点忌讳。然后从桌上抓起那半瓶子酒，用牙齿叼住瓶子塞，一拧脖子，瓶塞被拔下来，噗一口吐在桌上，嘴对嘴，咕咚咕咚灌下两大口，夹起一个饺子往上一抛，那饺子飞起两尺多高，在下落过程中，他张开大嘴，来个守株待兔，饺子落入他口中，惬意地说道：真爽，饺子就酒，越喝越有。

红玉听到班主叫喊，吓得一哆嗦，双手搂住银枝脖子说，猴叔救我啊。

铁猴蹬一脚跛子屁股：班主叫你去借忌讳，赶紧的，耽搁班主吃醋小心挨猪尾巴。

跛子已听到班主的喊叫声，小声骂着：扯淡，吃啥玩意儿还要蘸醋，不会是蘸饺子吧？他俩从哪儿弄来的饺子呢？不情愿地坐起来边穿衣服边说：红玉别怕，瘸叔替你去借忌讳，我给他俩弄一缸山西老陈醋，非酸死他们不可。嘴里嘟噜着走出去。说实话，这活计平日他愿意干，可这会儿确实不想起来，铁猴发话，这个面子不能不给。再说，让红玉去借东西，万一借不来，还少不了被班主收拾一顿。他自信对付吉老三，肚子里有的是招数。

金枝瞥一眼对方那得意劲儿，不敢说什么，只能叹气，虽然跟他睡了好几年，还是仍然捉摸不透他心里是怎么想的，只得小心翼翼地伺候着，想起那句戏词，伴君如伴虎啊。

吉三奎吃喝得惬意，不由来了兴趣，他要在金枝面前显摆一下自己的能耐，猛一拍桌子，砰一声，吓了金枝一跳。只见那半瓶酒的酒瓶子被颠起来，酒瓶飞起尺许高，他一晃脑袋，张嘴把酒瓶叼住，一昂脖咕咚咕咚喝下去两大口，然后一低头，啪一吐，那酒瓶神奇地落在桌上，好端端没半点磕碰，稳稳地搁在那儿。接下来还有更神奇的，他拿起一根筷子，在那六寸盘边上一敲，五六粒花生米向他飞过去，就像南飞的大雁一样，整齐排列着飞进他嘴里。

看得金枝瞪直了眼，还从未见过他这样的功夫，感觉到对方更加深不可测。跛子站在门口，看到这一切，马上奉承起来：好功夫、好功夫，兄弟闯荡江湖多年，还是第一次见识。心里说，什么东西，这种低劣的障眼法也就糊弄一下你老婆还成，你敢在大伙儿面前显摆吗，恐怕连小红玉也能看穿你这种小把戏。说着把一海碗忌讳放桌上：管家说，不够还可以去取，醋管够。

吉三奎瞥一眼跛子说：滚蛋、快滚蛋，见着你不烦别人。他又想起昨晚那盆饺子馅，班子里谁不知道，你是嘴里抹蜜，捧死人不偿命的主儿。金枝看着那碗醋，半点酸的感觉也没有，碍于面子，她端起海碗，用筷子筚着醋，往饺子碗里倒一点，海碗里漂浮着一层夹带草沫子的灰尘。跛子暗自得意，这一路上寒风呼啸、尘土飞扬，敞着碗口岂能干净，不给你沥拉上点尿汤子就不错了。

第三十三章

俗话说，过完初一就是十五，几个月来万富才盼的就是这一天。平常年景，现在早就热闹起来，去年八月十五云遮月，现在正好是正月十五雪打灯。云遮月，凡间管不着，那是老天爷的地盘，这雪打灯却是人间的事，人间万事都得朝廷说了算，老天爷天高皇帝远，管不着。即便你是铺天盖地飘雪花，也打不着一个灯。

年前，万老爷盘算得挺好，明年正月十六，是自己六十大寿，到了耳顺之年，若不好好热闹一下，既对不起自己，也对不起父母。所谓有钱人过生日，那是万般的喜庆，没钱的人想一下都是奢侈的事。何况这万老爷子腰缠万贯，怎能不大摆寿宴。但是，他什么事都想到了算计到了，要不怎能收获一个铁算盘的名头，就是没想到皇上驾崩这码子事，这样的事他怎敢想，确实不敢想。这不，年前上来一个杂耍班，天寒地冻不想再往前走，正合他的心思，留下来给自己祝大寿。

傍晚，万老爷亲自来到吉三奎住处，二人略作寒暄，万老爷便问起明日之事。吉三奎胸脯拍得啪啪响，这算啥大事，小菜一碟，咱就是干这个的，您老等着看好玩意儿吧，咱把压箱底的玩意儿都抖搂出来，保你看过满意。不过，在下想问一句，你是敞着大门，还是闭着大门？

万老爷不明就里，对方这是啥意思，他们要的玩意儿还见不得人？忙问：还请吉班主明示。

真是个榆木脑瓜子，连这点事都听不明白，你那万贯家财不是坑蒙拐骗来的吧，心里这么想，嘴上还得那么说：我是说，看客都自家人吗？还是街坊邻居都来看？

噢，这个、这个嘛，你说咋样好？万老爷一时也没有主意。

要我说，你还是关上大门的好，你想想，不是还有那码子事嘛。吉三奎手指天空。

噢，可不是，看我这脑瓜子，咋把这事忘了。这可含糊不得，听你的，咱就自家人看。

好好、行行，自家人看咱更不能含糊，到时你把大门一关，把大伙儿都叫出来，辛苦一年，也让大家轻松轻松，过完十五好上套嘛。吉三奎说着说着就走了板。

万老爷此刻的心思没在这儿，也没听出有啥不对劲，倒是一旁的金枝白了吉三奎一眼。

万老爷说道：既然吉班主你拿出来绝活儿，那老夫也不能含糊，咱这三天得吃好喝好，临走也不能让你空手，我让管家给你准备几扇包子，荤素搭配，虽说咱比不上天津卫的狗不理，那也得说得过去才成。

两人在房间里团拢好了这几天的事，铁猴和跛子在门口听了个大概。跛子把铁猴拉到一边，悄声说：老三还想做黑活儿。铁猴嗯一声：这飞云渡可不是什么好去处，别再来一场白马坡，小心被人家掰了吃饭的家伙，我早就看那瓜皮帽子不是善茬。跛子回头瞅一眼门口，小声说：他左手食指中指齐刷刷少了一骨节，看来我得提醒三哥一下。

第二天上午，万家老宅大院，这是一座宽敞的大院子，吉家班全体人马，开始一场两个多月前就定下的包场。万家大院两道大门关严实，两扇漆黑的门板上，插着上下两根牛腿粗的门闩，大门口站着一个看家护院的家丁。

在高大的北房正门前，摆着两个罗圈椅，万富才和老夫人从北房客厅走出来，扫视一下左右后坐在椅子上。万富才手上端着一个精致的小茶壶，万老夫人双手插进一个红花棉套袖里，她身边站着一个女用人。万富才夫妇两边坐着的是万家的儿孙后代，有十几人。东西南三个方向，围着万家大院里的用人和长短工，家丁有几十人。

瓜皮帽小步来到万老爷身边，耳语几句，万富才点头。

瓜皮帽对吉三奎一摆手，吉三奎又对铁猴一摆头。铁猴对银枝说：上活。银枝打两个小翻，腾空到最高处时，被小北风双手接住，四只手扣在一起，小北风高举起银枝，来到那根拴在两根柱子上的大绳前，银枝两脚稳稳踩在大绳上。穿着一身红衣、扎着朝天辫的银枝，动作干净利索，伸展开两手臂，像走翘板一般，故意晃悠着身子，颤颤悠悠，在那根麻绳子上来回走两趟，下腰来一个十字叉，站起来后又搬一个朝天蹬，接着在大绳上翻两个跟头。

万老夫人担心，对万老爷说，刚过年可别出啥阵乎，一个跟头栽下来，这喜事就得变成丧事。

万老爷说：你这是洋鬼子看戏，替古人担忧，即便是摔出个好歹来，那也只能怪她学艺不精，与咱何干？看你的吧。

银枝下绳的动作也让万老夫人的心揪了一下，她不是慢慢下来的，而是翻着跟头下的大绳。

突然，传来一声叫好，好，好啊！一个家丁忍不住喊出来。万老爷瞪一眼管家，瓜皮帽走过去扇那家丁一耳光，场地上顿时鸦雀无声。银枝走完大绳，接下来是漂子的戏法，他穿着一个半大的破棉袍子，搬着一个四方小桌上场。

今天这种耍法，跛子高兴，基本没他什么活计，省去扯白口、费吐沫星子，不用敲锣念锣歌，就连用破锣收钱这活计都省却了，今儿就是白干活，等于还债来的，不能白住人家老万家那杂草房子三个来月。看看这伙用人和家丁，就知道万富才是啥德行，这伙人翻出兜子底来，也掏不出两大子儿，谁还会给扔赏钱。虽感轻松，但他那两只眼珠却没闲着，走着尥着都用眼角睄着吉三奎，就凭他这副腿脚，他可不希望吉老三做出什么东窗事发的活计，白马坡的教训够他记一辈子。

吉三奎和金枝说了几句话，然后就奔西南角茅房而去。跛子见状忙走到铁猴身旁，冲西南角一摆头，铁猴会意点头。这时，还有一双眼睛也在盯着西南角茅房，瓜皮帽对一个家丁使眼色，那家丁向茅房走过去。吉三奎走进茅房后，并没有解开裤腰带小解，而是快速观察茅房四周，这时他听到由远而近的脚步声，才装作系裤腰带的样子，那家丁走进来，二人打个照面，家丁说，耍得不错，玩意儿够硬实。吉三奎应付着，承蒙夸奖，请多捧场。两人一前一后走出茅房。吉三奎回到场子前。跛子那颗提着的心放下来。

漂子变的戏法是大变飞鸽。这种魔术对他来说很轻松，耍了多少年，从没耍漏过。按理说，场上耍玩意儿的，必须全神贯注，决不能分神，可这时，他却犯了变戏法的大忌。倒也不能全怪他，本来他是准备好补漏的。他将一块四方红布蒙在左手上，右手扬起来在空中做一个抓过来的动作，然后掀开红布，一只白色鸽子扑棱着翅膀，两条腿粘在他的手掌上飞不起来。几秒钟后，他一扬手，那只鸽子飞向空中。这时，他要继续变下一个鸽子，突然，一枚铜子儿不知从哪儿飞过来，他刚刚将红布蒙在左手上，那个铜子儿正好砸在他手腕上，手腕一哆嗦，扑棱一下从棉袍子一侧飞起一只白鸽子。周围的人看了个明白，原来那鸽子藏在漂子宽大的棉袍子里。

立马传来一阵起哄声、叫骂声，耍漏啦，玩砸啦，手疾眼快也没能捂住那会飞的活物。漂子赶紧退场。吉三奎骂着把铁猴推上场。这种救场的事，不拿出几手绝活儿，人家岂能善罢甘休。铁猴按照顺序耍起吞铁球、吞宝剑、铁枪刺喉等，耍了一会儿见没啥大反应，知道看客们没有买账，他不得不冒险起来，暗自骂吉三奎不是东西，要不是看在众位兄弟的面子上，我才不帮你个混蛋。他把红玉叫过来，耳语几句，红玉点头。他来到万老爷面前，把小桌上的三个冻梨拿起来，回到场子里，一个放在红玉头顶上，另外两个让红玉伸开手掌托着，他倒退十步，手里攥着三支飞镖。

万老夫人瞪大眼睛看着场上那红衣小女孩，撅着小嘴，一脸悲情，哆嗦着嘴唇说：他要干啥，可别扎穿孩子的脑壳啊，你快去叫他停下，别耍啦，不看、不看。

妇人之见，心眼儿小得像针鼻儿，清平世界朗朗乾坤，怎敢随便把人扎死。万老爷嗔怪夫人多事。那万老夫人见万老爷不动地方，忙用双手把脸捂住，怎奈又驱赶不走一颗好奇心，两只手掌中间还留有一条缝隙，关键时刻还想窥视结果怎样。

万富才虽埋怨夫人头发长见识短，没见过大世面，自己却也为那红衣小孩担心，场上的壮汉真就那么有把握，飞镖击中小孩头顶上的冻梨？万一失手，岂不惹来麻烦。

众位请上眼！铁猴喊一声，左手一扬，嗖一声一只飞镖直奔红玉而去，她左手掌的冻梨被飞镖扎中，落在一丈远处。他右手一甩，又一只飞镖脱手而出，扎中红玉右手上的冻梨。好——有人喊了半嗓子，不得不憋了回去。还有一只冻梨，就是红玉头顶上的那只。

所有人的目光都投向一个目标，那只顶在红玉头顶的冻梨，万老夫人也放下手来。谁也没有注意，有一个人溜出了大家的视线。瓜皮帽本来是盯住吉三奎的，但刚才这个惊险的动作也吸引了他的目光，当他发现吉班主不见了，这才转身带着一个家丁向后院走去。

吉三奎趁铁猴上场时，二次走进茅房，翻墙而出，从胡同里来到万家大院的后院墙，飞身越过，从北房后窗户钻进万富才的卧房内，这一切就像在自个儿村里串门一样轻松。吉三奎来到一个卧柜前，掏出一根铁丝，插进那铜锁屁股眼里一拨弄，铜锁吊子开了。他掀开卧柜盖，把手伸下去，拿出一个精致的红木匣子，打开盖子把里面的金银首饰倒出来，悉数踹进怀里。然后把一切恢复如初，这才按照原路返回去。他刚刚钻出后窗户，前门被推开了，瓜皮帽走进来，在房间内转一圈儿，看看这儿瞅瞅那儿，然后关门上锁，又在院子里转了一圈儿，就是这一圈儿，让他错过抓住吉三奎的机会，不然，吉三奎在胡同里就得被逮住。

吉三奎对此次收获并不满意，他知道这点玩意儿绝不是万老夫人的全部私房钱，一个万贯家产的老夫人，怎么能就这点玩意儿？太寒酸。但是，他更明白见好就收的道理，贼不走空就行，不可太贪，道上很多人就是因为贪欲过重，才丢掉性命。

原本他也不想做这个买卖，铁猴那一番话有道理。但是，他对万富才那讨价还价的样子，心里不舒服，耍上三天，分文不给，凭啥？就凭你是大财主，有钱有势？我们这些穷苦兄弟姐妹，舍家撇业，天寒地冻，挣得都是辛苦钱、玩命钱，三天的包银能有多少，你从手指缝里拉拉点就够了。对你这种为富不仁的家伙，捎上你点玩意儿过分吗？一点也不过分。他给自己的行为寻找到一堆理由。看起来他挺仗义，其实，他从万富才家顺来的这些东西，都装进自己的腰包，半点儿也没有班里兄弟们的份儿。

跛子用眼角扫着吉三奎从茅房里走出来，这家伙又得手了，万老爷子你再能算计，也算计不过吉老三，给你耍三天？做梦去吧。

铁猴沿着场地转一大圈儿，抱拳拱手，伸胳膊踢腿、拉弓射箭地支把一番，然后回到原地，距离红玉十步远。红玉挺着发酸的脖子，又不敢喊，怕那冻梨掉下来。铁猴走上来，把那冻梨拿下来，让红玉晃晃脖子松松肩膀，跟她说几句话，红玉看看对方表情，铁猴摸一下她的头，红玉点点头，然后张大嘴把冻梨把叼在嘴里。

万老夫人又担心起来，忙对走到身边的瓜皮帽说：去去，别耍了，这不要孩子小命吗？就算他有那个准头，这一刀扎进去，还不把孩子的后脖腔子扎透啊，快去，告诉他们别耍了。

瓜皮帽本来是想和万老爷说什么，万老夫人这一搅和，他把正事忘了，赶紧来到场地前问吉三奎：吉班主，咱一家人不说两家话，你这位兄弟的准头咋样？要是觉得行乎，那就别硬撑着，出了人命谁都不好，把俺家老夫人吓着，你更承担不起。

吉三奎忙给对方宽心：您老放心，今儿就是得拿出点绝活儿来，不然怎对得起万老爷这些日子的帮衬，告诉二老，放心看玩意儿就是。

铁猴在红玉正面十步开外，挥手比画几下子，然后又开始转圈，撩拨的万老爷和老夫人心神不定、心急火燎，这是折腾个啥，就这么转来转去，看来是没啥真本事，转黄拉倒。

铁猴转到红玉一侧十步之外，猛然回头一扬手，一只飞镖奔红玉嘴上的冻梨而去，红玉感觉牙齿一紧，着实吓了一跳，差点坐地上，那只飞镖扎在冻梨上，向一侧飞出去。

万老夫人惊得张大嘴巴，好一会儿才反应过来，长出一口气，这哪是看玩意儿，简直是要老命。她看见那小红衣女孩，一连串的漂亮跟头，从地上捡起那几个冻梨，向自己奔过来，快来到跟前，嘣一下打一个小翻，把冻梨举到万老夫人面前，略微喘息着说：奶奶，给你。

万老夫人那张茄子脸，一下变得阳光灿烂，满脸笑容，忙站起身来，接过冻梨说：孩子过来、过来，让奶奶抱抱。红玉胆怯地小步走上前，老太太把她抱在怀里，念叨着，多好的孩子，奶奶送你点啥呢？摸摸衣袋里的铜子儿，这点东西拿不出手，寒酸。左手伸到耳朵上捏捏那耳坠子，也不合适，孩子太小。抬手腕时那玉镯提醒了她，又感不合适，这是爹娘送给自己的嫁妆，舍不得。说道：孩子，奶奶手头上没啥能送给你的，明天吧，明早你耍把前，奶奶一定送给你一个中意的礼物。

谢谢奶奶。红玉高兴地跑回去对铁猴说：猴叔，奶奶说明儿给俺礼物。

吉三奎把刚才这一切尽收眼底，又听到红玉的话，不由把计划重新修改。那老婆子晚上定要从那首饰盒里翻东西，那可就真麻烦啦，一旦东窗事发，吉家班甭想顺当离开这里，即便铁猴等人功夫够硬，好狗也架不住群狼，必须早作打算。

铁猴一直在忙活耍玩意儿，没注意吉三奎的动向，从对方表情上，能看出一二，今晚若是拔营起寨，那便是班主又得了手，大伙儿若能睡个安稳觉，那就是他失手。

万富才没有食言，这天的饭食还说得过去，白菜炖粉条，有几滴油星子飘在菜汤上面，没见到荤腥，漂子看见有两根大骨头沉在菜盆底上，窝窝头管够，老夫人让用人送过来两个白面馍馍给红玉吃。红玉高兴地举给银枝看，对铁猴说：奶奶给的，好看不？多白，指定好吃，你咬一口，俺给银枝姐一个。

铁猴忙说：快别显摆啦，抓紧吃，若被别人惦记上，就没你的份儿了。话音刚落地，一只大手伸过来抓住馒头夺过去。吃窝头去，这个给金枝吃，她肚子里的娃娃要紧。吉三奎把馒头塞到金枝手上，她毫不客气地吃起来。

红玉泪汪汪地盯着金枝那张大嘴，一张一合吃得很香，那只小手僵在空中。铁猴反感地说：说啥来着，不怕贼偷，就怕贼惦记，你就吃窝头的命，给你，吃吧。他把一个窝头塞到红玉手里。

这话吉三奎听着不受用，冲铁猴瞪眼，没想到对方正用眼珠剜自己。他自知不占理，扭过头去吃饭。

跛子已经扒拉完一碗菜，把那根大骨头捞在手里，拿出一个道具锤子，把骨头砸劈，递给红玉：来来，吃骨髓，这个是好东西，比那白面馍馍强多了，那啥玩意儿软不拉擦没咬头，喂狗都不吃。红玉接过大骨头，不再想馒头的事。

吉三奎听了跛子的话，很不舒服，本想发作，又担心犯众怒，只好忍下这口气说，饭后，扯呼。

走？跛子明知故问。

不走等着挨揍？铁猴一句话又戳了班主肺管子。

银枝说：这叫个啥命啊？刚吃上三天的好饭食，这才开个头，又完戏了。

不管啥命，都得认命。小北风扔下饭碗走出去。

晚饭后，吉三奎就让漂子出去探风头，没发现万家有啥异常，然后喊小北风套上马车，一行人悄悄离去。

此刻的万富才，正在和管家商议明天的事，万老夫人的用人急匆匆赶到前厅，万富才和管家跟着用人奔了后院，万老爷刚踏进门槛，咣当一下，一个首饰盒子摔在面前，万老夫人火冒三丈：招贼啦，不知哪个黑心玩意儿偷走我的东西，赶紧关紧大门，一个人也不能放跑。

瓜皮帽反应够快，忙说：老爷，我看那吉班主一股子贼腥味，那贼眉鼠眼的样子，好像在踅摸什么东西，是不是他干的？

快去看看，多带些人，都给我绑起来，好心收留他们，他竟敢顺走夫人的东西，这不把好心当成驴肝肺。

瓜皮帽带领一伙家丁来到大院，已人去院空，赶紧追出村子，一直追出去十几里路，也没见到吉家班的影子，这才丧气地返回飞运渡，他不知道是追反了方向。吉三奎等人已奔南京方向而去。

第三十四章

两年之后，宣统三年（1911），吉家班又迎来一个冬天。红玉怕过冬天，冬天最难熬，冻得没处躲无处藏，她多么希望能有一个不冷的冬天。她问银枝：姐，你说冬天能不冷吗？银枝伸手给对方裹紧棉袄领子：冬天不冷那还叫冬天吗？

吉三奎坐在前车辕子上，得意地说：老子这次就让你们过一个不冷的冬天。金枝抱住两岁的儿子坐在车厢里说：都说江南风光好，一年四季一个样，咱也去逛逛。

红玉低声问：一年四季一个样，冬天也能下雨？

别听她胡扯，一年四季啥样是老天爷定下的，谁敢改。银枝说。

吉家班走向江南。一路上越走心情越好，那白花花的盐碱地，即便是好地，也干涸得冻裂地缝，能掉下去半截身子，被远远抛在身后。

铁猴等人走在大车后面，他说：前边不远是扬州，那可是好地方。

小北风说：班主不是说咱去南京嘛，怎么奔扬州来？

你以为他真能掐会算，忽悠偏了呗。这有啥好奇怪的，那年咱本来是去衡水的，还不是奔了白马坡。漂子接上话茬。

跛子说：走江湖、走江湖，走到哪儿都一样，没有错不错这一说。那天听赵家园老族长说：南方在闹事，折腾得挺邪乎，他劝咱班主别往南走。咱班主是啥人，一根筋，杠子头，不见棺材不掉泪的主儿。跛子说完瞅一眼十几丈外的大车，心想，这不是把大伙往火坑里带嘛。

铁猴岔开话头：南方地盘大了去啦，再闹事还能有洪秀全和李自成闹得邪乎，你怕个球？

我就反感你这不懂装懂的样子。跛子大声说：李自成是在南方吗？人家李闯王是在中原起事，中原知道不？那是河南地界。不过也叫你蒙对一半，这次闹事还就在几十年前太平军狠命折腾的地方，这个地方叫武昌，在长江边上，听说那里扎堆的还有两个“铺子”，一个叫汉口，一个叫汉阳。

看看你这两片薄嘴唇，嘚吧嘚吧挺欢，就像你到过那边似的。铁猴说。

跛子忙摆手道：没到过、咱真没到过，这都是从道上捡来的。

马车走到一个镇子西头。红玉和银枝在聊天，这个说，这地方真不错，看那条小河里有只渔船，看那姐姐在捞啥？那个说，河里的水草真好看，那边还有一片水，那个更大，这儿是不是奶奶说的江南水乡，你看前边那镇子里的房子都漂在水面上。红玉兴奋地问：姐，这儿不过冬天吧？

金枝听罢耻笑：啥也不懂就知道吃，一年四季咋样那是老辈上留下来的，还没听说有哪个地方不按这个来的，至于冬天冷不冷是另一码事。

你刚才不说一年四季一个样吗？红玉质问对方。

银枝搂一下红玉，暗示别跟金枝置气，不值得。

你还不服气咋的，老天爷是个明白人，该冷时得冷，该热时就得热，不冷不热时就得刮风下雨，乡亲们管这叫节气。以后学着点，别老杵倔横丧的，小心撕烂你的嘴。金枝越说越气。

红玉见对方又撂脸子，刚张开嘴，被一声怒吼吓一跳：肉皮子痒痒找抽是不是，以后大人说话不能犟嘴，给你婶子赔不是。吉三奎扭头瞪红玉一眼。

红玉老大不高兴，明明是平辈为啥攀长辈，叫好几年的姐，这又改叫婶子，真别扭。班主的话不听不行：金枝婶子，红玉多嘴。她把婶子两字咬得特别清楚，且声调提高不少。对方怎能听不出来，这是在咬着牙地恨自己。进镇后还要撂地耍玩意儿，金枝不想再吵嘴，影响这俩人的情绪，便不再说话。

时近中午，大车赶进镇子，小镇叫凤来栖，优雅好听的名字，来的都是龙凤之辈。这里指定是鱼米之乡，不然那龙凤来到这里吃啥喝啥？红玉和银枝嘀咕着。镇内有一条南北大街，大街两旁绿树成荫，一条小河在大街上左拐右拐，来回穿梭三次，三座小桥给大街增添不少色彩。

马车在一个客栈门前停下。吉三奎让大家卸车，拉场子撂地，自己走进客栈。

铁猴心情不错，大声说：这地方是和咱那儿不一样，风景多好，真是应了那句话，青山绿水一群鸟，不冷不热好干活。

但愿银子也好挣。跛子提着铜锣，哐哐哐敲起来，扯开溜话的嘴皮子，边转边说：各位叔叔大爷，各位婶子大娘，各位兄弟姐妹，各位……人过留名，雁过留声，人不留名不知道张三，雁不留声不知道春夏秋冬，咱们是山东宁津黄家镇人氏，只因家乡夏旱秋涝，颗粒不收，不得不流浪江湖，撂地打把式卖艺，混口饭吃。今天来到贵宝地，一是来看望各位父老乡亲，二是撂个场子耍上几套玩意儿孝敬各位朋友……恳求各位乡亲父老，有钱的捧个钱场，没钱的捧个人场，看着好了，你赏几个铜子儿，给咱传个名声……

跛叔这套玩意儿，数落顺嘴了，做梦都是这套词，翻过来调过去两头堵，没错的时候。红玉和银枝抬着一个包袱搁地上。

这是他混饭吃的本事，不溜活咋成？就他那身子骨，不能白活在咱这待不住。银枝能体会到跛子的苦衷。

不一会儿，几十人围聚在客栈大门南侧。客栈刘掌柜是徐州人，年近五旬，古道心肠，站在门外看热闹，对吉三奎说，少啥缺啥你说话，只要老夫能办到。吉三奎赶忙道谢，这就够打搅您老的啦，只要您老不嫌添乱，那我就在这多叨扰您几日。

做咱这生意的，不怕乱腾就怕清净，若没人气，无人上门，你就得等着喝西北风，你只管住我这儿，房钱咱不能多算。

跛子敲着铜锣不停地转圈，扩大场子，铁猴和小北风架杆子。红玉问银枝：姐，是你走大绳？

是你的吊辫（吊小辫）。银枝回答。

姐，你给俺梳辫子，俺不想让金枝婶子梳，耍玩意儿时，拔的头发根子疼，每次下来都拽掉一溜子头发。红玉见金枝走过来，忙对银枝说。

银枝赶紧用手指把对方的头发散开，从小包袱里掏出一个木梳子，刚梳拢几下，金枝走上来，一把夺过木梳说：忙你的去，下一个上场的就是你，我给她梳辫子。

不耽搁我的事，还是我梳拢，你看孩子去吧。银枝赶紧回绝。

看你这磨磨叽叽就心烦，几下子就能弄好，让你得整一炷香。金枝手里的梳子，不停地梳着那把头发，三下两下就编好一根朝天辫，用力往上抻抻，疼得红玉赶紧跟着往上走，嘟囔着：你梳拢的辫子疼。

好心当驴肝肺，你当谁愿摆弄你这驴尾巴，又脏又臭，抓一把黏糊糊，多少天没洗啦？金枝问。

天天都在赶路、耍玩意儿，哪有时间洗，感情你有一块红花罩头巾，俺这脑袋整天露在风尘土里，能不脏？红玉心想，站着说话不腰疼，就知道骂别人。

死妮子再犟嘴我撕烂你，去吧，让银枝帮你捯饬一下衣裳。金枝转身离去。

铁猴和小北风把架子支好，红玉走过来，铁猴把她那根尺许长、手指粗的辫梢拴在一根麻绳上，那根麻绳挂在一根高杆上，漂子在一旁将绳子拉起来，距地面一丈多高，小北风上来推着红玉转圈，圈子越转越大，越转距离地面越高，身体呈斜坡型飞转，转到一定高度，小北风撤到一边去。红玉忍着来自头皮的剧烈疼痛，双手伸展开来，做着大鹏展翅，空中行走和燕飞等动作。看她那摆动双臂，迈动双腿的潇洒动作，比在地上行走还轻松自如。那故作轻松的表情，只有银枝和铁猴等人能看出，其掩盖着很大的痛苦。

漂子拽着那根绳子，眼睛和双手配合很默契，随着红玉各种动作的变化，他去控制绳子，掌控红玉距离地面的高度，这很关键，关系到整套动作的成败。如果拉绳子的人和表演者的动作不协调，那效果就差多了。

这些日子，每到一地，红玉的吊辫就成为全场的压轴戏，有时也会作为开场戏，特殊情况下，还要成为加场戏。这个活儿，年龄大的干不来，年龄大体重就大，体重太大头发会承受不住全身重量，造成两种残酷的后果，不是把满头秀发拽干净，只剩下一个光秃秃的血葫芦，就是把头皮和头盖骨拽离骨。

红玉耍完吊辫，铁猴为减轻她的疼痛，还未等那根绳子完全停摆，赶紧跑过去把她从半空中接下来，漂子配合把绳子放到地。看客们叫好拍巴掌，跛子不失时机地翻过铜锣接赏钱，他就爱听那叮当叮当铜子儿砸铜锣的声音，若没有这声音，他的生命中就像缺少什么一样。

红玉最怕上场耍吊辫，但是，每到一地，这成了吉家班必不可少的项目，只要一吊上去，她的噩梦就开始了，既担心那根绳子被自己的体重绷断，又担忧自己的头发全部被拔光。吉三奎逼着她练这个动作，经过了一段艰难的过程，那段时间里，可以说生不如死，晚上睡觉经常一惊一乍的。开始时，她不知道自己的小辫能承受全身重量，死活不让吉三奎把小辫拴绳子上，各种办法都使了，躺地上打滚、哭闹，甚至叫骂、逃跑，但都没能阻止班主想拿下这个节目的决心，金枝也常在一旁添油加醋，不是训斥就是叫骂，有时还上去抽几鞭子。

拴好辫子起吊是个关键活，这个人必须把握好火候，一开始班主就把这个活交给漂子干，倒不是因为漂子耍的玩意儿是戏法，可以随时调换，主要还是班主信得过漂子，他性格内向，做事沉稳，在班主面前不多言多语，给吉三奎一种非常臣服的感觉。不似铁猴小北风等人，呛急了便跟你玩真格的，阴急了就给你背后使损招。自打漂子接下这个活，铁猴就把他叫到一边狠命叮嘱一番，你自个儿的玩意儿可以耍砸，可这根绳子不能出阵乎，你的玩意儿玩砸了，大不了就是个丢人现眼，这根绳子拽秃噜了，或吊断了，这就是一条人命，别怪我没提醒你，她要是摔断一根手指，我就掰断你一根手指，她若磕破脑袋，我就用板砖拍烂你脑壳。

漂子一个劲儿地是是、行行，他怎不知道铁猴的能耐，真的惹不起。因此，一上场抓住那根绳子，仿佛绳子那头栓的不是红玉的小辫子，而是皇上的圣旨，哪还敢有半点疏忽。

红玉下场后，双手抱住头顶，感到特别疼，好像整个头皮都被拽离骨，银枝扒拉开头发一看，头皮红肿瘀血，轻轻一撸辫子，抓下一缕头发，她眼里含着泪说：猴叔，你得管管金枝，让她别再给红玉梳辫子，我来做这活儿，这辫子必须梳理舒服，要让每根头发都使上劲儿咱做不到，但是，大多数头发都要在正三十上，绝不会是这样子，看看这多吓人。

铁猴把漂子叫过来一起看红玉头顶，漂子也吓一跳，还认为是自己拽绳子的问题，吓得嘴唇直哆嗦：猴、猴、哥，这活我干不来，真干不来，你赶紧跟班主说换人，立马换人。

不是这个意思。铁猴安慰他：我是让你看看，你的活计有多重要，红玉的小命就攥在你手里，活儿你继续干，我信得过你。他一咬牙齿，挤出一句冷话：不整治整治这小妖精老子就不姓铁，别怪咱心狠手辣，是你自找的。

漂子惊出一身冷汗，不知谁要倒霉，把这野猴王气成这样。铁猴在银枝耳边说几句话，银枝点头，回头望一眼远处的金枝。铁猴一把抓住银枝的脑袋扭过去，心想，孩子就是孩子，心里藏不住事。

漂子赶紧对红玉说：红玉，以后我尽量不拽疼你，感到疼你就冲我挤眼或做手势。

漂子哥，俺不怪你，知道你疼俺。漂子是班子里唯一被红玉喊哥哥的人。

银枝安慰道：好啦妹子，以后姐给你梳辫子，再也不让金枝碰你的辫子。

这能成？红玉望着铁猴。

成，咋不成，猴叔跟你打保票，除你银枝姐，以后谁再敢碰你的辫子，我扭下他的脑袋当摔炮。

吉三奎见场子上的小北风快要完，过来喊铁猴上场，铁猴没搭理他，踢一脚漂子，吉三奎没趣地走了。今天漂子的戏法比任何时候都出活，银枝的压轴戏高凳叼花也耍得很成功。跛子那装钱的袋子比平时沉了不少。吉家班一直耍到天黑才起棚。

吉三奎不动声色地抓起一把铜子儿扔给跛子，把其余的装进自个儿袋子里。哼着京戏《空城计》，我坐在楼台观山景……往大街上走去，他自信这地方一定有像样的酒馆。

跛子暗自骂道，你是在一旁观山景，一点力气都没出，扔给我这几个大子儿，真够寒碜的，把剩下的都穿肋条骨上吧，也不怕坠断。大车班住客栈，这对吉家班来说是少有的，一般情况下住大车店，住在乡亲们家里，打地铺，一拉溜十几个脑袋，一个挨一个。跛子高兴得有点早，不像他想象的那样睡单间。班主早就把房间号好，给大伙儿要一个大房间，就是两间房子，把隔壁墙去掉后剩下几根明柱戳在地上。铁猴进去一看，这还赶不上大车店，大车店的地铺还能铺垫些干柴草，这地方特别潮湿，房间里是实土地，踩一脚能留下个脚印。

小北风进来说：掌柜的说没有干草，不想住就换地方，只要出得起店钱。

漂子丧气地把几个被窝卷扔在地上：爹死娘嫁人、各人顾各人，看看人家金枝太太，睡的是雕花床。

人跟人比就得死，货跟货比就得扔，啥朝代不是这样，省省吧。小北风没脾气了。

跛子，你赶紧去化斋，吃完饭还有事。铁猴吩咐对方。跛子和小北风出去准备晚饭，铁猴帮助大家收拾地铺，红玉和银枝在说话。

姐，这次我头皮特别疼，咋整？红玉眼泪汪汪。

妹子，刚下场咋能不疼，过一会儿消肿就好了。银枝安慰对方。

第三十五章

凤来栖镇南北大街北部，有一家酒馆，门前挂着幌子，门楣上方横一牌匾，上书三个隶书大字：醉不倒。吉三奎溜达到门前，驻足观望，醉不倒，啥意思？是喝多少都不醉，还是这家酒馆的酒不醉人？喝多少都不醉，那是人家客人酒量大，与你酒馆有啥关系，还有一说，就是你的酒是假酒，掺上一多半凉水，客人也喝不醉，那你可就忒缺德。不管为啥，老子都要尝尝你醉不倒的酒。想到此，走进酒馆。他这个喝酒的习惯，是从师父铁掌凌死后开始的，义和团在北京和天津抗击八国联军，铁掌凌战死，他的几个徒弟被打散之后，又遭到朝廷追杀，吉三奎负伤后隐藏在一个老乡家中，待伤势稍微好转，便隐姓埋名流落江湖，后来和铁猴跛子小北风等人凑在一块儿，都是天涯沦落人，穷得叮当响，谁也不嫌弃谁，每个人身上都隐藏着一段不被人知的苦难经历。

郁闷心烦之时，他就借酒消愁，一来二去便上瘾，一天不喝就像少点什么，后来发展到抓心挠肝的地步。他喝酒不讲究，没钱就穷喝，一壶烈酒，如有几根咸菜条也能当下酒菜。有钱就富喝，两荤两素，上盘烧牛肉辣子鸡啥的，也能潇洒一回。总之，他在享受那种烈酒下肚，一股热流直通脏腑，然后再回流到头上的感觉。但是，他从来没有那种对酒当歌、人生几何的感受。

几杯酒下肚，那些乱七八糟的过往都出现在脑海里，驱不走赶不掉，铁掌凌、孙二娘、凌聚财、凌红飞、宝儿、玉儿，还有铁扇门，等等。真有剪不断理还乱的劲儿，令你不想都不成。此刻，他坐在桌前，一杯接一杯享受着那浓烈的酒香。

铁猴又扒拉开红玉的头发，查看红肿的头皮，有些地方冒出血丝，心疼地说：吃饭后猴叔替你出气。

跛子推门进来，丧气地说：转一大遭也没看到有卖窝窝头的，咱们还是出去吃吧，这儿都吃白米饭喝汤。

铁猴一怔：白米饭？那得多少钱，你有吗？

那咋整，总不能饿肚皮吧？垫补垫补也成。小北风说。

成，先垫补一下，谁有本事谁再去填自个儿的半截肠子。铁猴说。

跛子用手掌掂量着那几个铜子儿，抱怨道：班主自个儿去灌猫尿，抠抠唆唆扔下这几个钱，还不够大家塞牙缝的。

红玉揭穿对方老底：瘸叔，你不是还有私房钱吗，添上几个不就够啦。

瞎说，咱是那种人吗？就你眼抠。跛子嗔怪道。

不是那种人你是哪种人？铁猴质问对方：班主也是睁一只眼闭一只眼，啥也甭说了，掏几个吧，让大家也念你个好。

跛子被对方挤兑得无奈，把手伸进怀里，使劲抓挠两下，掏出几个铜子儿扔到左手掌上，心疼地说：这可是我多年的积攒，给大家添几碗汤吧，我这人就是心软、心善、心好。

得得，别卖狗皮膏药，一个锅里挖饭吃，一个地铺上死觉，一个场子上耍玩意儿，谁不知道谁那两下子。走，吃饭去。铁猴看不惯对方那种市侩劲儿。

白米饭好吃，大家却没能吃饱，每人一碗饭、一碗汤，连半饱都算不上。若不是跛子外加那几个铜子，恐怕每人只能吃半碗饭。回到客栈，漂子从包袱里掏出一副扑克牌塞怀里，对铁猴说：猴哥，我出去转一会儿，消化消化食。

跛子笑了：真牛逼，凿打木子（啄木鸟）掉进水缸里，毛湿嘴硬，肠子闲半截，连汤水都拉不出来，还消化个啥。

红玉望着漂子说：漂子哥，俺想跟你去消化食。

漂子过来拍拍她脸蛋，一挤眼：歇着吧，哥一会儿就回来。转身走出去。跛子从后面跟上来。铁猴心里明白，别看这二人一块儿出去，但做的不是一样的活计，跛子直接进烧饼铺子，漂子靠变戏法挣俩钱，然后再填填肚皮。

小北风，去把金枝叫过来。铁猴冷冷说。

得令。小北风起身走出去。

红玉看一眼铁猴问银枝：姐，叫金枝干啥？

不关咱的事，只管歇着，大人的事别插嘴。银枝叮嘱对方，不给金枝一点教训不成，她太狂气，太骄横，全不把过去的兄弟姐妹放眼里，照这样下去，没好人活路。

小北风进门时，金枝刚哄睡儿子，把一个夹袄盖在儿子身上，骂着吉三奎你个死鬼，不知啥时能喝晕乎，俺娘儿俩还等捎回饭菜来，晚饭吃到小半夜是常事，这个没良心的，只顾自个舒服。

小北风走进来小声说：猴哥叫你过去一趟。

金枝正烦，没好气地回答：他叫我过去我就过去，他是谁？是班主，还是孩子他爹？

小北风一咧嘴，这都是废话，班主和孩子爹是一个人，再说，铁猴要是班主，他绝不会寻你这种没良心的女人睡觉，更不会捣鼓出这么一个孩子来，自个儿吃傻药。他让我来招呼你你不去，他自个儿就来喊你，看着办吧。小北风转身往外走，金枝一想也是，别吵醒儿子，起身跟小北风来到大屋里。

铁猴正在给二人耍钻砖头，左手端平半块青砖，右手食指顶在砖面上，其他四个手指蜷在一起，气沉丹田，运力于食指，屏住气息，拧动手指，噌噌钻起来，食指渐渐钻进砖头里，从那窟窿里冒出灰色烟雾，不一会儿，一些砖末从青砖背面掉到地面上。

红玉，你摸摸这窟窿眼儿，看看这是不是腥活儿。铁猴把砖头递给对方。红玉把小手指伸到砖头窟窿里，惊讶道：还烫手呢。

几年前在西安，你咋说是腥活儿？铁猴笑着问。

红玉愣住，眨乎眨乎小眼睛说：那次你就是腥活儿，俺娘说的。

金枝推门进来站在大家面前问：啥事，快说，班主快回来了。

铁猴一转脸冷冷道：他回来咋的，别以为有他给你撑腰，你就蹬鼻子上脸。我告诉你，就凭你这德行，要不念你过去和大伙儿一起撂地耍玩意儿，早就整治你了，信不信？

不信，你能把我咋的？金枝一挺胸脯，一副无所谓的样子斜楸着对方。

这下激怒了铁猴，本来就揣一肚子气，闪电般出手抓住对方手腕，一较劲，疼得金枝啊一声蹲在地上，汗珠流下来，嘴还挺硬：快松手，疼死我啦，看班主回来咋收拾你。

我先废了你这臭婊子，然后带着大家扯呼，看班主能把我咋样？多年来，原本大家在一起还有点情分，都叫你这臭婊子给搅和坏了。铁猴边说边较劲，眼看就把对方的手腕撅折。他不由吃惊，这娘们儿还真有几分忍劲儿，都到这份上还不服软。铁猴心一横，正想下死手，突然对方一阵哭腔：别别，别撅啦，疼死我啦。

知道疼就好。铁猴卸去内力，却也领教到对方的犟劲，不能就这样放过对方，必须让她长点记性：老子给你约法三章，这一，不能再给红玉梳辫子，红玉的事你不能掺和，银枝的事也不能管，听到没有？

成成，不管、不管。金枝一个劲儿地抖落手腕子。

铁猴伸出中指食指说：为让你长长记性，得给你留点纪念。手指闪电般向对方肩膀戳过去。

金枝惊恐地大声喊叫：别别，不敢啦。

红玉噌一下蹿过来，双手抱住铁猴手腕子大喊：猴叔慢着，伤她胳膊咋看小弟弟啊。

铁猴没防备，差点伤着红玉。就是因为红玉扑上来的一刹那，他放弃惩罚金枝的念头，一把抱住红玉说道：看看小红玉，多好的孩子，这几年没少让你欺负，你对得起凌班主吗？要不是她出手快，替你求情，我非把你这条胳膊废掉不可。今儿这事你回去好好想想，我也不怕你告诉吉老三，弄个鱼死网破对你也没啥好处，不过，你也知道我铁猴的脾气，眼里不揉沙子，说到做到，滚吧。

金枝没答话，转身跑出去，回到自个儿房间里，把被子蒙在头上哭了一场。

银枝说：好啦妹子，猴叔替你出气，今后金枝再也不会给你梳辫子，这活留给姐做。话说回来，金枝啥不知道，吊薅这套玩意儿，关键在这一把辫子上，满头的头发，必须梳拢顺溜才成，很费工夫，没有耐心不成，成千上万根头发根子，都插在这半张瓢（头皮）上，如果梳拢顺溜，便能减少被薅断的头发，也就是减少疼痛；如梳拢不顺溜，不知要薅断多少头发，十根八根拔头发，你可能感觉不到疼；一绺子一绺子往下拔，能不钻心疼吗？每到红玉上场，我都提留着心眼儿。银枝说着说着眼圈红了。

红玉听得心酸，把头拱在对方的怀里。铁猴安慰道：别哭啦红玉，闯江湖打把式卖艺，就得吃苦遭罪，我看你就收收心吧，别再想念书的事，安下心来跟大家一起撂地，干咱们这行虽然遭罪，但有我们大家罩着你，不会让你再挨欺负。我知道，这几年你没少受罪，跟头和顶功腿功练得不错，得空就让你上场历练历练，一来长长本事，二来见见世面，三来攒点经验，四来……

猴叔，你咋也和瘸叔一样，扯白口。红玉破涕为笑。

看看，咱红玉乐啦。好啦，叔就是想让你笑，不管日子过得有多难，也得过下去不是？以后别老吊着脸蛋，像你银枝姐那样，乐呵着多好，一年三百六十五日，阴天下雨总是有时有晌的，还是有太阳的时候多嘛。

嗯，俺听你的猴叔，你也教给俺点儿武功吧，俺想自个儿保护自个儿。红玉听罢铁猴一席话，再加上眼前的现实状况，她不能再不认真考虑铁猴的建议。

好！这就对了嘛，走江湖没有两下子怎成，有空叔教你功夫。铁猴满意地说：你爹娘是铁掌凌的高徒，还有你孙奶奶，宝儿玉儿姑娘，都是一等一的高手，你是他们的后代，也不能差才是。

多年后，红玉才明白，为啥身怀绝技的吉三奎畏惧铁猴三分，是他的金钟罩铁布衫硬功，抵不过铁猴武当派的内家功。铁猴伸出两根手指一戳，就能破掉吉三奎那一身横练功夫。

掌灯后，漂子先回来，从脸上能看出，不虚此行，把大破夹袄轻轻脱下来搭在脚头上，然后坐在大家面前，两只手掌举到嘴边哈气，然后不停地搓着，浑身冒凉气。

瞎蹿蹦（没收获）了？铁猴问。

咱能干那事吗？漂子将两只手掌上下左右来回摆弄几下，两个小姑娘看得眼花缭乱，知道他又在故弄玄虚，他就是想引开别人的注意力，好在暗地里操作，变戏法，变的就是一个出奇。突然，他一只手上攥着一支糖葫芦，笑眯眯地在二人脸前晃悠：好看还好吃。

红玉接过糖葫芦，那圆圆的山楂上包裹着一层透明的糖稀，像一个个玻璃球一样诱人。她伸出舌头在那大红山楂上舔一下，舌头缩回嘴里咂摸着，高兴地说：甜啊！漂子哥，你先吃。把糖葫芦举到对方脸前。

漂子一脸诡秘地说：你自个儿吃，以后想吃，哥再给你去弄。

铁猴有点心酸，这俩孩子多长时间没吃过糖葫芦，要是爹娘活着，不，要是红玉在宝儿姑娘身边，也不至于受这个罪。啥时是个头儿，他不知道，他希望红玉能尽早结束这种流浪的日子，回归到孙二娘的身边，孙二娘你又在哪里？

银枝没有红玉那样矜持，那根竹签子上穿着五个山楂，被她张开嘴一口一个撸到嘴里，很快就吃下肚去。然后，用舌头在那根竹签上来回舔着，斜眼看着红玉那根还有三个山楂的糖葫芦。

红玉刚把第三个山楂叼在嘴里，看到对方只剩下了一根竹签，待把嘴里的山楂慢慢嚼碎咽下去后，把还剩两个山楂的竹签递到对方脸前：姐，还有两个，咱俩一人一个。

银枝没犹豫，抓过那只竹签张嘴咬下一个山楂，漂子看不下眼，一把抢过来递给红玉：快吃，别磨叽，再磨叽这个也没了。

待二人把糖葫芦吃完，铁猴才说：一支糖葫芦能换两个窝窝头，你漂子哥心疼你俩，别人他才舍不得。

红玉看一眼漂子说：哥，等俺挣下钱先给你买肉烧饼吃。

银枝叹口气，把头扭到一边，没答话。

吃个糖葫芦算啥，等咱进了扬州城，哥领你们去吃好东西，至于啥好东西他也不知道，吃不着过过嘴瘾还不行，哄孩子就是这样。他说：啥叫大帮哄，这就是大帮哄，大伙再一起混，相互总得有个照应，都是没爹没娘没有家的人，还指望啥，就指望大家能在一块儿混好点儿呗。

一个混字让铁猴更感慨，走江湖跑江湖，闯江湖混江湖，都是一个德行。为这张嘴，为活命，他比别人还多一件事，就是为爹娘报仇。

大家正聊着，跛子推门走进来，嘴唇上油光光的，那根能拧成麻花的舌头，不时伸出来舔舔上下嘴唇，唱着大鼓书，京油子那个卫嘴子，保定府那个狗腿子。

看样子又弄个肚儿圆？小北风问：喝的羊杂汤还是？

跛子右手抚摩着肚子，那根短腿有节奏地颤抖着说：两个肉火烧一碗老豆腐，还行吧。

红玉看着对方一脸得意，不由也咂摸咂摸嘴，条件反射般把手伸到肚子上摸一下，早就瘪了。银枝反感地说：显摆啥？这儿的老豆腐，再好还能赶上黄家镇庙会上老豆腐好喝。

饿了吃糠甜如蜜，谁还记得黄家镇老豆腐啥滋味，混一天算一天啦。跛子不想激怒大家。

不是我说你跛子，你这副爹死娘嫁人、各人顾各人的样子，啥时能改改？漂子出去耍半晌，自个儿没舍得吃半口东西，给俩孩子捎回来两支糖葫芦，小北风扛着三股钢叉想出去被我拦下。铁猴当着大家的面说。

跛子听罢很不自在，这才把手伸进怀里摸索一阵子，掏出一个牛皮纸包，打开后是一个肉火烧，掰成两半，把大的那半递给红玉，小的那半递给银枝说：猴子说啥呢，咱瘸子是那种人吗？你当我是吉老三，小瞧人，快吃吧孩子们，还热乎着呢。

小北风冲铁猴伸大拇指，若不是你挤兑他，他怎肯出血？那个火烧是他明早塞牙缝儿的饭食。漂子质问对方：跛子，你干的这些事瞒不过咱们，也就糊弄糊弄外行人，按规矩捂储（藏钱）是要剁手指的。

跛子脸红起来，他知道班子里眼最贼的就是漂子，变戏法的人不手疾眼快不行。

铁猴忙给跛子解围：这伙人里就咱俩岁数大，吃苦遭罪也最多，走南闯北啥阵势没见过，以后多照顾点这俩孩子，既在江湖混，都是苦命人，大哥说得没错吧。

对对，老哥说得对，小北风不是常说，有你一对拳头，我一对嘴皮子，尽量让大伙少受罪。跛子借坡下驴，投过去感激的目光。

第三十六章

吉家班在凤来栖镇待了三天，这天上午，套好马车，装好东西，吉三奎把铁猴和跛子叫到一旁商议：往前走是扬州，咱原来打算去南京，你们看怎么走好？

跛子问：班主的意思如果去南京，咱就不进扬州城？

废话，这两个地方不在一条线上，我看咱还是到扬州城看看，既然走到这儿绕过去也不好，说不定这儿的生意好做。铁猴说。

吉三奎也没主意，这些地方他也是第一次来，到底好不好混心里也没底：成吧，那咱就先进扬州城看看。不过你俩给我机灵着点，听说南方正在闹革命，折腾得挺邪乎，刀枪不长眼，咱后脑勺上得长眼，不该蹚的浑水千万别蹚，记着咱是干啥的。江湖上的事你们比我清楚，就是小心再小心，有时还不知从哪儿掉下一块半头砖砸晕你。

闯江湖拜码头，各人有各人的道儿，这些咱懂。跛子挠挠头皮，又指指外面说：听那老秀才说，前些日子武昌那边闹革命，你们说啥叫革命？

吉三奎和铁猴对视一下，没答话。

革命是不是割命，就是砍头？我看差不多吧，听说是新军割朝廷的命，这不就是造反吗？南方很多地方都闹起来。不过，这事与咱没啥关系，咱们就是跑江湖的。跛子又说。

就是嘛，咱该干啥还干啥，打把式卖艺这行当啥时也缺不了。铁猴很自信。

好吧，进扬州城。吉三奎见二人都同意，便对小北风一摆手。

小北风扬起鞭子，赶着马车，该坐上去的坐上去，该溜达的还得溜达着。

漂子有些兴奋，在评书里听说过扬州，没想到自己竟真到这扬州，大声说：万瞎子说，上有天堂下有苏扬，咱也到天堂上转一遭。

红玉纠正对方：漂子哥，错啦，孙奶奶说，上有天堂下有苏杭，不是苏扬。

你想去天堂？我看你去不成，下地狱到挺近便。跛子贬损对方：你是做梦娶媳妇，想好事。他还在为对方给俩姑娘买糖葫芦耿耿于怀。

做梦娶媳妇咋啦，你想做还做不成呢，难不成整天想着发丧出殡。漂子反感地说：你不懂别瞎掺和，万瞎子说隋唐，说水浒，讲三国，那叫一个绝。六月芒种滚碌碡，春花三月到扬州，说的是不是扬州这地方？

铁猴撇嘴道：这又是万瞎子说的对不？整得倒挺顺嘴，真不愧是万瞎子，瞎白话。

跛子张张嘴，总感觉哪儿不对劲儿，可又想不出来，割麦子用碌碡轧场，这没啥问题，和三月到扬州有啥关系。

红玉抱住银枝笑的流出眼泪，金枝撇嘴道：傻样，都乐颠了。

红玉指着漂子说：漂子哥，你说得没错，只是这两件事不在一个点上。孙奶奶说，唐代诗人李白写的一首诗，叫《黄鹤楼送孟浩然之广陵》，故人西辞黄鹤楼，烟花三月下扬州。孤帆远影碧空尽，唯见长江天际流。说的是啥意思，孙奶奶没教给俺，俺捉摸着，可能是说扬州是个好地方。

看看人家红玉，懂得真多，不光聪明，也多亏有个好奶奶孙二娘。跛子说。

又是孙二娘，恐怕早就入土变成蝼蛄。吉三奎不愿意听到这三个字，要不是这死老婆子瞎搅和，师姐早就是自己的人；眼前这个黄毛丫头，也是自己的种子变的。一切源于这个孙二娘，恨不得一把掐死她，可他知道，自己没这个能耐，即便是师父铁掌凌，也不是她的对手。

孙奶奶没变蝼蛄，她还活着。红玉争辩。

闭嘴，臭丫头片子，再犟嘴抽死你。吉三奎扭过头去吓唬对方，凶巴巴的眼睛瞪着红玉。

红玉抱紧银枝，嘟囔着，奶奶就是没死，干吗非要说她死！银枝用手抚摸着对方的脸蛋安慰，别和班主犟嘴，他说啥是啥呗，胳膊还能扭过大腿，你就是个犟眼子。

吉三奎见红玉不服气，嘴里不停嘟囔，猛地扬起手掌。铁猴走在大车后边，见状说道：行啦三哥，犯得上和一个毛孩伢子置这么大气。说到这里他剑走偏锋：我早就看出孙二娘武功路数，算起来她应该是我师奶，你没看出来她的八卦掌打得登峰造极，太极拳更是出神入化，她是你师父的克星。

吉三奎何等精明，怎听不出对方话音，表面上看是说上一辈人如何如何，实际上另有所指，心想，他们怎么样我管不着，有机会还真得和你这武当派高手过过招儿，看看你到底有几斤几两，心里不服嘴上自然不能软：不管哪门哪派，都有自己的长处和短处。

文无第一、武无第二的说法还算公平吧？铁猴力争不让，意思也很明显，你若不服随时恭候。

吉家班一行人不急不慢走进扬州城。跛子早已打探来消息：扬州城内有一条千年古老街道，东关街，这条大街直通运河边，是水陆交通要道，大街上繁华熙攘，生意兴隆，什么油米坊、鲜鱼铺、瓜果行、竹木店、客栈、酒馆、茶楼等百家不止。

好！咱就奔东关街。吉三奎早已兴致冲冲：大家跟紧点，别溜号。吉家班在一处客栈前停下来，把大车白马安置停当，吉三奎这才带领大家走进东关大街。铁猴边走边贬低跛子：你这线报也不靠谱，看看这酱园、香粉店、五金店、豆腐店、鞋店，还有当铺、糖坊、玉器作坊、箩匾铺子……要吃有吃要喝有喝，就差咱们撂地耍把式了，我看咱得尽快拉场子。

对，这儿人多买卖兴隆，南来北往的人舍得撒银子，找块空地拉场。吉三奎说对跛子说。

红玉拉着银枝的手跟在铁猴后边，小声对银枝说：姐，你看到没有，这儿的人有点怪？

怪啥？别瞎说，让人听到找你麻烦。银枝提醒。

没辫子。红玉把嘴对着银枝的耳朵眼说。

可不是，这可是犯大忌的，被衙门里的人看到是要砍头的。银枝看到前边走着的男丁们后脑勺的粗鞭子变成散乱的披散发。跛子等人的注意力，都放在各类店铺商铺作坊上，没注意从前边走过来一队官兵，穿着打扮和清兵不同，过去这些人给人印象最深的是，兵爷们头戴圆顶红缨帽，身上穿着短大褂，胸前有一个大圆圈，里边有一个兵字，手里拎着钢刀。前边这些官兵不同，头上戴着大檐帽，穿着灰色衣服，胸前一排纽扣，腰间扎着皮带，手里端着鸟铳子（步枪），一个手拿短鸟铳子（手枪）的人大声说：你们从哪里过来的？上个月军政府已颁布命令，限三日内一律剪辫，你们竟敢违抗法令，给我抓起来。

吉三奎、铁猴、跛子等人一听傻眼，这都哪儿跟哪儿，一路走村串寨，也没听说过什么命令。那些军爷们手脚很麻利，呼啦一下围住吉家班，把鸟铳子挂在肩膀上，手里多出一把剪刀，摁住一个人的肩膀，另一个抓住鞭子就下剪刀，开始铁猴还反抗，两三个官兵近身不得，一直到被对方鸟铳子顶住胸膛才软下来，他知道那玩意儿的威力，砰一声打你个全身马蜂窝，其实他小瞧这玩意儿，那一声巨响过后，能穿个透心凉，一命归西。

眼看大伙儿的辫子被剪掉，红玉和银枝见没人管她俩，她伸手朝上拽起小辫喊道：给俺也剪下来、给俺也剪下来。一个当兵的走过来说：看看这娃多听话，来来，我给你剪。咔嚓一声，红玉的小辫子被剪下来。

吉三奎恼怒地瞪着大家，一时没反应过来，这他娘的是怎么啦？一个个都变成四不像子，披散着头发像疯鬼一样难看，摸着自个儿的头发，气得直跺脚。当兵的改造完一帮外来人，继续向前走去。

从鞋店里走出一位中年男子上来说：听口音你们是北方人？

吉三奎不自然地点点头：打山东过来的。

噢，可能你们还不知道，大清气数已尽，改朝换代啦，现在是中华民国。

跛子一愣，忙问：您老是说皇上驾崩啦？

比驾崩还严重，朝廷完了，皇上还有什么用，驾崩不驾崩都一回事。现在是孙大总统当家。说罢转身离去。

这一突如其来的消息，让吉家班所有人都不知所措，虽然说谁当皇帝和咱老百姓关系不大，因为那是这代接那代，往往换汤不换药，有的连汤都不换。可这次不同，朝代变了，清朝改民国，各种各类法律和制度都得变，就拿最简单最现实的事来说，吉三奎等人都在担心，在啥地方撂地不犯忌讳都不清楚。

一队官兵刚走过去，又有几个官兵走过来，走在前边一位当官的，扫一眼左边这些穿着打扮有别于本地人的人，一摆手停住脚步，帽檐下一双明亮的大眼睛放射出机警的目光，问小北风：你们从哪里来？

山东宁津黄家镇。小北风张口就来。

我怎么不认识你？军官瞪大眼睛盯住对方，难不成又一个冒牌货，自个儿在黄家镇待了很多年，村里少有人不认识。

小北风一看要露馅，都是吉老三瞎整，野竹李非要说成黄家镇，这下可好，碰上一个识货的，你说咋整，现改口，那不是自个儿打自个儿嘴巴。正在为难时，铁猴搭腔：你是玉儿姑娘吧？

那军官一转头，目光从对方面孔上扫过去，落在吉三奎脸上，惊诧道：凌家班！

是吉家班。吉三奎也认出对方，孙二娘的徒弟，贴身保镖，这地球真不大，才走出一两千里路，就碰上个不想碰见的人，不知是福是祸。

玉儿姑娘明白了，凌聚财和凌红飞死后，吉三奎继承下原来的全部人马和家当，改头换面。师父对这个铁掌凌的关门弟子颇有微词，当时自己对他也有些反感，这是一个没有担当的人，和凌聚财凌红飞不是一路人。不知正直敢当的铁掌凌，为何收下这么个徒弟。

黄家镇有吉家班吗？玉儿不由反感。

这个、这个嘛……吉三奎不知如何回答是好。

突然一个十多岁的孩子向玉儿姑娘扑过去，玉儿一怔，对方眼看就要扑到跟前，一下被她的卫兵花果挡住，双手抓住对方，粗声粗气地说：干什么，到别处玩去。

那孩子大哭起来：玉儿姑姑，俺是红玉，孙奶奶宝儿干娘在哪儿？

玉儿恍然大悟，一把从卫兵手上拉过红玉搂在怀里，用脸蛋摩擦着对方小脸蛋，心情十分复杂，喃喃地说，孩子，让你受苦了，是姑姑不好，没能照顾上你。

姑姑我想你们，想奶奶，想宝儿干娘。红玉哭得撕肝裂肺，小北风、漂子与银枝等都黯然神伤，铁猴多有感慨，自己每到一地都打听孙二娘的下落，几年来一直没有个结果，真是想寻不如偶遇，玉儿姑娘自个儿找上门来，以后红玉有好日子过了。金枝拉一把吉三奎，二人后退几步，眼神不停地交流，玉儿这个倒霉催的，早不出现晚不出现，偏偏这个时候出现，眼看着红玉就能顶事，她一下子钻了出来，这可怎么整？

跛子和漂子小声议论。跛子说，有福之人不用忙，今后红玉不用再和咱们一块儿遭罪，这孩子命好。漂子说，是啊，真不知道哪块云彩下雨还是下雹子，咱咋就摊不上这么个好姑姑。跛子耻笑，你从娘肚子里出来就没姑，怪你那死爹去吧，不，怪你奶奶爷爷。

玉儿姑娘镇定一下说：现在没空唠家常，简单说几句。你们可能还不知道，几个月前武昌首义之成功，推翻腐败无能、丧权辱国的清政府，开启中华民国之新纪元。是年为辛亥之年，辛亥之革命震惊全世界。五千年文明古国的最后一位儿皇帝溥仪退位，两百多年的清王朝封建统治彻底覆灭，两千多年的封建帝制被滚滚而来的历史车轮碾作尘埃。清廷被推翻，新的国家已建立，过去那些危害国家与民众的法规已被废除，新的制度将逐步建立并完善，你们大家也要跟上形势的发展，男人留辫子女人裹脚、见长官下跪磕头那一套已被扫进垃圾堆，这些都是赞成不赞成革命的态度问题。

啥是革命？红玉仰头问对方。

你还小，这不是一句两句话能说清楚的，以后有空姑姑告诉你。玉儿姑娘继续说道：革命，简单说就是要做对国家有益的事，要做对国家有用的人，当然，这么说不全面。

不全面我们也不懂，玉儿官爷。跛子刚张嘴就被对方堵回去。

不是官爷，是长官。花果更正，她拉过红玉，让玉长官继续说下去。

花果姑姑跟你玩好不好？

你不是姑姑，是姐姐，你才多大？红玉噘嘴道。

我就是姑姑，我都十七岁。花果挺起胸脯和红玉比个头。

我十二岁，银枝姐姐十五岁。红玉不服气。

玉儿对花果说：花果，干吗非要攀大辈？你以为她傻，她可是我师父教出来的心尖子，你就是姐。

好，姐姐就姐姐，那就让姐姐看看你的本事，来，盘杠子会不会？花果把胳膊伸直。

吉三奎和铁猴一打眼便看出花果不是普通女孩，一般女孩手指细长，她手指短粗，且手掌手指上有老茧，一看便是练家子，不知这花果和玉儿是什么关系。

红玉一撇小嘴，哼一声：不就打提溜吗，就怕你担不住我的身体。说着双手指插在一起，吊在对方胳膊上，还故意往下坠坠身体。那条粗壮的胳膊竟然没有半点弯曲的意思，还抡起红玉转了一圈。

红玉哪能服气：这算啥能耐。站稳后抬起右腿搬一个朝天蹬，脚面朝里钩挂在对方胳膊上，然后左脚离地，伸展双臂做一个飞燕的动作。把个玉儿看呆，几年不见，这孩子竟然练就这等功夫，就连吉三奎、金枝也不得不点头。

玉儿抱住红玉喜欢地说：好孩子，姑姑真高兴，你们住哪儿？

吉三奎略作迟疑，该不该把住的地方告诉对方。

同盛客栈。漂子忙说，他喜欢和自己年龄差不多的花果姑娘，直爽开朗，还有点霸气。

吉三奎瞪漂子一眼，多嘴，有你说话的地儿吗？成不了啥事净坏事。

好，傍晚我让花果过来接你，姑姑晚上请你吃好东西，现在姑姑还有重要的事情要办，你们自个儿溜达溜达，扬州是个好地方。玉儿放开红玉，带人向前走去。红玉眼巴巴望着玉儿姑姑背影，徒生一种失落感，姑姑不会扔下我不管吧？

第三十七章

自从遇上玉儿姑娘，吉三奎和金枝心里就长了草，无心再招呼大家撂地耍把式，两人带着儿子逛大街。原本每到一地他也不怎么操心，除非有重要的事他才亲自出面。说他是甩手掌柜的吧，还不全部甩手，时不时操持一下场子，关注一下各位把式的情况，他可不想让跛子得空儿就捂储。

铁猴见吉三奎带着妻儿闲逛，便和跛子商议：班主带着老婆孩子逛花街，饿了往酒馆里一出溜，好吃好喝。我看咱们也甭急着撂摊子，转转看看，若有人聚堆咱再拉场子怎样？

成，就按你说的办，好不容易来一趟天堂，说不定这是这辈子的最后一回，俗话说，下地狱容易，上天堂难。跛子今天的心情极差。

这儿不是天堂，苏州杭州才是天堂。红玉纠正道。

就算是天堂吧，两地差不开几步道儿。小北风宁愿这里是天堂。

大家边说便往里走，小北风扛着刀枪把子，漂子背着鼓鼓囊囊的包袱，跛子拎着铜锣，铁猴腰间挂着宝剑，银枝拉着红玉跟在大家后面，沿着长条石板路，边走边看左右两侧的店铺。

吉三奎和金枝刚才忧心忡忡的心情，这会儿被繁华的东关街上的热闹情景赶走了。二人来到一家铺子前面，一阵豆腐脑的清香气味扑鼻而来，仔细闻闻，还夹杂着芝麻烧饼的烤香味。四岁的儿子吉武文见到什么都稀罕，赖在烧饼炉子前不走，吵闹着要吃烧饼，还不时耸鼻子咧嘴咽唾沫。

吉三奎这个宝贝儿子，起名时还有段小插曲，金枝给儿子起名叫吉武，本意有两个，一是吉三奎的儿子不能离开武字，学点武功以后不挨欺负，再就是将来要接爹的班。吉三奎对吉武这个名字不满意，琢磨良久之后，终于想出一个满意的名字，在武字后边加上一个文，吉武文。虽是武文，却半点没有文治国武安邦的意思，指的是杂耍一门里的文活武活都能干，也就是说，长大之后，什么立子活、扦子活、挂子活都能上手，能成为大把式。金枝念着吉武文三个字别扭，要改成吉文武，文武顺嘴。吉三奎骂她狗屁不懂，先文后武不行，咱家就没识一箩筐大字的人，必须先武后文，武在前，打把式卖艺就这规矩。金枝无奈，只能依他。

和面做烧饼的是一位老者，见食客外地口音，便拉开话匣子，掌柜的你们是第一次来咱东关街吧?

吉三奎一把拽住儿子回答：山东过来的，你这烧饼蛮香，掌柜的手艺不错嘛，祖传的吧?

老者聊天不耽误卖货，看得出一脸骄傲：说来话长。

那就长话短说。吉三奎怕耽搁对方做买卖。

咱这东关街上的聚贤居，那可是百年老字号，来到咱东关街，不吃两个我这黄桥芝麻烧饼，喝一碗豆腐花，那你就算白来了一趟扬州城。老者对一个年轻人做手势。

年轻人把吉三奎一家三口让到小桌旁坐下。吉三奎说：来三碗豆腐脑，六个烧饼。年轻人很快就把烧饼和豆腐脑端上来。吉武文一手抓住一个烧饼，先占下，怕不够吃。

年轻人笑了：少爷你慢用，管够、管够。

老者见食客落座，这买卖算做成了，看样子像个有钱的主儿，手里忙活着，嘴里不闲着，介绍黄桥芝麻烧饼的来历。话说道光年间，话一出口，忙谨慎地看一眼左右，我说的是前清道光，那如皋的县太爷外出公干路过黄桥，作短暂歇息，一路鞍马劳顿，这一停下便感腹中饥辘，即命随从买来芝麻烧饼和豆腐脑，县太爷饱餐一顿，余香久不散去，使其念念不忘。平日里不说吃的是山珍海味，那也比咱平头百姓吃得舒坦，好吃的东西常吃也有乏味之时，便想念那黄桥芝麻烧饼，如、黄二地相距不太远，但也有大半天里路程。这位县太爷为一饱口福，便隔三岔五派快马到黄桥购买烧饼。老者怕食客们误解，转言之，这位知县大老爷是清官贪官，那可与老夫无关，老夫只是想说，咱这黄桥芝麻烧饼是美食中之翘楚，如若不信，品尝之后再琢磨老夫这番话对否。

吉三奎吃完一个，又拿起一个，第一个是囫囵吞枣般咽下去的，没来得及仔细品尝。这黄桥烧饼巴掌大小，厚薄半寸左右，外边是一层焦黄的芝麻，浑圆的烧饼，金灿灿实是诱人，里面是猪肉末和香葱调和的馅，烧饼烤得外黄里软，咬一口不油不腻，香气从嗓子眼儿里溢上来，吃起来是何等的享受。

金枝见三个人吃完六个烧饼，便对小二说道：再来三个烧饼，准备十个带走。小二答应着又端上三个烧饼。

老者看着这一家三口的吃相，露出满意的笑容：掌柜的，我看还是别带回去，倒不是老夫舍不得卖给你们，哪有开店嫌客人肚子大的。我是说，如果你们不急着走，明早可过来吃刚出炉的，新鲜的烧饼香脆可口，你拿回去放在篦子上一热，这一回锅可就不是原汁原味了。不过说归说，这还得看掌柜的意思。

吉三奎对好心好意的老者说：就听您老人家的。明早，不，明天继续过来吃。

好好，老夫一定恭候。老者是一位健谈的人。

吉三奎等人刚站起身，就听到一阵熟悉的铜锣声，他抬眼望去，几十丈外的南货店门前，跛子正在拉场子。小北风指着烧饼摊对铁猴说：班主一家人过嘴瘾哩，这烧饼真香。

你鼻子够长的，狼狗鼻子。铁猴贬损对方：安心做自个儿的事，你就是吃窝窝头喝黏粥的命。铁猴说罢，朝烧饼摊走过来把吉三奎拦住：三哥，给红玉银枝也买个烧饼吃。

吉三奎不以为然：还没拉磨就填槽子？还有没有规矩？属驴的，吃饱了不干活。扭头向前走去。金枝瞥一眼铁猴说：都是干啥啥不行、吃啥啥没够的主儿。

铁猴气愤地骂道：别忘了你是个什么东西。

吉武文被金枝抱起，小手攥住半块烧饼冲铁猴挥舞，好吃、好吃。

铁猴望着吉三奎等人的背影，使劲吐口唾沫，扫一眼烧饼摊子，回到撂地的地方，心情被班主一家人糟蹋坏。

扬州的日头和黄家镇的日头，没有什么两样，晌午歪后慢慢向西坠下去，且越下越快，眼看就要落地。铁猴对跛子说：算啦，抄摊子。

跛子抬头看看夕阳说：不再耍一会儿？

行啦，玉儿姑娘还要来接红玉，别让人家等咱。铁猴弯腰收拾东西。

跛子对小北风一摆手：卖切糕的擦抹布，抄摊子。

红玉的心早已被玉儿姑姑带走，哪还有心情耍玩意儿。兴许这一去就不再回来，念书是多么开心的事，不用起三更睡半夜，不挨鞭子罚跪，吃得饱穿得暖，好日子眼看就到来，怎能不惦记着。

铁猴摸不透玉儿姑娘的心思，她的突然出现令吉家班的人各有不解，一行人各怀心事往同盛客栈走去。

吉三奎带着妻儿回到客栈，有些心神不定，坐也不是站也不是，琢磨来琢磨去总感觉这玉儿姑娘来者不善，当年她是孙二娘身边一个伺候丫头，怎么一下变成带兵的官爷？衙门里有女官爷，这还从未听说过，看那几个跟班的保镖也不是善茬。还有对方说的那些话，什么皇帝退位，改朝换代，中华民国，民主革命，大总统等都是新鲜词。难不成这扬州城不该来？想到此对金枝说：赶紧起棚，扯呼。

刚到几个时辰，屁股还没坐热乎就起营拔寨？金枝不解地看着对方。

你不觉得那孙二娘的徒弟来得不是时候，我寻思着她就是来抢红玉的。咱在这丫头身上花费这么多心思，一旦让她抢走，那岂不是咱种果树她摘果子，这等赔本的买卖可不能做。

金枝也反应过来，刚开始还在想，红玉这丫头生就一种犟脾气，刺头一个，想走就走吧，省得和她费心思，经对方这么一说，是这么个理儿：那咱赶紧扯呼，走得远远的，不能让她捡便宜。

嗯，就这么办，我去招呼小北风套车，趁天还没黑抓紧出城，玉儿姑娘来到一看没人，也就泄气了。吉三奎说着就往外走，刚迈出门槛，发现铁猴等人头顶着夕阳回来，若在平时他立马会翻脸，打把式卖艺的起码要比老百姓落日而息还晚归。现在却正迎合他的心思，早走一会儿就多安全一分，对大伙说：赶紧收拾装车，马上出城。

出城？跛子不解地说：刚进来就出去，还没吃顿扬州城的饭食。

太阳高高的就吃晚饭，你饿死鬼托生的？抓紧装车。吉三奎不容大家质疑，催促收拾东西。

红玉往前一蹿大声说：俺不走，玉儿姑姑一会儿来接俺，谁愿走谁走。

啪一声，吉三奎扇了她一耳光，骂道：臭丫头，找抽是不？你爹死时把你托付给我，没交给她，你死了这条心吧！银枝，看好她，跑了拿你是问。

铁猴一把拉过红玉，盯住吉三奎说：你这是干啥？有话好好说，玉儿姑娘也不是外人。

吉家班我说了算，少狗拿耗子。吉三奎呵斥对方，转身回自个儿的房间。

跛子无奈地摇头：人穷志短、马瘦毛长，咱说话不占地方。

小北风一叫板，说一句台词：唉，一将无能、累死三军啊。

红玉和银枝焦急地站在同盛客栈门外，左张右望。铁猴踢漂子一脚，嫌他手脚麻利。小北风把刀枪把子捆好，往地上一摔，哗啦一下又散开，然后继续捆绑。跛子把漂子收拾好的道具包袱拎起来一抖落，哗啦一下洒一地。大家都希望时间过得慢一些，再慢一些，心事各异，但目的只有一个，就是不想离开扬州城。

铁猴想的是玉儿一定回来接红玉，让这苦命的孩子脱离苦海。跛子寻思，吉老三你真够损的，自个儿领着老婆孩子把黄桥芝麻烧饼和豆腐脑吃个肚儿圆，老子连个芝麻粒子都没吃着，你就想撒丫子，什么东西。小北风和漂子在东关街上溜达一大圈儿，好吃的东西太多，刚要想辙，班主就要扯呼，心有不甘。

吉三奎拎着包袱走出来，一看大伙儿磨洋工，气愤地大骂：磨叽啥，都不想干了是吧？把包袱扔到车厢里，一脚踹在小北风屁股上，抱起刀枪把子扔车厢里，大家不敢怠慢，七手八脚装完车。吉三奎来到门口，伸手抓住红玉的胳膊，一甩手扔进车厢，对小北风大喊，快走，出城。

铁猴跛子等人跟在马车后，向城门走去。红玉拼命挣扎着往车下跳，不停大喊，玉儿姑姑，你怎么还不来接我啊？银枝使劲拉住她，怕摔伤。

大车出城后奔西南方向，铁猴心想，班主这是要到南京城走一遭。

吉三奎不停催促小北风，小北风无奈，紧忙地吆喝着，时不时抽上几鞭子，马车比平日快了不少，眼看日头就要钻到地底下去。红玉那颗本来热乎乎的心慢慢凉下来，希望被绝望所代替，闭上眼睛把头拱在银枝怀里，甭提有多难过。大地由灰白变成灰暗。马车已经奔出二十余里，停在一个村庄前，吉三奎让漂子进村打探一下。漂子懒洋洋走到一块大石头前，凑近观看，上写三个大字，不认识。他返身往回走，这不就一村子吗，有什么可打探的，再晚恐怕叫不开百姓家大门。班主，赶紧进村吧。漂子大声说。

进村。吉三奎对小北风说。

这时，从背后传来一阵马蹄声，夹杂着忽高忽低的吆喝声。吉三奎回头望去，一群黑乎乎的东西滚滚而来。他暗叫不好，债主追讨上来，忙对小北风喊：赶紧抽几鞭子，进村。

啪啪啪，小北风打了几个响鞭，看似在打马前行，更像是给对方报警，可以肯定的是，这几鞭子并没打疼快马，马车还没跑起来，已被十几匹快马圈住。一个黑影扬手向天空打一枪，砰一声，吓得红玉双手捂住耳朵，银枝抱紧红玉。花果勒住马缰绳，用手枪指点着吉三奎脑壳说：跑啊，怎么不跑啦？看你跑得快，还是姑奶奶的枪子快？砰又一枪，打在吉三奎脚下：姓吉的，你给脸不要，竟然干起偷偷摸摸的勾当，上午说好在同盛客栈接红玉，现在却偷偷跑出城，我看你怎么跟玉长官交代。

有啥好交代的？你们是官，我们是民，我又没招惹你们，我们就是跑江湖撂地的，想到哪儿就到哪儿，走到哪儿算到哪儿。吉三奎不卑不亢，他不相信这些官兵能把吉家班怎么样。

花果上前伸手抓住红玉，银枝拉住不放手，花果抬腿一脚把银枝踹到一边，转手把红玉搁在马背上，对吉三奎说：识相的你就听着，你们可在枫林庄住一晚，明天玉长官会给你一个交代，如果再跑，你这脑袋是不是还能安稳地墩在脖子上，我可就不敢保证。说着抬手又一枪，砰一声，一颗子弹从吉三奎耳边穿过去。吉三奎猛一缩脖子，脸色煞白。

吉三奎不得不认怂，十几个兵爷的鸟铳子，指着马车和自己的人，若动起手来，都可能被打成串糖葫芦，他还抱有一线希望：花长官，我们就在这儿等，赶明儿你们能否把红玉送回来？

花果哼一声：那得看看玉长官的心情怎样，幸亏她没过来，不然，起码打断你一条腿，让你再也颠不起来。说完飞身上马，大喊：回城。十几匹快马向扬州城风卷而去。花果一手揽着红玉，一手拉着马缰绳，跑在前头。

花果姐姐，是带俺去找玉儿姑姑吗？红玉大声问。

你说呢傻丫头。花果回答：玉儿姑姑都等急了，赶明儿我非得好好整治你们班主不可。花果窝一肚子气，傍晚，玉儿让她去同盛客栈接红玉，没想到吉三奎给她唱一出空城计，她赶紧带人追出城门，询问守城的士兵，方知吉家班向南京方向而去，这才一路追赶，把红玉接到手上，这股子火气若是不泻下去，得把她憋出个好歹来，明天决不能轻易放过那吉三奎。

花果一行人进城后，来到扬州旧府衙前，下马带着红玉走进去。正和走出房门的玉儿碰面，玉儿亲切地把红玉抱起来：好沉哦，咱红玉姑娘长大啦，走，姑姑带你吃好吃的去。一行人来到吉三奎一家人曾经来过的烧饼摊前，坐下来，黄桥芝麻烧饼和豆腐花，香喷喷诱人。大家吃完后，玉儿又让掌柜的包好二十个烧饼带上。这才返回府衙之中。

回到房间内，玉儿命令花果：去给红玉弄一套红花的衣裳，明早送过来，我不管你用什么办法，只要不抢就行。

花果有些为难：现在裁缝店已打烊，去哪儿弄，明白天我领她去做行不？

让我动脑子用你干吗，直说能不能办到？玉儿拉下脸来。

花果见玉儿撂脸子，马上答应：能办、这就去办。

花果走后，玉儿让红玉坐凳子上，拿来一把剪刀，给红玉修理白天被人剪乱的头发，然后洗头洗澡，把红玉浑身上下收拾得干干净净。

玉儿躺在床上揽着红玉，相互诉说着这几年的坎坷经历。几度泪眼昏花，几度哽咽不已。玉儿双手捧住红玉的脸蛋，用面黄肌瘦来形容一点也不为过，一看就是吃不上喝不上的样子。这几年孩子受的是什么罪，这个吉三奎，不看僧面你得看佛面吧，她毕竟是你师哥师姐的骨血，你们同出一门，不说是亲兄弟，也应该顾及一下江湖道义。她现在还猜不透对方安的是什么心。

孩子，自打你娘走后，你奶奶一下懵了，接受不下这个现实，一病不起，我和你宝儿干娘赶紧把她送回保定府医治，还未进保定城就被截住，南方成先生的信使传来消息，让你奶奶速速赶往广州议事，我和你宝儿干娘只好陪着师父南下广州。同盟会的事情你多少听奶奶说过一点儿。

玉儿见小红玉眨乎着一对小眼睛，懵懂的样子，便继续说：我和宝儿非常担心师父的身体，害怕她老人家经不起一路颠簸，到不了广州，没想到我们一到广州城，师父竟然病愈。转年是辛亥年，我跟随成先生北上，武昌一役惊险惨烈，首义终获成功。明天我要立刻赶往南京。

玉儿姑姑，我能跟你去找奶奶和宝儿干娘吗？红玉流露出期盼的神色，她多么希望跟着姑姑走，再也不想和吉三奎金枝这些人在一起，希望跟着姑姑念书，过稳定的日子，不再过流浪的生活，饥一顿饱一顿，饱一顿的时候太少。

玉儿为难地抚摸着对方的脸蛋，怎么跟孩子说呢？直接拒绝，又要伤透孩子的心，可毕竟自己身负重任，带着一个娃娃怎么成？沉思片刻，下定决心，在这个动荡的年月里，什么样的命运都得去面对，红玉也不能例外。

姑姑这次还不能带你走，姑姑要去完成一项很重要的任务，带着你很危险。你先在吉家班待着，等时机成熟，姑姑再去接你，也可能是你宝儿干娘去接你，你是懂事的孩子，姑姑知道你吃了很多苦，再忍耐些时日。你要听话，姑姑绝对不会不管你的，放心。

听到此，红玉哑口无言，眼泪巴巴地盯住对方。她明白，姑姑已经决定了，再说啥也没用，大人们决定的事情，小孩子是改变不了的，就像当年自己离开爹娘跟着孙二娘一样。

这一夜二人聊到很晚，红玉在玉儿怀里慢慢睡去，她望着孩子脸上的泪痕不由得心酸，说心里话，她真舍不得再扔下孩子，有一点办法也想把她送到师父身边，自己不知道这次再别离会不会成为永别。但是，革命使命在肩，一切个人的事情都要服从革命的需要，这种忍疼割爱，让玉儿痛不欲生。她看着熟睡的孩子，勾起很多往事，凌聚财凌红飞在眼前晃动，她默默地道歉，玉儿对不住你们，不能把你们的骨血带走，请原谅我。这一夜，她几乎彻夜未眠。

第三十八章

第二天早晨一睁眼，红玉就黏上玉儿姑姑，寸步不离，穿衣洗脸吃饭去茅房，像一个跟屁虫，玉儿理解孩子的心情，在一块儿待一刻少一刻，她要尽量满足孩子的要求。早饭后，玉儿带着一个排的士兵打马出城，她把红玉放在自己身前，打马溜溜达达来到枫林庄。玉儿在卫兵们簇拥下，勒马停在大街前，花果下马徒步来到一座高大门楼前，叩动门环，很快从里面走出一个管家模样的人，听明白花果的问话，便带领她来到庄东头一个大院前。院门大敞四开，小北风正在套马车，铁猴望着全副武装的花果，急切地问道：花官爷，我想问问?

什么官爷，叫长官。花果反感这种称呼。

好好，花果师父，我想问问?

师父？还八戒呢。花果嫌对方太啰嗦。

铁猴不知如何是好，干脆直接问：长官，我想问问玉儿姑娘这次能不能把红玉带走，最好能带走，这么好的孩子跟着大家遭罪，心不落忍。

这个……不清楚，恐怕不能带走，玉长官还有重要的事情要做。

铁猴听后很失望，江湖道上转个头咋就这么难，难道非要一条道跑到黑不成?

玉儿等人走进大院，她身后跟着三十来个荷枪实弹的士兵。吉家班的人都聚集大院里，吉三奎站在前边。两伙人自然分成南北两伙。吉家班的人望着红玉的打扮都傻眼了，红花衣裤，红花鞋，一根红头绳扎着一根小独辫，额前留有一刘海，简直和昨天判若两人，经过一夜的调养，仿佛也胖了不少。让玉儿这么一捯饬，那个黑不溜秋的傻妮子一下变成小公主。

吉家班的人站在原地沉默着，只有铁猴知道这群官兵的来意，就连吉三奎也不知对方是什么意思。这叫不叫兴师动众？几十个官兵刀枪全活，他不能不有一种如临大敌的感觉。金枝抱着儿子躲在吉三奎身后。吉三奎注视着对面的玉儿长官问道：敢问玉大人，你是来送红玉的?

是的，你还满意吧？玉儿一双剑眉往上一挑。

满意、满意，很满意，把她搁在我这你就放心吧。吉三奎的目的已达到，提着的心也撂下来。

你能让我放心自然好，不过，孩子搁你这里是暂时的，我和宝儿会随时来接她，这样的话你还能满意吗？玉儿话软里带硬。

满意，绝对满意，你们可随时过来接她。吉三奎表面上回答得很干脆，心里却想，这次碰到你这个母夜叉是太过巧合，以后甭想，全国地盘这么大，往犄角旮旯一钻，就连土地爷都找不到，先晃过眼下这关再说。

玉儿对对方的为人还算了解，知道他是在打另一个算盘，很有必要提醒一下，冷冷说道：吉三奎，今天我要把话说明白，说透彻，你师爷谢老怪和我师父孙二娘，虽无城下之盟，却有三章之约，从他们那儿算起，我和你师父铁掌凌是平辈之交。言外之意，你吉三奎是晚辈之人，如果敢在长辈面前耍花活儿，后果很严重。她继续说道：你若有什么越轨之处，别怪我以大欺小，替你师父清理门户。玉儿拔出手枪，拉枪栓顶子弹上膛。吉三奎怎能看不出对方的意思，他虽然没玩弄过这样的鸟铳子，但当年在天津卫和八国联军交手，已领教过此等武器的厉害，鸟铳子属于散弹枪，这洋枪打一枪一个大血窟窿，那弹丸穿到正三十上是要人命的。到现在每逢阴雨天，身上的伤疤还隐隐痒疼。

吉三奎听着对方的话很刺耳，你是哪家子长辈，分明是仗势欺人，但人家有枪杆子在手，自个儿只能忍气吞声。

玉儿继续说下去：红玉是你师哥师姐的唯一骨血，我和宝儿视她为亲闺女一般，若不是有重要的事情要做，我定不会把她再留在你这里。我警告你，别说你一个小小的吉家班，混迹四省九州的天字门又怎样？还不是被一锅端掉。红玉若有半点闪失，我定会让你从江湖上永远消失，别说我没提醒过你。跑江湖跑江湖，尽量别心存侥幸，一跑了之的事情最好别想，国之虽大，我们的组织遍及全国各地，想找到你吉三奎不是啥难事。我不希望咱们再见面时有一场血腥出现，不过这话又说回来，如果你愿意，我定会奉陪。记得在黄家镇庙会上，你说过这样一句话，人在江湖飘，哪能不挨刀。上次那一刀破你的相，下次再挨一刀，恐怕是要你的命。当然，能记住我的话最好，记不住也没关系，如果脑袋没了，记住记不住也没什么意义。

玉儿这番话，说的吉三奎从心里往外发毛，很不舒服，这说的是人话吗，威胁恐吓外加讥讽，你这不是对我吉三奎恨之入骨了嘛。心里别扭却又不敢发作，只能应付：玉儿大人看你说的，咱不是那种不讲信誉的人。

叫长官！花果大声提醒对方。

是是，玉儿长官，我和你一样，也把红玉当成自个儿的孩子，怎能不好好照顾她，一定好吃好喝好待承，不信你问问他们。吉三奎一指身后众人。

玉儿的目光随着他的手指划过去，铁猴鄙夷的一撇嘴，跛子不屑地一仰头，小北风往上一翻眼皮，漂子干脆吐一口唾沫。玉儿看到此，心往下沉去，又将红玉揽在胸前，她太难了，不是一般的难。她何尝不知道吉三奎当面是人背后是鬼，可自己领走红玉确实不现实，必须给对方留下深刻的记忆，让他随时明白我玉儿的存在，这才给花果使眼色。

花果会意，上前两步抬脚踢在跛子的铜锣上，那只铜锣猛地飞向空中，花果快速拔枪在手，举枪一个点射，啪啪啪，那飞在空中的铜锣抖动几下，啪一下摔在地上，跛子扑上去捡起来，举在眼前，铜锣上出现三个窟窿眼儿，不由对花果叫屈喊冤：花官爷，你打的不是铜锣，你砸的是我的饭碗啊，这如何是好。抽出鼓槌敲打几下，已是破锣劈拉音。

花果用手枪点一下对方，跛子赶紧闭嘴，她用手枪指着吉三奎的胸脯，朗声说道：吉班主，听说你的硬功了得，不知你的金钟罩铁布衫能否挡得住我的子弹?

吉三奎像泄了气的皮球，赶紧赔笑脸：花官爷看你说的，在下这点玩意儿怎敢和您老比，自然是你厉害、你厉害。

吉三奎对火候的把握很到位，看火候很讲究，打铁关键看火候，一块好铁打造成利刃，火候一过，刀刃便崩了；火候不到，刀刃就卷刃了。教大家练功也是如此，手段太狠，胳膊腿就折了，孩子也废了；心不够狠，下不去手，那就难以成气候，总之，拿捏到位，才能成大事。此刻他必须要拿捏到位，既不能把对方惹毛，还要掌握好分寸，给自己找台阶下。玉儿的手下都是啥人，一个个不但功夫了得，脾气也驴得很：玉儿长官，我吉三奎也是江湖中人，不敢说都能一言九鼎，那也是吐口唾沫砸个坑，红玉的事你尽管放心，你们可随时来看来领。

玉儿见话说到这份上，也只能再相信他一次：好吧吉三奎，希望你别食言，不然后果你知道。她松开红玉的手，红玉赶紧又抓住她，哀求的目光让玉儿不敢直视，铁猴见事情已无可挽回，走过来把红玉抱住。

花果把一个蓝花包袱递给铁猴说：这是二十个芝麻烧饼，给红玉路上吃。

玉儿转过身去飞身上马，红玉挣脱开铁猴追出院子，拼命大喊：玉儿姑姑记得来接我啊！宝儿干娘来接我啊！孙奶奶来接我啊！

玉儿回头看一眼红玉那追逐的瘦小身影，听着撕肝裂肺的呼喊，眼泪流下面颊，挥手扬鞭狠狠抽在马屁股上，那白马四蹄飞扬，箭一般向前奔去。几十匹战马紧跟其后，花果远远落在后边，眼见马队一溜烟儿奔扬州城而去，她勒住马缰绳，返身往回跑去，来到铁猴和红玉跟前，翻身下马，抱住红玉叮嘱道：红玉妹妹，自个儿保重，我和你玉儿姑姑一定会来接你的。

红玉嘶哑的嗓音回答：花果姐姐，俺等着你啊。

花果对铁猴一抱拳：铁兄，我知道你是知恩图报、义薄云天之人，小妹拜托，好好照顾红玉。花果出身贫民之家，自幼习武，三年前跟随玉儿长官，江湖人晓江湖事，最敬佩的是肝胆相照的汉子，告辞。飞身上马。

铁猴被对方一番话感染，抱拳施礼：花果姑娘，铁某虽无大能耐，也是一诺千金之人，江湖虽大，山不转水转，水不转人转，他日相见，铁某定让你见到一个好好的红玉姑娘。

花果打马飞奔，铁猴和红玉一直目送其消失在远处。吉家班的马车已经赶到大街前，小北风问：班主，咱去哪儿？

回扬州吧，那儿的钱好挣。跛子说完看着吉三奎，你感情吃饱喝足，咱们却只来个一进一出。

去找死？谁愿去谁去，反正我不去。吉三奎抬腿上大车，扒拉一下车厢里的杂物坐下来：顺着这条道走。

西南方向，那不是奔南京？跛子心里有了底，吉三奎也不是不想在扬州逗留，只是无意中撞上玉儿姑娘，这才临时决定改道南京。吉老三知道惹不起玉儿姑娘，只能躲着走，这也是一条江湖规律，惹不起躲得起。

吉家班从开春走起，到入秋时节才走到地头，从扬州到南京不过三百来里的路程，他们竟然走了半年，见村寨就落脚撂地，遇城镇便拉场子，就这样走走停停，总算望到了南京城那高大的城墙。

这天中午，吉三奎让马车停在距离城墙一里地外，大家来到一茶棚歇息。拎着茶壶给大家斟茶水的中年大嫂，向各位介绍南京的风土人情。各位是远道来的吧，这你们可来对了地方，咱这南京城，可是一个好去处，没来过不打紧，总该听过评书，六朝古都，史称金陵，朱元璋知道不？大嫂望着一干众人问：连洪武皇帝都不知道？她不由暗笑，没办法，这些人都是从天高皇帝远的偏僻小地方来的，哪见过这么大的京都。告诉你们吧，明太祖朱元璋，就曾经住在这里。

吉三奎等人接不上话茬，是实在不了解这金陵古都，就连自称前知三百年、后晓五百载的跛子也只有支棱起耳朵的份儿。红玉见那大娘不住嘴，把古城夸成一朵花，不由插话：奶奶说过，放牛娃出身的朱元璋后来开明朝做皇帝。奶奶还说，五十多年前（道光二十三年）就是在这里，朝廷和洋人（英国）签订《南京条约》，让咱们家的地界不整装（完整）。

铁猴和跛子听罢忙说：对，是这么回事。

大嫂看一眼眼前的小孩，心想，这娃懂得真不少，哪把壶不开提哪把：我说好你们不信，自个进去转转便知。

红玉说：俺信奶奶，她是孙二娘。

大嫂一怔，童言无忌，孩子不能说假话，原来是水泊梁山开店的孙老太太的后人，自个儿别太托大，少说为妙，转身走进去。

铁猴兴致不错，忙从包袱里掏出一个烧饼，一掰两半，给红玉和银枝递过去：已晌午头，饿了吧，先垫补垫补。

吉武文见两个小姐姐吃烧饼，哈喇子流出来，两只手乱舞着喊：我也吃烧饼、我也吃烧饼。

金枝早就看不下去，突然伸手从铁猴身旁抢过包袱放到自个面前：想吃独食没门儿。

红玉往前一挺身子大声说：烧饼是花果姐姐给俺买的，你凭啥抢过去?

凭啥？就凭这。吉三奎一巴掌扇过去，眼看就到红玉脸前，铁猴挥拳挡住，很是反感：三哥，何必跟小孩子计较。

吉家班的规矩就是这样，所有的东西都姓吉。吉三奎的话很霸道，令大家不舒服，是这么个事，也别这么骄横，毕竟杂耍班还得指着这伙人干活。漂子使出一个障眼法，从脖子后面便拔出一根三节小棍，神不知鬼不觉，勾住那包烧饼的包袱皮，用力一挑，哗啦一下烧饼散落在地上。跛子铁猴小北风，红玉和银枝等人上前哄抢，抓起来就往嘴里塞，跛子一手抓俩，张嘴就往烧饼上吐唾沫。吉三奎和金枝没反应过来，半个烧饼也没抢到，不知怎的，就连吉武文手里那个烧饼也不知去向。

中年大嫂笑得差点把茶壶掉地上，看看这些人的吃相，三顿不吃饭都饱了，简直是一群饿狼。漂子抢到几个烧饼，高兴地在地上啪啪摔宝，去享受那烧饼落地的声音。吉三奎心里明白，不管是往烧饼上吐唾沫，还是在地上摔宝，都是为了不让儿子吃，这些人真没法说。起因是铁猴，如果不是他替红玉出手，自己早就把那丫头拍扁，向铁猴投过去反感的目光，正好和对方的目光相撞，一对目光撞出火星子。一个是，你等着，等你栽到老子手上，老账新账一块儿算。另一个是，别人怕你老子不怕，惹恼老子让你吃不了兜着走。

大家嘴里没闲着，眼珠子也没闲着，明白这二人是趴着拉屎，暗使劲。大家的心情是复杂的，各怀心腹事，有人希望铁猴给自个儿撑腰，有人希望靠班主这棵大树遮阴，还有人希望二虎相斗，看个热闹，即便是两败俱伤也无不可，捡点便宜就走人，反正是走江湖嘛。

吉三奎见让茶棚大嫂看了笑话，没好气地对大家说道：走，进城。小北风挥动鞭子，吆喝着，嘚儿、驾。大车向南京城门走去。时间是民国元年（1912）九月。

铁猴想起什么，大声说：咱老家现在开始赶黄家镇庙会啦。

那得热闹一个月哩。跛子有些感慨。

是该回去一趟。吉三奎有些惆怅。

第三十九章

十年后，民国十一年（1922）的初秋。每年一度的宁津黄家镇庙会开始热闹起来，百姓们称其为九月会。黄家镇那条横贯东西的大街，开始热闹起来。这条大街从古黄河（四女寺减河）大堤上直贯而下，从河对岸，两岸码头停靠的船舶上，下来很多商贾和各类民间艺人，沿大堤涌向黄家镇。大街西头连接着减河大堤，顺下来的一段街道两旁，大车店一个挨着一个，给来此赶庙会的人们提供食宿方便。沿街往东走，是一个小十字街，这儿的各类本地小吃店聚集了很多南来北往的食客。长官包子、大柳面、保店驴肉，据说这些名吃都曾经进过紫禁城，想来可是奢侈品，但在黄家镇九月会上，都是好吃的东西。

高记大车店生意红火，中年伙计高二站在大门口迎来送往，肩膀上搭着一条发黄的手巾，腰间那条灰色布带子在腰前打个结，余下的两头折到腰两侧后塞进腰带里。不停招呼从大堤上下来的客人们。客官，一看您老就是远道来的，里边请，大小房间都有。把大车赶到西边空地上，马拴到拴马桩上，石槽里有草料，饮水桶里满着哩。

高二刚刚迎进去一个大车班，又一辆马车来到跟前。他眼睛一亮，盯住一个中年人的脸：哎呀，这不是吉班主吗，稀客稀客，多年不见，您老还是这么结实，这是攒足绝活儿啦，回来试试身手。

老高，一听你这亮堂的嗓门，就知道你这生意做得红火，今儿就住你这儿。

好嘞，吉班主里面请。小北风把马车赶进大院里。

高二正满面春风接客，一个小伙子跑出来：高叔高叔，别咋呼，满啦，住不下了，掌柜让你赶紧回去铺排铺排。

老兄你来晚啦，赶紧到别处看看，不然你只能住在老乡家里。

吉三奎回头望一眼那辆被卡在大门口的马车，他对跛子说：把大伙安排好，我去大街上转一圈儿，晚饭大家一块儿吃。他望一眼将要落下去的日头，带着儿子和金枝，向杂耍场子走去。

吉三奎这次回乡，不单纯是想在九月庙会上亮亮招牌、扬扬名气，还有另一个打算，他没和任何人说起，包括金枝，这个娘们儿的嘴不严实，一旦吐露出去不好。前些年没有回家乡是因为怕自己实力不够硬实，达不到扬名立万的效果，怕被业界同人瞧不起。现今不同，红玉已经成为当红的大把式、摇钱树，她的马趟子、蹬技、挂子等都有绝活儿。银枝的跟头和柔术及走大绳，漂子的戏法，小北风的上刀山、爬杆子，铁猴就甭说了，是全乎型的大把式。

吉三奎既想推陈出新，还想在九月会上招进两个硬把式，即便不能超过红玉铁猴，也当和小北风等人不相上下，进来两个听话的心腹，控制在自己手中，好使唤、能挣钱。这些年来，他认为班子的不稳定因素就是这两个人，铁猴和小北风。一旦踅摸着能人，可和这俩人抗衡，约束他们的筹码更硬实了。

吉三奎等人在关帝庙前，碰到栗家班班主铁爪栗，此人出自鹰派，一套鹰爪功练得出神入化，在江湖上赢得铁爪栗的名头。光绪初年拉起马戏班，走遍大江南北，铁爪栗慢慢被人们遗忘，江湖朋友们叫顺嘴，变成铁笊篱。这是两个性质截然不同的绰号，前一个不用说，这后一个却大有来头，有两层意思：一是他心胸博大，待人真诚，能任人唯贤，招贤纳士，其麾下网罗一些大把式；再是其敛财有道，不管是整包的银子还是散碎的银子，只要从他眼前一过，都能被他一笊篱捞将上来，绝不会失手空归。

铁笊篱大吉三奎几岁，他和凌聚财凌红飞吉三奎相识较早，江湖就这么大，在绿林道上行走，可以不知道自己，却不能不知道他人。虽然八截门和鹰爪门没什么往来，但是，行走江湖的弟子们不知在什么时候，什么地方能相遇。铁笊篱对凌聚财凌红飞的过世有所耳闻，也听说二人之后代被吉三奎所收留，这本是平常之事，同门师兄弟，亲如手足。后来听高家班班主说的一番话，便对吉三奎此人有些微词。武昌首义之后，高班主在江北一带碰上吉三奎，他想把小北风收在自个儿名下，开始小北风动摇，并把吉三奎的所作所为，来个竹筒倒豆子。高班主听后很是气愤。小北风回去和铁猴一商量，铁猴给其出主意，现在离开还不是时候，况且吉家班的大旗能挺多久不好说。小北风听信铁猴的话，才有后来的凌家班，北风呼啸这一绝活儿，这是后话。

铁笊篱拱手施礼：吉班主别来无恙乎？

栗班主到此一游，黄家镇蓬荜生辉。吉三奎抱拳还礼。

吉班主衣锦还乡，一定带来妙手绝活儿，明日场上一饱眼福。

栗班主见笑，栗家班群雄聚集，定给这九月庙会增色加彩。

二人客气一番后，各自办事去。此时此刻，二人并没有对对方产生什么想法，只是偶然相遇。

红玉见班主一家人走出去，便和银枝说，我去大街上转转，银枝想一同去，红玉说去去就回，独自快步走出大车店。经过十年的光阴洗礼，她已完全脱离十年前那个黄毛丫头的影子。俗话说，女大十八变，越变越好看，此话正应了她，中等身材，胖瘦适中，吊眼角大眼睛瓜子脸，一根粗黑的辫子本来耷拉在后背，现在盘在脖子上，辫梢搭在胸前。一双能力蹬千斤的铁脚板，得益于爹娘去世得早，以及孙二娘新潮的思想，才没有被裹成三寸金莲。这十年对她来说是刻骨铭心的十年，她不但炼成了跑马上杆、刀门地圈，还跟铁猴练得一身武当内家功夫。这次回家乡，她就是想让乡亲们知道，凌红飞的闺女凌红玉回来了，给爹娘长脸来了，当年娘从马背上摔下来，那不是娘的功夫不济，是被闺女害死的，那一幕她从不敢忘记。

她漫步来到孙二娘的宅院外，一把大铁锁挂在院门的虎头门环上，她上前一推，从门缝往里看，院内地上落下一层杨树枣树叶子，一副空置多年的样子。她退后几步望着角门洞子和两丈多高的土坯院墙。这时，从左侧院门内走出一个中年汉子，看她一眼，飘过来一句话，孙家已多年没人光顾。又从胡同另一头走过来两个女人。红玉知道多留无益，便向大街走去。

时近二更天，一个黑衣人向孙二娘家走过来，一身紧身衣裤，来到院门前，掏出一条黑巾围在脸上，只露出两只机警的大眼睛，向胡同两边看看，右手搭在院墙头上，一纵身飞过墙头，轻轻落在院内，悄悄向北房走去，来到北房门前，用手摸一下挂在门吊子上的铁锁头，转而来到窗户前，手指伸向窗户纸。突然，从背后传来轻微响动，黑衣人猛然回头，院中站立一个和自己相同的黑衣人。你是何人？从两人嘴里说出同一句话。随后便不再说话，欺身而上，双方打斗在一起，几个回合过后，后来的黑衣人飞身越过院墙，先来的黑衣人紧追不舍，一个消失在胡同尽头，一个在院门前踌躇一下，转身离去。

红玉走出胡同，大街上仍有三三两两的行人，她警惕地注意着周围，看来黄家镇庙会上有些人要彻夜不眠，她悄悄走进大车店院子，来到心爱的枣红马跟前，端起竹编笸箩往石槽里倒些草料，左边传来轻微响动，她从腰间拔出匕首。

是我。一个熟悉的声音。

猴叔，你还没歇息。她放下心来。

你去过孙宅？

她并不感到意外，多年来自己很多事情都瞒不过对方的眼睛，她明白对方是在保护自己：嗯，遇到一个黑衣人。

交过手，看清没有？

那人蒙面，没看清路数。

铁猴略作沉思继续说道：庙会上龙蛇混杂，你要小心，江南铁扇门的人也光顾这里，我闻到一种异样的气味。从现在开始到离开此地，你不要离开我的视线，总感有大事要发生。

猴叔，难不成是铁扇门前来寻仇？十几年前那铁扇门掌门人，不是当着孙奶奶承诺，他们不再登门吗。红玉不解。

看来对方不止一次光顾九月庙会，孙二娘总不现身已经说明问题，小心无大错，当年架的梁子，表面看已经了结，但孙二娘若不在了，便当另说另论，绿林道上就是这样，胳膊粗拳头硬就是老大。铁猴低声说。

江湖上的规矩总不能不顾吧，冤有头债有主，打酒问提溜酒瓶的要钱，这不合规矩。红玉不解地说。

江湖上，能遵守江湖道义的人为上者；大面上亮得过去的人为中者；当面是人背后是鬼，转头拔刀翻脸的人，大有人在。该来的总会来，只是不知谁为当年顶杠，不管落到谁头上，只能认了。铁猴沉重地回答。

猴叔放心，红玉会注意周围情况，一旦有异常，马上告诉您老。

听叔的没错，回去歇息。铁猴既是关爱，又是感慨。

猴叔，还有一件事，班主答应小北风和银枝的事没有？红玉接着问。

没有，我觉得班主另有打算，你甭管，你也管不了。铁猴不希望红玉掺和这些事，和吉老三对着干没好处。

猴叔，那咱就这么眼睁睁地看着他们……

自然不能，我有办法。铁猴回答：赶紧回去歇息，明天还得上活儿。

说着二人向北边那排平房走去。远处，一双鹰眼把二人送进北房，然后飞身翻过院墙，消失在黑夜里。这一切，被刚走进房间的铁猴收进眼底，他哼一声，掩上房门，和衣躺在大通铺上。

跛子侧过身来小声说：班主已号好地角，杂耍场子东北角，明天一早去拉场子。

靠近和尚坟那块地儿？铁猴问。

有啥办法，咱们起个大早赶个晚集，张家班、赵家班、高家班、石家板、周家班、徐家班、齐家班，就连东北奉天的廖家马戏班，西安的盛家班都赶过来了，好一个群雄逐鹿，有好戏看啦。跛子兴奋地说，就好像他那只破牛皮袋子，被铜子儿银子撑得系不上口似的。

赶紧歇息吧，遇到面吃面，遇到馅吃馅。铁猴闭上眼睛。

跛子从对方话里听出弦外之音，又问：你有啥新发现？

哼哼，嗯嗯。

不怕憋出屎来，快说。跛子用胳膊拐一下对方。

嗯嗯，哼哼。

属猪的，挨枕头就着。跛子无奈地闭上眼睛。

夜虽深，困意浓，银枝却没有躺下，她在等红玉，这也是多年来的习惯。自从红玉成为班里的顶梁柱，吉三奎对红玉的态度来了个大转弯，在外跑江湖住宿时，给红玉和银枝住上单间。银枝知道，自己这是沾红玉的光。红玉年小不顶事时，班主还拿自个儿当回事，那时是她护着红玉。红玉渐渐长大红起来，自己在班主眼里便大不如从前。不知从何时起，红玉又成了她的树帽子，遮阴挡雨。二人都是无爹无娘的孤儿，相互帮衬着往前走。银枝也不问红玉去干啥，她想说自然会说，不想说你问也白搭。满脑子和小北风那点事，常唉声叹气。

班主还没回话？红玉问。

没呢，不知他咋想的，你说是不是金枝那个狐狸精使坏？银枝问。

不会吧，这和她有啥关系。

那班主为何不给个话？

兴许是想忙过这阵子吧，九月庙会上够忙活的。

北风叔着急啦，你俩不会都那个了吧？红玉转移话题，逗对方。

以后别叔长叔短的，把人都叫老啦。咱是姐儿俩，平辈论。

北风叔叫了十多年，你说改就改啊，我看咱还是海论吧。二人不知不觉聊到三更天，这才闭眼歇息。

第四十章

黄家镇的九月庙会这一个月，镇子里繁华热闹，虽然只有两三百户人家，但几万人从天南地北聚集到这里，把个村庄填得满满当当，能住人的地方都住满了人，就近的三里五村大多也被借宿，还有些人干脆就地搭个棚子过夜。九月庙会迎来了全国各地的各路艺人，一时间高手云集。算卦的、相面的、看风水的，杂耍、魔术、马戏、驯兽、口技，还有打把式卖艺的、甩牛胯骨的、打竹板的、打金钱板的、走街卖唱的、说评书的、唱大鼓书的、说相声的、演双簧的、吹鼓手、杠房生意、梨园班子、拉洋片的、巾皮彩挂，平团调柳，江湖门类齐全。黄家镇庙会，比北京的天桥，天津的三不管，济南的南岗子，南京的夫子庙，繁华热闹程度一点也不逊色。

这么热闹的古会，怎能缺少当地的名吃小吃，长官包子，大柳面，保店驴肉，更是吸引众多的外地客人品尝。

一大早，吉三奎带着班子来到东西大街南边的杂耍场地。对面是关帝庙和奶奶庙，东北角是和尚坟。小北风和漂子忙着拉场圈绳子，铁猴和漂子等人忙着竖起大绳架。银枝等人在整理各类道具。红玉拉着缰绳在遛枣红马。

高家班已经竖起数丈高的的刀山架子，徐家班的中幡已晃悠起来，柳家马戏班的马趟子手更是早班，传来阵阵铜铃声。栗家班场子内，一只老猴子在滚罗圈，一个年轻人牵着一只老虎在场地上溜达，还有一头狮子在笼子里转圈儿，不安分。班主铁笊篱和一位中年人交代几句后，向吉家班这边溜达过来。路过高家班，停下来和班主高拐子聊起来。

高拐子年过六旬，下过南洋，闯过关东，上刀山的绝活儿在江湖上少有人能比。其实高拐子并不拐，走路比一般人都利落，知情人明白其一双铁拐，三五人近身不得，在江湖上是低调的高手。他把江湖上的上刀山给改良，增加进少数民族上刀山的内容，比原来单纯的危险性更加刺激好看。他问对方：栗班主，看你这悠闲的样子和往年不同，是不是想洗牌?

铁笊篱一拱手说：高班主，你不也想在这庙会上“比武招亲”吗，昨晚你就开始下手了吧。

啥事也瞒不过你这铁笊篱。高拐子拱手回礼：吉老三也已出手，你要当心，可别把你那铁桥三抖落飞了。

恐怕他吉老三还没这个能耐，倒是你的心腹爱将许飞龙早就被人盯上吧。铁笊篱心想，你这是太监的命操皇上的心，各位班主是啥人，那都不是等闲之辈，谁能扛大梁，谁是摇钱树，谁只能跑龙套，一打眼就瞄个八九不离十，只要被相中，谁也不会在包银上斤斤计较，大家都明白，大把式凭真本事吃饭。

吉三奎看到高栗二人在说话，便径直走过去，大家都是果木行里的人，见面唠几句家常，无非是江湖上的一些奇闻逸事，真正的心里话，谁会拿到桌面上来。他知道，高拐子和铁笊篱都是此道中高手，谁也不服谁，自己又何尝不是。

日上三竿子，黄家镇喧哗热闹起来，说人山人海一点都不过分。放下各类惊险奇妙高超的杂耍演艺不说，看看场外的热闹景象，各式各样的摆子（布制招牌）迎风摆动，喊影身的、扯白口的、念锣歌子的、说唱的、一浪高过一浪。艺人们骑高头大马，牵着猴子拉街宣传的，一拨接一拨。杂耍场子里紧锣密鼓、喊声不断。

吉家班的开场戏是红玉的马趟子，压轴戏是她的重蹬技。吉三奎有一种荣归故里之感，他要让家乡人知道，我吉三奎走南闯北成气候，有红玉这样技压群芳的大把式，以后看谁还敢小瞧咱，横着吃竖着走那很自然，在咱这南北八寨，脚面水平蹚。什么高拐子、铁笊篱、赵侠子、许五锤，都得对我另眼相看，这是不是一厢情愿，只有他自己知道。

三个人边说边走，来到吉家班场地外。此刻场上，红玉正在跑马趟子，一身红打扮，一根红丝带从脑后勒到额前，在额前系一个蝴蝶结，上身披一个红披风，身体跟随马蹄节奏颠簸起伏，左手拉住缰绳，右手挥动马鞭子，煞是一个威风。场外围满看客，把个铁笊篱看呆，他指着打马奔驰的红玉问吉三奎：凌红飞？

高拐子耻笑对方：猪脑子，凌红飞十几年前就摔死了。

红玉从铁笊篱等人眼前飞驰而过，铁笊篱的双眼也和他的名头一样，不是一般的抠，大声说：不是凌红飞是谁？这长相、这身段、这功夫，除她谁还能有这两下子。

二人的对话和表情，令吉三奎非常受用，他的心理已满足，要的就是这种效果。

红玉扬手向前抛出一只铜铃铛，随着一阵叮当声落在地上，红玉做大鹏展翅，飞落下马，向那铜铃风一般刮过去，一个燕子抄水把铜铃捡起来，那枣红马已经奔过去几丈远。在一般人看来，就算你练得蹿房越脊的轻功，在这个距离上，也没有飞驰的骏马跑得快。众看客把目光集中到红玉身上，只见她拧腰提气，身子就像燕子抄水，脚尖在地上轻点几次，人飞向奔驰的枣红马，有人惊呼，八步赶蝉！瞬间红玉已经飞上马背，右手抓住马鞍桥，双腿倒立而起，左臂伸展开来，一个漂亮的亮相，好不潇洒威风。

人群里有人大喊，快看，孙二娘的弟子凌红飞回来啦！刚才还在马背上拿顶的红玉，突然失去踪影。有人惊呼，人没啦，又摔下去啦！十几年前凌红飞就是这样摔死的。突然一个红衣女子站立在马背上，手里多一把弓箭，左右手配合拉开弓箭。几十丈外的铁猴把一只彩色葫芦抛向空中，突然，枣红马前蹄高高扬起，引颈长啸，把红玉掀起来，人在空中的她，右手一松弓弦，嗖一声，那只箭飞出去。一部分人的目光集中在空中葫芦上，一部分人盯着从空中摔下来的红玉。

铁笊篱大吃一惊，他走南闯北见多识广，可对方这种马上的功夫还是第一次看到。高拐子瞪大眼睛，心想，完了、完啦，又一个凌红飞的后来人完喽，从空中失衡摔下来，非死即残。这对母女的命苦得像黄连，竟都选择同样的结局。

啪一下，那只飞箭扎到葫芦上，掉在地上，再看红玉，已失去踪影，地上没有，马背上也没有，人群里有人反应过来，高喊道，镫里藏身、镫里藏身。枣红马在减速，这时，红玉大站在马背上，做了两个漂亮伸展的动作，猛然下蹲，然后飞天一冲，离开马背，枣红马继续往前奔去，她像雄鹰空中滑翔一般，头距离地面一丈多时，一挺身站在地上，双手抱拳给众人行礼。

铁笊篱和高拐子，不得不佩服这个凌红飞的后代，这种下马的功夫不练个十年八载肯定不成，有的人就是练这些年也不一定能成。

吉三奎望着二人不停变化的表情，得意地露出微笑，哼，不拿出点真玩意儿怎么镇得住你们，看你们平日里狂得，黄家镇都要就搁不下你们了，这次我就是让你们看看，吉家班回来了，如果是三分天下，吉某必有其一。看到二人在一旁嘀咕什么，心一沉，这两个家伙在一起就是狼狈为奸，没什么好事，是不是在打红玉的主意？这可不成，班子没有她这个顶梁柱，我这大瓦房顶靠啥支撑，她就是我的米罐子、钱袋子。

吉班主，到咱那里指点一二如何？高拐子谦虚地说。吉三奎转脸对铁笊篱说：我倒是想去栗掌柜那里看看。他故意闪了高拐子一下。

铁笊篱热情伸手相请：走吧吉班主，请多指教。

高拐子尴尬地一咧嘴，暗自骂道，什么东西，狗眼看人低。

栗家班的圈棚之大，在杂耍场里数一数二。三个人走进圈棚，一个年轻人一手托着三只方凳，来到三人面前，手臂往起一颠，最上面的方凳翻了一个跟头，稳稳落在吉三奎面前，第二只方凳一只凳子腿先落地，做金鸡独立呼呼打转，然后一个急刹车，停在高拐子面前，最后一个方凳落地时，被铁笊篱一脚踩住。

年轻人忙抱拳施礼：各位大掌柜，请坐。

吉三奎和高拐子面无表情，这种显摆来得不是时候。

铁笊篱训斥对方：雕虫小技，怎敢在二位班主面前显摆，滚。

年轻人一弯腰，转身离去。高拐子和吉三奎对视，谁不明白，你铁笊篱若不授意，谁敢在你面前抖落，你就是想给我们两人上点眼药，你到底有多少脓水，待会儿得看看你的疖子有多大。

一个壮年汉子，大摇大摆走到场地中央，此人膀大腰圆，宽额头下两条扫帚眉，圆鼻头，扁平嘴，三个物件布置得不怎么协调，似乎太过紧凑。一般情况下，瓜子脸看着顺眼，西瓜脸也能凑合，他这倭瓜脸给两位班主的感觉不怎么好。铁笊篱从二人表情上看出对场上徒弟的不屑。说道：二位仁兄是老江湖，可谓阅人无数，是不是看着我这位弟子不怎么中看？

不不，栗班主别多心。高拐子忙回答：常言道，人不可貌相、海水不可斗量，越是相貌奇异、性情古怪之人，越是不能小觑。

吉三奎也附和道：人外有人、天外有天，这位把式想必就是栗班主的扛大梁之人。

也不尽然，像他这样的，本班多了不敢说，十个八个还是有的，请上眼。铁笊篱怎能在二人面前服软。其实，他的底气也不怎么足。前边看过红玉的马趟子功夫，自信本班没有这样的能人。

铁桥三耍的是硬功，铁锤开石板。地上摆放三把铡刀，雪亮的刀刃朝上，放射寒光，至于锋利不锋利，场外的人也无法手试。铁桥三光着膀子穿一个半截裤，来到铡刀旁，站个骑马蹲裆式，两只手臂来回抡了两下，然后开始推手，手掌直立推出去，攥紧拳头再收回来。

高拐子对吉三奎说：见过钉板开山，没见过铡刀开山。

滚钉板和他这种玩意儿不一样，看到没有，那三把铡刀可不是吃素的，看看他怎么耍把。吉三奎回答。

铁笊篱望着二位，脸上露出得意之色，没见过就对了，你们没见过的玩意儿多啦，今天就让二位见识见识我铁笊篱有多少玩意儿。

铁桥三收气起身，来到铡刀前，看那铡刀的间距，一把应该在他的小腿部，中间那把在腰部，还有一把在后背部。他背靠三把铡刀慢慢蹲下，上身挺直慢慢向后倒下去，众人的目光跟着他的身体慢慢倒下去。吉三奎不得不佩服铁桥三，他的两条腿功练到家了，两脚像黏在地面上一般，稍有不慎，这么重的身体就会砸在铡刀刃上。铁桥三慢慢下腰，不一会儿便稳稳躺在那三口铡刀上。

吉三奎点头道：还成，皮糙肉厚，不至于伤着自个儿，这就叫外练筋骨皮，铁枪刺喉的功夫他一定不陌生。

高拐子撇嘴：这有啥，这点玩意儿在你吉老三的眼里还算个活计？当年我见你钢刀砍肚皮的功夫比这强。

铁笊篱不愿听这话，说道：接着上眼，这才开个头，晃眼的玩意儿还在后头。

果然，两个后生抬着一块凳面厚的石板走上来，两人一松手，那石板砰一声摔在地上，二人又龇牙咧嘴地弯腰抬起来。

吉三奎明白，二人在做戏，一是表示那块石板如何结实，二是想告诉看客石板如何沉重。

后生把石板搁在铁桥三胸脯上，石板有一尺宽，二尺长。铁桥三往上挺挺胸脯，那石板也跟着鼓起来落下去。两个后生往手掌心吐口唾沫，使劲搓手掌，然后一人拎起一把大铁锤，一左一右站立在铁桥三身体两侧。

这是要铁锤开石板，铁桥三身下是三口铡刀，身上是沉重的石板，还要被铁锤砸碎。吉三奎练的是硬功，金钟罩铁布衫，却还从未干过这样的活计，他自信没这个能耐，两人的大锤若把石板砸碎，铁桥三的凡人肉身，会不会被锋利的三口铡刀切成三段？

高拐子两眼紧紧盯住那两只高高举起来的铁锤，这真是麻绳子系豆腐，悬了！低声问吉三奎：真玩意儿还是腥活儿？

吉三奎模棱两可：看完便知。

耳轮中听到砰砰两声，那两只高举的铁锤落下来，铁锤砸石板的声音很响亮，石板还是原样，连半块石头渣子也没掉下来，两人又连续砸了四锤，那块大石板才被砸成几块。两个后生闪在一边，铁桥三两脚黏在地上，慢慢起腰直到站直身。抱拳健步围场子走了一圈，告诉看客，我没有被开膛破肚，这是真功夫，后背上只留下三条浅红的刀痕。

说心里话，吉三奎没看明白是真功夫还是腥活儿，作为他这种身份，不可能去问铁笊篱，他看不明白，高拐子更没那个眼神，但是他不能不承认，铁桥三还真是个人物，就凭他这身功夫，这身胆量，铁笊篱指定是把他供在供桌上头。

吉三奎看高拐子那眼神，是相中了这铁桥三。想到此一震，刚才铁笊篱看红玉那眼神，和高拐子是多么的相似，难道说红玉也被惦记上？

三个人的眼神相互碰撞，各怀鬼胎。高拐子伸出大拇指赞道：铁桥三是大把式，我喜欢，栗掌柜，能否借给兄弟使唤几天？

吉三奎乐了，姓高的在做白日梦，这有借的吗？分明是在试探铁笊篱。

铁笊篱听罢一脸阴笑：高班主见笑，喜欢你就拿去嘛，咱们之间谁跟谁。转而又对吉三奎说：吉班主，你我都亮底了，咱是不是到高班主那儿瞅几眼？

那是自然，走。吉三奎站起身：我说拐子兄，你不会捏着半边装紧的吧？

走走、快走，丑媳妇难免见公婆，看过你们的马趟子和铁锤开石板，高某那点玩意儿倒显得有些寒酸。这话看似底气不足，却暗藏杀机。

三个人来到高家班的圈棚内。场子上竖起一根几丈高的竹竿，一个敦实的青年人，用手抄起竹竿底部，一个漂亮的旋转，竹竿扔在肩头上。一个穿红衣裤的年轻人来到杆下站定，扛杆子的敦实青年伸出右手成钩状，红衣青年右脚在对方勾手掌上一点，身子猛然往上一蹿，稳稳地停在竹竿上一丈高处，两只手抓住竹竿，两只脚蹬住竹竿，一歪头冲看客做一个鬼脸，随后，噌噌噌，手脚上下交替不停地向上爬去，眨眼间爬到杆子顶端，并在杆子上做一个大扯旗，双手抓住竹竿，用力把身子扯直。

吉三奎问：杆上的后生可是许飞龙？

对。高拐子回答。

铁笊篱讥讽道：高班主，我咋看不明白呢，你这耍的是中幡还是猴爬杆？四不像子吗。

改良版的。吉三奎笑道。

三人说笑着，那扛杆的底座突然一歪身子，看似扛不动的样子，杆子直愣愣地向地面倒下来，杆子上的红衣青年，紧紧抓住竹竿，腿脚乱蹬，跟着倒下来。

铁笊篱惊呼道：出娄子啦。

要砸了！吉三奎瞪大眼睛盯着对方。

高拐子不动声色：甭管什么玩意儿，只要你们没看过，就是新鲜玩意儿。

周围所有的看客都屏住气息，不再关心什么惊险和出奇，而是盯着地上躺着的红衣青年，指定摔死啦，从这么高处摔下来，内脏都能摔哗啦。

敦实青年来一个潇洒的亮相，那红衣青年噌一下蹿起来，啪啪啪翻几个小翻，来到敦实青年跟前，一个毽子把身体提起来，稳稳落在敦实青年肩膀上，二人围着场子转了一大圈儿，红衣青年满脸微笑，抱拳谢场。这种下场的方式，吉三奎没见过，铁笊篱也没见过。

铁笊篱不禁摇头：太惊悚啦。

吉三奎也说：真够悬乎。

高拐子满意地说：我这许飞龙咋样，不比凌红玉和铁桥三逊色吧？

吉三奎望着对方那得意样子，大家这是在打擂台。铁笊篱也不能不承认，许飞龙这两下子绝对不比铁桥三差，至于凌红玉就甭说了，人家是女中豪杰。

第四十一章

日头落在头顶上。大街上熙熙攘攘的人们在找饭吃。饭馆、茶馆、酒肆、地摊前热闹起来。尤其是摆摊的，小米粥、小咸菜、烧饼炉、包子笼屉、热锅贴饼子、金黄窝窝头、馄饨摊子、炸油条、老豆腐，应有尽有。

吉三奎让小北风，铁猴，跛子几人到大街上买午饭。跛子拎着三十个长官包子，铁猴端着一笸箩窝窝头，小北风端着一小盆萝卜条咸菜。显然，这里面没有吉三奎一家三口的饭食。大家都知道，那香喷喷的长官包子是给红玉吃的。虽然她一个人吃不下三十个，但还可以行个人缘。这也是吉三奎的高明之处，为哄住红玉，这种小恩小惠还是要给她的。

三个人回到杂耍场。十几岁的吉武文，已经长成半大小伙子，由于金枝的溺爱，没能练成一样正儿八经的玩意儿，也别说什么也不会，能拿个塌腰子顶，打个坐地翻，扛个半截子杆，耍个瘪拉叉，变个漏子戏法啥的，还成。这是漂子给他总结的。这孩子倒也继承一些父亲的遗传，譬如暴躁脾气，歪歪心眼，耍个小聪明，喜欢琢磨个人。腰里常掖着一把刀子，也跟老爹练了一点拳脚功夫，练几年还是个半拉架子。做母亲的谁不想母以子贵，可是这小子就是不争气，时不时给爹娘找点麻烦，有几次差点把小命搭进去。金枝能看明白，吉三奎也不是一把冰雹砸不漏的油布伞。

金枝看着儿子高兴，她不想让儿子掺和杂耍这一行当，太苦太累。吉三奎经常愁得睡不着觉，将来这不争气的玩意儿能干点啥?

三个人站在门口，等待铁猴等人回来。吉三奎从跛子手里接过包子，递给红玉：快吃吧，别凉了，下午不比上午，蹬大车轮子吃力气。又对铁猴说：赶紧让大家吃饭，然后歇会儿，下午开场甭等我。说罢和金枝吉武文向大街上走去。

铁猴把大家招呼到一块儿，大伙围坐在地上，中间摆放着干粮和咸菜。漂子抓起一个窝窝头，使劲咬一口，吱呜着说：真抠唆，咱这么出力，吃顿像样的饭食能咋样，还能吃穷？看人家栗家班和高家班，不说顿顿都有荤腥，起码也是吃白面馍馍，外来一大碗汤菜。

小北风抓起一个窝头说：他自个儿下馆子，哪还管咱们死活，将就点儿吧。

红玉打开包袱皮，拿起一个包子塞到银枝手里，对铁猴说：猴叔你自个儿拿，大伙儿都尝尝。她自己抓起一个窝头。

铁猴叹口气道：既然红玉说了，大家都尝尝吧。给红玉剩下五个包子，把其余的分给大家。

跛子又整出一句戏词：三哥这是要整得天怒人怨啊。

大家你一嘴我一句，连吃带说，把窝窝头和包子送下肚去。小北风说：再来碗老豆腐灌灌缝儿，那才叫个舒坦。

我想喝碗蛋花汤。漂子咂摸嘴。

有碗地瓜黏粥也行啊。跛子接话。

突然，从后边传来一声问话：敢问，吉班主在吗？

铁猴对西安一带的口音很敏感，忙站起身来问：请问老大是谁？找我们班主何事？

一个中年人，手里摇着一把折扇，站在大家面前，一脸不屑：本公子无事不登三宝殿，叫你们班主出来回话。

是你，黄公子？跛子一愣。

瘸子好眼力，还记得我当年那句话，别招惹我，不然把你那条腿也打断。跛子尴尬地一咧嘴：黄公子，你不好好在西北待着，跑到鲁北来干啥？

命苦啊！黄公子叫屈起来：本公子就是这劳碌的命，你当我愿意到你这兔子不拉屎的地方来，我是来了却十几年前一桩公案。

铁猴听出点眉目来，忙说：班主吃饭去了，要不你去街上找找。

你说啥？本公子千里迢迢赶过来拜访他，你让我满大街去寻，岂不慢待客人？我就坐在这里等他。

一个蓝衣人说：公子，他得到信儿不会跑吧？

跑了和尚跑不了庙。黄公子霸气地说：他若跑掉，本公子正好给他换换招牌，改成黄家班。

铁猴一听来了麻烦，忙让漂子去找吉三奎，他若不回来这事真就无法了结。红玉把银枝拉到一边叮嘱几句，然后对小北风说：北风叔，他们五个人，你让兄弟们别打盹儿，我看今儿要出阵乎。

漂子一阵风般刮到大街上，一家挨一家寻找吉三奎，从东头跑到西头，也没找到，立刻往回折，来到小十字街上，在一家酒馆里找到吉三奎一家三口。他简单地把事情经过告诉班主。吉三奎一听陷入沉默，金枝担心地问道：孩子他爹，这咋整？那铁扇门可不是好惹的，那件事当年不是摆平了吗，怎么现在又找上门来？再说和你也没啥关系，是凌聚财凌红飞惹得事端，孙二娘横叉一杠子，说什么也轮不到你头上啊。

你懂什么，这就是江湖，走，赶紧回去。吉三奎说：是福不是祸、是祸躲不过，该来的你怎么挡也挡不住，铁扇门既然敢找上门，若不做个了断，始终是个祸害。

金枝知道铁扇门的厉害，忙提醒丈夫：要不要找个帮手，铁笊篱不是挺厉害的吗，赵侠子的名头也挺响亮。

吉三奎瞪一眼对方：娘们见识，他们再厉害还敢跟铁扇门架梁子？当年也就是孙二娘能喷住他们，现在只能走一步看一步，怪只怪师兄师姐，说啥都晚了。

男子汉大丈夫兜不起来，怪两个死人算啥本事，你若有个三长两短，俺娘儿俩咋办？金枝非常担忧。

闭上老鸹嘴，我吉三奎在江湖上也算一号，怕他个鸟。他气呼呼地往杂耍场走去，金枝和吉武文紧紧跟在后头。漂子一溜烟儿往回跑去。

望着黄公子几个人，铁猴的心情很复杂，自己要不要替吉老三出这个头？按照江湖上的规矩，不出手不合适，毕竟大家在一个锅里耍马勺，吉老三再不好也是一班之主。可是这一出手，结果啥样就不好说了，动起手来没轻重，死伤几个谁也说不上。自己有必要替姓吉的玩命吗？这事若是为红玉，那自然没得说，冲着凌聚财班主也得这么做。就在他犹豫不决时，吉三奎等人回来了，铁猴赶紧把红玉拉到身后。

黄公子站起身来望着吉三奎，二人对视，眼睛里冒出凶光。江湖人行江湖事，盘道不能少，何况二人都带着手下。吉三奎是坐地炮，领先抱拳施礼：敢问老大贵姓？

不敢称大，开天辟地一面黄。黄公子拱手还礼，傲慢地拉下嘴角，想在气势上压倒对方。

八面风过极顶鏖。吉三奎报家门。

铁扇钢骨四海门。黄公子报家门。

走完江湖道上盘道的程序，二人便单刀直入。吉三奎那犀利的目光像一把利剑，直刺对方：黄公子所为何来？

了结多年前一桩公案。黄公子傲慢地盯着对方。

咱俩有过节吗？吉三奎质问对方。

没有。黄公子答得干脆。

既然没有，黄公子是来砸场子、踢摊子，还是找茬子？吉三奎心想，这可是江湖上犯忌讳的事情。

黄公子冷笑：你没有，你师哥师姐有，吉老三你不会赖账吧？冤有头债有主，江湖上的规矩，父债子还，夫债妻还，你大哥的债，你来还不过分吧？

当年我是在场，但是，贵掌门在孙二娘面前做过承诺，只要她老人家在这儿，贵门派永远不踏上黄家镇的土地。现实是你食言，坏了江湖规矩。

哈哈！黄公子大笑后摊开双手比画着：孙二娘在哪里？你把她请来，我当面磕头谢罪，要杀要剐，任凭她老人家处置。说着提高嗓门：孙二娘你出来，出来啊！

红玉恍然大悟，那天晚上在孙宅，和自己交手的是铁扇门的人，不然这黄公子怎会这么有恃无恐，他已知孙二娘不在黄家镇，所以才敢步步逼宫。

吉三奎不知就里，昨天来到黄家镇后，根本就没寻思什么孙二娘李二娘的事，即便是孙二娘在黄家镇，他也没有前去拜访的打算，不由得后悔，为何自己不关注一下这位老太太，这下可好，原本主动，一下变得被动起来。

在十几丈外，有几双眼睛注视着这边，关注场上的事态发展，一个人把右手插进怀里，机警地注视着吉三奎和黄公子。

吉三奎很愤怒，心情复杂，自个儿混得好好的，却祸从天降，还得替师哥师姐擦屁股，看来今天不拿出点真章，是过不去这个坎儿的。想到此，把心一横，在江湖上行走，就是走在刀尖上，要么混个盆满钵满，要么混个遍体鳞伤，事情发展到这种地步，自个儿说了也不算，横着脖子说道：黄公子，划下道来吧，吉某接着便是。

好，我就愿意和聪明人打交道，一点就透。一炷香的工夫，我若赢了，留下你左臂；你若赢了，我留下右臂，公允否？

铁猴一听不对劲儿，马上说：香头子还有个长短，三寸是它，五寸也是它，还有八寸的。

黄公子骂道：还有一丈的香头哩，烧到明早吗？

铁猴伸右手，手心里攥住三支飞镖。红玉马上按住对方。

一位铁扇门的人拿过一支三寸香头，插在一个板凳的木缝里，打火镰点燃棉花套子，然后点着香头，很快那香头升起一股灰白烟雾。

黄公子有备而来，吉三奎无备而上，虽然在自己地盘上，但心里实在是没底，且不说现在，就十几年前而论，吉三奎自信也不是黄公子的对手，何况这些年，他的功夫虽没彻底撂下，可也大打折扣，他只能玩命一搏，把师父教给的绝招都使出来，接下来只能是听天由命。

黄公子比对方有底得多，只要别人不插手，拿下姓吉的手臂一只，费不了什么大事。在他看来，别人也不会插手，谁愿和铁扇门架梁子，找几辈子的不清净？他只想尽快了断此事，赶紧离开此地，这黄家镇不比江南，高手云集，藏龙卧虎，什么事都能发生。

吉某接下便是。吉三奎大声回答。

两人起式亮相，然后出手。行家一伸手，便知有没有。这话一点不假，从吉三奎递出铁砂掌那一刻起，铁猴和红玉就看出二人不在一个档次上，吉老三实在是技不如人，开始抵挡几下子，接下来就是被对方逼得连连后退，这种保命的打法，也难支撑多久。

黄公子得意地看着对方左闪右躲，心想，这桩买卖成了，本公子就不兔子逗野猫，猛然闪身，露出破绽，吉三奎明知对方是诱敌之计，却还拼命猛攻，他想来个两败俱伤，掌风裹挟着杀气，拍向对方左胸。黄公子硬硬向左挪出半步，闪电般一掌切向对方左臂，耳轮中只听到咔嚓一下，骨头发出断裂声。

要说吉三奎，也是真爷们儿，硬是没叫喊半声。按照黄公子事先约定，到此就该结束，可他并没住手，兴许是让胜利冲昏头脑，或者是感到对方太不堪一击，这就犯了江湖的大忌，江湖中，不守规矩的人，下场大多不会好。他挥掌又向吉三奎右臂砍过去，想就此废掉对方的武功，让对方彻底从江湖上消失。

红玉噌一下蹿上去，欲救下吉三奎，八卦连环掌打得虎虎生风，一时间把黄公子罩在气场内，小北风等人赶紧救下班主。黄公子见一个红衣姑娘抢上来，便大声喊道：你就是当年那个拔去本公子铁扇的黄毛丫头，原本本公子想放你一马，拿你们班主挡差，这也是本门主想给孙二娘留个面子，既然你不知好歹，那就别怪本公子辣手摧花。

红玉大声说：铁扇门徒，言而无信，一二再，再而三违反江湖规矩，本姑娘岂能容你。她毫不畏惧，一掌接一掌往对方身上罩过去，逼得黄公子左躲右闪，几招过去，他才看清对方的路数，要出重手。铁猴大喊一声：小北风，并肩子上！从黄公子背后抢将上来。场子上一片混乱，双方打斗在一起。

吉三奎望着红玉那呼呼生风的八卦掌，刚才若不是她拼命救自己，这会恐怕已毙命于黄公子铁扇功之下，心情复杂到极点，他何尝不知班子里有些人希望自己死在对方铁扇之下。

铁猴和红玉两面夹击黄公子，既缓解红玉的压力，又增加了黄公子的危险，铁红二人的功力合在一起，令黄公子不得不有所顾忌。

住手！砰一声枪响，大家被镇住，只有片刻的寂静，突然黄公子大喊：点子硬实，扯呼！纵身飞过红玉头顶向外飘去。

一个黑衣人抬手一枪，随着枪声，黄公子扑通一下摔在地上，这一枪打在他小腿上。黑衣人身后跟着几个随从，她用手枪顶住黄公子脑袋冷笑：姓黄的，你不守江湖规矩，是要付出代价的。黄公子瞪大眼睛望着对方：你、你是孙二娘的保镖。

招子还算亮，本姑娘就是玉儿，姓黄的，让我说你什么好，孙二娘的话就这么不值钱的吗？她若在这儿你会更惨，把你蒸人肉包子，连块骨头渣子都剩不下。

红玉欣喜地盯住黑衣姑娘，铁猴提着的心也放下来，玉儿出现的很是时候，再晚一会儿，难说双方打成什么样子，死伤多少人。吉武文拿着一把单刀凑过来，使劲往黄公子脖子上招呼，玉儿飞起一脚，踢了他一个跟头：滚！

黄公子赶紧解释：玉儿姑娘，本公子是奉掌门之命行事，还请你高抬贵手。

我若不出手，你是不是要把吉班主废掉？玉儿质问对方。

这、这，不过……黄公子吱呜起来。

既然如此，我就以其人之道、还治其人之身，她把手枪对准黄公子下身说：有的人挨得住生，有的人挨得住死，不知你对这不死不活怎么看？

不就是活不舒服、也死不成吗？跛子被黄公子手下打破脑袋，鲜血留下面颊，恨恨地说。

金枝吓得够呛，这铁扇门太可怕，使劲拉住儿子，哆嗦着说：冤冤相报何时了。她是担心以后对方还会找上门来。

红玉大声说：爱何时了何时了，与我何干？本姑娘只在乎眼前，玉儿姑姑，弄死这黄疯子，省得他以后再来黄家镇瞎搅和。

玉儿姑娘用目光安抚红玉，转脸说道：黄公子，我师父从不打诳语，本姑娘也是如此，放你一马可以，但得让你长长记性，不然你来回溜达得更欢实。说着扣动扳机，一枪打碎对方膝盖骨，这辈子也甭想和正常人一样走路。即便如此，黄公子一皱眉头没吭半声。这条挨过两枪的大腿，彻底报废。

你若敢再来生是非，那座土山就是你的葬身之地。玉儿用手枪一指土山。

黄公子依然那么横气：不杀我你会后悔，今生不能报此仇，来世也得找你。

我只管今生，不管来世，滚。玉儿把手枪插进腰带，一摆手。

铁扇门几个手下，背起黄公子向外走去。

跛子说：量小非君子，无毒不丈夫，就该灭他。

玉儿姑娘说：君子也有两种。

铁猴说：一种是伪君子。

红玉说：一种是真小人。

玉儿拉住红玉说：走，跟姑姑回家。

吉三奎耷拉着胳膊，无法抱拳施礼：玉儿长官，救命之恩容当后报。

甭谢我，要谢就谢你师哥师姐，我是看在他们面上出手的，你好自为之吧。玉儿拉着红玉向孙宅走去。

铁猴赶紧过来给吉三奎看胳膊，这黄公子下手够毒辣，手臂从胳膊肘以上五寸处齐齐被砍断。金枝急得满头大汗：快去洪家药铺找郎中啊。

吉三奎呵斥对方：慌啥？我死不了！铁猴有祖传接骨秘方，有他在没事。铁猴见红玉跟着玉儿姑娘回孙宅，黄公子被玉儿打残，踏实了许多，一场劫难总算过去。这才回头给吉三奎治伤，腿折胳膊断，对经常在江湖飘的人来说，倒也算不得什么大事，一是有祖传的秘方，再就是这些年打把式卖艺，难免有人腿断胳膊折，积攒下一些治伤经验。吉三奎的骨伤不轻，是被重手砍断，铁猴仔细查看后说：我得动手，忍着点儿。

吉三奎点头道：快弄吧，别手软。

铁猴抓住那支断臂，把骨茬对齐，吉三奎一哆嗦，砍断是突然发生的，没感觉怎么疼，对骨茬是在已知情况下慢慢矫正，疼痛感比较明显。铁猴把对方断臂平放在板凳上，让跛子把祖传的草药面加水文火加热，搅拌成膏状，找来一块长条木板，把断臂搁在板上，待药膏微凉，涂抹在断臂茬口上，然后用白布缠五层，再把木板绑在断臂上，系一个绳套，往脖子上这么一挂，说：行啦，伤筋动骨一百天，别碰着就不会错位，不沾水便不会熬破（感染）。铁猴冲金枝一挤眼：晚上尽量少折腾，红伤就怕泄气血。

金枝脸红，吉武文问：这还有关系？

扯淡，别听他瞎掰。吉三奎说道：猴子，以后你得多操点心，三哥心里有数，再多给你记一个账。刚才多亏你和红玉出手快，要么老子两条胳膊都完了，说谢显得生分，都是自家兄弟，以后事儿上赶吧。

三哥，这没啥、没啥，都是应该的，我不出手谁出手，他们上有用吗，还不白给？红玉姑娘那几下子不糠，愣是把黄公子打蒙了。你看铁扇门的人，个顶个的硬把子。铁猴话有所指。

要不说三哥你福大命大呢，玉儿长官来得多及时，砰砰两枪搞定，再高深的武功也白搭，身上钻俩血窟窿那是啥滋味，再骄横也不得不耷拉脑袋，解气。跛子一番话说得吉三奎不言语，铁猴听着不舒服，跛子话里有话。

第四十二章

黄家镇九月庙会，依然像往年一样繁华热闹。吉家班在九月庙会上，刚一露脸，就挨了铁扇门当头一棒，第一天撂地耍把，便遭遇一场意想不到的走麦城，班主被铁黄公子打断胳膊，成为人们茶余饭后、嚼舌头根子的话题。铁笊篱、高拐子、赵侠子等各班主前来探望，一传十、十传百，吉三奎像地老鼠一样，恨不得找个地缝钻下去。想一想，在这种情况下，他还怎能在黄家镇待下去。好不容易挨到第二天晌午，他拉着驴脸，见谁烦谁，说话没好气，吐口痰都使大劲往外喷，招呼跛子赶紧收拾东西，训斥小北风，套个马车也就三下五除二的事，这还磨蹭半天。骂银枝，快去把红玉招呼回来，拉一夜半天的呱，还没聊够，有啥好说的。

铁猴坐在凳子上没动地儿，吉三奎也没招呼他。通过昨天这件事，不知怎么的，吉三奎感觉和对方又隔了一层，加上原来那一层，变成了两层，更加厚实。

孙家老宅。红玉和玉儿姑姑聊到下半夜，她把这些年来的苦水都倒给亲人，玉儿几次流下眼泪。玉儿不知怎么跟红玉解释才好，不是孙二娘不想要她，更不是自己和宝儿不想来接她，故意让她跟着杂耍班子流浪江湖，实在是出于无奈，她们走的是一条和常人不一样的道路，一条非常危险，甚至不知何时就丢掉性命的道路。她把革命二字第一次讲给红玉听，尽管她认为自己已讲得很明白，可红玉听得稀里糊涂，玉儿认为，对方听不明白属于正常，若能听明白，也就不是现在这个样子。

玉儿说，这个黑暗的世界，就像一个多年无人居住的老宅子，蒙上一层厚厚的尘埃，犄角旮旯堆满各种垃圾，墙角上挂满蜘蛛网，一个大黑寡妇正在吞噬一个绿豆苍蝇，还有几只蚊虫黏在蜘蛛网上拼命挣扎。我和宝儿还有你奶奶就是那打扫垃圾的人，要把这些陈年垃圾全部清除掉，因为黑暗太久，长夜难明，尘埃太多，打扫垃圾的人太少，累死一批又一批。

红玉没怎么听明白，但跟随玉儿姑姑宝儿干娘在一起，就不会错：我想跟姑姑一块儿打扫垃圾，我不愿意待在杂耍班里。

当然可以，为让这个世界早点干净起来，我们就是需要更多的人参与进来，扫除所有尘埃，以一个全新的世界去迎接黎明早点到来。但是，目前你还不能和我在一起，为保护你的安全，给聚财师兄红飞师姐留下唯一血脉，你暂时还得留在杂耍班里，还是那句话，该你出场时，姑姑会来找你，没有你的开场戏和压轴戏怎么成。

玉儿这种解释，红玉怎能听得懂，没办法，尽管玉儿费劲巴力地说，红玉用尽全力地去听，还是一知半解。

红玉不停询问，革命为何这么难。

玉儿就自己知道的知识，尽最大努力给对方讲解，她自己对很多深奥的革命理论，也不能完全解释清楚。她跟随孙二娘，在辛亥革命之前，开始接触同盟会，参加过一些活动，加之她和宝儿都是有学识的人，接受新思潮快，重要的是能接触到一些为推翻清朝而努力奋斗的年轻人，自然懂得多一些。

什么是社会？何为阶级？红玉又问。

这些慢慢来吧，有时间我会给你讲明白，还是说说你今后的打算，有没有意中人？玉儿关切地问：我们都不在你身边，帮不上你，若咱们在一块，早就给你找个好人家嫁出去了，大姑娘啦。

红玉脸蛋布满红晕，羞涩地说：姑姑看你说的，俺还小着呢，着啥急。

你是真不着急，还是没遇到中意的，二十多岁了，有个男人在身边，很多事情能商量商量，我们也好放心。

红玉叹口气，心想，着急和没遇到中意的还不是一回事，反正都是单身着：姑姑，随缘吧，我不想折磨自己。缘分到了，自然也就成了。

红玉，你要跟姑姑说实话，好让姑姑放心，现在班子里，有没有能说得上话的人？也就是到关键时候，能拼命帮助你的人，这很重要。

铁猴叔很关心我，白天就是他出手帮的我，他是绿林中人，讲义气重情感，把我当孩子看。不过，他和吉三奎的关系很微妙，我也说不清楚，表面上两人还过得去，我能看出二人经常暗地较劲。三叔对他不满，可又不敢开罪他，像手里捧块烫山芋，扔掉舍不得，捧着又烫手。

班子离开他不成是吗？玉儿追问。

也不是说不成，但日子不会好过，现在班主多省心，很多事都是猴叔操持着，他功夫好，人缘好，又仗义，能挡事，换作别人还真就不成。红玉回答。

噢，是这样，这就好。明天我找他聊聊。玉儿说。

聊啥？红玉不解。

你别管，不早啦，歇着吧，还能睡一会儿。玉儿给对方掖好被子。

第二天上午，吉家班没再拉场子撂地。吉三奎吊着伤胳膊，带着金枝和儿子沿街溜达，他要带上些好吃的东西再离开此地。高拐子迎面走过来，隔着很多人和他打招呼：吉班主，昨天刚铺下摊子，今儿就拔营起寨？咱哥儿几个还没得空好好唠唠。晌午头我把赵侠子和铁笊篱请来，咱哥儿几个喝上几盅，你这一走，又不知道猴年马月才能聚首。

高班主，我这谢过，下次再喝吧。兄弟我有点急事，不走不行。吉三奎推辞道：山不转水转、水不转人转，江湖就这么大点地儿，不管是兄弟还是仇人，哪有不碰头的。

说得也是。不过，我得提醒一句，你还能全身而退吗？高拐子转移话题。

吉三奎盯住对方：你什么意思？难不成还有谁和我过不去？

高拐子把嘴凑到对方耳朵旁说：铁笊篱看上你的马趟子手。

你说的是真的？吉三奎吃惊。

糊弄你干啥？我刚从杨抱槐那边过来。高拐子说罢向前走去。

吉三奎望着高拐子的背影愣住。金枝忙说：赶紧看看去吧，这可不是小事，要是让这俩人整到一块儿，还能有你啥事。

爹，红玉敢吃里爬外，我立马办了她。吉武文挺挺胸脯。

扯淡，她不办你，老子就得念阿弥陀佛。吉三奎骂道。三个人急匆匆往大街中部的杨抱槐走过去。

高大宏伟的黄氏宗祠斜对面，有一口古井，井深水清澈，阔大的井口包有一圈大青砖，距古井几丈外，有一棵千年古树，七八丈高的树干之上，撑着一个直径几十丈的大树帽子，上边布满密密麻麻的杨槐树枝叶。有一棵槐树从杨树枝叶丛里冒出来，杨树槐树枝叶交错，连体并生，这就是黄家镇有名的杨抱槐。顾名思义，杨树抱住槐树生长。相传，杨抱槐是唐代所栽，距今已有千年历史，树围两丈余，四个人合抱都接不上手。杨抱槐那偌大的树帽子，穿过大街，一直伸向街道对面的店铺院中。站在黄河故道大堤上，向黄家镇望去，在错落有致的农家瓦舍中，有三个大槐树的树帽子，犹如三把巨型绿萝伞罩在村子上空，给生机勃勃的九月庙会增加了几分神秘感。若赶上云雾天气，云彩低垂，奇形怪状的云片，就像杂耍艺人之鼻祖吕洞宾凌空驾临一般。

群雄聚会的黄家镇庙会，吕洞宾等诸位大仙没见到场，自誉为诸神老大的铁笊篱，此刻正站在杨抱槐下，和在庙会上风头正盛的红玉讲条件。红玉背靠杨抱槐树干，铁笊篱站在她对面，说：

红姑娘，不是老夫挑拨你和吉老三的关系，在咱这减河两岸南北八寨，谁不知他吉老三的为人，你自个儿说，他这些年对你怎么样？

不怎么样。红玉不假思索，张口便来。

既然不怎么样，那你还赖在他这儿想怎么样？铁笊篱盯上一句。

红玉回得也急：我想怎样就怎样，他奈我何。

看你这姑娘，咋这么不透气？老夫是为你好，你来我这里，指定会拿你当葱姜蒜使唤，你继续留在他这儿，也就是个萝卜白菜价，哪头轻哪头重你自个儿掂量掂量，再说，他给你多少包银，我不想说，怕笑掉大牙。

红玉眨眨眼睛，没言语。铁笊篱以为她动了心，忙继续说下去：常言道，好马也需伯乐，宝刀要配将军，人往高处走、水往低处流，不是我吹牛，栗家班比吉家班厚实得多，后抱腰粗他三倍不止。你过来我叫你挑大梁，当家大把式，自然这个包银也是最高的，比你现在高两倍，怎样？

不怎么样。红玉给正热的对方浇一盆冷水：栗班主，红玉谢谢你的好意，你还是另请高明吧。

铁笊篱不是一个轻易能死心的人，又换了一个角度，继续说服对方：红姑娘，你也别着急回辞，说说你的要求，有什么条件，啥事都好商量。

没得商量，不是包银多少的事，这个班子是我爹娘拉起来的，我不会轻易离开，话说到这份上，您老应该能听明白。红玉本不想这样说，是让对方逼的。

噢，原来你是这么想的，那老夫就不好再打搅，不过，我还是想给你留下几句话，红姑娘，吉老三是啥样的人我最清楚，恐怕你会失望的，你爹娘的死，大家一直都在怀疑与他有关，你自个儿保重，老夫和你爹娘关系不错，栗家班的大门始终向你敞开，告辞。

铁笊篱先前说的话，红玉还真没往心里去，最后几句话，却不能不刺痛她的心，忙施礼相送：栗班主保重，红玉感谢您老的信任，他日若有用得着本姑娘的地方，一定尽力。

铁笊篱在这行里是出名的能说会道，任凭他有千般变化，红玉有一定之规，即便你把嘴皮子磨破，她就是不松口。就在铁笊篱转身一刹那，吉三奎出现在古井口旁，目光从红玉脸上扫过，落在铁笊篱脸上。红玉显得不自然起来，铁笊篱是老江湖，自然不会失态，抱拳拱手：吉班主如此清闲，今儿不耍把了？

吉三奎是什么人，怎能看不出这两人表情背后的事，他就是来冲散两人说话的，然后把红玉带回去教训：临时变故，需马上去河南，栗班主，你可不悠闲呀，掏门洞子挖墙脚，咱兄弟们还兴桌子底下那套玩意儿？

吉老三，这话从何说起，我铁笊篱何时做过对不起兄弟们的事情，你称二两棉花访一访，在南北八寨，我姓栗的……

吉三奎没工夫听对方瞎白话，赶紧给对方一枪：行啦，赶紧回去看看吧。去晚了，你那宝贝疙瘩恐怕被赵侠子挖啦。

铁笊篱一惊，铁桥三！转身匆匆离去。

吉三奎轻蔑地一咧嘴，跟我斗你还差那么一点儿。铁青着脸对红玉说：跟我回去。金枝忙帮腔：回去吧，一会儿咱们就走。

红玉没搭理他们，转身向孙宅而去。

她这是去找那个母夜叉。金枝望着红玉背影。

这我倒不担心，咱们走。吉三奎等人往大车店走去。

玉儿此刻正和铁猴谈话，两人谈得不愉快。高拐子已经和铁猴谈得差不多了，他准备离开吉家班，和吉老三这种人打交道实在很累：玉儿姑娘，我已经准备离开吉家班，和吉老三处够了，我再待下去对他也没好处。尽管他目前还没有赶我走的意思，不过，我可不想等着他撵。

铁师傅，难道我的话说得还不够明白，凌班主待你不薄，拿你当自家兄弟看待，班底是他们留下来的，红玉绝对不能离开，有朝一日，吉家班必须归还给红玉。别人我不管，红玉的事就是我的事，我希望你能留下来帮助她，她在我面前对你叔长叔短，很敬重于你，能否给本姑娘三分薄面?

铁猴听到这儿陷入沉思，对方说得在情在理，若再拒绝倒显得自己不通情达理：好吧，玉儿姑娘，不瞒你说，我也是放心不下红玉姑娘，好像栗班主已看中她，她若走了，我也就没必要再留下来。

噢，有这事?不成，我得找她去，就这么说定了，铁师傅拜托啦。玉儿走出大车店，在大门口和吉三奎等人碰面，双方打招呼而过。不一会儿红玉走过来，在胡同里碰到玉儿，当玉儿知晓全情后说道：红玉，我已和铁师傅谈好，您老实待在吉家班，他会照顾你，有事多和他商量，这些年来我对他还是了解的，重情义讲信义，和吉三奎不是一路人，有他在我放心你。

玉儿姑姑你就放心吧，我都这么大啦。红玉安慰对方。

再大在姑姑面前也是孩子，我不担心谁担心，等时机成熟，姑姑腾出手来，我要把师哥师姐的凌家班重新立起来，你来做班主，到那时我才会踏实，你好生保重。

姑姑，看你打算真够远的，我想你的话到哪儿去找你?

你找不到我，还是我找你吧。记住，在吉家班，只有铁师傅可以信赖，听到没?

记住啦姑姑，青山不改、绿水长流，红玉生于斯长于斯，且爹娘也留在这里，我的根就在这里。

二人没有进院子，返身往胡同一头走去，一个人影在胡同口一闪。红玉冷笑：狗腿子。

吉三奎的儿子，这是给他爹放哨。那天我见他看你的眼神很黏糊，这小子对你没安好心。玉儿提醒。

哼，一捏儿年纪，还想做大人的事，找抽。红玉很反感。

他毕竟是吉三奎的儿子，给他爹留三分面子吧。玉儿说。

那要看本姑娘心情如何。

遇事须三思，不可鲁莽行事。玉儿叮嘱道。

二人说着话来到大车店外，玉儿的几个卫兵持枪跟在后面。小北风赶着马车走出大门，银枝金枝等人坐在大车上，漂子牵着枣红马跟在后边。大街上已经挤满人，行人们在给大车让路。

吉三奎刚走出大门，铁笊篱便出现在其左前方，赵侠子从右边走过来，正面是高拐子，马车被迫停下来。玉儿和红玉站在大门一侧。铁猴心一沉，这是个什么场面？是谁把这些巨头聚来的，这是想把吉家班拆巴了吗？他把目光投向玉儿姑娘，只见她一点头，花果对几个卫兵一招手，卫兵们把手枪拔出来。

铁笊篱环顾周围，冲吉三奎哈哈一笑，抱拳施礼：老夫来送送吉班主，不能失去江湖礼数。

吉班主不够意思啊，走也得打个招呼嘛。高拐子阴沉着脸说。

吉老三,一路走好啊，带着你的钱哪，出门往左拐啊，步步奔西南哪……赵侠子念起送葬歌。

吉三奎刚才一见到这几个人，确实心存顾忌，想顺顺当当离开庙会，已不可能。又一见玉长官带花果等卫兵来到这里，便心里有底，她是不希望红玉侄女出任何问题的。他轻蔑地望着这几位同行，不管你们如何张狂骄横，今天不会发生任何状况。他明白这些江湖同道的意思，恨自己的恨自己，有怨言的有怨言，看笑话的看笑话，这就是江湖。他朗声说道：各位老大，吉某人先行告退，他日若再相见，定向大家陪酒道歉，今日恕不奉陪。他不由得恼恨自己，吉三奎何时落到这种破鼓乱人捶的地步。

铁笊篱冲红玉说：红玉姑娘，别忘了老夫跟你说的话。用手指指大车店大门。红玉看一眼吉三奎，冲铁笊篱微微一笑。

高拐子大声对铁猴说：铁师傅，老夫明人不做暗事，你啥时候来老夫都远接高迎，不冲别的，就冲着你的人品和能耐。铁猴冲对方一抱拳，算作答谢。

赵侠子更直接，来到马车前，抬腿踢小北风一脚：小兔崽子，来我这儿跑马上杆挣大钱，不比你给吉老三牵马坠镫赶大车强，穷腚的命。小北风装作很疼的样子，一咧嘴。

红玉不由替吉三奎担心，这些江湖上的大把式们，看样子是想拆巴了吉家班，这可不是自己想要的结果，吉家班就是凌家班，是爹娘的心血。

吉三奎这次没恼怒，冲赵侠子调侃道：不是老夫瞧不起你，你说你连我这儿赶马车的都惦记，看来你是除了杨门女将，大宋朝真的没能人啦。他不能不对小北风另眼相看，没想到这小子还是个忠臣：小北风，走着。

铁猴看到这个场面，够你吉老三喝一壶的，再瞎折腾，真就会剩下你这孤家寡人。吉三奎迈着沉重的脚步向前走着，没想到来黄家镇庙会一两天的工夫，就发生这么多、这么严重的事，自己的几个重要把式，都被别人惦记上，真够晦气，这怎能不让他上火烦躁。

玉儿把红玉送到黄河故道大堤上，花果把手里的蓝花包袱递给红玉。红玉恋恋不舍，泪珠在眼眶里打转，再次问道：姑姑，我啥时能见到奶奶和宝儿干娘?

快了，就快了，好好保护自己。玉儿再三叮嘱。

大车已走到大桥当中，红玉这才和玉儿姑姑告别，漂子牵马前行，红玉跟在后面，走出去几十丈后，她回过头来对站在大堤上的亲人挥手，她不知道何时再能见到玉儿姑姑。这年月什么事都能发生，世界变化得太快，昨天还是皇上，今天就是庶民，刚上来一个大总统，板凳还没坐热乎，就被别人顶了下去，军阀混战，你打我，我反过来打他，表面上看和咱老百姓没啥关系，最后遭殃的还是穷苦人。

第四十三章

红玉的演艺技能越来越成熟，在众人眼里，大把式所具备的素质，她已经都具备，跑马上杆，刀门地圈，都不在话下，还有超出吉三奎想象的绝活儿，就是重蹬技，是他行走江湖几十年看到的最精彩的绝活儿。铁猴曾说，一般人根本无法达到这种境界。跛子也说，就是二般人也达不到，谁要是不服就过来比试比试。

现在的吉三奎心情依然复杂，比过去任何时候都复杂，有时甚至能到睡不好、吃不下的地步。吉家班的人差不多都能看出来，但没有人多嘴。吉三奎为何如此纠结？他经过多年操劳，费劲巴力地把一个倔强丫头，从一个随便可丢弃的懵懂娃子变成一个角儿，这两年又把她打磨成钱罐子。按理说这是好事，你只管坐地收钱就是，也是对你这些年来努力的回报，但是，他已经感到一种从未有过的危机感，他渐渐明白，自己越是担心她跑，就越有人惦记她。若搁在她十来岁时，不跑还老想着把她扔掉，那时她是个累赘；现在可不一样，跑了她，就等于把钱罐子弄丢了。

带着这种情绪跑江湖、打把式卖艺，又何以能不累。所以，他让儿子和金枝时刻留意红玉的动向，尽量不给她留有和外人接触的机会，尤其是同行里的大把式。看着红玉就流哈喇子的吉武文，像领到圣旨一般，有事没有围着红玉打转悠。这一年秋天，吉家班来走进湖北地界。

民国十六年（1927）秋天的龙城，笼罩在一片阴霾之中。龙城是一座有山有水、绿树成荫的小城镇，有六七万人口。城池背靠龙山，南邻长江，水陆交通发达，沿江而上可直达汉口，顺流而下则到达宜都，是一座繁华的通商口岸。吉三奎带领杂耍班子，十几年来，从宁津走到西安，又从西安回到保定，然后下江南，走扬州，过南京，来到湖北龙城。他打算，明年开春返回北方，再闯关东到奉天城，在他大脑里形成一个大圆圈。

说心里话，他这也是摸着石头过河，走遍大半个中国，一直想找一个钱好挣、能发财的地方。但是，每到一地都令他失望，前些天经安徽走进湖北地界，又听说东北那地方遍地都是黑金子，踩一脚地上能冒出油来，看看鞋底子都是湿乎乎的，除了冷得有点邪乎之外，其他都是好处。这不，他又萌生闯关东的念头。铁猴专门和他唱反调，青山绿水一年四季如春的地方不待，非要到撒泡尿能变成冰棍的地方去哈气，谁愿去谁去，反正老子不去。跛子喜欢和稀泥，跑江湖、跑江湖，江湖不就是跑出来的嘛，到哪儿都一样，只要能填饱肚子就成。既然来到龙城，咱就得折腾折腾这龙城，有龙的地方那自然是上上签。还真应了跛子这句话，但不是吉家班折腾龙城，是龙城差点把吉家班折腾散架子。

吉三奎向来信奉没有不开张的油盐店，这不，刚在城内一家客栈落脚，买卖就找上门来。一个国民革命军军官，手上拎着驳壳枪，身后跟着一群荷枪实弹的士兵，走进客栈，和吉三奎的人前后脚，他也不知道怎么会这么巧。

赵班长对年轻军官说：张排长，一伙山东棒子刚住下。

张排长的手枪指点着一位中年人说：他们是做什么买卖的？

客栈掌柜忙说：看样子像打把式卖艺的，您老容老夫眼拙，也有看走眼的时候。

少废话，去，把管事的叫出来。张排长虎着脸说。

赵班长老家在河南山东交界处，给排长献笑脸：老爷子看腻了川剧、越剧、汉剧、豫剧，咱给他老人家换换口味咋样？来个杂耍，他老一高兴，在营长面前美言几句，兴许您老又高升一级，到时可别忘记给兄弟也弄点稀汤喝，我请您老喝酒。

张排长是四川人，嫌对方啰嗦，只记住俩字，问道：杂耍是个什么东西？

赵班长一听来了兴趣，这可是表现自己的好机会，皱皱鼻子说：杂耍很好看，练武功、翻跟头、蹬大缸、上刀山、变戏法、钻地圈、扛杆子、耍飞叉，反正很多好看的玩意儿，我也说不全乎，在老家时常能看到一些背着包袱的，挑着挑子的，赶马车的，走街串镇，反正比那些在台上哼哼唧唧、扭扭捏捏、迈不开步子的爽快。

对方不住嘴，张排长也没听明白，掌柜的把吉三奎叫出来。

你就是耍砸的？张排长斜眼看着吉三奎。

吉三奎不由愣住，不知这话从何说起，自个刚到此地，还没拉场子，没开耍怎么就耍砸了。

赵班长见排长说走板，忙说：我们排长问你是跑江湖撂地耍玩意儿的吗？

吉三奎连连点头：是、是耍杂耍的，小的是班主吉三奎，不知官爷有何吩咐？

张排长反感地瞪了赵班长一眼说：看看，是耍砸的吧？人家班主都这么说，你懂个球，整天装个大明白似的。

赵班长不敢和排长犟嘴，排长的四川话河南话湖北话混杂在一块儿说，哪个能听明白，忙对吉三奎说：耍砸的和耍杂耍的差不多。

吉三奎苦笑着，这啥口条子，二者差了十万八千里。

就他了。张排长一指吉三奎对赵班长说：都带回去。说着转身往外走。

吉三奎没明白怎么回事，看看掌柜的，对方摇摇头，一脸无奈。他又看着赵班长，赵班长看一眼走出客栈的张排长，这才说：我们营长的老爷子想看你们的杂耍，就这么简单。掌柜的忙问：是梁老太爷吧？

这龙城还有第二个梁老太爷吗？赵班长说：不是他是谁？赶紧收拾东西，你初来乍到不清楚，我可告诉你，我们梁老太爷脾气可不大好，我在外面等你。

吉三奎有些懵懂，对掌柜的说：他脾气不好，我脾气也不好，我知道他老哥贵姓，真是。

掌柜忙往里拉他，小声说：吉班主，你脾气不好发出来就是，他脾气不好那可是要人命的。你有所不知，这梁老太爷的公子是驻守龙城的最高长官，营长，手下有好几百号人马，他老爷子从上月初开始祝寿，初一十五都祝过去了，堂会一直唱到现在，祝寿个没完没了，这不又让你赶上了，什么也别说啦，不是他脾气不好，是你命不好，赶紧收拾东西前往。

我还从没有见过这样的事，啥事都没讲，包银多少，耍把几日，管饭不管饭？

你没见过的多了，这回你就见识见识吧，这老爷子可不好伺候，别怪老夫没提醒你，敬着供着擎着，兴许他一高兴，真能赏你几个铜子儿。掌柜的咳了一声走到柜台后面，右手抓起算盘子往上一抖，放在柜台上，去拨拉他的一去六二五。

梁老太爷是本地的大财主，在龙城经营着十几家铺子，腰不弯背不驼，耳聪目明，是一个精明的买卖人，年已花甲，家中有四房太太，除了原配夫人外，其他三个都是隔代人，个个姿色不凡，有的能说会道，有的能歌善舞，还有琴棋书画的，用他自己的话说，都是有品位的人，绝非乡间的守财奴、钱串子。在持家过日子上，他是一把好手，是一个好耙子，夫人们都是漏勺。不该花的钱他一分不花，该出手时一定得大方，比如用人和家丁的工钱，一定是抠到底线上，你嫌少想走，可是他伙食比别处稍好些，还让你有那么一丁点儿留恋。在娶姨太太方面，只要被他相中，花多少钱他都认头扔。

赵班长带着十几个士兵，像押犯人一样把吉家班押进梁府。赵班长叮嘱吉三奎，河南山东紧挨着，算不上老乡也是邻居，在这儿少说话多干活，梁府的规矩可够多，一会儿我让管家给你说说。

我不是他梁家的下人，耍把完就走。吉三奎一直心里别扭，哪有这样请班子耍堂会的，用枪押着进来。

吉班主，你可别不进盐津，老太爷要是发起火来，你就是来得去不得。赵班长瞪对方一眼。梁府管家是梁老太爷的本家，叫梁九成，梁老太爷嫌叫着咬嘴，便把成字去掉，喊他老九。梁九和梁老太爷站在一块儿有很大反差，老太爷膀大腰圆，梁九瘦小枯干，老太爷的大腿根子比梁九的腰粗。梁九有一个最大的特点，一张巧八哥嘴能把老太爷哄转，能猜到老太爷心里去，能把事做到老太爷心里去，就连梁老太爷的儿子，营长梁全活，都高看他一眼。

梁府大院，叫大院绝对没错，在龙城这样的大院唯此一家。南方这种院落很少见，江南的建筑风格和北方有很大差别。梁府是按照北方建筑风格建造的，标准的京城四合院建筑。梁老太爷年少时，跟随父亲在京城居住多年，习惯和喜欢京城四合院的风格，东西南北都有房子，中间一个天井，种上几棵树，树下摆上石桌石凳，那种感觉非常好。回到龙城，他举巨资建造了这座宅院，四合院堪比京城的王爷府邸，虽然没有王爷府邸那样精致的雕梁画栋。

院中搭起一座戏台，大戏已唱了一个来月，老太爷兴致依然未减，刚才听说又找来一伙打把式卖艺的，他已多少年没看杂耍，小时候在京城没少去天桥去玩耍，兴致勃勃地对管家说：老九，去把班主喊来。

梁九忙回答：老爷我这就去。心想，老爷又要显摆肚子里那点玩意儿，每每请来一个班子，他都要当面考问，显摆自己有多么精通明白。因此，还闹出不少笑话，却没有一个人敢露出半点笑容。

吉三奎跟随梁九来到梁老太爷面前，老太爷放下青花瓷茶碗，拉长声音问道：你有什么看家的玩意儿，给老爷我往外抖落抖落。

吉三奎本就不痛快，不讲包银就开耍，哪有这么便宜的事，瞥一眼那小戏台子有了主意：马趟子，上刀山，扛杆子，钻火圈，样样皆具，只要您老舍得花银子，这都不是事儿。

吉三奎一番话把对方噎得翻白眼，两间房大的戏台子，怎能耍把开这些大型的玩意儿。

老太爷不可能在诸位姨太太面前丢失威严，沉吟一下又问道：戏法变得怎么样？变个活物什么的，还有那个大变活人。

没有问题。吉三奎回答。

抖空竹有没有，晃梯子，叼花？

有有，这都是小菜一碟。

我爱看这个蹬、蹬坛子，你能不能蹬？

那都是些小玩意儿，早就不耍把了，咱蹬的是大车轱辘、大水缸。吉三奎提高声音。

一个二十多岁的姨太太娇滴滴地说：老爷，你什么时候带我去京城看天桥的把式？

也带上我。另一个姨太太赶紧凑热闹。

好好，都带上、都带上。不过，吉班主也是从天津卫过来的，咱先看看他们的把式怎么样。梁老太爷安抚姨太太们：少安毋躁、少安毋躁。又对管家说：老九，按规矩办，不可怠慢吉班主，来到咱梁府都是客。

吉三奎谢过老太爷，跟着管家来到戏台前，问道：梁管家，这包银怎么算，耍把几日，每天两顿饭怎么说？

别忙，我这就给你交代交代。梁府可不是一般去处，梁大公子是龙城最大的官儿，掌握着生杀大权，嘱咐你的人，千万别惹是生非。

这您老尽管放心，我的人都是本分人，您老看这包银？

这就好，再就是梁府不是一般府邸，不能随便乱转，那些带枪的兵爷不认识你们。老太爷是爱干净的人，你们的人不能使唤本府邸的茅房，当然也包括班主你。

这、不好吧，一天不喝水还成，这一天不撒泡尿怕难以憋住。吉三奎为难地说：您老行个方便。

不成，没得商量，来过几拨戏班子，都得按照规矩来。管家态度强硬。

这包银怎么算？吉三奎实在忍耐不住，这都是什么破规矩，连拉尿都管。

不急、不急，饭只管一顿，早晚自个儿想法儿，开水管够、白喝。

白喝有用吗，谁还敢喝。吉三奎见管家不往正板上打，想让白干活，便道：看来你做不了主，咱找老太爷说去。扭头就走，看来这管家也是个耷子耳朵，摆搭，是个当家不主事的主儿。

梁九一晃脑袋，阴笑道：好好，去见老太爷。几步赶到对方前边，来到梁府客厅。

还未等吉三奎说话，梁老太爷一抬手问道：这是怎么回事？

吉三奎拱手施礼：我们不耍了，不耍总成吧。

想走，行，把吃饭的家伙留下。梁老太爷立马拉下脸来。

留下就留下，就当被打劫了。吉三奎也烦了，以后再置办，物是死的，人是活的，谁让自个儿眼拙，误进狼窝。

梁九在一旁解释道：老爷说的吃饭家伙是你脑壳，不是你那些破烂玩意儿。

吉三奎一听泄了气，看来这梁府是龙城的徛门，他不讲理你真就没撤，只好郁闷地问：耍把几日？

耍着看，老爷我看得高兴，十天半月也是它。

这包银怎么算？吉三奎又重复这句话。

包个屁！阎王爷从来不欠小鬼的钱，不过，也不能让你们白折腾，太太们看得高兴会打赏几个，去吧，我这就要看。

看着对方那霸道劲儿，吉三奎真有英雄气短的感觉，是我折腾你还是你折腾我，自打走江湖以来，还从未碰到过这样的事情，虽然恼怒，却又不敢发作，他狠狠瞪一眼梁九。

梁九跟着吉三奎走出来，嘴也没闲着，讥讽道：你这常跑江湖的，这个理儿还不懂，强龙不压地头蛇，好好耍把，到时我在老爷面前多说几句好话，中午饭食弄好点，我家老爷是顺毛驴，戗着来非把你们弄进大牢里不可。

吉三奎没搭理对方，吉某不是被吓大的，忍着一肚子气，回去安排上场的事情。

红玉听完班主的话，气愤地说：这不明着打劫吗？还有没有王法，民国已经十几年，衙门口怎么还是朝南开，我找他们评理去。

行啦，忍忍吧，他们在这龙城地面上有权有势，咱顶不过人家，俗话说，胳膊拧不过大腿，先耍起来再说，等黑天后再做打算，他们总不能白天晚上都盯着咱们。吉三奎无奈中包含着狡诈。

跛子眼珠乱转，看似心态不错，慢悠悠地说：常言道，到什么山上唱什歌，来到这浆泥水坑里，咱就给他使劲搅和，哼。

铁猴沉思一下说道：老家伙说给咱们打赏，这打赏谁不知道，扔一个铜子儿也是它，打赏十块大洋也是它，算盘子儿在他们手上，不是想怎么拨拉就怎么拨拉，跛子你也别按规矩来，今天虽然是堂会，可没包银，耍到要关节目上，你就念锣歌子讨打赏。

那是、那是，咱还玩不过他个老朽木，那这十几年的江湖不白跑啦。跛子拎着铜锣。

话糙理不糙，跛子就看你的。小北风说。

红玉，还是你来开场，压轴也是你的蹬技，那老家伙亲点的。水流星耍利索点，弄出点花样来。接下来是银枝的叼花，漂子的戏法，铁猴，该你上的时候，拿出点真玩意儿来，我说的是唬人的玩意儿。吉三奎叮嘱大家。

行，班主，你放心吧。红玉憋着一肚子气。

戏台搭在四合院里的两棵十几丈高的百年老树中间，不用搭敞篷，那覆盖大半个院落的树帽子，形成自然的遮阳伞。梁老太爷坐在戏台下，左右坐着四位太太，梁九站在老太爷身后。小桌上摆放着茶壶茶碗，女用们站在太太后边。院里聚集几十个人，都是和老爷夫人熟识的街坊邻居。戏台下右边大树旁是吉家班的人，刀枪把子，各类道具，包袱等都撂在地上。

没有进项，大伙耍把的自然没劲，都明白是白忙活，还不一定能填饱肚子，谁又愿意卖力气。尽管吉三奎再三叮嘱大家，不管给钱不给钱，都要把胸脯挺起来，不能丢吉家班的脸，不能丢南北八寨的脸。

随你怎么说，每个人心里都有一杆秤，白忙活的事谁愿意干，随便应付应付，糊弄过去拉倒。

红玉穿一身红衣，拎着水流星来到梁老太爷和姨太太面前，展示一下碗里有水。红玉近前亮相，梁老太爷的眼睛便瞪直了，啊呀，这么标致的姑娘，两只水汪汪的大眼睛，长在那张漂亮的瓜子脸上，吊眼角柳叶眉嘴角微翘，透露出一股无形的霸气，一眼就相中了。和这些天来看的梨园戏班里的女角截然不同，自己的两房姨太太，是从戏班子和青楼里弄出来的，娇滴滴扭扭捏捏，矫揉造作、满嘴肉麻的味道。这红衣姑娘给人一种山大王的感觉，霸气得让老爷子欲罢不能，他感觉非常投脾气。这或许就是所谓的一见钟情，已开始惦记上了红衣姑娘。

红玉拎着水流星走上台。水流星是在一根彩绳的两端，各系一只瓷碗，内盛多半碗水。红玉两手抓住那根彩绳，慢慢旋转起来，跟随旋转的节奏，甩绳舞弄起来，由慢到快，那彩绳两头拴着的水碗，飞快地旋转飞舞，时而上时而下，而那碗中之水，却不洒半滴。

梁老太爷看到兴致处，高声叫好起来，好、好！几位太太早就看出老爷的意思，不管老爷子怎么叫好，她们都稳坐钓鱼台，不出半声，更无人出手打赏半个铜子儿。三姨太小声对二姨太说，老爷又看上一个，真服气。二姨太说，也不怕撑死。三姨太说，不是撑死，是累死。

老太爷的儿子梁全活来到老爹身边，梁九赶忙将一把椅子塞到少爷屁股底下。

爹，我看这姑娘耍得不错，长得挺标致。

你看不重要，关键是老子看着好。知子莫如父，老爷子立刻打消儿子的歪念头：晚上把她留下，我要单独看她耍玩意儿。

爹，这不好吧，人家初来乍到，你儿我又是本地的长官，这事还是慢慢来的好。梁全活明白老爹的心思。

慢不得，少跟你爹耍花活，你那点小心眼儿老子还不知道，这事得老子先来。

好好，您老别生气，儿子依你便是。

三姨太耻笑：有其父必有其子，爷儿俩争一个跑江湖的，又有好戏看了。

台下发生的一切，红玉全然不知，她以娴熟、高超、新颖的技巧动作，赢得满场掌声，她把气氛推向高潮，把水流星高高抛向空中，顺势躺在地上，那水流星形成一根直线，从天而降，她抬起双脚，脚底蹬在彩绳中间，左右脚交替拨动，那水流星呼呼盘旋转动起来，由慢及快。

看得梁老太爷和梁全活眉开眼笑，叫好声不断，就是没人打赏一个铜子儿。

跛子渐渐晓得了这梁府的抠唆劲儿，忙左手拎着铜锣，右手拿着鼓槌，一拐一拐地来到梁家众人面前，念起锣歌，各位老爷夫人，各位官爷兵爷，各位大爷大娘，各位叔叔婶婶，各位兄弟姐妹，俺们是宁津黄家镇人氏，今天来到贵府，撂地卖艺，为的是讨口饭吃。

梁老太爷急眼了，骂道：把这个卖狗皮膏药的轰出去。

梁全活掏出手枪指着跛子：卖大力丸的，快滚蛋，老子这枪爱走火。

梁九赶紧把跛子推下去。

跛子不死心，又来到人群前，继续扯白口，各位大爷大娘，各位叔叔婶婶，各位兄弟姐妹，只因家乡夏旱秋涝，颗粒不收，请各位父老乡亲多多捧场，有钱的捧个钱场，没钱的捧个人场。念得他自个儿都眼泪汪汪。

梁九使劲把他拉到一旁说：这是什么地方，你不要命啦，赶紧闭嘴。

红玉正全神贯注耍水流星，突然把水流星蹬向空中，落下来再蹬上去，动作潇洒自如，又一个鲤鱼打挺，站起来用手接住水流星，连续耍苏秦背剑、张飞蹁马等，持续舞动。

梁老太爷看得流哈喇子，一直用目光把红玉送下场去，冲梁九做手势，梁九马上来到老爷身边，二人耳语几句，梁九点头离去。

梁九来到吉三奎面前说：老爷吩咐，红衣姑娘可去院内茅房解手，其他人不行。吉三奎冷冷回答：不用了。

第四十四章

中午饭时，梁九让家丁抬来一大锅白米饭，一只大木水桶，里面有多半桶菜汤。梁九对吉三奎说：老爷吩咐，傍晚散场后，让红衣姑娘留下来吃饭，饭后老爷要单独看她耍玩意儿。

红玉一脸冰霜，冷冷地说：回去告诉你们老爷，本姑娘没兴趣，不去。

姑娘，这可由不得你，把我们老爷惹急，派兵押着你去。梁九阴笑。

红玉伸手掐住对方脖子，逐渐加力，憋得对方脸发紫，吭哧吭哧喘不过来气来，两手乱挣扎。吉三奎在一旁看笑话。

铁猴忙说：别弄死他，甭跟一条哈巴狗一般见识。

红玉松开右手：滚，再对本姑娘行歪心眼，小心捏碎你的脖子。

梁九抚摸着脖子，狠狠地说：你等着！我们老爷想做的事，在这龙城还没有做不成的。

那我得拉上你和您老爷垫背，咱们一块儿到阎王爷那儿打官司去。红玉冲梁九背影大声说。

吉三奎感到问题的严重性，把铁猴跛子叫到一起说：看来要出事，大家机警点，今晚咱得想办法离开龙城。

跛子瞟一眼周围：甭说离开龙城，恐怕离开这梁府都不容易。要不先让红玉暂时留下来，缓一缓，咱们离开之后，再想办法来救她。

跛叔，你脑瓜子没让驴踢吧？红玉反感地看着对方：这是不是不仗义啊，把我推进火坑，你们扯呼，这是人干的事吗？

铁猴砰一拳打在跛子脸上，鼻子流出血来，骂道：再让老子听到半句这种混账话，我砸断你另一条狗腿。

吉三奎赶紧和稀泥：别急，跛子也是好意，用的是缓兵之计，留得青山在、不怕没柴烧，先过眼下这道坎儿再说，我怎么舍得把红玉一人留下来呢。

红玉看透对方的心思，过去每到关键时候，他总是把自己扔出去挡事，有必要提醒他几句：即便青山有柴禾，难道就是留给我烧的吗？三叔，我希望你能记住玉儿姑姑的话，有一天她在吉家班没见到我红玉，你的脑袋恐怕就不能墩在脖子上。

吉三奎一阵心惊，忙说：看看你这孩子，越说越离。吃完饭大家赶紧出去卸卸货，别一上场，一用力尿到裤兜子里，这他娘什么破规矩。

铁猴把红玉拉到一旁安慰道：孩子别怕，看猴叔的眼色行事，甭说一个小小梁府，就是龙潭虎穴，焉能困得住咱们，待月黑风高再说。

猴叔，有您老在我心里踏实，梁府的院墙两丈多高，不用飞爪也能出去。红玉瞥一眼高大的院墙。

梁府后房里，一家人在吃午饭，七个碟子八大碗，鸡鸭鱼肉及各类时令蔬菜荤素搭配。老太爷对站在一旁的梁九说：去把红衣姑娘叫来一起吃。

这、恐怕、不成。梁九迟疑。

行啦老爹，你急什么，晚上也不迟，有句话叫事缓则圆，您老再耐心等一下。梁全活劝老爹。

怎么，这事对你来说很难吗？你手里的枪杆子是烧火棍？老爷子撂下脸子。

爹，现在世道不同了，不是前清那会子，您那老一套也得收收，北伐革命军已经打过去了，凡事要多想想。

你不就是北伐军吗，怎么还怕这怕那的，老子为给你捐这顶营长的乌纱翅子，花了多少大洋，你个吃粮不管酸的玩意儿，这点小事都搞不妥，要你何用？

梁全活是出名的孝子，当着亲娘小姨妈的面，见老爹真生气，便劝慰道：爹，您老看这样成不，吉家杂耍班子二十几号人来到咱府上，若单独扣留下一个姑娘太招眼，他们要是闹将起来，被上峰知道后，儿子还真不好交差。你不就是看上那个红衣姑娘吗，我保证给您老请来便是。

怎么个请法？老太爷不放心，他担心半道上被儿子吃掉，自个捡个二手货。

这简单，等他们出城之后，我立马派人追上去，抓她回来就是。梁全活说得轻松。

你想演一出捉放曹，龙城是咱的地盘，好，爹等着。老太爷脸上这才有笑意。

太阳坠下西山，白天即将过去，戏台上准备耍最后一个玩意儿，蹬技。老太爷知道压轴戏是精彩的大戏，看了一整天，兴致一点没减，比前几个梨园班子吸引力大得多。对他更有吸引力的是红衣姑娘，他非常喜欢这个一脸霸气、不怒自威的女孩子，目光中表情上透露出一种野性，和自己那几个嗲声嗲气、浪里浪劲的姨太太相比，他已想入非非。

梁全活一旁看到老爹的样子，不由得一阵担心。看来这个家又不太平了，老爹也真是，都花甲之人，还这么花心，看上谁若不弄到手，便寝食难安。

突然，院门口传来一阵吵闹声，随之而来的是一阵爆竹般的枪声。梁全活大声对张排长说：谁他妈吃了豹子胆，敢在老子家门口开枪，快去看看。张排长带着几个士兵跑出去。

站在戏台周围的人群一阵骚乱，大家七嘴八舌议论着，并不担心什么，在龙城，梁府是最安全的地方，常有一个排的士兵保护。吉三奎听到枪声，赶紧来到大门口观望。

一个中年妇女闪身混在人群里，机警地观察院内情况，然后来到铁猴身边低声说：铁大哥还认识我吗？

铁猴目光在对方脸上仔细辨认：宝儿姑娘？圆脸变成瓜子脸，比以前瘦多了。

嘘，别声张，我被人追杀，可否帮我一下？宝儿目光往四下扫视。

快、跟我来。铁猴领着宝儿来到戏台一侧对红玉说：你宝儿干娘被追杀，快救她。铁猴夺过对方的手枪，塞到漂子手里：赶紧藏起来。

漂子接过来一晃，手枪失去踪影，这等手法连铁猴和宝儿都没看出来。

宝儿干娘四个字，令红玉无数次在梦中哭醒，今儿得见，不由喜极而泣，一把抱住对方：宝儿干娘你想死红玉啊。

现在不是说话的时候，赶紧想办法掩护我。这时，从大院门口传进来阵阵吵闹声。

红玉从包袱里掏出一身衣服：干娘快穿上，跟银枝上大车轱辘，我让你怎么做你就怎么做，银枝快帮干娘化妆。宝儿穿上一身红花衣服，银枝在对方脸上涂抹一番，立马变成另外一个人。红玉飞身上戏台，翻一跟头之后，顺势躺在地上。

一群士兵在两个军官带领下闯进院子。身穿北伐革命军服的花果，举起驳壳枪大声喊：想活命的原地别动，不想活命的，和这两个人一样下场。四个士兵拖着两具尸体扔在地上。

给我搜，一只耗子也不能放过。花果大声命令。

一个中年妇女吓得哇哇叫着抬腿就跑，花果一甩手砰一枪，对方扑通倒在地上，嘴里咕咚咕咚往外冒血。红玉吃惊地歪头看一眼那位军官，是花果姐姐，没想到她这么杀人不眨眼。

老太爷何时见过这种场景，杀人竟杀到革命军营长家里，岂能咽下这口气，大声说道：放肆，老夫孽子是这龙城里最大的官，岂能容尔等在此撒野！全活，把他们都抓起来！

全活？想全活得问问我手里的枪答应不答应。玉儿对花果大声命令：花副官，把他们都缴械，绑起来带回去。

梁全活立马认出来者，赶紧上前赔礼道歉：哎呀，不知玉处长驾到，属下有眼不识泰山，多有得罪，玉处长光临寒舍，不知有何吩咐？

梁营长好清闲啊，北伐军刚刚打过去，你这就刀枪入库、马放南山，不知你是嫌营长的帽子戴得不耐烦，还是嫌脖子上的脑袋墩得太舒服。

梁全活听得一愣一愣的，不敢回答，赶紧对老爹说，这位是上边来的执法处玉处长，咱得罪不起。

这两个人是共产党，被我击毙在你的院内，还有一个跑了进来，就在这个院子中，给我挨个儿搜查。玉处长命令花副官带领士兵对每个人进行辨认搜查。

玉处长，我确实不知情，马上搜查、马上搜查。梁全活吓得说话都变了声。铁猴催促红玉赶紧耍起来，自己向玉儿姑娘走过去。

红玉躺在地上，几个人抬着一个马车轮子来到红玉跟前，红玉抬起两条腿，支撑起沉重的大车轮，双腿弯曲往下一沉，然后再把两条腿蹬直。两只脚有节奏地拨弄着车轮，大车轮由慢及快旋转起来。一个士兵见一个男人向长官走过来，马上用步枪指着铁猴大喊：站住。

玉儿望过去，这不是吉家班的铁猴吗，忙对士兵说：放下枪，让他过来。她没想到在龙城还有另外一种收获，对来到面前的铁猴说：铁师傅，是你们，我侄女红玉在哪儿？吉家班她最关心的是红玉。

铁猴一指：在台上耍蹬车轱辘，我让她下来见你。

不不，让她耍完，你们怎么来到龙城这地方？玉儿问道。

铁猴就把吉家班一路南下，来到龙城之后发生的情况简单说出来。

姓梁的老糟头子看上我侄女？还想扣下，现在是中华民国，看来我得给他上一课。玉儿阴沉着脸。

梁全活双腿打战，垂头丧气地站在玉儿一侧，吉三奎也从大门外回来，站在玉处长不远处。梁全活的家丁和士兵都被花果的人缴械，老太爷和姨太太们站起身，不敢动地儿。

梁营长，能给我一个说得过去的理由吗，为何共党跑进你家大院？玉处长目光依然在戏台上。

这、属下不知，可能是共党被处长追得急，无处躲藏才跑进我的院子里来。

为何不跑进隔壁的杂货铺，没跑进右邻荣昌布行？玉处长从戏台上收回目光，盯住梁全活质问道。

这、这，属下实在是不知道，还请处长明察，我梁全活誓死效忠总理、效忠党国。梁全活有一种跳进黄河也洗不清的感觉。

国民政府下令严查共党，对其格杀勿论，很明显，这些共党是冲你来的，你又作何解释？解释不明白也没问题，不一定什么问题都要解释明白，尤其对共党。

玉处长我冤枉啊，他们肯定是跑错门了，还请处长高抬贵手。听话听音，梁全活怎能听不出对方已把共党的帽子戴在了自己头上，这可是砍头的罪名。他恨不能长八张嘴，自己是被这几个共党害惨了，只能拼命地辩解。

铁猴听到这里才清楚，原来宝儿是共产党，从走进湖北后，陆续听到一些传闻，四月国民政府下令清洗共产党人，共产党人八月在江西南昌率领国民革命军举起反蒋大旗，国民党和共产党势不两立。宝儿是共产党，玉儿是国民党，二人水火不容，红玉知道这些会怎么想，又如何选择，这都是难题。铁猴不能不想这么多，传闻归传闻，但躺在地上那两个共产党人，就是玉儿下令杀害的。想到此，他悄悄来到戏台一侧，思索对策。

银枝让宝儿坐到大车轮上，红玉蹬转车轮，宝儿小声给对方说来由。执法处长玉儿，带领众人从黄溪追杀宝儿等十八名共产党人，几天来双方几次交手，互有伤亡，来到龙城后只剩下宝儿四人，玉儿手下死伤三十几人。刚才闯进梁府，也是本着最危险的地方最安全的想法冲进来的，没想到事情发展得如此紧急，刚奔进大门，双方就交上火，两位同志牺牲。

玉儿姑姑是国民党，这并不难理解，辛亥之年在扬州凤来栖镇，玉儿已把如何跟随孙二娘参加同盟会的事讲出来，后来玉儿参加国民党，对方却只字未提宝儿的事。

宝儿干娘和玉儿姑姑都是孙奶奶的爱徒，情同亲姐妹，为何要自相残杀，况且多年前在黄家镇，听玉儿姑姑说，国民党和共产党是交好的，一起共事，可现在玉儿姑姑杀共产党的狠劲儿，又说明什么？

能否想明白是一回事，掩护宝儿干娘是另一回事，决不能让玉儿姑姑伤着宝儿干娘，红玉下定决心要掩护干娘逃跑，便小声说：干娘，你须听红玉安排，我不能让你受任何伤害。

银枝和漂子也坐到车轱辘上，红玉蹬着三个人飞转，这时铁猴走上台，对她说两句什么，小北风也登上大车轱辘，几个人伸展手臂，做着各种潇洒舒展的动作。

梁家大院里的众人看呆，却又不敢叫好鼓掌，只能大眼瞪小眼放光彩。玉儿跟随孙二娘在黄家镇生活多年，自然不缺乏这方面的眼界，她不得不承认，红玉的重蹬技实为罕见，这种力蹬千斤，过去即便有，也是爷们儿的活计。她流露出欣慰表情。

红玉耍完压轴戏，给宝儿干娘递眼色，然后走下台。吉三奎过来见过玉儿，他在门口见识了她的凶狠残暴，心还在颤抖。这玉儿什么时候变成一个杀人魔头？恐惧心理让他在对方面前唯诺起来：玉儿姑娘——

叫处长。花果横气地说。

是是，玉处长，这么巧又碰到你，祝贺高升。吉三奎心想，是够巧的，这几次碰上她都很突然，关键是她出现的很是时候。

是有点巧，吉班主，近来宝儿姑娘到你这儿来过没有？要是知道的话，可以告诉我，听没听说过共产党？玉儿盯住对方那双精明的小眼睛。

红玉已经来到玉儿姑姑身后，听着二人的对话。

吉三奎不明就里，有玉儿这么大的官儿罩着，梁府不敢难为吉家班，自己还得想法折腾对方一下，出出这口恶气，赶紧搜肠刮肚说：好多年没到见宝儿姑娘，共产党倒是听说过，在武汉那边时，见过什么农民劳动讲习所的人，听说那个教书先生是共产党。劳动还要讲习所吗？劳动谁不会哩，不就是干农活嘛。

打住！玉儿不想跟对方多废话，很多事一时也难以给对方讲明白，质问对方：你一路走过来，班里进新人没有？你听过多久讲习所的课？还有谁接触过那个教书先生？玉儿右手按在手枪套上，花果手上的驳壳枪本能地往上抬枪口。

红玉不由得反感起来，玉儿姑姑这些人看谁都像共产党，共产党真有那么可怕，宝儿干娘就是好人。还有你吉三奎这个傻帽，这不是自个儿往坑里跳？她来抓共产党，你非说见过共产党，我看你怎么收场！

吉三奎赶紧解释：玉处长，我哪去听过课，只是听别人说，道听途说，班里没进新人。他自己也感觉越抹越黑。

三姨太撑不住了，刚想弯腰坐下来，砰一声枪响，一颗子弹擦着她的头发而过，吓得她趴在地上，哇哇大哭几声。

花果放下手枪说：听不懂人话？站着别动。

三姨太赶紧站起来抽泣几声。

第四十五章

宝儿混在银枝小北风漂子等人中间，收拾包袱和一应道具，吉三奎不敢离开玉儿半步，现在能否顺利走出梁府，得全靠对方，他可不想失去离开此地的机会。红玉来到玉儿姑姑的面前，亲切地喊：姑姑你咋来啦，红玉好想你！伸开双臂去抱对方。玉儿脸上已没有几年前见面时的那种惊喜，此刻她沉稳冷静，象征性地伸开双臂，去迎接对方的拥抱，聪明的红玉怎能感觉不出来，但是，她并没有做戏的感觉，真诚地拥抱有恩于自己的姑姑，几滴泪珠流下脸颊。

玉儿双手捧住对方的脸蛋，轻声说：姑姑也想你，看看，又流眼泪了。你的情况我已知道，有姑姑在，谁敢动你一根汗毛，我让他付出生命的代价。好孩子，先等一下，姑姑帮你了结一下。

红玉点头，她明白，自己必须拖住玉儿姑姑，待和梁府了结一切之后，铁猴叔会带领其他人离开梁府，必须安全把宝儿干娘带出去。

玉儿转身面对梁府一家人，轻蔑地说：梁老太爷，让我拿什么来拯救你这颗肮脏的灵魂？她看一眼花果。

花果会意，驳壳枪在大腿上用力一擦，张开大机头，幽默地说：老和尚圆寂，让他归位。

梁全活额头上冒出汗珠，哆嗦着喊道：玉处长你高抬贵手、高抬贵手啊，先别让他归位，他阳寿还未尽，让我来拯救他。

嘿嘿、哼哼！玉儿一阵冷笑，对花果一摆头：老东西，你这年龄能当她的爷爷，难道这几位还不够你享用的？我看你早晚得累死在女人身上，本处长送你一程是怕你累着，是为你好。

梁老太爷浑身筛糠，胆怯地望着对方，他怎么也不能理解，这么一个如花似玉的女人，怎么会有一颗如此狠毒的心肠，犯在她手上，就像遇到活阎王，他鼓足勇气从牙缝里挤出一句话：老夫喜欢她。

哈哈！玉儿大笑：看来你是一个用死亡来表达喜欢的人，你六十大寿，祝了一个多月，是嫌阳寿太长啊，想去阴间看看秦始皇，六十该活埋啦。玉儿动了杀心，她绝不能容忍一个行将就木的人，去玷污自己心爱侄女的名节。

梁全活恨透了老爹，都什么时候你还说这混账话，噗通一下跪在地上哀求道：玉处长我求求你、求求你，千万别把喜欢和死亡连在一起啊。

花果手上的驳壳枪已经指向梁老太爷的脑壳，只等处长一个眼神或者一个手势。

梁老太爷这才明白给儿子花钱捐的乌纱翅子保不住自己的命，眼看着儿子跪在地上苦苦哀求，知道自己把事作大了，不由得大汗淋漓。

红玉看出门道，她不希望玉儿姑姑为自己杀人，何况也未形成任何事实，忙替梁全活解围：姑姑，算了，红玉不想落下个杀人帮凶的由头，让他把我们的包银给足就成。

玉儿指着梁家的人说：看看，我这侄女多么善良，被你们欺负还替你们求情，看看你们这些人渣！梁全活，我替你害臊，有这么个混蛋爹。

是是，混蛋爹、混蛋爹，过后我再收拾他。梁全活不停地擦汗。

花果用手枪指点梁老太爷的脑袋说：老东西，我真想枪走火。你简直缺德带冒烟，管天管地，还管别人拉屎放屁，看耍玩意儿不给钱，这和抢劫有什么区别，耍一天一百大洋，少一个子儿都不成。

梁九见状赶紧回去拿钱，不一会儿从屋里拿出一个包袱递给吉三奎。

梁全活忙给玉儿敬礼：感谢处长不杀之恩。

玉儿不屑地看一眼对方，没有回礼，冷冷地说：自求多福吧。对红玉说：咱们走。

路过三具尸体，红玉问对方：姑姑，为何杀他们？

他们是共产党。玉儿毫不犹豫地回答。

共产党为何一定要杀？看样子也是普通人。

这是政治，你不懂。

政治的人就该杀？红玉不解。

姑姑是军人，必须服从命令，以后你会明白的。

红玉不明白，指着躺在血泊中的妇女问：这位大嫂也是共产党？

花果一副无所谓的样子：谁让她跑，她是自己找死，跑进来三个共党，她就是第三个共党。花果为自己杀人找理由。

不管她们怎么说，红玉也不能明白，玉儿姑姑和花果姐姐，何时变成滥杀无辜之人？她还不太明白，随着时间推移，人是会发生变化的，但人的变化也是有过程的，自己不知道她们的变化，经历过一个什么样的过程。

玉儿把吉家班送到客栈门口，一干人走进客栈，门口只剩下吉三奎、红玉两人。花果和红玉在一边说话，玉儿对吉三奎说，抓紧离开龙城，不要再往南走，不要问为什么，今后离共党远点，我问你宝儿的事，不许告诉红玉，遇到革命军为难你，提我的名字即可过关。她不能让红玉知道自己和宝儿的事情，这对孩子不公平，大人之间的事，不应该影响到下一代，她并不知道红玉已先她跟宝儿见面。

玉儿和宝儿，从一个阵营分裂到两个阵营，以致发展到相互残杀的地步，这也是她极不愿意看到的结果。红玉若知后，这一切会怎样，她不可谓想得不多，可有一点绝对没想到，红玉已经站到宝儿一边。

吉三奎马上回答：是，玉处长，我们这就走。他此刻恨不得多长两条腿，飞奔出这是非之地。

玉儿又把红玉拉到一边叮嘱：红玉，姑姑不能送你，以后自个儿多长点心眼，遇事多动脑子，别让姑姑担心。

红玉此刻也希望对方早点离开，问道：姑姑，我啥时能再见到你？

黄家镇庙会时节，姑姑回去祭祖，想见姑姑你就抽空回黄家镇看看。玉儿掏出几块银元塞到红玉手上：你长大啦，姑姑很高兴。这次没工夫，下次一定解决你和吉家班的问题，姑姑答应过你孙奶奶。

二人拥抱在一起。红玉明白对方的意思，说：姑姑，你也保重。

玉儿拍拍对方脸蛋，转身向前走去。红玉目送玉儿带着花果等人远去。

玉儿等人消失在大街拐弯处。

吉三奎问红玉：多出来的那个人是谁？他刚才就发现班里多出一个人，当着玉处长没敢问，怕累及自己，玉处长可不是过去的玉儿姑娘，沾上一点边，花果的枪子儿便不认人。

红玉板着脸回答：你自个儿进去看看不就知道了。转身走进客栈。

吉三奎哼一声，这孩子，也学会跟长辈摺脸子了，跟着走进去。

宝儿在客栈内偷偷向外观察玉儿和红玉及吉三奎，听不到说话内容，看不清表情变化，但她必须这么做，这关系到自己的生命安全。近二十年没见到红玉这孩子，而玉儿这期间数次回宁津老家，她二人应该是见过面的。自己虽然是她的干娘，曾经答应回去接她，又屡次因故食言，她还不敢肯定，红玉的内心变化倾向哪一边，必须随机应变，时刻准备撤退。二十年是一个什么概念，大清朝成为历史，武昌首义拉开大中华新纪元，北伐革命胜利之后国共合作失败，共产党人遭大清洗，南昌暴动，广州暴动。二十年之惊变，她希望红玉还是那个清纯玉洁的小女孩。可是，二十年后的现在，她依然不能履行承诺把她带走。她看到红玉跟玉儿热情拥抱，愉快交谈，恋恋不舍告别，心中不由多几分酸楚，自己该不该把玉儿这些年的所作所为告诉红玉？她犹豫不定。

当吉三奎站在宝儿面前时，不由愣住，当年玉儿宝儿两人青春年少，风姿绰然，那可是孙二娘的一对宝贝疙瘩。刚才看到玉儿姑娘没有太大变化，只是比过去成熟，略显富态，一眼尚能认得出，可这宝儿姑娘，若不仔细辨认，确实不敢相认。

吉班主，一向可好？宝儿抢先问候。

宝儿姑娘是你，为何要避开玉儿姑娘，你们师出同门，又是好姐妹，难道说她追杀的人是你？吉三奎突感自己不明白的事情太多。

红玉嫌吉三奎啰唆，便说：玉儿姑姑是国民党，宝儿干娘是共产党，现在国民党要杀共产党，所以玉儿姑姑追杀宝儿干娘，就这么简单，明白了吧。

吉三奎不明白，继续问道：你们姐妹为何不参加一个党，孙二娘为何允许你们参加两个党？你姐俩这不成煮豆燃豆萁，难道这老太太老糊涂啦？

也不尽然。宝儿淡定地说：信仰不同，道路自然不同，这没什么奇怪。

玉儿姑姑信仰三民主义，宝儿干娘信仰共产主义。红玉理直气壮地回答。

那你信仰什么主义？吉三奎反感红玉在里面掺和，不知为何这孩子懂这么多道理，是受这二人谁的影响？这些主义太可怕，他想起躺在梁府大院内的三具尸体，这都是信仰什么主义的结果。他可不希望吉家班的人去信仰任何主义，不想看到血光之灾降临。

红玉望着宝儿干娘，沉吟着如何回答吉三奎，片刻后说：还没想好，以后会有答案。

最好没有答案，别受什么主义蛊惑，那些玩意儿都是虚的。你给我老实地待着吧，我得对得起你爹娘，你一旦有什么闪失，到那边我没办法跟师哥师姐交代。我不管这个党还是那个党，吉家班就一个党，吉家党。

宝儿听罢嘴角往下一拉，心想，你吉三奎也太拿自个儿当盘菜，你算个什么东西，还吉家党。

大伙赶紧收拾东西，马上离开龙城。吉三奎大声说。

跛子一直在门外偷听，铁猴踢他一脚。小北风大喊：大家赶紧拾掇东西，马上装车走喽。

宝儿的目光像一把利剑，直刺吉三奎：吉班主，我的底儿你既已晓得，请别往外抖落。孙二娘是什么人你明白，我不希望从你嘴里听到半个于我不利的字眼。我和玉儿的事，我们自己解决，如果你非要掺和进来，我可不能保证你们一家三口的生命安全，今天的事情，你是否有心得?

有心得，太有心得。一想到躺在地上的那三具尸体，他就不舒服，忙说：这、当然不想掺和，老夫懂得江湖规矩，宝儿姑娘放心便是。吉三奎听罢对方的话，浑身凉飕飕的，这对姐妹，都是母夜叉，不愧是孙二娘的徒弟。

我和红玉出去买点东西，出城后咱们就分手，我不会连累你们吉家班。

如此甚好，老夫也是迫于无奈，还请你多体谅。听到此，吉三奎才多少踏实些，他记得玉处长提醒的那句话，今后离共党远点儿，花果的枪子儿专门认共党。

宝儿和红玉走出房间，铁猴正在院子里装车，红玉过去低声几句，铁猴跟随红玉和宝儿走出客栈，不一会儿，三个人变成四个人，多出一个二十左右的小伙子。四个人来到客栈前，银枝金枝吉武文已经坐在大车上，吉三奎焦急地等待几个人的到来。他见三人去四人归，便感不爽，想起玉儿追问班里是否有新人进来那句话，看来这宝儿姑娘是又要给我找麻烦。

四个人来到大家面前，红玉没搭理吉三奎，对大家说：这是我干娘的侄子乔峰，也是我兄弟，跟咱们同行一段时间。大家知道红玉对干娘的感情，烦请大家像对待我一样对待乔峰兄弟，谁要是敢摺个脸子说个闲话，别怪我凌红玉翻脸不认人。还是猴叔那句话，人在江湖混，都是苦命人，相互帮衬点，日后好见面。

大家心里明白，谁愿意跟红玉过不去？平日里她对大家挺照顾，显然这话只说给一个人听，这就是吉三奎。若凭吉三奎的性格，这件事绝对不能答应，宝儿姑娘是共产党，这个乔峰保不齐也是同党，说什么侄子外甥，那都是糊弄傻子的。而红玉这番话，就像一场冰雹，把他的心情和个性都砸蔫了，他知道这姑娘也和孙二娘的两个徒弟一样，犟眼子倔脾气，上来一阵一概不顾，谁都不给面子，他可不想当着众人下不来台，只好默不作声。

宝儿对吉三奎说：吉班主，出城后往南走，六十里外是两贤庄，我把你们送到此地再分手。我和两贤庄的周吴二位员外有过数面之缘，该庄富庶，你们可在此处逗留几日，赚点盘缠再赶路，不知意下如何？

吉三奎对宝儿姑娘虽反感，但对银子亲热。人家姑娘把话说到这份儿上，自己若再板着脸蛋便说不过去：好好，承蒙关照，三奎谢过宝儿姑娘。

吉家班一行走出龙城。本应在龙城歇息一晚，但吉三奎不敢，玉儿姑娘和宝儿姑娘这对冤家对头，竟然是一个口径，又绝对不是商量过的，因为这俩人根本没见面——都让吉家班抓紧离开龙城，仿佛这龙城要发生什么重大事情。即便他有天大的胆子，也不敢再逗留片刻，他领教过玉儿和花果那杀人的狠毒劲儿，多年行走江湖的经验告诉他，决不可拿性命去蹚浑水。

吉家班出城后，往南走了二十多里路，天彻底黑下来，途径一个小村庄住下来，大家简单吃完饭，各自分散住在百姓家中。这一夜，大多数人没有睡好，白天发生的事情在大家眼前不停晃动，很多人不能理解个中缘由，国民党，共产党，北伐军，宝儿姑娘，玉儿姑娘，梁府，梁老太爷，梁营长，等等，把这些人和事串在一起，越想越不明白，越理越糊涂。

第四十六章

红玉和宝儿，乔峰和铁猴，一同住在一位老大爷家中。老大爷有三间南屋闲着，红玉她们住东里间，乔峰铁猴他们住西里间，中间是门厅灶膛。

类似于鲁西北的一明两暗。红玉和宝儿躺在炕上，脸对着脸，相互诉说这二十来年别离的经历。

干娘，你是不是把红玉忘啦？我可是一直在等你来接的，天天盼、夜夜盼，眼泪哭干，鼻子擦破，就是等不来你。红玉眼圈红红的。

从宝儿的表情上能看出，又是难言，她深情地望着对方：干娘怎么能忘了你呢，只是人在江湖、身不由己啊。宝儿一阵酸楚，感觉对不起这苦命的孩子。二十年后再见面，她已经长成二十大几的姑娘，自己也已过不惑之年。风雨沧桑，世道变迁，经历生死，尝尽苦难，这孩子全然不知，自己也不知道她是怎么熬过来的。

红玉，二十年前黄家镇一别，我和你玉儿姑姑护着你奶奶去保定府治病，本想把她老人家送下让玉儿照顾，我回过头来接你。没想到还未进家门，就接到南方信报，同盟会希望你奶奶尽快赶到广州，有重要事情商议。当时你也看到，你娘走后，对你奶奶打击很大，好端端一个人，一下卧床不起，但她老人家对你的挂记不曾减半点。在路上她还叮嘱我，我那心肝宝贝有难，送我回到家之后，你立马返回野竹李，从此不必再惦记为师，有玉儿在，你要保护好红玉，让老妇瞑目。

接到信报，你奶奶决定立刻赶往广州。说来也怪，这一路上她老人家萎靡不振，像病入膏肓一般，说几句话都带喘吁，给我的感觉很不好，回到保定府可能就是老人家的归宿。可当她接到信报之后，立马变成另外一个人，一下子坐起来，两眼不再微闭，放射出光芒，要我马上返回野竹李照顾你，待你长大后再去南方找她。让玉儿独自送她去广州。若按师父吩咐去做，兴许就不会发生这一系列不该发生的事情。玉儿却一反常态，说什么也不肯独自送师父去南方，罗列出一大堆理由，什么怕路上出事情，自己没有出过这么远的门，一旦碰上江湖中的冤家，等等。师父只想早一点赶到广州，只好把我留下一同前往，到广州之后，我再返回宁津接你。

到广州之后，一切都自个儿说了不算，师父的病也好了，经常和同盟会的人在一块儿商议重大事情，玉儿跟随去组织武装，我常陪伴于师父左右，原本想尽早回鲁的打算，随着时间的推移渐渐淡化。

是年深秋，清廷大厦将倾，光绪和慈禧相继走完悲凉的一生，大清末日即将来临，但清王朝不甘衰亡，又将幼儿爱新觉罗·溥仪扶上龙位，一个娃娃如何能支撑住将倾的大清江山。师父终因年事已高，积劳成疾，经常处于疲惫状态，在辛亥之年，也就是武昌首义胜利之后，含笑走完忙碌的一生。

红玉听得入神，但更多的是不解，却又无法询问答案。玉儿先宝儿两次和自己见面，却都不曾提及孙奶奶的事，这是为何？是不想说还是有其他缘故？宝儿干娘说的这些是否含有水分？她俩都是自己最亲近的人，自己不应该对其产生怀疑，但是通过梁府的经历，让红玉不得不去产生怀疑。她想继续听下去，诸多的谜底难以解开。

宝儿似乎从对方那游离的目光中看出什么，继续说下去。武昌首义之后，推翻清政府，建立中华民国，并不像预期的那样，国家地盘之大，面积之广，各地山头林立，各自为政。华夏之彻底统一，谈何容易？

宝儿说到这里，转移话题：你是不是想知道，干娘和玉儿姑姑为何会走到现在这个地步？

嗯，只怕干娘不肯说。红玉流露出渴望的目光。

也不尽然，今后咱娘俩何时再见面说不好，所以干娘要把能告诉你的话都说给你听，现在听不懂没关系，以后你慢慢会明白。在南方这些年，我们的变化都很大，你奶奶去世之后，我和她来往渐渐减少，以致后来因政见不同而走上对立面。

信仰不同不相为谋，政见不同不可同路，这是我最初的理解。我在广州陆续结识一些共产党人，逐渐认识到只有共产主义才能救中国。

那玉儿姑姑她？红玉问。

她加入国民党之后，积极参与清洗共产党人的行动。昨天你在梁府看到的只是冰山一角，在龙城外我们已交过手，互有死伤。宝儿回答。

红玉没听懂多少，但是她在认真听，明白刚才干娘说的那句话，不知道以后还有没有见面的机会。她想把干娘的话都记在心里，慢慢去消化吸收。

我们要砸碎这个旧世界，建设一个没有压迫、没有剥削，平等待人之民族，让穷苦人有地种、有饭吃、有衣穿的新世界。

躺在梁府里的那三个人看不到了。红玉有些难过。

是的，以后一定还会有很多人看不到新世界，即使是这样，共产党人也绝不会停止脚步。我们知道，这条路是用共产党人的鲜血染红的，路面是革命烈士的尸体铺就而成。

干娘，红玉不明白，你跟玉儿姑姑非要杀个你死我活吗？你们是同门师姐妹啊。

不是我要杀她，是她要杀我，我们之间没有个人恩怨，都是为国家和民族而战。你或许还不能懂，这没关系，你不必掺和进来，你还是小红玉，我们的好闺女，只是在关键时候，站稳立场就好。我的事，你不要告诉她，不然连你的小命都保不住，明白吗？

干娘，不用你再来接我，这次我就跟你走，你走到哪儿，我跟到哪儿，你干啥我就干啥，我就跟着你干革命。在这个世界上，你是我最亲的人，你可不能再扔下我不管。宝儿刚才一番话，听得红玉阵阵心凉，今后跟着宝儿干娘做事情，生死在一块儿也值了。

宝儿用手梳拢一下对方散落在额头上的头发：干娘又让你失望啦，这次还不能带你走，干娘还有很重要的任务要去完成，只要有机会，我会去找你。

有这么严重？红玉皱着眉头问。

比想象的要严重得多，国共合作失败，大革命进入低潮，国民党突然翻脸，给革命工作带来很大危险和危害。不说这些了，你要学会保护自己。

我能帮助干娘做些什么，只要我能做到。红玉不想再和宝儿干娘失去联系。

当下你要做的就是保护好乔峰同志，别把这事想得太过简单。宝儿提醒对方。

红玉问：干娘，听口音乔峰像河南人，你为何要说是你侄子？我知道这其中必有缘故，你能否告诉一二，若干娘不好说就算了。

红玉，这话干娘只能跟你一人说，法不传六耳，懂吗，这关系到乔峰的性命安全。宝儿严肃地说。

红玉明白，干娘的事都是大事。

乔峰是浏阳人，至于为何河南口音，干娘也不清楚。去年北伐军打到乔峰家乡浏阳，他参加叶挺独立团，参加攻打平江，汀泗桥，贺胜桥等战斗，在攻克武昌的战斗中作战勇敢，表现出色，被提拔为班长。后来在南昌暴动战斗中负伤，大部队转移时，组织上安排我把他掩护下来。

干娘，你和他素不相识，为何冒这么大风险掩护他，他是你们组织的人吗？

现在不是，以后会是，他是一个意志坚定、正直勇敢的进步青年，国家需要这些敢于献身革命的青年人，共产党需要这样意志坚定的革命者，你一定要保护好他，等他的伤好得差不多后，他会主动离开，去寻找大部队。

红玉听到这里坚定回答：干娘你放心，这件事红玉一定办好，办漂亮。

宝儿继续说道：他右肩部的枪伤，严重影响右臂的灵活性，不能随军作战。你也是武林中人，明白伤筋动骨一百天的道理，况且他伤得较重，当时没来得及治疗，恐怕需要两个甚至几个一百天来恢复，所以，我把他留在你这里。干娘知道，这给你增添很大麻烦，吉三奎为人奸诈虚伪，在这件事上会不断做文章，你要有充分的思想准备，你要坚决留，他会找很多理由撵。

他有来言咱有去语，逼急了就给他撂挑子，谅他也不敢太过分，毕竟这么多人要吃要喝，还有猴叔罩着我。

明天赶到两贤庄后，咱娘儿俩就分手，我不能再往前送你。两人聊至深夜。

吉三奎一家三口住在一个大户人家，条件略好一些，每到一地，他都要显示班主和大家的不同之处，住好的吃好的玩好的，表明他的身份比大家高一等，当然还有妻子和儿子。这一家三口自然也睡不踏实，白天的事情来得太突然，吉三奎现在还没缓过劲儿来，心有余悸地说：这也太邪乎了，玉儿手下那个小丫头，那个狠劲儿没见过。一甩手，啪啪两枪，两条人命就没了，一个掀开天灵盖，白花花的脑浆子喷在地上，一个胸口炸开一个大洞，血咕咚咕咚往外冒，那叫个瘆人。

可怜那位大嫂，吓傻了，一喊一跑便没了命，你说这叫什么事。金枝担忧地说：孩子他爹，我看这个乔峰也不是善茬子，玉儿下手这么毒辣，连宝儿都敢杀，咱可得小心点儿，别等她杀上门来，来个株连九族，咱们把性命也得搭上，赶紧想想办法。

娘，这还不简单，儿子略施小计赶走他就是。吉武文轻松地说。

你懂个屁，大人的事你少掺和，就知道戳业祸，捅了娄子还得老子给你擦屁股。滚蛋，哪儿凉快哪儿待着去！吉三奎气哼哼骂儿子：以后你离红玉远点儿，玫瑰好看，能扎死你！

班里人都知道金枝护犊子，她最不愿听人说他儿子半个不是：儿子说得在理儿，我看那乔峰就是一个脓包，不知啥时就得鼓破，信不信由你。

吉三奎瞥一眼金枝，不屑道：娘们儿见识，乔峰是宝儿姑娘托付给红玉的，宝儿是谁你没听说过，孙二娘的关门弟子，功夫在玉儿之上，当年我可见识过此人的厉害。那乔峰顶多待半年几个月，再说，你能说撵走就撵走吗？红玉是啥脾气你不知道，班子还指望她出菜，把她惹毛了，你去蹬大缸跑马趟子？过去喝西北风的日子还没熬够？不是我说你们，这事得从长计议，着急上火烂眼圈子，管用吗？

母子俩被吉三奎噎一顿，老实下来。

跛子、漂子和其他人住在一个两间通透的大屋里，老传统打地铺。大伙儿没有睡意，围坐在跛子周围，听其大摆龙门阵。班里很多人都佩服跛子那两片薄嘴唇，上下一吧嗒，便能给大家带来短时的开心。漂子望着对方那一脸的从容，一撇嘴，这家伙坐下来比别人不矮，站起来一肩高一肩低。

看今儿这阵势，凶险不？那酸刺花果子，一进大门就甩手两枪，啪啪，两个大活人倒在地上，小丫头片子那个狠劲儿，你们见过没有，反正我没见过。大家连连摇头。漂子不解，她唱的这是哪出？

这还看不出来，华容道啊。玉儿和宝儿从小就跟着孙二娘练武习文，那就和亲姐妹一般，傻子都知道。玉儿能亲手杀死宝儿吗？不能，只好让花果先把那两个点子摔了再说。

你是说玉儿故意放走宝儿？听说她俩可是势不两立的死对头，这事要传到上头，玉儿能有好果子吃？漂子质疑。

说你傻，你就傻得掉渣，院里那个大嫂不是被花果枪崩了嘛，追进来三个共产党，都死在花果的枪下，看看，人家玉儿这任务完成得多圆满，回头上峰还得给奖赏呢。

那个大嫂是个冤魂。漂子对对方的解释不服气。

你就会钻牛角尖儿，闯荡江湖这么多年，要是连这点门道都看不出来，还混个啥劲儿，干脆回你丐帮得了。跛子讥讽道：你那点玩意儿，也就糊弄糊弄巧蒙眼，见过硬实的吗？上刀山、下油锅、点天灯、滚钉板、踏火墙、三刀六洞……

得得，别扯淡，不是老子瞧不起你，就你白话的这些玩意儿，哪一样你能干得来，你也就站个金鸡独立啥的还成。跛子把漂子的火激上来，一时间大房间里火药味浓起来。

小北风和银枝坐在院里树下说话，听到大屋里传来阵阵吵闹声说：看看这俩人，吃饱撑得没事干，又闹起来。

银枝说：人人有本难念的经，咱俩的事咋办啊，班主就是不吐口号。她和小北风相好几年来，二人感情日渐加深，都是没家没业没爹娘的苦命孩子，在江湖上流浪久了，总想有个依靠，这恐怕不单单是他俩的想法。

小北风宽慰对方：吉三奎这就是在逼咱俩，金枝传过话来，只要你我硬往一块凑，他就立马撵咱走。不过，红玉答应过，一定会帮助咱们，只要时机成熟，就做主给咱俩办喜事。

唉，真难为红玉啦，她自个儿也不清净，这不，宝儿姑娘又给她找来个麻烦。这个乔峰一看就不是一般人，我偷偷看到宝儿姑娘和红玉给他包扎肩膀的伤，血染红半个身子，是条硬汉子。

嘘——小北风扫一眼四周，低声说：咱得帮助红玉，不能让她作难，咱不能做忘恩负义的人，这年头要是分不清个好歹，最后是要倒霉的。红玉是什么人，靠山硬着哩！玉儿宝儿势力大不大，二人虽然反目，可两人都罩着红玉姑娘，这说明啥还看不出来？吉三奎虽然是班主，但也不敢和红玉犯份，一旦闹僵，他一家三口的小命，还不够花果一甩手枪的。

铁猴和乔峰躺在地铺上，两人不熟话很少。铁猴是老江湖，阅人无数，过上几眼，自信就把对方看个八九不离十，低声问：伤得重不？

乔峰面无表情，心里嘀咕，自己刚到这儿，换药时只有宝儿和红玉姑娘在场，怎么这么快他就知道了，不知是福是祸，不回话显然不好，至于伤的轻重自个儿猜去吧：子弹剜出来了。

铁猴一见对方如此提防自己，把原本想说的话咽下去一多半：我有一祖传治疗红伤的膏药，有奇效，下次给你试试怎样？

谢了，留着你自个儿用吧，别糟蹋了。乔峰冷冷回答。

铁猴一侧头，瞟一眼对方，咋这么不知好歹，好心当成驴肝肺，懒得再搭理对方，还是冒出一句话：既入江湖中，都是苦命人。

乔峰也侧一下头，看一眼对方。二人无语，此刻已二更天。

第四十七章

第二天下午，吉家班赶到两贤庄，大车赶进村子，在村头，宝儿和红玉乔峰站在一坡上，三人道别。宝儿叮嘱乔峰，养伤这段时间，听红玉安排，等痊愈后马上去找我，她给乔峰留下两个地址，一个在汉口，一个在苏州。她又拉着红玉的手，再次托付，一定要保证乔峰的安全。大家都在江湖上奔波，没有固定地点，把唯一的希望留在宁津黄家镇庙会上。

红玉问宝儿：干娘你准备去哪儿？

过江。宝儿回答。

红玉拉过枣红马说：上马，送干娘到江边。二人飞身上马，一溜烟儿奔去。

吉三奎在远处望着那匹飞驰的枣红马，气歪了鼻子，再一看乔峰还站在原地，这才放下心来，有这小子在，红玉不会去而不归。

枣红马奔出去二十多里路，来到长江边一个码头前停住脚，二人下马，红玉拉住宝儿的手，难舍难分：干娘，你要保重，提防玉儿姑姑，她啥事儿都能干出来，我在黄家镇等你。

好孩子，别难过，只要你好好的，干娘就少一份牵挂，咱娘儿俩还会见面的。快回去吧，若没猜错，玉儿的人已经赶到吉家班。

不会吧？红玉吃惊地问。

昨天已发现有人跟踪，不过没大事，只要我不在，你就是安全的。记住，在她们面前千万别露出异样来，干娘喜欢你天不怕地不惧的霸气劲儿。

为宝儿干娘的安全，红玉不敢多耽搁，赶紧把她送上渡船，挥手拜别。

红玉打马赶回两贤庄时，花果带领几十人正在庄里搜查共产党人。红玉打马进村，被两个士兵端枪拦住，她勒住缰绳飞身下马，和对方吵起来。花果听到吵闹声走过来对士兵一摆手，热情地问：红玉妹子，你这是去哪儿啦，怎没和大家一起进村？

红玉原本对花果印象不错，但从昨天她随意杀人后，感觉立刻变坏，再也不把她看成玉儿姑姑的保镖，就是一只跟屁虫、哈巴狗。性格决定行事，这话一点不假，她性格直率坦诚，不是那种喜怒不露于色的脾气，心里不高兴，瞒不过脸蛋：花果姐，你杀人杀上瘾头子来啦，吉家班没招惹你吧？

花果不由得尴尬，忙说：妹子看你说的，姐是在执行公务，不是冲你们来的。昨晚接到线报，两贤庄窝藏共党，姐这不就赶了过来，碰巧又见到你，咱姐儿俩多见一面不好吗？

好倒是好，这不是怕被你的枪子儿捎上。红玉反感地说。

说啥呢妹子，姐杀谁也不敢杀你啊，玉处长还不把我吃了？走吧，去你们班子看看。花果拉住红玉往前走去。

就在刚才，花果带人冲进村，吉三奎灵机一动，这倒是个好机会，乔峰要是被花果抓住，你红玉总不能把账算在我头上，只要把乔峰是新来的一透露，一切都妥了。忙把儿子拉到一旁，如此这般叮嘱一番，吉武文连连点头，还是老爹办法多，一提一抖落，这事就完活，不能不佩服，姜还是老的辣。

吉家班还是分开住宿，吉三奎照例住进一个大户人家。其他人分成两拨住进两户人家，是一条胡同里的对门户，为的是集合人员方便。吉武文来到铁猴等人住的院内，他先来踩点，然后再去找花果报信。吉武文是吉家班的少班主，一人之下众人之上，说话占地方，只有两个人他忌讳，不敢招惹，一个是红玉，另一个是铁猴，不单单是这两人的拳头比他硬，更重要的是，这两人都有一份想弄死吉武文的心，虽然还没到见到他两人就溜边的份上，但也是尽量躲着。给吉武文感觉不好的地方是，铁猴深不可测，红玉疾恶如仇。

铁猴正和小北风等人卸车，乔峰和漂子收拾炕铺。吉武文溜进来，跛子抬头打招呼：哟，吉大少挺清闲，什么风把您老吹来啦？

瘸叔你真会玩笑，我爹让我过来看看还缺啥不？吉武文用眼角扫视乔峰。

铁猴放下手上的东西转身走进屋，小北风见状也跟进来，把卸了半截的大车扔在那里。跛子听罢吉武文的话一咧嘴：你爹问缺啥，回去告诉他，缺袁大头。

吉武文见苗头不对，嘿嘿笑着就往外走，铁猴和小北风堵住了房门，铁猴犀利的目光刺得对方不敢直视，小兔崽子，一撅尾巴就知道你拉啥屎，今儿你来得容易去得难，把话夯实了再走不迟。

少班主，你是不是来找我的？铁猴阴沉着脸蛋问：上次教给你的那几招练得咋样？趁现在有工夫我再传你一招，有去无回，咋样？

猴叔，下次再说、下次再说，小侄还有事，不打搅、不打搅。吉武文心虚表现在脸上。

慢着，拉屎不差解裤腰带的空儿，乔峰你过来，认识认识咱们少班主。乔峰面无表情地走过来，抱拳施礼：乔峰见过少班主。

好说、好说，大家都是兄弟，不必多礼。吉武文又飘起来。

铁猴对乔峰使眼色，说道：我和乔峰、小北风已经桃园三结义，不求同生但求共死。你回去告诉班主，今后我们是打虎亲兄弟，以后江湖上真有个三刀六洞啥的，我们哥儿仨一起担着。

跛子从不放过拍马屁的机会，立马大声捧场：好一个铁肩担道义、仗剑走江湖的刘关张，从今后，咱吉家班过山不喊镖啦。

乔峰和小北风一左一右站到铁猴身边。铁猴拿起一根虎口粗的镐把，没做任何运气准备，扬手砍去，咔嚓一声，镐把断作两截，甩手扔在吉武文面前，以后谁敢欺负我的二（峰）风兄弟，这镐把就是他的下场。

乔峰年龄虽小，却是经历过生死的人，冲锋陷阵一路杀到武昌城头，在后来的南昌暴动中负伤，为养伤才被宝儿隐蔽在吉家班内。刚来时，认为这帮江湖艺人是个杂货帮，成分复杂，良莠不齐，并没打算久留，想着伤势稍微好转立刻离开，因此少和大家交流。随着时间的推移，他的印象在逐渐改变，没想到铁猴等人如此仗义，红玉自不必说，她是宝儿同志的干女儿，自己和其他人并无瓜葛。

吉武文后悔死了，肠子都悔青，不该来。不来的话，偷偷去报个信儿，不会暴露自己，现在若去报信，让花果把乔峰抓走，凭猴子瘸子的智商，一眼就能看出是我吉大少给上的眼药。吉家班人人都知道，明着看我不顺眼的就两个人，一个是铁猴，另一个是红玉，这两个人当着面都不给面子。

三老四少都在？红玉和花果并肩走进来。

吉武文一缩脖子，暗自吃惊，真是山东人不禁念叨，想啥来啥，想往一边躲闪，但已来不及。花果贼眼溜溜地扫过每个人的面孔，最后落在吉武文脸上：吉大少很清闲。

不、不清闲。他望着对方按住手枪套的手说：这不，猴叔和小北风、乔峰桃园三结义，我过来凑凑热闹。

花果讥讽对方：桃园三结义没你怎么成？吉大少也是响当当的人物。

跛子撇嘴道：你问他敢结义吗？且不说那三刀六洞，就是蹚火墙、滚钉板也得把他吓个半死。

红玉实在看不下去，丢人丢到外人面前，骂道：滚、快滚蛋，别在这儿丢人现眼。

吉武文气得往上一蹿，在对方目光逼视下，双脚轻轻落地，暗自发狠，老爹说得对，凡事多动脑子，攻心为上、攻城为下，抡胳膊动拳头小爷不是你的对手，但不能说在下三道上干不过你，没有会不着的亲家，日子比树叶还长，骑驴看账本走着瞧，早晚有一天，小爷把你给办妥，再播上种子，生米煮成熟饭，看你认头不认头。现在先让你笑一阵子，等那时你得哭着来求小爷。他认为，没有不爱做梦的人，他自己就经常做大梦。

吉武文边走边对花果挤眼睛，花果不明就里，看到对方那奇怪的表情好笑，红玉飞脚踢在对方屁股上，吉武文往前扑去，这一扑便扑出门框，他还不死心，猛地回头，突然一把尘土迎面扑来，他赶紧闭眼睛，一头撞在院里的大树干上，额头鼓起一个包，爬起来丧气地跑回去。

花果对吉家班不算陌生，几次跟随玉儿到班子来，她又重新审视着乔峰。

红玉看出对方的疑虑，给铁猴使眼色，说道：猴叔，你把我兄弟拉进来拜把子，这算怎么回事？你和北风叔都是长辈，难不成也把我兄弟长一辈？

乔峰马上说：红姐看你说的，我什么时候都是你弟，这可不能变。

铁猴故作尴尬地一笑：乔老弟说得对，江湖中行走，就是这样子，咱们海论、海论。

跛子啥时都是大明白人：就是，各论各的，不过，铁猴不能白做老大，以后大伙有事他都得兜着，像啥马高镫短、三长两短的。

得得，老鸹嘴，能不能整点吉利的？小北风打断对方。

红玉接过话茬说：其实，过去猴叔也是这么做的，大家说是不是？

众人一词，都赞成红玉的话。花果听到红玉和乔峰这层关系，便打消疑虑，说道：出来混都不容易，相互帮衬着，多挣钱多发财，红玉妹妹，我得抓紧回去。

花果姐，我送你一程，漂子备马。

铁猴见状松一口气，跛子大声说：送花副官——

花果对大家摆摆手，二人上马，红玉拉住缰绳，马后面跟随一群士兵，向龙城方向奔去。

送走花果等人，乔峰对铁猴说：兄弟谢过铁大哥。

铁猴说：莫谢，这是做老大的本分，也是权宜之计，在这里，就得见人说人话、见鬼说鬼话。以后咱仨以兄弟相称，我不说你也明白。

小北风答话：为乔峰兄弟的安全。几个人都明白，刚才红玉也是做给花果看的。

乔峰感受到这帮杂耍艺人们的热情和温暖，让他对铁猴有了进一步的认识。

吉家班起程往北而来。吉三奎听了玉处长的话，不敢再往南走，可他又不想回山东老家，经过慎重考虑，决定带领班子下关东，到那个踩一脚能冒黑油的地方转转，听说那边的钱好挣。从湖北走到黑龙江，他不知道有多少里程，经过多少州县府衙，便和铁猴商议，有镖师家庭背景的铁猴，虽然没有跟随父母走过这么远的镖，却听说过很多地方。他告诉对方，从汉口的长江边走到大兴安岭山脚下，几乎是走过大半个国家，道儿远着呢，启程湖北，经河南，过河北，从承德进入辽宁，再由奉天到哈尔滨，走一个对头弯差不多能到，也就是说，从今年冬天走到明年冬天。

吉三奎听罢有点泄气，不过仔细一想，打把式卖艺走江湖，不就是凭着两只脚底板子走嘛，边走边撂地讨口饭吃，不是什么难事。从龙城出来之后，吉三奎和金枝对红玉又有了新的想法，如能把她娶过来做儿媳，这可是一举三得的好事，既保住这棵摇钱树，儿子又抱得美人归。重要的是能靠上国民党大官玉处长这棵大树，把这张牌攥在手里，那还不是螃蟹逛大街，横着走嘛。两人经过仔细商量，打好如意算盘，做好套子，只等金钩钓美人鱼。

吉武文觉得爹娘设计的这个连环套很完美，简直是无懈可击，有爹娘做靠山，底气更足，便开始向目标发起攻击，有事没事就往红玉身边贴乎。红玉本就对其反感，对方越是这样，更加徒增厌恶，有时碍于班主，多少还给对方留点面子，时间一久，见对方像只癞皮狗，黏上甩不掉，便不得不使些手段。让吉武文不悦的是，自己看上的女人，经常找那个外把户乔峰拉呱。这个不知扒几碗干饭的乔峰，也时不时凑到红玉身边黏糊，这不明摆着给吉大少戴绿帽子吗？久而久之，便憎恨起乔峰，得想办法把他挤走，有了想法，接下来就开始琢磨如何行动。

正如吉武文想的那样，红玉和乔峰很谈得来，不只少班主忌妒，班里的人都能看出来，这二人聊得满热乎，怎能不令少班主羡慕忌妒恨。

第四十八章

民国十七年（1928）春天，吉家班走进河南南阳地界。这天傍晚，来到距离南阳三十多里外的梁家沟，这是个百十户人家的村庄，村里没有什么大户人家，贫富上下都差不多。吉三奎本想找一个大村庄住下，见天色已晚，怕再往前赶若找不到落脚点就得露宿野外，只好将就着住下来。二十几人分散在几户人家住下来，吉三奎像往常一样，带着妻儿寻到一户家境相对好一点的人家住下。剩下的事情，他懒得过问，吃喝拉撒睡，是铁猴和跛子的事情。

这家人没有大牲口，红玉只好将枣红马拴在马车上，弄些草料来喂马。乔峰用棕刷子在马脖子上刷毛。铁猴带着漂子等人去偏房打地铺，跛子和小北风把马车上的东西收拾下来。

红玉问：跛叔，这里是谁的地盘?

你还真把瘸叔问住了。跛子摇头晃脑地说：此处是南阳地界，有这么个谜语你们猜猜看，桌子底下劈木头，打一地名，说的就是这地方。

小北风张嘴就来：伸不直胳膊，这能难住谁。

红玉笑了：北风叔，你出去打听打听，本地有伸不直胳膊这个村子不?

乔峰看看跛子：跛哥，这个我知道。

闭嘴，你当然知道，家门口的事情怎能不知道。跛子捂住对方嘴。

乔峰忙给红玉递手势，一抬一落。红玉会意点头说：跛叔，这有何难，不就是难扬斧（南阳府）嘛。

跛子面露喜悦：还是咱侄女聪明，这儿是南阳府地界，要问是谁的地盘，我看不是姓蒋的，就是姓汪的，反正不是你的。他看一眼乔峰，意思很明显，瞧不起对方。

乔峰没有气馁，语气坚决：早晚是我们的。

红玉帮腔：我信乔峰，早晚是我们的。

好好，我不跟你俩争，是你们的不好吗，到时也让瘸叔沾点光。跛子转移话题：红玉，小北风和银枝的事，你上上心，这两人到一块儿老是长吁短叹，看着心酸闹心，你能在班主跟前说上话，都在一个锅里觅食，咱不能看着不管。

跛叔，这事我跟班主念叨过几次，可他就是不吐口号，你说咋办好？红玉也有点为难。

咋办？凉拌，硬办。乔峰插话道：多大点儿事，憋得大伙拉屎都找不到茅房，把猴哥找来合计合计。

以后当着本姑娘，别跛哥猴哥的，这不给俺降辈分嘛。红玉不高兴地说。

看看，又急眼了，人家这不是萝卜不大、长到背上了吗。乔峰转脸问跛子：跛叔，您老看这样叫成不？

你小子这是折我的寿，我和铁猴是兄弟，你和他拜把子，我就是你大哥，乱辈分是江湖大忌，小心我抽你。跛子气哼哼地说。

乔峰做鬼脸：看看，猪八戒照镜子，里外不是人啦。

铁猴走过来说：大家赶紧吃饭，饭后好好商量商量，尽快把他俩的事情办了，还要办好，我就不信这个邪，看看谁能拦得住。

红玉喜欢铁猴这种性格，关键时候，一挺胸脯，啥难事大事都能接住：猴叔，红玉就喜欢你这个样子，有你在心里踏实。

乔峰看一眼跛子，见对方没说话，便冲铁猴说：猴哥，我是这样……

红玉伸手捏住对方的耳朵使劲拽：小乔子你是真不长记性啊。

哎哎、红姐手下留情，拽下来就成聋子啦。疼得乔峰脑袋跟着对方手往上扬。

那敢情好，咱班里聋子瘸子都齐活了，就差一瞎子。铁猴戏谑跛子。

乔峰见对方没有松手的意思，忙求助铁猴跛子二人：大……二……，哥字没敢出口。

跛子笑道：老话说得好，一物降一物，卤水点豆腐，以后你嘴巴老实点儿不就行啦。

铁猴解围：好啦红玉，赶紧收拾去，忙完咱们再商议。

红玉这才松手：小样，我治不了你，宝儿干娘下命令，以后你归我管，随时跟着我，这样你才能安全，听到没？

听到啦，姑奶奶手劲真大，差点把耳朵拽掉。乔峰揉着耳朵，龇牙咧嘴。

别给我长辈分，叫姑奶奶宝儿干娘得收拾我，叫姐就成。红玉心里美。

这算啥，别说拽掉一只耳朵，就是拽掉一只胳膊也正常，铁猴教给她的武当内家功，能把那根镐把撅断，小心伺候着。跛子提醒对方。

晚饭后，铁猴、跛子、小北风、漂子、银枝、乔峰、红玉等人围坐成一圈儿，为维护自己的尊严，铁猴自然是坐在正三十上，跛子小北风一左一右，红玉乔峰坐在铁猴等人对面。这个圈子是多少年来自然形成的，约定俗成，没有任何人去给众人排座次。

我知道班主担心啥，不就是怕他俩有了娃，耽搁他挣钱吗？漂子一翻手掌，手指缝里各夹着一张扑克牌，在乔峰眼前一晃，再一翻手掌，那三张牌不知去向。乔峰两手抓住对方那只手仔细查看。漂子得意地扫一眼大家。

跛子撇嘴：小把戏，糊弄三岁的孩子还成。

拉正事。铁猴说：北风兄弟已四十大几，银枝也三十多，也该成个家了，虽说咱们打把式卖艺，没个固定的地方，可行走江湖的男女就不兴有个伴儿，不兴有个温暖、有个说点儿心里话的吗？

小北风一直在听大家说，这时忍不住插嘴：班主那话挺硬实，只要我和银枝那个了，他就把我俩都赶走。唉，靠上个班子不容易啊。

红玉见对方愁眉苦脸，心里也不好受，说道：我跟班主提过几次，还打保票，以后他俩若给班子添麻烦，我兜着，你猜怎么着？班主一拉脸蛋，说，你的事谁给你兜着？你就别给三叔添乱啦。看看，这是啥局。

乔峰听着大家的话，心里有了主意：我看这事说麻烦就麻烦，说简单还就简单，我问你俩，那个了没有？说实话。两眼紧紧盯着银枝的表情。

小毛孩子别瞎胡闹。银枝脸红了：哪个了啊，说啥呢。

红玉伸手拽乔峰的耳朵：小乔子你知道得还不少呢，你说那个了是啥？

乔峰抓住红玉的手说：红姐慢着、慢着，听我给大家讲个故事。

红玉松开手。漂子说：都啥节骨眼了，都火上了房你还有心思讲故事。

我说的这事是和大家商量的事有关。乔峰忙解释。

铁猴对大家说：听乔峰兄弟说，他也是见过大阵仗的人。

一般情况下，乔峰这时会幽默两句，但此刻面色阴沉，深沉地讲出一个令大家深思伤感的事情。在攻克武昌的战斗中，战斗非常激烈，一个江西籍十八岁小战士，胸部被机枪子弹穿透，乔峰抱住他不停呼喊，对方已奄奄一息，艰难地对乔峰说：我对不起爸妈，妈说，等打完仗回去给娶媳妇，我家香火不旺盛，就我一个男丁，希望生一堆娃子。那位大姐大我三岁，我还没抱过她，我不想死，我对不起爸妈。乔峰眼看着他咽了气。

乔峰把对方的眼皮合上，沉痛地说：好兄弟，你对得起国家，对得起黎民百姓，自古忠孝难两全，我们既然选择这条路，就无怨无悔。

听到这里，大家对乔峰肃然起敬，很多人对他并不了解，只有红玉知道其底细。

这才是真汉子大英雄！红玉感慨地说。

跛子又来了戏词：常言道，瓦罐不离井前破，将士难免阵前亡。

乔峰从回忆中走出来，望着小北风和银枝，目光深沉，一种说不出来的滋味，继续说下去：我的意思你们明白吗？既然下定决心，还等什么，等遗憾还是等后悔？即便被班主赶走，两人也要在一块儿，天下这么大，难道还没有活命的地方？

红玉没想到乔峰能说出这样一番话来，经历过生死的人就是不一样，拿得起来，戳得住个，有担当。自己比对方大几岁，此刻他却像个老大哥，忙支持对方的观点：乔峰兄弟说得对，前怕狼后怕虎别在山上住，咱们走江湖的，没有那么多条条框框，三媒六证就省了，父母之命、媒妁之言也谈不上，银枝姐记不得爹娘的模样，北风叔的家乡多年前被一场洪水冲没了。当然，也不能都省却掉，明媒正娶还是要的，班主不管倒也省心，我红玉就是银枝姐的娘家人，嫁妆我来置办；猴叔和跛叔做月下老人，乔峰和漂子做银枝的婆家人；接亲送亲咱都有，八抬大轿也赶不上咱骑枣红马威风。明天我就和猴叔去找班主说，他同意也得办，不同意也得办，这事就这么定了，你们看怎样？

银枝眼泪流出来，小北风赶紧用袖子给对方擦泪水。

铁猴赞成红玉的想法：就按红玉说的办，如果班主敢撵走你们，我就和他掰开，咱们一起走。

对，一起走。红玉大声说：上赶着不是买卖，人挪活树挪死，离开他咱就不活了吗？

我看他不一定敢真阻拦，凭他的精明劲，能不知轻重，也可能就是吓唬吓唬他们俩，咱们就别做个绳子套，挂在自个儿脖子上了。跛子故意缓解大家的情绪。

大家聊到深夜，各自回房休息。一般情况下，每到一地只要条件允许，吉三奎便让红玉独居一室，每到这时，红玉便把银枝叫来一起住，两人做伴。虽然吉三奎反感，因这个待遇是给红玉的，银枝没权利享受，碍于红玉的脾气性格，他却也不好多嘴。红玉对银枝说：我先躺下去。意思是说，你俩说够了就过来歇息。

银枝红着脸点点头，和小北风走出房间，来到村头大树下，背靠树干坐下来，似乎有聊不完的话在等着两人。没娘的孩子想娘亲，没家的孩子思家乡，有爹娘在多好，不用漂泊流浪。二人的脸上，一会儿阳光灿烂，一会儿悲切凄凉，同是天涯沦落人，好事不敢想，坏事不愿想，五味杂陈。

奔波忙碌一天，大家在疲惫中进入梦乡，有一个人没有睡觉，瞪着一双大眼在黑暗中观察这伙人的动静，他在远处注视着坐在大树下的两个人，大约半袋烟工夫，又回到铁猴等人住的大屋门前，从大屋里传出呼噜声。他悄悄来到红玉门前，侧耳倾听，里面没有动静。手指在窗户纸上轻轻捅破一个窟窿，从怀里掏出一根小拇指细的竹管，一头插进窟窿里，另一头用嘴叼住，慢慢吹起，一股灰白烟雾在房间里弥漫开来，然后抽回竹管揣进怀里，露出一脸淫笑，拳脚功夫小爷干不过你，但这下三道上的玩意儿，你得甘拜下风，等一会儿你成了我的女人，说啥也不灵啦，到时不用你叫唤，我自个儿也得咋呼，让班子里所有人都知道，你被我睡了，哼。

一个黑影轻轻推开房门，不是红玉大意没有闩门，是故意给银枝留门，却给黑影带来了机会。即便插好门，对黑影来说，也没有多大意义，用刀子拨开门栓，进屋不是问题。黑衣蒙面人来到炕前，迅速脱下裤子，掀开红玉身上的被子，伸手去扒红玉的内衣，黑暗中一双大手在红玉光滑的身体上来回游动，就像抚摩在柔软舒适的锦缎上，一股淫邪之火在身体里燃起来，不但要烧死自己，也要融化对方。

黑影已无法控制浴火，发狠要把对方整死的心都有。猛往大炕上一蹿，不知身体碰倒什么东西，咣当一声，惊动了起夜去茅房解手的乔峰，他快步来到红玉房门前，见房门斜开一条缝隙，就红玉谨慎的性格，这是不应该的。他忙大声问：红姐？红姐？

房间里没有回音，这更引起乔峰的警觉，猛然推开门，一个黑影从炕上跳下来。

你是谁？在干什么？乔峰大声质问对方。

滚开，少管闲事，小心小爷剜掉你招子。黑影横气地骂道。

你以为老子是吓大的，咱是从死人堆里爬出来的，自个儿亮相，别让我费事。乔峰大声说。

话不投机，二人动起拳脚，打斗叫骂声惊动大屋里的铁猴和跛子等人，大家爬起来蹬上裤子，连鞋子都没顾得穿，跑到红玉房门前。阵阵凉风吹进房间，光着身子的红玉被冻醒，她拉过被子捂在身上，抓过衣服穿上，点燃油灯，打斗已经停止，吉武文和乔峰对峙着，门口站着铁猴等人。红玉明白了，铁猴也明白了，所有的人都明白了，使用迷魂香糟蹋良家女子，江湖上这叫扣皮挂码子，先不用管这五个字的字面意义褒贬如何，就凭这种行为，是上不了台面的。

红玉虽不知吉武文在自己身上做过什么，乔峰一定是看到了什么，刚才朦胧中听到一阵打斗声，肯定是两人在交手过招儿，乔峰是在保护自己。红玉越想越气愤，猛地跳下大炕，伸手拔出宝剑，闪电般横在吉武文脖子上，对方连躲闪的机会都没有，呵斥道：你敢来找死，这可怨不得本姑娘，你们大家做个见证。

铁猴闪身抢上来，一把抓住剑锋，说：且慢，红玉，听他把话说完。

乔峰大声呵斥道：说吧吉大少，刚才你趴在炕上干啥？

吉武文的裤子落到脚腕上，赶紧伸手提起来，斜眼盯着那支锋利的宝剑，吓得浑身打战，嘴巴也不加力：这、这个、我来和红玉拉一会儿，对，拉呱。

放屁，有脱裤子拉呱的吗？跛子骂道：我看这事，他承认不承认都没关系，咱抓个现行，看在班主的面子上，留他一条小命，不过得让他长长记性。他不是喜欢脱裤子拉呱吗？割下他的卵子，算是惩戒。

吉武文双腿一软坐在地上，两腿夹紧，双手捂着裤裆，不停求饶：各位大爷行行好，饶我一次，再也不敢，红姑奶奶你高抬贵手啊。

饶你？不行，要不是乔峰发现早，我就被你——哼，不弄死你怎么还我的清白。红玉仗剑发火。

有人把班主两口子喊了过来，吉三奎在门口望着坐在地上撒泼的儿子，骂道，祖宗的脸都让你这孽子丢尽了，让老子还怎么在江湖上混，滚、滚回去。吉武文赶紧从地上爬起来，借坡下驴想趁机溜走，跛子把门口堵住，鄙夷地说：少班主，跛子信奉一句话，命里有时终须有，命里没有莫强求。

铁猴没给吉三奎面子，大声说：你小子想霸王硬上弓，那要看是谁，碰到穆桂英，就是硬弓也要被拉断弓弦。

吉三奎怎不知他这话是说给自己听的，恼恨儿子的同时，不得不赶紧安抚一下红玉：红玉，消消气，莫跟这浑小子一般见识，回去我狠狠教训他，揍他个猴屁股。说着用胳膊肘拐一下金枝。

金枝忙过来拉住红玉的手亲切地说：好啦红玉，原谅你弟弟一回，他还小嘛，这说明啥，说明他喜欢你，只是不懂规矩，咋能这样子办呢？

本姑娘不喜欢他！红玉反感地说：吉武文，当着三叔的面我警告你，这次看在你爹娘的面上，就算了，若有下次，我让你一条腿长一条腿短，和跛叔对着拐。

最后一句话把跛子气乐了，看这孩子，怎能把这痞子往我身上贴，这不折我的寿嘛。说道：红玉什么脾气，大家还不知道，你敬她一尺，她能敬你一丈；你若给她上眼药，她指定揍你个乌眼青。人就是一擎两敬着，我说得对吗，班主？他把话把扔给吉三奎。

对对，跛子兄弟说得对，以后各位兄弟姐妹，要好好团结，勤奋练功，拿出精彩的玩意儿，看客才舍得花钱，咱挣了大钱，大家的兜里才鼓囊，你们说是不是。

小北风低声对乔峰说：瞎扯淡，鬼才信，只见他兜里鼓囊，大家兜里都瘪着。

这就是国际歌里唱的那样，这就是压迫和剥削，以后你会慢慢明白。乔峰说。

红玉见机会来了，不能错过去，得让坏事变成好事，朗声对吉三奎说：三叔，晚饭后我们大家合计着，想把北风叔和银枝的婚事办了，我是银枝姐的娘家人，我和她从小一起长大的，猴叔和跛叔做大媒，漂子和乔峰做婆家人，骑红马挂红彩，在这梁家沟大街上转一圈儿，乡亲们指定都围护上来讨个喜庆，咱借机拉场子撂地猛耍把，这顿酒钱就有了，晚上回来再给您老敬酒行礼，接下来……

入洞房啊。漂子喊道。大家开心哄笑。

吉三奎不由一阵酸涩，自己打好的算盘，被红玉一下划拉乱套，事已至此，只好送个顺水人情：你们都团拢圆了，老夫还能说啥？老夫给准备好酒好菜吧，我也不能白做这个长辈。说着从衣袖里摸出两块银元递给红玉：拿去，给他俩添点啥，就算我替他爹娘给的。

原本一场危机，就这样被吉三奎化解了，红玉不得不佩服，在掌握火候方面自愧莫如，这么个收场法，让在场的所有人都张不开嘴，即便刚才他儿子做了遭人恨的事情。本来铁猴是要狠狠将班主一军，起码让他知道，在吉家班，不能任你父子想怎么折腾就怎么折腾，但此刻再这么做显然不合适。

班子里除了班主，铁猴说话最占地方：择日不如撞日，天亮咱就准备，三哥你就等着喝喜酒吧。

好，你们都听铁猴的。走啦，还能睡个回笼觉。说着在儿子屁股上猛踢一脚，吉武文借势窜出房门，一家三口回房间。

小北风把银枝送到红玉房门外，发现门敞开着，里面有五六个人，他立感不正常，这么晚大家怎么还聚集在这里，忙走进去。

漂子说：你俩光顾去腻歪了，没看到一场好戏。

怎么啦，这是？银枝不安地问。

癞蛤蟆想吃天鹅肉，找死。红玉气愤地说。

对不住啦红玉，我不该让银枝在外面等这么久。小北风不由得自责。

铁猴把吉家父子臭骂一顿。跛子又把红玉搞定班主，明日给两人完婚的事情说出来，银枝拉住红玉的手，一个劲儿地感谢。

红玉对大家说：都回去歇会儿，明儿咱们都听猴叔安排，这是咱们班子的一大喜事，可不能凑合。说着把吉三奎给的两块银元塞到银枝手里：班主给你们的，权且把他当长辈吧，说是替你们爹娘给的。

银枝接过去，感觉银元烫手，在手心里掂几下说：难得他还能有这个心。

这次算办了个人事儿，真不容易。铁猴叹口气。

知足吧你，要不是红玉把他逼到坎儿上，他能低这个头？跛子算是把班主看透，他心里只有自己那一家人，何时把别人死活放心上。大伙走出房间回去睡四更天。小北风走到门口回头望，乔峰跟在他身后磨蹭，银枝那勾魂的眼神在小北风脸上扫来扫去。红玉心想，这俩人一听说明天要成亲，哪里还有心情睡四更天，大半夜都聊过来，这会儿一定还有很多腻乎的话憋在心里。干脆，给他俩腾地方，刚才被吉武文这一折腾，满脑子官司，还不如出去溜达溜达，换换心情，看乔峰那磨磨蹭蹭不想离开的样子，散步不会孤单。

刚才这一折腾，睡意都被这厮弄没，出去透透空气，北风叔你俩在这里歇会儿，天一放亮我就回来。红玉说着往外就走。

银枝假意挽留：妹妹，这么晚去哪儿溜达？外边月黑子天，不安全。

红玉右手抓着宝剑，嘴巴冲乔峰一扬：看那儿，保镖伺候。

乔峰从怀里掏出手枪比画着：谁敢欺负红姐，我掀开他的天灵盖，让他凉快透了。刚才要不是怕给红姐惹事，姓吉的小子早就趴地上了。宝儿走时给他留下这把手枪，为应付突发情况。

二人走出院子，向村前走去。

第四十九章

梁家沟距离南阳府三十余里，民风淳朴，邻里和谐，庄里贫富差别不大。宋代时期，梁许二人从军，在战场上负伤后，辗转于此，落草生根，繁衍生息，后来陆续又搬来一些人家，历经数百年才有了今日规模。村里人崇尚武术功夫，很多人都能耍把几下子，因此，少有鸡鸣狗盗之辈光顾，来得去不得，不是这些人的目的。

村前一条东西大街，大街上有几棵老槐树，几棵大树的树帽几乎连接在一起，枝叶茂盛，遮盖住好大一片天空。夜幕下，两个年轻人坐在大树下，背靠树干，一会儿仰望夜空，一会儿相互对视，一会儿拉手倾诉，聊到激情时，便手舞足蹈；说到伤心处，便泪光闪闪。

树枝上过夜的虫鸟，在观察两人的举动，偷听着他们的私房话，怕惊动和影响二人的情绪，最喜欢叽叽喳喳唱情歌的花鸟，也只好牺牲自己的特长，忍耐一时，把美好时光留给这对恋人。大地万般寂静，天空繁星隐没，风婆婆为此也收紧了风口袋绳，只留微风拂面，清凉爽快。

大地不知，银河不知，风婆婆更不知，虫鸟也不知，坐在大树下的此二人，非彼二人，红玉和乔峰代替了小北风和银枝。

刚开始，红玉对乔峰的照顾，是来自宝儿干娘的重托，后来慢慢对乔峰有进一步了解，这个参加北伐军、有过多次战斗经历的年轻人，慢慢走进她的视野，他的坚强性格，豪爽耿直脾气，敢作敢当的人品，给红玉留下深刻印象。说白了，这对她的脾气，坦率地说，她喜欢上了他。

乔峰喜欢她吗？她没听对方表达过，江湖儿女，武林中人爱恨分明，疾恶如仇，表达情感的方式和普通人家的姑娘不一样，大胆直率，坦诚豁达，不善于遮掩自己的情感，不喜欢秀咪咪和娇滴滴，也不擅长说半句留半句，剩下半句让你去猜。

从小历经苦难的她，尝尽人间辛酸苦辣，看透江湖中世态炎凉，一旦碰上一个自己喜欢的人，压抑太久必然爆发。

红玉昂头望着夜空，问：你喜欢我吗？我想听真话。

喜欢，但不能喜欢。乔峰回答的自相矛盾。

那还是不喜欢。红玉失望。

红姐，听我把话说完，没有你仗义执言，班主也不会留下我，这段时间若没有你照顾，我的伤不会好这么快。乔峰做梦都想和你在一起，我妈要是能看到你这样的媳妇，老人家会乐得合不上嘴。

既如此，又为何不能喜欢？怕班主或者谁？红玉盯住对方问。

怕他们，哼，老子——

闭嘴，在姐面前不许称老子！

嘿嘿，是是，在下冒犯。

闭嘴，在姐面前不能说在下，咱姐弟俩平等。在枪林弹雨中，你是死过几回的人，谁能吓住你，让你不敢喜欢。

红姐，一个连死都不怕的人，还怕吓唬？不是这样的，兄弟是为你着想，过段时间我就去找部队，能不能再见面不敢说。我们独立团，一路打过来，血战平江、汀泗桥、贺胜桥，攻克武昌、南昌起义，两千多人伤亡一大半，多少好兄弟在身边倒下去，不再醒来。我若和你在一起，一旦阵亡，不就是害你吗？我可不想让你当寡妇，把你一个人留在这黑咕隆咚的深夜里受罪，你看这个理由怎么样？

不怎么样，你看我喜欢你吗？红玉反问。

应该喜欢吧，要不你怎么这样问我。

什么叫应该，就俩字，喜欢，不，三个字，很喜欢。人为啥这么复杂，想这么多不累？你好我好，两好合一好，成了，好好过日子去，谁反对也不行，天王老子也不成。红玉的嘴机关枪一般，给了对方一梭子。

乔峰不能不服气，这样的姑娘哪里去找？若不是还要归队，他一定会和她在一起浪迹江湖。他耐心地说：咱俩这样不挺好吗？我把你当成亲姐，也可以相互牵挂。

亲姐弟能生娃吗？骗谁呢，现在摆在你面前只有两条道，这一，你留在这里，咱俩也像小北风银枝一样，一马双跨走江湖，不管苦乐，厮守一辈子。这二，我跟你上战场去打仗，像宝儿干娘说的那样，等把天下打下来，咱俩再过安稳日子。

乔峰不由犯难起来，对方说的这两条自己都办不到，留下来万万不能，带她走更不成，见对方态度如此坚决，自己必须得费点心思，这大姐一旦认准的事，若解决不好，是要出大麻烦的。他抓住对方的双手放在自己胸口上，让其感觉到自己怦怦的心跳，盯住对方双眼，深情地说：红姐，兄弟打心眼里喜欢你，但是，又不能不告诉你，这两条小弟都做不到，宝儿同志曾给我介绍过你的情况。

红玉立马打断对方：不许说我干娘坏话，她不是筒子。

不是筒子，是同志。乔峰更正。

啥叫同志？

就是志同道合，最亲近最信得过的人才这样叫，共产党人都这么叫。

那我是不是你的同志？

乔峰沉默，自己还不是共产党员，如何回答。红玉见状有些失望，往回抽手，乔峰使劲抓紧对方说：咱俩当然是同志，听我说下去，宝儿同志希望你继续留在班子里，你一走，这么多人怎么办？她希望你将来把班子接过来，为革命做事情，比你自己去打仗作用更大。还有，我也不能留下来，我还有很重要的事情要做，一个革命战士，必须服从上级指挥，留下来我就是逃兵，逃兵要被枪毙。

红玉见对方去意已决，好话再说三千六都是废话。冷冷地说道：天下没有不散的筵席。猛地把手从对方手心抽回来：滚吧，快滚，再也不想见到你。站起身来就走。

乔峰愣住，坐在原地没动，望着对方背影，一阵酸楚。这是个什么结局，红玉姑娘的脾气也太过暴躁，几句话不顺心，立马翻脸，这个结果没想到。是否去跟铁猴跛子等人打个招呼，蔫不溜秋走掉也不是礼数，大伙毕竟照顾自己这么多天。

乔峰又坐了一会儿，天色更加黑暗，他知道，黎明快要到来，仿佛又听到南昌城头的枪炮声，把手枪拿出来查看一下弹夹，又放回怀里，自言自语道：红姐，对不起，等我们把江山打下来，若还活着，一定去找你。

必须活着！突然一声大喊，吓乔峰一跳，一个黑影从另一棵大树上飘落下来，扑上去抱住乔峰，哽咽道：乔弟，红玉非你不嫁，等你到天荒地老。乔峰也抱紧对方，二人久久站在原地。

两人无语，思想没停止交流。

你真要走?

你不是已经走了吗?

你执意要走，我留不住啊。

你是怎么爬上大树的，一点儿动静都没有。

这还能难住耍玩意儿的大把式，我就是想看看你想怎样。

有的伤口，割在手上，愈合之后便成往事；有的伤口，割在心上，哪怕割得很浅，也会永远留在心里。

是啊，有的人，天天见面，却一生无缘，只能承受着无法抹去的痛苦。有些遗憾在有些人身上，注定要背负一辈子。生命中，有一些美好的情感，会在一些人身上跌成碎片，那些深深的裂痕却留在岁月回首的刹那间。

人生苦短，大家都会陆续离开这个世界，纵然生前过得奢华，死后仍然掩埋在一抔黄土之下，终究腐烂消失。百年之后，将不会有人再记起你。但是，我希望用自己的鲜血，染红那面高高飘扬的战旗，在那花岗岩烈士碑上留下自己的名字。

两个神明的对话，在心灵中激烈碰撞着，无形中划出各自的人生轨迹，谁说的是哪句话，谁怎么回答的，顺序如何，已不重要。

黑夜即将过去，东方慢慢泛白，两个人影在胡同口望着大树下两人，四个人慢慢走到一块。

我给你做伴娘。红玉对银枝说：乔峰给北风叔做伴郎，咱江湖儿女也风光一把。银枝感激地回答：红妹，姐能结识你，三生有幸。

小北风对乔峰说：兄弟，北风无以为报，教给你的飞镖，假以时日，定成气候，单镖好打，回头再教给你打连环镖，关键时若能用上保命，也算大哥一点儿心意。

乔峰由衷地说：吉家班各位兄弟姐妹，都是我的亲人，我会记在心里。

太阳慢慢拱出地平线，吉家班众人聚在一座大院里。今儿踱子拿总，正掐着手指头振振有词，今年闰二月，今天是二月初五，黄道吉日，宜嫁娶，大家都听我跛子铺排，吉家班自开班以来，还没有这么热闹过，咱就热闹一回。

跛子是二人成亲的总操持，他爱干这种事，这能显示他的办事能力，喜欢干的事便肯用心。他马上给众人安排活计，老猴哥，你只管带着几个人，拿上混饭吃的家什，去大街前那几棵老槐树下等着。今儿大家都穿干净点，别和平时那样，造得跟丐帮一样，今儿是喜庆事。你，说你呢，把破大褂子翻过来穿，灰褂子上那三块黑蓝补丁太扎眼。红玉侄女，你帮新娘子捯饬捯饬，她骑马，你做马童，你也得穿那身红彩妆，和平日跑马趟子一样。乔峰兄弟，把你那身干净衣服借给小北风穿一天，现在你是伴郎，你穿得比他好，人家会认错人，其实认错也没啥，我是怕你进错洞房。

死瘸子，拉着拉着就走板了。银枝嗔怪道。

不说不聊不热闹。跛子嘻嘻哈哈地说：漂子，我跟你说的事准备好没有？狮子滚绣球的活计咱搞不来，今儿可就指望你在前边添彩啦。

老瘸叔，这点事算啥？我在前头开道，咱这百宝囊里的玩意儿足够，保准让他们看得眼花缭乱，咱打把式卖艺的成亲，没点特色玩意儿怎成？漂子身上斜挂着一个破兜子。

上次漂子耍砸的事，在跛子心里还没过去，他走过来拽开破兜子看究竟，只见里面乱七八糟的玩意儿不少，还有白花花的东西，他一怔，骂道：咱这是喜事，你他娘可别给弄成白事啊，扔出去的是红花绿叶，不是纸钱。

漂子忙抓一把在手里：您老这是巧蒙眼，看看这是啥玩意儿？说着把一把白乎乎的东西撒向空中，瞬间变成火红一片，煞是好看。

行啊臭小子，上次耍漏了，吓着你瘸叔啦。

你这是一朝被蛇咬、十年怕井绳，你也不看今儿是谁的事，我敢松塌，银枝姐还不把我吃了？

银枝笑了，笑得很开心。

红玉说：自个偷着乐呢，人家吃你有啥用，晚上回去吃小北风，不，喝西北风。

红玉一番话，引得大伙开心地笑起来，吉家班很少有这种开心时候，即便是过年也没这么热闹。

跛子见大家都准备好，高声喊：走着！

银枝穿红挂彩骑在枣红马上，一脸幸福，虽然没有爹娘的祝福，亲人们的簇拥，能有这个场面也是没有想到的。红玉身穿红衣，一根红色丝带扎在头上，蝴蝶结打在额前，牵着缰绳。银枝骑在马上，感觉不自在，说：妹妹你给姐牵马坠镫，姐怎么承受得起啊！

银枝姐，咱俩还分你我干啥？小时候，你和金枝姐不是常常把我揽在怀里挡风遮雨，这是妹应该做的。

别提她，恶心。一想到金枝，银枝就反感，她哪里还有半点姐妹情义，自己和小北风的事，她不但不帮衬，还总在班主面前说坏话。红玉能理解银枝的心情，自己又何尝不是，怪只怪金枝离姐妹们越来越远。

前边十几丈远是漂子，头戴一顶猴帽，走着孙猴子的步子，蹦跳着不时出个洋相，伸手抓出一把东西往空中一撒，一团火球腾空而起，有时一甩手，一声巨响，引得一些娃娃在后边追逐。

梁家沟不算偏僻地区，距离南阳府几十里路，有时也会来一些打把式卖艺的，人们并不感到稀奇，但是现在和往时大不一样，这种结亲的方式引起百姓们的注意，一时间，马后边跟随一些小孩和老人。枣红马围着梁家沟转了一大圈儿，后面的人越聚越多，最后来到大街前的几棵老槐树下。一百多人把老槐树围起来。吉三奎和金枝坐在老槐树下的凳子上，吉武文站在爹娘背后。

这几棵上百年树龄的老槐树，树干两个人合抱接不上手指，几个茂盛的大树帽子连在一起，遮出很大一片树荫。跛子和铁猴嘀咕几句，望着黑压压的人群，感觉非常好，拉场子撂地，聚的就是人气，耍把半天没人看，那就是瞎折腾。他瞟一眼班主，露出得意之色，你不是说跛子就这两下子吗？今儿就让你看看我的三下子、四下子。他拎着铜锣，小鼓锤往锣面上一落，哐哐哐敲起来，围着场子转圈，边走边扯白口扩场子。不扩场子不成，人们都想往前靠，看清楚点，圈子就越围越小。

各位大爷大娘，叔叔婶子，兄弟姐妹，往后靠靠、往后靠靠，给把式们留点空子，一是耍得松宽些，再是别碰着大家。俺们是山东宁津黄家镇人氏，今天来到贵宝地，撂地卖艺，为的是讨口饭吃。常言道，在家靠父母，在外靠朋友，请各位父老乡亲多多捧场，有钱的捧个钱场，没钱的捧个人场。看着好你赏几个铜子，没多有少，没少你叫声好……

今儿诸位算是来着啦！来的你绝不后悔，不来的你指定后悔，听说的只能是囫囵白菜，看到眼里才是真……

铁猴提醒跛子：你小孩拉稀屎，还有完没完？

跛子故意哐哐哐又敲几下子，继续白话：今儿是我们吉家班的大把式大喜的日子，要不怎么说众位来着了呢！看，马上这位银枝姑娘，新娘子。看那位腰板挺直的后生，新郎小北风。小北风刮倒银枝树，银凤凰落在金梧桐上，现在咱就叫他俩拿出绝活儿来。

往后靠往后靠，打开场子好干活，四条腿的尥不开蹶子，咱就来两条腿的，看看新娘子怎么下马啊。

抱下来、抱下来。人群中一阵叫喊声。

跛子又哐哐敲几声说：抱下来那多简单，谁不会呀。来点高难度的，大家没看见过的，诸位上眼啦。场子周围顿时静下来。

只见银枝一提气，噌一下由坐姿变成站姿，两脚站在马鞍桥上，伸展两手臂做一个漂亮动作，就这一个动作，便惊着大家的眼球，别说从马鞍上蹦起来，坐在凳子上你蹦起来试试，很多人自信没这个能耐。接下来更是惊奇，银枝稍微往下一蹲，飞身而起，在空中翻一个跟头，头朝下跌向地面。啊！大家的眼球跟随银枝的脑袋落向地面，撞死啦！有人惊呼，张开的嘴巴闭不上。

小北风几步跨上来，一弯腰双手接住银枝的双手，往起一捞，把银枝送向空中，她在空中又翻一个跟头，两脚稳稳地踩在小北风的肩膀上。这几个惊险的动作连接在一起，一气呵成，干净利落，潇洒漂亮。传来阵阵叫好声。

吉三奎不住点头，这孩子成了，够得上大把式。金枝有些不屑，要不是跟了你吉三奎，我指定不比她差。吉武文咂咂嘴，可惜，晚啦。

跛子端着铜锣转圈收钱，嘴里不停地说谢词，谢啦您老，大娘您老辛苦，大哥别走啊，后边还有更好看的呢。接下来咱看看马童如何上马，你指定没看过。

红玉把缰绳甩给银枝，然后在地上接连翻几个跟头，银枝身子往下一蹲，红玉一下翻落在对方肩膀上，瞬间再翻跟头，身子飞向马鞍桥。她刚坐在马鞍桥上，银枝一甩马缰绳，那枣红马突然惊着，前蹄高高扬起，整个马身子半直立起来，红玉紧紧拉住马缰绳，稳坐在马鞍桥上。这瞬间的画面，要是拍照下来，指定非常精彩好看，可惜那时吉家班还没有照相机，只有上海等大城市有。

这次没像刚才银枝耍时，立马传来叫好声，而是停顿一下后，叫好声才响起。跛子又开始忙活起来，肩膀上斜挂的帆布兜子见鼓囊。

接下来是银枝耍叼花、走大绳，然后是铁猴看家本事追风双刀、漂子的大戏法、小北风的花叉等。

吉三奎的表情变化几次，心情复杂到极点，平日里大家可不是这么玩命地耍把，铁猴的追风双刀也很少露面，很吃工夫，说明这么多年来，自己并没有看透他，深藏不露。那刀法精湛得，只见刀影不见人影，一团闪亮光团在地上滚来滚去，令人叹服。今后还真得提防着点。

这样的火爆场面不多见，金枝心想，今儿的进项比平日只多不少，便对吉三奎说：不留下点儿？别让他们都糟蹋掉。

留啥？头发长见识短，这场合能留吗？再说我话已出口，若拉屎往回坐，以后谁还听我的，让大家好好吃一顿。吉三奎还算明白人，今儿他要是把昨天的话抿掉，真就不知道会闹出什么乱子来。

天黑下来，吉家班收工，围拢的人群渐渐散去。耍把了一天，大家都很累，心情却非常好，想到要舒坦地吃一顿，积极性比拉场子还高。

第五十章

大伙儿回到住处，吉三奎站在院门口盯着小北风和银枝，铁猴看一眼跛子，红玉用胳膊肘碰一下乔峰，漂子扛着刀枪把子，砰一声摔在吉武文脚下，吓金枝一跳。大家原本高高兴兴的，为何一下子都拉脸？跛子怎能不明白班主的意思，即便铁猴不提醒，他也该知道怎么做。忙对大伙儿说：醋熘白菜不够酸，那是少一道手续，国有国法家有家规，干咱这行的也有个规矩，新娘新郎去拜天地。

小北风和银枝走到院子中间站定，跛子的主持当仁不让，高声喊：一拜天地，二人赶紧对天地而拜；二拜高堂，吉三奎和金枝坐在北面的凳子上，等待受拜。小北风不情愿地弯下腰，银枝却腰板挺直站在原地，眯缝起眼睛，心里十分不快。她倒不是冲着吉三奎，人家是班主，应该受拜。但若要拜金枝，一百个不情愿，你算哪门子高堂，才比我大几岁，有啥资格做我的娘亲，就你做的那些缺德事，恨你还来不及。

这场面确实不咋的，铁猴也挠头，这可咋办？这不就是冷场子吗。红玉说我有办法，就在跛子连喊三遍，尴尬时，红玉走上前来拉住银枝，来到班主面前说：三叔，若没有你，银枝姐早就饿死街头，拜您老是正拜。银枝赶紧弯腰拜长辈。漂子忙把热茶端上来说：敬茶。

吉三奎接过去抿一口，很是受用，瞥一眼身旁的金枝，又不是滋味，这事整的，裂瓢了。金枝尴尬得直想哭，这不是故意给自己难堪吗，可这又能怨谁呢？吉武文看着这一切，恨得直咬牙。

跛子只想赶紧结束这个环节，喊道：夫妻对拜……

小北风和银枝对拜成礼，完成了简单的成婚程序。

快下厨房！跛子喊完最后一句。大伙儿哄然大笑。这句玩笑话虽然对新人不敬不恭，但事实却是如此，洞房在哪儿？这么多人等着吃喝，还得指望银枝忙活做菜，红玉搭把手。金枝骂道：活到这份儿上，还没见过这样成亲的，简直就是小孩过家家。

江湖儿女哪有那么多忌讳，走一路活一路，你没见过的多了，慢慢经历吧。不知为何，吉三奎今天特别低调，少了往日的霸道横气。

兜里有钱，没难办的事，这是跛子的信条。找房东借来锅碗瓢盆，再买点油盐酱醋，漂子带人到几户人家买来菜和面，价钱可能比平时贵点，此时却不能在乎多花几个铜子儿。银枝忙碌菜案上的活，红玉打下手，二十几口人的吃喝，又都是大肚汉，准备少了指定挨骂。既然吃一回，就让大伙儿吃个舒服、吃个高兴，这是银枝的话。铁猴摁一下跛子的破兜子说：北风兄弟的喜事，别抠抠唆唆，弄大方点儿。

那是自然、自然，只能剩下盘底子，不能成了光盘子，这剩下的银子，我给北风兄弟，让他置办点日常用的东西，咱当大哥的，就……唉，不说啦，年头不济啊，心里有点难受，怕嘬不住泪珠子。

铁猴还是第一次看到跛子伤感的样子，忙说：怎么啦兄弟，你这可从来没有啊。有啥事跟大哥说，咱老兄老弟可没外人。

跛子摆手：不说、不说啦，赶紧忙活着，别冷场。

喜宴摆在院子当中，没有桌子，没有凳子，漂子拿来一块篷布铺在地上，这叫兜底儿，但没有封顶，只能露着盖子，谁也没法把老天爷遮住。银枝和红玉把七大碟子八大碗端上来，在篷布上摆了一大圈儿，最后，红玉把那半锅白菜炖粉条直接端过来，下边支起三块砖头，哪个碗吃空了，直接到锅里盛菜。铁猴拎上来三坛子老白干酒。篷布中间那只小凳子上，放着一盏油灯。二十几人围坐成一圈儿，一场别致的夜宴开始了。边吃边喝边白话，手脚嘴不闲着，划拳行令祝酒兴，不时有人显摆一下自己的小把戏。打把式卖艺走江湖的人，谁没有几下子，不然没法在江湖上混。真的假的、白的黑的、实的水的、厚的薄的应有尽有。这就是江湖、江湖儿女。

跛子的嘴皮无人能比，死人能说活，本来是他输了，但他能让你把酒喝下去。漂子喝得不少，划拳行令不是他的拿手活，大声说，不玩这个了，你猜我右手里有没有？吉武文不屑：小把戏骗别人还成，小爷可不吃这套，没有。

漂子张开手指，手心里一枚铜子儿。吉武文感觉上当，只好把酒喝下去。

开始还有些郁闷的吉三奎，喝到这份儿上，心情好起来，见大伙儿如此高兴，也是吉家班的幸事，将来一定要做大，挣大钱。一想到将来，豪气便冲上来，傲慢地扫视着大伙儿，底气十足地说道：不是我夸口，在咱们这行里，我那是门儿清，甭想难住我。意思很明显，告诉大家，谁也甭在我面前耍心眼儿，我一眼就能看出你葫芦里卖的什么药。

铁猴用眼角扫视班主，心想，你也算是个老江湖，人外有人、天外有天的道理应该懂得，在自家门口耍横算什么能耐，你就是想以大欺小，懒得理你，把张开的嘴又闭上。

跛子怎能看不懂班主的意思，赶紧往前凑：班主，我这人吧，没多大本事，就是你身边的猪八戒，招招扶扶还成，降妖捉怪得指望孙猴子，可也不会给您老惹是非。

红玉想说话被银枝使劲抓住手，怕她又捅马蜂窝。她上来犟劲，挣脱开对方的手，端起酒碗说：三叔，咱那大车轱辘是多大尺寸的，轱辘上有多少块板，板子上有多少条接缝，上面有多少颗铁钉，您老可知？

吉三奎听罢怔住，这个自己还真就不知道，这小妮子不是让自个当场出丑吗，有心想骂她一顿，但这个场合发火不合适，自己确实不知道，不占理，憋下这口气又不甘，只好扔出一句话：吃饱撑的，谁数那些玩意儿。

铁猴望着班主那张猪肝子脸，这个痛快，让小红玉给出了口恶气。

金枝忙救场子：你问你三叔，你知道吗？

知道。红玉回答的干脆：八块板，八条缝，一块板上 21 颗钉，一共 168 颗钉。说完她把半碗酒喝下去，心想，不是红玉给你出难题，是这些年你对我太好了，好得我不能忘记你。

真是个有心的孩子，那个大车轱辘被你蹬了不知几百遍，没想到一下难倒班主。跛子自作聪明：班主是曹操割胡子，吓唬不守规矩的人哩，这点事怎能不知？

是杀鸡给猴看。小北风接话茬。

铁猴不愿听这话，讥讽道：割胡子是杀鸡吗，驴尾巴安在马腚上，不会说话你学着点儿。

小北风这才意识到自己说溜嘴，杀鸡给猴看这话，铁猴自然不愿意听，一抱拳：猴哥对不住，兄弟嘴臭，自罚一碗。端起半碗酒喝下去。

我要是记仇，早捶瘪你几回。铁猴说着看一眼吉三奎。

吉三奎清楚，能和自己较劲的只有这铁猴，话里话外都捎带上自己，今儿是借酒扎刺，必须先发制人，压住对方，转移话题，他向上翻翻眼皮说道：时势造英雄，不是吗，要是没有英国人的鸦片，哪来林则徐一世英名；要是没有秦桧那老家伙，怎么能显得出抗金名将岳飞。

红玉听出话外音，这是什么意思，尤其对方那种不屑的表情。他是说一件事情的好坏并不重要，关键是能成就一个人的英名，一个人奸恶也不是关键，重要的是给了一代名将成名的机会。至于什么忠臣奸臣，风波亭李陵碑，那都是一阵风的事。

我不这么看，也不这么想。红玉截住对方话头：流芳百世比遗臭万年强百倍，让大家骂个祖宗八代，连亡魂都不得安宁。

吉武文眼见老爹败走下风，手里摆弄着两块光洋，两块光洋夹住食指，拇指和中指无名指摁住两面，稍一使劲，突然撤出食指，两块光洋当一声碰在一起，这声音悦耳动听。令漂子小北风等人反感，吉大少爷不是来喝酒的，是来显摆的，生恨起歹心，这话一点不假。漂子和小北风嘀咕几句，小北风端起酒碗给少班主敬酒：少班主，你海量啊，来，我敬你一碗，今后多照顾照顾。这话对方很受用，端起酒碗：好说、好说。二人喝下去。小北风给对方斟满酒说：来，好事成双，我再敬你一碗，祝你发大财，你吃肉，给咱留点稀汤就成。二人又喝下去。

漂子给小北风使眼色，小北风转而给吉三奎去敬酒。漂子端着酒碗来到乔峰面前，乔峰第一碗酒才喝下了两小口，他不是不替小北风和银枝高兴，是心情被战友们带走了大半，不知道自己的部队打到什么地方，身体已渐渐恢复起来，不由得思念战友们，想得更多的是何时能返回部队。

来，大哥敬你，看你心事重重，就知道你想啥，车到山前指定有道，别想太多，走一步算一步。

谢大哥。乔峰端起酒碗喝一口，说道：兄弟我是过山客，本不该多言多语，但和漂子哥话投机，就来几句掏心窝子的话，兄弟我这一去，便可能没有再见时，还请大哥多关照红姐，都是同根生，皆是苦命人，拜托。乔峰把剩下的半碗酒喝下去。

漂子有点懵，看对方眼圈红了，不知何意，忙举起酒碗喝下去：兄弟，哥明白你的心思，指定照办就是，你想什么时候走？

我只能跟你说，随时。乔峰脸色阴沉。

这事来得太突然，漂子感到事情严重，必须抓紧告诉红玉。刚想转身，就听吉武文大声骂道：谁把小爷的袁大头摸去啦？赶紧交出来，不然可别怪小爷不客气。他目光从大家的脸上扫过，落在乔峰脸上，红玉见状反感地说：大喜的日子别整没用的，那玩意儿你稀罕，别人不一定稀罕。

谁敢说不稀罕？吉武文横气道：不稀罕才怪，两块大洋，赶紧秃噜出来，别等小爷动手。

吉三奎观察大家的表情，沉默不语，金枝忙给儿子做后盾：不交出来就挨个儿搜，别说不给你面子，本来都是行里人，不想把事做难看。

铁猴瞅一眼漂子，从对方目光里看出什么，也只有他能把别人兜里的玩意儿变到自己手里，他就是吃眼疾手快这碗饭的。其实这也不算什么，要是搁在别处，铁猴指定会出面干涉，现在不同，吉少爷的钱，拿就拿了。至于这母子俩要搜查，简直是笑话，若能从漂子身上搜到光洋，那他也就甭在这行里混了，说道：我看还是别动手的好，如果搜不出来怎么办？

两块大洋啊，必须搜。吉武文叫嚷着。

跛子和稀泥：搜也成，不过就别挨个儿搜了，你画个圈子，谁嫌疑大，就划到圈子里，你看怎样？

吉三奎说了话：这个办法行。他可不想让儿子惹众怒，这些人若不是自己摁着，儿子恐怕早就被他们整治残。

红玉非常反感，气哼哼地说：一锅好汤，让一颗老鼠屎搅和臭了。

吉武文指着乔峰说：你站出来，还有你。又指着漂子，一共指出五个人。五个人站在一边，等待对方搜身。

红玉气得拉住银枝的手说：作吧，不作不死。

有好戏看了，银枝预感不好。

金枝给儿子当帮手，开始搜身，漂子是第一个，搜遍全身，没有半个铜子儿，更甭说什么光洋。其他三人也是如此，四个人攥紧拳头，一股要和对方拼命的样子。现场只剩下乔峰了，吉武文把希望寄托在对方身上，来到乔峰面前说：自个儿拿出来吧，别让小爷费事。看到没，前四个人都没偷，指定是你干的，识相点儿。

乔峰实在是忍不下去，骂道：小辈，你把老子当成啥人，小偷、窃贼、大盗？也不睁大你狗眼看看，老子是北伐铁军，你把几块袁大头当亲爹，老子看不上眼，咱是从死人堆里爬出来的，流的血能淹死你，你搜搜试试？

乔峰这句骂人的话，捎带上吉三奎，他立感不爽，心想，这小子太张狂，老天爷不留你，这可怪不得我，正可借机撵走你，严肃地说：必须搜，谁也不能例外。

铁猴把单刀递到红玉手上，红玉会意地接过去，往前一站大声说道：好，既然三叔发话，那就得搜，不弄出结果来不能罢手，咱按江湖上的规矩来，赌一把，一根手指，若搜出来，就剁下乔峰的食指；若搜不出来，便剁下吉武文的食指，大家说公平不公平？

还未等吉三奎说话，大家齐声喊公平，就这么办。吉三奎虽然老道，可也不能不为儿子那根手指担心，金枝脸煞白，没想到这事让红玉这丫头闹大了，她从不埋怨自己，都是别人的毛病，这也是她和红玉银枝的不同之处。

吉武文认定光洋就在乔峰身上，现在说他涉世不深不够准确，毕竟跟随爹娘走江湖这么多年，也吃过猪肉、更见过猪跑，事情往往就是这样，一旦认准，八匹马也拉不回来，要不这一根筋的说法从何而来？若换个思路，他也应该能想到，即便刚才是乔峰偷走光洋，此刻也未必在乔峰身上，漂子小北风等人能坐视不管？吉武文就是吉武文，大声说：好，就赌一把，我来搜。

赌一把就赌一把。乔峰一挺胸脯说：你尽管来搜。

铁猴忙站到前头来，这个机会不能错过，他还真就怕吉三奎出来搅局，那样可就不好办了，说道：既然双方都赞成赌一把，那我就做个见证人，大伙儿说怎样？

跛子一伸大拇指：有铁大把式作见证，谁敢说个不字，开始吧。

吉三奎的感觉不好，通过对这些人的观察，总感觉哪儿不对劲儿，可一时又说不上来，事态发展到这种地步，自己也不好横加阻拦，只能顺其自然。

吉武文来到乔峰面前讥讽道：姓乔的，不是咱吉家班欺生，是你不该来，不该蹚这趟浑水，认头吧。不过我这人心软，你不是擅长使枪吗，我跟红玉说个情，不剁你的食指剁小指，咱买卖不成仁义还在。

哪儿跟哪儿呀，快点吧。跛子讥讽吉武文四六不懂。

乔峰没等对方动手，一伸双臂，唰一下把上衣脱下来，成了光膀子，一甩脚丫子，两只鞋飞出去，被小北风踩住，身上只剩一条裤子。吉武文捡起对方的褂子，认真捏把一遍，又翻过来抖落几下，然后捡起两只布鞋，翻过来调过去查看，还在地上使劲磕打几下，这才伸手从裤脚往上摸去，一直到裤腰。乔峰把裤腰带解开，使劲抖落，吉武文伸手在裤裆里捏把几下，脸色不再红晕，慢慢变成紫色，转而又煞白。

吉三奎和金枝都看出问题，这是要坏菜，不由快速转动脑筋，如何才能救下儿子那根手指，混迹江湖几十年，吉三奎见得多了，这种事情还真不好办，江湖有江湖的规矩，如大家都不能遵循这个规矩，就得乱套。

铁猴走上来，捡起上衣甩几下，递给乔峰，又把那双鞋踢过去，示意对方穿上，冷冷道：谁还有疑问，也可过来翻一遍，结果一样，也是一根手指。这话冷得让人听后起鸡皮疙瘩，没人敢吭声。他继续说道：大家都看得明白，不用我多说，乔峰身上没有半个铜子儿，他赌赢，吉武文赌输，红玉执法吧。

红玉右手握住单刀，唰一下一抖手腕，耍一个腕花，左手紧紧攥住吉武文的左手腕，使劲摁在凳子上，吓得对方直喊饶命，爹娘你们救救儿子啊，没手指咋伺候你们啊，红玉姐你高抬贵手啊。

漂子右手摸一下衣兜，暗自骂道，混蛋玩意儿，看你还猖狂不，总算有人整治你，真解恨，不让你出点儿血你怎能服气。跛子瞅着漂子，一撇嘴，心想，这局是你做的，吉家班除你，谁还能干得出来？漂子的目光和对方一接触，赶紧闪开，明白跛子已看破迷局。

金枝猛然扑上来，红玉抬脚一撩，金枝趴在地上。红玉气愤地说：自作孽不可活。说着右手扬起单刀。

等等。乔峰大喊，他知道，这种场合吉班主不好说话，吉家班其他人说话又不好使，自己若再不站出来，很可能给红玉和班主之间造成更深的矛盾，这可不是他想看到的，自己可一走了之，但红玉还得在吉家班待下去，他走上前来说：铁大哥，我能说几句吗？

当然，你是受害人，最有发言权。铁猴回答。

红姐，我看这事就到这儿吧，现大洋虽然不是我拿的，但此事却因我而起，我是外人，不想给吉家班带来血光之事，不知啥时我就要离去，更不想让众位老大，在茶余饭后成为话柄，红姐，能否给兄弟一个薄面？

吉三奎听罢非常惭愧，平日里小看了这个乔峰，这才是深明大义的真汉子，相比自己这不成器的孽子，强似百倍，不能不为其竖起大拇指。

红玉进退两难，她是真想剁下吉武文的手指，给其一个教训，不然不足以警告对方。可面对一脸真诚的乔峰，若不给其面子，显然不好，他转脸望着铁猴，铁猴冲她一点头。红玉这才松开吉武文的手腕，沉声说道：看在乔峰的面子上，暂且饶过你，最好别有下次。

吉武文赶紧给红玉连连作揖：谢红玉姐不砍之恩，以后不敢、不敢。

依我非剁下你狗爪子不可，去谢乔峰。红玉气愤地说。

虽然是乔峰说情放过自己，但吉武文真就不愿意谢对方，要不是这小子作怪，自己怎会受这个洋罪，但大面还得挡一下，不然爹娘的面子也不好看，这才从牙缝里挤出几个字：谢谢乔峰兄弟。

铁猴叹气，这是个什么人那，人家救下他，他还恨着人家！吉三奎你真能耐，生养出这么一个好儿子，你就等着享福吧！

乔峰没有说话，漂子上来拉着他走出去。大家辛辛苦苦忙一天，挣来这顿还算丰盛的晚饭，还是小北风和银枝的婚饭，就这么被吉武文搅和散了。吉三奎和金枝没趣地转身走出去，和谁也没打招呼，吉武文跟在爹娘屁股后面，回自己房间。

这顿饭吃得别扭，才吃一半便草草收场，大家该干啥干啥去。红玉领着银枝回到房间里，如此这般地安排完，然后走出来，铁猴站在门外，二人走出大院，向梁家沟前街走去。跛子领人收拾残汤剩饭，洗刷锅碗瓢盆。漂子在村前老槐树下，给乔峰赔不是，若不是自己偷吉武文的现大洋，也不会给对方惹来这么大的麻烦。

乔峰大度地笑了：这有啥？你们班子的事我不掺和，只是没想到少班主黑上我。一场乐子，过去啦。

漂子感到十分惭愧，掏出两块光洋塞给对方：兄弟拿着，不拿白不拿，他也不是好来的。

乔峰推辞道：不不，这可使不得，你自己留着吧。铁军叶挺独立团纪律严明，自己是革命战士，必须严格遵守纪律。

见外了不是，自家兄弟不分你我，拿着。漂子硬去掰对方的手掌。

不行，绝对不行，我们部队有铁的纪律，谢谢你的好意，自己留着吧，走街串巷打把式卖艺不容易，应个啥急的用得着。

漂子见对方死活不收，只好作罢：兄弟，以后如有用得着我的地方，绝不推辞半点儿。

两人你推我让，全没注意身后不远处站着的两个人，把这一切尽收眼底。铁猴说：乔峰要走。

红玉不由一阵伤感：北伐铁军才是他的家。不一会儿四个人走到一起，在大树下坐下来，一直聊到东方发白，红玉把房间让给小北风和银枝做了洞房。

第五十一章

转年秋天，吉家班路过家门而不入，转道直隶赵州。该地，民国二年（1913）已去州改县，现在也不叫直隶，去年，即民国十七年（1928），国民政府改直隶为河北省，百姓们仍然习惯称其为赵州。吉家班走进千年古城赵州，住进一家和记大车店。这个千年古城，晋为赵国，隋为赵州，民国才改称赵县，以天下第一桥赵州桥名扬华夏。

吉三奎想在此多停留些时日，齐鲁燕赵之地，是为故土，虽路过家门没停脚，但多少还是有故土难离之眷恋。那里有太多不敢面对的过往，遥望数百里之外的故乡，也是一种无奈的寄托。

有一个人却不这么想，路过家乡的这几天里，她越想越沉重，诸多的因素让她不得不做出选择。以至于走到赵州地界，她终于下定决心，要回家乡一趟。这天上午，大家住下之后，她和乔峰商议，一起回老家野竹李，给爹娘上坟，然后去黄家镇寻找玉儿姑姑，打听乔峰部队的下落。

乔峰此刻没有任何主意，只能听凭对方安排，前些时候他就想离开吉家班去寻找大部队，每每产生这种想法时，都被红玉劝阻下来。她认为，中国这么大地盘，你这样瞎闯乱撞，什么时候能找到部队，还是找个知情人打听一下为妥。

红玉告诉他，玉儿姑姑在北伐军里当大官，说不定会知道你们部队的行踪；再说，她一直在追踪宝儿干娘，也就是共产党人，你的部队在南昌起义，宝儿干娘或许知道内情，找到玉儿姑姑就等于找到了宝儿干娘。其实，这只不过是她的一厢情愿，结果如何她也不敢肯定。乔峰认为对方说得有道理，便同意一同前往，二人也可一路做伴，毕竟四五百里路程。

至于能不能在黄家镇碰到玉儿姑姑，这要看运气，过去她说过，不让红玉去找她，若想见到她，去老家黄家镇。红玉心里没底，只要有一点希望，就值得一试。乔峰也没什么好办法，这大半年来每次走州过府，都去打听局势变化，没能得到什么有用的信息，到处都在聚兵打仗，抢占地盘，烽烟四起。部队去了哪里？令乔峰不能不心焦。

入夜掌灯后，红玉来找吉三奎，说要回老家给爹娘上坟，时至黄家镇庙会，顺便去看看玉儿姑姑回来没有。就目前状况，吉三奎不希望有人离开班子，此行的目的地是关东奉天城，他怕的是有人一去不归。但是，对方说的这两件事，他都没有拒绝的理由，只好找其他借口：赵州距老家四五百里远，你一人前往我如何放心得下？其实他是担心铁笊篱、高拐子等人再节外生枝。

我陪红姐一起去，路上能有个照应。吉武文岂肯放过这么好的机会。

还未等红玉说话，金枝忙阻拦：你瞎掺和什么，一边待着去。当娘的怎不明白儿子的那点花花肠子，红玉是什么人，你吃不着腥，反会被这母老虎吃掉。儿子是她唯一的寄托，不能出任何事情。

红玉望着吉武文失望的表情，金枝的话正合心意，忙说：让乔峰跟我去，他没见过咱老家九月庙会那阵势，让他去见识见识。

吉三奎深思一下道：也好，替三叔给你爹娘上炷香，送点钱花。说着从衣袖里摸出两块银元递过去：拿着，路上当心点，擦黑就住店，日出再赶路，我在赵州等着你。

红玉接过大洋，告辞：谢三叔。没搭理金枝母子，转身往外走去。

红玉等一下！吉三奎把对方叫住：二人一马跑不起来，带上这匹黑马，每人一骑，明天起个大早，后天赶个晚集，落日前就能到家，早去早回。

这是红玉没想到的事，原本想，他不阻拦自己骑枣红马就是给面子，两人两匹马，自然是快了许多，忙再次感谢：还是您老想的周全，红玉谢过三叔，办完事立马返回。这大半年来，她感觉吉三奎较过去有些变化，是老了怀旧感强，还是不敢面对什么，不得而知。这次路过家门而不入，就不是他的性格，他已过知天命之年，算起来已五十有六，这个年龄对家乡故土应该是眷顾和留恋的。

大家得知红玉要回老家祭祖，并带乔峰去，很多人都有想法。谁不想回老家看看爹娘，不管是活着的还是死了的。离家这么久，望一眼爹娘的坟头，燎上几张纸，哭上几声也算尽孝。想归想，没有班主同意，也只能是想想而已。大家对乔峰给红玉当保镖，也没有太多的想法，两人平时走得挺近乎，还有就是他有一把能闹动静的鸟铳子，比飞镖好使。铁猴和跛子心里明白，这小子看来是要肉包子打狗，一去不回头。深夜，大家都歇息后，铁猴、跛子和乔峰三个脑袋凑一块，小声说话。

跛子对乔峰说：兄弟是身在曹营心在汉，不管走到哪里，别忘记还有个瘸老哥。

乔老弟是干大事的人，咱这小鸟笼子，怎能拢得住苍鹰？铁猴说。

乔峰对二人心存感激：承蒙二位老哥照顾，他日若能再见面，兄弟定当陪两位大哥不醉不归。

第二天一大早，红玉带上干粮和水，乔峰把包袱系在背上，大家还未起来，只有铁猴和跛子把二人送出门。铁猴抓住乔峰的手说：兄弟，什么时候想大哥，就回来看看，咱们虽不是亲兄弟，但毕竟嘴头上是拜了把子的，我就是你大哥。

跛子上前扒拉开铁猴的手，攥住乔峰的手说：兄弟，在外面混不下时，就回来跟二哥混，咱们虽然飘忽不定，四处流浪，可倒也落得个潇洒自在，天王老子也管不着。

二位大哥，乔峰感谢你们一年来的照顾，早就该走，我不能老是拖累大家。兄弟就是一个笨庄稼汉子，什么玩意儿也不会耍，总是吃闲饭，给大家添麻烦。我要去做该做的事，战场才是兄弟的归宿，那里躺下了我无数好兄弟。大哥保重，说不定哪天兄弟真落难，就回来找你们。乔峰眼圈红了：兄弟拜托大哥照顾好红姐，我这一上战场，枪子不长眼睛，说不定啥时就交代了，咱们下辈子再做兄弟。

铁猴和跛子把乔峰紧紧抱住，大声说：好兄弟，保重！

乔峰说罢飞身上马，铁猴对红玉说：早去早回，别让我们惦记。

红玉摆摆手：知道啦。二马飞驰而去。

铁猴的预感很不好：这小子就没打算活着回来啊。

人在江湖混，即是走刀尖，听天由命吧。跛子叹气。

红玉和乔峰打马前行，走官道时，路宽人稀，二马并行，走乡间小道时，二马一前一后，也不耽搁脚程，天黑前跑进武邑地界，没敢进城镇，在一个小村庄借宿歇息。走进一农家，将马拴在牲口棚中，石槽里加足草料，连吃带住和喂马，一并付了钱。二人借住一间偏房，一个大炕能躺下五六个人，两人坐在炕头上，中间摆放一个小桌，桌上摆一把粗瓷吊耳大茶壶，两只水碗里斟满白开水。一边喝水一边聊天，这铺大炕就是二人的歇息之处，面对情意深重的江湖儿女，男女授受不亲在这儿不好使。

红玉近乎绝望地望着乔峰问：兄弟，咱们还有见面的机会吗？

这、不好说。不是乔峰不想回答，实在无法预测前途如何：从浏阳出发时一起的十几个好兄弟，打到武昌后，只剩下四人。

那这次就是诀别吗？红玉很伤感。

这也说不准，北伐革命胜利，我不还活着吗？兴许我们还能见面。乔峰这话说得自己都没底气。

难道这就是天妒英才，红玉无法排解胸中的郁闷。乔峰不知如何劝慰对方，只好转移话题：北伐革命也是为实现国家实质上的统一，让百姓们过上好日子，铲除顽疾，实现共和，这是我们团长说的。

是啊，乡亲们的日子过得太苦了，世道太黑暗，一镇一村一地或许还说明不了问题，我们走遍大半个国家地盘，何地不盘剥、何处不哀鸣。红玉的心往下沉去。

朱门酒肉臭、路有冻死骨，唐代著名诗人杜甫的儿子被饿死，这是他向社会发出的怒吼。乔峰说：宋虽亡，但名将不死，岳飞文天祥千古留名。

红玉接着说：人生自古谁无死、留取丹心照汗青。这是当年孙二娘教给自己的。乔峰胸怀是如此宽大，倒显得自己何等渺小。

两人聊至深夜，依然无睡意，那张把二人隔开的小木桌，已不能成为阻挡两人的障碍物，两人相互依偎在一起，开始红玉依偎在乔峰的怀里，不知何时，红玉已把乔峰揽在怀中，两人个头儿差不多，若从性格上看，红玉豪爽霸气，不输给对方，其又大对方几岁，在她身上看不到半点小鸟依人的影子。

窗户纸发白了，房间里的东西在二人眼里，渐渐清晰起来。红玉喃喃地说：兄弟，咱不能为诀别做点什么吗？也许以后真要天堂相见。

乔峰紧紧搂住对方，把涨红的脸颊贴在对方脸蛋上，说：能留下的就留下吧，为了不遗憾。他松开双手给对方解衣扣，对方伸手给他脱衣服，然后两人紧紧抱在一起，两团烈火碰撞出激烈的火花。在异土他乡，一个平静的黎明，两人做成夫妻。二人又说一会儿悄悄话，开始穿衣，当乔峰看到红玉身下那斑点殷红时，产生一种内疚感，一种从未有过的恐惧感。一个不知何时就将离开这个世界的人，却把对方心灵揉碎了，这对她不公平。他双手抓住头发使劲乱拽，一个生死不惧的硬汉子，竟然泪流满面，嘴里不停地说，对不起、对不起啊。

红玉把他的头抱在怀里不停安慰，别这样，没事，好啦，你情我愿，不怪你。

从这一刻开始到乔峰离开红玉，他脸上没再有过笑容。

这天傍晚，两人绕过黄家镇，来到野竹李。红玉买来烧纸等祭品，给爹娘上坟，在乔峰陪伴下，不免悲伤一场。她跪在爹娘面前，把这些年来的悲惨经历诉说一遍，自然少不了吉三奎、金枝、铁猴、跛子等人，听得乔峰阵阵心酸心寒。红姐真是苦命人，这等磨难若搁在自己身上，早已跑没影了，谁还陪姓吉的玩到现在。二人在祖屋里过了一夜，极尽缠绵，彻夜不睡，一夜说了一年的话。第二天一早奔黄家镇而来，九月庙会，各路大把式带着班团蜂拥进黄家镇。红玉领着乔峰来到杂耍场，乔峰外行，看得眼花缭乱，红玉不停地解说。

哎呀，这不是红玉大侄女吗，这次怎么来晚啦？是吉老三记错时间吗？铁笊篱啥时不忘讥讽吉三奎几句。

栗叔您老可好？红玉给对方施礼。

好着哪，怎么你一个人？

我打前站，三叔随后就到，这位是我表弟乔峰。红玉给对方介绍。

铁笊篱这才注意到乔峰：好后生，看这身架子必是一把好手，咱们是一家人，以后多亲近。

乔峰强挤出一点笑意：还请栗叔多关照。

栗叔你忙着，我溜达溜达。红玉说着往前走去。铁笊篱望着二人背影沉思，吉老三什么意思？让一个女孩子打前站？不对劲儿，这吉三奎葫芦里卖的什么药？大伙儿都耍了好多天，他还未露面，这里面说不定有什么猫腻，他猜不透。

临近晌午，红玉和乔峰来到孙宅。一进胡同口，看到有两个人在孙二娘院门口溜达，乔峰警惕道：是谁的士兵？

红玉欣喜道：还能是谁的兵，玉儿姑姑带来的呗，走，说不定能探听到宝儿干娘的消息，跟我来。

二人牵马来到院门前，被两个士兵拦住，红玉大声喊，这是我家，凭什么不让进去，故意把喊声传进去。花果从里面走出来，对士兵摆摆手：听嗓门就知道是红玉妹子驾到，快请进。

从上次花果追杀宝儿，红玉对花果产生强烈的反感，看一眼对方说：你算哪根葱，还真不拿自个儿当外人，这不是你家，是本姑娘家。

花果尴尬一笑，比哭都难看：好好、我的大小姐，是你家、你家，快进去吧，处长等着你。

红玉暗自一惊，她怎么知道我回来？玉儿姑姑越来越让人捉摸不透。两人走进院子，把缰绳扔给士兵，推开北屋门走进去。玉儿穿一身红花唐装，头发卷起来，站起来迎接红玉。红玉更加看不透她，这是什么情况，过去一身军装，皮带上挂着手枪，一脸冷漠，现在怎么变成一副阔太太模样。

玉儿伸开双臂抱住红玉说：我的宝贝侄女，又见到你啦！想不想姑姑，快说？

想、当然想啦，不然我跑这几百里路回来看你吗？姑姑你这是嫁到哪个有钱大户人家啦？

不是有钱人家，是有权的人。玉儿有些自豪。

处长是国民革命军少将师长周成金夫人。花果已经是上尉卫队长。

玉儿露出几分得意之色，冲花果一摆手，对方退出去并关好房门。

姑姑，师长是多大的官儿，当官太太还抓共党吗？

这是一码事，不犯相。你不懂，来，坐下慢慢说，这位是？玉儿看一眼乔峰。

他是我表弟，三叔不放心我自己回来，让他给当保镖。红玉忙解释。

表弟？我怎么不知道，从谁那儿论来的？玉儿起疑心，吉家班的人大多她都认识，这个年轻人面生，腰板挺直，目光冷峻，像受过训练的军人。

红玉没想到对方竟刨根问底，正想回答对方，乔峰说话了：长官，我姨夫大舅哥的二表哥，是吉班主亲妹妹的三姐夫。

行啦，绕到河西去了。玉儿不耐烦地盯对方一眼。

红玉赶紧转移话题：姑姑，我想打听一下宝儿干娘的下落，你俩都是我的亲人，从小看着我长大，我想知道宝儿干娘现在怎么样。

玉儿的表情有些沉重，红玉说的是实情，她怎能不理解，虽然两人政见不同、信仰不同，但过去那段时光还是美好的，只是后来的变故，让二人背向而行。她认为这不是两姐妹的错，两人师出同门，手上都沾有对方同志的鲜血，已经形同水火，到见面必搏杀的地步。可红玉这孩子没错，应该让她知道一些情况，以免除她的思念之情。想到此，玉儿慢慢说道：红玉，你虽然长大了，但你不懂政治，这很好。姑姑希望你永远不要参与进来，过你平静的日子，这样你才能远离危险，明白吗？

姑姑我听你的，可是我想见到宝儿干娘。红玉执拗地说。

宝儿的事我知道得不多，前年夏天，北伐革命军一部分人，在江西南昌举行暴乱，你干娘参与其中，随后他们南下广东等地，在广州继续进行暴乱，遭到大力镇压，共产党人不甘失败，去年在两广两湖和江西等地，多次进行暴乱。一大股共党武装流窜到江西宁冈地区，搞什么打土豪、分田地，建立工农民主政权以及地方武装。那里山高林密，偏僻穷困，能折腾出什么名堂，没听说过哪朝哪代帝王将相出自那里。据我分析，你干娘可能在那些地方折腾呢吧。

乔峰一字不漏地听进耳朵里，这个国民党处长，又是少将师长夫人，跟红玉说得这些话不可能掺假，这次收获不小，有方向就不怕。对方将起义说成暴乱，他听着刺耳，革命起义是正义的，你们国民党滥杀无辜，才是制造暴乱。

红玉听罢心凉半截：这到哪儿找去啊？愁死人了。

所以呀，你就好好待着吧，我找到她时，会及时告诉你，你就别跟着瞎折腾啦，不然我也不放心。玉儿担心地说。

行吧姑姑，红玉听你的，你是朝廷命官，在衙门里当差，处长外加官太太，俺是你侄女，也能沾点光不？别人欺负俺咋办？

民国已多年，别总说这些前清的话，什么朝廷衙门，叫民国政府。我给你一张通行证，上面有我的签名；再记住你姑父的名字，遇到大事可拿出来一挡。

红玉接过通行证问：我姑父能管几个人，比你管得多吧？

玉儿乐了，看看眼前的傻侄女，还活在十几年前清末的岁月里，这样很好，她可不希望红玉倒进宝儿的怀抱里：管一万多人马，不少吧。

啊，管这么多人，大官儿、大官儿啊。红玉故作姿态。

好啦孩子，这次若不是那吉三奎远在赵州，我非把他撵走不可，这杂耍班子本就是你爹娘的，再让他操持一阵子吧，等我腾出手来一定给你正名，我侄女才是凌家班班主。

这些话说得红玉心里热乎乎的，没想到玉儿姑姑始终还惦记着这件事：姑姑，我们准备去闯关东，到奉天那边撂地，听说那边的黑土地踩一脚都冒油。

傻丫头，世上哪有这么好的地方？那边山东人不少，都是闯关东过去的，你们过去看看也行，到东北人生地不熟，撂地时小心点儿。玉儿提醒。

两人聊到快中午，玉儿留红玉二人吃饭，红玉忙推辞：姑姑，你忙你的吧，别耽搁你的正事，我出去转转，摊上的小吃也不错。

玉儿又盯一眼乔峰说：那就去吧，把这个拿上。玉儿拉开抽屉拿出十块大洋递过去：别省着。

姑姑，红玉不客气啦。红玉接过大洋揣进怀里。

跟姑姑客气那我就生气了，回去告诉吉三奎，让他好好照顾你，若被我得知不周，我和他算总账。

知道啦姑姑。红玉上前抱住对方，有点舍不得：姑姑，红玉再来看你时，希望给我生个小弟弟哟。

玉儿手指刮一下对方鼻头笑道：好吧，让你见到一对弟弟妹妹。

玉儿把红玉和乔峰送出房门，花果又把二人送出院门。二人向东西大街走去。玉儿对花果做手势，花果赶紧凑上来。

盯住他，抓活的，等他们分手后再动手，别吓着我侄女。玉儿阴沉着脸命令。

是，处长，红玉会不会找上门来要人？花果担心。

要什么人？你若连这点事都办不好，要你何用，暗中抓捕，死不认账。乔峰的人影在玉儿眼底，慢慢变成刑场上高呼共产党万岁的共匪。

花果忙点头：是，处长，属下明白。这么大的庙会，几万人糨糨糊糊，失踪个把人不是大事，花果转身走出去。玉儿把一块大洋抛起来，然后接住，查看是正面还是反面。

第五十二章

红玉和乔峰牵马来到大街上，向东走过来，走到杂耍场斜对面的关帝庙前，高拐子的当红把式柳叶眉一把拉住红玉，亲热地喊叫起来：红姐，咋怎么巧啊，在这儿碰到你！快跟我走，有话跟你说。

红玉忙说：柳叶妹子，啥事这么急，等我后晌再去找你成不？

不成、不成，这就去，咱俩多少年没见面啦。把嘴凑到对方耳边说：

高班主想见你。

这、我还有一个兄弟呢。红玉一指乔峰。

让他慢慢溜达吧，好吃好玩的多啦，在咱自个儿家门口，还能丢了咋的？柳叶拉着对方就走。

红玉对乔峰说：你在这附近转转，我到对面杂耍场，一会儿就回。

乔峰牵着两匹马，在人群里本就走不动：去吧，别耽搁饭时就成。

回来咱去吃好吃的。红玉走出两步又回头说。她一时疏忽，险些酿成大错。远处有一双大眼盯着这边，花果望着走进杂耍场的红玉背影，对手下一摆手，六七个人向乔峰围过去。此刻，乔峰正牵着马东看西瞧，一阵阵香喷喷的烤烧饼味扑鼻而来，他问烤烧饼的老大娘：大娘，烧饼多少钱一个？

老大娘转头一看愣住，乔峰不解，又问一遍，对方木讷地望着乔峰后面，乔峰感觉不对劲，一回头，三个当兵的站在背后，枪指向乔峰。

跟我们走一趟，别让我费事。花果冷冷地说。

乔峰扫视周围，才知道自己被包围了：凭啥跟你走？

凭啥？就凭这。花果的手枪指着对方脑壳：知趣的话，别让我绑你，那样对大家都不好，八个人若摁不住你，就别吃粮当兵了，牵着你的马走吧。

乔峰一时也没了主意，只期盼红玉快点出现，现在只有她能救自己，无奈之下，只好慢慢跟在花果后面向十字街走去。

一个年轻人快步向杂耍场奔过去，双手不停往后扒拉人群，来到铁笊篱跟前说着什么。铁笊篱三步并作两步来到高家班，两个把式迎上来，被他伸手扒拉到一边，径直来到高拐子面前，对红玉说：大侄女，出事了，你那个表弟被一个翅上的（官）带着几个冷子（当兵的）抓走，快去救他。

红玉一听急了：在哪儿？

关帝庙前，奔小十字街去了。铁笊篱回答。

红玉对高拐子一拱手，转身就走。高拐子没动地儿，暗自埋怨铁笊篱多事。红玉来到大街上，铁笊篱紧紧跟上，说：大侄女，我看这事扎手，人少办不了。当年老夫落难，是你爷爷铁掌凌出手相助，今儿大侄女有难，老夫岂能袖手旁观。对身后一摆手，铁桥三等人跑上来：桥三，你们几个跟红玉过去，谁敢欺负她，别留情面。

红玉来不及施礼，边走边说：栗叔，等摆平这事后，侄女请您老喝酒。

红玉和铁桥三等人抄近路向十字街奔去。花果等人走的是东西大街，街面上人流拥挤，熙熙攘攘，走两步退一步。红玉等人串胡同绕院子，很快就来到小十字街的十字路口，铁桥三的一个兄弟沿着大街往东折过去，很快返回来说，冷子已走到柳家铺子前。

铁桥三问红玉：红姑娘，我们都听你的，你说咋办咱就咋办。

铁大哥，咱先礼后兵，尽量不动家伙，把事办成就行。红玉说。

闯江湖还怕架梁子，在自个儿一亩三分地上挨欺负怎么成？铁桥三语气硬朗。

等乔峰牵着马走到小十字街前时，铁桥三等人上前把他和两匹马拉过来，挡在身后，红玉右手提着单刀站在几个当兵的面前。花果一看麻烦来了，赶紧对手下说：闪到后边去。

红玉反感地说：花果你好大胆子，连我表弟也敢绑？走，找我姑姑评理去。

这个结果可不是花果想要的，她也不敢把红玉惹到玉处长那儿去。这小妮子若在孙宅大闹一场，自己可真不好交差。

花果赶紧解释：红玉妹妹看你说的，我这不是碰上你表弟了吗，怕他对这里不熟悉，出什么事情，才让手下保护他，你别误会，姐姐是好心。

我看你是恶意。红玉指着对方：花果，你这已不是第一次，只要你愿意继续和红玉过不去，本姑娘奉陪到底。

妹子看你说到哪儿去了，姐姐怎么能和妹妹过不去，好啦，快去逛大街吧，好好看着你表弟，别再弄丢。花果不怀好意地一挤眼，带着手下向北走去。

铁桥三对红玉说：这些人已盯上你们，没啥事赶紧离开此地。

乔峰沉默无语，红玉说：谢谢桥三大哥，我们马上就走。

铁桥三对一个兄弟说几句话，然后带着乔峰红玉等人向大街东头走去。走过奶奶庙和尚坟，来到南北官道上，铁桥三低声对红玉说：有两个冷子盯着你们，赶紧走，我挡住他们。一个兄弟把一个包袱递上来，铁桥三接过来递给红玉：先赶路，找个僻静地儿再吃饭。

红玉赶紧给对方施礼：小妹谢桥三大哥，代我问栗班主好。

待二人上马后，铁桥三还在嘱咐二人：这伙人不是善茬，路上当心。

红玉谢过铁桥三等人，飞马而去。这次遇险，让乔峰再一次感受到这些江湖儿女的侠肝义胆。红玉一直把乔峰送进平原地界，两人没有下马，只是在马上拉住对方的手掌，没有深情话别的语言，只有恋恋不舍的对视、含泪的眼圈，然后猛然分开，红玉调转马头，一南一北，飞驰而去，二人只管往前奔去，没有再回头。

红玉绕过黄家镇，直奔道口街，过四女寺减河，奔赵州而去。

自打红玉走后，吉三奎总感觉有什么大事要发生，铁猴带着大家在赵州撂地拉场子，几天来进项也不怎么好，赵州距离沧州德州不远，这里不缺打把式卖艺的班子，走挑子背包袱的常见。这天傍晚，铁猴等人刚刚走进大车店，就见红玉疲惫地出溜下马鞍桥，一脸伤感。

铁猴望着红玉，相由心生，走时成双成对，回来孤独一人，怎能不伤心？忙上关切地问：红玉姑娘，一切顺利吗，赶紧回去歇着。

漂子不知情，大声问：红姐，咋单蹦了，乔峰呢？

跛子抬起那条短腿踢过去：闭上老鸹嘴。对红玉说：还是先去见过班主。

漂子接过缰绳，拉马走进后院，把缰绳拴在石槽上方横梁上，端来一筐草料喂上，这才往前院走去，边走边寻思，刚才的话哪儿不对呢？

铁猴对红玉说：黑马不见了，班主肯定发火，不管他怎么着急，你都要忍着，过一段时间他就忘了，再怎么说也是一家人。再说，乔峰这一走，也去他一头心事，他怕沾上通共的嫌疑，被玉处长找上门来，我跟你去见他。

红玉无精打采地说：猴叔，我很累，真的很累，三叔爱咋的咋的吧，有本事他把我也撵走。

傻孩子说傻话，他怎能赶你走？猴叔陪你去，顶多发发脾气拉倒，没啥了不起的。铁猴几乎是拖着红玉走进吉三奎房间的。

吉三奎望着站在门口的红玉，并没有感到奇怪，淡淡地问：回来啦，没啥磕碰吧？

乔峰走了。红玉答非所问。

还未等吉三奎答话，吉武文高兴起来：走了好啊，要不也跟个楞子是的，竟吃闲饭、睡闷头觉。

金枝撇嘴：以后呀，咱就不能养闲人，又不是做的啥大买卖。

红玉被二人念得心烦气躁，刚想反击，铁猴插话：乔峰把黑马骑走了，红玉姑娘追半晌也没撵上。

啥？把黑马骑走啦！吉三奎一听火气上来，啪一拍桌子喊道：你说你这孩子，咋这么不省心，回去一趟就弄丢一匹马，咋没把你自个儿丢了！知道那黑马有多重要吗？别看它是个牲口，比一个人还管用，你们谁去拉大车试试，走南闯北下关东，咱还指望着它出力，你可倒好，一句话弄丢了。

红玉几次想辩解，都被铁猴阻止，站在原地任凭班主数落。

金枝很会看火候，立马添柴火，把水烧得滚烫：这可不是小事，黑马值个大价钱，我看得扣她半年的账，一来让她长长记性，二来咱还得再买个骡子，这么多家伙什，总不能扛着闯关东吧。

红玉气得一跺脚，真想上去踹她两脚，又被铁猴按住。

吉武文假装好人：别价，娘，这样不好，不给人家大姑娘留下俩零花钱怎行。

就这么办，先扣半年账，回去吧。吉三奎把先字加了重音，好像是说你若不服气，还要重罚。

扣就扣，你还能把我饿死咋的。红玉一甩脸子，转身走出去。铁猴忙说：三哥你消消气，别跟孩子一般见识，红玉姑娘也尽力了，追半天没追上，这事就翻篇吧，扣她半年账也能抵个骡子，不亏本。黑马老了，也跑不动了。铁猴一番话给对方消气不少。

吉三奎说：等一下咱哥儿俩去喝两盅，赵州北大街有一家酒馆，那儿的陈年老白干不错，醇香味浓。

这可是铁猴想不到的事，对方很少叫自己去喝酒，这是多少年一遇的事：好好，三哥我在外面等你。

不一会儿吉三奎走出来，铁猴等在大车店门口。两人往北大街走去。客来顺酒馆，门前挂着幌子，两间不大的店面，门左边蹲着一个半人高的广口酒坛子。吉三奎对小二一摆手，径直走进去，坐在靠窗子的八仙桌旁。小二像对待熟客一般，左手拎着茶壶，右手从肩头抽下抹布，摁在桌上熟练地一转悠，然后把扣在桌上的茶碗翻过来，边斟茶边说：二位爷，先尝尝这茉莉花茶，还是老三样，不加个凉拌？

你看着弄吧，麻利点。从来到赵州城后，吉三奎每天都来喝一壶。小二用托盘端上一壶老酒，两只酒杯，很快就端上四碟小菜，一碟花生米，一荤一素，比平日多一碟凉拌秋黄瓜。摆好酒菜，小二恭敬地说：二位爷，慢用，有什么需要尽管招呼小的。

吉三奎一摆手，小二知趣地退去。两人的脾气性格不投，刚开始还能把持住自己，你擎我敬，喝了几杯酒后，干脆自斟自饮。都说酒桌上的话听不得，都是醉话，但这会儿两人说的没有半句醉话、不清醒的话，虽然那壶老酒快见底。吉三奎拿起酒壶给自己斟酒，酒壶底朝天后滴答出来几滴，喊道：小二？

小二赶紧几步颠过来笑脸相迎：二位爷，需要什么您老说话。

再来壶酒。吉三奎正喝在兴头上。

好嘞，您老稍等。小二一路小跑进柜台后面，拿着酒壶来到桌前，给两人斟满酒杯，说道：二位爷慢用。转身离去。

兄弟，你也四十大几了吧，该成个家啦。吉三奎从碟子里抓起几个花生米扔进嘴里。

可不是嘛，真快啊，三哥你也过了知天命之年。铁猴没有直接回答对方的问题。

吉三奎不由感慨：一晃老喽，折腾了几十年，也没能攒下几间房、几十倾田，这日子过得，愧对祖宗先人。

三哥，说句掏心窝子的话，咱哥儿俩甭管怎么难，还能混个起来倒下，看看聚财大哥和红飞大嫂，早早就走了，这上哪儿说理去？铁猴的话像一把刀子，直捅进对方心口窝。

这是吉三奎最不愿意提及的话题，他白一眼对方，你小子是故意提那把不开的壶，漫不经心地说：世事无常，事就怕摊上，让他两口子摊上了，神仙也没办法，这就是命，不认不行。

铁猴盯住对方那张猪肝脸，看来还得往锅底下加把柴禾：我听说二十年前红飞嫂子跑马趟子，有人故意把小红玉推上马道，可有此事？

听谁说的，这不可能。对方立刻反驳：这都是那些扯老婆舌头的人瞎扯淡。

铁猴见状紧盯一句：聚财大哥去见族长前，是不是和你见了面，没留下啥话？

吉三奎正咀嚼着一口菜，听到这话被噎得一嗝，使劲咽下去，两只猩红的眼珠瞪着对方，仿佛要从对方脸上透视出其心里的想法，一个可怕念头出现在脑海，难不成二十年前他在跟踪自己？太可怕了，这铁猴就像孙猴子一样，怎么什么事都瞒不过他：师哥那臭脾气谁能拦得住，气呼呼闯进族长家去理论，哪儿顾得上跟我说什么。

吉三奎这种说辞，根本无法让铁猴信服，其实他也不是想让对方承认什么，把自己的想法告诉对方，目的就已达到。

唉，多好的两口子，说没就没了，可怜红玉这孩子，命苦啊。铁猴说：三哥，以后多照顾着点吧。

吉三奎点头，对方这半晌话的意思就是这个，你绕这么大弯子不嫌累，这才轻松地说道：你当我真扣她半年的账？吓唬吓唬拉倒吧，年底该咋算还咋算，不过得给大伙儿提个醒，以后谁作业祸得自个儿兜着。

我就说嘛，三哥怎能这么小心眼儿，跟个小孩子置气。还是那句话，年龄不饶人啊，以后有啥事你尽管吩咐，铁猴自当全力。不过，还是那句话，我可不是跟你争什么，你的就是你的，我分文不取，江湖规矩不能坏。铁猴说了两句还是那句话，吉三奎怎能不明白，二十年前对方就说过同样的话，二十年过去，铁猴并没有食言，这是一位信得过的铁哥们儿。他把酒杯举到对方面前说：兄弟，三哥不信你信谁，既然把话说到这份儿上，三哥也不是小气人，以后给你按两个账算，不能让你白操持。我知道你在绿林道上有一号，若亏待你，别人会说我吉三奎不仗义。

二人越说越热乎，越套越近乎，一年半载在一起喝不了一次酒，竟然有酒逢知己千杯少的感觉，连喝了四壶老白干，铁猴倒没啥，吉三奎撑不住了，晕晕乎乎走路趔趄，开始铁猴搀扶着他，后来干脆背起来回到大车店。

金枝非常反感，为啥你铁猴没喝醉，显然是你把他灌醉的。这是没有过的事，这么多年来，吉三奎酒是没少喝，但醉成这样子还是第一次。红玉赶紧上来帮忙把吉三奎放在炕上，金枝将红玉扒拉到一边，冷言冷语相加：滚一边儿去，假惺惺的。

铁猴甩手给金枝一耳光，骂道：今后谁再敢动红玉一指头，我他娘就剁下他狗爪子。吉武文见娘亲挨打，挥拳头来打铁猴，红玉飞起连环腿，将其踢倒在地，说道：你不要命啦，敢跟猴叔动手，滚。

吉武文爬起来躲到屋外。他知道，红玉没说假话，在吉家班还没有人敢跟铁猴动手，就是老爹也让他几分。幸亏挨红玉两脚，要是换成铁猴，自己的胳膊腿得遭大罪。

红玉搀扶着铁猴往外走，铁猴回头继续骂着：金枝你听着，别怪老子不给你面子，你太宠惯这个小兔崽子，早晚有一天给你惹灾祸，让你断子绝孙。

金枝不由得哇哇大哭，红玉大声喊：别号啦，这是大车店。金枝才渐渐住声。

自打吉三奎大醉一场后，就像变了一个人，在众人面前，不再咋咋呼呼，不再仗势欺人，有一点没变，只管大事，小事不理，由铁猴和跛子看着办。在赵州城停留八天之后，一行人起程往北赶去。

第五十三章

关东啥样？吉家班的人都不知道，听江湖传言最多的是铁猴和吉三奎，真糊涂假明白的是跛子，其余的人都是听喝的。真正到过关东的是小北风，只不过他是在娘怀里闯了个来回。原来是想从承德进入东北，铁猴经过多方打听，又和吉三奎商议，决定不下天津卫，不走皇城根儿，直奔山海关。

黑马被乔峰骑走后，又买来一个黑骡子，小北风赶着马车，金枝吉武文吉三奎等人依旧坐车而行，铁猴跛子等人跟在马车后面，红玉独自骑枣红马走在最后。从赵州出来后，一行人便没再有大的停顿，尽量避开大城镇，赶到较大的村庄时，歇一晚上，第二天撂地耍一场，然后继续赶路，一路走一路耍，挣个盘缠钱没问题。这也是吉三奎想要的结果。

今年全国各地都不怎么消停，很多地方在动刀兵，各路军阀争抢地盘，打得你死我活，江湖上传得沸沸扬扬，也不知道谁真谁假，谁对谁错，闹得烽烟四起、民不聊生，遭殃的是老百姓。

关内战乱不断，关外应该消停，这是吉三奎的想法，可在赵州听说，东北王被炸死了，看来这关东也不安稳。跑江湖的喜欢到没去过的地方挣钱，至于是不是不去不后悔、去过就后悔的事，只有干过才知道。吉三奎带领大伙儿来到山海关前，他望着宏伟高大的关城，突然产生一种从没有过的感觉，来错了？出了这座关隘往东走，就是关东地界，很快就可以通关并真的闯关东，此刻不知为何，竟然有些犹豫，面对这座传说中的天下第一关，那十几丈高的城楼，他竟驻足不前。他的感觉很不好，竟然想到这一出关，是不是还能回得来？他虽然没到过此地，却听师父说起过，师父祖上曾有人从军驻扎这里，据说是明朝时期，至于是袁崇焕或者吴三桂的部队，不得而知。

他想起师父说过的一句话，西出阳关无故人，东出山海关也无故人。虽然不知师父是啥意思，但自己就要出山海关，心境为何这样差，闯关东是多年来的想法，走遍大半个国家，就是想到人们传说一脚能踩出油来的黑土地上去挣钱。

三叔，要不咱往回折吧？下天津卫走皇城根儿。红玉两眼盯着高大的城堡，也产生同一种莫名的感觉。

吉三奎从城楼上收回目光，没想到红玉和自己的想法一样，这更增加自己不想往前走的理由。近年来，他的一些想法在慢慢改变，譬如各类大把式技艺传男不传女、传自家人不传外人等。儿子在他心目中已经失去应有的地位，吉家班的未来在渐渐向红玉身上转变。甚至有一种，吉家班将来应该回归凌家班的念头。

向东迈出这一步怎么这么难？多年来不就是想闯关东吗，现在是怎么啦？吉三奎自言自语。

三叔，侄女也想不明白，开始感觉来到这里是对的，现在不向东走也是对的，不知为何。红玉心情很复杂。

吉武文咋呼道：什么乱七八糟的，赶紧走！出关门就是关东，来都来了，杵着干啥？走啊！

金枝也催促：快走吧，都说关东有三件宝，人参貂皮乌拉草，看看前边那么多人出关，随大流不挨揍。她催促小北风赶马车：快跟上人流。

跛子来到吉三奎面前说：咱来一趟不容易，走慢点仔细看看，三哥，这不单单是座城门楼子，是一座城池。

吉三奎见大伙儿往前走去，自己也跟了上去。红玉走上来对铁猴说：看样子三叔不想出关。

往前走吧，甭管他，很多事情他自个儿也说不清楚。看得出，铁猴的心情也不轻松。

出了山海关，人们不知不觉放慢脚步，不只是吉家班的人，走在前边的人也慢下来。吉三奎对跛子说：往前是山路，走慢点，咱们直奔锦州府，这边的村庄没有咱那里稠密，小屯子不撂地，没啥意思。

好的三哥，依你说的办。红玉和铁猴也赶上来，几个人紧跟在马车后面，不像是在关里平原那样，人流稀稀拉拉的距离挺远。前边后面都是推车的，肩挑的，背包袱的，闯关东的人。

听师父说，这一带过去属于燕云十六州辖地。每到一地，吉三奎很少和大家聊和此地相关的话题，现在一反常态，围着山海关说起来没完没了：再往前走是辽西地界，师父年少时也曾闯过关东。

红玉插话：我也听奶奶说过山海关，明朝末年，有一位女将军叫秦良玉，镇守山海关，内平叛乱，外抗敌兵，有勇有谋，有胆有识，巾帼不让须眉，连朝中很多大将军都对她敬佩不已。

对这山海关，我是从周瞎子哪儿听来的。跛子不会错过显摆自己懂得多的机会：明朝大将吴三桂，冲冠一怒为红颜，把清兵放进关内，与那草莽英雄李自成，大战山海关。吴三桂就为这么一个相好的，恐怕连个姨太太都算不上，把大明江山扔脑后，他这一发怒不打紧，历史被改写啦。

红玉听着不舒服，反驳道：也不全是这样吧，当年李自成招降吴三桂还是有诚意的，那吴三桂也准备归顺，只是李自成手下将吴三桂的亲爹抓住，吴三桂这才把家仇变成国恨，打开城池放清军入关。至于大顺军大将刘宗敏抢走陈圆圆一说，真假谁知道？若真如此，想这明朝大将军的气度胸怀也不咋的。吴三桂的结局也不好嘛，虽拥兵自重，自立为王，重新打起明朝的旗号，让大清皇帝睡不踏实，后来还不是被三藩平定，落得个汉奸的骂名，命丧黄泉。早知如此又何必当初？

你那个孙二娘奶奶知道得这么详细，真了不得。跛子羡慕道。

铁猴回头望一眼远处的山海关城堡说：要我说这吴三桂就是被李自成逼的，你抓了人家的老爹和相好的，人家焉能不反，这事搁你身上试试？当然，咱不是人家，想得也没那么多，为老爹和相好的，弄丢了江山社稷，是折腾过了点儿，很多事谁能说得清楚。

袁崇焕和吴三桂，那都是明朝的顶梁柱。吉三奎说：听师父说，他们统辖的关宁铁骑，那都是朝廷的精锐之师，和京师的御林军一般强悍。

红玉指着远方说：看，那儿是孟姜女庙。

一位当地老人指着那座山说：那就是望夫山，也叫凤凰山，山脚下的村庄是望夫石村。一看你们拉家带口的，就是关里人，听说过孟姜女万里寻夫、哭倒长城的故事吗？

听说过，俺奶奶给俺讲过。红玉望着远处的村庄说：那孟姜女庙是不是也叫贞女祠？

对对，说得对，看来你知道得不少。老汉回答。

跛子走上来瞅一眼这不起眼的老者问：老大爷，愚下有一事不明，想请教一二，不知可否？

老人家看一眼跛子，看穿戴不像教书先生，怎么说话还之乎者也味的，忙回答：问吧，只要老汉知道。

听说这山海关是明朝洪武年间建成的，属于明代长城一部分，是这么回事吧？

老者没加思索地回答：是这么回事，当时筑城建关设卫，见这里依山襟海，所以起名山海关。你们看到东城门上那块巨大的牌匾吗？天下第一关，据说那是民族英雄文天祥写的。老者自豪地说。

跛子继续问下去：这有点儿对上不茬子，山海关长城是明代修建的，孟姜女的故事是秦始皇修建长城时期的传说。她哭倒的应该是秦长城，怎么会是明长城？相隔一千好几百年哩。

红玉也盯一句：老大爷，这是怎么回事？

老汉被问住，片刻之后又说：那座孟姜女庙就是真的，她哭倒长城也有这事，可是谁也没见过，是秦朝的还是明朝的，谁知道，我就这么一说，你就这么一听。

铁猴说：对对，大爷你说得对，就是这么回事。

跛子瞪一眼对方，什么对对对，你知道个啥，瞎掺和。红玉心想，那孟姜女哭倒的长城是秦始皇修建的，这山海关长城是朱元璋修建的，不是一码事。

吉三奎大声对后面的人说：紧赶几步，到二道沟子再歇脚，从这里到奉天城，少说也有千八里脚程，下雪前得赶到那里。

三天后的傍晚，吉家班来到辽西二道沟子，这是一个不大的镇子。关外和关里最大的不同之处，就是地广人稀，鲁西北是大平原，从这村子能看到那个村子。这关外不行，走个十里八里，不一定能见到村寨，更不用说能看到村庄。山地居多，在远处的山坳里，有时能看到几户人家，但若想走过去，没有个一日半晌甭想。红玉想，这可能就是望山走死牛吧：三叔，咱尽量走官道，看那些弯弯曲曲的小山道，马车走不过去。

行，走官道，没有大车可不成，关键时候它还能遮挡风雪。吉三奎赞成。

二道沟子有百十户人家，铁猴去打听得知，这还是远近闻名的大村，再往前走，少有这么大的村子。村子里的人大多以打猎为生，也有一些人往来于关里关外做皮货生意，这离山海关一百几十里路程。

三哥，我打听一下，这里有一些咱山东过来的老乡。我看咱住下，明天撂地拉场子耍把几场，出关以来，还没正儿八经地耍，老是小打小闹，也挣不了几个大子儿。铁猴对吉三奎说。

吉三奎叮嘱对方：兄弟，这儿不比关内，咱初来乍到，人生地不熟，山高林密多是非，我不说你也知道。你祖上走镖也到过关外，草上飞、云中龙、座山豹子的故事也听说过吧，小心驶得万年船。

三哥，小心无大错的道理我懂，这村上的大户人家都有炮手护院，听说大股的绺子在七八十里外的龙虎山上，一般不来这里。十个八个人的胡子，咱也不招惹他们，即便动起手来，他们沾不着啥光，咱打把式卖艺，这身功夫不吃素。

吉家班在一户祖籍胶东的老乡家中住下，大院周围扎着人头高的木头篱笆墙，二十几个人挤在三间房里，凑合几宿便继续赶路。

老乡家主人叫陈老六，五十开外，祖辈上来到此，胶东口音早已被东北口音所代替，一家五口人，两个儿子，一个上山打猎，一个往来于关里关外做点皮货生意，日子过得还算不错。老两口守着一个七十出头的老娘，在院子外那片稍微平整的土地上种点苞米。家中有一挂马车，有人雇用时，陈老六便出门拉脚，还能挣点零花钱。

虽为老乡，吉家班也不能白吃白住，每天给陈老六食宿费，陈老六说山东人豪爽侠义够朋友，给几个铜子儿意思意思就行，要多了传出去好说不好听。陈老六小儿子叫陈海林，二十有四，是远近闻名的好猎手，每次上山，很少空手回来。他有一个嗜好，喜欢赌几把，用他自己的话说叫能挣会花，有时回来早，便到那几家大户中去赌牌。在这些赌友当中，他的运气一向不错，经常是本弄腚，什么意思？就是一般能找个来回点儿，输不多少，也赢不多少，他管这叫自己的偏门。

这天傍晚，陈海林打猎回家，得知来一帮山东老乡，便过来认识认识，本就自来熟的他，和吉武文没过几句话，便成老熟人。陈海林得知对方是少班主，便动起歪心思，此人身上定有不少油水，便把村里的好去处吹嘘一番，哪家的酒好喝肉好吃，谁家有暗门子姑娘俊俏，哪家有一翻两瞪眼的牌局，听得吉武文心里直痒痒，这些都合自己的心思，看来这关东的地儿确实好。

铁猴等人来到村中间一块还算平整的空地上，跛子的铜锣一响，各家的大人孩子都走出家门围上来。红玉对银枝说，关外的乡亲们都好热闹，一有动静都出来捧场，在咱那儿，有时你就是把锣底砸打破，也没几个人出来凑热闹。

小北风和漂子拉大绳，把一根大绳拴在两棵大树干上，小北风先拴好一头，然后过来和漂子一起把大绳绷紧，一个百十斤重的人在上面做动作，大绳不能塌腰子。银枝近来身体不好，这活只能由红玉来干，大绳拴得人头高以上。

人越围越多，不一会儿空地上聚集百十口子人，抱孩子的小媳妇说，俺好多年没看打把式卖艺耍玩意儿的。领着孙子的老大娘说，关里俺老家常有背包袱撂地的，那玩意儿耍得可好看了。俺梁山那儿的武把式真格叫绝，指着刀枪把子说，看看，他们这儿也有，一准儿也耍。

跛子不停扯白口，念得一些老乡心里热乎乎的，红玉走到大家面前亮相，然后下腰翻了一个跟头，小北风趁机接住对方的双手，猛地举起来，红玉倒立在小北风头上，他举着红玉围着场子转一圈儿，然后来到大绳前，红玉双腿弯曲，两脚慢慢踩在大绳上，伸展双臂，慢慢上下摆动，作寻找平衡的样子，在大绳上走一个来回。场外开始有人喊，这算啥，来个绝活儿。另一个人喊，翻个跟头。

跛子赶紧配合红玉，各位父老乡亲，饭要一口一口吃，水得一口一口喝，心急吃不了热豆腐，压箱底的总得留在后头，好看的来啦……

红玉下腰在大绳上劈一个前后叉，又慢慢把腿自然收起来，这下没人再喊，有人说，会看的看门道，看到没有，这种从平叉慢慢收起来，然后再站直身子，这功夫可不是一般人能做得来的，谁要不服就地试试。另一个也说，在铁城子我看过耍把式的，劈叉不算啥本事，邻居张三也能劈下去，但是，气死他也站不起来，这功夫就在慢慢把大平腿收成站直身子。

铁猴望着众人，这里还真有明白人，接下来的玩意儿需小心，要砸玩漏可不好交代。虽然说常在河边走不能不湿鞋，可这关外第一站就是不能出问题。

吉三奎走过来说：盯紧点儿，别出阵乎，很多从咱那边闯过来的乡亲们，多年没看了，告诉大家卖卖力气。

三哥，我心里有数。铁猴回答。

红玉开始在大绳上翻跟头，接连翻两个跟头，单脚踩在大绳上，双手伸展开来，然后抬起左腿，姿势优美，动作潇洒，人群里开始叫好，就在大家瞪大眼睛盯住漂亮的红玉时，她腿一软，右脚踩空，身子向地面坠下来，有人吃惊地喊出声来，啊——哎哟——坏菜啦！

眼球跟随红玉往地上掉去。就在红玉屁股落在大绳上那一刻，突然身子向上飞起，瞬间右脚踩到大绳上，然后再换左脚，像走翘板一般，左晃右晃走一个来回。这下人群里沸腾起来，叫好声迭起，拍巴掌的、跺脚的，议论纷纷。有的说，你以为人家真失手，笑话，没这个把握能走江湖？还有的说，差点把心眼吓出来，别说你不害怕，你那是装的。你就吹吧，你上去试试，你要是能走两步，我把眼珠子抠出来当泡踩。

红玉从大绳上翻跟头下场。跛子反端着铜锣收钱，叮当叮当，各种铜子儿铜板扔进锣底，砸的响声很是受听，跛子那张巧八哥嘴和转轴脖子，不住点头道谢，转了大半圈，那面铜锣里便装满了铜钱，他掀开挂在肩膀上的破兜子，右手一翻铜锣，哗一下倒进去，又从对面扔过来几枚铜钱，他一张嘴叼住一枚，右手伸出铜锣，当一声一枚落进锣底，另一枚铜子儿被左手接住，这等功夫，连被大家称作神手哪吒的漂子，都直咂嘴，幸亏腿瘸，不然吉家班装不下他。

吉三奎满意地笑了，对红玉说：你和银枝辛苦一下，晚上咱吃猪肉炖粉条子。

行，三叔，一会儿我去准备准备。红玉回答。

接下来小北风和漂子先后耍起来，铁猴扫一眼场子里外，吉三奎和金枝都来了，独没见少班主，心想，吉武文你小子可别给你爹做事，这里不是关里，人生地不熟不说，占山头绑票打劫砸窑子的没少听说，你要是作死，谁也救不了你。

第五十四章

铁猴虽然想到了这儿，却也没想到事情来得如此之快。令他哭笑不得的是，这件事情还是他出面摆平的，少班主作出事端，他拼了半条老命去救的人家，反过头来人家还不领情，一想起来就恨得牙根疼。

这事还得从头说起，就在铁猴念叨少班主的空儿，吉武文和陈老六的儿子陈海林来到刘老五家赌钱。说起刘老五，在二道沟子没少遭人恨，可是离开他又不行。他是二道沟子有名的赌棍，家里开着赌庄，这个赌窝子不在地面上，在他那几间大北房的地下。卧房地下挖一个大地洞，有七八丈的空间，宽敞明亮，四周点起油灯，几张木桌摆在地上，十几个人围在桌子周围，旱烟袋、洋烟卷，还有嘴里叼着卷成喇叭筒子的关东烟，沤得地洞里烟雾燎烧，从后院地上的两个通气孔里，窜出阵阵灰白烟雾，不知情的还以为他家祖坟冒青烟。

吉武文也是久经赌场的人，身上带的十块大洋，不一会儿就输掉六块，有三块进陈海林的腰包。他渐渐起疑心，那扣在黑瓷碗里的三个骰子，怎么自己老押不中？那老家伙，捧在双手上，哗啦哗啦地左摇右晃，一翻开，那点数总和自己唱反调，其他几个人都有输赢，唯独自己输钱，这里面指定有猫腻，肯定是出老千。想到此，赶紧住手，不在押宝，对陈海林说：老兄，我得回去一趟，出来时间长了俺爹不干，他可是沧州道上铁掌凌的徒弟。这话不但是说给陈海林一个人听的。

好吧，少班主，明天咱再过来。二人起身走出地洞。刚钻出地面，陈海林就说：哎哟看我这记性，把烟袋落在下面，没这玩意儿可不成，这两把枪少一把都不成。他指的是猎枪和烟枪。说着转身折回去。

吉武文越琢磨越不对劲，陈海林表面看起来挺哥们儿义气，说不定当面是人背后是鬼，得提防着点，明天再过来赌一把，我就不信弄不过你们。他回到家时，陈老六正和吉三奎在聊天。红玉和银枝把饭菜都准备好，铁猴带着大家走进院子，闻到饭菜的香味。红玉说：大家拿着自己的家伙什过来盛菜，苞米饼子管够，猪肉炖粉条子人头一碗。

吉武文端着一海碗走过来，瞅着大锅里的菜说：多盛点肉，还真有点饿。

红玉没搭理他，铁勺在锅里一扒拉，避开猪肉，盛多半碗菜，用勺子挖上两片猪肉搁在菜上面。少班主没动地儿，两眼瞪着对方，一股愤愤的模样。

还不走？红玉拉下脸说：输掉裤子回来找茬是吗？

吉武文冲了对方一句：输个精光小爷乐意，你管着吗？看把你惯的，我要是当上班主，弄死你。他这是给对方提个醒，少班主早晚成班主，到时有你好看。

你当班主本姑娘不伺候你，就凭本姑娘这本事，到哪儿都吃香喝辣。红玉不客气地回击，也是说给吉三奎和金枝听的，你们养的个好儿子，早晚把家败光。

赶紧塞饭，这么多菜饭也堵不住你的嘴。吉三奎呵斥儿子，这个不争气的玩意儿，怎么就管不服他。金枝白一眼红玉说：大家在一个锅里耍马勺，别有偏有向，要明白吃谁喝谁。

这话红玉不愿听，自己是吉家班扛大梁的，在梨园戏班里那挂的是头牌，咋的，你吉家班想挤兑我？大声说：金枝你想咋的，赶明儿我收拾铺盖卷走人，你来跑马趟子蹬大车轮吧。啪一下把铁勺子摔在铁锅里，对班主说：三叔，不是红玉不想帮你，你都看到，金枝母子俩挤兑我，若再不走是自讨没趣。

吉三奎怎能看不出这几个人想的啥，站起来踢儿子一脚，转脸骂金枝：臭娘们儿，你知道个屁！滚一边去，以后再瞎掺和我连你一块儿收拾。

金枝哼一声，扔下饭碗走了。吉武文从地上爬起来，跟上金枝走出院子。

吉三奎安抚红玉：侄女，别跟他们一般见识，三叔心里有数，我是看着你长大的，你若走了我也不放心，我得替你爹娘照顾你，不然我到了那边，怎么有脸见你爹娘？好啦，吃饭去吧，多吃点。

红玉虽然气未消，但三叔这般哄自己，也不能不给老人家面子，尤其当着这么多人，盛一大碗肉菜端过来：三叔，您老也吃吧，红玉明白，只是一时心里有气，不吐不快，明儿我蹬大缸和大车轮子，咱多攒点盘缠，再往前赶路。

好好，这才是我好侄女。你也吃、快吃。吉三奎心里舒坦多了，活了大半辈子这个道理还是明白的，恩威并举，哄降结合，懂事的孩子架不住三句好话，混蛋玩意儿只能拳脚伺候。这些年来，自个儿就是靠着这些办法，才挣下杂耍班子这点家当。

铁猴和跛子对视，吉三奎近来的变化耐人寻味，不管他对红玉说的这些话是真是假，表面上看还是真诚的。若看早些年的做法，简直就不算人。他现在才想起师哥师姐来，是不是有点儿晚。

金枝和儿子在大街上转一大圈儿，两人走到刘老五家院门口，吉武文突然说：娘你先回吧，我再透透气。金枝说：别太晚，娘先回去。说着往回走去。望着金枝拐出胡同，吉武文这才走进刘老五的院子。

是夜。吉三奎睡醒一觉，起来小解，发现儿子还没有回来，便感到不对劲儿，忙叫醒金枝问道：小兔崽子咋还没回来，下午你们去哪儿溜达了？

金枝迷迷糊糊地回答：咋呼啥，赌牌去了呗，这不是常事嘛，少见多怪。

吉三奎又来了气：你真是个败家娘们儿，养个败家子，关外是什么地方，能和咱老家一样，在这里你也敢瞎混，把小命混丢都不知道咋没的。说着起身穿衣服，金枝听罢也有点发毛，两人来到大屋里，把铁猴和跛子叫醒，跛子睡眼惺忪地说：这人生地不熟的，到哪儿去找，说不定天一亮就回来啦，莫急、莫急。

再有半个时辰天就亮了。铁猴也说。

吉三奎一想也是，这深更半夜去哪儿找，只好回到房间，再也睡不着，起来倒下和烙大饼一般。金枝也阵阵发毛，眼皮一个劲儿地跳，总感有什么事情要发生。

两人噘嘴捧腮，谁也不理谁，总算挨到天亮，赶紧起炕下地。这时，一阵叫声传进来，陈老六在门外喊：吉班主，快出来。

吉三奎一听便把心眼提溜起来，真要出事，趿拉着鞋走出房门，金枝披着夹袄跟出来，陈老六左手拿着一把匕首，右手捏着一张纸条，说：吉班主，这是冲你来的，快看看吧。吉三奎接过那张纸条，上写歪歪扭扭几个大字：姓吉的你儿子在我手上，拿三百大洋赎人，落日前不到过时不候。野虎岗花脸豹。

陈海林、铁猴、跛子、小北风、红玉、银枝等人都聚集到院子里。吉三奎看过之后，头嗡一下，差点摔倒在地，红玉一把扶住对方：三叔，你可得挺住啊。

吉三奎稍微镇定一下，他知道绿林道上绑票是为钱，一般情况下不会撕票，问陈老六：野虎岗在什么地方？花脸豹是何人？在关里的绿林道上他还有些道行，在关外，他明白自己和睁眼瞎差不多。

陈老六忙说：野虎岗在后山上，距咱这里四十多里路。陈海林接着说：花脸豹是这股绺子的老大，五十多岁矬胖子，原来是后山屯子的猎户，有一年上山打猎，被一只老虎抓花脸，侥幸逃下山来，后来不知为何，杀了一个大户一家六口人，上山当了胡子。这人心狠手辣，杀人不眨眼，只要被他盯上，就算倒霉到家了，我看还是赶紧准备钱吧，晚了，吉兄弟的脑袋就挂在大树上啦。

金枝一听号啕大哭起来，银枝拉住红玉的手低声说：活该，再让你作死，报应。红玉叹气：这是要命的事，玉儿姑姑和宝儿干娘在就好了。

陈老六催促道：吉班主，你得赶紧拿主意，这事可含糊不得，花脸豹子是个不按规矩出牌的人，晚一分钟都撕票。

吉三奎冲金枝怒吼：别号啦，都是你惯的，回头老子再跟你算账，看来老夫得亲自走一趟。

铁猴往前一步说：三哥，你近来身体不好，还是我去吧，说不定得来几个五把抄（过招儿），你在家等消息吧。

吉三奎望着对方，血气一阵往上涌动，眼眶潮湿，能在这个节骨眼上，站出来替自己出头，这是啥交情，虽说拿钱去赎人是顺茬，可这一上山，谁能保证胡子不会出啥幺蛾子，把送钱的人扣下，让你再来个二来来，也不是没有可能。

他声音有点哽咽：兄弟，那就麻烦你走一趟，不过你一人不成，再带上一个功夫好的，上去好有个照应。

吉家班的众人，都没经历过这种事，你看看我、我瞅瞅你，没人搭腔。红玉刚一迈腿，被银枝拉住，她扒拉开对方的手，对吉三奎说：三叔，我跟猴叔上山，让银枝给捯饬一下。

不行、不行，这怎么行。吉三奎马上回绝：吉家班这么多大老爷们儿，怎能让你个姑娘家去冒险。

小北风对班主给自己办了婚事，心存感激，忙说：班主，我跟猴哥走一遭。银枝上来把他挡在身后说：你不能去，你要是有个好歹，我咋办？

铁猴见班主左右为难，说道：让红玉跟我去吧，论武功和胆识，你们都不是她的对手。她机灵能看火候，银枝，你把她捯饬成假小子，别让人一瞅就露馅儿。

吉三奎这才真正伤感，仰脸对天长叹：师哥师姐，师弟对不住你们！转脸对铁猴和红玉说：你们俩上山后沉着应对，咱宁津的大把式，不惹事也不怕事，别为孽子丢了性命，我吉三奎不是糊涂人，去拿钱。

金枝赶紧回屋拿出一个包袱递给铁猴，铁猴将包袱斜挂在肩膀上，银枝在打扮红玉，抓起一把土，双手使劲搓动，然后在红玉额头和脸上涂抹，从小北风那里要来一顶破棉帽，把头发盘紧，扣在帽子底下，把那根帽带子扎紧，以防帽子从头上掉下来，换上漂子的破大褂子，瞬间变成另外一个人。

陈海林一直站在一旁观看，听吉班主说，这俩人功夫最好，能好到哪儿去？一个顶俩、顶仨，还是能顶四个？插话道：野虎岗上那些胡子可不是好惹的，个个都是硬把子，尤其那花脸豹，能背起一头野狼爬到山顶。

红玉早就看出这陈海林不一般，就凭他和吉武文那热乎劲儿，说不定这事和他有瓜葛，看他七个不在乎、八个不含糊的样子，是想从中捞一把吧，那样你就忒不是东西了，我们住你家给店钱，吃喝给饭伙钱，分文不少，你要是还想歪歪的，可就别怪本姑娘不客气。想到此，走到篱笆墙边，右脚掌伸到靠在篱笆上那半片石磨底下，她这动作把大家的目光都吸引过去，尤其是陈海林，瞅着那半片石磨，心想，你想干啥，这家伙是自己从北墙下滚过来的，少说也有两百来斤，自己抱两下没抱起来。

铁猴冲吉三奎一点头。只见红玉的右腿，猛然抬起来，那半片石磨也跟着竖起来，红玉一转身用脚板把石磨挺起来，然后一蹲身子，右脚猛力往前一送，那半片石磨呼一下子飞出去，奔陈海林而来，他嗷一声，像兔子一般嗖一下蹿出去一丈多远，那半片石磨落下来，砰一声，把院子硬土地砸了个衣盆大的坑。铁猴走过来，用脚尖把石磨勾出来，左右脚交替，把石磨滚到原本的位置上。

红玉这一举动，吓了陈海林一身冷汗，他怎么也想不到，就这么一个玩杂耍变戏法的小女子，竟然能有这等功夫，对吉家班的看法不得不改变，同时也在担心，自己是不是太过莽撞，如果玩露馅，引火烧身，这吉家班的人肯定放不过自己，还是跑吧，可自己抬腿一蹽，爹娘怎么办？

红玉看出对方的心虚，目光逼视对方说：陈兄弟，麻烦你给引路，把我们送上后山野虎岗，待领回人来，一并再谢。

这、这个……陈海林犹豫起来。

你不会说不认路吧？你在这山上打猎这么多年，山上哪块石头长啥样可能说不上来，哪儿有个山洞、石峰你指定清楚，实在不想带路，给我一个说得过去的理由。红玉不给对方喘息的机会。

陈老六也摸不透儿子是怎么想的，按理说，带个路不是啥难事，人家又是在咱家住的乡亲，这点要求不过分，对儿子说：海林，别磨叽，赶紧带着他们上山。

陈海林见老父亲也催促，这才说：带个路成，但丑话说前头，只能带你们到山门下边，看到山门你们自己上去，那山门上有野虎岗三个大字。

红玉点头：行，就带到山门下。

陈海林回屋去拿猎枪。铁猴装好飞镖，拎着单刀，对红玉说：你打草惊了蛇。

我是敲山震虎。红玉瞥一眼走出房门的陈海林说。

吉三奎把三个人送出院门，又叮嘱道：见机行事，尽量别来硬的，在人家地盘上，若因孽子丢你二人性命，老夫没脸再回宁津黄家镇，没脸去见列祖列宗和师哥师姐，你俩一定给我活着回来，搭一个饶上两个的事，我吉三奎不能干。

在红玉看来，这可是吉三奎从没有过的事，竟让她有些不适应，忙回答：三叔你就放心吧，在家等我们的消息，不就十来个胡子吗？何况是他们惹咱在前，即便动起五把抄，咱也不能认怂。

红玉，遇事听你猴叔的，千万莫冲动，能把孽子带回来，我感谢你们，带不回来，老夫绝对不埋怨你俩。

铁猴安慰对方：三哥，回去吧，你兄弟我也是见过阵仗的人，多则一天少则半日，即可回来。

陈海林听着三个人的对话，不由暗笑，你们见过关东的胡子吗，见过挖眼掏心下油锅、点天灯吗？到了野虎岗就知道锅是铁打的，要是被花脸豹子看破身份，你这如花似玉的姑娘，可就惨啦，那十来个车轴汉子，不把你揉碎吞下去才怪。可惜自己没这个福气，若能先尝尝鲜，突然刚才那一幕出现在眼底，马上终止胡思乱想，这姑娘可不是一般人，就凭她刚才那一挑，一脚能把自己肚里的五脏六腑挑出来。

第五十五章

陈海林带着铁猴和红玉钻进后山林，沿着一条狭窄的小路向前爬去。铁猴目测后山的高度，大约有四五里地光景，三个人像三只蚂蚁，在密林中缓慢向上爬行。陈海林走在前头，不时扫视左右，太阳终于从山那边爬上来，透过高大树木的枝叶照射在身上，铁猴仰望山顶，对陈海林说：歇会儿吧，再走一气就到顶了。

从兜子里掏出一个苞米饼子递给红玉，问陈海林：兄弟，你吃吗？

你俩吃吧，我吃不下。陈海林心情沉重。

陈海林一大早就被陈老六吵活起来，然后就是呛呛如何上山救人。临出门时，小北风塞给铁猴几个苞米饼子和一壶水，走到大半山腰时，才感觉饿，午饭不知还能不能吃得上，如果折在上头，这几个饼子就是断头饭。往日里铁猴很少想这些事情，凭他的本事和江湖经验，一般情况下不会出问题，即便是这次，也是替吉三奎出头，担心的是红玉这孩子，千万不能出差池。还有身边这个陈海林，不上去最好，一旦被胡子识破红玉的身份，就将酿成大祸，这是他最不愿意看到的，必须全力保护她的安全。

很有必要震慑一下姓陈的，看样子这家伙是个见钱眼红的主儿。此刻陈海林正依靠在一棵百年老树下歇息，这棵大树有几十丈高，那树干三个人也抱不过来。铁猴来到大树前说：得留下个记号，下山时别走迷路。说着右臂在半空中划一个大圈，啪一下拍在树干上，五指收拢往下一抠，硬硬从树干上抓下一块巴掌大的老树皮，树干上出现一块白茬。

铁猴这一动作，吓得陈海林是一缩脖子，妈呀这是什么功夫啊，如果拍在人身上，还不把五脏六腑震个稀里哗啦，就是一头野狼恐怕也抵不住这一掌。不行，得离这人远点，看这家伙也不是啥好脾气，能自告奋勇上土匪窝子，绝对不是啥善茬子。想到此，便动了开溜的心思，在这大山上，随便找个洞猫起来，这两个旱鸭子甭想找到。突然，扑扑棱棱从树枝上升起一群飞鸟，铁猴和红玉警觉地抬头望去，二人虽然很少到山区林区转悠，但这腾空而起的鸟群，不会没有缘由，是自己惊动的它们？

兄弟你看？

铁猴的问话没得到回应，转身一看，陈海林没了踪影，红玉也转过身来：跑啦？不会是先咱们钻上山了吧。

不好说，他最好别掺和进来，如真想搅和的话，先死的就是他。铁猴故意大声说。红玉大声回应：就怕是良言难劝该死的鬼啊。两人沿着荆棘的小路，向山顶爬去。日头爬上头顶，二人终于望到上面有一个敞口大山洞，在山洞前一块不大的斜坡上，矗立着一个木头牌坊，说是牌坊，其实就是一个大木头门框，横梁上挂着一块牌匾，上书“野虎岗”三个大字。跟孙二娘练习过书法的红玉，竟也看不出是什么字体，既不是楷体也不是行书，更非隶书，但这几个字很受看，此人必具备一定的书法功底，能自成一体者必有大成，这是孙二娘告诉红玉的。在这荒山野岭之上，竟然有这等奇人异士，这不能不令红玉吃惊，看那落款也很独特，曹三也。难道这曹三也是胡子头儿？听说这山大王叫什么花脸豹子。

猴叔，这野虎岗有能人，须小心。

铁猴指着山洞外几个柱子说：看那上面挂的啥？

人头！红玉惊呼道：少班主被绑在左边柱子上。

铁猴和红玉攀登到大门框前，吉武文远远看到二人，一阵哭腔，快来救我，怎么才来啊，不就几百块大洋嘛。

突然有两个端猎枪的人出现在门框前，一个人用猎枪指着铁猴喝道：带硬货了吗？另一个转身跑进山洞。

带来了，左手钱右手货。铁猴大声回答。

刚才跑进去的那个人又跑出来，大声说：花老大让把来人带进去。

红玉一扯铁猴衣襟说道：拿钱赎人，立马走人。

你想来就来、想走就走，把野虎岗当你家菜园子，押进来，在野虎岗，我们老大的话就是圣旨。二人用猎枪押着铁猴、红玉走进山洞。

红玉望着山洞里面，好大的空堂子，起码有几亩地宽敞，几十丈高。洞里吊着松油子灯，一把木头靠背凳上，铺着一张老虎皮，这是花脸豹的宝座，两侧有十几把木凳子，一个矬胖子瘫坐在木凳子里，大马拉了小车子，像一个娃娃躺在大木盆中。两边凳子上坐着十来个人，众人的眼睛瞪着二人走上来。

红玉扫视周围，一共十二个人，算上外面的两个，这山大王像个大头孩子，在她想象中，胡子头应该是膀大腰圆，牛眼、爆须、阔嘴、嘟噜下巴，就花脸豹子这点分量头，自己一脚能踢出去三丈远。她正寻思着，突然对方一声大喝，震得她一皱眉头。

哪里来的窜子？

红玉不敢相信，这声大吼是从凳子上的那个矮子喉咙里发出来的。

随着花脸豹这声大喊，坐在两边的人都站起来，手里拿着猎枪大刀，凶神恶煞般盯着两人，随时准备动手。

铁猴和红玉站在花脸豹前十几步远，他知道这是对方吓唬自己，摆出一番凶狠的样子，没经过阵仗的人，可能就被吓尿裤子。在你们面前的铁猴大爷，哪儿畏惧这些俗气玩意儿。那矮子是明知故问，不是你绑我的人，我怎能来这鬼地方？

窜非窜否非否，本某是过山客。铁猴冷冷地盯着对方回答。

花脸豹子眼睛瞪得溜圆，鼓足底气大声问：上的什么山？

武当山。铁猴没按路数出牌。

过得什么岗？

景阳冈。

盘的什么道？

沧州道。

钻的什么林？

野猪林。

突然一个公鸭嗓喊道：吆喝，是山东棒子。

闭上鸟嘴！你祖上不是从兖州闯过来的？右边凳子上坐的一位五十开外老者问：你是宁津野竹李人氏？

铁猴知道遇上了明白人，有明白人就好办了，忙一抱拳说：坐不更名行不改姓，野竹李铁猴便是在下，闯关东、走西口、下南洋，打把式卖艺走江湖，为的是混口饱饭。

胆子不小哇，知道这是什么地方吗？花脸豹往前一挺身子。

没有三两三，怎敢上梁山。铁猴大声说：来也来了，说也说了，大当家放人吧。铁猴把包袱从肩头摘下来。

红玉头一次遇上这样的事，明白对方这是在打探自己的身份，来之前听说，此地从山东闯过来的人不少，若能遇到老乡，这事或许好办些。

慢着，既然是山东野猪林的，那得试试斤两，看你有没有这个本事走出这野虎岗，我怎知你是不是野窜子。花脸豹看着那位老者：师爷，你看怎样？

江湖中人送老朽雅号曹三也，二十多年前，在宁津黄家镇和铁笊篱有过一面之缘，老朽被奸人所害，幸得铁老哥哥相助才逃得一劫，混迹江湖到此落草为——他马上住嘴，寇字没出口，可能是感觉用在自己身上不合适。二位可否认识这位班主？

红玉暗喜，山洞外木头门框上的三个大字是此人所书，看来这老者是半路出家，一定是个有苦衷之人，在这些打家劫舍的人中，能有这样一个清醒之人，事情会好办些，只要说出自己和铁笊篱前辈的关系，事情就会变得简单：您说的是栗班主，他是我老叔，江湖上人称铁笊篱，和家父是莫逆之交。

老大，他俩不是野窜子。曹三也听罢对花脸豹说，他的意思，不想和这两个宁津人架梁子，咱绑票人家拿钱赎人，这是很平常的买卖。

可这位花脸豹子不知从哪儿来了邪劲，非要见识见识野猪林的功夫，因为野猪林和八十万禁军教头林冲有渊源，大声说道：常听师爷说，那铁笊篱功夫如何了得，想必二位也有几把刷子，只要二位过得了我这三关，以后咱们河水井水两不犯。

铁猴知道，想顺利离开不可能了，给红玉递眼色，做好准备，对花脸豹说：老大你划下道来，铁某接着就是。

好，爽快，按道上的规矩过三关。花脸豹说。

三局两胜。铁猴说。

曹三也说：较力、较技、较海量。

铁猴不屑：蹚火墙、滚钉板、油锅里捞铜钱，铁某没含糊过，一言既出。

驷马难追。花脸豹回答：我赢了，留下你的脑袋，挂在外面柱子上，其他俩人滚蛋。

铁猴大声说：我赢了，人带走，大子没有。

成交！曹三也定下盘子。

红玉低声对铁猴说：这不公平，他赢了砍你的脑袋，你赢了也得剁下他的头。

咱在人家的地盘上，去哪儿找公允？能一根毛不少地离开此地，就得念阿弥陀佛。铁猴望着对面的花脸豹子，在思谋对策。

别看花脸豹子人小，力气可不小，山上这些人，还没有比他力气大的，短粗的胳膊腿，一身蛮力，自称力拔千斤，曾经背一头野狼爬上山。脾气暴躁，独断跋扈，手下这十几个人被他揍遍了，只有师爷没碰过。

曹三也大声说：第一局，开始较力。

花脸豹看一眼铁猴，一步蹿下凳子，一弯腰双手抄起旁边一个石凳，一个大转身，把石凳抡起来朝铁猴砸过去。铁猴心里没底，看这石凳重量，应该和陈老六家那半片石磨不相上下，没有两百斤，也有一百六七，小矬子的力气确实大得惊人，把石凳子举起来一般人都难以做到，扔出去十几步就更难了。石凳被对方用力一扔，重量不知要比搁在地上大几倍，自己若一下接不住，被砸倒在地，则满盘皆输。正在犹豫之时，那石凳已飞到眼前，就在他接不是、躲也不是时，一个身影飞到跟前，红玉抬起右腿，脚尖在那石凳上一触，石凳猛一停顿，然后她翻过脚掌把石凳顶住，往下轻轻一蹲卸去石凳的惯性，猛一转身，那石凳老实的和平日里的大缸一般，任听红玉摆布。

花脸豹子哪见过这等阵势，一条腿就把自己扔过去的石凳接住，原想一家伙把对方砸个半死，这事就搞定，没想到事情发生了戏剧性变化，他只能眼睁睁看着对方耍把。

红玉通过刚才接凳、转身、卸力等动作，知道了石凳的重量，心想，这局你输定了，这破石凳子，也就和那半片磨盘差不多，比我那大车轮坐上几个人轻得多，不给你点教训，你还真以为天爷老大、你是老二。红玉轻轻往下一蹲，这个收腿的动作，让花脸豹等人看到了机会，有人大喊，撑不住啦，完啦，要砸死了。有人喊，没有金刚钻，别揽瓷器活，这下行啦，压成柿饼子啦。

曹三也赶紧闭眼，这可不是他想看到的结果，老乡巴伙的，这嗑整得可不咋的。突然，啊一声大叫，他赶紧睁开眼睛，只见那沉重的石凳飞向花脸豹，花脸豹大叫着滚下宝座。咚一声，石凳砸断宝座的靠背，那是碗口粗的木头做成的。石凳并没有老老实实待着宝座上，砸完宝座又滚下来，红玉飞身上前，用脚尖抵住石凳。花脸豹吓出一身冷汗，虽然他有力气举起来扔出去，却没胆量用双手接住，自信没那个本事。

曹三也叹气道：铁师傅胜第一局。第二局，较技，每人三支飞镖，伤者输，死者自负。

花脸豹抹一把汗珠子，回到宝座上，讥讽铁猴：要是怕死，就来第三局。

铁猴冷笑道：八十万禁军教头豹子头林冲，当年来到俺野猪林——不提也罢，绿林道上惧生死，那不是好汉，出手吧。话虽这么说，可要是被这花脸豹打死在荒山野岭上，也真是不值。若一镖把对方打死，也不是好办法，他这些兄弟们一起上，双拳还真就难抵四手，怎么才能既把他制住，还能顺利下山?

红玉低声说，让他的飞镖改道，自己打自己。铁猴会意，这是个好办法，关键时刻红玉够机灵，刚才要不是她用重蹬技解围，现在怎样还真不好说。

两人手里捏着飞镖，曹三也迟迟没喊开始，此刻他心里也没底，花脸豹那两下子他清楚，来的这俩人到底有几斤几两他估不透，尤其是刚才那个后生的腿功，确实厉害。箭在弦上不能不发，这才说道：第二局开始。

花脸豹用的是燕子镖，镖沉，尖利刃快，杀伤力大。铁猴使的是祖传金钱镖，过去镖师常用此镖。

花脸豹右手一扬，一只飞镖奔铁猴胸部而来，铁猴不敢硬接，一侧身躲过去，燕子镖当一声插在身后柱子上。他左手扬起，打过去一枚金钱镖。这第一镖是试探性的，花脸豹一看放心了，金钱镖这玩意儿他见过，一枚铜子儿别看没什么太大威力，不像自己的燕子镖。接下来他要两镖连发，一击致命，把这什么野猴子弄死烤肉吃。猛一转身，隐蔽的发镖方式，左右两手一上一下，同时出手，两只燕子镖一起飞出手掌。红玉喊一声，注意方向。

铁猴两眼紧盯对方那双手，当对方燕子镖出手时，把右手捏住的两枚金钱镖，用力甩出去，奔了一个方向，瞬间金钱镖打在一只燕子镖上，那燕子镖马上变方向，折回去插在正得意的花脸豹肩头。花脸豹大叫一声，跌坐在地，这时，他还惦记着另一只燕子镖，是否打中对方，那样还能弄个平手。他失望了，铁猴身后的柱子上，钉着两只燕子镖，一共三只镖，另一只插在自己肩膀上。这个结果太残酷，白白绑票，没弄到钱，还把自己弄伤，赔了夫人又折兵，怎能咽得下这口气。

曹三也赶紧上来扶花脸豹，低声说，见好就收，这二人非泛泛之辈，事情弄大，不好收场。

老子是想见好就收，师爷你看看，咱见好了吗？花脸豹气愤地说：还有第三局！

铁猴一听火气上冲，掏出几枚金钱镖，一甩手奔大桌子上那六个大酒坛子而去，第三局比海量，喝酒谁不会，可老子没工夫陪你玩，啪啪几声过后，六个大酒坛子摔地上，浓烈的酒味顿时蔓延开来。一个黑脸汉子举起猎枪对铁猴就打，红玉飞脚将对方踢一个跟头，砰一声枪响，猎枪打在石洞顶部，掉下来一些碎石块。红玉夺过猎枪指着对方头：要是不想死，就消停点儿，我奶奶孙二娘说过，谁敢坏了江湖规矩，谁就是找死。

曹三也大声说：都听我的，放铁师傅下山，吉家班在江湖上有响当当的名头，人多势众，武功高强，咱们不是对手。众胡子见花老大受伤，师爷又发话，没人敢阻拦，铁猴和红玉两人快步走出山洞，来到柱子前解下吉武文，这时，一个姑娘跑过来大喊：大哥救命啊——

门口站岗的两个胡子过来拦住，骂道：臭婊子你找死。抡起枪托就打，姑娘倒在地上打滚惨叫。吉武文拉住铁猴说，赶紧跑啊，别管闲事啦，活命要紧。

红玉上前抓住一个施暴的胡子，拎起来，一脚蹬在肚子上，对方向山下滚去；另一个见状上来打红玉，她用小擒拿把对方胳膊折断，大声说：回去告诉你们老大，三天内谁敢下山，我就把他踢下老鹰涧。对方疼得直哎哟，哪还敢反抗半点。曹三也站在山洞门口，望着这一切很漠然，对铁猴拱手说：铁壮士，他日若见到铁笊篱老哥，请为老朽带好，说我记得他的恩情，汝等赶紧下山去吧。

铁猴回礼道：曹先生放心，铁某一定带到。

曹三也摆摆手：陈海林此人你可熟识？

铁猴摇头：此次来到二道沟子，只是在他家中小住，择日便起程。

常在江湖中走动，怎可随便把底细透露给他人。曹三也提醒道。

铁猴拱手施礼：感谢先生提醒。

红玉一开始看到那山洞门前，大门框上的三个大字，便感到此人非一般人，说道：老先生铁笔钩沉，非等闲之辈，怎与这等歹人为伍，令人不解。

曹三也手捋几许长髯：天阴屋漏，在此暂避风雨，等待雨过天晴之时。

红玉更加不解，是什么事能把这么一个精明之人逼到这种地步：老先生选择这么一个地方韬光养晦，修心练性，佩服。

那个被红玉打伤的年轻胡子，听不懂二人的话，见对方要下山，忙对师爷说：火头军一走，咱得自己烧饭吃。

你懂什么，请神容易送神难，这些人你惹得起？回去治伤。曹三也望着几个人的背影说。

铁猴搀扶着吉武文，红玉拖着那位姑娘，往山下走去。一番询问后得知，姑娘叫石榴，是后山屯人，家中有爹娘，花脸豹下山砸窑，捎带上一个大户的邻居，把姑娘爹娘打死，将十六岁的姑娘带上山来，晚上给他垫褥子，白天给众人做饭，受尽虐待。红玉见她实在可怜，无家可归，便留在班子里。

吉武文一下山，立马端起少班主的架子，不停数落铁猴，为何才上山，让本少爷受这么大罪？你只顾在山洞里攀亲戚认老乡，把自己撂在外边担惊受怕，回去告诉老爹，扣你的账。铁猴懒得理他，穷摆个少爷羔子谱。红玉实在看不下去，扒拉开对方的手说：猴叔，让他自个儿走，他这不是叫唤得挺有劲吗。

你想干啥，想扔下少班主不管，我回去……

爱回去不回去。红玉猛推一把，对方坐地上。为了救你我们差点把性命搭上，你在后边磨蹭吧，一会儿花脸豹追上来，再把你弄回去，看谁还上山救你？就你这德行，若不看在班主面子上，给多少钱也不上来冒险。

吉武文一听到花脸豹三个字就心惊，马上爬起来，四处撒达着，紧紧跟上来，一行四人沿着来路下山，边走边打嘴仗。红玉指责对方，吉武文，你瞧你干的这些事，是人干的事吗？每到一地只做三件事，下馆子、进赌场、逛窑子，你爹的老脸让你给丢尽了。这次要不是我和猴叔舍命上山救你，你就等着把狗头砍下来，挂在山洞门口的柱子上。

吉武文不服气，不停地反驳，我怎么知道他们是胡子，谁知道那刘老五和山上的绺子挂着钩，谁知道？

铁猴转身踢他一脚，骂道，你这也不知、那也不知，长脑袋干啥？净浪费粮食，你当我和红玉愿意来救你，你没看到在山洞里那场景，吓死你。

吉武文知道对方的脾气，惹火他，受皮肉之苦是轻的，可又不甘服软，嘟囔着，谁让你们来救，还不是我爹许给你重金？也难怪，谁见钱不眼开，我去赌几把也是为赚钱。

红玉一听气炸肺管子，这不等于说自己拿了吉三奎的钱，才和铁猴上山来救他的，这个冤枉怎能再忍受，回身一把抓住对方的胳膊，一个反手摔，把对方摁在地上，挥拳就打。

铁猴解恨地说：不拾掇拾掇这小子，他不知道火棒棍子哪头大哪头小。

红玉一连打了对方十几拳，吉武文抱着脑袋在地上翻滚，嘴里还不闲着，别打啦，疼死啦！回去告诉我爹，把你赶出吉家班。他越叫唤，红玉打得越狠，干脆把他拎起来，摁在树干上，连连扇耳光。边打边骂，你臭娘惯着你、宠着你，本姑娘可不听那一套，我得替你爹管管你，不让你长长记性，以后还不知闯出什么大祸来。不一会，吉武文的脸蛋胖起来，脸颊上布满手印，刚开始那牛劲没了，也不再叫嚷。红玉这才住手，呵斥道：赶紧滚回去，见到你娘就说是我打的，让她来找我算账，惹急了我连你娘一块儿拾掇。

铁猴回头看一眼跟在身后几步远的吉武文，对红玉说，这事不能就这么算完。你是说陈海林？红玉明白对方的意思。住在他家是咱们的错，谁让咱眼拙？但他和土匪串通绑咱的票，是他的错，决不能放过他。铁猴咬牙道。猴叔，回去好好合计合计，等咱离开二道沟子后，再收拾他。

第五十六章

二道沟子陈老六家。金枝拉过儿子，上下仔细瞅，没缺少啥物件，只是脸蛋肿得像倭瓜一般，心疼地轻轻抚摩着说，看把孩子打成啥样，吉武文盯一眼红玉。吉三奎说，能囫囵着回来多亏他俩，你这是捡着了。怪就怪你这作死的儿子，若再这样作下去，说不定哪天就得歇菜。

吉三奎原本是想谢铁猴红玉几句，可一看到儿子火气就上来了，指着对方的鼻子破口大骂：你知道你捅多大娄子吗？你狗日的死在山上，吉家班照样撂地走江湖，可你猴叔和红玉姐，要是把命撂在山上，咱这吉家班就垮了。接连踢了儿子几脚，金枝赶紧护住儿子。吉三奎对着金枝的屁股猛踹两脚：都是你惯的，早晚吃个大亏。

铁猴见一家三口又吵起来，赶紧转移话题：三哥，此地不可久留，抓紧起棚走人。

金枝心疼儿子，非要歇息一晚再走：孩子都回来了，慌啥，眼看天黑下来，明早走不迟。

红玉平日里就反感金枝，四六不懂还瞎掺和，这次没给班主面子，顶撞道：你是既不要脸也不要命，我和猴叔为你这不争气的儿子，差点把命撂在山上，你不但不领情，还这副德行，真服气了。你不走我们走，不过别怪我没提醒你，那花脸豹子吃了个大亏，怎肯善罢甘休？要是来个二来来，你母子的脑袋就得挂在山门外的柱子上。

红玉，马上起棚。吉三奎大声说。

我马上去。红玉答应着和铁猴走出去。

陈海林从早上带着铁猴和红玉上后山，就没有再露面，在暗中窥视着屯子里的情况，刚才发现铁猴红玉带着两个人下山回屯，才明白自己精心设计的圈套不但没落到半点好处，还差点把自己套进去。铁猴和红玉这两个人够厉害，上山时两个人，下山变成四个人，看他身上背的那包袱，和去时一样鼓囊，也就是说没扔一块大洋，就把人领了回来。这么多年来，野虎岗上的花脸豹还从未失手过，山门前柱子上挂着的六个人头，就是不交赎金的人的脑袋。想到此，他更不敢露面，一旦回到家中，铁猴等人指定不会放过自己。只好暂时躲进屯子边上的一个破木头房里，等吉家班走后再回家。

陈老六听完铁猴和红玉的讲述，才知是孽子惹的祸端，是他把花脸豹的人勾下来的，绑了少班主的票。耿直憨厚的他，感觉十分对不起老乡亲，大骂一通之后，对吉三奎说：吉班主，老哥哥愧对你啊，等那孽子回来，我一定狠狠收拾他，你说我怎么养下这么个败家的玩意儿。

陈老哥不必如此，我等在这里给你添麻烦了，常言道，一母生百性，十个指头还不一般齐，何况他是这么大的人，算啦，过去了，他日若能再见面，咱老哥儿俩再喝几盅。

吉班主，你们连夜赶往三道河子吧，昨天我一个老亲戚捎信来，他过大寿，要热闹几天，你不妨去耍把几日。他叫陈百川，是三道河子有名的大户，你一提我他就明白。陈老六总想帮助对方一下，以弥补自己的亏欠。

谢谢老哥哥，我这就过去。吉三奎恨不得马上离开二道沟子，一刻也不想见这里的人，江湖险恶，人心隔肚皮。过去还从没发生过这样的事情，在东家家里，被东家的儿子出卖，儿子被胡子绑票，太丢人，让同道中人知道后，自己的这张老脸往哪儿搁。

陈海林目送吉家班离开二道沟子，才回到家中，被老爹破口大骂一顿，骂的四邻五舍都出来劝架。陈老六什么话难听骂什么，就剩下祖宗八代没挖掘。骂累后从腰带上抽出旱烟袋，想鼓几口，陈海林忙给老爹点烟。从老爹话里得知，吉家班奔三道河子而去，不由灵机一动，在二道沟子没捞着好处，到三道河子老姑爷爷家，他们一定会去凑热闹，到时再下手。趁夜色，他也奔三道河子而去。

吉家班大半夜才赶到三道河子，深更半夜不好打搅乡亲们，在一处废弃的破院子里待到天亮。吉三奎带着铁猴、红玉、跛子，来到陈百川家大门外。

陈百川七十有三，一个富态的白胡子老头，是本屯大户人家，后山那片山林是他的，周围几百亩坡地也是他的，大儿子在奉天城里开皮货行，二儿子在四平街经营布店，老三老四在家里守着祖业。在关外，一般有钱人家都雇有炮手，陈百川家三处大院连在一起，雇了十几名看家护院的炮手，小儿子陈虎管着这些炮手。

这大半年，陈百川感到力不从心，原来还能到大街上溜达溜达，近来连院子都出不去了，多走几步就气喘心慌。先后请来几个郎中诊治，都是远近闻名的郎中，治疗半年多，攒下了南墙根下那堆草药渣子，不但不见好转，反而喘得更厉害。就在他日感衰退、愁眉不展时，小儿子陈虎开始瞎联系起来，是祖坟地出了问题，还是宅院风水没看好，是不是老爷子惹恼了神明，去年伺候老爷子的那个丫头也上吊而亡。赌局上，有人说，你何不请周半仙到家里看看。陈虎受到高人点拨，一下醒悟过来，对呀，怎么没想周半仙。便亲自把周半仙请到家中，给老爷子占上一卦。

周半仙五十多岁，一个精明的小老头儿，视力很好，三尺之外，能把你额头上有几条皱纹数清楚，却戴着一副墨镜，两个滚圆的镜片架在鼻梁上，拄着一根竹竿点点戳戳，走路怕踩死蚂蚁，在本地混迹几十年，竟没人知道他是装瞎。他的本事就是，能把假的忽悠成真的，能让你把钱自愿地装进他兜里，还得感激他。这种本事，可不是什么人都能炼成的。

他坐在陈百川对面，墨镜片后面的两只大眼，盯住对方那惨白的脸庞，听到不时传来的沉重喘息声，像拉风箱一般，不时夹杂着几声干咳，心想，快油干灯尽了，咽气前得让他吐点血，把穿在肋条骨上的铜子，撸下几吊来花花。

陈百川说：周先生，你给我仔细瞧瞧，我这身子骨咋越来越不成了呢，吃大半年草药，也不见轻，毛病出在什么地方？

女用人一旁暗自好笑，瞎子看病，你让他如何瞧呢，只能是个瞎忽悠。

周半仙半晌没说话，拇指只顾掐其他四根手指骨节，在揣摩对方的心理，必须对症下药，对方病到这种程度，须疾病下猛药。他突然张开嘴：你想听真话，还是假话？

陈百川等急了，听到从对方嘴里冒出这么一句不着调的话来，忙回答：真话、当然是真话，假话老夫听了大半辈子，早已听腻。

那好吧，老夫就告诉你，世上没有包治百病的药，所谓灵丹妙药那是瞎忽悠，也没有长生不老之人。贵庚七十三，这就个坎儿，七十三、八十四，阎王爷不招呼自己去。阎王爷定下的局，凡人如何能破，这叫天数，也是劫数。

周半仙几句话，说得陈百川心里冰凉，喘息更厉害了，陈虎忙把老爹身子往上挺挺，把一个枕头塞在背后，小声问：先生，就没有办法解？你得救救我爹，咱不差钱儿。

周半仙没搭理对方，继续掐手指骨节，镜片后那双眼睛，盯着对方的表情，你急我不急，就是得把你憋急，才能办大事。片刻之后又说：也不是没法办，一般的办法不好使，那些什么娶儿媳、聘姑娘、添人丁、招个小老婆来冲喜都不好使。

先生，你就捞干的整吧。陈虎用手不停地给老爹按摩胸脯。

火候到了，等的就是你这句话。周半仙这才说：还有一个法子可以试试，但老夫不敢保证能管多大用。

有法子就成，你快说、快说。陈虎催促道。

现在你陈家大院周围，都是阎王爷差来的勾魂小鬼，要想驱邪赶鬼，你家得闹大动静，越大越好，闹大玩意儿唱大戏，你折腾得越大，阎王爷就越烦你，你想，把你爹这么能折腾的人勾到阎王殿去，阎王还能安稳睡觉吗？不过这得花钱，也是破财免灾，不知你可情愿？

情愿，哪能不情愿？就这么办。陈虎说完看着老爹，到这时陈百川哪还顾得上什么钱不钱的事，只要能闯过七十三这个坎，其他不重要。

陈虎给了周半仙二十块大洋。周半仙拄着竹竿子，戳戳点点走出屯子，见周围没人，撒丫子直奔后山屯，陈百川不死，他不会再来，剩下的事与他无关。在他看来，占卦就是给人指点迷津，我把玩意儿卖给你，拿你的钱天经地义，至于管用不管用，那得看你的运气。

陈家上下百十口子人，一听说要雇戏班子唱大戏，九十九个人不同意，这不是想把老爷子的最后一口气给折腾没了吗？周半仙的话怎能相信，不过没关系，陈虎一个人相信就够了。

陈虎的动作很快，一天工夫，找来好几拨人，说评书的，唱西河大鼓的，唱二人转的，几个背包袱撂地的，还有一个十几人的京戏班子。后来还来了一伙跳大神的，吉家班是最后到的。

众人被安排在三个大院里，陈虎把各班主召集到一起，宣布大闹三天，先付给一半定金，然后看你的玩意儿咋样。我会安排人盯着你，按照你招来的看客人数多少给钱，这叫凭本事吃饭，谁的看客多，谁就分得多。

红玉对吉三奎说：三叔，我还从来没见过这么包场的，也不是耍堂会，也不是包场子，包银要看看客多少给，这合理吗？

不急，看看再说，出来混什么事都遇得上，我给你们把场子，错不了事。吉三奎安慰大家。

这下可忙坏了一个老年病人，就是陈百川，他本来喜欢热闹，爱看这些玩意儿。三座大院里，梨园班子在上院，马戏班在中院，说评书的、唱西河大鼓的、唱二人转的、跳大神的聚集在下院。三座院坐北朝南连通，高墙大院，四角修建有角楼射击孔，防备土匪砸窑。四个年轻力壮的小伙子，抬着一个雕花红木太师椅，上面坐着陈百川，三进院落来回转，哪边喊声叫声高，就抬着往哪儿奔。

时间定格在民国二十年（1931）八月初。三道河子陈百川老宅。第一天热热闹闹过去，老寿星勉强还撑得住，看过这场看那场，各班子都把拿手的绝活儿使出来，八仙过海各显神通，散场后吉三奎一打听，三个院落里的分成差不多少。本以为自己挣得多，没想到和那些跳大神的不相上下，第二天一定要拔得头筹，不然传出去不好听。把红玉叫过来商议：别再按老套路来了，蹬车轮时，干脆和看客们互动一下，这虽然不合乎规矩，但能招揽过来更多的看客。

这成吗？万一磕着碰着咋办，自己人好说，外人出了阵乎咱可兜不住。红玉担心地说。

眼下也只有这条道，大着胆子试试吧，我给你把场子，你也小心点儿，这关外和咱那儿不一样，人们忙活大半年，现在闲下来准备过冬，憋得那股子劲不发泄出来不行，东家舍得花钱，大伙儿上哪儿找这样不花钱看玩意儿的机会。

好吧三叔，那我就赌一把。红玉下定决心。

第二天上午，还没开场，三个院里已挤满人，昨天是头一天，消息传得很快，一个传俩俩传仨，傍晚就是十七传十八，山外屯子的人没来得及赶过来，今儿起大早赶过来看大戏。

这些跑江湖的谁和钱过不去，上院梨园戏班的锣鼓刚打响，下院唱大鼓书的和跳大神的连唱带蹦闹起来，突然传来几声大嗓门，唱二人转的已开始唱小拜年。跛子那面破铜锣，再怎么敲打，也遮盖不住上下院里的锣鼓点和喊叫声。吉三奎示意铁猴过去看看。铁猴对红玉说几句话，转身往上院走去。

这家梨园戏班只有十二个人，家伙什还算齐全，布景道具不怎么精致，能看出来是凑合事的主儿。不过，主角的唱腔，拉京胡的琴师，和那打锣鼓点的师傅，还挺像那么回事。昨天唱的是《串龙珠》《将相和》，现在在唱《赵氏孤儿》。铁猴挤到前面，几个人在议论，昨天这须生扮相唱功还成，现在怎么跟吃了辣椒面似的，沙拉劈拉起来。另一个说，哪有这么唱戏的，几伙子人比着喊嗓子，沤了呗，昨天的念白多么清楚爽朗，再看现在，就像嘴里含着个玩意儿。

铁猴摇摇头往下院走去，最热闹的是下院，也叫第三进院子，两伙跳大神的，一伙人是本地的，一伙人来自关里，风格浑然不同，声浪一阵高一阵低，一阵喜一阵悲，激发得很多年轻人和小孩子们也跟着喊叫蹦跳。戏台左边是本地跳大神的地盘，一个大神边转边喊，一个二神耍弄着小鼓配合，唱着请神仙的词儿：日落西山黑了天，家家户户把门闩。行路的君子奔客栈，鸟入山林虎归山。鸟奔山林有了安身处，虎要归山得安然。头顶七星琉璃瓦，脚踏八棱紫金砖。脚采地头顶着天。迈开大步走连环，双足站稳靠营盘。摆上香案请神仙……

戏台右边是关里跳大神的，风格全然不同，一男一女，两人拨弄着手鼓，扭动着屁股边跳边唱，天灵灵地灵灵，太上老君快显灵……节奏很快很强，就像跳踢踏舞。看得出，这两伙人十分卖力气，蹦跳得汗淋淋，喊得嗓子沙哑。

院内西墙前是两个唱二人转的年轻人，昨天最活跃，人缘最好，挣得也最多，现在正在唱小拜年。周围有人开始点戏，小拜年听腻歪啦，来个荤的。有人大喊，十八摸。有人加塞，十三想。两个人干脆停下来问大伙儿：大家想听啥？倒骑驴——几个小伙子大喊。哗啦一下把围在戏台周边的人，吸引过来不少。

院内南墙前，唱西河大鼓书的两个人最卖力气，但效果最差。鼓点和声音都被淹没在跳大神的和二人转里，一出杨家将唱起来没完没了，只有几个坐在马扎子上的老人还端坐在哪儿，鼓词听进去得少，奔着鼓调去的。

戏台对面靠墙下不远处，是说评书的，一五旬老者，他要是知道这个场景，指定不会来凑热闹。评书应该是在茶馆里，剧场里，安静的场合下说，听者是奔着故事去的，这下可好，乱乱哄哄。不过，没有不开张的油盐店，老者前边站着十几个听客。老者说的是瓦岗寨，正说到秦琼卖马这一节上，他望一眼二人转那边，正喊着倒骑驴，再看一眼戏台上，大神举着招魂幡。骂一声什么玩意儿，张口来了句秦琼卖驴，话一出口是泼出去的水，便收不回来。听客中立刻有人大声问，秦琼骑驴能跑得快吗？

老者知道来了麻烦，这叫说走板了，只能碰到面吃面、碰到馅吃馅，赶紧说，那得看是谁的驴，秦琼骑得是张果老的驴。老者憋出一身冷汗，赶紧结束瓦岗寨。接下来说杨志卖刀，刚刚报出名字，有人就喊，杨志卖刀，卖的不是切菜刀把？

铁猴心里有了底，转身回到中院，把情况和吉三奎讲，他发现跛子不见人影，忙问：跛子干啥去了？

吉三奎张张嘴没出声。铁猴从对方表情上看出端倪，他知道，近些年来吉三奎不再做桌子底下的买卖，跛子却有机会就出手，班主也没阻止，不反对就说明他心里还有这个念想。下一场是红玉的蹬技，铁猴过来帮助搬大车轮。

猴叔，刚才跛叔走了，我怀疑他？

不用怀疑，就是那么回事。

三叔咋不管管，这样下去对大家都不好，一旦犯事，都跟着吃瓜落。红玉担心。

离开这儿后，一定得和他聊聊。铁猴说着把一块木板搁在地上，躺在上面感受一下后，又起来往木板底下垫两块木楔子说：主家来了，开始吧。

吉三奎忙站起来给陈百川腾地方，四个小伙子把雕花红木太师椅，轻轻放在地上，陈虎忙过来给老爹介绍吉家班下一个要耍的玩意儿：蹬大车轮。吉三奎望着那把太师椅，虽不太懂古玩，但见得多了还算识货，这个物件可不是一般人家的东西，不知这陈百川从何处淘换来的，看来这老陈家的家底够厚实，说不定跛子又抓挠着了。此刻他的心情是复杂的。

红玉把大车轮蹬得呼呼转，然后，银枝和漂子坐在车轮上，红玉蹬得很轻松，铁猴大声喊，谁愿意上去坐坐？白坐不要钱。

有两个中年人把十几岁的孩子推到前边，坐上大车轮，此时上边有五个人，红玉慢慢把车轮蹬起来，不知谁传出话去，陈家老爷子要坐上大车轮子，让红衣姑娘蹬转，上院和下院的人，蜂拥般挤进中院，吉三奎高兴地望着拥挤的人群，要的就是这种效果，忙对铁猴大喊，上家伙。

陈虎大喊：停停，老爷有话说。

红玉慢慢把车轮停下来。

铁猴问：有啥话尽管说。

老爷想上去坐坐，成不？陈虎问。话音刚落地，周围的人起哄般喊起来，老爷上去、老爷上去——

这可是吉三奎没想到的，他赶紧挥手大喊：不成、万万不成！陈当家的，老爷偌大年纪，经受不起这么快的旋转，一头晕脑涨，就麻烦啦，老夫可担待不起。

陈百川对儿子挥挥手，陈虎忙问：我上去成不？

这下可把躺在地上的红玉气着了，这是什么人家啊，这么多年来，还从未遇到过这等事，庄家上来坐大车轮，气归气，活儿还得接着往下干。

吉三奎望着一身赘肉的陈老四，感到这事闹大了，真怕出点什么阵乎，忙给铁猴做手势，铁猴会意，跟红玉说：小心点儿，千万别把陈老四摔着，让他站在当中。红玉说：真想摔死他。就这样，陈虎站在大车轮当中，漂子小北风和铁猴站在周围保护他。陈百川看到儿子被蹬得呼呼转，高兴得胡子翘老高。等陈虎走下戏台后，陈老爷拉住儿子的手说：行，有种。

吉三奎苦笑，不是你儿子有种，是我侄女够棒，他希望陈百川赶紧离开，去上下院，不知这老家伙还会想出什么损招来。果然，陈百川又出新花样，让红玉竖起大车轮来蹬，他想看哪吒踩风火轮。

红衣姑娘要是能蹬风火轮，赏十块大洋。陈百川说。

陈虎见老爹这么高兴，立马掏出十块大洋在手上，大声说：姑娘若能踩风火轮，这十块大洋就归你。

红玉站起身来望一眼班主，扫视满院子看客，足足有一百多人，她看到铁猴在摆手势，不让她接这个活，不能干没把握的事。蹬竖立起来的车轮，以前练过，上面再上个人，跟着车轮速度迈步子，也就是说自己和大车轮，还有车轮上站着的人，三人协调同步，这难度很大。过去虽然和银枝一起练习过，却从没正式上场耍过。她不得不走下戏台，来到吉三奎跟前，小声和他商议，最后，对方拍拍她肩膀，她才又返回戏台，大声说：

请陈老爷上眼!

重新躺在地上，银枝低头和她说着什么，铁猴和小北风把大车轮搁在红玉脚底板上，一个百十斤重的车轮被蹬得飞快。陈老爷看着不过瘾，陈虎大声喊，上人、上人啊，踩风火轮。

吉三奎非常反感，不得不大声说，少安毋躁、少安毋躁。

小北风把银枝举过头顶，银枝巧妙地站在车轮上，迈着小碎步，跟着红玉的节奏，铁猴和小北风站在左右保护，红玉双脚的频率在加快，银枝的双脚紧紧跟上，二人中间那个大车轮子呼呼转，已经看不清支撑圆轮的四梁八柱。就在这时，陈虎把十块大洋向台上扔过去，这可是最大的忌讳，也许他是好心，想兑现自己的承诺，同时也为吉家班拉人气，但他这个动作差点毁掉正耍着的两人的命。一枚大洋落在地上，弹起来砸向红玉头部，吓得吉三奎啊一声，大洋砸在红玉额头上，她身体一抖，一个快字刚出口。小北风上去一把将银枝接住，铁猴伸出双手，硬硬把旋转的沉重车轮抱住，一场危险被阻止，红玉却站起不来了，浑身像虚脱一般。漂子赶紧上来救场，双手不停挥舞，从手心里扬出五彩缤纷彩纸碎片，戏台上空飘起彩雨，小北风把红玉扶起来走下台。吉三奎多少有些内疚，很少有像今天这样的自责，吉家班有一群多么好的兄弟姐妹啊。

第五十七章

残阳如血，一抹夕阳照射在飞舞的红黄蓝绿等彩纸上，陈百川极力抬头望着戏台上空美丽的情景，一颗沉重的脑袋慢慢耷拉下来，嘴角流出哈喇子，陈虎大喊爹爹，发现老爹已经嘴歪眼斜，喘息急促，赶紧让家丁抬起老爹回到客厅，打发人去喊崔郎中和黄郎中。

看客们都在口口相传陈老爷子的事，俗话说，捎钱捎少，捎话稍多，等捎到各路卖艺的艺人们嘴里时，就变成这样子：陈老爷望着满天彩云，踩着风火轮升天了。你没看到啊，可吓人啦，口吐白沫，嘴歪眼斜，有进的气，没出的气。陈百川已经捯气啦，赶紧收拾东西走人吧。

梨园戏班率先收拾家伙什，一辆毛驴车拉着全部家当，离开了三道河子。说评书的和说西河大鼓的也紧随其后，他们都在骂老陈家不厚道，中午饭说是猪肉炖粉条子，猪肉没见几块，一碗菜半碗汤。说是按照看客给钱，一扒拉算盘珠，都被四舍五入了。

吉家班到这时还未行走的心，吉三奎做事的习惯是有始有终，一是东家没让走，再是最后一天的包银未结。

还有，根本就不想走的三伙人，唱二人转的不想走，跳大神的不想走，尤其是那两伙跳大神的，一听说陈老爷子要玩儿完，立马来了精神，主动找上门要给陈老爷子驱鬼招魂。这时，和陈百川交情不错的崔郎中正给其把脉，在方圆百里名气不小的黄郎中，也迈进陈家大门。这两人有同样的脾气，平日里最厌恶巫医等跳大神的人，黄郎中进门一看大院里的乱象，几个跳大神的正胡乱抖落白话，哼一声，抬腿往外走，坐上大车回家去。

崔郎中经过面诊把脉，对陈虎说，赶紧准备后事吧。陈虎把对方送出门后问家丁，黄郎中来了没有？被崔郎中听到后，飘过来一句话，即便华佗再世，陈兄也没有还阳之气。

绝望的陈虎转回院里，看到几个跳大神的人，仿佛抓到住救命稻草一般，大喊，快快，给我爹——几个人风一般刮进北屋，手持招魂幡，敲着小鼓，连蹦带跳，连扭带晃，连说带叫，两男两女，所有人的声音都被淹没，幸亏房盖结实，不会被拱翻。

铁猴和红玉来到北屋门外，和陈虎打一个照面，对方没有任何反应，两人转身向外走去。红玉说：走吧，再待下去还有啥劲，发丧用不着咱们。

两人走进胡同里，前面出现两个熟悉的身影，两个人打斗在一起，铁猴几步蹿过去，原来是跛子和陈海林扭打在一块。陈海林骑在跛子身上，年轻体壮的他占了上风，使劲从跛子怀里往外掏东西，跛子拼命摁住胸脯。红玉奔过来，一股怒气冲出胸口，不是冤家不聚头，还未倒出时间去找他，他竟然送上门来。铁猴一翻手腕，抓住陈海林的左手，一个反拧，疼得对方赶紧跟着往上吊起，红玉抬脚踢在对方肚子上，陈海林带着铁猴往胡同墙上撞去。她把鼻子眼睛冒血的跛子扶起来，铁猴抓住陈海林，四个人回到中院。

陈海林是陈百川的远房亲戚，他走进院子后眼睛就没闲着，总希望老陈家人能认出自己，尽管不是什么实诚亲戚，毕竟还算得上沾亲带故。当他来到吉三奎面前时，不免绝望了，老陈家人都在忙碌陈百川的事，谁去管他的死活，就连那些连平日里点头哈腰的下人，都懒得理他。

跛子走过来，把嘴贴到吉三奎耳朵上说：三哥，听说陈虎要拿咱红玉姑娘给他老爹冲喜，这哪成，赶紧扯呼。

这是真的？吉三奎吃一惊。

这能有假，有人亲耳听陈虎他老娘说的。跛子回答。

吉三奎一挥手：赶紧起棚。他很反感眼前这个年轻猎人，要不是看在陈老六面子上，恨不得一掌拍死他，哼一声说：让他给带路。

吉三奎也没跟陈虎打招呼，他知道今天的包银没影了，必须尽快离开这是非之地，预感很不好，总像有大事要发生。

吉家班一行人走出三道河子，这次吉三奎没坐大车，金枝和吉武文坐在车上，她可不想跑路，自己是班主夫人，得拿捏着点。吉武文更不想走路，那多累！再说班里大多数人看自己不顺眼，懒得和他们搭腔。吉三奎和红玉并肩走着，铁猴和跛子等人跟着大车后面。小北风和漂子押着陈海林走在大车前头。

红玉说：这陈虎一看就不是善茬，他要是把老爹哏喽屁（死）的事赖到咱们头上，说是被哪吒踩风火轮吓死的，咱有八张嘴也说不清楚，在他地盘上，咱上哪儿说理去。

是啊，这就是教训。吉三奎嘬嘬牙花子说：吃一堑长一智，啥叫经验，就是从这些倒霉事上攒出来的，在江湖上行走，不是看你能赚多大名头，得看你能不能从倒霉窝子里爬出来。

红玉点头：三叔，以后暗棚子别再做了，一旦失手，便坏了咱们的名声。她指的是跛子踩点偷东西的事。

三叔早已收手，跛子顺手牵羊，一会儿我说说他。吉三奎说得轻描淡写，其实跛子的行踪他是知道的，若不是他默许，跛子怎敢这么做。

顺手牵羊，如果别人牵了驴，他在后面拔橛子，等怨主找上门，看你这张老脸往哪儿搁。吉三奎把陈虎要纳红玉冲喜的事告诉对方。红玉有点后悔，当时不如找个空子狠狠教训一下陈虎，让他知道锅是铁打的。走出去四五里路，天渐渐黑下来，山道上很难见到行人，也没见三道河子的人追上来，红玉慢慢想明白，这很可能是跛子做的药，糊弄班主赶紧离开三道河子，怕他做的事露馅，脱不了身。她放慢脚步，等跛子和铁猴走上来，问道：跛叔，你不说陈虎不放过我吗，咋不见他追上来？

这、这个，可能是他正在忙丧吧。跛子眨眨眼。

吃柳条拉笊篱，你可劲儿在肚子里编。红玉反感道：孙奶奶说，每个人都有他的价值，任何事都有它的规矩，人若不能明白他的价值，做事不能遵守规矩，江湖上便不能容纳他，绿林道上也不会认可他。跛叔，别怪侄女不给你好脸子，这事你做得就是不地道，凭咱们的本事，吃喝不上吗？剩下几个铜子还能攒起来，以后别再干这些桌子底下的事，给自己积点德，多讨几年寿。

跛子听得脸红脖子粗，这些话很刺耳，不中听，这丫头当着这么多人，一点面子也不给留，真是凌红飞的女儿。他本想狡辩几句，给自己找个台阶下，一看铁猴阴沉着脸，不得不打消念头，若他再张嘴，就真没自己的活路了，忙说：好好，瘸叔听大侄女的，今天这把活儿，都拿出来孝敬大家的五脏庙，以后金盆洗手、洗手。说着脚步慢下来，仿佛比平时拐得更厉害了。

红玉知道话重戳伤对方的心窝子，也放慢脚步，伸胳膊去搀扶对方，老了，这就是老了，他和铁猴差不大年龄，以后得多照顾着点。跛子被对方搀住胳膊，感觉走路轻松许多，一股惬意袭上心头，得意地扫一眼铁猴小北风等人，看看咱这人缘，吉家班的顶梁柱都这么给面子，亲自搀扶着走路。

红玉已看出对方的心思，她不愿多想，只当对方老了，老人嘛，老小孩，问道：跛叔，我有个小小的想法，不知您老想听不？

想听，说吧。此刻跛子心情很好。

您老可否出点血，给石榴买件花衣服穿怎样？以后她就是俺亲妹子。

就这事？这算啥事啊。跛子一下慷慨起来，平日里多让他买一个窝窝头都得寻思半天，马上掏出一块大洋递给红玉：拿着，给她好好捯饬捯饬，别给咱红玉丢面子。刚说完又把手伸进怀里，有点尴尬，哪有这么送东西的，给石榴不给红玉，掏出一个翡翠手镯递给对方，低声说：大侄女，这个物件能值个十块八块的，拿去当了，给自己添两件衣服，快收起来，别让金枝那娘们儿看见。

红玉有心推辞，但又怕伤了对方的心，跛子和铁猴已把自己当成孩子看待，在这混沌凶险的社会里，大家只能相互照顾着往前走，只好不情愿地接过来装进兜里说：谢跛叔，那我就不客气啦，不过你也给自个多攒几个钱，你没家没业，只要还能跑动，咱班子就不会扔下你不管。

一向口无遮拦、玩世不恭的跛子，竟也有哽咽的时候：不瞒你说大侄女，你跛叔就盼着凌家班复班那一天，不说了、不说了。

红玉知道对方想的是什么，现在自己还不能做出什么承诺，只能沉默，铁猴叔也曾流露此意，玉儿姑姑说得更明白，找时间直接把吉三奎赶走，归还凌家班。但自己不能那样做，二十几年来，吉三奎虽然对自己不好，甚至几次想扔掉自己，可自己能活到现在，并成为一个全乎大把式，没有人家自己走不到现在，就凭这一点，自己也不能有其他想法。知恩图报是江湖中人之大义，爹娘虽没教过这些，但从孙奶奶那里学到不少。

铁猴走上来说：跛子，给大家掐算掐算，咱们流年不利啊，一步一个坎儿、一地一个灾，出关后就没消停过，二道沟子，野虎岗，花脸豹，三道河子，还有陈虎这厮。

平时跛子一听这话准来劲，不知为何，现在却没这个兴趣，指着大车前边说：别让这厮往前送了，他可是这里的活地图，等天全黑下来，把咱们送上哪个绺子的地盘可就真麻烦了。

铁猴一想，对啊，咋把这茬忘了，紧走几步赶上吉三奎说：三哥，不能再让陈海林往前带，这人心术不正，得提防着点。

行，那你去调理他一下，放他回去吧。吉三奎说。

铁猴向前走去，红玉跟上来。小北风和陈海林停下来，让过大车和众人。铁猴对陈海林说：你可以回去了，给你爹捎个话，吉家班没有对不起你们的地方，是你对不起我们。别以为我不知道你从二道沟子跟过来是什么意思！铁某奉劝你几句，在江湖上混，你还是个雏子，太嫩，碰上我算你捡着了。

别、别，下手轻点儿，再也不敢啦。陈海林真怵头这伙打把式卖艺的。

我看不见得不敢，得让你长长记性。红玉抓住对方胳膊往上一撩，咔嚓一声，对方胳膊脱臼，铁猴把另一只胳膊肘关节卸下来。

饶命啊、饶命啊，我得指着胳膊吃饭啊。陈海林不停告饶。

红玉愤愤地说：江湖有江湖的规矩，做人有做人的道理，你这么随意糟蹋老乡亲的信任，干坏事是要付出代价的，有时会付出性命，看你的运气吧，尽量别碰上野狼黑瞎子啥的，就你现在这怂样，连一只野狗也对付不下。

陈海林央求道：二位大哥大姐，给咱留下一条胳膊吧，这万一。

赶紧滚蛋，别考验姑奶奶的耐心，要不我再卸下你一条腿。

陈海林吓得往来路跑去，不只是恨得牙根疼，把对方杀了的心都有，只怪自己没这个本事。他回到家后大病一场，病愈后不再上山打猎，也不再下赌场，跟着老爹侍弄家门口那块坡地。

天黑下来，关东和鲁北平原不同，不但村庄稀疏，还经常会有山沟山头出现在前边，放眼望去黑乎乎一片。铁猴和红玉被大车拉下一段距离，两人无意追赶。铁猴沉思片刻后说：红玉，猴叔讲一个和你有关的故事，听后装在心里，任何人都不能说，明白吗？

猴叔你说吧，红玉知道轻重。她知道对方是班里最关心自己的人，而且和爹娘的关系很好，从对方嘴里说出来的事，指定不一般。

第五十八章

吉家班黎明前来到一个叫铁匠铺的山坳里，这里只有十几户人家，散落在山坡上，吉三奎让大家停下来歇息一下，吃点东西喝点水，走了一夜确实都很累。跛子去打听下一站的情况，此地距离奉天还有一百五六十里路，翻过这座山，再往西走是半山荒，是个大点的村庄，有七八十户人家。

红玉对班主说：三叔，这地方住家户稀稀拉拉接不上溜，别撂地了，歇到快晌午时咱再赶路。

吉三奎点点头：也是，让大家抓紧时间歇着，攒足精神头赶路。

常年跑江湖的身体都不错，还有一辆马车当脚力，走旱路走山路算不了啥，落日前赶到了半山荒。红玉问吉三奎：半山荒是啥意思，咋叫这名字？不是咬嘴是饶舌。

这个、不清楚，这边是有这么叫的，管村子叫荒什么的，欲知详情，得问当地人。

漂子自作聪明：荒就是逃荒的人多呗，这还不好理解，指定是当年逃到这个地方的人，挤满半个山坡子。

也可能是这个地方荒凉吧。铁猴说。出关之后，铁猴的感觉不错，找老乡的机会多，随便聊聊便能认个乡亲。当然，这个老乡的范围很大，指的是从山东过来的。铁猴找到一个祖籍东昌府的张姓老乡，一个大院闲半截，老两口住一拉溜五间北房，大儿子在东北军当兵，驻军在奉天城，小儿子在奉天城里学徒。半山荒村有五百多口人，在周围算是大村子，不知多少年前，聚集一伙逃荒讨饭的到此，是杂姓村庄。张老汉是火暴脾气，用老伴儿的话说是二踢脚，点火就蹿上去，有其父必有其子，两个儿子没有一个慢性子。

张老汉见老乡来了，一听口音就知道是宁乐一带的，说啥也不让班子住别人家，大车赶进大院，把吉三奎铁猴红玉等人让进房间，倒上开水就开始唠嗑儿，刚问几句老家的情况，吉三奎便把自个儿的想法说了出来。这一下不打紧，立马点着了二踢脚。张老太太站起身来摁两下没摁住，张老汉就开始骂大街，妈个巴子的，一提奉天老子就来气，你们去不成啦，让这帮瘪犊子小鼻子（日本人）给占啦！

红玉不解地问：八国联军又打进来了？那也应该去占京城，咋跑到奉天城来折腾？听奶奶说，东北王厉害着哩，有几十万军队，没人敢招惹，这伙小鼻子吃了熊心豹子胆不成？

张老汉听罢更是气上加气，接着骂：东北王厉害那不假，要是不厉害能在几年前让小鼻子炸死，也不是小鼻子吃了啥豹子胆，他们这不是看到东北王被踢腾了嘛。

这话得从半个多月前说起，八月初十那天傍晚，我那老大带着几个人窜进家门，那熊样子甭提有多狼狈，整个人都血呼啦的，说是一下子蹿了六七十里路。张老汉站起来比画着：不是老汉夸嘴，我那老大是条汉子，几年前跟着旅长当排长，那可是东北军第一旅，三几个人近不了身，一支冲锋枪外加一把盒子炮，那叫个威风，怎么看也和这鳖孙子样对不上号，老子还没问出个子丑寅卯，老大竟大号起来，这可从来没有过啊，你让他掉眼泪，那可难啦。边号边骂边跺脚，我和他娘也插不上嘴，断断续续听了个大概其，奉天北大营让小鼻子用大炮轰了，那里驻扎着东北军万把人，那可都是响当当的东北子弟军啊。

你们不信是吧？老汉也不信，要说老大的旅长也真是条硬汉子，带领老大他们这伙老部下，硬是同小鼻子死磕好多天，后来，双拳难敌四手，这才撤出奉天城。老大说跟着旅长上山抵抗，死活绝不做亡国奴，这才是老子的种。老二一直没消息，我想进城打听打听，老大说你甭去了，老张家没孬种。

铁猴伸出大拇指：张大爷，你儿子们都是好样的。

吉三奎也说：就该往死里收拾这帮龟孙子！三十年前在天津卫，我和师父师哥跟这帮洋鬼子拼命，这不，落下这几处伤疤。吉三奎歪头给对方看。

哎呀，没想到老哥你打过八国联军狗日的！可惜我那老大不在，你给他学说学说是怎样揍这帮龟孙子的。张老汉对吉三奎肃然起敬。

老百姓又要遭殃了。吉三奎说。

国民政府咋不命令军队抵抗？任凭小鼻子在咱地盘上胡来？红玉气愤地说。

听老大说，上峰不让抵抗，任凭小鼻子折腾。老大临走时撂下话：爹娘，你们记住这个日子，中华民国二十年九月十八日，也就是八月初七，耻辱日啊！我找旅长去了。他走后我才听乡亲们说，那晚老大从村里带走十几个兄弟，都是和他从小一起长大的，都带着家伙什，走到村头齐刷刷跪下，给半山荒磕头，给爹娘磕头，这是啥，这就是想一去不回啊，老汉我还能说什么，好样的，有种。

张老汉这一番话，说得红玉直憋气，说得吉三奎一个劲儿往上挺胸脯，听的铁猴心往直往下沉。

吉老哥哥，你们赶紧往回折，别在关外凑热闹，日本关东军说不定还能整出啥幺蛾子来，你们不是本地人，给你安个啥罪名都说不定。这帮瘪犊子占了奉天又占长春，听说连吉林也打下来了，这可不是个好兆头。张老汉奉劝吉家班赶紧回关里。

既然来了，咋也得撂个场子。红玉望着吉三奎说：明天咱给半山荒的乡亲们耍把一场，不让乡亲们掏兜子，白看！告诉兄弟们把看家的本事使出来，让关外的父老乡亲们记住，还有咱关里的穷亲戚惦记着他们。

好！红玉说得对，就这么办，张老兄弟，拜托你给撒个信儿，明天早饭后，东边空场上，我吉家班献给各位乡亲们一场绝活儿。

吉老哥哥放心，这事我能办到，晚饭都在我这儿吃，咱有啥吃啥，别嫌弃。张老汉爽快地转头对老伴儿说：把老存货都拿出来，多整点好吃的。

这还用你说，老家吃不着野山货，我这就去掂配，炖上一大锅。张老汉老伴儿像见到娘家人一般。

看这事整的，多不好意思，还让二老破费。红玉道谢。

姑娘，这嗑扯远啦。乡亲乡亲，见到家乡人亲啊，几顿饭算啥。张老汉说。

吉三奎等人来到院子里，大家正聚集在一起，七长八短议论。跛子有几分担心，说：这人哪，要是一步赶不上，就步步赶不上，人家闯关东，顺当来顺当去，咱闯关东却闹得这么凶险，还赶上个小日本子闹东北，跟老家闹虫灾一样。有一年过蝗虫，天空中黄乎乎遮满半边天，地上黄压压一片，走路都不敢下脚，等那蝗虫一过去，地里的庄稼光剩下麻杆子，乡亲们没得吃，就拿笤帚往簸箕里扫蝗虫，回家烤着吃，那叫一个香。

红玉乐了：跛叔，你说这过小日本兵也和过蝗虫一样，抢走咱的粮食，咱们把他们烤着吃，那敢情好。

第二天上午，在村东头一块还算平整的空地上，吉家班开始拉场子撂地，吉三奎让小北风等人搭刀山架子，跛子拎着铜锣，望着越聚越多、越围越厚的乡亲们，今儿人气不错，兴许能多挣两个。

铁猴一把夺过铜锣：你省省吧，今天乡亲们白看。

噢，是这样，好好，那咱就省下一道手续。跛子又把铜锣夺回去，放进口袋里。

小北风把一把把铡刀固定在架子上，然后用手把把劲儿，铡刀片必须水平稳定不能斜和晃。

红玉走过来说：今儿我上，你给我把风。小北风近日感风寒，身体不适。

没事，还是我来吧。这是小北风的拿手活。

吉三奎望着铁猴。

跛子讥讽道：昨晚和银枝折腾过劲儿，蹬被子啦，悠着点嘛，日子不比树叶子长。

银枝拎着三只棒槌走过来，杵了跛子一棒槌：臭嘴，信不信我把你门牙杵下来?

铁猴冲吉三奎点头，吉三奎这才对红玉说：你上，提神聚气，别跑范儿。

放心三叔，这又不是头一回。红玉信心满满。

跛子开始转场子、扯白口。银枝手里的三只棒槌上下翻飞，不停变化着手法，漂子突然又扔过来一只棒槌，加入那三只棒槌中间，只见银枝不慌不忙，两只手有序地接抛着四只棒槌。

石榴看着红玉问：姐，你这鞋底能扛得住踩吗？那铡刀片雪亮，千万别把鞋底割漏，伤着你的脚底板。

傻丫头，穿靴子爬刀山谁不会，那还有啥看头，看得就是光脚丫子踩铡刀片。

场子另一头是漂子耍空竹，这都是给重头戏上刀山开场子。铁猴准备好宝剑，耍完上刀山，接下来是他的吞宝剑。吉三奎把小北风的耍钢叉搁在后边，有心照顾一下他。

红玉一身红衣，额头上扎着一根红丝带，在额前打一个蝴蝶结，来到刀山架子前，冲周围乡亲们抱拳施礼，然后开始爬刀山，每爬上一个铡刀，都做一个漂亮的展臂动作。关外很多人来自关里，即使没看过也听说过，上百人围拢在场子周围，眼睛盯着铡刀上的红衣姑娘。一个说，听说过小伙子爬刀山，没见过姑娘干这活儿，看来这姑娘功夫了得。老外了不是，这里面有门道，你以为她脚丫子真是铁脚板。不服是不，你上去试试？

红玉爬到刀架子顶端，在上边做朝天蹬、燕飞等动作，众乡亲们伸出大拇指称赞不已，有人甚至决定要完后，过去亲自踩踩那铡刀片。

救命啊，杀人啦！一阵大喊声传过来，人群一种骚动，红玉站得高看得远，只见一个披头散发的人向这边跑过来，后面有几个人追赶。她对下面大喊：三叔，快救下那姑娘，有人追杀她。

稳住，提气，别咋呼！吉三奎冲上面喊。

小北风见红玉招手，赶紧抱住一根竹竿走上来，红玉伸手搭上竹竿，一下出溜到地面，来到班主面前。这时，一个姑娘左手捂住右臂，鲜血染红胳膊，跑进场子，扑通一下跪在吉三奎和红玉前面大哭：日本子在我家吃饭不给钱，还砍了我爹娘，大叔救命啊！

这时，人群忽然闪开一条裂缝，七个手持长刀的日本人，有两把刀身带着血迹，成一排站在场子边，瞪着凶狠的目光，扫视着吉家班的人。

姑娘别怕，来到吉家班，没人敢再伤害你。吉三奎冲红玉一摆头。红玉上前一把拎起小姑娘拉到身后。

吉三奎盯着对面的七个日本人，冲远处的铁猴做手势，看来老夫要卖卖老了，伸手抚摸着脸上的疤痕，既然你们找上门来，那老夫就拿你们的人头来祭奠师父吧。

张老汉望着站在场子边的七个人说：这些该天杀的日本浪人，又来祸害乡亲们。

左边三个是日本武士。吉三奎心情沉重地说：既然恶鬼送上门来，便一个都不能放过，杀人必偿命，现在老夫就给这位姑娘的爹娘讨个公道。

跛子一见这阵势，知道自己那两下子上不了台面，不由胆怯，对吉三奎说：班主，咱别掺和了，和他们架梁子不合江湖规矩，人家不是冲咱来的。

江湖规矩就是杀人偿命、欠债还钱！他们从日本岛跑到咱关东来杀人，这又是什么江湖规矩？红玉大声说。

小姑娘指着日本浪人说：他们杀了俺奶奶和爹娘三条人命啊。

吉三奎对吉家班的人大声说：跟强盗讲什么江湖规矩，并肩子上，别留后手。

铁猴拎着宝剑往前窜过去：吉家班的兄弟们，今儿让他们来得去不得。

小北风拎着一把雪亮的铡刀片，银枝一手一只棒槌，漂子的空竹变成绳镖，石榴双手攥住一根齐眉棍，十几个人抄起家伙挡在七个日本人面前，张老汉举着一把三齿粪叉大声说：乡亲们别怕，有吉班主给咱们做主，揍这帮狗日的。

这话吉三奎听着受用，什么时候吉家班能受到众乡亲们如此看重，仿佛又回到三十年前，他对红玉说：给你爷爷，我师父报仇的时候到啦。对日本浪人喊道：短腿小矬子，三十年前老子就没含糊过你们，脸上这道疤就是你们留给老子的，今儿拿命来还。

红玉紧握单刀大声说：爷爷你在天上看着，孙女取小日本子人头来祭奠您老。

金枝哪里见过这种阵势，忙上来拉吉三奎：快跑吧，别拼命啦，不值得。

滚蛋！别把人丢到关外来。吉三奎骂着，又对铁猴喊道：点子硬实，下重手。

放心吧三哥，兄弟这把宝剑多年没见血了，今儿开开斋。铁猴回答。

吉武文知道这场厮杀避免不了，忙拉着金枝就跑：赶紧跑，快点。

吉三奎迎上去接住一个日本武士，铁砂掌迎住对方武士刀。铁猴的宝剑架住一个日本武士的钢刀。红玉和小北风两面夹击，围住另一个日本武士。其他人把其余四个日本浪人围住，一场拼杀就这样开始了。

双方一动上手，吉三奎眼观六路，明白这场打斗并不轻松，这些日本武士的功夫均不一般，都是受过严格训练的武士，那四个浪人的功夫虽然赶不上武士，但一般人也抵挡不住。幸亏吉家班的班底子是武把式起家，他大喊道：下重手，下死手，别留后手，把他们都撂倒。他知道如不能尽快结束打斗，自己这边很可能要受重创。面前这个日本武士，是这七个人里功夫最强的，一把武士刀使出的是日本柳生家族刀法。他突然脚下一滑，身体向左倾斜下去，对方看到机会，刀锋闪电般砍到吉三奎胸前。红玉大喊着：三叔小心。抢上来解救，她身后的日本武士挥刀跟上来。

吉三奎连喊得时间都没有，硬硬把身体侧过半个身位，左掌猛力拍在对方钢刀上，钢刀往下一沉，让过刀锋，右掌全力拍在日本武士的胸膛上，砰一声，日本武士被震飞，往后飞出去七八步撞在石榴身上，她挥齐眉棍，狠狠砸在对方头上，直到那颗脑袋变成血葫芦。

吉三奎这一掌，用尽全力，红玉赶过来救他，那武士飞出去后，她也扑到跟前，她身后的武士钢刀也劈到后背，吉三奎大惊，赶紧伸手拉过红玉，那把武士刀瞬间插进他右胸，小北风抡起大铡刀砍在武士的头上，一颗脑袋劈成两半儿。红玉抱住吉三奎：三叔，你没事吧？

吉三奎伸手拔出武士刀拄在地上说：快，把这帮龟孙子收拾干净。

红玉挥刀冲上去，铁猴已将另一名武士砍翻在地，解决掉三名武士，四个浪人见状不妙，边打边撤，吉三奎大喊：别留活口。

铁猴也喊道：一个不能留。

红玉和小北风围住一个日本浪人，小北风手里那把沉重的铡刀片，一下把对方的武士刀磕飞，红玉趁机把钢刀插进对方胸口质问：你服不服？

铁猴刺穿一个浪人脖子说：中国人不是好欺负的，滚回东瀛去。

四个日本浪人很快被解决掉。红玉赶紧给吉三奎包扎伤口。铁猴对张老汉说：这位姑娘你妥善安置，我们得赶紧走，这伙日本人不会善罢甘休，你把事情推到我们身上，是我们给这位姑娘报的仇，与半山荒的乡亲们无关。

红玉对张大伯说：大伯，小日本子也是肉长的，一刀下去也是一个窟窿，越怕他他就越长脸，咱甭管啥大帅少帅，咱老百姓就认一个死理儿，他日本人凭啥上咱家里来杀人放火？凭啥！你家大哥是好样的，就是和他们死磕。

姑娘，你这话老汉听着顺耳，也提气。张大伯伸出大拇指：给大伯留下个名号。

俺叫凌红玉。红玉把滴血的单刀在日本武士身上擦拭干净，然后又猛踢一脚尸体：就这点本事还敢来咱这儿撒野，找死。

腊月姑娘跪在吉三奎和红玉面前哭着说：谢班主给我报仇，我没亲人了，也没家啦，想跟班主闯江湖去，还望班主收留。

红玉拉起腊月说：腊月妹子，我们没个正儿八经的落脚点，你还是跟着张大伯吧，这儿毕竟是你的家。

张大伯拉过去腊月说：吉班主，你们抓紧走，我替乡亲们谢谢你，替我们出了这口恶气。等我那小子带着队伍回来，我一定让他好好收拾这帮龟孙子。

吉三奎抱拳施礼：兄弟，说谢就远了，我不出头谁出头，三十年前在义和团，我师父就说，咱这么好的家园不能让这帮外国孙子糟蹋瞎了，脑袋掉了碗大的疤，脖腔子里蹿出来血也是中国爷们儿的骨气，服软就不是咱炎黄子孙。

红玉在一旁听罢三叔一番话，不由肃然起敬，三叔变了，变得高大起来，她低声说：三叔，少用气力。

张大伯上来抓住吉三奎的手说：老哥哥，啥时路过咱家门，一定进来坐会儿，咱哥儿俩投缘啊。

吉三奎点头，忍着疼痛说：老兄弟，别怕，怕没用，伸头缩头都是一刀，挺直腰板跟小鼻子干，咱不能让他们骑在咱脖子上拉屎。然后对红玉摆手：起棚。

红玉忙招呼众人收拾东西，套好马车，把吉三奎扶上车，按原路向山海关走去。

张老汉和乡亲们送出村口，站在村头一直到吉家班消失在视野之外。

第五十九章

吉家班一路紧赶，傍晚时返回山坳里的那个只有十几户人家的铁匠铺村。跛子来到一户人家询问，是否可在此歇歇脚，这家里只有一个六十多岁的老太太，儿子和老伴儿去山外卖野货未归。开始老人不愿意招揽外人在家住，跛子是凭嘴皮子混饭吃的，拉着拉着便把老人家心眼儿说活泛了，不但答应都住下，还拿出干粮来招待大家。红玉等人把吉三奎搀扶到房内大炕上，这才发现班主伤得不轻。铁猴拿出祖传的红伤药倒在伤口上，用包皮布把胸脯缠起来。吉三奎不时咳嗽，一使劲伤口就往外渗血，很快就把包皮布浸透，他感到气力不支，对红玉一招手，她赶紧抓住对方的手。铁猴沉重地对大家说：班主伤得不轻，今夜都精神着点儿。

老太太刘氏，祖上是山东章丘人，为人谨慎小心，见班主重伤，便把铁猴叫到一边问根由，铁猴如实相告，刘氏听罢由衷佩服，赶紧拿出一根老山参，切片熬汤给吉三奎喝，并不停地絮叨，这老山参是老伴儿二十多年前在深山老林里挖到的，不管家中有啥急事都没舍得用，看你这人挺仗义，敢为一个不相干的人出头拼命，老婆子尤为敬重，喝下它能救命，这是听一个老郎中说的，老山参重在补气血，刀子捅进胸口里，你这就是破了元气，不大补怎成。

吉三奎甚是感激，在这点上他比刘氏明白，师父铁掌凌略通岐黄之术，人活一口气，没了这口气也就完了。他清楚自己的身体，此时此刻，再好的药也救不了自己的命，一只脚已经踏进鬼门关，现在是在挨时候，脑子里不停翻篇，以往那些乱七八糟的东西都冒出来。

掌灯后，吉三奎开始大口吐血，他知道自己的心血即将熬干，要不是刘氏的那根老山参，恐怕刚才就已一命归西。他抓住红玉的手，吃力地说：三叔知道你是个好孩子，重情重义，敢作敢为，这也是三叔不放心的地方，江湖中人，每天都得面对很多麻烦和危险，以后尽量别强出头，能退一步不进一步，少架梁子多结亲。

明白三叔，可是像这帮小鼻子，咱就不能手软。红玉说。

这个自然，武林中人活得更要有骨气，在这点上三叔没看错你。咱们国家多灾多难，就像一个年久失修的老宅院，透风撒气不说，还四壁掉皮，或许禁得住几场大雨浸泡，却禁不住洪水冲击。家庭不和外人欺，自个窝里斗，小日本子能不惦记？多几个杨家将岳飞，少几个秦桧啥的，兴许国家还有个救。

铁猴心情很沉重，看到吉三奎渐渐衰弱的样子，人之将死其言也善，得让他把该说的话都讲出来。

三叔，有啥话你尽管说，红玉听着。她担心的终于来了，这次吉三奎可能真就挺不过去，他走了班子咋办，金枝和吉武文咋办？

吉三奎声音微弱，指着儿子说：瞧你这个怂样，跟你亲爹一个德行，幸亏不是老子的种，要不然老子到了那边，有何脸面去见列祖列宗。又把寒冷的光落在金枝脸上：我走后，你们一家子苟活吧。

吉武文听罢一惊，这可是大事，自己竟然不是吉三奎的种，对其叫嚷着：我是谁的儿子？亲老子是哪个，站出来！

金枝双手捂着脸哭喊着：别说啦、别说啦，你个没良心的东西，你走了也不想让俺安生啊。

吉三奎的目光扫过红玉铁猴等人的脸，最后盯住跛子说：兄弟，把这糟烂的日子过下去吧。说罢闭上眼睛。

跛子心头一震，都死到临头还扯这闲篇子干啥，反感地问：三哥，你这是说的啥话？

人话！吉三奎睁开眼盯住对方：一会儿到那边再说鬼话。

红玉如晴天霹雳，原来吉武文是跛子的亲儿子，她咚咚跺脚，这都干得是什么事啊。铁猴虽是老江湖，却也没能看出几十年的老兄弟，还藏着这么一手，和金枝有一腿，她可是班主老婆。他不知为何，吉三奎能忍下这口气，临终前才把这个秘密说出来。现在倒也用不着藏着掖着地拉帮套，吉三奎一咽气，这三个人搬到一起过日子就行。吉三奎岂不成大头孙，这么多年的日子是给跛子过的，更不知他是何时当的王八，就凭跛子那两下子，吉三奎不用二分力气就能把对方掐死。可惜的是，吉三奎到死也没能看透此人，虽然两人交往几十年。

吉三奎突然睁开眼睛，立马精神许多，让红玉把他扶起来，把大家扫视一遍，说：从现在开始，吉家班改成凌家班，红玉掌班，大家都听她的。我死后就地掩埋，待时局消停后，红玉铁猴你们再把我接回老家和爹娘埋在一起。他伸手指着金枝和吉武文说：你俩不准进我家祖坟，你们不是我吉家人，红玉你记下了吗？

这让红玉很为难，人家一家人过了这么多年，又是家事，自己如何接话茬，但是面对一个将死之人，又不能不答应对方，这可能是三叔回光返照，忙答应道：三叔，红玉听你的。

吉三奎冲铁猴一点头，铁猴忙凑上前来抓住对方大手说：三哥，你可要挺住啊，咱老哥儿俩还没唠够呢。

兄弟，你是个明白人。吉三奎自感气力在减退，使劲攥住对方的手说。铁猴赶紧答话：我知道、我知道，三哥有话你说。

兄弟，咱老哥儿俩一晃这几十年混过来，有些事你知我知，三哥拜托你，照顾好班子，照顾好红玉，她还年轻，需要帮衬着，你答应三哥，一定要把我送回关里老家。吉三奎急急喘息几下说：临了能办件亮堂事儿，对爹娘也是个交代啊。

铁猴神情暗淡悲戚，忙回答：三哥你放心，兄弟一言九鼎，一定把你送回老家。只要铁猴还有一口气，凌家班的事，红玉的事，就是我铁某的事。

突然，吉三奎倚靠在红玉怀里，目光失去光泽，声音减弱：我找师傅师哥师姐去，红玉，乔峰是好孩子，三叔祝福你们，回老家张学武村找一个叫张富忱的人，他参加过北伐革命军，听说还是个不小的官儿，兴许知道乔峰的下落——

三叔、三叔你醒醒啊？红玉大声呼唤。

吉三奎没再睁眼，眼角挤出几滴泪珠，大口鲜血喷出来。

金枝扑上来一把抱住吉三奎，哭喊着：你个老东西，你不是东西啊，你害我一辈子，你不得好死啊。

红玉真想抽她一顿嘴巴子，是谁害谁还不知道呢。

吉武文也上来拉扯吉三奎，你为啥不让我当班主？班子是咱吉家的，为啥传给一个外人，我是你儿子，你死了我接班才对。

跛子一撇嘴骂道：你就省省吧，就你这德行，当上班主还不改成窑子赌场，班主积攒下的这点家当，用不了几天就被你败光。

金枝转脸骂跛子：你个死瘸子，他可是你亲儿子啊。

吉武文没想到，平日里自己最瞧不起的跛子，竟然成了自己的亲爹，这如何能接受，对方又在骂自己，立马回击：你不是我亲爹，老子没你这样的爹。

你当老子愿意当你的爹，瞧你这缺德的德行，我怎么整出一个你这样的败家玩意儿。就他这一句话，已不打自招。

金枝恨不得找个地缝儿钻下去，她不知道如何面对躺在炕上的丈夫，更不知怎样面对红玉等人。

铁猴对红玉说：人已经走了，赶紧处理后事，你现在是班主，大主意得你来拿。

猴叔，我哪儿经历过这事，你得帮我。

猴叔就等你这句话，好，我来操持。铁猴对金枝母子说：不管现在发生什么，都得放一放，先给班主办理后事，你娘儿俩给班主净面净身，换上干净衣服，我和红玉去办其他事。

两人把刘氏叫出来。铁猴说：刘嫂，我们想给班主寻一个棺木，不知这村子里有没有？

刘氏连想也没想就回答：我这没有，有的户家指定有，这玩意儿谁家有多余的，你看这样成不，我敬重吉班主是一条汉子，不想让他到了那边睡露天地儿。我家有一个卧柜，够尺寸，这可是我娘家陪送的嫁妆，比棺材质量还好，还真有点舍不得给你们使唤。

刘大娘，你要多少钱我给你多少钱，你开价吧？红玉赶紧接话茬。

孩子，这可不是钱的事。刘氏说。

我知道，还有老乡亲情分在里面。

你说得对，这个数怎样？刘氏伸开手掌。

红玉心说，这老人家既要礼数还不少要钱：成，就这个数，我马上回去拿钱。

不急、不急，说妥就成，办完事再说，快去叫人过来抬卧柜，没有五六个人抬不动，老榆木打造的，结实佳杠。刘氏说。

铁猴跟着刘氏去看卧柜，红玉回去取钱招呼人。不一会小北风漂子跛子石榴银枝等人都来了。小北风铁猴几个人，将卧柜挪动到院里，大家插手抬起卧柜，正南正北搁在北屋门口。

红玉掏出六块银元递给刘氏：刘大娘，五块是卧柜钱，这一块是使唤您的房子和饭伙钱，这事不能声张，我们得连夜给班主下葬，还得麻烦您老跟着去看个地角，不碍事又好认，来年我再过来请班主回老家。

孩子，你真是个明白人，按风俗，外人死在我家，这本就是给俺家添腌臜，再把这棺材堵在我北屋门口就更不对了，我能答应，俺老伴儿也不干。可这话说来回，吉班主是被小日本子打死的，就冲这，咱们就是一家人，一家人不能说两家话，就是这个理儿。

红玉被感动：你真是我的好大娘、亲大娘。

行啦孩子，这事交给老婆子，你带几个人跟我去看地角挖坟坑。刘氏爽快地答应，她算看明白，这姑娘是主事的人，办事爽快。

金枝母子给吉三奎从头到脚抹干净，换上干净衣裳，又将一条破褥子垫在卧柜里，红玉和铁猴等人将吉三奎入殓，盖上卧柜盖子，小北风找来几颗大钉子，把盖子封死，大家动手把卧柜抬上马车，拉到山脚下，用绳子把卧柜放到坑底，几把铁锹很快就把土坑填平。

红玉说：别起坟头，左边有三棵大树，右边是一块卧牛石，好记。说着她猛踢吉武文一脚：快号两声，你爹把你养这么大不容易。

金枝这才碍着大家面，干号起来，哭叫声里夹杂着愤恨和怒骂。吉武文一滴眼泪也没掉，一个劲儿地数落着，既然你不是亲爹，为啥不早告诉我，你又不把我当亲儿子看待，把吉家班传给外人，哭你这没情意的破爹有个屁用！你到那边也吃不好睡不好，好好寻思寻思吧，不是我咒你，你就是这糟心穷腚的命。

跛子越听越心烦，上前一脚把对方蹬趴下，骂道：你个没良心的玩意儿，人家养你这二十多年容易吗，你就是个白眼狼。

吉武文爬起来抓住跛子就打：你个臭瘸子，你以为你是谁，就算你把我鼓捣出来，那也是你玩得高兴了。

红玉脸通红，上前拧住对方手腕，一个小擒拿，将对方摔在地上，怒斥道：以后你再敢跟跛叔动手，我撅断你的胳膊腿。不光是他，以后谁敢和猴叔跛叔北风叔这些前辈动手，别怪本姑娘手下无情，咱凌家班不兴这个。说到这里，她拎起吉武文用力一甩，把对方扔在坟上。金枝怨恨地瞪一眼红玉，把儿子拉起来。

铁猴微微点头，跛子感激地望着对方，小北风伸出大拇指，这凌家班就是和吉家班不一样，往日里，以少班主自居的吉武文，没少辱骂欺负大家，是该有人管管他。

红玉放下铁锹对着坟墓鞠躬施礼：三叔，您老先关外待一段日子，等时局消停些，侄女再过来接您回老家，我记着您老的话，叶落归根。

大家都跟着红玉给吉三奎行礼。

掩埋完吉三奎，大家返回刘氏家中，红玉刚把人拢齐，想把以后的事情说几句，刘氏领着一个姑娘走进来。腊月？红玉吃惊地问：你怎么来啦？

腊月抹一把眼泪，又擦一把鼻涕，凑到红玉面前说：大姐，张大伯让我来送信，那伙日本狗又进村折腾，挨家挨户搜查你们，见人就打骂，大伯让你们赶紧走，他们搜不到就会往这边赶过来，大伯说你们别按原路去山海关，绕道回关里。

噢，是这样。红玉心情沉重地说：这不连累乡亲们啦，我们道儿不熟，还有哪条道儿能到山海关？她看着刘氏。

我给你们带路，我和俺爹跑过几回关里，有一条小路能绕过去。我不能再回半山荒，爹娘都被小日本子杀了，回去也是个死，你们给我报了仇，我感激你们，等把你们送出山海关，我自个儿讨饭去。

刘氏一把揽住腊月，心疼地说：傻孩子，饭是那么好要的吗？红班主，她一个十几岁的孩子，人生地不熟瞎闯不成，看在老婆子面上，你收下她吧，给口热乎饭吃。

红玉上前拉过腊月，抹去她的眼泪说：以后跟着姐，有我吃的就饿不着你。

金枝叹气道：这不成收破烂的啦？昨天收个石榴，今儿又收个腊月，后天还不知收个啥。

跛子一听就来气，指着对方说：你不是吉班主从大街上收来的吗？还有银枝，不收留你们，早就冻成肉干。

吉武文见跛子又训斥娘亲，立马凑上前来抓对方，红玉一掌拍在对方肩头上，吉武文跌坐在地上，这一掌拍得不轻。不长记性是吧！红玉大声说。

铁猴见时候不早：红玉，抓紧说，该赶路了。

红玉扫视大家说道：吉班主走了，凌家班继续干下去，谁有想法说出来，想走我不拦，还给盘缠。愿意留下来，还和从前一样，该干啥还干啥。在这儿我要说明白，亲兄弟明算账，金枝吉武文，每人记一个账，吃喝班里兜着，愿意干啥点儿啥就干点儿啥，不愿干还和过去一样待着。说到这儿她看一眼金枝：我知道你两人想说啥，最好别说出来，还是那句话，愿走愿留随便，红玉二话不说。

想撵我们走，没门！吉武文想发飙，望着对方那严厉的表情，把到嘴边的话又咽回去。凭啥走？这是我爹一手积攒下的家业，本就该是我的。只不过是他老糊涂，咽气前六神无主，才把班子交给你经管，看把你能的，早晚小爷会把属于我的东西夺回来。再说，还有我那瘸爹破爹在，虽然不知他当年和娘亲在什么高兴的地儿一哆嗦把我挤了出来，但我毕竟是他俩的后种。两个老东西，就陪着小爷在这儿熬吧，咱仨一起把红玉熬死。想到此，竟然有一种卧薪尝胆的感觉。过去啥时候想过这么多复杂的问题，有老爹撑着，再大的雨水也淋不着自己。老爹在世时，一切过得还成；老爹一走，让他有一种恐惧，全然不是那么回事，难道这就是江湖？

红玉没搭理吉武文，继续说下去：凌家班就是凌家班，和我爹娘在世时一样。她看一眼铁猴，说：我不在时，班里的一切事物由猴叔经管，找他和找我一样。

铁猴点点头，这孩子心思够用，以后还得多帮衬着她点，他仿佛又看到凌红飞的身影。

以后我和大家一起吃住，跛叔，你随便吧。红玉把话过渡到跛子身上，意思是，你也可以和金枝母子一起过活。

跛子尴尬地一咧嘴，没说话。

吉武文认为红玉这是忘恩负义，把自己和娘的特权取消，记一个账够干屁用，气愤地说：红玉，我爹可待你不薄，你不能卸磨就宰驴。

对方这话，引起红玉极大反感，过去二十几年，吉三奎对自己怎么样，大家心里清楚，只不过是在他人生最后时刻，用性命替自己挡一刀，给混沌的人生画上一个满意的句号。先前的吉三奎和最后的吉三奎，在她心里，怎么也不能画出一个等号来。当然，吉三奎不管做错多少事，她都会原谅他，他三十年前打八国联军和今天杀日本鬼子的义举，已经超然于江湖上单纯的行侠仗义，就凭这点，他就是一条好汉。心里这么想，但见吉武文那气歪鼻子的模样，说出来的话就有点变味：虽然我失去这棵歪脖子树，却得到一片大森林。这话是从玉儿姑姑那儿学来的，可能词不达意，没把自己的想法表达准确。

铁猴对吉武文说：老黄历，翻篇吧，北风去套车，起棚，走人。其实许多家伙什还都在车上，大家很快集中在院外，刘氏拉着红玉的手舍不得：红班主好人哪，啥时再走到我这儿，一定进来坐坐，一碗开水一顿饭，大娘还管得起，把这些干粮带上，饿了将就吃几口。把一个包袱塞到红玉手里：腊月还小，多担待着点儿，都是苦命的孩子。

放心吧大娘，我会把她当亲妹子看待，红玉还得麻烦您老，给看着我三叔的坟点，别让狼狗啥的给掏了去，来年安稳时，我就过来接他。

放心走吧孩子，这点事不算啥，我溜着点就是。刘氏一直把红玉等人送到小道上，这才返回家中。

金枝和吉武文坐在大车上，银枝腊月石榴也坐车上，红玉和铁猴走在最后。铁猴经过半山荒这场打斗和吉三奎的死，似乎感觉累了，说道：老啦，老喽。

猴叔你比三叔还小几岁，怎说老。红玉安慰对方。

没想到三哥是这个结局，没想到。铁猴有些伤感。

红玉在揣测对方的心思，他们二人有几十年交情，不管平日里怎么磕磕碰碰，一旦没了一个，另一个难免不伤感，需好好安慰一下：猴叔，您老家也没啥人，以后跟着红玉吧，我会像待爹娘一样待您，给您养老送终。三叔刚走，刚才当着大家的面不好言明，过去给您记的账太少，这样吧，以后您有需要用钱时就跟我说，多少都没关系。您是看着红玉长大的，红玉啥脾气秉性您最清楚。

使不得、使不得，猴叔不能再给你添麻烦，你有这个心猴叔就知足啦，以后你的路子还很长，我会尽力帮你。咱这个班子不好带，有啥难事就跟叔说，别的不敢说，我这张老脸，大伙儿还是给面子的。

我知道，羊羔虽美众口难调，我会尽力。红玉回答。

你现在是当家人，大家都看着你，猴叔不能再给你添麻烦。

这么说您老可就见外了，红玉几次遇险，还不都是您老出手相救。记得我八岁那年，还尿您一背后呢。红玉亲昵地揽住对方的胳膊。

铁猴由衷地感受到一种亲情，这孩子是自己看着长大的，一晃当上班主，吉三奎你做梦也想不到，这一天来得太快：老东西，也没少干坏事，死了也让人惦记着骂你。

死者为大，过去就得了，总惦记着不累？跛子说。

红玉见两位老人又要掐架，忙转移话题：跛叔，红玉说句不该说的话，不管咋说，他也是你亲儿子，凑合着过吧，血脉关着呢。不过金枝这人不咋的，大家都能看到，这些年来她都干些啥，能凑合你就凑合吧，有啥难处红玉还是会管你，你和猴叔都是我的长辈。

一言难尽。跛子在红玉面前不想多说什么，一切在定数，这就是命。

红玉带着班子转悠一大圈儿，半个月后来到山海关前，通关回到关里。

第六十章

五年多时间里，红玉没有得到乔峰任何消息，也没有再见到玉儿姑姑和宝儿干娘。九一八事变后，从关外奉天城外半山荒村，回到宁津后第二年秋天，红玉带领凌家班又回到关东铁匠铺村，把吉三奎的棺材起出来，那老榆木打造的卧柜没变样子。刘氏还是那么热情地招待大家，从来到走，大半天的工夫，忙前跑后没闲着，搭水搭饭搭工夫，最后红玉给她三块大洋，老人家高兴得，像烫了手掌一样，把大洋来回翻了几个跟头。

回到宁津之后，红玉根据吉三奎提供的线索，去张学武村找张富忱。张富忱是个热血青年，两人年龄相仿，谈话很投机，此时，他正在家乡组织抗日救国会。北伐期间，他曾在第二集团军任上校军官，正当他踌躇满志时，上司因反蒋被关押于陆军监狱，心灰意冷的他毅然解甲归田。当他得知红玉要找的人是铁军独立团的人，便把自己所知道的情况告知对方，铁军独立团参加南昌暴动，随后，大部队南下作战，继而又参加广州暴动，部队在转战中分流，一部分人去江西，一部分留在南方，你说的乔峰，不知属于哪部分？

红玉听罢沉默，张富忱所提供的信息，大部分她听乔峰说过，她想知道乔峰返回江西后的情况。她感谢张富忱如实相告，给乡亲们耍了一场高水平的玩意儿。张富忱年少时，每逢黄家镇九月庙会，只要有时间便去逛庙会，喜欢马戏杂耍等演艺形式，对凌家班赵家班高家班等都有所了解。看得出，红玉是此道中的大把式，便劝她留下来参加抗日救国会，一起救国救亡。红玉说，自己要去寻找乔峰，她相信乔峰也是抗日的人，她还要去找宝儿干娘，要做的事情很多。辞别张富忱，回到野竹李。

红玉在极度思念中艰难度过五年时光，铁猴看在眼里疼在心上，却也无奈，不管这个老江湖有多么厚实的人脉，也没能打听到乔峰一点消息，给红玉带来的都是口口相传的碎片。

红玉无法判断这些消息的准确与否，只能往好处想，乔峰还活着，只要活着自己就有希望。这时，七七事变爆发，日军占领北平，很快天津沦陷，日军沿津浦线南犯，相继占领沧州和德州。家乡变成敌占区，春节过后，红玉和铁猴商量，抓紧时间下江南，不能窝在家里等死，一旦变成日寇铁蹄下的奴隶，这和奉天那些人有啥区别。

这一日上午，红玉带领大家来到宁津县城东南吕祖祠。吕祖祠是癸酉科举人，知县王廷钰，光绪十二年（1886）建造的。光绪十年（1884），王知县到任不久，正赶上黄家镇九月庙会，便光临古会，被古会的规模和艺人们高超技艺所感染，决定拿出银两来在县城外修建一座吕祖祠，并在祠内墙上留下墨宝：天地之间无所求，无所求，拜吕祖，学套把戏走江湖。为父老乡亲们做了一件功德之事。王廷钰在宁津县为官虽只有五年，却留下了很好的口碑。

石榴不能理解，问道：班主，咱为什么要拜八仙过海中的吕洞宾？

腊月说：班主让拜，就有拜的道理，为啥不拜铁拐李。其实她也不知道其中缘由，只是认为，只要是红玉的话，那就是对的。

世间各行有各行的祖师爷，咱们这行的祖师爷就是吕祖。千百年来流传下的规矩，很多耍把式的大把式，家中都供奉着吕祖的牌位，在严格的拜师仪式上，你得先跪拜祖师爷，然后才能拜师父。我的理解是，一来是为了谨遵祖训别走样，二来是求得吉祥平安。不过，咱在行走江湖，世事难料，来去匆匆，也减少了不少环节，譬如收留你俩进班，也是迫于无奈。这些事还是让跛叔给你们讲讲吧。

自从几年前在奉天城外，吉三奎临终前，道出吉武文不是亲生儿子后，跛子便有东窗事发之感，在红玉面前像少了底气，很少能像过去那样吹侃。现在一听对方让自己白话几句，便又来了精神，这等闲杂事宜在班子里，自然是自己最有发言权，这也是班主给自己露脸的机会。紧赶两步，指着前面的吕祖祠，对石榴腊月说：进了门就是行里人，说话办事需小心点儿，不可胡言乱语，听到没？

红玉点点头：跛叔说得对，拜就要拜得虔诚。

石榴和腊月不敢作声。银枝瞥一眼跛子说：别吓着孩子们，这不还没进门吗？

跛子摇头晃脑起来：没有规矩成不方圆，没有祖宗到不了现今，木匠的祖师爷是鲁班，郎中们尊华佗为祖师爷，摇纺车的始祖是黄道婆，酿酒的拜的是杜康，耍把戏的必须拜吕洞宾，小偷的老祖宗是东方朔……

不是水泊梁山的时迁吗？漂子更正道。

去去，瞎搅和啥？跛子继续白话下去：咱言归正传，吕祖，名岩，字洞宾，号纯阳子，乃唐京兆人氏，出身官宦之家。会昌年间，曾两及进士而不第，便携妻走进九峰山隐居，与妻相对而居，同住一洞，故而得姓双口“吕”，取字“洞宾”，后又浪迹江湖，遇汉钟离，成为“八仙”之一。吕祖懂医学、善幻术，撂地行医，浪迹江湖中仗义而行，为民解难除危，并常隐居终南山闭门修道。话说唐朝末年，江南有一文举子名纪晓棠，河北有一武举子名刘树清……

跛叔，咱们先进祠堂吧，回去路上慢慢说。红玉打断对方。

好好，先打住，进祠堂。跛子一番言犹未尽的样子。

话匣子一拉开，就驭不住了。铁猴戏谑道。

吉武文哪能把这些东西装进脑子里，现在他见到跛子不烦别人，看他那瘸不拉叽的德行，就不能拿他当人，给他几句好听的，他就找不到北了。他的注意力在树枝上那几只鸟上，好看，真好看。突然鸟群扑扑楞楞腾空而起，从远空中传来阵阵嗡嗡声，他耻笑跛子：还瞎白话不，把吕洞宾、铁拐李、张果老招来了。

铁猴大喊，大伙赶紧躲起来，快进祠堂。跛子仰头看空中，远处几只黑老鸹飞过来，大声说，别慌，慌啥，没见过世面，是飞机，那是飞机。几架飞机飞临县城上空，扔下一些炸弹，剧烈爆炸声震耳欲聋。

红玉一下把石榴和腊月扑倒在地，人们四下逃窜，有的奔进祠堂，有的躲在墙角处，有的扑进水沟里，小北风紧紧拉着受惊的马缰绳，那受惊的马拉着大车往前猛窜，小北风只有一个念头，任凭你怎么爆炸，马车不能丢。

飞机扔完炸弹，盘旋一圈飞走。县城里浓烟滚滚，多处房屋被炸毁，传来凄惨的哭号，红玉猛然醒悟过来，是日军的飞机轰炸县城。前些天听说，日军飞机轰炸沧州，继而又轰炸德县。大家从惊魂中慢慢镇定下来，这才发现马车不见了，银枝预感不好，大喊：北风？北风啊，你可别吓唬我啊，你在哪儿？

那不是嘛，看把你急的，那不好好的吗。漂子指着那几棵大树后面。刚才在飞机轰炸时，小北风明白自己拽不住马车，便拉着马缰绳来到几棵大树前，硬把马车把挤在大树空内，任凭那匹马怎么使劲折腾，也没能干过一搂粗的树干。银枝奔过去，把个小北风前后左右仔细查看，然后腿一软坐在地上。小北风一把将其抱上大车，赶着马车来到大家面前。长出一口气道：好险，这是哪里的黑老鸹拉屎？

吉武文从地上爬起来，拍打着尘土，讥讽红玉：我说吧，拜什么吕祖六祖的，一颗炸弹落在祠堂上，那吕洞宾就得粉身碎骨，他连自个儿都保护不了，还能保护咱们大家？赶紧走吧，先保住自个儿的命再说。

闭上你的臭嘴，不准你辱没祖宗，你懂个屁。跛子还真把自己当成了爹。

吉武文张嘴就骂：你个老……

扑通一下他又趴在地上，被红玉狠狠踹一脚：你若再敢拿我的话当儿戏，我踹断你的腿。其实，此刻她也没有进祠堂的想法，想来这吉武文说得也不是没有道理，在强盗面前没有救世主，只有靠自己。

铁猴看出她的意思说：以后恐没有安稳日子了，咱们走吧。

东北那么大的地盘都被小日本占领，现在又占领北平天津卫，听说已经打过沧州德县，咱们这儿还能平静几天，得赶紧想辙。

红玉已下定决心，一挥手：回去。

跛子是个喜欢打听事的人，脑子装的杂七杂八的玩意儿多，一向认为自己有先见之明，向前紧颠两步说：我就是不明白。

你还有不明白的事，那就奇怪了。吉武文是个记仇的人。

跛子没搭理他，继续说下去：咱国家军队不少啊，东北军、西北军、中央军，粤军川军，盘踞在各地的大小军阀们，谁手下不养个十万八万的御林军，怎么就干不过这些小日本子？让家人把京城都占了去，你说这当头的，在祖宗面前咋个交代？

红玉接上话茬：我看这民国政府，比大清朝廷强不到哪儿去。当年是八国联军打进京城，现在不用那么多联军，一个小日本子就能占京城，看来，这些当官儿的，也不过是些说大话使小钱的主，让黎民百姓跟着遭罪。

老话没错，一将无能，累死三军，姓蒋的也就是个窝里横的主儿，听说他打红军打得挺上劲儿，自己人打自己人，咋就这么起劲儿？铁猴琢磨不透。

他还有一句话，攘外必先安内，你们信吗，反正我不信。红玉分解开来说：这就像一家人和外人打架，外人看你一家人打个死活不停手，人家能不抽冷子灭了你？不等你安好内，早就被人家收拾得差不多了。你们说这是聪明还是愚蠢？

吉武文不甘寂寞：国家的事，咱小老百姓也整不明白。他冲跛子一瞪眼：要是你能整明白，早就不用耍嘴皮子卖狗皮膏药，让我看，谁让咱能吃上喝上再玩好，咱就说谁好，咱们还是别往热闹地方凑，躲着枪子儿远点。

我看你就是块当汉奸的材料。跛子气愤地骂道。

当汉奸咋啦？那个什么满洲国，不也是咱中国的地盘，有不少人给日本人当差，不都活得欢蹦乱跳的，你们等着瞧吧，小日本在东北跑马圈地，弄出个满洲国来，说不定啥时候，在咱这也能弄出个华北国，以后打到南方，再圈出一块地儿来，又成立个什么——

啪一声，吉武文又挨一个大嘴巴，红玉冷冷地说：凌家班谁干对不起祖宗的事，我先灭他。猴叔你听好，咱凌家班的人，都要爱护这个祖宗，保护这个祖宗，没有祖宗，哪里有咱们现在，这是孙奶奶说的。当年，我爷爷我爹，还有三叔，都为保护祖宗留过血卖过命。当然，如果你离开凌家班，我管不着。如果，你在外面做对不起祖宗和老百姓的事，就是和凌家班架梁子，我岂能容你。

好，班主说得对，大家都把班主的话装进心里。铁猴说：做人要有骨气，走江湖也得有底线，人为一口气、佛争一炷香。

看来张富忱是对的，成立抗日救国会，坚决不做亡国奴。宝儿干娘说，国家兴亡匹夫有责，咱们虽是打把式卖艺的人，也是国家一分子，国家遭难，咱们也应该去做些力所能及的事。听说红军是共产党的抗日队伍，宝儿干娘和乔峰他们都是这样的人。红玉给凌家班定下基调。

跛子对现实很失望，说道：我看咱们还是消停消停吧，打小日本是国家的事，军队的事，咱们就安分撂地，别热血沸腾了，日本人也是肉长的，也有七情六欲，也得吃喝拉撒睡，他们也不一定不爱看耍玩意儿，咱就挣他们的钱，再周济咱老百姓，这也叫爱国家吧。

你这话我不爱听，要是都像你这样，谁还去打小日本，要是刚才你被小日本的炸弹炸死，你就消停了是吗？大家听班主的，不做亡国奴。铁猴立马将跛子闷住。

时近中午，红玉等人赶到保店镇，她招呼大家在此歇息一下，午饭后再返回黄家镇。铁猴带着大伙儿走进李记驴肉铺，李掌柜三代祖传制作驴肉，在减河两岸、南北八寨小有名气，很多艺人走到这里，只要兜里还阔绰，都会解解馋，哪怕吃上一个驴肉火烧也行。今天，红玉就让铁猴给大伙每人两个驴肉火烧，外加一碗热汤，跛子又从对面摆摊的老张头那儿，端来半笸箩窝窝头。今儿管饱，敞开肚皮吃。跛子大声说。

在这兵荒马乱的年月里，能吃顿饱饭是奢侈的事，跛子对铁猴说：从跟着吉三奎搭地以来，吃过几顿饱饭都能数得出来。他见红玉把目光投过来，又忙说：也不光咱们，你到处转转，穷百姓们谁能填饱肚子，能吃饱喝好的都是有钱人。他瞪一眼往嘴里塞火烧的吉武文，说的就是你父子俩，每到一地便下馆子喝小酒，以后那样的日子没了。

吉武文知道对方在指桑骂槐，你就骂吧，使劲骂，骂累你就不骂了，管个屁用，小爷就是吃了喝了，还是俺后爹好，你这个穷亲爹没用，甭想指着我给你养老送终，哼，等翘了辫子，拿个破炕席一卷，扔野沟里拉倒。

大家正吃着，一个人出现在门口，红玉马上站起来，他怎么在这里？马上迎过去，抱拳施礼：铁大哥，一向可好？

铁桥三拱手还礼：红班主，别来无恙？

二人说着走出去。铁猴跛子等人望着二人的背影，各怀心腹事。

两人来到大街对面的茶馆里坐下来。小二沏上一壶茉莉花茶，把两只茶碗翻过来摆在二人面前，斟上茶，道一声请慢用，知趣地退出去。

第六十一章

铁桥三扫视一下周围，喝茶的人不多，还算清净，这才低声说道：红玉妹子，我听说你回来，就一直在找你，可总赶不上点儿。得知你在黄家镇，刚赶到那儿，你就去了张学武；昨天听说你在野竹李，我赶到那儿一问，你又去了县城。现在总算截住你，这才踏实。不当着大家的面，二人少去许多客套，便以兄妹相称。

铁大哥，这么急于找小妹，有重要的事？红玉心情不免又沉重起来，她不知道对方给自己带来的是什么消息，若是单纯有求于自己，也不用费这么大劲，撒下几个兄弟出去，焉能找不到自己。

铁桥三从怀里掏出一个小布包，举到对方眼前：这几个月来，它揣在我贴身兜里，老怕出什么阵乎，今儿见到你就踏实了，你先看看，咱们再聊。

红玉接过布包，一层层打开，一张折叠起来的纸片出现在眼前，她小心翼翼打开纸，看着看着眼圈红了。

红玉姐见字如面：

匆匆一别九年光阴，往事在目恍如昨天，弟无时无刻不思念红姐，不知贵体可安？未知此生可否再见，幸遇桥三大哥鸿雁传书，他答应一定亲自交与你手中。当年咱俩一出黄家镇，就被他们盯上，分别之后，花果带领卫队把我围住，经过一番搏斗，因寡不敌众落入她手，花果欲在野外杀我，被她两个部下阻拦，说处长有令，必须带我回去交差。当花果等人押着我行至减河大堤上，遭遇几个黑衣人袭击，趁乱有人把我救走，后来得知是铁桥三大哥所为，并亲自连夜把我送出百里之外，奔出宁津地界才得以脱险。半年之后，我达到江西宁冈地区，回到部队，红军进行战略大转移后，我因负伤留在南方继续战斗。西安事变后，我们部队改编为新四军，我们和八路军一起，承担起抗日救国之重任。因时间关系，只能简述到此。

红玉姐，革命道路还很漫长，每天都有很多好兄弟血染沙场，弟望你心中有我，但不必寻我，待革命胜利之日，若弟还活着，定前去寻你。革命战士的使命是：救民众于水火，御日寇于国门。望你在艰难中保住杂耍班，这是你父母之心血，待革命胜利之后，定需要你这样的人才精英，来发扬光大民族传统。保重。

就此搁笔。

思念你的弟，乔峰。

红玉哽咽着站起身来，恭敬地给铁桥三施礼：铁大哥，小妹不知如何感谢是好，若不是你及时出手，乔峰恐怕早就成花果枪下之鬼。

不必如此，此乃举手之劳，我早就断定那花果不肯罢手，便让人暗中盯她，尽管她自以为很聪明，还是着了我的道儿。铁桥三抱拳回礼。

铁大哥，妹子想让你把和乔峰见面的经过，详细讲来听，你看如何？

铁桥三看得出，她对乔峰的感情不是一般的深，自己若不讲个明白，也对不起他们二人这份执着：这有何难，你仔细听着便是。

去年秋天，铁笊篱带领马戏班到江南撂地，没想到栗家班这三下江南并不顺利，南京上海等大片地区变成沦陷区，人间天堂的苏杭地区，也变成人间地狱，日本军队烧杀抢掠，试图用武力征服这里的黎民百姓。相继建立起伪政权。春节过后，时至正月十五，铁笊篱应旧友之约赴南京会友，这一去便失去音讯。铁桥三率人去南京寻找数月，活不见人死不见尸，得到的是各种不同版本的传闻，有说，被日本人杀害；也有说，是黑道上仇家所害；更有说，被重庆军统的人带走。无奈之下，铁桥三暂时接过班主之位，又在南京扬州等地磐桓数月，绝望之中，才往回返。不日，来到淮安附近的响铃镇，本想尽快返回老家，把班主失踪的消息告诉其家人，但班主走时，带走大部分钱财，盘缠所剩无几，铁桥三这才让大家停下来，拉场子撂地。他不知，有一双眼睛正在盯着自己，突然一只手伸到他背后，轻轻拍一下肩膀，铁桥三条件反射，猛地将右手扣住左肩膀上的那只手背，接下来应该是急转身，这是擒拿中一记绝招儿，却听到一个熟悉的声音：铁大哥，是我。

铁桥三转头一看：老弟，怎么是你？

对方伸出食指按在嘴上：这里不是说话的地方，跟我来。

他跟随对方走进一个茶馆，来到一个靠窗子的桌前坐定。由于战乱祸及百姓生活，茶馆惨淡经营，偌大厅堂内，只有三几个人喝茶。乔峰向他打听吉家班及红玉的情况，并告诉他，自己是新四军的连长，感谢当年危急时刻对方出手相救。

铁大哥，能否帮我带一封书信给红玉姐？乔峰盯住对方。

成，这不是问题，只是不知何时能见到红玉妹子，听说吉班主带着她们闯关东去。铁桥三不能确定何时送到红玉手里。

快十年了，我很惦记她，何时送到没关系，只要你们回去，就会有机会。我这就简单写几个字。就这样，乔峰写了上面那封书信。

铁桥三把书信包好，揣进怀里：兄弟你放心，我铁桥三不敢说吐口唾沫能砸个坑，绝对能做到受人之托、忠人之事，定亲手交与红玉妹子。我知道，你和她情投意合，对红玉妹子，我比你了解，她父母我熟悉，他们都是敢作敢当、侠义肝胆之人，我敬重他们，大哥祝福你俩早结姻缘。

就这样，铁桥三和乔峰偶遇，给红玉带来希望，她说：感谢的话就不说了，你了解妹子的性格，不日启程，再下江南。

红玉妹子，这件事知道的人越少越好。

明白，这年头可信之人不多。

噢，还有一件事，听乔峰说，你那个玉儿姑姑也在江南，她男人是国军将官，驻扎在凤城一带，那位骄横的花果还跟着玉儿。

这消息太重要，大哥你真是帮了小妹大忙，我去找玉儿姑姑。我不管她花果是什么人，这笔账早晚要和她清算。红玉说。

去找她？她可是你宝儿干娘的死对头，若抓住乔峰，就一个字，杀。铁桥三不解。

我就是要利用这层关系，去了解宝儿干娘的情况。小妹岂能站在她一边，共产党的队伍才是真正抗日的队伍。

红玉妹子，你不知道，日本鬼子攻打南京，当时我距此不远，听逃出来的人讲，那个惨劲甭提了，日本军队杀咱们的人，就像割韭菜一样，机枪一突突，倒下一大片，江水都染红了，江面上漂浮的尸体堵住航道。

该杀的小日本子，不把他们赶出去，咱哪能有安稳日子过？我一定要找到宝儿干娘和乔峰，为抗日出一份力。

你们先走，我安排完家里的事，也赶过去，我总感觉栗班主还活着。铁桥三和红玉走出茶馆，突然他停住脚步，轻声问：铁猴这人怎么样？

你问他？红玉不知对方什么意思：猴叔这人挺仗义，二十多年来对我挺照顾，至于他的来历，不清楚。吉班主知道，他这一死，对猴叔打击不小，他曾跟我说，只能漂泊江湖了此残生。大哥，为何突然问起他？

铁桥三欲言又止，还是张嘴说道：他不叫铁猴，叫铁城。他父亲是有名的关中刀客，光绪年间，因仇家寻上门，经过一场厮杀，关中刀客夫妇丧命，他侥幸逃得一劫。

铁大哥，你怎么知道这些？红玉开始怀疑对方。

我只能言尽于此。铁桥三马上收嘴：不要告诉他这些，于你于他都没好处，如果我猜得不错，他此生在等待一件大事，报杀父母之仇。

铁大哥，这事和你有关系？红玉不死心，想知道其中的原委。

妹子玩笑了，他家当年惨遭灭门之时，你我还没出生，怎能有瓜葛？好啦，我该回去了，你去吃饭吧。这么大的家业，不好经管，处处需操心，难为你啦。铁桥三转移话题。

对方这种解释，红玉怎能信服，他可能知道铁家灭门案的事情，或者说他知道是何人干的这件事情，她不敢相信对方父母参与过这件事。铁桥三的爹娘也是江湖中人，和铁笊篱过往甚密，自己若能见到栗班主，或许能知道更多的情况，可惜他已失踪。红玉早就想替铁猴做点事情，若能打听到这件事，也帮对方了却一个心愿。

她在琢磨铁桥三那句话，铁猴这人怎么样？他为何要这样问，其中必有缘故。当她回到李记驴肉铺时，大家已经吃完，石榴和腊月坐在桌旁等她。她不是那种喜形不露于色的人，沉重的心事都挂在脸上。从她迈进门槛，铁猴已看出来，这半个时辰，铁桥三和她说些什么，看她心事重重的样子。

跛子凑过来说：听说铁笊篱变成破漏勺，在上海让日本人的大炮轰死了。

听说听说，你又听谁说？别扒瞎，整天扯老婆舌头。铁猴反感。

跛子被噎回去，心想，都说猴精猴精，我看你这只老猴子也成不了个精。

大家吃罢午饭，赶回黄家镇，傍晚又返回野竹李，到家已是半夜。第二天上午，红玉告诉大伙，要去江南撂地，马上起程。铁猴明白她的想法，她还惦记着乔峰。忙操持着套车，装上家伙什，一行人沿着官道，直接奔济宁地界而去。由济宁奔枣庄，再进入淮安，就到了江淮地区。

两个月后，红玉带着马戏班来到江淮地区的凤城，这是一座江南风格的小城镇，城门口有国军士兵把守，对出入的人严格盘查，把守城门的少尉排长，听红玉等人不是本地口音，立刻警觉起来，十几个士兵端着步枪，把马戏班围在城门外。排长是江苏人，举起手枪指着红玉脑袋质问，是不是汉奸探子，是不是共党游击队？一个年龄大点的衡水籍班长说，这伙人是山东跑马戏变戏法的，想进城赚那些大掌柜的钱，放他们进去吧，回头咱也过过眼瘾。

排长骂道，看你个头，要是把汉奸探子放进来，咱的脑袋都得搬家。

红玉见好说过不了关，掏出那张多年前玉儿给的通行证，也不知还管不管用，拿去先挡一下。排长接过去一看日期，猴年马月的东西，老皇历，还拿出来唬人，刚想撕扯烂，老兵班长凑过来瞟一眼，排长，上面是咱师座的名号。

排长这才仔细瞅通行证，又抬头盯着红玉问道：你认识我们师座？

你个小兵拉子，赶快放我们进城，不然，我见到你们长官，给你上点儿眼药，让你吃不了兜着。

这、你说明白点，我怎么向上峰禀报？

你就说是山东宁津黄家镇，玉处长的侄女来找她。

好好，你稍等，我这就打电话。排长跑进城门内，很快又跑出来说：红玉小姐你稍等，花秘书过来接你。

等？那我们也得在城门里等，在这门外等算啥事。红玉大声说。

排长对士兵一挥手：放行。

红玉带领大家走进城门。花侍卫、花队长、花秘书，花果变得真够快，像孙猴子一样，你专门和我过不去，那我就给你记上账，到时，老账新账一起算。

不一会儿，一辆黑色小汽车开到城门口停下，一个身穿灰色中山装，一头短发，胸前戴青天白日国民党党徽的人，向红玉走过来，石榴和腊月没见过此人，还以为是个俊俏书生。

红玉右手按一下腰带，铁猴马上喊一声，班主？红玉抬左手阻止对方。铁猴对身后的人低声说：看我手势，准备动手。他左右手各攥着三枚金钱镖。小北风右手握住大车上的那把大铡刀柄，银枝把两只棒槌握在手上。

花果微笑着来到红玉面前，伸出手来亲切地说：红玉妹子，别来无恙？

红玉迎上去抓住对方左手，右手锋利匕首按在对方脖颈上：拜你所赐，我还活着。

花果明白对方的意思，这不能全怪我，是你玉儿姑姑下的命令，非要整死乔峰，却不敢明言，她可不想死在这个愣头青手里，即便被对方杀死，玉长官也不会把她宝贝侄女怎么样，说不定给自己安一个被仇家所杀，连个为国捐躯都算不上，这可划不来。

君子不念旧恶。她赶紧给对方泄气。

早晚我弄死你。红玉目光饱含愤怒。

慢着，咱俩做个买卖如何？花果真怕对方把持不住，一刀下去，自己就完了。

和我做交意？红玉不屑：说说看，本小姐倒要看看你能做什么买卖。

花果稍微轻松些，看来对方已上套，毕竟还年轻：我告诉你一个秘密，当然，是你急于知道的，然后，咱俩的过节一笔勾销，怎么样？

这要看你的消息有多么重，架梁子容易，解梁子难。红玉回答。

淮安城，广源堂，你干娘。花果从牙缝里蹦出九个字，声音低的对方勉强听到，她知道，自己这样做，已经触碰到玉长官的底线，一旦被对方知晓，自己这条小命堪忧：你可别出卖我。

红玉脸色一变，这不就是来此的目的吗，没想到这么容易就得到干娘的消息，不过，还得再夯实一下：广源堂是药铺还是米店，还是杂货铺子？我怎么知道你不是忽悠我？

你还有别的选择吗？花果回答。

那我就再信你一次。红玉把匕首插进腰带：你回去告诉我姑姑，一会儿前去看望她老人家。

花果无奈地点头道：好吧，我在花园街十五号恭候大驾。本来玉长官让自己来接她，可她不给自己面子，还差点翻脸，不想再惹她，开车回了府邸。

红玉对大家一招手，一行人向城内大街走去。凤城可不像跛子打听的那样，是一座小城镇，城郭方圆七八平方公里，常住人口达到五六万人，周成金的师部驻扎在这里，他非常清楚，没有实权军权的将军，在国民政府里，那就是个闲差，愚公而已。

凌家班来到北大街西部一个客栈门前，跛子进去和掌柜的聊几句，然后出来和红玉说：班主，住这儿吧，吃住全包，每日这个数。他伸出三个手指在脸前一晃。

行，就这儿，你去把大家安排一下，她转身对铁猴说：猴叔，你在城里转转，找个能撂地的地方。我去看看玉儿姑姑，说着对石榴一招手。腊月见状说道：我也跟你去。

你在家里待着，哪儿也别去，银枝姐，你看着她。红玉说。

银枝拉住腊月说：你去吧，有我在她哪儿也去不了。

铁猴和红玉并肩走出来，叮嘱道：去吧，记住，逢人三分笑，不可失礼数，再大的委屈得藏心里。铁猴还是不放心。

红玉记下了，放心吧猴叔。她感激这位长辈的提醒，把铁猴手里的包袱接下来，递给漂子：猴叔，你是咱凌家班的老大长，以后这些重活让他们干。

快去吧，别让你姑姑等急。铁猴感觉到这姑娘对自己越来越关心。

红玉带着石榴向花园街走去。铁猴背向而行，他要在城里转一圈，有一个地方必须去，那就是花园街十五号附近，他要亲自看到红玉安全。

第六十二章

花园街十五号。周成金副军长的府邸，当然，主人是玉儿，她已经不是什么督察处长之类的小官吏，现在省政府任要职。刚才听花果说，红玉来到凤城城门外，掩饰不住一阵兴奋，命花果赶紧去接。倒上一杯红酒端起来抿一口，在偌大的客厅里转一圈儿。北墙壁上挂着郑板桥的松竹图，东墙壁上挂着猛虎下山图，她本不喜欢这幅画，周成金把它挂在北墙上，说什么符合军人的性格，她不以为然，拧着对方心眼子，把那只老虎图改挂在东墙壁，这也是她给丈夫留下老大的面子。周成金说，你那幅画是赝品，古玩街张掌柜鉴赏过，是那位谭木匠临摹的，值不了几个大子儿。

玉儿听罢很反感，我说它是真迹它就是真迹，用什么张掌柜驴掌柜的辨认真假？你若再让他过来瞎忽悠，别怪我不客气，阎王爷那儿可不缺招魂鬼。从此周成金不敢再提此事。爱真真、爱假假，能哄夫人高兴就行。

花果在大门口等红玉到来，红玉视而不见，带着石榴走进院子，本应花果在前边带路，这下可好，对方犹如在自家院里散步，花果只能跟在后头。红玉径直走到大客厅前，望着面前这雕花大漆的对开门，上前推开走进去，一个穿灰色中山装、胸戴国民党党徽的中年女人，站在八仙桌前，注视着自己。

姑——姑！红玉扑上去抱住玉儿，两行热泪流下来，抽泣着：姑姑，你可想死红玉啦。

玉儿也抱住对方，眼眶充满泪珠，右手拍着对方后背安慰道：姑姑也想你啊，来，让姑姑好好看看我的宝贝侄女。

站在门口的花果，退出门外，关好房门，心想，这小祖宗可不是省油的灯，得想办法尽快把她弄走，说不定什么时候转性子，再来找自己的麻烦，看长官那心疼的样子，自己可招惹不起。

红玉把这些年来的过往，简单地告诉玉儿，有关宝儿和乔峰的事情，半个字也没提，她拿出当年玉儿给她的通行证，玉儿接过去几下撕碎：这个早已过时，来，姑姑再给你一个新的。玉儿从抽屉里拿出一个印刷精致的通行证：拿着，有了它，在国军防区内通行无阻，若遇到过不去的坎儿，提我的名字和你姑父的名字都成。

红玉接过去说：姑姑，你和姑父这么多年，咋没见到弟弟妹妹们？红玉纳闷。

哎，姑姑没这个命，老天爷不给，不提这些不开心的事，战乱时期，有很多事要忙，见到你，姑姑真高兴，多住些日子，好好陪陪姑姑。

行啊姑姑，我现在是班主，自个儿说了算，赶明儿拉场子撂地，给城里的乡亲们耍把几场。

我给你姑父打电话，去南校场给队伍上的兄弟们也耍几场，这可不能白耍，我侄女是吃这碗饭的，给少了都不干。本来姑姑可以像别人那样，把你留在身边，咱娘儿俩天天在一起，你想干啥就干啥，姑姑也可给你一大笔钱，把你嫁好人家，让你生活衣食无忧。但是，姑姑不是守旧自私的人，知道你喜欢这一行，能统领这么多人马行走江湖，姑姑看着也高兴。这是你的志向，你是要凭借自己的本领闯世界，姑姑替你爹娘高兴。

红玉被对方一番话，说得心里酸楚楚的，不管对方这番话有多大水分，这是玉儿姑姑当着自己面亲口说出来的，她还是很感激对方：姑姑，等你老了，我来照顾你，到那时我就不撂地走江湖。

红玉这几句话让玉儿很受感动，尽管她也明白，这种可能性微乎其微，但还是给了她一丝希望，算是一种寄托吧：孩子，有你这句话，姑姑就知足啦，明天姑姑还有公务要办，让花果陪着你怎样？

红玉忙拿起那张通行证说：姑姑，你忙你的，我有这个就行，让花果跟着你去忙吧。

玉儿一沉思，也行，在这凤城内，没什么不安全的：那好吧，晚上咱们一家人吃饭。

好的姑姑，我忙完就过来，姑姑，你看我这空着两只爪子就过来了，晚上我带点啥礼物好？

玉儿笑了：我侄女就是最好的礼物，见到你比看到啥礼物都高兴。

红玉辞别玉儿姑姑，走出花园街十五号，回到客栈。第二天开始，红玉带领马戏班在城内撂地连耍六场，又去南校场给部队耍两场。铁猴提醒红玉，见好就收，他总感觉到有双眼睛在盯着凌家班。跛子的感觉很好，着急啥？这儿的钱好挣，连当兵的都不少给钱，这不就是好吃好喝好待承嘛，傻子才走。

石榴把嘴凑到红玉耳朵根上说，吉武文那小子，昨天半头晌，和那个花果嘀咕一阵子，指定没好屁。腊月也说，赶紧走吧，这心里老不踏实。

红玉听罢很淡定，这俩丫头一惊一乍，花果和吉武文能掀起多大浪头，惹恼本姑娘，我就拾掇拾掇他们。不过，她还是听了铁猴的建议，抓紧离开，去淮安城，办正事。第二天一早，去花园街十五号和姑姑辞行，两人免不了又一番难舍难离，玉儿命花果把红玉送出城门。在城门外，红玉对花果说：看在我姑姑的面上，我给你留好大面子，没动你那两个狗腿子，这些天辛苦他们，回头你多给人家几个赏钱。

红玉妹子说啥哩？我那是在保护你。君子一言，咱俩的过节一笔勾销啦。

这要看你说的是真话还是假话，咱们走。红玉飞身上马，带着凌家班向淮安而去。望着远去的背影，花果松一口气，总算把这瘟神送走，如果玉长官真把她留在身边，自己可没好果子吃。想来，得罪她还不都是为了长官，一到见真章的时候，长官就不这么说了，这年头官大嘴就大，谁让咱捧着人家的饭碗。花果也是满肚子的委屈，只能对着自己发。

凤城距离淮安城三百来里路，几天后的下午，凌家班来到淮安城外，日军和皇协军共同把守城门，还有几个穿黑衣的特务在城门口溜达。三伙人一起对进出城的行人进行盘查，一个日军小队长，拄着军刀站在大门前，看着三伙人对行人盘查。跛子说，这不是脱裤子放屁，穷老百姓能有什么值钱的玩意儿，翻过来调过去瞎折腾，二姑娘梳头，多一抿子。漂子说，咱们这么多人，要是挨个儿翻腾，弄到傍晚关城门，一半进了城，一半给撂在城外，那不就苦啦。

你有啥法子？红玉问。

还是我打头阵，这事不能玩真的，糊弄糊弄鬼拉倒。漂子掂掂肩头的破褡裢。

当心点儿，别惹毛这些龟孙子。红玉叮嘱对方。

就当陪小鬼走一遭阎王殿，阎王爷不收我这样的人。漂子说着向前走过去。他来到一个皇协军班长面前，掏出一盒香烟递过去，那班长唧当着脸蛋一把夺过去。漂子和对方说几句话，两个士兵凑过来，漂子两手在空中胡乱抓几把，伸开手掌，将两块大洋递给班长，班长用力把烟蒂吐在地上，骂句穷鬼，就这点玩意儿。

漂子聚气提腰，在地上打两个小翻，用手指指后面的马车。班长态度马上缓和下来，带着漂子紧颠几步，来到日军小队长面前，呜哩哇啦地说一通半生不熟的日本话。日军小队长用生硬的汉语说，马戏班，他的，小丑的干活？

对对，小丑的干活。班长连连点头。

进城，马戏的看。小队长戴着白手套的右手一挥。漂子对着红玉一摆手，马戏班就这样顺利进城。日军小队长不放漂子进城，非要看看他的玩意儿。

吉武文幸灾乐祸：再他娘显摆，把自个儿扔坑里，在城外睡露天地吧。

你以为他和你一样。跛子讥讽道。

我怎么啦、我怎么啦，老子再不行，这两条腿也一般长。吉武文立马贬损对方。

你给我消停点儿。红玉一挥拳头。

大家走进城，走到南北大街口停下来，红玉不放心漂子，和铁猴往回走去，在大门一侧等漂子。

漂子给日军小队长变戏法，不一会儿把对方身上的钱，都装进自己的口袋，然后又掏出来献给对方。对方很感兴趣，又让漂子去多变钱，不一会儿漂子把皇协军班长和几个士兵的钱都装进小队长的口袋里。

你的，小偷的干活？小队长一龇牙。

不不，梁上君子的干活。漂子心想，是你让老子偷的，什么东西。

小队长摆摆手，漂子赶紧往前赶几步，跑进城门。

没事吧？红玉盯着漂子。

能有啥事，糊弄鬼吧。漂子说。

跛叔，去找一家便宜客栈，先住下。红玉说。

好好，这就去。跛子一瘸一拐向北大街走去。红玉对铁猴耳语几句，然后带着石榴和腊月向大街另一头走去。铁猴带着大家，跟在跛子后面走进北大街。

石榴说：红姐，那位大娘说，这里有广源堂，广货堂，广济堂。

知道，跟我走。红玉三人拐过北大街，来到东西大街北侧，走过五家店铺后，一个高大醒目的幌子，挂在门脸上方，三间瓦房，中间厅门上方挂着一块牌匾，上书广源堂三个宋体大字。红玉驻足观看，石榴说，红姐，干娘这买卖做得蛮大，看这门面多气派。腊月仰头望着幌子上那个大字，米，说，干娘是开米店的，咱们有白饭吃啦。红玉说，跟我进去。三个人走进米店，一个年轻伙计迎上来问：三位姑娘，可是买米？

买火烧到你米铺子来干啥。腊月不客气对回答。

红玉忙说：请问，宝掌柜在吗？

你们是？伙计警惕性很高。

俺是山东宁津来的，宝掌柜是俺干娘，麻烦你给通报一下。红玉说。

这时，从里屋走出一位老者，看装束像账房先生，戴着一副眼镜，望着眼前的三位姑娘，对红玉说：你是从山东来的？贵姓？

俺叫红玉，宝儿是俺娘。红玉回答。

跟我来。老先生做一个请进的手势，推开通向后院的门，把三位姑娘让进去，后院是一个宽大的天井，两棵大树下摆放着一个石桌，周围有几个石凳，一条石板路直通北屋门口。老先生走到大树下说：请稍等，老夫进去通报一声。

腊月碰一下红玉：红姐，真麻烦，见你干娘这么难！这个那个的多啰唆。冲北屋大喊：干娘，我红玉姐来看您老啦。

红玉还未来得及阻拦，石榴也喊上了：干娘，快出来吧，俺们从凤城跑好几百里路来找你呢。

红玉哭笑不得，这两个愣子，还真得好好捋巴捋巴才行，连起码的礼数都没学会，刚想说你们给我闭嘴，北屋门打开了，一位中年女人，身穿蓝花上衣黑裤子，五官端正，一脸慈祥，走出来。

宝儿干娘！红玉控制不住情绪，扑上去抱住对方，喃喃地说：干娘，这些年你都去哪儿啦？你说来接我，咋就不来啊。

好好，来了就好、来了就好，来，坐下说。宝儿说。

三个人落座，宝儿对老者说：老张，你去忙吧，盐城的货明天再说。

是，夫人。老张把门带上。

还没等红玉开口，宝儿就问：见到玉儿姑姑了？

红玉一惊，干娘怎么知道自己见到玉儿姑姑？干娘，你怎么知道我去过凤城？红玉答非所问。

看看，你把尾巴都带来了。宝儿站起身来走到窗前，推开一条缝隙，红玉向往外张望，大门口对面有两个黑衣礼帽人，坐在石墩上抽烟，不时歪头扫一下广源堂大门。

军统特务，花果的手下。宝儿说。

啊！红玉给干娘带来危险，这如何是好，可恶的花果，晚上我做了这两个狗腿子。

好啦，没事，现在是国共合作时期，他们不敢造次，我自有安排。宝儿安慰对方。

红玉委屈地说：干娘，你一去没了音讯，这么多年来我不知去哪里找你，几个月前，铁桥三大哥给我带回一封信，他在江南一带见到乔峰。红玉把乔峰那封信掏出来递给对方：我知道你们都在抗日，干娘，你看我能做点什么。

宝儿看过之后还给对方：乔峰正在抗日前线，你这次还见不到他。宝儿给对方泼一盆冷水。转头对腊月和石榴说：你两人回去告诉班里人，红玉今晚不回去，在我这儿住下，有事明天再说。宝儿故意把她俩支走，已看出这两个孩子还不够成熟。腊月和石榴不情愿地站起身，红玉说：回去吧，不该说的别说，记住。

嗯嗯，知道啦。石榴腊月二人转身走出去。

红玉关上房门坐回原处说：干娘，红玉若不使用这种办法，怎能找到你，是那铁桥三告诉我，周成金部驻防在凤城一带，我想，只要找到玉儿姑姑，就有可能打听到你的下落。

傻丫头，就你这点心思，一眼就被玉儿看穿。宝儿怜爱地望着对方。

是花果那混蛋，被我用刀子逼着，她才答应交换条件，不然我真弄死她，可恶的家伙，几次三番和乔峰过不去。

你呀，又被她耍了，外面那几个特务，就是她的手下，不用问，一路从凤城跟下来的。宝儿不想过多批评女儿，她可能认为自己行走江湖几十年，积攒下很多经验和阅历，但是，这些和经过严格训练的特务们相比，还差很多：不过也没什么，花果也不敢把我怎么样，现在国共共同的敌人是日本侵略者，她也不敢开罪于你。你玉儿姑姑背景很深，就连周成金也视她为靠山。

干娘，我不明白，二十多年前，你和姑姑一块儿护送孙奶奶去保定府，怎么又转道去广州？北伐革命之后，同门师姐妹，怎么走到相互对立拼命的地步？

宝儿看着对方脸上挂满疑问，这几个问题不难回答，但现在还不是让对方全部知道时候，很多谜底的揭开要看时机。这个孩子单纯正直，敢爱敢恨，容易冲动，压不住情绪。便说道：孩子，这些事情以后再告诉你，干娘知道你来的目的，但是，乔峰你真的见不到，他正在战场上和敌人拼杀。他是一名优秀指挥员，手下有一百多革命战士。

红玉难过地低下头，眼泪吧嗒吧嗒掉在身上。

干娘答应你，等赶走小鬼子，亲自给你俩主持婚礼，干娘相信，这一天会到来的。宝儿坚信，集举国上下之力量，把小日本赶回老家，一定能取得抗日战争的伟大胜利。

好吧干娘，红玉听你的。这话她也跟玉儿姑姑说过，国家的现状她知道，未来是个什么样子，她不知道，只能听长辈的。

红玉，这次你来得很是时候，干娘想让你去办一件事，大事，去一趟苏州城，不知你愿否？宝儿盯着对方的表情。

去苏州干什么，是为抗日办事吗？红玉问。

当然是为抗日，干娘干的事都是为抗日。

行，干娘你说吧，红玉一定尽全力去办。

新四军战士在前线，同敌人浴血奋战，急需一批治疗药品。一些战士因枪伤炸伤需要做手术，没有麻醉药品，只能忍受巨大痛苦，因缺乏消炎药品，一些战士被感染，没死在战场上，却倒在……

红玉盯住对方沉重的表情问：乔峰他们就是在这种状况下打仗的？

是的，所以，干娘让你去一趟苏州，把药品带出来，送到抗日前线去，我知道，这是一件很危险的事，甚至会有生命危险，你若不想去，干娘不勉强。

乔峰知道这些药品是红玉送过去吗？

会的，他一定会知道。宝儿望着对方那天真可爱的样子回答。

干娘，这活我接，你就吩咐吧，就是拼上性命，我也要把药品带出来，我可不想让乔峰他们无药可治，他答应过我，革命胜利后，一起过好日子。

宝儿心里几分苦涩，几分爱怜，几分感叹，这孩子过得真不容易，慢慢说道：这件事必须这样做。

第六十三章

第二天上午，红玉带着马戏班离开淮安城，按原路往回折去。跛子不解地说，班主睡一觉才醒盹儿，把啥贵重的物件落在凤城。吉武文插话，昨晚班主去哪儿，不是去赌场吧，要不就是去烟花巷？不能够啊，那儿是男人们去的地方，她一个女流去能做啥？

我看你是又要找抽，不说话能当哑巴卖了你。跛子反感对方接话茬。

铁猴说，别瞎呛呛，班主自然有她的主意，走江湖这么多年，连这点都看不出来，马戏班这么大的家业，还不都靠班主操持，大家只管跟着走就是。

从凤城来淮安的真正目的，除红玉之外，只有铁猴知情，石榴和腊月，也是跟到哪儿说到哪儿，昨晚回去告诉铁猴，班主住在宝儿干娘家。这次去苏州的目的，红玉只跟铁猴一人说，乔峰的部队缺乏救命的药品，干娘让她去苏州接货，然后送到盐城，这一来一去，一千几百里路，需要您老帮助完成任务。

铁猴沉思一下回答，说帮助的话扯远了，孩子你的事，就是猴叔的事，没得说。只是这些走江湖的，都鬼精灵，瞒个一时半会儿还成，过不了十二晌，就得满城风雨，还有后面那两个鹰爪子（便衣），必须得想个万全的法子，这事千万可不能耍砸。

最后二人商定，和班子里人说，人家让咱们顺便捎两箱货，咱挣点儿外快。

半月之后，凌家班走进苏州城，这可是个好地方，跑江湖的谁都知道这句话，上有天堂下有苏杭，进城后，大家的眼睛就不够用了，东瞅西瞧、指指点点。走过两条大街，跛子问红玉，班主，咱不寻个大车店？平日里每到一地，这是他的活计。

不了，这次有人给咱订下歇脚地儿。红玉回答。

吉武文说，这苏州城里的皇军，也不像其他地方那么凶，看那穿趿拉板的日本娘们，见人点头哈腰，多温顺，着实可人。

跛子嫌对方给自己丢人，骂道：你能不能闭上臭嘴，当心让日本娘们儿咬死你。

铁猴戏谑跛子，金銮殿上闹老鼠，你是咋偷吃的皇粮？

跛子尴尬地一扭脸，那都是梦里的事，提不起来。

红玉牵着马走过来，二位老叔替红玉把着点缸，我可不希望咱班子再摇晃。

那是一定的，一定的。跛子回答。

能在我碎心掌下走一招的人，班里还没有。铁猴很自信，这无疑是警告吉武文等人，别招惹是非。

一行人来到中心大街一座两层楼前，漂亮的门店，大门上方挂着牌匾，秦源货栈。左手挨着万粮商行，右手是孙记当铺。红玉走进货栈，不一会儿又走出来，身边跟着一位中年男人，手拎着长袍下摆，身子矮下去半尺，迈着小碎步，就像衙门里县太爷的跟班，来到大家面前，满面笑容、拱手施礼：各位老大，请进后院。小北风把马车赶进后院，一行人被中年男子安排在客房歇息。红玉跟随中年男子来到客厅内，一位略显富态的五旬老者，坐在椅子上，见红玉走进来，欠欠身子算施礼了，对中年男子说：钟管家，晚饭实惠点儿，这些都是实在的老乡亲。是，会长，对方答应着退出去。

房间里只剩下秦会长和红玉两人，他这才站起来给红玉斟茶，像老熟人一样说道：红班主，你的情况，宝掌柜已经和我说过，都是自家人，我就不客气啦。

红玉点头直言：秦会长也是共产党？

对方不置可否，淡然一笑：前方将士浴血奋战，我等若不尽一分力，焉能安心？这次宝掌柜让你前来运送药品，我定当全力配合，安全把你送出城。

谢秦会长，不知你有何打算？

有些事情，越是做得滴水不漏，会越给人一种漏洞百出的感觉。秦会长说。

红玉感到对方城府很深：秦会长，何时安排我出城？

不急。对方敬让红玉喝茶，说道：既来之则安之，这就像唱戏走舞台步一样，若迈错一步，明眼人一看，就知道没踩上鼓点儿。

对方给红玉的印象，和宝儿干娘一样，沉稳老道，不温不火，一看便是干大事的人。

晚上，我宴请苏州城内的贤达商贾，来此观看你的马戏杂耍，你告诉大家，吃饱喝足，好好耍一场。秦会长说。

这是啥节骨眼儿，他还有心看杂耍，赶紧把货交给我才是，红玉不能理解：秦会长，前方将士们急需这批药品救命，你看能否快点儿？

我做的这些，就是为把这批药品安全送出城，你们是我为犬子订婚贺喜请来的马戏班，日本宪兵队片山大佐要来，皇协军高团长也到场。对方不容置疑。

红玉想起宝儿干娘的话，进城后，一切听秦会长安排，他是苏州商会副会长，我信得过的老友。

好吧，秦会长，我安排一场精彩的杂耍，地点在哪儿？

就在这大院里，你看能否跑开马？

能，一会我去布置场子。红玉说。

红班主，两只箱子是我托你带到上海，给八十老母带的苏州丝绸刺绣等，遇到盘查拿出我的名片，记住，出城后别奔淮安方向，往上海方向走出六七十里后，再折回去，明白我的意思吗？

明白。红玉回答：迷惑那些狗腿子，跟得紧我就做掉他们。

不必如此，我已有所安排，你们只管前行。秦会长淡定地说。

晚饭之后，秦源客栈后院热闹起来，这后院够宽敞，能跑开马趟子，生意好时能堆积小山一般的货物。坐北朝南的客栈门面，进院后北面有一溜几间宽敞大瓦房，门前摆放十张桌子，桌上摆着时令水果，茶壶茶碗都很精致素雅，彰显江南风格的藤椅，在北方很少见。院内四周，高杆上吊着四盏嘎斯灯（电石灯），把个偌大的院落照得灯火通明。

这个排场，非大汉奸所不能。小北风对银枝说。

给小日本子做事，还能做这么大，不是大汉奸是啥。银枝不满地说：不知红玉咋想的。

铁猴低声说：别瞎琢磨，这个汉奸不真坏，是宝儿姑娘介绍咱们来的，耍把一场堂会咱就走。

几个的对话飘进吉武文耳朵里，他来到金枝身边，望着在场上忙活的大家说：娘，咱俩得合计合计。

合计啥？你消停点吧，惹恼那母夜叉，你肉皮子又得吃苦。金枝提醒儿子。

就是为以后不再吃苦，咱得好好合计一下，把瘸子也叫过来，机会难得。吉武文神秘地说。

金枝不明就里，把跛子叫过来，三个人蹲在地上嘀咕起来。

现在没外人，好歹你也是个爹。

什么叫好歹，老子就是你爹，你亲爹。跛子很反感。

你说你是亲爹，谁能证明？什么时候下的种，二更天还是五更头？给你二两颜料，就想开染坊，竖起耳朵来听着。吉武文一顿脏话把对方噎住：我看这苏州商会会长也是个大官儿，一定挺有本事，不然怎能捞上这么个美差？就算是花钱捐一个翅子，那也得家底厚实，他在日本人那里，说话占地方，大街上贴着告示，抓住一个共产党，赏大洋五十块。

你到底想干啥，有屁快放。跛子不耐烦。

别急，俗话说，皇帝轮流做，红玉抢走吉家班，我想让她还给我，把吃进去的吐出来，就这么简单。吉武文底气十足的样子。

这还简单？跛子不屑地望着对方那一脸得意：你不是做白日梦吧，想替您老爹拔横，你还嫩点，你爹那叫孙猴的帽子，没戴坏，自个作弄坏的。

得得，坐着你的嘴，小爷还未说完哩，书接上回，我去找那秦会长，就说红玉是共产党，她不是她宝儿干娘一定是，她姑姑是国民党大官，这就叫线索，让秦会长把她抓起来，送进日本宪兵队，听说那地方竖着进去，得躺着出来。就这么一折腾，凌家班又变回吉家班，别看那些人平时班主长班主短，叫个热乎，那都是面子话，这年头吃谁向谁。小爷要是当上班主，哼，没人敢不听我的。

你就再也不用像现在这样，吃一个往外掏一个，喝大酒抽大烟狂窑子泡赌场随便折腾。跛子气哼哼地说。

金枝不愿听这话，儿子当上班主，你有啥不好，起码你是班主的亲爹，谁还敢给你撂脸子？班子能养着你，到那时我也能挺直腰板。

吉武文往上一挺胸脯说：富贵险中求，过了这个村可就没这店了。

跛子瞥一眼对方那双小眼睛，哼一声：就怕你没捞着金元宝，自个掉进茅坑淹死。

赌一把。吉武文说着从兜里掏出一个铜钱，往上一抛，落在地上后用手摁住，翻手一看，通宝字面朝上，底气十足：老天爷给脸啦。

跛子不屑，也掏出一枚铜子，抛起来落地后，字面朝下，接连抛了三次，都是字面朝下：这种玩意儿也能相信，亏你也跑了这么多年的江湖。

行了，小爷不跟你废话了，我就不信弄不过她。吉武文抬起头来扫一眼周围：我这就去找秦会长，你们等我好消息，最好是晚上，红玉那母夜叉骑在马上，跑马趟子，被皇军从马上拽下来，五花大绑抓进宪兵队，上老虎凳，灌辣椒水，这事就成啦！站起身，拍拍后腰，向北屋客厅走去。

跛子站起身，扔给金枝一句话离去：你就是断子绝孙的命。

金枝茫然地望着对方的背影，陷入沉思。

吉武文走到客厅门口，被钟管家拦住，他说找会长有要事相告，钟管家便把他领进去，这时，秦会长正在翻看昨天的报纸，钟管家说，这是红班主的人，有事向会长禀报，吉武文恭敬地站在客厅当中说：我是来向会长告密的，您老是皇军的红人，可得替我做主，红班主是共产党，她干娘在淮安是大共产党，她姑姑在凤城是国民党大官儿，请秦会长报告皇军，赶紧把她抓起来，赏钱我不要，归您老，我带着班子离开苏州城。

秦会长不动声色地问：你怎么知道她和干娘是共产党，她姑姑是国民党？你见过她们。

吉武文一口咬定：没见过，不过，请你相信我，把她抓起来一打便知。

秦会长听到这里，心一沉，对钟管家使眼色，对方转身走出去。他来到红玉面前说：红班主，出事了，请跟我来。

红玉跟在对方身后，走进客厅一侧房间，两人站在门前，倾听隔壁声音。

秦会长说道：你知道把红班主抓进宪兵队的后果吗？

吉武文回答：活该，谁让她抢走我吉家班？还有，她相好的叫乔峰，就在新四军，这比他干娘是共产党还重要吧，一并报告皇军，非弄死她不可。

我听说这个班子，一开始是红班主父母拉起来的。秦会长说。

这些你别管，皇军给的赏钱都归您老，成不成？吉武文催促对方。

秦会长冷笑，这马戏班子也不干净，对外沉声说道：老三！

两个年轻人从外面走进来问：会长，我在。

把他给我看起来，别惊动其他人。秦会长对吉武文一扬下巴。二人上来把吉武文摁住，对方使劲挣扎喊叫，老三手上一用劲，吉武文不叫了，两人拖着吉武文，推开一个内门走进去。

老钟！秦会长叫道。

钟管家和红玉走进客厅，红玉涨红脸不知说什么好。

秦会长望着对方安慰道：红班主，树林子大了什么鸟都有，别让一颗老鼠屎拐得满锅腥，这事你看如何处理？你若下不去手，我来办。

钟管家插话道：别怪老夫多嘴，必须清理门户，否则，将祸及凌家班。

红玉开始还下不了决心，毕竟这厮是金枝的儿子，可一听钟管家这话，不无道理，毒瘤不除，早晚要人命；自己动手，且不说下不下得去手，在这苏州城里也不方便：那就烦劳秦会长。

不必客气，钟管家，扔进苏州河，溺水身亡。秦会长说得很轻松：一会儿我要亲自观看红班主的马技，听宝掌柜说，这是你的祖传功夫，你母亲当年红遍直隶齐鲁。

红玉没想到对方连这些都知道，估不透，宝儿干娘连这些事都告诉对方，可见不像秦会长说是老友这么简单。

秦会长赏光，红玉定当不遗余力。

走，去看看我给老娘亲准备的本地特产。

钟管家带领二人从侧门走进后院，来到一个仓房内，地上摆放两只大木箱，钟管家掀开盖子，上面铺着非常精致漂亮的锦缎丝绸刺绣，秦会长拿起来看：苏州刺绣，过去这是给紫禁城里人用的，贡品，中国四大名绣美誉全世界。我认为，苏绣应该领湘绣、粤绣、蜀绣之首。

秦会长好眼力。钟管家说。

红玉拿起来仔细观看，对此她不甚明白，摸着那锦缎丝绸，柔软细滑，手感非常好，色泽文静，条纹清晰，绣工精致，非常好看，不由连连称赞：好东西，真是好东西。

我让钟管家给你准备一套行头。秦会长说。

钟管家忙拿过一个包袱打开来，里面是一套红色刺绣丝绸服装。

这、不敢当，红玉承受不起，无功不受禄，还请秦会长不要为难红玉。红玉极力推辞，这东西太过贵重，马戏班耍上一月，也抵不上半套苏绣服装，她怎敢收下。

此话差矣，你把全班性命压在这批药品上，稍有不慎便万劫不复，足见民族大义在先，令老夫敬佩，请不要推辞，这也是宝掌柜的意思。

我干娘？红玉望着对方，疑虑重重。

对，是她。秦会长示意钟管家。钟管家把衣服包好，拎在手上。

三个人回到客厅，红玉欲走又留，望着秦会长说：我能否见他最后一面？

秦会长略作沉思，对钟管家做一个手势，钟管家在前头带路，二人来到一个房间前，钟管家在房门上敲两下，门被推开，钟管家和红玉走进去。吉武文反绑双手，坐在凳子上。钟管家对老三一摆手，三个人退出去。

吉武文见到红玉，马上站起身来，眼睛里冒火星，从被堵住的喉咙里，发出呜呜叫声。红玉伸手拔出一团烂布，把对方摁在凳子上。她看得出，秦会长不希望她见吉武文，可她总感觉这是一条人命的消失，对方和自己一起长大，虽然两人对对方没什么好感，更多的是相互指责和怨恨，但送他最后一程，也是对死去的吉三奎一个交代。

为什么要去日本人那里出卖我？红玉犀利的目光刺向对方。

我恨你，恨你夺走吉家班，这一切都是你造成的！吉武文咬牙切齿。

红玉望着对方那可怜又狰狞的面目说：你应该恨你爹，他最大的悲哀是没有教会你，什么事该做，什么事不该做。

别扯没用的，碰上你算我倒霉。吉武文恨不得一口咬死对方。

你费劲巴力给别人挖坑，自己却跌进去，谁也救不了你。

你们不能杀我！吉武文突然怒吼。

是你自己杀了自己。红玉把烂布塞到对方嘴里。

钟管家对老三交代几句后，和红玉走出门，低声说：看着挺精明的人，自个儿把道儿走瞎了。

红玉说：烦劳钟管家，让他少受点罪。

红班主放心，不会有什么痛苦，一下就完事。钟管家说得轻松。

红玉不由替金枝感到悲哀，当年和金枝银枝三人情同姐妹，是吉三奎改变她的命运，同时也害了她，吉武文现在的下场，他们二人脱不了干系。她不敢想，金枝面对儿子的尸体会是怎样一种场景，跛子又作何表情。吉三奎选择一种悲壮的结局，他儿子却是这等下场，差距之大，令人感叹。

第六十四章

秦源客栈大院内，北屋前面那一排座位上，坐着苏州城商界有头有脸的人物，日本宪兵队片山大佐、皇协军高团长、警察局长、特务队长等人，给足了秦会长面子。红玉也要给秦会长长脸，只有她和铁猴知道事情的原委，其他人并不知情。给日本人和大汉奸耍玩意儿，大家从心底里反感抵触，这不是钱的事，所以，不管红玉和铁猴怎么招呼，大家就是不肯卖力气。红玉开始还打算和几个亲近的把式撂个实底，可出了吉武文这档子事，便把到嘴边的话咽了回去。

小北风很不情愿耍上刀山，搭架子磨磨蹭蹭、嘟嘟囔囔，几个人帮忙，总算把架子搭起来，又慢慢腾腾绑铡刀片。铁猴催促他，别磨叽，赶紧地，你是第一个。

吃奶也得一口一口嘬吧，你想抢孝帽子咋的？小北风讥讽对方。

没个眼力见，都啥时候了。铁猴动手帮助绑铡刀片。

咋的，你想抢饭碗，那你来上。小北风甩手不干了。

你个犟驴，怎么冲我来啦。铁猴也急眼：今晚这个场子必须耍好，这是给他们演戏看，懂不？班主在给他们演戏，我什么时候忽悠过你，你要是耍砸了，看我怎么收拾！你仔细想想，红玉啥时办过昧良心的事，响鼓不用重槌，别让我敲死你。

小北风咂摸咂摸，听出点味来，这才手头加快。红玉走过来说：北风叔，开场就看你的，本来是我上，他们要先看马趟子。

别别，我来、我来，最后那个动作你麻利点就行，别人搭梯子，我还真就不放心，你自己小心点儿。

放心吧北风叔，这点活难不住我。红玉说着又来到银枝这边，见对方板着脸蛋，知道还在不高兴，凑上去说：银枝姐，快显怀了，要不三层桌咱别耍，扔几个棒槌得了。

哼，看看坐在前面的都是些啥人物，杂巴着耍几下能成？白瞎老娘这身功夫。

咱中国人的功夫怎能让他们白看，银枝姐你最了解妹子，等会上场小心点儿。

银枝听对方话里有话，脸色阴转晴：成，请好吧。

漂子正在摆弄他那件大破褂子，见红玉走过来，便低声问：班主，今儿来了这么多当兵的，我给你弄支响货咋样？

漂子哥别多事，咱还有正事要办，这个院子里的任何东西，都不要动，鸽子准备好吗？

转了一个多时辰也没弄着，这不，弄俩鸡崽子，秃子当和尚，只能凑合事，糊弄糊弄鬼吧。漂子掏出来让对方看。

这伙人可不好糊弄。红玉也没辙：精心点儿，别耍砸了。

当当当，铜锣响了，跛子围着场子转圈扯白口，一口鲁北腔，语速再快点，这些南方人听不大明白，那些日本人就更是洋鬼子看京戏。有句话，听不明白不等于看不明白，其实他们还真就没看明白。场子中间竖立着高大的刀山架子，小北风找不到时令水果试刀锋，便提前砍下一根手腕粗的树枝，摆放在看客面前，抡起铡刀砍下去，那被砍断的树枝切口，整齐到底。然后把铡刀片挂在第一层，这才开始爬刀山，上一个铡刀亮一次相，等耍完后，浑身湿透。

一个日本宪兵队军官，抽出指挥刀，抡起来狠命剁在树枝上，那树枝被砍断。他和宪兵队长片山说一句，便走到场子上，对小北风一个深度点头。这等礼节让小北风不知如何是好，看来对方是想砸场子，不服气，好啊，那你就上去试试。日本军官抬起马靴在铡刀刃上踩踩，脱下马靴来，摘下白手套，用手指肚在刀刃上摸摸，犹豫一下，又把马靴又穿上。来到小北风面前，又一个深度弯腰鞠躬。小北风悻悻看着对方走下场，嘟囔着，看来炖猪脚吃不上了。

宪兵队长片山拉下脸来，瞪一眼那位军官，秦会长马上打圆场，这等功夫没个十年八载，上不了铡刀片。说着他让钟管家去叫红玉，很快，小北风走到大家面前，抬起脚底板让大家观看，没有任何伤痕，脚底板上只有几道印子。那位宪兵军官又抽出指挥刀，刀刃朝上放在地上，握住刀柄，意思是让小北风踩上去。

红玉对秦会长大声说：过分了！你让他自己先踩上去看看。

秦会长忙对片山说：接着看，下面的更好看。

接下来应该是银枝的叼花，红玉临时改变主意，决定耍马趟子，杀一杀那个宪兵军官的傲气。对方一看红玉牵马走上来，又来兴趣，他也是骑马的高手，调来宪兵队前在骑兵作战部队任职。

红玉飞身上马，不停地吆喝着，那匹马飞快向前奔驰，每来到看客席前，她都要做一个动作，或镫里藏身，或蜻蜓点水，或大探海、马上倒立等。那宪兵军官看着看着，露出不屑的表情，对片山大佐说，这功夫的不行，我也会，让她停下来，我上去。

片山大佐立马答应，他希望大日本帝国的军人，能在这种场合里，彰显武士道精神。秦会长对钟管家使眼色，钟管家马上离去。

红玉的动作难度越来越大，一直到飞身下马，捡起红手帕，用八步赶蝉，飞上马背时，那位宪兵军官脸色变了。这时，片山大佐对他说，你的，上去。

那宪兵军官实在是没底气，低声说，对不起长官，这个我的不行。

片山大佐骂，大日本帝国军人的脸，让你丢尽，滚。把对方撵走。

漂子的压轴戏法，变活物，而且是走到看客中间来变，从特务队长的衣袋里，钓出一只脏啦吧叽的黑泥鳅，对方刚要发作，被片山大佐呵斥。又从皇协军副官的茶杯里，钓出一个铜子儿，他上来和银行经理搭讪，犹如一摊肉泥，瘫坐在藤椅上的赵经理，连欠身子都费劲，漂子从他肥大的裤腿里，拿出一只活蹦乱跳的耗子，顺走了对方的钱包。来到片山大佐面前，两只手掌伸开，又攥起来，比画好几遍，突然手里多出一支玫瑰花，双手举到对方面前。片山大佐高兴地接过去，即兴训话，大东亚共荣亲善，日中一家人，共同建设和谐共荣的新苏州。说着从桌上拿起一个精致的盒子，打开来，把里面的东西拿出来，这是一尊观音菩萨坐莲花台铜像，双手送到秦会长面前说：祝令堂寿比南山不老松。秦会长接在手里：我替家母谢片山队长一片诚意，我还给家母准备两箱本地特产，让红班主顺便带去上海，因为要替皇军筹措军用物资，家母的八十大寿，属下不能亲往。

片山大佐好像非常理解对方，说道：秦桑，你是皇军真正的朋友，中国有一句话，忠孝不能两全，做好本职就是对令堂的大孝，对皇军最大的贡献。

皇协军高团长，对拍马屁功夫很有研究：秦会长，片山队长的祝寿礼价值连城，你的面子忒大啦，兄弟羡慕佩服。

片山大佐满脸微笑：这个、小意思，宝马送英雄，这个观音菩萨送给令堂，是物归原主。

秦会长心说，什么玩意儿，中国话是这么说吗？就你送的这东西，瓤子没有皮值钱，略懂古玩的人一看就明白，是赝品，且仿制手法低劣，装古董的红木盒子倒是真货色。

等把这些人送走之后，秦会长亲自监督，把两箱东西装在马车上，片山大佐送的那个盒子，放在最上面，安排几个心腹看管。

直到散场也没见吉武文的影子，跛子知道已凶多吉少，不由感叹，人活在这个世上，不用多么聪明，只要少一点愚蠢就行。此刻金枝正焦躁不安，跛子把金枝叫到一旁，将自己的想法告诉对方：完了，这孩子完了。

你是说露馅啦？金枝忐忑地问。

那可不咋的，我就说这事不顶对，你连人家秦会长的根底都没摸清，就去捅马蜂窝，能不挨蜂蜇。

这可怎么办啊，儿子你在哪儿啊？

别号丧，臭娘们儿你是不是也想把咱俩折进去，我告诉你，现在只有一个办法，装不知道，这叫丢车保帅，舍不得孩子套不住狼。

金枝使劲拽住对方的手，哽咽着说，他可是你的亲儿子啊。

别提这茬，一提我就来气，我就干你一回，你就当了真，竟然生下这么个孽种，死了倒也清净。这一夜，两个人都没睡着，一个吊死鬼在金枝眼前晃悠一晚上。跛子一闭眼就看到吉三奎找他来算账，掰开手指算他藏下了多少昧心钱。

第二天早饭后，秦会长亲自把红玉送到城门外，又叮嘱一遍，经过国统区如何应付，路过沦陷区应该怎样做，到抗日根据地怎样接头，等等。

红玉虽然没有得到对方确切的身份信息，但已经肯定，你不是共产党谁还能是？这次护送药品，就算搭上性命，也不能出问题。她默默地把这几个人串在一起，宝儿干娘，乔峰，秦会长。

红玉来到铁猴跟前，问：金枝和跛子没到见儿子，怎么连问一声都不问？

可能是心里有鬼吧。铁猴回答。

经过十来天的辗转，这天下午，红玉带领凌家班走进盐城地界，按照宝儿给的地址，来到高桥村找到许记药铺，许郎中正在坐诊，红玉和对方对上暗号之后，这才把两箱药品交给对方。红玉把片山老鬼子送给秦会长的那尊观音菩萨像，交给许郎中，对方说什么也不要，说上级没交代过的事不能做，你自己收着吧。

红玉无奈，只好先保管起来。

走出药铺，铁猴说：你们二人对的暗号挺特别，你问大中华，他答小日本，你又说，犯我中华者，他回答虽远必诛。

这两句话是宝儿干娘告诉我的。红玉说：干娘告诉我，对上暗号才能确认对方的身份，一旦对方答错，就立马转身走人，说明这里出了大事。

是得小心点，你说谁能想到，吉武文这小子，能干出那样缺德的事。这时，金枝走过来拉住红玉的手。

金枝实在无法排解对儿子的思念，总感觉他还活着，也没和跛子商量，独自找到红玉，要去苏州寻找儿子。红玉思之再三，出于女人的直觉，若不让这个当娘的看到一个结果，她不会死心。便让跛子陪她去苏州寻找儿子，并提醒去找钟管家打听一下，他人熟地熟，兴许能帮上忙。跛子很不情愿，他一直在怀疑吉三奎和金枝给自己下套子，为啥早不说晚不说，快咽气时，才把这破事抖搂出来，这不是别有用心是什么，这不是故意寒碜我吗。现在可好，自己差点成汉奸的爹，很是堵心。

红玉劝道，去吧，好歹也是你亲儿子，再说，她一个人去，你能放心。

别别，没好歹，他是他我是我，他是不是我儿子，这事谁也说不准，三个当事人死两个，你让我去，我去就是。跛子一脑门子官司。

金枝暗自骂道，你个没良心的瘸货，找乐子占便宜时，你咋不这样说，到苏州河上，我一脚把你蹬下去，让你变成死王八。

二人来到苏州城，事情还算顺利，找到钟管家，人家二话没说，亲自带领他俩来到城外一处坟地，指着一个土包子说，在这里，当时他被人从河里捞上来时，我正路过，顺便看了一眼，一眼就认出是你们凌家班的人，既然我和你们马戏班有缘，这事就不能不管，便把他收敛起来埋藏于此。我是干什么的你俩知道，但凡进出秦家的人，我都要过目，这是对会长负责。可惜，年纪轻轻就走了，有人说是一脚踩空，掉进河里淹死；也有说他想投靠皇军，被新四军游击队锄奸，怎么说的都有。

钟管家顺便问一句：秦会长拜托的事，可否办好?

办妥、都办已妥，请转告秦会长。跛子回答。

钟管家知道自己该离开了，便告辞。

二人心知肚明，哪敢言明，金枝千恩万谢送走钟管家，这才坐在儿子坟头前，边哭边数落，哭了半晌。跛子的泪珠子是金豆子，不管是吉家班还是凌家班，很少有人能看到他流眼泪，更何况这地下躺的人，是否与自己有关系，尚不能确定，他只好陪着对方长吁短叹。

第六十五章

抗战胜利时，凌家班还被关在鬼子伪军的据点里。几天前，红玉带领马戏班路过饶县关城镇，在广货店郑掌柜的门前拉场子撂地，被一伙伪军围住，绑起来抓进据点，里面聚集有一百多个老百姓，被抓来修据点工事。白天去修工事，加固围墙，挖护城沟，晚上关在据点牢房里，凌家班三十多人，被关在一间大通屋里，地上铺着麦秸，和衣而睡，每人一碗菜汤一个窝窝头，能吃半饱已不错，像小北风等人饭量大，只能将就着多喝点水灌缝。

晚上，两个伪军轮流值岗，午夜交班换岗，张姓伪军睡过头，李姓伪军气得来回跺脚，骂声不断，红玉和铁猴被吵醒。这时，从另一头传来趿哩趿啦的脚步声。

李姓伪军开骂：你个死猪，睡到太阳照屁股算了。

我倒真想睡到天亮。张姓伪军懒洋洋地回答：皇军都不干了，咱还吵呼个啥劲。

你说啥？皇军不干啦？可别瞎白话，要掉脑袋的。

掉你个榆木大头，啥时候能开窍？下午中队长从城里回来，一直郎当着那驴脸蛋子，和两个小队长在屋里喝酒，我去送菜，听他们说，皇军投降了，日本天皇下的投降书，他们就要奉召回国。中队长大骂皇军不厚道，说，你们一拍屁股走人，我们咋办，当这么多年汉奸，共军国军谁能放过我们，三个人喝得烂醉。

此话当真？

这种事谁敢胡诌八扯。

红玉一听兴奋起来，对铁猴说：咱们把小日本子打败啦，抗战胜利了，乔峰快来找我啦，苦日子总算熬到头。

铁猴做一个手势，听外面说下去。

李姓伪军说：他现在知道害怕，晚啦，平日里跟着皇军欺负老百姓，人家能不记恨你，上次他从王庄抓来的那两个姑娘，糟蹋之后，又献给皇军。

张姓伪军追问：你说的是被皇军狼狗咬死的那两个姑娘?

可不是咋的？他害怕，活该，老子不怕，这身狗皮才穿几晌，要不是被他狗日的抓来，我还和师傅走街串巷打铁匠活哩。

铁猴对红玉点点头，机会来了，把他俩叫过来。

木门下半截是木板，上半截是镐把粗的木棍做的格栅，红玉对外喊：外面的兄弟过来一下，我有事。

外面顿时没了声音，两个人走到门前朝里张望，红玉对二人低声说：小鬼子都散伙了，你们还戳在这干啥，等着挨八路军的枪子儿？就连大日本帝国都完蛋，你们这些小汉奸狗腿子还折腾个啥劲儿。八路军我见过，对老百姓那就一个字，好！对你们这些汉奸也是一个字，恨！你俩刚来不久，人家还没记牢靠你们的模样，赶紧蹽吧，回家和爹娘过日子去，别在这儿陪着队长吃瓜落，大姐说的都是实在话。

张姓伪军开始犹豫起来，李姓伪军拔出刺刀扔进来：把后窗户撬开，后墙外是壕沟，过铁丝网时，别弄出动静来，赶紧走吧。他又对张姓伪军说：老子不能就这么便宜他们，得捎点东西回去，你就在这等死吧。

扯淡，你当我愿意待在这鬼地方，每次回家俺爹都骂一顿，中队长那儿有个铁匣子，你敢不敢弄?

啥敢不敢？快去，他们都喝成死猪，该下手时就下手。二人转身悄悄离去。

红玉赶紧把大伙儿叫起来，铁猴和小北风来到后窗户前，后墙壁上有三个小窗子，每个有脸盆大，健壮的人钻不出去，小北风用刺刀撬下竖在上面的木棍，夯实的山墙，土厚又结实，两人轮流用刺刀把窗户口扒大，下半夜，三十多人钻出窗户，翻过后院墙，爬过护城沟，又钻过铁丝网，总算有惊无险出关成镇。逃进一处小树林，才敢歇息，东方发白，天要亮了。

跛子说：咱那些家伙什，不会都被郑掌柜的给卖了吧？他那杂货店啥都卖。

他敢！那天我跟他说，这些东西先在你这搁几天，回头我来取。红玉说。

不好说，这年头啥事都能发生，趁着天还没亮，我和漂子进去一趟，看能不能把家伙什弄出来，我担心的是，咱那两匹马和大车。铁猴说。

这时候进镇太危险，咱们刚逃出来，说不定人家正到处找咱们。石榴担心。

这些家伙什，是咱们几十年积攒下的家底儿，是咱走江湖打把式卖艺的命根子，没有这些东西，还拿什么走江湖；咱们离开它，还能干什么？再说，就是有钱，一时半会儿也置办不齐整，必须找回来。铁猴坚决地说。

咱仨一块儿去。红玉说。

不行，你不能去，老实在这待着。铁猴少有这种口气。

红玉看对方那严肃的表情，知道多说无益，说道：猴叔，你必须安全回来，东西是死的，人是活的，没了东西咱再置办。

放心吧，大江大河都闯过来，还能在这小河沟子翻船，漂子，打扮一下。

漂子从破褡裢里掏出几样东西，把铁猴打扮成耄耋老者，再拄上一根棍子，又在自已脸上画几下，把平日的破大褂子反过来穿，变成一对爷孙辈要饭花子。

你们别动地儿，老夫去去就回。铁猴从跛子手上接过一根木棍，漂子搀着对方说：爷爷，咱进城吃包子喽。

望着二人远去的背影，跛子心里很不踏实，过一会儿，他对红玉说：不妥、不妥，别光听这老猴子的，他也是快六十的人，人老不以筋骨为能，鬼子据点距离关城镇不到二里路，放屁的工夫就能蹿过去，咱们得赶紧前去接应他俩。

红玉忙说：北风叔，让大家带上家伙，跟我去接猴叔，跛叔你腿脚不好使，留下看东西吧。

不成，我得去，在这儿我心里更不踏实，现在我这心眼儿老往上蹿，赶紧走。

当十几个人赶到镇外时，从里面传来几声清脆的枪声，跛子一拍大腿，出事啦，果不出老夫所料，赶紧往里冲啊，别管老夫，快冲。

红玉带领大家冲进大街，很快冲到郑掌柜的广货店前。枪声是从这里传出去的。刚才铁猴和漂子来到店铺前，两人翻过院墙，在院里一转，发现大车和马都在，耍玩意儿的家伙什扔在南墙根下。铁猴心想，这些东西还在，说明人家没什么歹意，给保管这么多天，咱不能拿走连句话都不留，江湖规矩还是要讲的。想到此，这才来到北屋窗下，轻轻敲两下窗棂，屋里灯亮了，问道：谁呀，深更半夜，敲打什么？

郑掌柜，是我，凌家马戏班，你能否出来一下，我来取东西。

噢噢，是你们，稍等、稍等。从里面传出一阵凌乱的声音。这时，铁猴并没起疑心，等北屋门推开后，从里面走出三个人，两人手上端着步枪，郑掌柜举着手枪，把铁猴和漂子逼住。铁猴愣住，开店铺的怎么还有这些响货，难不成还倒腾军火？他哪里知道，郑掌柜是据点里的伪军中队的姐夫，二人狼狈为奸，经常做一些所谓能赚大钱的买卖，拐人贩毒倒腾武器弹药，啥赚钱干啥，广货铺就是个幌子。

这事整的，铁猴知道遇上麻烦，多说什么也没用，只能动真格的。郑掌柜也是见过世面的人，知道这些打把式卖艺的人，都有几下子功夫，不好对付，便先下手为强，对着铁猴扣动扳机，铁猴一闪身，甩出两枚金钱镖，奔对方而去，一枚打在对方手腕上，手枪掉在地上。另外两个人也扣动扳机，漆黑的夜晚，从北屋窗户上透出的那点光亮，让步枪失去准头。双方动手，几声枪响过后，院里没了动静，地上躺着五个人。郑掌柜被两枚金钱镖凿打上，一枚钉在脑壳上。一个护院伙计和漂子滚打在一起，被漂子的绳镖勒昏过去，另一个上来给漂子一枪托，把漂子砸晕，铁猴挥手掌拍在对方胸口上，由于力气不济，对方只是昏厥过去，他左胸中一枪，躺在地上喘息。

小北风翻过院墙，打开院门，红玉等人冲进去，一见这场景呆住，赶紧抱住铁猴：叔，你怎么啦，没事吧？

铁猴强挺住一口气：赶紧扯呼。

跛子把漂子弄醒，小北风套上马车，腊月石榴等人装上东西，红玉把铁猴抱上车说：灭了那两个人，一把火燎光这黑店。

善恶到头终有报，赶紧走。铁猴催促。

一行人趁黎明还未到来，匆匆离开关城镇，在小树林接上金枝银枝等人，奔河北而去。天亮了，大约走出去十几里路，来到一个村庄前，铁猴感觉支撑不住，小北风停下马车。红玉这才发现，猴叔左胸前一片殷红的血迹，嘴角流出鲜血，她吓傻了，紧紧抓住对方手：叔，你可别吓唬红玉啊，我这就去村里找郎中。

没用了。铁猴脸色苍白，憋得喘不上气来，咳嗽几下缓缓说道：孩子，叔这次挺不过去了，干咱们这行的，自个儿清楚有几分斤两。

你也是四十大几的人，该有个安稳的家，叔知道你一直等着乔峰，若是能等来，当然圆满；等不来，也别委屈自己。我听说几年前在皖南一带，新四军一万来人和国军死磕，伤亡不小，难保乔峰不在其中，听叔一句话，万事皆有命，别委屈自己。铁猴放心不下红玉。

叔，红玉希望你好好活着，陪红玉活着。她哭泣。

铁猴另一只手抓住跛子说：老兄弟，大哥不能再陪着你摆八卦阵，我在那边等着你，大事咱做不来，给孩子们招招扶扶吧。红玉这孩子仁义实诚，你多费点心。

跛子那张能说会道的嘴，此刻却找不到一句合适的话语，再也忍不住，两行热泪流下面颊。几十年来，大家第一次看到他落泪，是落给铁猴的，就连吉武文的死，他都没掉一滴眼泪。

老哥你慢慢走，兄弟慢慢往前送。跛子哽咽着：只要我这把老骨头还能撑住，就帮着红玉看着这个家。

铁猴又盯住红玉，鼓足气力说：孩子，猴叔不能陪你往前走，剩下的路自己闯吧，有不明白的问你跛叔，老马识道。

红玉突然想起一件事，忙说：叔，红玉找到了几十年前杀害你爹娘的知情人，铁桥三。

果然是……铁猴身子往上一挺，瞪大眼睛，急急喘两口气，然后停止呼吸。

跛子悲伤地在铁猴脸上抹一把，让其瞑目，然后唱起来，猴哥哎你走得太着急，步步往那个西南挤，老兄弟我送你一起去，没吃没喝没混上身皮……

小北风想起当年几个人，为吃口饱饭，去给大户人家哭丧的情景，这不，又走一个，心情十分沉重。

红玉悲声说：猴叔，我一定把您老送回老家。

银枝为难地说：谁知道他老家在哪儿，还是先带回咱老家埋了，等见到铁桥三问个明白再说。

红玉一想也对，只好拉着铁猴返回老家，选一个僻静的地儿临时安葬。吉三奎的死，曾经让她心灵上有所震动，她曾这样比喻，一个肚子里盛满污秽自私、贪婪欲望的人，最后竟然可以抛弃这些，选择一种悲壮的结局。吉武文的死，因他平日里那种肮脏的、不检点的行为，在大家心里已积累成山，他选择背叛，他这种死法，似乎顺理成章。而铁猴的死，给她打击最大，这是一个正直诚实、行侠仗义的之人，马戏班里，不管哪一个出现危险，他都会挺身站出来，挡在前边。在她心目中，这是一个无可替代的人物。不只她这样想，吉家班时代，吉三奎何尝不这样想。铁猴有很多次离开马戏班的机会，另谋高就，但都放弃，吉三奎到死也没弄明白，对方为何不肯离去。红玉虽有所察觉，刚要解开谜底，对方却又离开人世。她希望自己能为他做点什么，最好是能替他完成他没有完成的事情，以慰藉他的在天之灵。

赶走小鬼子的第二年，八路军解放宁津县城，人们都沉浸在解放的喜庆气氛里。红玉焦急地等待乔峰的消息，经多方打听，也没得到一个准确的信儿，她又产生下江南找乔峰的想法。和跛子、小北风等人一商量，大家都同意。刚想起程，边区政府传来信儿，让红玉带马戏班去庆祝解放。这是一件大事，给翻身农民、已脱离苦海的父老乡亲们耍玩意儿，意义重大。

她带领马戏班赶过去，在县城里，遇到老熟人张富忱，他现在是冀鲁豫边区民间艺术联合会主任，这次庆祝大会的负责人。两人一见如故，对方问起她，是否找到乔峰？这也正是红玉的痛处，她如实相告。对方劝她，沉下心来耐心等待，江南一带还没有解放，苏锡常宁沪还在敌人手中，乔峰同志可能正带领战士们战斗在前线。张富忱答应，只要有机会，就帮助她打听消息。他不愿意让对方过于担心，几年前的皖南事变，新四军军部及万余人，遭到国民党军队重兵围剿，大部分牺牲。尽管他希望乔峰在突围出来的那少部分人中，但这种概率有多大？

红玉只好暂时搁下乔峰的事，带着马戏班到边区各地参加庆祝活动，这期间，她经打听得知，铁桥三并没有下南洋，而是带领一部分人参加部队文工团，红玉这次又没能见到对方。她心里一直挂记着铁猴那件事，她不敢想象，如果铁桥三父母参与铁家灭门案，自己将如何面对，又将如何处理这件事情。事件因何而起，以何为终，这都是问题。她只能等待铁桥三来回答。

第六十六章

1948 年秋天，一个月时间里，红玉接到一封信和一个口信，信是玉儿姑姑发来的，内容简单，只有十几个字，见信速来苏州，我等你月余，若不来，此乃绝笔。口信是宝儿干娘托人捎来的，让她速起程，尽快赶到苏州城外周家庄找周裁缝。

宝儿、玉儿二人的口气都很坚决，容不得她有半点犹豫，想必都是大事，耽搁不得，她忙把小北风和跛子找来商议，问题聚焦在是否带马戏班前去。小北风和跛子各执一词，一个说，人家让你速去，你带着班子能快得了吗？等拖拖拉拉赶到苏州城，黄花菜都凉了。一个说，这么远的脚程，又路过敌占区，你一个人去怎能放心？还是大家一块儿去。红玉也拿不定主意，这二人说得都有道理，金枝插一句话，把事情定下来，过后小北风对银枝说，从来不干人事的人，这次竟憋出一个正经屁。

金枝说，听说那边到处都在打仗，路上不安全，让我说，大家一起去，有事大家能有个照应，班主离开班子，那还叫啥班主，咱班子还从来没散楞过，大事小事一大家一起扛，不过这次就别再撂地，一个劲儿地往前拱，拱到地头再说。

金枝的态度，让红玉另眼相看，她当即表态，听金枝姐的，大家一起去，并把过去铁猴管的那摊子事，分给金枝一部分，并承诺给她多记一个账。金枝非常高兴，感激地说，妹子，谢你这么信得过我，姐不会再给你丢脸。

凌家班起程，走到保店大街时，碰上栗家班班主铁笊篱。跛子对小北风说，咱凌家班和栗家班缘分不浅，上次在这里遇到铁桥三，现在又碰上铁笊篱。

小北风望着红玉和铁笊篱说：可能都与铁猴哥有关。

红玉上前拦下对方，抓住对方手左瞧右看：老叔，你没死？

这孩子说的啥话？老叔凭啥死，这不活得好好的嘛！铁笊篱伸胳膊蹬腿：倒是吉老三这家伙，提前趴架，不过人家有福气，人走了，马戏班还在。老子这才离开几年，铁桥三这小子就把班子踢腾散架子，自己带着几个年轻力壮的兄弟投奔八路军，剩下这些老的小的咋整？红玉，你说有这么办事的吗？我若再不回来，这脸可就丢大啦。

红玉见对方对铁桥三不满，趁机问道：铁桥三是哪里人？家境如何？

对方怒气未消，顺嘴说道：祖籍咸阳，他爹是当地有名气的关中刀客，家境还算殷实，后来到天津卫帮人开武馆。

难怪他口音没多少陕西味儿。红玉说。

他能有什么陕西味儿，这么大就离开老家。铁笊篱用手在腰部比画一下。

他一家为何离开咸阳？红玉追问。

这、不清楚。对方警惕地看着对方，问这么详细是什么意思？

老叔，他什么时候跟的你？

铁笊篱不在咧大嘴，一脸狐疑：你打听这些做什么？

红玉回答：铁猴叔死了。

噢。对方没感到惊奇，也没追问死因，好像在意料之中，说：铁家终于无人了。

什么叫终于？难道他该死？红玉不解地问。

不不、老夫不是这个意思，别误会。我得走了，那帮子人还在等着我。说着坐上马车。车把式挥动鞭子，向街外走去。

跛子腿瘸耳朵不聋，听个全程，望着远去的马车说：这里边有猫腻，从这老家伙嘴里抠不出啥玩意儿，这老油条浑身上下都是转轴子，他怎会因虱子烧了袄？还得去找铁桥三。

跛叔说得是，咱们走，红玉带着大家离开保店镇。几次下江南，就属这次轻松，不用拉场子撂地，吃喝班主兜着，大家没压力，一路走着说笑着，擦黑住店，黎明起炕，吃完早饭赶路，比平日节省不少时间。这天下午，凌家班赶到周家庄，红玉和石榴在周家庄街前街后，转一大圈儿，不但没找到裁缝铺，也没打听到周裁缝这个人。这下郁闷起来，捎信的把话听错还是你传我、我传他，把话捎走样？

红姐，咱别钻牛角尖，兴许人家不是开裁缝铺的呢，问问有没有叫周裁缝的，我这就去打听。石榴拉着腊月进胡同。

跛子安慰道：兵荒马乱，啥事都能发生。这一站不成，咱就去下一站。

红玉明白他说的下一站是什么，这次所以先来找宝儿干娘，就是想知道乔峰在何处。二十年没见面，拴着两个人思念的那根绳子，越攒越粗，越拽越长，她等到抗战胜利，现在全国也快解放，那种渴望见到对方的思念越来越浓烈。见到他一定狠狠揍他一顿，方能解恨。

两人正说着话，石榴跑回来：找到了、找到了，就在后街那条胡同里。

红玉对跛子说：跛叔，你和大家先歇会儿，我过去看看。

去吧、去吧，我在村里转转。跛子说。

红玉边走边问：腊月呢？

她在跟人家白话哩，周裁缝是一位老大娘，说你再不来，人家就回去啦。

回去，这儿是不是她家？

不是，周家庄是她娘家，她婆家在赵李庄。

两人急匆匆来到后街的周裁缝家。腊月和一位老太太聊得正兴，指着迈进门槛的红玉说：班主来啦，像不像梁红玉？我没得说错吧，她就叫红玉，马上的功夫在我们那儿是一绝，没人能比。

腊月忙给两人介绍：班主，她就是周大娘，不，叫周阿婆。

周阿婆，我是红玉，是宝儿干娘让我来找你的。红玉说。

周阿婆端详着对方，连连点头，像、像，像宝同志说的，好一个俊俏霸气的江湖女儿，宝同志好福气。一把拉住对方的手说：闲言碎语不用讲，咱表一表好汉武二郎。一口纯正的鲁西话把大家逗乐：老婆子祖籍聊城，宣统皇帝退位那年，跟随父母来到这里，叫大娘更乡亲一些。

红玉后来才知道，这位周大娘叫周彩凤，不是裁缝，捎话的没说明白。周彩凤很健谈，从咱那走旱路到这儿不省劲，当年我和爹娘走水路，从咱那儿上船，在京杭大运河里行船，熬很多天才到苏州城，把俺爹攒的盘缠熬去一半。突然，她右手打一下嘴：看看光顾聊了，把正事忘啦，咱赶紧走，去见你干娘。

俺干娘在哪儿？红玉问。

现在不能告诉你，这是纪律，到地头你就知道啦。周彩凤立马换一种表情。

咋还这么神神秘秘的，俺们又不是放腥的（作假行骗）。石榴说。

石榴，搁念子（别说了）。红玉制止对方，忙对周彩凤说：大娘咱们走吧。

几个人走出门外，周彩凤在前边带路，向邻庄走去。半个多时辰后，大家走进邻庄，拐了两条胡同，来到一个大院前，周彩凤在院门上敲五下，两长三短，门拉开一条缝，一个人头伸出门缝，往外看一眼，这才打开院门，把大家让进去，边走边说，你个老不死的，怎么才来？夫人上火了，茶饭不思。

周彩凤对四十多岁的女人说，你个半截婆子懂什么，我要是不把她们带来，夫人见到我不更着急。

几个人刚来到北屋门前，房门开了，一个花甲老妇人出现在门口，红玉抢上前去抓住对方手，激动地说：干娘，红玉又见到你啦——把对方抱起来放在凳子上。

这孩子还跟小时候一样顽皮。宝儿对周彩凤说：要不是几十年来一变再变，她现在已跟在我身边。

这就是造化捉弄人，看看，这多好的孩子，还是你福气好！我那俩儿子，老大在武汉会战时炸没了，老二跟师长去东北，多年没照面啦。

老妹子，就快见面了，全国解放不远啦。宝儿说。

周彩凤说：你娘儿俩多年没见，好好聊聊知心话，咱们就别掺和啦，走，跟大娘准备做饭，晚上咱们好好吃一顿。老人家说着把腊月石榴拉走。

红玉知道干娘这么急着把自己叫来，一定有重要的事要办，可是她忍不住还是先开口：乔峰在哪儿，我要见他！他说过，抗战胜利后，我们一起过日子。你也答应过，等打走小日本，给我们办婚事。眼看全国要解放，我还没见到他的人影。

宝儿看出，对方是一半委屈一半责备，自己这个当娘的不负责任，说话不作数，她真的不好开口，不然早就告诉对方，又如何能隐瞒这么多年。她看到红玉鬓角上的几缕白丝，心疼地说：孩子，干娘是不想让你再添伤痛啊，乔峰在皖南事变中，没能突围出来，英勇牺牲。

死啦？红玉猛地站起来晃两晃：他埋在哪里，活要见人死要见尸。

你不知道，几年前在皖南，国民党举重兵突然包围新四军军部和九千多名战士，经过六七天浴血奋战，少部分人突围出来，大部壮烈牺牲。你没上过战场，不知道惨烈程度，很多人被炮弹手榴弹炸得尸骨不全。

我的乔峰就这样没啦？没啦！你为何现在才告诉我，你打碎我的梦啊，红玉从此人生不再完整，我的寄托没了。红玉愤怒地挥动双手，眼里冒出火星子，此刻她已经没有泪水，悲伤化作委屈，用滴血在呐喊，乔峰你为何不讲信用，为何扔下我不管？干娘，你为何要告诉我这些，没有他的消息，我就认为他还活着，我想活在希望中，而不是绝望里。

宝儿看着对方那愤愤不平的表情，仿佛要把房顶拱起来，此时此刻，她只能承受着一切压力：我知道，为国家这个大家，我们失去很多小家，为民族解放，百姓们过上和平幸福的生活，有千万个家庭不完整，有千万热血勇士失去年轻的生命，看不到新中国成立那一刻，乔峰只是千百万革命烈士中的一个。

好一会儿过去，红玉才稍微平静些，右手从腰带上拔出匕首，在左手腕上划一刀，任鲜血流在茶碗里，端起茶碗，冲着北方洒在地上半碗，然后，把剩下的半碗喝下去，啪一下把茶碗摔碎，大声说：乔峰，好兄弟，在那边等着大姐，我的生命中只有你。

宝儿眼中饱含热泪，将手帕包在对方伤口上，她知道，这道坎儿，对方一时半会儿过不去，说道：孩子，化悲痛为力量吧，为民族解放事业，很多革命战士倒在战场上，很多家庭支离破碎，乔峰只不过是其中之一，干娘相信你慢慢会接受这个现实，想着他们，思念他们，我与你同悲。

干娘，没事了，你找我来不只为这事吧？红玉冷静下来。

宝儿有些尴尬，乔峰的事，若对方不问，自己或许还要瞒下去，这也是无奈之举，说道：你玉儿姑姑要去台湾，咱俩一起阻止她，你看怎样？

去台湾，为何？她和那个当官的不是过得挺好吗？红玉不解。

她丈夫的部队，已被我军消灭大部，剩下的已成惊弓之鸟，共产党已经给蒋家王朝制定出彻底覆灭的时间表，这个形势他们能看明白，只想尽快逃离大陆，躲避到台湾岛上去，以免遭到灭顶之灾。

红玉不由感叹：姑姑这一辈子过得，过去那么风光，整天宰七个杀八个的，老了竟落到如此下场，这是脚上的燎泡，自个儿走的。

去台湾，这是一条不归路，我不希望师姐是这样的结局，所以，让你去把她约出来，我和她见一面，能留住她固然好，她若非要走，我也尽力了，为此，我不想留下遗憾。宝儿也动了感情。

原来是这样，红玉没有不答应的理由，而且她很愿意做这件事，一旦玉儿姑姑去台湾，这辈子还能不能见到都难说。

我何时去？红玉问。

越快越好，迟恐生变。宝儿回答。

我这就去苏州，你等我的消息，谈妥之后，我让石榴回来接你。

见面地点不能在苏州城内，就定在苏州城外寒山寺。

好吧干娘，你可别动地儿啊，三两日就办妥。

注意那个花果，她是军统特务。玉儿提醒。

我不管什么军统饭桶，我就是一个走江湖打把式卖艺的，是她欠我的，欠乔峰的，早晚都要还。红玉冷冷地说。

放心去吧，我等着你。宝儿送红玉出门，石榴和腊月跟上来，红玉对腊月说，你留下来，跟个傻狍子似的，我可没工夫看着你。腊月噘嘴嘟囔着，进城吃好的不带着我，便宜石榴。你就认吃，留在干娘这里帮助干点啥，长点眼力见，别老白话嘴皮子。石榴嘱咐对方。

周彩凤拉着腊月说，行啦！看你，嘴唇上能挂住油瓶子，跟我侍弄菜园子去，用不了几个日出日落，她们就返回来。对方像哄孩子一般，把腊月拽走。

红玉和石榴骑一匹马，第二天傍晚来到苏州城外，被一阵大雨浇个透心凉。石榴双手撸着脸蛋抱怨着，啥季节还下大雨，在咱那儿该下雪了。

东北和江南就是差着季节，红玉说着来到哨卡前，自报家门，对方一听说找玉长官，赶忙去打电话，很快返回来把二人送进城门。一个连长走上来说，团长命我送你们过去。

不必，我知道路。红玉回答。二人上马继续前行，发现那个连长带着几个士兵跟在后面，她勒住缰绳大喊：滚开，我知道路，花园街十五号。

后面的几个人这才扭头往回走去。

两个人站在玉儿家客厅里时，淋成落汤鸡，脚下一片水渍。玉儿招呼用人去拿衣服，并亲自拿来毛巾给红玉擦拭头发：看淋成啥样子，不会找地方避避雨，等两人洗澡换衣服弄完之后，已经过去半个时辰。

二人坐在沙发上，玉儿指着石榴问：这是你在东北捡回的那个小丫头？长这么大了，有你年轻时那股虎劲儿。

像我吧，她胳膊腿都硬了，练软功柔术不行，我让她练蹬技，重蹬技，已八成功力，干挂子活，将来做武生意，她跟猴叔学了不少套路，硬功也多少通点路数。

玉儿点点头说：咱那儿有句话，南立子，北扦子，不南不北是挂子。南北八寨藏龙卧虎，能人辈出。她说到这里对用人一摆手，不一会儿花果走进来：石榴你跟她去玩一会儿，我跟红玉有话说。

花果微笑着，红玉脸色沉暗，石榴不情愿地站起身，跟花果走出去。

玉儿露出慈祥的笑意，红玉看得出，这种笑意，已不是多年前那种笑意，其中包含着几丝忧伤。

红玉，姑姑很快就离开这里，去台湾，你想不想去？玉儿故意说得很轻松。

姑姑你傻啊，去那里干啥，台湾不就一个小岛子吗，那小地方能有多大的天？那里有大上海吗，有天津卫吗，有紫禁城吗，有黄家镇庙会吗，有马戏班吗？她一连几个问号，让对方不知如何回答。

姑姑走到今天，还有别的地方可去吗？那里可能是姑姑最后的归宿。玉儿流露出一种莫名的伤感。

为啥？我就不明白，姑姑你？

这是政治，你不懂，不懂啊。

我不让你走，你去台湾，还怎么见你，红玉就你们两个亲人。红玉倔强地说。

现在的玉儿，和过去判若两人，看不到半点心狠手辣的影子，就像一个慈祥的母亲，舍不得离开自己的家和孩子：人在江湖，身不由己。

这个结果红玉能想到，自己怎么能有这个本事留住对方，甚至怀疑宝儿干娘也不一定能留住对方，她太了解眼前这位铁腕女人，只不过出于情感方面的原因，见最后一面，想到此说：姑姑，你这一走，不知何时再能相见，是不是应该和宝儿干娘道个别？你们毕竟是同门师姐妹，看在奶奶面上，理该如此，我知道，你们已二十多年没见。

玉儿听罢面色一沉，陷入沉思，往事如烟，弹指几十年。

姑姑，给红玉一个面子，我还有很多事要当面问你俩，最好咱三人能照个合影相片，想你们时，我好拿出来看看啊。红玉眼圈红了。

这、嗯，好吧，姑姑答应你，你能找到她吗？玉儿问。

乔峰当年在一个周姓大娘家养伤，那个大娘知道干娘的事，我让石榴去找她，在寒山寺见面如何？

任你红玉编得再怎么匀和，也逃不过心思缜密的老特工的眼睛：好吧，就在寒山寺，那里是国军布防范围，让她别带闲杂人员，出啥事我可保不住她。

姑姑看你说的，苏州城谁敢招惹你，除非他不想活了，后天上午见面如何？红玉问。

行，这次姑姑听你安排，满足侄女的心愿，姑姑是真舍不得你。玉儿有些伤感。

姑姑，雨停了，红玉陪你出去走走，在家里憋着心情不好，我安排一下，再过来接你。边说边走出客厅，听到东边房间里传出争吵声。用人把石榴叫出来，只见她愤懑地骂着，什么玩意儿，不就头上顶着个翅子吗？有啥了不起，牛气哄哄，哼。花果走出来，装作没看见红玉，指着石榴说，死鸭子嘴硬，不看在玉长官面上，我非把你当共党抓起来，让你尝尝辣椒水的厉害。

花果，看把你牛的，找不到北了是吧？咱俩的账还没算，等我腾出空儿来，咱俩好好掰扯掰扯。红玉狠狠瞪对方。

红玉大小姐，花果可惹不起你，你是长官面前的红人。花果讥讽对方。

花果，进来。从房间里传来玉儿威严的声音。花果瞪一眼红玉，推门走进去。

红玉对石榴小声说：你马上返回去，告诉干娘，事情已办妥，你不要先回来，和腊月一起保护干娘，记着带上家伙。

要不要跟跛叔说一声？石榴问。

不用，知道的人多反而不好，快走，别耽搁大事。石榴拉过快马，红玉把她送到城门外，看着她飞驰而去，这才踏实。

第六十七章

上午九点多，两辆小汽车驶出苏州城，寒山寺在城西不远处，当玉儿的小汽车来到寺前，寺庙周围早已布置岗哨。玉儿和红玉下车，花果带着几个人走过来。玉儿望一眼寺庙前的士兵，对花果说：撤了，你不觉得碍眼吗？

花果低声说：这都是为长官的安全考虑。

我很安全，撤掉。玉儿命令道。

花果无奈走过去，对执勤的军官说了几句，那军官带着一干士兵撤走。一同乘车来的三个穿中山装的人，跟在花果身后。

你在寺外等我，不许打扰寺庙进香的人。玉儿严肃地命令。

花果等人只好等候在寺庙之外，她对三个手下说，我预感要出事，你们都机灵点儿。三个人从腰里拔出手枪。

放回去，这不是露馅吗。花果呵斥道。

玉儿和红玉漫步走进寺庙。两个人在寺内转了一圈，来到一处僻静处。宝儿在腊月、石榴的陪同下，款款走过来，石榴和腊月停在一个圆门前。玉儿不动声色地来到二人面前三步外站定，宝儿注视着玉儿，二人都已两鬓斑白，眼角爬上皱纹，她轻声说：师姐，老啦。

岁月留痕，焉能不老。玉儿深沉地回答。

玉儿穿一身中山装，政府官员装束。宝儿穿一件长衫，像一个教书先生。

师姐这些年还好吧？宝儿打破尴尬局面。

好坏你最清楚。玉儿回答得很巧妙。

玉儿也不想破坏来之不易的见面机会，指着宏伟的庙宇说：寒山寺因唐代诗人张继的一首《枫桥夜泊》而著名，已传诵千年，红玉你知道吗？

月落乌啼霜满天，江枫渔火对愁眠。姑苏城外寒山寺，夜半钟声到客船。红玉朗诵道：当年奶奶教给我时，我问她，寺庙里半夜还敲钟吗？还能惊动河里渔船。你们猜奶奶怎么说？

二人把目光投向红玉。

奶奶说，谁知道那苏州城外寒山寺，半夜敲不敲钟，反正咱这里的寺庙，半夜听不到动静。二人听到这里笑了，那时候多好，无忧无虑，只可惜青春留不住。

关于奶奶，你们能告诉我些什么吗？红玉想知道，她有太多的谜解不开。

玉儿和宝儿对视一下，似乎是在权衡谁先开口。玉儿见对方没有说话的意思，便说道：你奶奶孙二娘，原名孙飞鸿，太平天国东王侍卫，早年参加同盟会。

玉儿说到这儿停顿下来，宝儿接着说道：你奶奶祖籍保定府，她姥爷是当朝武状元。

玉儿对红玉说：那年，你娘突然离世，师父伤心不已，一病不起，命我俩送她回保定府治病。

宝儿：半路上接到急报，召师父去广州议事。

玉儿：辗转到达广州之后，师父竟然痊愈。

宝儿转向玉儿：你奉命参加武昌首义，师父曾劝阻你。

玉儿对宝儿说：首义成功回到广州，师父遭人暗算，我受重伤。

宝儿：北伐革命后你投靠国民党，拿起屠杀革命的屠刀。

玉儿：当年在武汉擦肩而过，你遁入深山，搞什么武装斗争。

宝儿：卢沟桥事变前，你以中统身份现身，摇身一变成政府要员。

玉儿：你有多重身份，会长夫人、特委书记、店铺掌柜。

宝儿：还有一个身份，红玉的干娘。

玉儿：我是她姑姑。

宝儿一句，玉儿一句，你说完我说，我说完你接茬，现场只有一个听众，两人讲的都是红玉不知道的事情。红玉见二人把话题引到自己身上，插话道：你们都是我的亲人，能不能放下彼此的成见，回到从前，咱们一起过日子，那多好，红玉不想失去你们任何一位亲人。

玉儿沉默。

对方是在顾及红玉的感受吗，宝儿在揣测对方的心理，直言道：师姐，留下来。过去的，就让它过去吧。

过不去！玉儿说：虽然我对自己的信仰怀疑过，但不会放弃，你不也是吗，视信仰如生命。

你们为什么就不顾及我的感受？红玉眼眶里滚动着泪花，拉住玉儿的手，摇晃着说：我的亲姑姑、好姑姑，别走好吗？咱们在一起生活，红玉照顾你一辈子，晚年定不孤独寂寞。

师姐，好好考虑一下，很多追随国民革命几十年的元老，都不会去台湾。

师妹，别说了。玉儿把头转向一边，她不希望红玉看到自己的眼泪。仰头望着天空那几片漂浮的白云，慢慢向前移动，她知道自己该走了，沉声说：师妹，就此别过。对站在圆门口的灰衣人一摆手。

花果对身边人说一句话，独自走过来。

姑姑，你真狠心。红玉不能理解玉儿姑姑的心境。

红玉，原谅姑姑，我们还会见面的。玉儿这话，连自己都不能相信，露出无奈的表情，双臂紧紧抱住红玉，面颊在红玉脖颈上摩擦着，瞬间放开对方，低声朗诵：独在异乡为异客。

每逢佳节倍思亲。宝儿深情地接上一句。

宝儿：师姐，是谁害死师父，把你打成重伤？

玉儿：师妹，是谁先害死师父，后害死师哥？

两人对视一下，没有回答对方。

玉儿独自向门口走去，不再回头。花果走上来，跟在玉儿身后，突然转身折回去，掏出手枪对准宝儿，恶狠狠地说：共党头目，今日就是你的死期。

玉儿走出去十几丈，突然停住脚步，仍然没有回头。

宝儿冷笑：你手上沾满共产党人的鲜血，没有机会去台湾。

红玉愤怒拔出匕首，闪电般插进对方胸口，乔峰，姐替你报仇。一刀两刀三刀。花果的手枪掉在地上。门口那三个灰衣人持枪冲过来，玉儿猛然挥手，三个人又退回去，玉儿没有回头，钻进汽车驶向苏州城。

宝儿捡起花果的手枪，插进腰里，对红玉说：咱们走。二人出大门，石榴、腊月跟上来，一行四人骑马返回去。

当花果用枪指着宝儿时，红玉很担心，其实，就算对方不这样做，她也想找机会干掉她，问道：干娘，我杀花果，姑姑为何不阻拦，花果是姑姑的得力手下。

你当是你真能耐，如果玉儿不想让你动手，你就没有杀花果的机会，两者取舍，你姑姑还是倒向你一边，这是亲情，割舍不断的亲情，她满足你的报仇欲望，可以踏实上路。

红玉没有感念玉儿姑姑这一人情，她不能理解对方为何这样绝情，宁可离开家乡，去过孤独的晚年。

干娘，我想回老家，咱那里已解放，家家户户分到土地，还有牲口，乡亲们过上安稳的生活，张富忱说，马戏班可以为百姓们做很多事情。

回去吧，战争可能还要持续一段时间，在敌占区撂地不安全，全国解放后，我回去看你。

周彩凤在村头迎接宝儿红玉等人，晚饭后，几个人围坐在小桌周围，听宝儿讲国家形势，讲战斗故事，一直聊到深夜。第二天，宝儿和周彩凤把红玉等人送到村头。

回到家乡后，红玉带着马戏班，到解放区各地进行演出。这天上午，县政府为积极鼓励有志青年踊跃参军，去解放全中国，举行大型宣传活动。红玉带领凌家班来到县城，在县政府门口遇到张富忱，张富忱听说红玉积极参加义演活动非常高兴，并问她去江南寻找乔峰的情况，不出他所料，乔峰已经在皖南事变中英勇牺牲。他鼓励对方去迎接新生活，新中国即将诞生，我们将成为这个国家的主人，有很多事情等着我们去做，你肩上的担子很重，把民族优良传统杂耍文化继承下去，发扬光大。红玉很受感动和启发，一个被压迫受尽屈辱和磨难的孤儿，将成为国家主人，这种心情无法用语言来表达。她请张富忱和县政府领导们观看凌家班的汇报表演。街道两旁的店铺墙壁上贴着标语，政府门前挂着大红横幅，大街前空场地上聚集几百人，还有不少人向这边走来，几米高的刀山架子上插着红旗。

红玉望着周围乡亲们的笑脸，对跛子说：跛叔，今天是义演，扯白口的词儿得换换，最好能有点新意，别总是那些老套子，咱们解放啦。

那是、那是，你放心，这点事难不住你跛叔，刚才张主任不是说吗，新形势就得有新面貌，我得整点新鲜玩意儿。

跛子拎着铜锣，拐着脚步扯白口，虽然这些词儿是首次出口，却没有影响话语的流利程度：各位大爷大娘，各位叔叔婶婶，各位兄弟姐妹，咱们是本地凌家班，今天来到这里耍玩意儿，一不为讨口饭吃，二不为挣个盘缠钱儿，说一千道一万，就是耍给踊跃参军上前线的革命青年看的，凌家班的把式们为各位献上几手绝活儿心……有人在下面互动，接话茬，有钱的捧个钱场，没钱的捧个人场，看着好你赏几个铜子儿，看着不好，你扭头就走。

跛子赶紧敲锣打断对方话语：你说的这是老皇历，今儿咱不兴这个，有钱的捧个人场，没钱的也捧个人场，有钱没钱都捧个场，咱们共同给上前线打仗的后生们呱叽呱叽，这个场咱们得给他们捧。

县政府领导们带头鼓掌，人群中响起掌声。

那边，金枝正在给石榴捯饬头发，一身红衣裤红鞋的石榴，耐着性子任对方扎咕，对方手脚不停，嘴里也不闲着：小石榴，我可告诉你，今儿和往常不同，看到没有，坐在前边的都是翅上的，不，是人民政府领导，容不得半点闪失。边说边把红绸带扎在石榴额头上，在额前打一个蝴蝶结，把那两个蝴蝶翅膀抻好：我不要你能耍出什么出奇的玩意儿，把班主交给你的玩意儿正常使唤出来就成。

金枝婶子，你就把心放在肚里吧，这又不是大姑娘上轿子，咋老不放心。石榴嘟囔着。

看这孩子，我是担心你这个棒槌、好好、不说、不说，赶紧遛马。石榴牵着马走过去。

红玉走过来关切地说：金枝婶子，看把你忙的，歇会儿吧。

金枝刚想说啥，一见腊月抱住大车轮走过来，忙上去阻拦：哎哟我的小祖宗，这是你干的活计的吗？赶紧去找你银枝姐，快去，把你自个准备耍的玩意儿弄利落。腊月放下车轮转身去找银枝。

金枝的变化让红玉又找到小时候三姐妹同甘共苦的感觉。金枝对走过来的红玉说：你忙你的，后场的事我张罗，错不了事，这点事若弄不好，那不白混几十年啦。

我是怕累着你啊。红玉微笑着说。

累点心里也舒坦。看看乡亲们脸上都开花，解放了就是不一样，有地种有饭吃，世道也安稳，咱们耍把式的也踏实了不是？

你说得对，自个儿注意啊，老胳膊老腿的，我可不希望看到——

这话我不愿意听，咋个就老啦？说着一下腰啪啪翻两个跟头。红玉忙上前搀住对方，心想，五十大几的人，咋还这么要强？

金枝一指漂子：你说光让我省心，你看这小子在干啥？说着直奔漂子而去。

红玉望着对方背影一阵感慨，金枝也是苦命人，今后得多照顾一下。小北风站在刀山架子顶端亮相。接下来是石榴的马趟子，枣红马在阵阵响铃声中奔驰，石榴倒立在马鞍桥上，一身红衣随风飘荡。随后，是银枝的柔术，漂子的魔术，腊月的八面威风棍，压轴的是红玉的重蹬技。

红玉两只脚蹬转沉重的车轮，银枝石榴腊月三人站在大车轮上，红绿粉三个人影在旋转，人群中传来阵阵叫好声，有几位上年纪的人在议论，一个说，一捏的年纪知道啥，只会看个热闹。另一个接话茬，这活计可不是一般人干的。突然一个洪亮嗓音打断对方的话，这不叫活计，叫绝活儿，知道吗，绝活儿！蹬车轮的那位是凌家班班主，叫凌红玉，别看她的长得像三十多岁，人家小五十啦。刚才被截话头的人又把话语权抢过去，凌红玉就是当年在黄家镇庙会上拔头筹的凌红飞的闺女，听说她的马趟子是孙二娘的真传。得得，别瞎扯淡，咋把水泊梁山开黑店的孙老太太也整出来，越说越邪乎。

第一个说话的老者插话道：这事老夫门儿清，她这身功夫就是得之孙二娘，信不信由你，你们想不想看凌班主的马趟子？

想、谁不想。等会儿咱们一起请凌班主给耍一把咋样？洪亮嗓门的老者说。周围的人们都应声道，请凌班主亲自耍一把、请凌班主亲自耍一把。

红玉下场后，被众人围住，你一嘴我一声，请求她给大家耍马趟子，张富忱忙走过来，把红玉拉到一旁问道：红玉，这事可别勉强，咱俩年纪差不多。他的意思是不能让凌红飞的悲剧重演，毕竟是近半百之人。

张主任，红玉没别的本事，这身功夫若能给大家带来开心，我心足矣，再者，咱不能冷了乡亲们一番热心，我有数。

量力而行。张富忱叮嘱对方。

红玉答应着走过去，从石榴手上接过缰绳，跛子紧皱眉头赶紧拐上来问：非上这活儿不成？

没事，跛叔甭担心。红玉轻松地回答。

我不担心谁担心？别耍全套活儿，挑两个简单的耍，就那个八步赶蝉和挽弓射月吧，我给你丢葫芦，如还信得过老夫，就让我做回主。跛子不得不倚老卖老，他可不想看到几十年前那一幕。

好好，跛叔，红玉听你的，就耍这两个动作。红玉明白这位老人的心思，自从铁猴死后，他把心思全扑在班子上，红玉记得铁猴叔那句话，老马识道。

红玉刚跃上马背，金枝手里拎着两只棒槌快步拦在马前，说：多遛两圈再耍玩意儿，听到没？

知道啦金枝婶子，多遛两圈。红玉说罢打马飞驰，她知道金枝也在担心，多遛两圈的意思是等马跑累些，速度慢下来再做八步赶蝉。

红玉在一阵阵叫好声中，展示自己大把式风采，打马飞驰中，在跛子说的两个动作上又加上两个动作。然后下马，来到张富忱等领导面前，一一表示感谢。张富忱作为冀鲁豫边区民间艺术联合会主任，对红玉在杂技传统艺术方面的造诣给予高度评价。

在迎接全国解放的日子里，红玉带领凌家班，走遍齐鲁燕赵大地。吉三奎去世十多年，金枝至今独居，跛子有时也照顾她，二人却没走到一块儿，红玉也曾数次跟二人提及，都被两人拒绝，是因为吉三奎还是吉武文，只有两人知道。跛子慢慢老去，金枝曾私下里和红玉说，希望自己看着他，并照顾他到阎王爷派小鬼来抓他。银枝和小北风有一个十来岁的儿子，给金枝和跛子增添不少乐趣，有事时金枝喜欢领着他玩耍。跛子想把石榴和漂子捏到一块儿，红玉给石榴做工作，漂子也有意套近乎，石榴死活看不上漂子，说对方一身贼腥味，一凑近就恶心。腊月在红玉面前曾表露，喜欢漂子，爹娘都没了，希望自己早点有个依靠。漂子跟红玉说，腊月傻乎乎的缺心眼，干不成啥事，不把自个丢了就不错，整天看着她太累。

跛子和金枝二人，几度劝说红玉找个可心的人成家，跛子还搬出吉三奎和铁猴的临终遗言，说他们二人在地下也不放心。每当此时，红玉就说要去江南给乔峰上坟，两人只好作罢。红玉从家乡招来六名徒弟，决心把他们打造成凌家班当红大把式，不能让祖传下来的技艺失传。

张富忱进京前不久，在边区观看了凌红玉精彩的马技蹬技表演，并鼓励她为新中国杂技艺术事业，做出更大贡献。红玉表示，她这一生为杂技艺术而生，将来为杂技艺术而死，凌家班的先人是这样做的，自己有责任继承下来，传承下去，发扬光大。张富忱赞扬她是名震齐鲁燕赵的杂耍大把式、艺术名家。

第六十八章

时至深夜，张富忱从回忆中走出来，把烟蒂摁在烟灰缸里，使劲拧几下。烟蒂堆满烟缸，他站起身来走到窗前，推开窗户，灰白色烟雾，争先恐后向外挤出去。他来到院里，一股清凉的风吹过来，他用右手指往后梳拢几下头发，浑身有种清爽的感觉。作为全国戏曲改革委员会成员，他主要负责杂技文化艺术方面的工作，杂技一词，是在戏曲改革会议上，提出来的一个概括性很强的词，过去叫杂耍，民间俗语为耍玩意儿，它起源于上古，萌生于秦汉，形成于唐宋，盛行于明清，是中华民族社会发展历史进程中留存下来的人类文明智慧结晶。

他出生在华夏杂技文化的起源地之一宁津县，深知南北八寨的杂技艺人技艺高超，深深融入乡土文化、江湖文化、运河文化、异域文化之中。周恩来副主席在会议期间，要求一定要把这种民族文化瑰宝和人类精神的财富保存好并传承下去。

第二天上午，张富忱根据划定的名单，给全国各地的杂技艺术名家发去通知，抓紧时间进京。红玉等人接到通知后，很快赶到北京，百名杂技艺人聚集一堂，很多都是老熟人，有的即使没见过面，也早闻其名。

张富忱很快组织几场演出，并邀请国家文化部门的领导前来观看。经过认真筛选和评定，选出具有代表性且艺术超凡的节目，决定请国家领导人观看，各位领导人观看了杂技表演，给予充分的肯定和高度评价，并亲切接见众位杂技表演艺术家。在周恩来副主席直接关心指导下，中华杂技团（中国杂技团前身）正式成立。并决定由张富忱带队出访苏联，庆祝苏共第十九次代表大会，随后访问东欧社会主义国家，向世界展现中华民族绚丽多彩的传统文化，并进行相关的文化交流。

1951 年 3 月中旬，张富忱奉命回国，带领部分艺术名家，奔赴抗美援朝前线，为中国人民志愿军战士进行慰问演出。红玉全程跟随出访苏联和欧洲各国，并参加抗美援朝慰问团，其杂技艺术造诣达到人生巅峰。

后记：杂技赋

禹浚九河，神州乃定。九河下梢，衍邑宁津，古属兖冀，金肇其名。其地也，东衔沧海，西临运河，文承齐鲁，风熏燕赵，史称礼乐之国；其民者，崇德尚义，敦厚质朴，重实轻浮，简俗多能，古多侠义之士。土厚泉甘，育艺苑之奇葩。角抵百戏，竞千年之风流。

宁津杂技，仰天俯地，滋黄河故水之灵秀，铸铁马竞地之刚毅，渊承上古，直溯秦汉，盖源之古冀州“蚩尤戏”，亦称“大角抵”。

“角抵奇戏岁增变，甚盛益兴，自此始。”[1] 汉司马史志述其端；“冀州有乐，名蚩尤戏，其民两两三三，头戴牛角而相抵，汉造角抵戏，盖其遗制也。”[2] 南朝任昉续尔铭；宁津方志有言：“百姓正月十五作角抵戏……鸣鼓聒天，燎炬照地，人戴兽面，男为女装，充衢塞陌，竞此一时。”[3] 角抵为戏，风尚遂成，古苑流芳，毓秀钟灵。

宁津杂技，纳迁徙之众习，汇八方之群技。艺人路为家，艺为田，为稻粱谋[4]而浪迹江湖。天道和运，地势和行，杂技文化亦因时、因地而兴矣。德崇武尚义，信坚韧不拔，拜洞宾始祖，慕史留芳评。艺人会[5]立蔓[6]，长春会[7]扬名。隐语春典[8]，意蕴殊异。刘穆齐范[9]，流派纷呈。适艺则艺，适农则农，顺天应地。宜分则分，宜合则合，任我驰骋。迨明，领行业组织、演艺形态、信仰禁忌、技艺传承、行规流派、行业语言，集杂技文化之大

---

① 《史记·大宛列传》。

② 南朝任昉《述异记》。

③ 清光绪二十六年（1900）《宁津县志》卷二《风俗》。

④ 谋求衣食。

⑤ 艺人组织名称。

⑥ “蔓儿”在艺人行话里意为“姓氏”，此指在艺人中“扬名立蔓儿”之说。

⑦ 江湖组织名称。

⑧ “春典”即艺人行话，亦称“隐语”。

⑨ 宁津杂技的四大门派。

成。齐风赵韵，千古人文，于世瞩目，斯为大观，故一枝翘楚，风骚独领。

明景泰年，津西黄镇，九月会成。季秋朔晦[1]，乐动八音，会牵九瀛。黑辽吉蒙，四海辐辏；云贵川陕，八方呼应。名家高手，班团掌穴[2]，遐迩徙聚；巾皮李瓜，平团调柳[3]，万羽朝凤。杂耍场[4]浪桥飞人[5]，九天揽月[6]；猴市湾[7]双龙闹海[8]，马上封侯[9]。小抄牌[10]扯旗、抱月、推桩子、飞燕[11]各显身手；大把式[12]跑马、上杆、刀门子、地圈[13]难分伯仲。古庙会艺分百种，戏称千台，百戏杂陈，鸾凤和鸣。众把式搭班插伙，绽红吐绿，竞技切磋，风劲气雄。此实乃人才大荟萃、技艺大交流、文化大融合之盛会，堪称中华杂技之“清明上河图”，且历五百载而不凋，故后世有“不赶黄镇九月会，不算真正生意人[14]”之说矣。

清至民国，弃万方之多难，予驰驱以恣肆。宁津杂技，炫技异邦，撷英海外，与乡土文化、运河文化、江湖文化、异域文化相融，旁收博采，技臻大成，已具世界杂技之视野，终成现代杂技之滥觞。

仰古望今，薪火传承。前追古贤之星光灿灿，后期来者之群英济济。今日之杂技英才，勇于耕云种月，勤于长夏公卿。专业团队、民间技班，珠璧联辉；名伶大师，新秀小童，天下健行。雄关漫道，文脉流徽，冠

① “季秋”即农历九月，“朔晦”指从月初到月底，此指九月一个月。

② 也称“掌班的”，即杂技班的班主。

③ 江湖社会中的八种行当。巾：指相面、拆字、算命的；皮：指医病、卖药的；李：指变戏法的；瓜：指跑解马、打把式卖艺的；平：指走街卖唱行乞的；团：从事说唱评书、大鼓、相声等曲艺的；调：从事扎彩、吹鼓手、抗房营生的；柳：指梨园戏班或梨园弟子。

④ 黄家镇杂技古会上的杂技表演集聚区。

⑤ 杂技表演中的高空节目，亦称“秋千飞人”。

⑥ 将人荡至高空，成人体倒挂之状。

⑦ 黄家镇杂技古会上兽类表演及买卖集聚区。

⑧ 双蛇口、鼻出入的表演。

⑨ 猴子骑马的马戏表演，也称“孙悟空倒骑天马”。

⑩ 艺人行话，即小徒弟。

⑪ 杂技顶功训练中的四种顶花。

⑫ 杂技基本功全面、扎实，又能表演多种杂技节目的艺人。

⑬ 杂技表演中的四类杂技节目。

⑭ 艺人自称。

"小丑"[1]扬威；壮志凌云，胡苏[2]添彩，赢"金狮"[3]殊荣。

诚兮，杂技之乡，名至实归，百折相承，发祥之地，是也！

厚兮，宁津杂技，根深枝繁，历久弥新，人文之积，深焉！

美兮，中国宁津，文化名城，千古流韵，于今尤盛，壮哉！

杨承田

2012.6.9

中国杂技家协会会员

著名杂技文化史略研究专家

---

① 指摩纳哥蒙特卡洛国际杂技马戏艺术节最高奖——"金小丑奖"。

② 宁津县秦朝时，曾在宁津杂技的发祥地置胡苏亭，东魏天平元年设胡苏县。

③ 指全国杂技比赛最高奖——"金狮奖"。